ff der Choolks

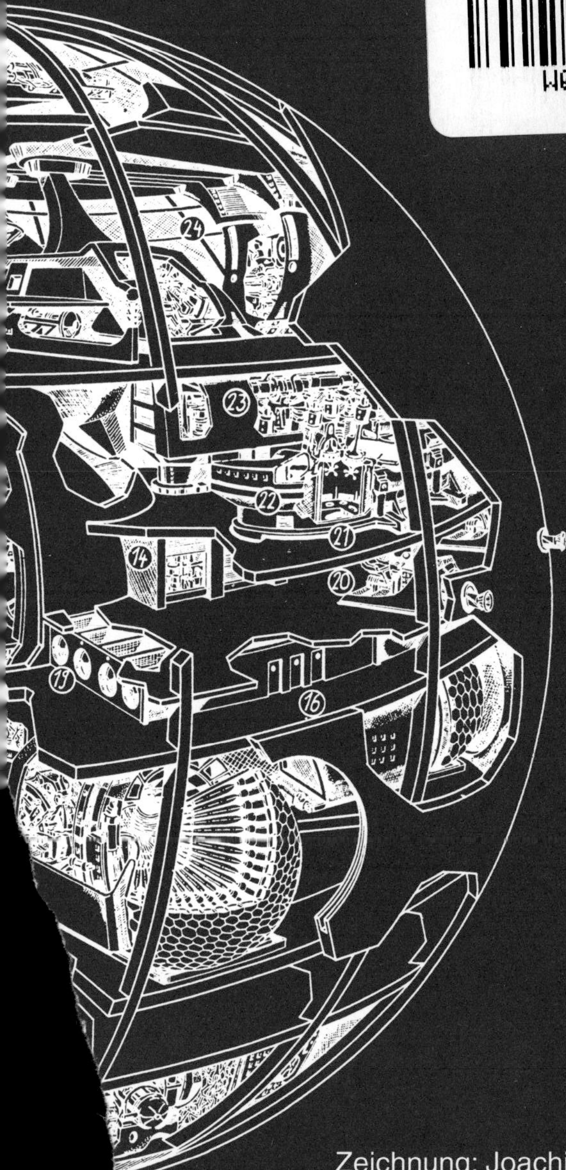

Zeichnung: Joachim Luetke

Perry Rhodan

Das MODUL

Perry Rhodan

Das MODUL

abel-Moewig Verlag KG, Rastatt

www.moewig.de
Bearbeitung: Hubert Haensel
Redaktion: Sabine Kropp / Klaus N. Frick
Titelillustration: Johnny Bruck
Druck und Bindung: GGP Media GmbH, Pößneck
Printed in Germany 2005
www.perry-rhodan.net
ISBN 10: 3-8118-4070-3
ISBN 13: 978-3-8118-4070-6

Vorwort

Vertrauen ist so eine Sache und oft genug ein zweischneidiges Schwert. Wir erleben es im täglichen Leben – in der Familie, unter Freunden, im Beruf, in der nunmehr globalen Wirtschaft oder gar in der großen Politik. Wo früher noch ein Handschlag das gesprochene Wort besiegelte und sich alle Beteiligten darauf verlassen durften, dass dieser Handschlag Gültigkeit hatte, ersetzen längst seitenlange Verträge diesen eben erwähnten einfachen, aber doch verlässlichen Vorgang. Da wird dann auf Paragrafen verwiesen, wimmelt es von klein gedruckten Bestimmungen, und zurück bleibt häufig dennoch ein unbehagliches Gefühl.

Oft sehne ich mich nach diesen »einfachen« alten Zeiten zurück. Man sah sich in die Augen, konnte sich »riechen« und wusste, die Sache geht in Ordnung. Das ist es, was ich mit Vertrauen meine. Nach dem alles besiegelnden Handschlag ruhig schlafen, nicht mitten in der Nacht schweißgebadet aufwachen, weil irgendein unklares Kleingedrucktes durch die Träume spukt …

Und heute? Geschlossene Verträge werden oft genug angefochten. Mit allen möglichen Begründungen und Ausreden. Auf was darf man sich eigentlich noch verlassen? Voraussetzungen, die an einem Tag fest zementiert erscheinen, wackeln am nächsten schon bedenklich. Über die Gründe dafür will ich mich hier gar nicht auslassen, jeder hat wohl selbst ein Beispiel parat.

Warum ich das alles ausgerechnet an dieser Stelle erwähne?

Nun, unser Freund Perry Rhodan hat auch einen Vertrag geschlossen. Nicht schriftlich, sondern mündlich. Eine Geschäftsbesorgung. Er wird nit der SOL für die Kaiserin von Therm tätig und soll den COMP aus dem varierten MODUL bergen, einen äußerst wichtigen Datenspeicher der perintelligenz. Im Gegenzug dafür wird er die kosmischen Positionsda- des Medaillon-Systems mit dem Planeten Erde erhalten.

erry Rhodan setzt sein Vertrauen in die Kaiserin von Therm, dass re Zusage einhält. Die Frage stellt sich, ob dieses Vertrauen ge- fertigt ist.

Die in diesem Buch enthaltenen Originalromane sind: *Eine Falle für das MODUL* (788) von Peter Terrid; *Der Spieler und die Fremden* (789) von H. G. Francis; *Das Geheimnis des MODULS* (790) von William Voltz; *Der COMP und der Kybernetiker* (791) von Kurt Mahr; *Der Kristallträger* (796) von Ernst Vlcek; *Planet der Leibwächter* (797) von Hans Kneifel sowie *Im Bann des schwarzen Kristalls* (798) von H. G. Francis.

Hubert Haensel

Zeittafel

1971/84	Perry Rhodan erreicht mit der STARDUST den Mond und trifft auf die Arkoniden Thora und Crest. Mit Hilfe der arkonidischen Technik gelingen die Einigung der Menschheit und der Aufbruch in die Galaxis. Geistwesen ES gewährt Rhodan und seinen engsten Wegbegleitern die relative Unsterblichkeit. (HC 1–7)
2040	Das Solare Imperium entsteht und stellt einen galaktischen Wirtschafts- und Machtfaktor ersten Ranges dar. In den kommenden Jahrhunderten folgen Bedrohungen durch die Posbis sowie galaktische Großmächte wie Akonen und Blues. (HC 7–20)
2400/06	Entdeckung der Transmitterstraße nach Andromeda; Abwehr von Invasionsversuchen von dort und Befreiung der Völker vom Terrorregime der Meister der Insel. (HC 21–32)
2435/37	Der Riesenroboter OLD MAN und die Zweitkonditionierten bedrohen die Galaxis. Nach Rhodans Odyssee durch M 87 gelingt der Sieg über die Erste Schwingungsmacht. (HC 33–44)
2909	Während der Second-Genesis-Krise kommen fast alle Mutanten ums Leben. (HC 45)
3430/38	Das Solare Imperium droht in einem Bruderkrieg vernichtet zu werden. Bei Zeitreisen lernt Perry Rhodan die Cappins kennen. Expedition zur Galaxis Gruelfin, um eine Pedo-Invasion der Milchstraße zu verhindern. (HC 45–54)
3441/43	Die MARCO POLO kehrt in die Milchstraße zurück und findet die Intelligenzen der Galaxis verdummt vor. Der Schwarm dringt in die Galaxis ein. Gleichzeitig wird das heimliche Imperium der Cynos aktiv, die am Ende den Schwarm wieder übernehmen und mit ihm die Milchstraße verlassen. (HC 55–63)
3444	Die bei der Second-Genesis-Krise gestorbenen Mutanten kehren als Bewusstseinsinhalte zurück. Im Planetoiden

Wabe 1000 finden sie schließlich ein dauerhaftes Asyl. (HC 64–67)

3456 Perry Rhodan gelangt im Zuge eines gescheiterten Experiments in ein paralleles Universum und muss gegen sein negatives Spiegelbild kämpfen. Nach seiner Rückkehr bricht in der Galaxis die PAD-Seuche aus. (HC 68–69)

3457/58 Perry Rhodans Gehirn wird in die Galaxis Naupaum verschlagen. Auf der Suche nach der heimatlichen Galaxis gewinnt er neue Freunde. Schließlich gelingt ihm mit Hilfe der PTG-Anlagen auf dem Planeten Payntec die Rückkehr. (HC 70–73)

3458/60 Die technisch überlegenen Laren treten auf den Plan und ernennen Perry Rhodan gegen seinen Willen zum Ersten Hetran der Milchstraße. Rhodan organisiert den Widerstand, muss aber schließlich Erde und Mond durch einen Sonnentransmitter schicken, um sie in Sicherheit zu bringen. Doch sie rematerialisieren nicht am vorgesehenen Ort, sondern weit entfernt von der Milchstraße im »Mahlstrom der Sterne«. Den Terranern gelingt es nur unter großen Schwierigkeiten, sich in dieser fremden Region des Universums zu behaupten. (HC 74–80)

3540 Auf der Erde greift die Aphilie um sich, die Unfähigkeit des Menschen, Gefühle zu empfinden. Perry Rhodan, die Mutanten und andere gesund Gebliebene beginnen an Bord der SOL eine Reise ins Ungewisse – sie suchen den Weg zurück in die Milchstraße. (HC 81)

3578 In Balayndagar wird die SOL von den Keloskern festgehalten, einem Volk des Konzils der Sieben. Um der Vernichtung der Kleingalaxis zu entgehen, bleibt der SOL nur der Sturz in ein gewaltiges Black Hole. (HC 82–84)

3580 Die Laren herrschen in der Milchstraße, die freien Menschen haben sich in die Dunkelwolke Provcon-Faust zurückgezogen. Neue Hoffnung keimt auf, als der Verkünder des Sonnenboten die Freiheit verspricht. Lordadmiral Atlan sucht die Unterstützung alter Freunde, die Galaktische-Völkerwürde-Koalition (GAVÖK) wird gegründet. (HC 82, 84, 85)
Auf der Erde im Mahlstrom zeichnet sich eine verhängnisvolle Entwicklung ab. (HC 83)

3581 Die SOL erreicht die Dimensionsblase der Zgmahkonen und begegnet den Spezialisten der Nacht. Um die Rückkehr zu ermöglichen, dringt ein Stoßtrupp in die Galaxis der Laren vor und holt das Beraghskolth an Bord. (HC 84, 85) Nur knapp entgeht die SOL der Vernichtung; die Entstehung des Konzils wird geklärt. (HC 86) Monate nach der SOL-Zelle-2 erreicht Perry Rhodan mit der SOL die Milchstraße und wird mit einer falschen MARCO POLO und dem Wirken eines Doppelgängers konfrontiert. Die Befreiung vom Konzil wird vorangetrieben. (HC 87, 88)

Im Mahlstrom halten der geheimnisvolle Plan der Vollendung und die PILLE die Menschen im Griff. Die Erde stürzt in den »Schlund«. (HC 86)

3582 Alaska Saedelaere gelangt durch einen Zeitbrunnen auf die entvölkerte Erde (HC 88) und gründet mit einigen wenigen Überlebenden der Katastrophe die TERRA-PATROUILLE. (HC 91)

Die SOL fliegt aus der Milchstraße zurück in den Mahlstrom der Sterne (HC 89) und erreicht schließlich die Heimatgalaxis der Feyerdaler, Dh'morvon. Über die Superintelligenz Kaiserin von Therm eröffnet sich vielleicht eine Möglichkeit, die Spur der verschwundenen Erde wiederzufinden. (HC 90, 91)

Prolog

Wir schreiben das Jahr 3583 n. Chr. – hinter den Menschen liegt die schwerste Krise ihrer ohnehin bewegten Geschichte. Das Solare Imperium existiert schon lange nicht mehr, die Menschheit wurde sehr viel weiter im Kosmos verstreut, als dies noch vor wenigen Jahrzehnten für denkbar gehalten worden wäre. Ob in der heimischen Milchstraße, im Mahlstrom der Sterne oder in der fernen Galaxis Dh'morvon, dies ist eine Zeit der Prüfungen, die den Terranern weiterhin viel abverlangt und sie zwingt, unkalkulierbare Risiken einzugehen.

Die SOL, Perry Rhodans Fernraumschiff, folgt dem verschollenen Heimatplaneten. In der Galaxis Dh'morvon, in der das Volk der Feyerdaler die beherrschende Rolle spielt, ergibt sich eine viel versprechende Spur. Dh'morvon gehört zur Mächtigkeitsballung der Kaiserin von Therm, einer Superintelligenz, über die Perry Rhodan und seinen Getreuen nichts bekannt ist außer dem Umstand, dass ausgerechnet sie mehr über das Schicksal der Erde zu wissen scheint.

Um Terra und vor allem seine Menschheit wiederzufinden, muss Perry Rhodan sich auf die Seite der Kaiserin von Therm stellen. Von ihr erhält er den Auftrag, das havarierte MODUL zu finden und einen unersetzlichen Datenspeicher zu bergen, den COMP. Als Dank dafür sollen die Menschen der SOL die neue Position ihrer Heimatwelt erhalten.

Perry Rhodan kann noch nicht ahnen, dass dieser Auftrag die SOL in eine kosmische Falle führt, die von einem Widersacher der Kaiserin von Therm errichtet wurde.

1.

Die Falle

Sie war so perfekt, wie sie technisch nur sein konnte, und bestand seit undenklichen Zeiten.

Fallen unterscheiden sich nach der Taktik des Fallenstellers. Es gibt jene, die das Opfer mit verlockender Beute in ihren Bereich ziehen und erbarmungslos zuschlagen, sobald das Opfer nach dem Köder greift. Die andere Sorte setzt voraus, dass der Jäger sein Opfer hinreichend studiert hat. Nötig ist dann, dass das Opfer sich innerhalb gewisser Grenzen vorhersehbar bewegt und bestimmte Gewohnheiten erkennen lässt. Die Heimtücke solcher Fallen besteht darin, dass sie sich die Arglosigkeit des Opfers zu Nutze machen.

Diese Falle war nach beiden Kriterien konstruiert. Sie wusste, dass das Opfer in ihre Nähe kommen musste, und für diesen Zeitpunkt präsentierte sie einen verführerischen Köder.

Eines Tages erschien das Opfer.

Die Falle schnappte zu.

Der Jäger

Kaarmansch-Xes lag auf dem Rücken und spielte. Es war eine reine Geschicklichkeitsübung, die darin bestand, vier kleine Bälle tanzen zu lassen. Die Schwierigkeit war, jede Hand und jeden Fuß unabhängig zu bewegen, ohne dass ein Ball auf den Boden fiel. Kaarmansch-Xes hatte diese Kunst weit entwickelt, zufrieden war er dennoch nicht mit seiner Leistung. Andere Hulkoos brachten es fertig, acht Bälle stundenlang wie magisch durch die Zwischenräume der Finger und Zehen tanzen zu lassen.

Als ihm ein Ball entglitt, warf Kaarmansch-Xes alle in die Kiste zurück. Nachdenklich kratzte er sich am Bauch. Es wurde wieder Zeit, den Pelz und die Stacheln einem antibakteriellen Bad zu unterziehen. Vor allem am Ansatz der Stacheln nisteten Pilze und Bakterien. Das war zwar ungefährlich, gleichwohl aber sehr lästig. Für einen Mann, der gezwungen war, einen Raumanzug zu tragen, konnte der Juckreiz sogar lebensbedrohend werden.

Kaarmansch-Xes schickte sich an, die Hygienezelle aufzusuchen, als der Türsummer ansprach. »Herein!«, rief der Kommandant.

Ein junger Hulkoo erschien im Eingang. Er wirkte nervös. Offensichtlich hatte er zum ersten Mal Gelegenheit, den Kommandanten des Schiffes aus der Nähe zu betrachten.

»Wir sind im Zielgebiet angekommen!«

Kaarmansch-Xes bewegte den Kopf zum Zeichen, dass er verstanden hatte. Der Bote verharrte kurze Zeit bewegungslos, dann watschelte er eilig davon. Kaarmansch-Xes verzog die schmalen Lippen zu einem Lächeln.

Wieder war eine der Fallen erreicht. Es gab etliche dieser Art, und die Aufgabe des Kommandanten und der Besatzung seines Schiffes bestand darin, sie nacheinander anzufliegen und aus der Ferne zu prüfen, ob sie die Beute gefangen hatten.

Kaarmansch-Xes war noch jung und sehr ehrgeizig. Nichts wünschte er intensiver, als dass er eines Tages eine Falle fand, die ihm einen Beauftragten der Kaiserin von Therm in die Hände spielte. Ein solcher Fund konnte für ihn der Beginn einer atemberaubenden Karriere sein.

Bislang hatte sich noch nichts Bedeutendes in den Fallen gefangen, aber die Hulkoos konnten warten. Patrouillenflotten waren unterwegs, um den von BARDIOC beherrschten Grenzbereich der Mächtigkeitsballung abzufliegen. Es lag auf der Hand, dass die Kaiserin von Therm auf ähnliche Sicherheitsmaßnahmen nicht verzichten würde. Daher waren an strategisch wichtigen Positionen die Fallen aufgebaut worden, um einen Inspektor der Kaiserin von Therm gefangen zu nehmen. Es ließ sich vorausberechnen, dass ein Beauftragter der Kaiserin eines Tages in eine der Fallen tappen musste – nicht berechenbar war nur der Zeitpunkt. Vielleicht fiel der Erfolg in die Zeit und die Region, die Kaarmansch-Xes kontrollierte. Inbrünstig sehnte der Hulkoo diesen Tag herbei.

Nur die Hoffnung auf diesen Fang machte die Patrouillen erträglich.

Kaarmansch-Xes verließ seine Kabine. Mit dem für seine Art typischen, schwerfälligen Gang eilte er durch die Korridore. Seine Untergebenen wichen respektvoll zur Seite.

In der Zentrale des Schiffes herrschte hektische Geschäftigkeit. Die Fernbeobachtung lieferte stetig wichtige Daten, und die Wissenschaftler diskutierten alle eingehenden Werte. Immer wieder gab es Veränderungen im Grenzbezirk; Planeten barsten, Sonnen veränderten ihre Strahlungswerte, ab und zu flammte eine Nova auf. Es war stets das Gleiche: Nahe einer Falle spielten die Beobachter verrückt.

Langsam näherte sich einer der Wissenschaftler. Kaarmansch-Xes studierte das Gesicht des Hulkoos. Der Mann zelebrierte beinahe ein heiliges Ritual, als er dem Kommandanten einen Datenstreifen übergab.

»Wir sind am Ziel!«, verkündete der Wissenschaftler. In der Zentrale breitete sich Stille aus. »Die Falle ist zugeschnappt!«

Kaarmansch-Xes fühlte, dass sich sein Körper erwärmte, ein sicheres Zeichen seelischer Erregung. Dennoch formte er mit seinen hornigen Lippen ein Lächeln.

»Das bleibt abzuwarten«, erklärte er mit gespielter Gelassenheit.

Die Falle

Sie sollte nicht töten, sondern nur gefangen nehmen.

Sobald ihre Taster das Opfer erfasst hatten und feststand, dass sich das Opfer am erwarteten Ort aufhielt, lief die Maschinerie an. Rasend schnell wurde die Sonne bis zum Überladungspunkt aufgeheizt. Dem Opfer blieb keine Zeit zur Flucht.

Die Sonne verschwand, und die beiden großen Planeten dieses Systems fielen dem Prozess ebenfalls zum Opfer.

Fangen, aber nicht zerstören!, lautete der Auftrag der Falle.

Fast acht Zehntel der Gesamtmasse verschwanden wie bei einem Transmittersprung im Hyperraum, von der freigesetzten fünfdimensionalen Energie angestoßen. Das verbliebene Fünftel der Materie wurde von dem Ausbruch als Feinstmaterie verstreut.

Der Vorgang spielte sich mit einer Geschwindigkeit ab, die dem Opfer nicht die geringste Chance ließ. Während es noch gegen die Materiewolke ankämpfte, verfinsterte sich ringsum der Raum. Ein Großteil der in das übergeordnete Kontinuum gerissenen Materieteilchen fiel weit vom Zentrum der Explosion entfernt in das Normalkontinuum zurück.

Die Falle hatte sich geschlossen. Sie durchmaß zwei Lichtjahre und war mit erstaunlicher Exaktheit rund, weil die Hyperenergien alle in den fünfdimensionalen Raum eingedrungenen Teilchen nach statistischen Gesetzen verteilt hatten. Innerhalb weniger Augenblicke war die Falle geschlossen.

Das Opfer saß rettungslos fest.

Die Opfer

Froul Kaveer fühlte sich unbehaglich, weil er seine Situation nicht erklären konnte. Ein Gefühl sagte ihm, dass die Maschinen seines Schiffes beängstigend fremd klangen. Wären sie intakt gewesen, hätte der Ton anders sein müssen. Vielleicht war das kleine Forschungsschiff beschädigt, es hätte ihn nicht verwundert.

In unmittelbarer Nähe sah der Weltraum noch völlig normal aus, aber dieser Eindruck verlor sich mit wachsender Entfernung. Das keulenförmige Schiff steckte in einer Wolke aus feinster Materie.

In seiner Verzweiflung fragte Froul Kaveer seinen LOGIKOR: »Gibt es eine Möglichkeit, diese Wolke zu verlassen?«

»Ein überlichtschneller Flug ist derzeit ausgeschlossen. Die Materiewolke stört die Ortung in einem Maß, dass ein Entkommen mit Überlichtgeschwindigkeit nicht möglich ist.«

»Können wir mit Unterlichtgeschwindigkeit entrinnen?«

»Ja«, lautete die Antwort. »Allerdings gibt es ebenfalls Ortungsschwierigkeiten. Berücksichtigt werden muss, dass eine Geschwindigkeit über fünfzig Prozent Licht die Abschirmfelder überlasten würde.«

Kaveer verspürte kein Interesse, sich auszurechnen, wie lange er den Blindflug ausdehnen musste, bis er wieder den freien Raum erreichte. Er trieb irgendwo in der Wolke, und kein Instrument verriet ihm, wie weit sich diese Materieballung in den Raum hinein erstreckte.

Unruhig bewegte er seine Arme. Wieder überfiel ihn die Frage nach seiner Existenz. Waren diese Arme typisch für sein Volk oder nur das Konstruktionsmerkmal einer Bauserie? Die Ungewissheit quälte ihn, obwohl es dringendere Probleme gab.

»In welche Richtung sollen wir fliegen?«

»Eine Aussage ist nicht möglich«, antwortete LOGIKOR. »Die Ortungsdaten sind verzerrt und widersprüchlich.«

Verärgert schaltete Kaveer den LOGIKOR ab. Wenn nicht einmal dieser perfekte Rechner eine Antwort wusste, wie sollte er selbst zurechtkommen? Falls das von Feinstaub vernebelte Gebiet ein Lichtjahr durchmaß, würde er im ungünstigsten Fall zwei Jahre brauchen, bis er den Rand erreicht hatte. War die Wolke größer, konnte er jahrelang umherirren.

Er hätte gern das System angeflogen, in dem er geboren oder gebaut worden war, aber ihm fehlte daran die Erinnerung. Er wusste lediglich, dass man ihm, einem Forscher im Dienst der Kaiserin von Therm, Teile seines Wissens genommen hatte. Als logisch und nüchtern denkendes Wesen begriff Kaveer den Sinn dieser Maßnahme. Falls er BARDIOC oder einer der Inkarnationen in die Hände fiel, durfte er nicht in der Lage sein, dem Feind Hinweise zu geben. Kaveer kannte die Koordinaten seiner Heimatwelt nicht, er wusste nicht einmal, aus welcher Galaxis er stammte.

Beklemmung umfing den Forscher. Er rutschte ein Stück auf dem Sitzbalken nach vorn. Vielleicht war es möglich, den Rand der Wolke mit mehreren Kurztransitionen zu erreichen. Innerhalb kurzer Zeit nahm Kaveer die dafür nötigen Schaltungen vor. Obwohl er Vertrauen zu seinem Schiff hatte, wartete er noch viele Augenblicke lang, bevor er den ersten Sprung einleitete.

Der Forscher wurde fast von seinem Sitzbalken gerissen. Das Kreischen und Dröhnen überlasteter Aggregate ließ ihn entsetzt pfeifen. Ihm wurde klar, dass diese Kurztransition beinahe sein Ende gewesen wäre. Das Schiff hatte zwar dem Befehl gehorcht, aber dieser kurze Sprung hatte die technischen Anlagen bis hart an den Zusammenbruch belastet.

Sekunden vor der zweiten Kurztransition widerrief Kaveer das Programm. Er stieß einen erleichterten Pfiff aus, als hinter ihm die Arbeitsgeräusche leiser wurden und das Höllenkonzert der überlasteten Aggregate allmählich verstummte. Der Sprung war gelungen, daran bestand kein Zweifel, doch einen Vorteil hatte Froul Kaveer damit nicht erlangt. Nach wie vor hüllte ihn die Wolke ein, zeigte die Ortung keine brauchbaren Werte. Vielleicht war er sogar tiefer in die Materieballung eingedrungen und damit von der Rettung weiter entfernt denn je.

»Kannst du mir helfen?«, fragte er LOGIKOR, nachdem er ihn aus der Gürteltasche geholt und aktiviert hatte.

»Ich fürchte, nein«, antwortete die silbrig schimmernde Kugel in seiner Hand. Der LOGIKOR hatte eine unterstützende Aufgabe, aber es schien, als sei das Gerät ebenfalls von der augenblicklichen Notlage betroffen.

»Versuche, den Rand der Wolke in gradlinigem Unterlichtflug zu erreichen. Einen anderen Rat kann ich dir nicht geben.«

»Wie groß ist die Wolke?«

»Unbekannt.«

»Ein Flug wird bei niedriger Geschwindigkeit lange dauern«, gab Kaveer zu bedenken. »Fliege ich so schnell, wie es die Wolke zulässt, werde ich sehr viel Energie für die Schirmfelder brauchen. Fliege ich langsam, um die Generatoren zu schonen, reicht die Energie vielleicht nicht aus, um uns das Ende der Wolke erreichen zu lassen. Berechne das!«

LOGIKOR schwieg sekundenlang, dann gab er das Ergebnis seiner Berechnungen bekannt. Nach diesen Werten programmierte Froul Kaveer sein Schiff. Er wusste, dass einige der Aggregate im hinteren Teil nicht mehr voll funktionstüchtig war. Die Aussicht, der Materiewolke zu entkommen, war daher gering.

Noch sahen die Daten vertrauenerweckend aus, doch das war für den Forscher zweitrangig. Jede Flucht, und sei sie noch so übereilt, zielte darauf ab, den Flüchtenden an einen sicheren Ort zu führen. Kaveer konnte nur hoffen, dass es auch für ihn irgendwo einen solchen sicheren Ort gab. Noch war seine Flucht unvollständig, denn sie führte nur von einer Gefahr weg. In Froul Kaveer brannte die Frage, wohin ein Heimatloser fliehen sollte.

Der Posbifreund

Mit millionenfacher Lichtgeschwindigkeit raste die SOL durch den Linearraum. Die Stimmung in der Zentrale war von der Dienstroutine gekennzeichnet, dennoch wurde die Anspannung spürbar. Die Bewohner des hantelförmigen Fernraumschiffs, zumindest jene, die nicht in dieser stählernen Welt geboren worden waren, suchten fieberhaft nach der verschollenen Erde und ihren Bewohnern.

Wir kannten die Position der Erde nicht, aber wir hatten einen Anhaltspunkt, weil wir eine Bildübertragung empfangen hatten. Dem MODUL hingegen war der neue Standort der Sonne Medaillon mit Terra und Goshmos Castle geläufig.

Aber das MODUL befand sich in Schwierigkeiten. Und die Kaiserin von Therm hatte keineswegs eines ihrer Hilfsvölker eingesetzt, um das MODUL zu retten, sondern ausgerechnet die SOL und ihre Besatzung.

Aus dem zentralen Antigravschacht trat ein Mann hervor. Er wirkte ziemlich alt. Auffällig waren seine Glatze und das hochrote Gesicht. Außerdem wischte er sich mehrmals den Schweiß von der Stirn, obwohl es zumindest in der Zentrale angenehm kühl war. Mit dem rechten Arm hielt er ein unförmiges Bündel umklammert.

»Ich suche den Herrn Sonderoffizier Guck.« Sein Tonfall ließ vermuten, dass er kurz vor einem Kollaps stand.

Gucky riss die Augen auf. Sein Fehler war, dass er für einen winzigen Augenblick zu Perry Rhodan hinüberschaute, und Rhodans Gesichtsausdruck war eindeutig. Gucky durfte auch nicht ein klein wenig telepathisch schnüffeln.

Mürrisch watschelte der Mausbiber auf den Mann mit dem Bündel zu. »Hier bin ich!«, verkündete er. »Gucky, der Retter des Universums!«

Der Mann mit dem Paket musterte ihn skeptisch. Seinem Gesichtsausdruck nach zu schließen, fand er den Ilt nicht sonderlich beeindruckend. »Ich komme von der Versorgungsstelle.« Das klang wie eine Drohung. »Ich soll das hier abliefern.« Mit diesen Worten drückte er dem entgeistert dreinblickenden Mausbiber das unförmige Bündel in die Hand. Gucky schnüffelte misstrauisch daran.

Er ahnte, dass man ihn veralbern wollte, aber er wusste, dass Perry Rhodan ihn beobachtete. Gucky grinste mühsam. »Und was, bitte, ist darin?«, wollte er wissen.

»Eine Daunendecke«, verkündete der Bote feierlich.

»Eine was?«

»Eine Daunendecke, eine doppelte sogar!«

Sekundenlang war es still in der Zentrale, dann erklang aus den Akustikfeldern helles Lachen. In einem der Holos war Atlan zu erkennen, und er schüttelte sich vor Lachen. Natürlich wusste sein fotografisches Gedächtnis sofort, worum es ging.

»Ich kann mich nicht erinnern, eine Daunendecke angefordert zu haben, schon gar keine doppelte«, sagte Gucky. »Ich bin ein harter Mausbiber, müssen Sie wissen!«

Nichts verriet seine Verwirrung besser als das »Sie«. Normalerweise pflegte er rücksichtslos zu duzen, gleichgültig ob Freund oder Feind.

»Hier ist die Anforderung, vom Kommandanten gegengezeichnet!«, beharrte der Bote. Er brachte eine Datenfolie zum Vorschein und hielt sie dem Mausbiber unter die Nase. Mentro Kosum wurde ebenfalls misstrauisch und kam langsam näher.

»Ich kann mich nicht erinnern, eine solche Anforderung bestätigt zu haben«, wandte Kosum ein.

Guckys Augen wurden mit jeder Sekunde größer. Er reichte die Folie telekinetisch an Rhodan weiter. Der las und lachte ebenfalls.

»Du brauchst dich nicht zu sorgen, Mentro«, sagte Rhodan. »Diese Anforderung wurde zwar vom Kommandanten abgesegnet, aber nicht von dir. Wir flogen damals Panatol an, es war im Jahr ...«

»... 2113«, half Atlan aus. Er hatte Schwierigkeiten, deutlich zu sprechen, weil er noch immer lachte.

»Es war an Bord der THEODERICH«, fuhr Rhodan fort. »Gucky beschwerte sich darüber, dass die Sitzgelegenheiten des Flaggschiffs für die empfindliche Kehrseite eines Mausbibers zu hart seien. Der damalige Kommandant Jefe Claudrin versprach ihm, eine doppelte Daunendecke anzufordern. Was willst du mehr, Gucky – nun hast du alles!«

Völlig entgeistert ergriff der Ilt die Decke und starrte sie wie ein Weltwunder an.

»Claudrin meinte damals, es würde etwas dauern«, prustete Atlan. »Wie ich sehe, gerät in der Solaren Flotte nichts in Vergessenheit, auch wenn es die Solare Flotte längst nicht mehr gibt!«

»Damit ist meine Aufgabe wohl erledigt«, verkündete der Mann von der Beschaffungsstelle würdevoll. »Gestatten Sie mir, dass ich mich zurückziehe. Es müssen noch andere Eilaufträge erledigt werden.«

Er hatte den Antigravschacht fast erreicht, als Gucky ihn telekinetisch festhielt. »Stopp!«, rief der Ilt. »Meine Kabine ist hübsch und bequem, was soll ich mit einer Daunendecke? Nimm sie wieder mit!«

Der Bote schüttelte den Kopf. »Die Datei für ein Rückerstattungsverfahren kann angefordert werden«, verkündete er tückisch. »Bis dahin ist es Ihre Pflicht, Sonderoffizier Guck, das Ihnen ausrüstungsmäßig zustehende Inventar schonend zu behandeln.«

Gucky sah in dem Moment wirklich Mitleid erregend aus. »Wie lange wird es dauern, bis ich die Decke wieder los bin?«, wollte er wissen.

Die Antwort kam von Atlan. »Zwölf Jahre, Gucky, und drei Monate – manchmal auch nur zwei!«

»Ich verbrenne das Ding!«, verkündete der Ilt entschlossen und fixierte seinen glatzköpfigen Widersacher.

Der Bote nickte gelassen. »Wenn Sie das tun, werden Sie eine Verlustmeldung abzugeben haben. Danach folgt eine Untersuchung der besonderen Umstände des Verlustfalls. Diese Prozedur wird sich bei normalem Bordbetrieb über mehrere Monate hinziehen. Sie verlängert sich, sollte es zwischenzeitlich zu Kampfhandlungen, Havarien oder anderen Störungen und Eingriffen kommen.«

Bevor Gucky sich von dieser Auskunft erholt hatte, war der Bote verschwunden. Der Ilt blickte noch eine Zeit lang auf den Antigravschacht, schließlich wurde ihm bewusst, dass er von allen angestarrt wurde. Würdevoll stolzierte er zu seinem Platz und breitete sorgfältig die Decke aus. Mit verklärtem Gesichtsausdruck hob er sich selbst telekinetisch in die Höhe und sank dann langsam auf die weiche Decke herab.

Die Oberfläche seines Sitzes war glatt, die Außenseite der Decke ebenfalls. Beide, Decke und Gucky, gerieten ins Rutschen, und ehe sich's der Mausbiber versah, saß er, von der Decke eingehüllt, auf dem Boden.

Bevor er erneut die Lacher gegen sich hatte, teleportierte er davon. Die Decke blieb zurück.

Ich grinste und winkte einen meiner Posbis heran. Auf den metallenen Gesichtszügen des Roboters zeichnete sich Sorge ab. Mich wunderte, dass die Terraner nicht fähig waren, diese Mimik zu verstehen, die ebenso ausdrucksvoll sein konnte wie ein menschliches Gesicht. Ich hatte die Posbis allerdings lange studieren müssen, bis ich sie richtig interpretieren konnte.

Ich deutete auf die Decke. »Gucky hat dies hier verloren, er leidet unter dem Verlust. Bringe den Gegenstand zu ihm und sieh zu, dass er ihn künftig mit sich führt!«

Der Posbi fuhr einen Tentakelarm aus und hob die Decke ehrfurchtsvoll an.

»Finden Sie das fair, Galto?«, wollte Perry Rhodan von mir wissen.

Ich zuckte mit den Schultern. »Wer hilft mir, wenn ich Hilfe brauche?«, fragte ich zurück.

Langsam kehrte in der Zentrale der SOL wieder Ruhe ein.

Margaux Weynard trat auf Perry Rhodan zu und übergab ihm eine Datenfolie. »Die Ortung hat dieses Objekt erfasst – eine Materiewolke, nahezu perfekt kugelförmig, dazu stark im Hyperspektrum strahlend. Durchmesser schätzungsweise zwei Lichtjahre. Es könnte sich um den Berührungspunkt handeln, den uns die Kaiserin von Therm bezeichnet hat.«

Rhodan überlegte nicht lange und ließ die SOL den Kurs anpassen. »Dobrak«, wandte er sich an den Kelosker, »wie wahrscheinlich ist es, dass die Kaiserin von Therm ausgerechnet eine heftig strahlende Materiewolke als Berührungspunkt auf der Großen Schleife ausgewählt hat?«

Bevor der Rechenmeister antworten konnte, redete Margaux Weynard weiter: »Wir haben festgestellt, dass die Materiewolke wegen ihrer heftigen Strahlung jedem Raumschiff erhebliche Probleme bereiten wird. Unsere Analyse lässt folgende Fakten erkennen: Das MODUL, wie immer es beschaffen sein mag, hat die Aufgabe, eine extrem große Kontaktschleife zu fliegen und Daten zu sammeln; dafür wird die Kaiserin von Therm kein Beiboot eingesetzt haben. Vermutlich haben wir es mit einem Raumflugkörper unbekannter Konstruktion zu tun, der mit an Sicherheit grenzender Wahrscheinlichkeit eines mit der SOL gemeinsam hat – er wird sehr groß sein.«

Dobrak unterbrach die Frau nicht, er zeigte lediglich durch Gesten an, dass er mit dieser Analyse übereinstimmte.

»Weiterhin wissen wir, dass das MODUL havariert ist. Daraus ergibt sich eine sinnvolle Schlussfolgerung: Das MODUL befindet sich wegen dieser Materiewolke in Schwierigkeiten.«

»Vollkommen richtig«, bestätigte Dobrak.

»Wenn selbst ein beachtliches Gebilde wie das MODUL in Bedrängnis gerät, wird auch die SOL gefährdet sein.«

»Ich stimme dem zu«, erklärte Atlan im Hologramm. »Das MODUL scheint im Bewertungskatalog der Kaiserin von Therm ohnehin einen besonderen Rang einzunehmen – für uns ist die SOL aber wesentlich wichtiger. Deshalb plädiere ich für eine Lageerkundung.«

»Wie wäre es mit der SEIDENRAUPE?«, warf Mentro Kosum ein.

»Wieso ausgerechnet ein Leichter Kreuzer?«

Mentro Kosum deutete auf Margaux Weynard. »Diese junge Frau gehört zur Stammbesatzung der SEIDENRAUPE. Ich vermute, dass sie ihre Beobachtungen gerne an Ort und Stelle überprüfen wird.«

Die Frau zeigte sich unbeeindruckt. »Ich hätte zwei Bitten, Sir!«, wandte sie sich an Perry Rhodan.

»Lassen Sie hören!«

»Zunächst würde ich es begrüßen, würde die Stammbesatzung des Kreuzers um einige besonders befähigte Besatzungsmitglieder erweitert. Wir müssen auf Überraschungen gefasst sein!«

»Einverstanden. Mentro Kosum wird das Schiff steuern, zudem schicke ich Ras Tschubai und Merkosh an Bord.«

Eine riesige Gestalt erhob sich aus dem Hintergrund. Ein Raubtiergebiss bleckte Rhodan an.

»Also gut, Tolotos, du bist ebenfalls dabei.«

Aus dem Antigravschacht tauchte in dem Moment ein gehetzt wirkender Galto Quohlfahrt auf. Es war gerade eine Stunde her, dass er nach dem Zwischenfall mit Guckys Daunendecke die Zentrale verlassen hatte. »Sir«, ächzte er, »haben Sie einen Einsatz, für den ich eingeteilt werden könnte?« Er blickte sich nach den Posbis um, die ihn wieder einmal verfolgten, vermutlich um ein defektes Teil seines unzulänglichen Körpers gegen ein synthetisches Organ auszutauschen.

»Sie werden auf die SEIDENRAUPE abkommandiert, Galto«, sagte Rhodan rasch und wandte sich dann an Margaux. »Sie sprachen von zwei Bitten?«

Der Blick der jungen Frau streifte Galto »Posbi« Quohlfahrt und blieb auf Icho Tolot hängen. »Ich würde gern meinen Partner mitnehmen«, sagte sie freundlich. »In seiner Nähe fühle ich mich sicherer.«

Galto Quohlfahrt nickte verständnisvoll und grinste dazu, während sich Icho Tolot in einem mühsam unterdrückten Lachkrampf wand. Perry Rhodan betrachtete nachdenklich die Frau, die ein verblüffendes Maß an Ruhe und Selbstsicherheit ausstrahlte. Wie musste der Mann aussehen, in dessen Gegenwart sie sich sicherer fühlte?

Der Jäger

Sehr sorgfältig analysierte Kaarmansch-Xes die Stimmung an Bord. Wenn er den Ausdruck in den Sehorganen seiner Untergebenen richtig deutete, befand sich die Besatzung nach den letzten Meldungen aus der Ortungszentrale in einem extremen Erregungszustand. Als Kommandant durfte er solche Gefühle aber nicht offenbaren.

»Die Auswertungen liegen vor?«, erkundigte er sich gleichmütig.

»Sie sind eindeutig«, antwortete der zuständige Offizier. »Die Falle Coursteebouth-Stern ist zugeschnappt, daran kann kein Zweifel mehr bestehen.«

Im Hintergrund der Zentrale wurden Jubelrufe laut, die Kaarmansch-Xes mit einer energischen Handbewegung erstickte. Dies war der entscheidende Augenblick seines Lebens. Seit er in der Patrouillenflotte seinen Dienst angetreten hatte, träumte er von diesem Augenblick. Seine Vorgehensweise stand für ihn längst in allen Einzelheiten fest; er wollte sie so gestalten, dass sein persönlicher Triumph glanzvoll wurde.

Mit einem kaum erkennbaren Lächeln gab er die Anordnung, der seine Besatzung entgegenfieberte: »Aktiviert den Großen Sender!«

Dies war der größte Augenblick in der Geschichte der Hulkoos, ein Tag von kosmischer Bedeutung. Jeder Einzelne wuchs über sich hinaus und konnte spüren, dass er zu einem Hulkoo wurde, für den es in der langen Geschichte des Volkes keine Vergleichspersonen gab. Einzig der erste Große Führer, der als erster Hulkoo zum Dienst für die Inkarnation aufgerufen worden war, konnte sich mit diesem Glanz noch messen.

Kaarmansch-Xes wusste, dass es nur an ihm lag, den Ruhm des ersten Großen Führers sogar zu übertreffen. Er allein hatte es in der Hand, ob sich die Hulkoos späterer Jahrtausende an diesen Tag erinnern und jedes seiner Worte mit ehrfurchtsvollem Schaudern auswendig lernen würden. *Kaarmansch-Xes, der Hulkoo, der den entscheidenden Schritt auf dem Weg getan hatte, der die Inkarnation für alle Zeiten von ihren Feinden befreite.*

»Sendet folgende Botschaft an die Hauptwelt der Inkarnation CLERMAC: *Die Falle Coursteboutth-Stern ist zugeschnappt! Gezeichnet: Kaarmansch-Xes.*«

Der entscheidende Satz war gesprochen. Für alles, was weiterhin geschehen sollte, trug Kaarmansch-Xes die Verantwortung. Als ein junger Hulkoo davoneilte, um den Befehl auszuführen, stürzte der Kommandant aber schon aus Himmelshöhen ab. Er fragte sich, was geschehen würde, falls sich nicht der Beauftragte der Kaiserin von Therm in der Falle gefangen hatte. Gewiss, die Falle war so konstruiert, dass sie sich nicht über jedem Vagabunden schloss, aber dennoch ...

Er lächelte, und nur er selbst wusste, wie viel Kraft ihn dieses Lächeln kostete. Der Ausdruck, den die Gesichter seiner Untergebenen zeigten, ließ sich allein mit dem Wort Verehrung beschreiben – niemand verstand, in welchen Abgrund von Angst Kaarmansch-Xes so jäh gestürzt war. Jeder Augenblick des Triumphs, den dieser Tag und die folgenden bringen konnten, gehörte ihm, aber ebenso jede Sekunde der panischen Furcht, übereilt gehandelt zu haben. Den Triumph würde seine Besatzung mit ihm teilen, in seiner Angst war er allein.

»Sendet außerdem eine Botschaft an die anderen Einheiten der Patrouillenflotte! Die Schiffe sollen umgehend Coursteboutth-Stern anfliegen. Gezeichnet: Kaarmansch-Xes, Befehlshaber der Patrouillenflotte!«

Der Kommandant, der als Erster eine geschlossene Falle fand, hatte das Recht, den Oberbefehl über alle erreichbaren Einheiten der Flotte zu übernehmen. In den nächsten Stunden konnten seine Führungskräfte also das Gefühl genießen, zu Flaggoffizieren aufgestiegen zu sein. Für Kaarmansch-Xes bedeutete das alles aber plötzlich nichts mehr. Der winzige Augenblick des Zweifels hatte seine Angst wie ein böses Geschwür aufbrechen lassen.

»Wir fliegen die Wolke an!« Es kostete ihn viel Kraft, die Bewunderung der Besatzung hinzunehmen, vor allem, weil dieser Ausdruck schnell und gründlich umschlagen konnte, sobald er einen einzigen Fehler machte.

Die Opfer

»Kannst du mir helfen, LOGIKOR?«

Froul Kaveer war verzweifelt. Hinter ihm wimmerten die Maschinen und dröhnten die Reaktoren. Sein kleines Schiff war dem Ende nahe. Er stieß einen kurzen Pfiff aus, in dem Ärger und Niedergeschlagenheit mitschwangen, als die Rechenkugel verneinte.

Das Schiff bewegte sich ziellos und langsam durch die Materieballung. LOGIKORS unerbittliche Analyse hatte ergeben, dass keine Möglichkeit existierte, den Bereich der Wolke zu verlassen. Die technischen Mittel reichten dafür nicht aus.

Stunden hatte Kaveer in der Antigravwabenröhre verbracht, weil er die Wiedergabe auf den Schirmen der Ortungssysteme nicht mehr ertrug. Das Schiff war von einer harten Streustrahlung umgeben, die sich wie ein undurchdringlicher heller Nebel abzeichnete.

Froul Kaveer bereitete sich auf den Tod vor, und es schien ihm wie Hohn, dass er nicht einmal in diesem Augenblick sagen konnte, ob er nun starb oder nur funktionsunfähig wurde. Jetzt hatte der Forscher zwar Zeit, sich mit dieser Frage zu beschäftigen, aber er wusste zu gut, dass er darauf keine Antwort bekommen würde, nicht einmal von LOGIKOR.

Nachdenklich betrachtete Kaveer den kleinen silbrigen Ball an seinem Gürtel. Wer oder was war LOGIKOR? Ein Roboter, eine konstruierte Maschine? Flüchtig wünschte er sich, dass er selbst ebenfalls ein Roboter wäre, denn dann hätte er im Augenblick der Zerstörung wenigstens einen Leidensgefährten gehabt.

Er richtete sich auf seinem Sitzbalken auf. »Wie viele Forscher halten sich in der Wolke auf?«, fragte er hastig.

»Die Frage kann nicht beantwortet werden«, teilte die Kugel mit. »Nach meiner Schätzung werden sich sehr viele Forscher des MODULS im Inneren der Wolke aufhalten, soweit sie nicht bereits ausgefallen sind.«

Ausgefallen!, dachte Kaveer. *Roboter fallen aus, Lebewesen nicht.* Lebende Wesen starben; aber konnte LOGIKOR diesen Unterschied überhaupt begreifen? Eines der wenigen Dinge, die Kaveer noch wusste, war, dass Leben Empfindungen hatte. Die Tatsache, dass er selbst von Ängsten und Furcht geschüttelt wurde, war dennoch kein zwingender Beweis für die These, dass er kein Roboter war. Die Vernichtung seiner Existenz würde er empfinden müssen, gleichgültig, ob er ein lebendes Wesen oder eine Maschine war.

Ausgefallen!, dachte Kaveer noch einmal. Wahrscheinlich wimmelte es in der Wolke von Forschungsschiffen. Er wusste es nicht genau, seine Erinnerungen an das MODUL und die Forscher, die ihm dienten, waren stark getrübt.

»Frage an LOGIKOR«, formulierte er. »Entspricht es den Tatsachen, dass das MODUL eine sehr wichtige Aufgabe im Dienst der Kaiserin von Therm zu erfüllen hatte?«

»Die Überlegung ist einwandfrei«, antwortete LOGIKOR.

Ich muss vorsichtig vorgehen, dachte Kaveer. Er dachte nicht an Verrat, er wollte lediglich versuchen, LOGIKOR möglichst viel an Informationen zu entnehmen. Dabei wusste er nicht einmal, ob LOGIKOR präzise Fragen über das MODUL – die er natürlich niemals zu stellen gewagt hätte – überhaupt beantworten konnte. Die Wahrscheinlichkeit sprach dagegen. Kaveer wollte es dennoch versuchen.

»Zu diesen Aufgaben gehörte auch die Forschung ... Ist die Vermutung richtig, dass angesichts der Bedeutung der Arbeit des MODULS die Zahl der Forscher beträchtlich ist?« Gespannt wartete Froul Kaveer auf die Antwort.

»Die Vermutung ist richtig, ich weise aber auf die unklare Bedeutung des Wortes *beträchtlich* hin!«

Kaveer pfiff erleichtert. Eine exakte Antwort auf seine Frage hatte er nicht erhalten, doch die Aussage, dass die Zahl der Forscher beträchtlich sei, hob seinen Mut. Was ihm allein unmöglich war, konnte vielleicht erreicht werden, sobald sich die versprengten Forscher zusammenfanden.

Obwohl er sich des Risikos bewusst war, leitete Froul Kaveer mehr Energie auf die Ortungssysteme. In den entsprechenden Anzeigen verstärkte sich der Nebel, doch bei genauerem Hinsehen erkannte er in dem hellen Schleier Gebilde, in denen sich die Materie dichter zusammenzuballen schien. »Vielleicht Raumschiffe«, überlegte er laut.

Irgendwo in diesem diffusen Nebel trieb das MODUL. Kaveer kannte nicht mehr als den Namen, alle anderen Erinnerungen fehlten ihm. Dennoch sehnte er sich nach dem unerreichbaren und unsagbar fremden MODUL. Er wusste, dass er zur Besatzung des MODULS gehört hatte, und er wollte zurück.

Sehnt sich ein Roboter nach der Stätte seiner Fabrikation zurück, ein Sklave nach seiner Zelle?, fragte er sich, und für die Gefühle, die ihn bewegten, fand er nicht einmal einen Namen.

Der Chronist

Morl Weynard saß über den Text gebeugt, der über seine Arbeitsplatte lief, und merzte Fehler aus. Diese positronischen Korrigiermaschinen hatten einen entscheidenden Fehler: Sie nahmen den zu redigierenden Text viel zu wörtlich. Für Ironie und verwandte Gebiete hatten sie kein Gespür.

Andererseits verkürzten sie die Herstellungszeit der SOL-Gazette beträchtlich. Es gab noch zwei andere Bordinformationen, aber Morl Weynards Magazin bestach durch Außergewöhnlichkeit. Der Gazette war anzumerken, dass sie von einem begabten Amateur gefertigt wurde, der sich dieser Arbeit mit aller Energie verschrieben hatte.

Morl Weynard war ein hagerer Mann, unterdurchschnittlich groß, mit langem, oft verfilztem Haar und geistesabwesendem Blick. Seine blauen Augen schauten in Fernen, von denen nicht einmal die Kelosker etwas ahnten. Das gebrochene Nasenbein war die Folge eines verunglückten Interviews, das Morl jedoch als Beweis seiner Unnachgiebigkeit wie einen Orden trug.

Genüsslich schmatzend las Morl den Leitartikel. »Klasse!«, murmelte er. »Wenn das nicht einschlägt ...« Der Artikel beschäftigte sich mit der Tatsache, dass Perry Rhodan die Errichtung eines Eroscenters nicht bewilligt hatte.

»Dieser Mangel schreit zum Himmel!« Der Satz stammte von dem einzigen Antragsteller, einem stark frustrierten Zwangs-Junggesellen.

Morl befühlte vorsichtig sein Nasenbein, als hinter ihm Schritte erklangen. Aber nur seine Frau hatte den Redaktionsraum betreten.

»Du wirst dich für einige Zeit von deiner Arbeit trennen müssen«, verkündete sie.

Morl zog die Brauen in die Höhe. »Was hast du wieder ausgebrütet?«, fragte er misstrauisch.

»Wir beide sollen an Bord der SEIDENRAUPE eine Staubwolke untersuchen«, erklärte Margaux. »Ich habe Perry Rhodan darum gebeten, dass du mich begleiten darfst.«

»Deine Fürsorge ist rührend«, erwiderte Morl. »Wann brechen wir auf?«

»Sofort.«

Morl seufzte und speicherte den Text ab. Nun musste doch die Positronik alles Weitere erledigen. Währenddessen zog Margaux Rollkragenpullover und Hose aus und suchte im Schrank nach der Einsatzkombination. Morl sah ihr fasziniert zu.

Margaux war überaus attraktiv, rothaarig, blauäugig, genau die Sorte

Frau, die er stets gesucht hatte. Morl begriff immer noch nicht ganz, wieso Margaux ausgerechnet mit ihm einen langfristigen Ehevertrag geschlossen hatte.

Mit der für sie typischen ruhigen Selbstverständlichkeit half Margaux ihm in seine Einsatzkombination. Für alle Fälle versteckte Morl noch eine winzige Speichereinheit in einer Tasche. Man konnte nie wissen, ob sich Dinge zutrugen, die eine Schlagzeile wert waren.

2.

Der Jäger

Mit Gewalt unterdrückte Kaarmansch-Xes seine Erregung. In dem großen Holo zeichnete sich Courstebouth-Stern ab – zumindest das, was einst Courstebouth-Stern gewesen war. Die Falle hatte funktioniert, daran war kein Zweifel mehr möglich, indes würde noch geraume Zeit vergehen, bis klare Aussagen möglich wurden. Die Patrouillenschiffe waren auf die Besonderheiten der Fallen vorbereitet, aber sogar ihren Ortungssystemen bereitete die spezifische Strahlung gewaltige Schwierigkeiten. Je näher das Schiff der Wolke kam, umso stärker wurden die Zerreffekte und Streuungen. Die harte 5-D-Strahlung, die das Opfer lähmen und bewegungsunfähig machen sollte, behinderte sogar die Jäger.

In der Zentrale war es beklemmend still geworden. Die Hulkoos, die zurzeit keine speziellen Aufträge zu erfüllen hatten, starrten Kaarmansch-Xes verehrungsvoll an.

Wortlos legte ihm ein Offizier eine Fotografie vor. Er brauchte nur einen kurzen Blick darauf zu werfen, um zu erkennen, dass es sich um eine Aufnahme der Wolke handelte, in die sich Courstebouth-Stern verwandelt hatte. Erst beim zweiten Hinsehen entdeckte Kaarmansch-Xes den undefinierbaren Körper inmitten der Feinstmaterie. Er musste eine beträchtliche Größe haben, sonst hätten ihn die Instrumente der Ortungszentrale nicht erfassen können. Aber die Geräte waren durch die Strahlung derart gestört, dass ein genaues Anmessen des Objekts nicht möglich war.

Kaarmansch-Xes betrachtete das Bild lange und eindringlich, wie es seiner Rolle als Held des Tages entsprach. Es galt, alle Worte sorgsam zu überlegen.

»Was immer sich in der Falle gefangen hat, es muss von beträchtlicher Größe sein.« Er bemerkte erschreckt, dass dieser Ausspruch alles andere als erhaben und groß war, sondern eher banal und nichts sagend. Ihm wurde deutlich, dass er sozusagen an zwei Fronten kämpfte. Er musste nicht nur den Auftrag erfüllen und den Vertreter der Kaiserin von Therm fangen, er hatte ebenso dafür zu sorgen, dass er in den Geschichtsdateien nicht wie ein Trottel wirkte, dem dieser Erfolg lediglich in den Schoß gefallen war. Kaarmansch-Xes hätte viel darum gegeben, wäre ihm eine jener Bemerkungen eingefallen, die im Laufe der Jahrtausende zu geflügelten Worten geworden waren.

»Hoffen wir«, sagte er, als das Schweigen in der Zentrale die Grenze der Unerträglichkeit bereits überschritten hatte, »dass wir unseren Auftrag erfüllen können!«

Das ist auch nicht viel besser, stellte er ernüchtert fest. Ein rascher Seitenblick verriet ihm, dass ihn seine Untergebenen dennoch ehrfürchtig anstarrten.

»Wir greifen an! CLERMAC mit uns!«

Spontan wiederholten alle Besatzungsmitglieder den neuen Schlachtruf. Kaarmansch-Xes erlaubte sich ein erleichtertes Aufatmen. Vielleicht reichte dieser letzte Satz für die Geschichtsschreibung aus, auch wenn ihm schien, als habe er diesen Ausspruch schon einmal gehört.

Die Begeisterung der Mannschaft war echt, das wusste der Kommandant. Er ahnte auch, weshalb seine Hulkoos so enthusiastisch reagierten. Es gab viele Völker, die den Inkarnationen halfen, und Kaarmansch-Xes war sich sicher, dass sein Volk nicht das höchste aller Hilfsvölker war. Vielleicht aber führte dieser Tag des Triumphs dazu, dass die Hulkoos in der Einschätzung der Inkarnationen stiegen.

Wieder überfiel ihn die Furcht. Falls er sich geirrt hatte, war die Katastrophe nicht mehr aufzuhalten. Die Inkarnation CLERMAC erwartete von ihm und seinen Männern, dass sie den Boten der Kaiserin von Therm stellten und fingen. Nichts anderes erwartete das Volk der Hulkoos auch. Um aber den Erfolg erreichen zu können, musste er Alarm geben, sobald er eine geschlossene Falle bemerkte. Erwartet wurde, dass der Kommandant die gesamte Mächtigkeitsballung in Aufruhr setzte, dann erst konnte der erhoffte Triumph keine Steigerung mehr erfahren.

Kaarmansch-Xes akzeptierte, dass er damit zugleich die Gefahr heraufbeschwor, im Falle eines Versagens abgrundtief in die Verachtung zu stürzen. Er war jung und ehrgeizig, und als er sein Kommando antrat, hatte er dies in der festen Überzeugung getan, jeder nur denkbaren Aufgabe gewachsen zu sein. Inzwischen sah sich der Kommandant bedrängt von Problemen und Verantwortungen, an die er selbst in den schlimmsten Alpträumen niemals gedacht hatte.

»CLERMAC, hilf!«, murmelte er.

Die Opfer

Die Anfälle kamen in Wellen. Wie ein Pendel schlugen sie aus, von einem Zustand in sein extremes Gegenteil. Im Augenblick war es für Froul Kaveer unerheblich, ob er ein Roboter oder ein organisches Wesen war. Zum einen war ihm schlagartig klar geworden, dass er existierte, und an dieser Erkenntnis gab es nichts zu deuten. So paradox es klang, gerade die Tatsache, dass er an seiner eigenen Existenz zweifeln konnte, bewies, dass es ihn gab. Froul Kaveer war sich bewusst, zumindest glaubte er das, dass er mehr sein musste als eine einfache Programmierung, die nach Belieben erweitert oder gelöscht werden konnte.

Daraus ergaben sich Konsequenzen, die der Prüfung wert erschienen. Für ihn konnte es gleichgültig sein, wie er entstanden war. Schließlich war der Unterschied zwischen einer Fertigungsstraße, an deren Ende perfekte Roboter standen, und einem genetisch programmierten Entwicklungsvorgang, der von biologischer DNA gesteuert wurde, nur gering. Der Unterschied war erst dann von Gewicht, wenn damit eine logisch unbegründbare, gefühlsmäßig aber wichtige Einstufung vorgenommen wurde, die das organische Leben über das robotische stellte. Entscheidend war zudem der Umschlag von Quantität in Qualität.

Ob Instinkt oder positronische Rückkopplung, blieb uninteressant; bedeutsam war nur, dass die Ansammlung von Informationen und Programmierungen eines Tages eine bestimmte Grenze überschritt. Dann wurde daraus ein Bewusstsein, ein abstraktes Etwas, das über sich selbst nachdenken und sich der Tatsache der eigenen Existenz bewusst werden konnte. Ob dieses Bewusstsein an Neuronen, Ganglien und Synapsen gebunden war oder an positronische Kernspeicher, war für die Beurteilung der Qualität bedeutungslos.

Wenige Augenblicke hatten gereicht, um Froul Kaveer zu dieser Einsicht zu bringen – danach ging es noch schneller, ihn zu frustrieren. Was half es ihm, wenn er nun wusste, dass er gewiss keine programmabhängige Maschine war oder ein sorgsam dressiertes Tier? Sein neu entdecktes Bewusstsein würde ohnehin in kurzer Zeit von dem durchgehenden Reaktor zerstrahlt werden.

Auf die Erkenntnis, dass er tatsächlich lebte, war für Froul Kaveer blitzartig die Erkenntnis gefolgt, dass er dieses Leben sehr bald verlieren würde.

Regungslos kauerte er auf dem Sitzbalken und hätte fast die Bewegung in der Holodarstellung nicht wahrgenommen. Er sah sie erst, als der Schemen heftiger zuckte.

Innerhalb einer Sekunde wich Kaveers Benommenheit. Wenn er die verwaschenen Konturen auf dem Schirm richtig deutete, konnte es sich nur um das Schiff eines anderen Forschers handeln. Das Wissen, in dieser Wüste aus Strahlung und mikrofeinem Staub nicht völlig allein zu sein, half ihm, seine Ängste vorerst zu unterdrücken. Hastig schaltete er das Funkgerät ein.

Aus den Lautsprechern drangen Geräusche, die alles andere als freundlich klangen. Es schien, als habe sich die Materiewolke nicht dafür entscheiden können, welche Art von Störung sie bevorzugen sollte, und daher vorsichtshalber alles produziert, was sich zur Erschwernis des Funkverkehrs verwenden ließ. Das Zischen und Fauchen, Prasseln, Knattern und Pfeifen wirkte beinahe schmerzhaft. Dennoch war die Stimme des Forschers zu hören, der sich an Bord des anderen Schiffes aufhielt.

»Hier Ranc Poser an Bord der SCHWIMMER …«

»Hier Froul Kaveer auf der TAUCHER!«

Schlagartig wurde ihm klar, dass er nicht mehr weiterwusste. Wie redeten sich Forscher untereinander an? Kaveer entsann sich, dass er es einmal gewusst hatte, aber die Information stand ihm nicht mehr zur Verfügung. Sollte er Bruder sagen? Zu diesem Begriff gehörte zwangsläufig die Schwester, und daraus ließ sich ohne jede Schwierigkeit auf mindestens zweigeschlechtliche Wesen rückschließen – mithin also auf einen organischen Ursprung Kaveers und aller anderen Forscher.

Offenbar kämpfte Ranc Poser mit ähnlichen Problemen. Die Pause bis zu seiner Antwort schien überlang.

»Brauchst du Hilfe?«

Er hat die Anrede vermieden, erkannte Kaveer. Offenbar überstieg diese Situation auch Posers Verständnis.

»Mein Schiff wird verglühen«, gab Kaveer bekannt. Er bemühte sich, möglichst wenig von seiner Angst erkennen zu lassen. »Kannst du mich an Bord nehmen?«

Wieder traf die Antwort mit beträchtlicher Verzögerung ein. »Theoretisch wäre das möglich. Aber ich weiß nicht, wie du an Bord kommen könntest.«

Natürlich, da lag der Haken. Die Forschungsschiffe waren nicht für komplizierte Andockmanöver gedacht. Kaveer pfiff verärgert. »Ich werde LOGIKOR fragen. Vielleicht weiß er eine Antwort. Währenddessen fliege ich auf dich zu!«

»Einverstanden. Auch ich werde meinen LOGIKOR zu Rate ziehen!«

Hastig aktivierte Kaveer die Rechenkugel. »Gibt es eine Möglichkeit, Posers SCHWIMMER zu erreichen?«

»Ein Anlegemanöver ist nicht durchführbar«, antwortete LOGIKOR knapp.

»Gibt es eine andere Chance für mich, Poser zu erreichen?«

Prompt sagte LOGIKOR: »Du könntest aussteigen und die SCHWIMMER im freien Flug erreichen.«

»Es ist kein Raumanzug an Bord.« Kaveer pfiff erstaunt.

»Das stimmt.« Zu weiteren Äußerungen ließ LOGIKOR sich nicht mehr hinreißen.

Kaveer überlegte fieberhaft. Vielleicht bot sich ihm zum ersten Mal eine Gelegenheit, mehr über sich selbst zu erfahren.

»Stimmt es, dass niemals ein Raumanzug an Bord eines Forschungsschiffs mitgeführt wird?«

»Keine Aussage«, lautete die unbefriedigende Antwort.

Kaveer versuchte, sich zu erinnern. Er hoffte, dass sein künstlich getrübtes Gedächtnis wenigstens noch einzelne Informationen enthielt. Von einem Raumanzug fand er allerdings nichts in seinen Erinnerungen.

»Roboter«, formulierte Kaveer laut, »können sich geraume Zeit ohne Schutzanzug im freien Raum aufhalten. Sie nehmen dabei keinen Schaden.«

»Die Information ist korrekt«, bestätigte LOGIKOR.

»Wenn mir also kein Raumanzug mitgegeben wurde«, folgerte Kaveer, »dann heißt das, dass ich im Notfall auch keinen benötige. Folglich bin ich ein Roboter.« Er redete nur noch sehr leise, weil ihn diese Erkenntnis nicht freute. Daraus hätte sich logisch ableiten lassen müssen, dass eine robotische Existenz minderwertig war. Zu Gefühlen dieser Art waren aber nur organische Lebewesen fähig. Niemals würde ein Roboter sagen, dass er *nur* ein Roboter sei. Kaveer erkannte, dass er keinen Schritt weitergekommen war.

Inzwischen zeichnete sich Posers SCHWIMMER deutlich auf den Schirmen ab. Das Schiff war nur wenige hundert Meter entfernt, eine lächerlich geringe Distanz für einen Forscher, der seinen Aktionsradius nach Hunderttausenden von Lichtjahren bemaß.

Aber zwischen den beiden Schiffen lag das Nichts.

Kaveer pfiff aufgeregt. »Gibt es Lebewesen, die in der Lage sind, sich für einige Zeit ohne Schutzanzug im freien Raum zu bewegen?«

»Es gibt solche Lebewesen«, antwortete LOGIKOR prompt.

Die nächste Frage ergab sich zwangsläufig. »Bin ich ein solches Lebewesen?«

»Meine Informationen reichen nicht aus, das zu beantworten«, behauptete LOGIKOR. »Aber es gibt eine Möglichkeit, die Wahrheit herauszufinden. Wenn du das Schiff ohne Schutzanzug verlässt und dabei stirbst, musst du entweder ein defekter Roboter sein oder ein nicht raumtaugliches Lebewesen.«

»Vielen Dank für diese Auskunft«, sagte Kaveer spöttisch und desaktivierte LOGIKOR.

Natürlich war ihm damit nicht geholfen.

Denke logisch!, ermahnte er sich selbst.

Blieb er an Bord seines Schiffes, würde er – ob als Roboter oder als Lebewesen – sehr bald nicht mehr existieren. Verließ er das Schiff, konnte er im freien Raum den Tod finden, aber vielleicht auch die Rettung an Bord der SCHWIMMER. So betrachtet hatte er zwischen einem sicheren und einem möglichen Tod zu wählen. Froul Kaveer war Forscher und daran gewöhnt, Problemen mit Ruhe und Logik zu begegnen, die Entscheidung war für ihn klar.

Er verdunkelte die Kabine. Ranc Poser hatte seine Kanzel auf Transparenz justiert, daher konnte er Kaveer inzwischen sogar sehen. Kaveer wusste, dass er vielleicht in den Tod ging. Ein ihm unerklärlicher Zwang trieb ihn dazu, diese mögliche Folge geheim zu halten. Er musste verhindern, dass ein anderer Forscher Rückschlüsse zog und so zu Erkenntnissen gelangte, die er nicht haben durfte. Wenn ein Forscher des MODULS mit künstlich getrübtem Gedächtnis auf die Reise geschickt wurde, sogar ohne das Wissen, wer oder was er eigentlich war, dann lagen dafür triftige Gründe vor. Kaveer war zu sehr Forscher der Kaiserin von Therm, als dass er diese Gründe missachtet hätte.

Als er die Schleuse erreichte, stutzte Kaveer. Ihm war rätselhaft, woher er plötzlich wusste, dass er die kurze Strecke durch das Nichts unbeschadet zurücklegen konnte. Er ahnte es nicht, hoffte nicht – er *wusste* es, und das erschütterte ihn.

Der Chronist

Die SEIDENRAUPE war startklar, Mentro Kosum hatte den Platz des Piloten eingenommen.

Morl Weynard blickte auf den Rücken des Emotionauten. Zu behaupten, dass Weynard große und breitschultrige Männer mochte, wäre übertrieben gewesen, genau genommen verspürte er eine tiefe Abneigung gegen jeden, der größer und stärker als er selbst war. Und Mentro Kosum war sehr groß und sehr stark, dennoch fühlte sich Morl Weynard in seiner Nähe einigermaßen wohl. Die unangenehme Erinnerung, als Heranwachsender häufig von breitschultrigen Altersgenossen verprügelt worden zu sein, schwand angesichts von Kosums Wichtigkeit. Ein besserer Pilot war schwerlich zu finden. Er beherrschte die Fähigkeit, ein Schiff mittels Gedankenkraft über die SERT-Haube zu steuern.

In zwei großen Hologrammen waren Perry Rhodan und Atlan zu sehen.

»Wir werden die SOL im Ortungsschutz einer nahen Sonne verstecken, während die SEIDENRAUPE sich Courstebouth-Stern näher ansieht – oder besser das, was davon übrig ist«, stellte Rhodan fest.

Sekunden später befand sich die SEIDENRAUPE im freien Raum.

Morl Weynard zuckte heftig zusammen, als Schwärze die Panoramaschirme überflutete. Sein Leben hatte er nur in der SOL zugebracht. Für ihn war es natürlich, dass der Blick früher oder später von einer Wand oder einer Decke begrenzt wurde, die endlose Weite hatte etwas Beängstigendes. Das Gefühl, dass zwischen ihm und dem nächsten sichtbaren Punkt auf dem Holoschirm Lichtjahre lagen, verstärkte diese Beklemmung noch. Unwillkürlich warf er einen Blick hinüber zu Margaux. Sie lächelte ihm beruhigend zu.

Die Opfer

Jurlt Tergan hatte mit seinem Leben fast abgeschlossen. Die Maschinen seines Schiffes gaben Geräusche von sich, die er nie zuvor gehört hatte. Jurlt wusste, dass dies das Ende war. In wenigen Minuten würden die Reaktoren detonieren, sie waren der Überlastung nicht gewachsen.

Erst als der Geräuschorkan abebbte, wurde Tergan klar, dass er noch lebte und die Maschinen allen Vorzeichen zum Trotz nicht explodiert waren.

»Ich habe den Rand der Wolke erreicht!«, staunte Tergan. Er war verblüfft über die Plötzlichkeit, mit der sein Schiff die Todeszone hinter sich ließ. Von einer Minute zur anderen wurde der Raum vor ihm klarer, und endlich waren wieder Sterne zu sehen.

Die Arbeitsgeräusche des Schiffes klangen fast normal, aber Tergan konnte sich ausrechnen, dass die Aggregate unter den Belastungen schwer gelitten haben mussten. Immerhin, vorerst war er in Sicherheit.

Seine Erleichterung steigerte sich noch, als er in vergleichsweise geringer Entfernung andere Forschungsschiffe sah, die sich ebenso behutsam aus der Wolke in den freien Raum vortasteten.

Taul Daloor hatte die Kuppel seiner RENNER auf Transparenz geschaltet. So konnte er die Forscher, die sich gleich ihm gerettet hatten, mit seinen Sinnesorganen erfassen, ohne die Ortungen der RENNER bemühen zu müssen. Sein Schiff war schwer beschädigt, deshalb hatte er alle nicht lebensnotwendigen Aggregate abgeschaltet. Er wähnte sich in Sicherheit. Wahrscheinlich waren die anderen Forscher ebenfalls erschöpft, er für sein Teil sehnte sich jedenfalls nach einem längeren Regenerations-Aufenthalt in der Antigravwabenröhre.

Daloor wollte sich gerade zurückziehen, als er auf den Schirmen eine undeutliche Bewegung entdeckte. Sofort nahm er wieder auf dem Sitzbalken Platz. Daloor brauchte nur wenig Zeit, um die Ortung zu optimieren.

Schon im ersten Moment hatte er gehofft, Hilfe zu sehen, in welcher Form auch immer. Diese Hoffnung schien sich zu bestätigen. Was sich da abzeichnete, war unzweifelhaft ein Raumflugkörper. Vielleicht war eines der umliegenden Sonnensysteme von intelligenten Wesen bewohnt, die sich für das Schicksal ihres Nachbarsterns interessierten.

Sehr bald jedoch musste Taul Daloor feststellen, dass er sich grausam getäuscht hatte.

»Alle Geschütze besetzen!«, befahl Kaarmansch-Xes.

Genau genommen war dieser Befehl überflüssig, denn die Geschütze waren ständig feuerbereit. Der Kommandant wollte mit dem Befehl lediglich erreichen, dass seine Untergebenen vor Freude über den historischen Auftrag nicht die elementaren Sicherheitsbedürfnisse verletzten.

Die zwei Lichtjahre durchmessende Wolke war erreicht. Auf der Suche nach dem Objekt, das die Falle ausgelöst hatte, tasteten sich die Ortungen durch den Staub. Das fremde Gebilde zeichnete sich inzwischen etwas deutlicher ab, aber längst nicht klar genug für eine brauchbare

Aussage. Vorerst stand nur fest, dass sich etwas in der Falle gefangen hatte.

Nervös spielte Kaarmansch-Xes mit seinen Zehen. Das Warten zerrte an den Nerven. Sein Verstand sagte ihm, dass ein Repräsentant der Kaiserin von Therm über beträchtliche Machtmittel verfügen musste. Dass es ihm trotzdem nicht gelungen war, aus der Falle zu entkommen, lag nahe – schließlich war dies eine Falle der Inkarnation CLERMAC. Fraglich war nur, welches Waffenpotenzial das Opfer dem Patrouillenschiff der Hulkoos entgegenzusetzen hatte.

Während sich Kaarmansch-Xes mit diesem Gedanken quälte, wurde die Ortung deutlicher.

Er registrierte Furcht. War er ebenfalls in eine Falle geraten? Wie lästige Insekten schossen aus der Materiewolke Dutzende kleiner Körper hervor. Im ersten Moment befürchtete der Kommandant Raumtorpedos, dann erkannte er, dass die Ortungsreflexe dafür zu groß waren und sich zudem unkoordiniert bewegten. Immerhin war zu erkennen, dass sich die einzelnen Mitglieder des Schwarms sammelten.

Entweder waren diese kleinen, keulenförmigen Schiffe vom Opfer der Falle als Abwehrmaßnahme gedacht, oder sie konnten ebenfalls als Opfer gelten. So oder so waren sie für Kaarmansch-Xes überflüssig.

»Angreifen!«, befahl er knapp. »Blast diese kleinen Schiffe aus dem Raum!«

Während sich Kaarmansch-Xes' Patrouillenschiff auf den Schwarm stürzte, baute sich ein weiteres Hologramm auf. Das Gesicht eines Hulkoo-Offiziers wurde sichtbar. Seine Rangabzeichen wiesen aus, dass er erheblich größere Befugnisse hatte als Kaarmansch-Xes, aber auch dieser Offizier wurde durch die Vorschriften gebunden.

Laut verkündete er: »Ich melde mich mit der Patrouillenflotte zur Stelle, Kaarmansch-Xes. Ich unterstelle mich Ihrem Befehl.«

Kaarmansch-Xes zögerte nicht, seine Befehlsgewalt sofort einzusetzen. »Vernichten Sie die kleinen Schiffe, die soeben die Wolke verlassen haben! Sie dürfen uns nicht behindern, wenn wir uns mit dem Abgesandten der Kaiserin von Therm beschäftigen.«

»Der Befehl wird ausgeführt, Kommandant!«, antwortete der Offizier und trennte die Verbindung.

Kaarmansch-Xes wandte sich an seine Besatzung. »Ich verlange, dass wenigstens eines der Schiffe aufgebracht wird. Vielleicht ist sein Pilot im Besitz von Informationen, die uns weiterhelfen können.«

Taul Daloor starrte entsetzt auf die Schirme. Zu seinem Erschrecken hatte sich der unbekannte Raumflugkörper keineswegs der Havarierten angenommen. Im Gegenteil: Er hatte die Forscher ohne Vorwarnung angegriffen. Nach wenigen Sekunden waren die ersten Schiffe vernichtet. Zu allem Überdruss waren gleichzeitig weitere Raumschiffe aus dem Überraum aufgetaucht. Eine ganze Flotte der merkwürdigen schwarzen Scheiben machte Jagd auf die Forscher, die diesem vehementen Angriff wenig oder nichts entgegenzusetzen hatten.

»Was soll ich machen, LOGIKOR?«, fragte Daloor furchtsam.

»Flieh!«, lautete der knappe Rat. »Du kannst den anderen nicht helfen.«

Daloor äußerte seinen Unmut mit leisen Pfiffen. Beistehen konnte er den bedrängten Forschern wirklich nicht, in diesem Punkt hatte LOGIKOR Recht, aber er war dennoch nicht gewillt, sich kampflos zurückzuziehen. Taul Daloor aktivierte die Destruktionsschleuder und zielte damit auf eines der schwarzen Schiffe, die unter seinesgleichen wüteten.

Daloor schoss nur einmal. Er sah, wie das Schirmfeld des Zielschiffs unter dem Treffer aufleuchtete und wenig später zusammenbrach. Bevor er einen zweiten Schuss abgeben konnte, hatte auch ein anderes Keulenschiff gefeuert. Schwer getroffen zog sich die merkwürdige schwarze Scheibe der Gegner zurück.

Taul Daloor wusste, dass er nicht länger warten durfte. Hastig aktivierte er die Maschinen seiner RENNER und steuerte die Materiewolke an. Er konnte nicht erkennen, wie viele der schwarzen Schiffe nahe der Wolke kreuzten. Deshalb pfiff er erleichtert, als die ersten hellen Staubschleier das Ortungsbild überlagerten. Allerdings hatte er nur eine Verschlechterung seiner Situation verhindern können. Die Rettung lag noch in weiter Ferne.

Jurlt Tergan wunderte sich, dass er noch lebte.

Schon der erste Schuss, den eines der schwarzen Raumschiffe auf ihn abgegeben hatte, war ein Volltreffer gewesen. Tergan glaubte immer noch, das Kreischen und Wimmern zu hören und das donnernde Krachen, mit dem die Maschinen seines Schiffes den Geist aufgegeben hatten. Die Frontkuppel war geborsten, zahlreiche Splitter hatten sich in Tergans Körper gebohrt und ließen ihn schmerzerfüllt pfeifen.

In seinem Schiff herrschte das Vakuum des freien Raumes, aber er lebte. Niemand wunderte sich mehr darüber als Jurlt Tergan selbst. Trotz der Schmerzen erfüllte ihn ein merkwürdiges Wohlgefühl. Ihm war nicht entgangen, dass sein Gegner sofort nach dem ersten Schuss das Feuer eingestellt hatte. Offenbar war der Feind der Meinung, mit diesem einen Treffer das Keulenschiff ausgeschaltet zu haben. Verwunderlich war diese Auffassung nicht, sobald der Feuerleitoffizier sah, dass die Frontkuppel nicht mehr existierte. Wahrscheinlich hatte er auch registriert, dass die Atemluft entwichen war. Demzufolge konnte an Bord niemand mehr leben.

Kein organisches Wesen, dachte Tergan halb belustigt.

Die Erkenntnis, dass er so kurz vor seinem Ende herausgefunden hatte, dass er ein Roboter war, trübte Tergans leise Freude darüber, dass sich sein Gegner in unbegreiflichem Leichtsinn näherte. Für die Ortung des Feindes war das schwer beschädigte Keulenschiff des Forschers nicht mehr als ein harmloser Materieklumpen, der sich wirbelnd auf das schwarze Schiff zubewegte.

Sorgfältig achtete Jurlt Tergan darauf, dass er nicht zu sehen war, während er die Programmierung der verbliebenen Anlagen vornahm. Die geringe Strahlung, die diese technischen Maßnahmen hervorriefen, musste in dem allgemeinen Chaos der Wolke untergehen.

Als sich sein Schiff erneut drehte, kauerte der Forscher wieder auf dem Sitzbalken. Aus seiner Sicht schob sich das schwarze Schiff langsam über ihn.

Einen Augenblick lang zögerte er. War es die Furcht eines organischen Wesens vor dem Tod, die ihn zurückhielt? Oder der programmierte Befehl, seine robotische Existenz so lange wie möglich zu erhalten?

Jurlt Tergan wusste, was er zu tun hatte. Es bedurfte nur einer winzigen Bewegung, um das Programm ablaufen zu lassen.

Damit wäre auch der letzte Programmauftrag des Forschungsroboters Jurlt Tergan erfüllt, dachte der Forscher in dem Augenblick, in dem er sich zum letzten Mal bewegte.

In einer grellen Explosion verging sein kleines Schiff. Nach einer ultrakurzen Zeitspanne, die von organischen Wesen nicht wahrzunehmen war, detonierte auch der Angreifer.

Der Jäger

Kaarmansch-Xes blieb ruhig stehen, obwohl er große Lust verspürte, seinem Unmut Luft zu machen. Klar war zu erkennen, dass keiner der ihm unterstellten Kommandanten das Gefecht mit den kleinen Keulenschiffen sonderlich ernst nahm. Nachdem bereits zwei Einheiten abgeschrieben werden mussten, gingen die Hulkoo-Schiffe nur mehr langsam und zögernd gegen die Keulenraumer vor.

Kaarmansch-Xes konnte sich ausrechnen, welche Gedanken die Kommandanten bewegten. Lebende Helden hatten den Vorzug, aus ihrer Verehrung Kapital schlagen zu können. Keiner der Offiziere hatte Lust, als zwar heldenhafter, letztlich aber toter Hulkoo in die Geschichte einzugehen.

Kaarmansch-Xes lächelte. Genau genommen durfte er mit dieser Entwicklung sogar zufrieden sein. Wenn seine Flotte bei der Auseinandersetzung mit den Keulenschiffen Verluste erlitt, konnte dies seinen persönlichen Ruhm nur mehren. Es würde sich in den Geschichtsbüchern sicherlich kläglich ausgenommen haben, hätte die Patrouillenflotte unter der Führung von Kaarmansch-Xes den Beauftragten der Kaiserin von Therm einfach aufgelesen und mitgenommen. Erst der verzweifelte Widerstand der Keulenschiffe gab dem Unternehmen den Reiz.

Auf den Panoramaschirmen konnte Kaarmansch-Xes die Schlacht verfolgen. Ab und zu wurde eines der Keulenschiffe vernichtet, dann wieder flammte der Schutzschirm eines Hulkoo-Schiffs unter dem Beschuss der wendigen Gegner auf. Der Kommandant konnte einen Anflug von Bewunderung für die Piloten der kleinen Schiffe nicht unterdrücken. Sie waren hoffnungslos unterlegen, dennoch wehrten sie sich verbissen.

»Wird das Gefecht aufgezeichnet?«, wollte er wissen.

»Selbstverständlich!«, lautete die hastige Antwort.

Kaarmansch-Xes nickte zufrieden. Die Tatsache, dass der Schlachtverlauf von objektiven Kameras aufgezeichnet wurde, war für ihn doppelt bedeutungsvoll. Die offizielle Begründung war, dass mit Hilfe solcher Aufzeichnungen Taktik und Kampfweise des Gegners studiert und strategisch ausgewertet werden konnten. Zum anderen, und dieser Aspekt war für Kaarmansch-Xes fast noch wichtiger, wurde auf diese Weise ein Dokument seiner Aktionen erstellt, das jedem Hulkoo späterer Generationen beweisen konnte, mit welcher Umsicht und Entschlossenheit Kaarmansch-Xes seine Untergebenen geführt hatte.

Auf einem der Holoschirme entdeckte er das langsam herantreibende Wrack eines Keulenschiffs.

»Anfliegen!«, befahl Kaarmansch-Xes ruhig. »Ich will endlich wissen, mit wem wir es zu tun haben!«

Die Opfer

Das Wrack trieb, sich überschlagend, durch die Wolke. Kibat Gafed lag auf seinem Sitzbalken und pfiff schmerzerfüllt. Nur mühsam brachte er es fertig, sich in die Höhe zu ziehen und langsam auf die Antigravwabenröhre zuzukriechen. Ob er noch eine Aussicht hatte, die Röhre jemals wieder lebend zu verlassen, wusste er nicht. Er spürte nur, dass er regeneriert werden musste, wollte er die nächsten Tage und Stunden überhaupt noch erleben.

Pfeifend zwängte Gafed sich in die Röhre. Das sorgfältig gesteuerte Antigravfeld sorgte dafür, dass sein Körper in der Schwebe gehalten wurde.

Wie er es gelernt hatte, schaltete der Forscher alle Überlegungen aus. Was sich auch in den nächsten Stunden ereignen würde, Kibat Gafed würde nichts davon bemerken.

Übergangslos kehrte er in die Wirklichkeit zurück. Irgendetwas oder irgendjemand zerrte an seinem Körper, außerdem nahm er wahr, dass das Antigravfeld der Wabenröhre ausgeschaltet worden war.

Gafed pfiff erstaunt. Er stellte fest, dass sich seine Umgebung beträchtlich verändert hatte. Zuerst fiel ihm auf, dass er wieder von atembarer Luft umgeben war. Zudem war seine Erschöpfung weitgehend gewichen. Kibat Gafed folgerte daraus, dass er mehrere Stunden in der Antigravwabenröhre verbracht und seine Kräfte wiederhergestellt hatte.

Um ihn herum war alles finster – eine merkwürdige Schwärze, die beinahe materiell zu sein schien. Alles, was Gafed erkennen konnte, war schwarz. Sein Verstand sagte ihm, dass ein schwarzes Instrumentenpult mit schwarzen Skalen auf schwarzem Untergrund ein absolutes Unding war, dennoch konnte er merkwürdigerweise alle Einzelheiten seiner Umgebung erkennen – auch die Gestalten, die ihn aus seiner Antigravwabenröhre gezerrt hatten.

Kibat Gafed war Forscher im Dienst der Kaiserin von Therm. Einem Forscher kam es nicht zu, erschreckt oder gar mit Panik zu reagieren. Zwar war er sich ziemlich sicher, dass die Wesen, die ihn umstanden und neugierig betrachteten, von der gleichen Art waren wie jene Schützen, die sein Schiff wrack geschossen hatten, aber Aggressionen waren dennoch fehl am Platz, zunächst musste Gafed Informationen sammeln.

Seine Wächter waren größer als er, verfügten aber nur über zwei untere und zwei obere Gliedmaßen. Soweit Gafed ihre Körperoberfläche erkennen konnte, war diese mit schwarzem Pelz bedeckt, aus dem an einigen Stellen Stacheln ragten. Die Gesichter der Fremden zeichneten sich durch hornige Lippen und blaue Sehorgane aus.

Gafed sah, dass sich im Hintergrund Gestalten bewegten, die auf geheimnisvolle Weise aus der alles überlagernden Schwärze entstanden und wieder darin verschwanden. Für ihn war dieser Vorgang faszinierend, aber nicht erschreckend. Vermutlich war das sensorische System der Schwarzpelze von seinem eigenen sehr stark verschieden, und was ihm als undurchdringliche Schwärze erschien, konnte für die Fremden strahlende Helligkeit bedeuten.

Langsam tastete Gafed nach seinem LOGIKOR. Merkwürdigerweise hatten die Fremden ihm den Kommunikator belassen, dafür waren erwartungsgemäß alle Gegenstände verschwunden, die sich als Waffe verwenden ließen.

Einer der Schwarzpelze trat auf Gafed zu und redete ihn an. Seine Sprache klang bellend und laut.

»Mitkommen!«, erklang es aus dem LOGIKOR.

Für diese Übersetzung hätte Gafed den Kommunikator nicht gebraucht, die Gestik des Schwarzpelzes war mehr als deutlich. Folgsam trottete der Forscher hinter dem Wesen her, das sich von seinen Artgenossen durch einen – natürlich schwarzen – Kasten unterschied, den es auf der Brust trug. Gafed vermutete darin einen Translator, und diese Vermutung bestätigte sich, als zwischen LOGIKOR und dem Translator eine Art Unterhaltung in Gang kam.

Verstehen konnte Gafed den seltsamen Dialog nicht, doch er wusste, was er bedeutete. Nahezu jedes raumfahrende Volk hatte sich früher oder später mit dem Problem zu befassen, wie mit einem möglichst geringen Aufwand der erste Kontakt mit fremden Lebewesen konfliktfrei zu gestalten war. Nicht selten hatte eine Geste der freundlichen Begrüßung bei einem anderen Volk eine völlig andere Bedeutung. Sie konnte aggressiv, beleidigend oder gar obszön sein – und aus solchen Anfangsmissverständnissen pflegten sich meist andere Missverständnisse mit der Geschwindigkeit einer atomaren Kettenreaktion zu entwickeln. Die einzigen Auswege aus diesem Dilemma bestanden in der Konstruktion möglichst perfekter Übersetzungsgeräte oder im Einsatz von gut ausgebildeten Telepathen. Die meisten Völker entschieden sich naturgemäß für Übersetzungsgeräte.

Die Programmierung solcher Geräte war sehr schwierig, aber nicht unmöglich. Sie ging von der simplen Erkenntnis aus, dass beim ersten Kontakt zweier logisch denkender Völker nur eine bestimmte Kategorie von Eröffnungssätzen möglich und denkbar war. Was der Schwarzpelz gesagt hatte, konnte nur eine Bedeutungen haben:

»Ich bin der und der …«

»Komm mit mir …«

»Ich gehöre zum Volk der …«

Lediglich bei Intelligenzen mit stark ritualisiertem Kommunikationsverfahren konnten Schwierigkeiten auftreten, beispielsweise dann, wenn jedes Gespräch mit einer Standardbemerkung über das Wetter, den Pflanzenwuchs oder den Sonnenstand eingeleitet wurde. Alles war in diesem Zusammenhang denkbar.

Gafed kannte das Programm in groben Zügen, das von LOGIKOR angewendet und von dem Translator des Schwarzpelzes beantwortet wurde. LOGIKOR wiederholte die Aufforderung und lieferte im Anschluss daran die Übersetzung in der Sprache des Forschers. Daran schlossen sich an: der Name der redenden Person, der Name des Volkes der redenden Person, und schließlich folgte in der Regel ein Austausch wissenschaftlicher Daten. Die meisten Translatoren einigten sich bei einem solchen Kontakt auf die Benennung aller bekannten chemischen Elemente, um dann die Kurzformeln der für die jeweilige Spezies wichtigsten Verbindungen zu verwenden. Gafed hatte allerdings Zweifel, ob sein LOGIKOR dem Translator des Schwarzpelzes verraten würde, wie der Körper eines Forschers chemisch aufgebaut war und funktionierte. Immerhin konnte LOGIKOR aber verstehen, wie der Körper des Gegenparts funktionierte, und daraus elementare Worte ableiten.

Aus den ersten Begriffen wie atmen, leben und ernähren konnte LOGIKOR dann rasch die fremde Sprache entschlüsseln. Meist waren dafür nur mehrere Minuten intensiven Kontakts mit dem Translator der anderen Partei notwendig.

»Sie nennen sich Hulkoos«, informierte schon nach kurzer Zeit LOGIKOR seinen Besitzer.

»Ruhe!«, bellte der Anführer der Hulkoos. LOGIKOR übersetzte getreu seiner Programmierung den Befehl. Gafed pfiff leise und ausdruckslos.

Kaarmansch-Xes starrte den Fremden nachdenklich an. Er war als Raumfahrer Überraschungen gewohnt, wenn es darum ging, mit Fremden Kontakt aufzunehmen. Der Formenreichtum der Natur war gewaltig, aber der Hulkoo konnte sich nicht erinnern, jemals ein solches Wesen gesehen zu haben.

Auf den ersten Blick wirkte der Gefangene, als habe sich eines der Sitzkissen aus der Kommandantenkabine plötzlich selbstständig gemacht. Kaarmansch-Xes betrachtete den merkwürdig geformten

Rumpf, die vier Beine und die beiden oberen Extremitäten mit den feingliedrigen Klauen.

Der Offizier, der das Bergungsmanöver überwacht hatte, erstattete Bericht: »... wir trauten unseren Augen nicht, aber als wir das Wrack öffneten, fanden wir dieses Wesen, obwohl es längst hätte tot sein müssen.«

»Ich lebe aber noch«, warf der Fremde pfeifend ein. Die Kommunikation lief über seine Silberkugel und den Translator ohne jede Schwierigkeit.

»Zu welchem Volk gehörst du?«, erkundigte sich Kaarmansch-Xes.

»Ich weiß es nicht«, erklang es freundlich. »Ich heiße Kibat Gafed und bin Forscher.«

Kaarmansch-Xes zwinkerte nervös. Einen Abgesandten der Kaiserin von Therm hatte er sich entschieden anders vorgestellt. Leider ließ sich bei dem merkwürdigen Forscher nicht ablesen, was er dachte oder empfand. Der Translator vermochte Stimmungen stets nur sehr unvollkommen wiederzugeben, daher konnte Kaarmansch-Xes nicht erkennen, ob das gefangene Wesen ihn veralbern wollte.

»Was erforschst du?«

Aus den Augenwinkeln heraus verfolgte der Kommandant, wie seine Flotte die Zahl der Keulenschiffe systematisch dezimierte. Die meisten der kleinen Raumer hatten sich in die Wolke abgesetzt, aber auch dort tobten die Kämpfe mit großen Verlusten, vor allem für die Fremden, die sich aber weiterhin verbissen zur Wehr setzten und für die Hulkoo-Einheiten nicht ungefährlich waren.

»Was sich erforschen lässt«, lautete die wenig befriedigende Antwort auf Kaarmansch-Xes' Frage. Er spürte Ärger in sich aufsteigen, schluckte seinen Unwillen aber hinunter. Einstweilen zog er es vor, ruhig zu bleiben und seine Fragen gelassen zu stellen. Für andere Maßnahmen, die dem Gefangenen das Sprechen erleichtern würden, war später noch genügend Zeit.

»In wessen Auftrag?«

Kibat Gafed stieß einen erstaunten Pfiff aus. »Ich weiß es nicht.« Er war erschüttert, auch wenn der Hulkoo das nicht erkennen konnte.

Gafed erinnerte sich, dass er einmal gewusst hatte, in wessen Auftrag er forschte; er erinnerte sich auch, dass er dieses Wissen noch vor kurzer Zeit besessen hatte. Nun war die Information verschwunden, als habe sie nie existiert. Rasch ignorierte Gafed jedoch dieses Problem.

Langsam streckte er einen Arm aus und fasste behutsam nach einem der Stachel, die aus dem Pelz seines Gegenübers wuchsen. Die Hulkoos erstarrten förmlich.

Vorsichtig zog Gafed an dem Stachel. Er bewegte sich nur geringfügig, umso rascher und heftiger rotierten die Arme des Hulkoos. Ein wuchtiger Hieb traf Gafed, ohne ihm jedoch Schaden zuzufügen. Ein Körper von seiner Schwere war mit einem solchen Schlag nicht umzuwerfen.

Gafed interpretierte den Sachverhalt falsch und erwiderte das Grußritual. Der vor ihm stehende Hulkoo taumelte einige Schritte zur Seite und bellte auf.

»Bist du von Sinnen?«, brüllte Kaarmansch-Xes wütend.

»Keineswegs«, antwortete Gafed freundlich.

Das Betragen des lebenden Sitzkissens ging über die Kräfte des Hulkoo-Kommandanten. »Ergreift den Burschen und stellt ihn unter einen Durchleuchter!«, befahl er. »Ich will wissen, wie er in seinem Innern beschaffen ist.«

Gafed gab einen freudigen Pfiff von sich, denn das klang nicht schlecht. Vielleicht konnten ihm die Hulkoos bei der Lösung seiner brennendsten Fragen helfen.

Der Translator lieferte dem Hulkoo-Kommandanten eine sinngemäße Übertragung von Gafeds Äußerung. Kaarmansch-Xes glaubte, seinen Sinnen nicht mehr trauen zu dürfen. Seine Männer hatten das Schiff des merkwürdigen Fremdlings schwer beschädigt, den Forscher selbst gefangen genommen und verhört – und dieses Wesen freute sich auf die Fortsetzung des Verhörs. War das merkwürdige »Sitzkissen« durch den Beschuss geistig verwirrt worden?

»Schafft ihn fort!«, entschied Kaarmansch-Xes.

Gehorsam packten die Hulkoos den Forscher und hoben ihn ächzend in die Höhe. Kibat Gafed pfiff schrill, was der Translator aber nicht zu übertragen vermochte.

Sobald sich das Schott hinter den Hulkoos und ihrem Gefangenen geschlossen hatte, setzten die Hulkoos Gafed unsanft auf dem Boden ab.

»Du kannst auch ohne unsere Hilfe laufen«, bellte der Anführer der kleinen Gruppe den Forscher an.

»Gewiss!«, sagte Gafed beruhigend. Gern hätte er LOGIKOR um Rat gefragt, aber er hatte das sichere Gefühl, dass diese Unterhaltung vom Translator des Hulkoos übersetzt worden wäre. Nichts wäre ihm in diesem Augenblick unangenehmer gewesen.

Gafed wusste, dass er dieses schwarze Schiff nicht mehr verlassen würde. Der einzige noch offene Punkt seiner Zukunft war die Frage, wie sein Tod ablaufen würde. Gafed vermutete, dass sein Auftraggeber ihm eine – wenn auch tödliche – Hintertür offen gelassen hatte, um zu verhindern, dass er Informationen preisgab. Gern hätte er die verzwickte Lage mit seinem Sektionsleiter besprochen, der ihn und neunundsechzig andere Forscher zu betreuen hatte. Aber sein s-Tarvior war, wie alle Sektionsleiter, an Bord des MODULS zurückgeblieben.

Die Hulkoos würden ihn befragen, weit eindringlicher, als ihr Kommandant dies getan hatte. Kibat Gafed wusste längst, dass er auf normale Fragen sehr häufig keine Antworten hatte, und er konnte sich ausrechnen, dass die Hulkoos damit nicht zufrieden sein würden. Wahrscheinlich würden sie zu ausgefeilten Befragungsmethoden übergehen. Ausgefeilt hieß in diesem Fall vermutlich geistige und körperliche Folter. Gafed war sich ziemlich sicher, dass er auch dann keine verräterischen Informationen preisgeben würde, beispielsweise über seinen Auftraggeber, die Kaiserin von Therm.

Mehr als alles andere bewies das die Tatsache, dass ihm ausgerechnet jetzt die Kaiserin von Therm wieder eingefallen war. Noch vor kurzer Zeit war diese Information blockiert gewesen. Vermutlich würde seine Programmierung dafür sorgen, dass er auch in Zukunft nichts verraten konnte. Bei ruhiger, logischer Betrachtung des Sachverhalts gab es nur eine zuverlässige Methode, die Forscher vor ungewolltem Verrat zu schützen – sie mussten im Augenblick, in dem ein Verrat zu befürchten war, ausgeschaltet werden.

Kibat Gafed, der langsam hinter den Hulkoos hertrabte, betrachtete seine Lage unter logischen Gesichtspunkten und kam deshalb zu dem sicheren Schluss, dass er ein Roboter sein musste. Nur dann war gewährleistet, dass er unter keinen Umständen Verrat üben konnte.

Die Erkenntnis, ein Kunstprodukt zu sein, traf ihn tief, gleichzeitig gab sie ihm das beruhigende Gefühl, der Kaiserin von Therm keinen Schaden zufügen zu können. Gafed pfiff eine Reihe von Tönen, die dem Translator unverständlich blieben.

Auch in diesem Teil des Hulkoo-Schiffes war es dunkel. Für den Forscher war es ein Rätsel, wie sich die Schwarzpelze in dieser Finsternis zurechtfanden.

Aus der Finsternis schälte sich eine Wand heraus. Kibat Gafed erkannte eine Tür, ebenfalls schwarz, darauf eine schwarze Tafel mit schwarzer Schrift. Was die Zeichen bedeuteten, konnte er nicht erkennen, doch es bereitete ihm im Näherkommen keine Schwierigkeiten, die Symbole, die sich eigentlich von ihrem Hintergrund überhaupt nicht abheben konnten, einwandfrei zu erkennen.

Der Hulkoo-Kommandant hatte befohlen, den Gefangenen zu durchleuchten. Gafed vermutete hinter der Tür, die sich geräuschlos öffnete, einen Raum mit entsprechenden Geräten. Er gab einen Pfiff von sich, der jedem anderen Forscher verraten hätte, dass Kibat Gafed im höchsten Maße erregt war. Die Hulkoos verstanden das Signal nicht. Sie packten den Forscher und stießen ihn in die Dunkelheit.

3.

Ein weiteres Opfer

Der Posbi besaß drei Beine, einen metallischen Schwanz, mit dem er seinen massigen Körper im Gleichgewicht hielt, dazu vier ausfahrbare und hochbewegliche Arme sowie am Kopf ein Bündel von Sehzellen. Der größte Teil dieser Sehzellen war auf ein unförmiges Paket gerichtet, das ab und zu wütend fauchte.

Gucky schwitzte. In dicken Tropfen lief der Schweiß durch sein Fell, durchnässte die verwünschte Daunendecke und schuf im Innern der Umhüllung ein Klima, das verdächtig an die Verhältnisse in einer Sauna erinnerte.

Der Posbi hieß Alfons und passte auf, dass Gucky sich nicht von der Decke trennte. Wie alle positronisch-biologischen Roboter von der Hundertsonnenwelt nahm er es mit seinen Pflichten sehr genau und ließ den Mausbiber nicht aus den Augen.

Am liebsten wäre der Ilt einfach wegteleportiert, aber Alfons saß ihm so nahe, dass an eine Flucht kaum zu denken war. Der Roboter verfügte über erstklassige Reflexe und hätte mit seinen Teleskoparmen gedankenschnell zupacken können. Gucky wäre dann nichts anderes übrig geblieben, als Alfons entweder mitzunehmen oder ihn zu beschädigen. Was sich an Bord der SOL abzuspielen pflegte, sobald ein Posbi Gefahr lief, verstümmelt oder verletzt zu werden, kannte Gucky bereits hinreichend – die Hetzjagden dieser Kindermädchen auf Galto Posbi Quohlfahrt waren in der Hinsicht sehr aufschlussreich gewesen.

»Ich schwitze!«, stellte Gucky zum wiederholten Male fest.

Alfons zeigte sich unbeeindruckt.

»Ich verliere immer mehr Körperflüssigkeit«, beharrte der Ilt.

»Umso besser. Das verringert die Korrosionsgefahr für deine Gelenke.« Alfons streckte einen Arm aus, um einen herabgerutschten Zipfel der doppelten Daunendecke hochzuziehen. Von Gucky war nicht viel mehr zu sehen als ein Stück des Kopfes.

»Meine Gelenke können nicht rosten!«, fauchte der Mausbiber.

»Das haben schon viele behauptet«, versetzte Alfons kalt. »Am Ende waren sie dann doch angerostet. Soll ich die Raumtemperatur erhöhen?«

»Heilige Galaxis!«, stöhnte Gucky. »Nur das nicht!«

Irgendwie musste er seinem Aufpasser entkommen, sonst würde er in spätestens einer Stunde weggeschmolzen sein. In Gedanken verwünschte er den Versorgungsoffizier, der ihn in diese Lage gebracht hatte, außerdem malte er sich genussvoll aus, wie grauenvoll er sich an Galto Quohlfahrt rächen würde.

Telekinese, dachte Gucky. *Das ist meine Rettung.*

Langsam stand er auf. Es hatte sich herausgestellt, dass Alfons nichts gegen Bewegungsübungen einzuwenden hatte – solange das Ziel dieser Bewegungen nicht gerade die Kabinentür war. Vorsorglich steckte Alfons seine Teleskoparme nach Gucky aus, um jederzeit zugreifen zu können, falls der Mausbiber stürzte oder die Decke zu verlieren drohte.

Ganz behutsam schob Gucky die Teleskoparme des Aufpassers von seinem Körper weg. Aus Alfons' Körper erklang ein leichtes Summen, als der Roboter mehr Energie in die Mechanik der Arme leitete.

Gucky ließ nicht locker. Langsam, aber unwiderstehlich drückte er Alfons telekinetisch von sich, gleichzeitig konzentrierte er sich auf das Öffnen der Tür.

»Ich kalkuliere, dass die merkwürdige Beeinträchtigung meiner Mechanik auf dich zurückgeht.« Alfons verstärkte seine Bemühungen. »Unterlasse das, es wird nur dein Schaden sein!«

»Das wird sich erst herausstellen«, wehrte Gucky ab. Er drehte Alfons' Sehzellen so, dass der Posbi die sich langsam öffnende Tür nicht sehen konnte.

Alfons stieß einen Protestschrei aus, während der Ilt die günstige Gelegenheit nutzen wollte, um schnellstmöglich seine Kabine zu verlassen. Den auf ihn zuschnellenden Fangarm drückte er instinktiv zur Seite, dann teleportierte er, bevor Alfons Körperkontakt herstellen konnte.

Sein Ziel hatte er mehr instinktiv als bewusst angepeilt. Gucky landete unmittelbar neben Perry Rhodan in der Zentrale der SOL und wickelte sich aus der Decke. »Das war knapp!«, seufzte er.

»Sieh an.« Rhodan lächelte. »Du scheinst mit deiner zusätzlichen

Ausrüstung sehr zufrieden zu sein, sonst würdest du sie wohl nicht überallhin mitnehmen.«

Endlich hatte der Ilt es geschafft, sich von der Decke zu befreien. Verächtlich starrte er das Bündel vor seinen Füßen an. »Perry«, sagte er dann, »du musst mir helfen! Befiehl diesen Metallungeheuern von Posbis, dass sie mich in Ruhe lassen!«

»Funkspruch von der SEIDENRAUPE!«, wurde in dem Moment gemeldet. »Der Kreuzer ist im Anflug auf das Ziel. An Bord alles ruhig!«

»Danke.« Rhodan wandte sich wieder Gucky zu. »Das ist gar nicht so einfach«, bemerkte er nachdenklich. »Die Posbis sind unsere Verbündeten, und Bündnispartnern kann man nicht einfach Befehle geben. Außerdem bezweifle ich, dass sie eine Bitte erfüllen würden, wenn ihre Sorge um dich so groß ist, wie es den Anschein hat.«

Gucky stemmte die Hände in die Hüften. Jetzt war es an der Zeit, einen wirkungsvollen Auftritt zu inszenieren. »Und ich? Was ist mit mir?«, brachte er zornig hervor. »Bin ich kein Verbündeter?«

»Doch, gewissermaßen schon!«

»Gewissermaßen«, echote der Mausbiber fassungslos. »Gewissermaßen schon? Wer hat denn unzähligen Terranern, dich eingeschlossen, ebenso unzählige Male das Leben gerettet? Wer hat die Erde immer wieder vor der Vernichtung bewahrt – wer, wenn nicht ich?«

Gucky sah sich beifallheischend um. Er konnte sehen, wie sich Rhodans Gesichtsausdruck veränderte. Das amüsierte Funkeln in den Augen des Terraners machte einem Ausdruck bitterer Resignation Platz.

Dass Perry Rhodan, Bully, Julian Tifflor und all die anderen, die die terranische Geschichte geprägt hatten, ihr Leben für das Wohl der Erde riskiert hatten, war normal zu nennen. Wenn man berücksichtigte, dass Arkoniden und Terraner von denselben Vorvätern abstammten, war auch erklärlich, dass der Arkonide Atlan auf terranischer Seite kämpfte. Gucky besaß diese Motivationen nicht, ihn verband genau genommen nichts mit dem Schicksal der Erde und ihrer Bewohner – es sei denn seine unerschöpfliche Freundschaft mit Perry Rhodan und den anderen. Stunden hätten nicht ausgereicht, die Bedrohungen zu schildern, die ohne die selbstlose Hilfe des Mausbibers in Katastrophen ausgeartet wären.

Was hatte der Ilt nicht alles geleistet, und wie hoch war der Preis, den er dafür zu zahlen hatte? Seine Heimatwelt Tramp existierte nicht mehr, ausgelöscht war auch die kleine Mausbiberkolonie auf dem Mars. War es der alte Arkonide Crest gewesen oder der Unsterbliche von Wanderer, ES, von dem die vage Information stammte, es gebe noch eine von Mausbibern bewohnte Welt im Universum? Solange diese Welt nicht gefunden war und niemand wusste, wo er nach ihr suchen sollte, war Gucky das einsamste Wesen des Universums.

Sein Blick kehrte zu Rhodan zurück. Aber der Blickkontakt zwischen ihm und dem Terraner dauerte nur den Bruchteil einer Sekunde. Trotzdem reichte diese Spanne aus, Rhodan erkennen zu lassen, dass der Ilt seinen unverwüstlichen Humor noch nicht verloren hatte. Auch jetzt war er wieder bereit, den Routinebetrieb an Bord aufzuheitern, wenn nötig auf seine eigenen Kosten.

»Du hast Recht, Gucky. Wir alle, und ich ganz besonders, stehen tief in deiner Schuld!«

Guckys kurzer Blick war aufschlussreich. *Aha,* sagte dieser Blick. *Ist dir etwas eingefallen? Nur zu, ich bin für jeden Unfug zu haben!*

»Würde eine Zahl von 3650 Rettungstaten ausreichen? Ich meine natürlich große Rettungstaten, keine kleinen Hilfeleistungen.«

Guckys Gesicht zeigte unverhohlene Skepsis. »Das könnte ungefähr hinkommen, schließlich will ich nicht feilschen.«

Rhodan winkte ein Besatzungsmitglied heran. »Nehmen Sie Ihre Waffe und erschießen Sie den Mausbiber!«

Gucky hatte knapp zwei Sekunden Zeit, das Gehörte zu verdauen. Diese Zeit nämlich brauchte der Mann, um sich dazu durchzuringen, dem Befehl nachzukommen. Er zog seine Waffe, entsicherte sie und richtete die Abstrahlmündung auf Guckys Kopf. Die Augen des Mausbibers wurden sehr groß und sehr rund, zugleich stellten sich seine Nackenhaare auf.

»Langsam, langsam!«, wehrte er ab und machte einen Schritt rückwärts. »Nicht doch!«

»Stopp!«, befahl Perry Rhodan dem Besatzungsmitglied und fragte sofort nach: »Hätten Sie meinen Befehl ausgeführt?«

Die Antwort des Mannes fiel undeutlich aus. Er verkrampfte die Kiefermuskeln, um ein breites Grinsen zu unterdrücken. »Selbstverständlich, Sir. Befehl ist schließlich Befehl!«

»Wenn ich Ihnen nicht *Stopp* zugerufen hätte, hätten Sie den Mausbiber erschossen, nicht wahr?«

»Ohne zu zögern, Sir!«

»Danke.« Rhodan wandte sich wieder dem Ilt zu. »Du hast es gehört, Gucky – nur mein zweiter Befehl hat den Mann davon abgehalten, dich zu erschießen. Ich habe dir also eben das Leben gerettet. Fürs Erste wären wir damit quitt. Die anderen 3649 Rettungstaten können wir auf ähnliche Weise im Laufe der nächsten zehn Jahre begleichen!«

»Halunke!«, tobte der Mausbiber. »Wortbrüchiger Schuft! Ich werde mich furchtbar rächen …« Bevor er in gespielter Wut platzte, teleportierte Gucky davon, begleitet vom Gelächter der Zentralebesatzung.

Augenblicke später näherte sich ein Posbi der Decke, die Gucky zurückgelassen hatte, und war gleich darauf mit seiner Beute verschwunden. Aber das konnte der Mausbiber bestenfalls ahnen.

Die Opfer

Froul Kaveer sah die Bordwand der SCHWIMMER auf sich zukommen. Er trieb ohne Schutzanzug im freien Raum und lebte noch. Mehr als diese beruhigende Information brauchte Kaveer fürs Erste nicht.

Vorsichtig fing er seine Bewegung ab, als er die Bordwand mit den Händen berühren konnte. Dann zog er sich langsam an der Außenhülle des Schiffes entlang. Zwar hatte er vorerst überlebt, doch konnte er nicht wissen, wie lange er ohne schützenden Anzug dem Vakuum wirklich standhalten konnte. Wenn er ein Naturwesen war, musste diese Zeit eigentlich begrenzt sein.

Kaveer brauchte nicht sehr lange, um in das Innere der SCHWIMMER zu gelangen. Dass bei diesem Einstiegsmanöver Atemluft verloren ging, war zwar bedauerlich, aber nicht zu ändern. Zudem war die Sauerstoffversorgung vorläufig das geringste Problem, mit dem er und Ranc Poser sich zu beschäftigen hatten.

Nachdenklich betrachtete Kaveer seinen Artgenossen. Eine Zeit lang verharrten sie beide stumm. Jeder wusste, welchen Gedanken der andere nachhing. Froul Kaveer durchbrach schließlich das Schweigen. Er gab eine Serie gellender Pfiffe von sich, die seine Erheiterung deutlich machten.

»Einigen wir uns auf Kollege?«, fragte er amüsiert.

Poser pfiff zustimmend. »Was bleibt uns anderes übrig.«

Im Hintergrund konnte Kaveer sehen, dass sein Schiff langsam abtrieb. Obwohl er sich an nichts erinnern konnte, war Kaveer dennoch überzeugt davon, dass die Staubwolke keineswegs natürlichen Ursprungs war.

»Was nun, Kollege?«, erkundigte sich Ranc Poser.

Kaveer pfiff erschöpft. »Ich würde gern die Wabenröhre aufsuchen, wenn du erlaubst. Mein Körper verlangt nach Regeneration.«

»Das würde bedeuten«, murmelte Poser, »dass wir organische Wesen sind. Nur organische Wesen brauchen regenerative Maßnahmen. Roboter nicht!«

»Die Schlussfolgerung ist voreilig.« Kaveer machte eine abwehrende Geste. »Auch die Energiezellen von Robotern müssen aufgeladen werden.«

»Aber nicht in derart kurzen Abständen.«

»Das ist konstruktionsabhängig«, widersprach Kaveer. »Ich habe mir darüber auch schon den Kopf zerbrochen. Wir werden für dieses Problem keine Lösung finden!«

Kaveer kroch in die Antigravwabenröhre. Seine Bewegungen wurden schwächer und erstarben schließlich völlig.

Nachdenklich betrachtete Ranc Poser den reglosen Körper seines Artgenossen, der von den Feldern der Röhre in der Schwebe gehalten wurde. Das Einzige, was der Forscher mit Bestimmtheit wusste, war, dass er selbst nach jedem Aufenthalt in der Antigravwabenröhre frisch und leistungskräftig gewesen war. Allerdings konnte er sich verschwommen erinnern, dass er bei anderen Gelegenheiten auch ohne Regenerationszeit in der Röhre diesen Schwung erlangt hatte.

Ranc Poser konzentrierte seine Aufmerksamkeit wieder auf die SCHWIMMER. Es hatte wenig Sinn, das Schiff durch die Wolke driften zu lassen, also fuhr er die Antriebsaggregate hoch.

Langsam nahm die SCHWIMMER Fahrt auf. Poser programmierte einen simplen und geradlinig verlaufenden Kurs – in der Hoffnung, dass irgendwo voraus die teuflische Wolke ein Ende hatte.

Während die SCHWIMMER von den Rechnern gesteuert wurde, arbeitete Poser Daten aus. Sein Gefühl – einen anderen Begriff fand er nicht – drängte ihn dazu, sich in dieser existenzbedrohenden Situation mit den Problemen seiner eigenen Existenz zu befassen. Er ahnte oder wusste jedoch, dass es auf diese Frage für ihn keine Antwort gab.

Jedes Mal, wenn er sich bislang damit beschäftigt hatte – Kaveers Reaktion hatte ihm bewiesen, dass sich auch andere Forscher mit dem Problem abquälten –, hatte er Indizien gefunden, die für eine der beiden Möglichkeiten sprachen. Aber ebenso oft hatte Poser auch Anhaltspunkte entdeckt, die in die entgegengesetzte Richtung wiesen.

Er versuchte, das 5-D-Chaos der Wolke mit wissenschaftlichen Mitteln zu erforschen. Vielleicht ergab sich bei genauer Anmessung der einzelnen Komponenten und ihrer spezifischen Streuung auf der Breite des Hyperfrequenzbandes eine Möglichkeit, die chaotischen Ortungsergebnisse zu bereinigen. Poser hielt sich für einen guten Forscher, allerdings hauptsächlich, weil ihm dies nie in Abrede gestellt worden war. Die Möglichkeiten seines Keulenschiffs waren zudem beträchtlich. Es gab hinreichend Messinstrumente, Analysatoren und Rechner, mit denen er dem fünfdimensionalen Problem der Wolke zu Leibe rücken konnte.

Ranc Poser arbeitete hart, angestrengt und konzentriert; er maß, stellte Vergleichsmessungen an und rechnete die gefundenen Ergebnisse hoch. Das Resultat war äußerst verwirrend.

Die Messungen wiesen aus, dass die einzelnen Staubteilchen, die er aufgefangen und untersucht hatte, eine schwache 5-D-Strahlung aufwiesen. Das war nicht weiter verwunderlich. Da sich Materie und Raum gegenseitig beeinflussten, musste auch die spezifische Raumkrümmung in die höheren Dimensionen ihre Spur im materiellen Gefüge eines Himmelskörpers hinterlassen. Vor allem bei jenen Teilchen, die aus Sonnenmaterie stammten, ließ sich diese spezifische Konstante vergleichsweise leicht anmessen.

Was Poser störte, war die verblüffende Tatsache, dass die Konstante bei den Teilchen, die er gefunden hatte, ungeheuer stark war. Als er die Daten von einem mikroskopisch kleinen Stück Sonnenmaterie hochrechnete, kam er zu dem Ergebnis, dass die Sonne, aus der die Materie stammte, unmöglich stabil sein konnte. Eine derart im 5-D-Bereich aufgeladene Sonne hätte unmöglich länger als ein paar Nanosekunden bestehen können.

An diesem Punkt der Berechnungen aktivierte Ranc Poser seinen LOGIKOR.

»Wie groß ist die Wahrscheinlichkeit, dass eine Sonne, die, aus welchen Gründen auch immer, im 5-D-Bereich instabil geworden ist, sich genau in dem Augenblick auflöst, in dem ein ... Raumfahrzeug das System erreicht hat?«

Unwillkürlich hatte er versucht, statt des Eigennamens MODUL einen abstrakten, beschreibenden Begriff zu verwenden. Was aber war das MODUL? Poser wusste es nicht. Er fand in seinem Gedächtnis kein einziges Synonym, nur das Wort MODUL. In Gedanken ersetzte Poser das verschwommen vorgestellte MODUL durch ein beliebiges Raumschiff, und diesmal hatte er keine Schwierigkeiten mehr.

LOGIKORS Antwort kam rasch. »Die Wahrscheinlichkeit ist fast gleich null!«

»Aber«, wandte Poser ein, »wenn das Universum unendlich groß ist, dann muss es zu jedem Zeitpunkt ein solches Sonnensystem geben. Zusätzlich muss zu jedem beliebigen Termin ein Raumfahrzeug ein Sonnensystem erreichen ...«

»Deine Überlegung ist im Ansatz falsch«, unterbrach der LOGIKOR. »Das Universum ist nicht unendlich!«

Poser pfiff entgeistert.

»Wäre das Universum unendlich groß, müsste es unendlich viele Sonnen enthalten. Nach den Regeln der Entropie müssten diese Sonnen sich gleichmäßig über das Universum verteilen.«

»Einspruch: Es gibt Sternhaufen, Galaxien und Galaxisgruppen mit großen Zwischenräumen.«

»Der Einspruch ist falsch. In einem unendlich großen Universum sind die Distanzen zwischen Galaxien oder Galaxiengruppen vernachlässigbar klein. Weiter: In einem unendlich großen Universum ist kein Leben möglich, mit Sicherheit kein Leben auf organischer Basis. Da sich robotisches Leben meist erst aus organischem Leben entwickelt, ist Leben in der bekannten Form unmöglich.«

»Gib mir eine genauere Begründung!«, forderte Poser aufgeregt.

»Dazu ist ein Gedankenexperiment nötig«, behauptete LOGIKOR. »Gegeben ist ein Planet. Er wird außer von seiner eigenen Sonne auch von anderen Sternen bestrahlt. Zwar wird diese Strahlung entfernter Sterne mit zunehmender Entfernung schwächer, sie nimmt mit dem Quadrat der Distanz ab – aber die Zahl der Sterne, die diesen Planeten bestrahlen, wächst mit der dritten Potenz. Jede Welt des Universums müsste von einer unendlich starken Flut von Strahlung aller Art überschüttet werden, die jede denkbare Lebensform verhindern würde. Da aber die meisten Planeten einen Tag und eine dunkle Nacht kennen, *kann* das Universum nicht unendlich groß sein!«

Ranc Poser brauchte eine Weile, bis er diese Information verdaut hatte. Wenn es stimmte, dass die Wahrscheinlichkeit eines zufälligen Zusammentreffens des MODULS mit einem auf seiner fünfdimensionalen Basis instabilen Stern annähernd gleich null war …

Er wagte nicht, den Gedankengang fortzusetzen, weil er sich in Spekulationen verlor. Alle Mutmaßungen über das Zusammentreffen des MODULS mit diesem ehemaligen Sonnensystem ergaben nur dann einen Sinn, sobald er ausreichend stichhaltige Informationen über das MODUL besaß. Aber mehr als dessen Existenz war ihm nicht bekannt. »… ist mir nicht mehr bekannt«, stellte Poser leise fest.

Es war sinnlos, noch länger zu forschen. Nur dann ließen sich aus den Wechselwirkungen zwischen Forscher und Forschungsgegenstand brauchbare Folgerungen ziehen, wenn genügend Daten über den Forscher vorlagen. Poser wusste einfach auch zu wenig über sich selbst.

Als er wieder durch die Frontkuppel der SCHWIMMER blickte, erstarrte er. In der Nähe seines Schiffes trieb ein zweites Forschungsschiff durch den Raum. Ranc Poser erkannte auf den ersten Blick, dass jenes Schiff beschädigt war – und diese Beschädigungen waren ebenso eindeutig nicht auf Einflüsse aus dem Schiffsinnern zurückzuführen.

Der Durchleuchter summte leise. Aufmerksam betrachtete Kibat Gafed die Gesichter der Hulkoos, die ihn unter das Gerät gezerrt hatten.

Naturgemäß kannte er sich in der Mimik der Hulkoos nicht aus, aber aus ihrer gesamten Reaktion folgerte er, dass sein Körper für die Hulkoos eine Überraschung darstellte. Folglich sah er den Zeitpunkt gekommen, die Initiative zu ergreifen.

Mit einer blitzschnellen Bewegung entriss Gafed einem der Hulkoos die Waffe und richtete sie auf die anderen. Für einen Sekundenbruchteil wussten die Schwarzpelze nicht, ob sie zur Seite springen oder sich verteidigen sollten. Für Gafed reichte diese kurze Spanne aus; mit gezielten Schüssen streckte er die Hulkoos nieder. Einer der Schwarzpelze stieß noch einen gellenden Schrei aus, bevor er zusammenbrach, dann wurde es wieder ruhig im Durchleuchterraum.

Gafed zögerte nicht lange, sein Ziel stand ohnehin fest. Er wollte versuchen, sich zu wichtigen Maschinen durchzuschlagen und mit der erbeuteten Waffe möglichst viel Schaden anzurichten. Vielleicht gelang es ihm sogar, einen Hauptreaktor so zu beschädigen, dass er das Schiff in eine Gaswolke verwandelte.

Gafed pfiff spöttisch. Der Gedanke war paradox, dass er, der gerade erst einer tödlichen Staubwolke entronnen war, kein anderes Ziel kannte, als eine neue Wolke zu schaffen, die zwar kleiner ausfallen, ihm dafür aber mit absoluter Sicherheit den Tod bringen musste.

Langsam schritt er durch das Dunkel. Er hatte nicht die geringste Ahnung, in welchem Bereich des Schiffes er sich aufhielt, denn die spezifischen Konstruktionsmerkmale der schwarzen Scheibe kannte er nicht. Das machte die Aufgabe schwierig. Normalerweise lagen die Antriebsaggregate eines Raumschiffs im Heck. Wo aber war bei diesem Scheibenraumer mit seiner merkwürdigen Einknickung das Heck zu suchen?

Vor ihm schälte sich allmählich eine schwarze Wand aus der alles überlagernden Finsternis. Lag die Maschinenzentrale in dem geknickten Bereich des Raumers? Auch diese Überlegung half dem Forscher nicht weiter. Zunächst musste er herausfinden, in welchem Teil des Schiffes er sich überhaupt befand.

Gafed hob die Waffe und schuf sich eine genügend große Öffnung in der Wand. Auf der anderen Seite war es ebenfalls finster. Rasch schob er sich durch die Öffnung und entfernte sich. Solange er nicht in unmittelbarer Nähe der getöteten Hulkoos oder der defekten Wand gesehen wurde, hatte er vielleicht eine Chance, nicht aufzufallen. Voraussetzung war, dass die Hulkoos an Bord nicht allein lebten. Auf eine Weise, die für seine Lage bezeichnend war, erinnerte sich Gafed an den Brauch vieler Raumfahrer, harmlose Exoten als Maskottchen oder zur Unterhaltung mitzuschleppen. Wenn es ihm lange genug gelang, das merkwürdige Schoßtier irgendeines prominenten Hulkoos zu mimen, war seine Haut sicher.

Am liebsten hätte Gafed sich nur auf diese Weise durchgeschlagen. Es widerstrebte ihm, auf womöglich unbewaffnete Hulkoos schießen zu müssen. Er wusste zwar, dass die Hulkoo-Besatzungen der Scheibenraumer erbarmungslos Jagd auf seine Kollegen machten und die Keulenschiffe abschossen. Aber es war etwas anderes, an Bord eines solchen schwarzen Raumers herumzuschleichen.

Wenn ein Keulenschiff beschossen wurde, feuerte es zurück. Zwischen den Schiffen lag der Raum, Schütze und Getroffene kannten einander nicht. Wenn ein Raumflugkörper zerstört wurde, sah man für gewöhnlich nur das Wrack, nicht die Intelligenzen, die darin starben.

Die Hulkoos waren, das stand für den Forscher fest, organische Wesen und demzufolge sicherlich mit Emotionen ausgestattet. Der Hulkoo, der ein Forschungsschiff erbarmungslos beschoss und sich so den Hass der Betroffenen einhandelte, war in den Augen seiner Artgenossen vielleicht ein ungeheuer sympathischer Zeitgenosse, dessen Tod den anderen Hulkoos zu schaffen machen würde.

Kibat Gafed fand nicht länger Zeit, sich mit diesem moralphilosophischen Problem zu befassen. Seine Lage war alles andere als aussichtsreich. Vorsichtig bewegte er sich durch die Gänge.

Vorerst begegnete ihm niemand. Als sich endlich der Umriss eines Hulkoos aus der Dunkelheit schälte, ging dieser achtlos an Gafed vorbei. Der Forscher bewegte unrhythmisch Arme und Beine und pfiff dazu. Ab und zu blieb er stehen und betrachtete neugierig irgendein Detail, das an einer Wand sichtbar wurde.

Allmählich geriet Gafed in stärker frequentierte Bereiche des Hulkoo-Schiffes. Offenbar folgerten die Raumfahrer aus dem Verhalten des Forschers, der sich ihnen ohne Scheu näherte, dass er zur Besatzung gehörte und seinem Besitzer lediglich davongelaufen war. Kibat Gafed tat sein Bestes, um diesen Eindruck zu erhärten.

Aus Vorsicht hatte er sich sogar von der Waffe getrennt. Sie wäre den Hulkoos sicher aufgefallen, und Gafed konnte es sich nicht erlauben, dass sich ein Hulkoo näher mit ihm beschäftigte, um ihm die Waffe abzunehmen. Selbst wenn der betreffende Hulkoo auf den Tier-Trick hereinfiel, bestand die Gefahr, dass er angesichts des Strahlers anfragte, welchem leichtsinnigen Besatzungsmitglied von seinem Maskottchen die Waffe gestohlen worden war. Kibat Gafed hatte keine Lust, den Hulkoos erklären zu müssen, was für eine Art »Tier« er war.

Die Geräusche schwollen an. Offenbar näherte er sich seinem Ziel.

Ranc Poser überlegte sekundenlang. Vielleicht war der Forscher des beschädigten Schiffes noch an Bord und benötigte Hilfe. Er warf einen Blick auf seinen Leidensgefährten und entschied, Froul Kaveer nicht aus der Antigravwabenröhre zu ziehen. Mit dem Problem musste er eben allein fertig werden.

Poser suchte die Schleuse auf. Kurz zögerte er, dann machte er sich daran, sein Schiff zu verlassen.

Die vielfältigen Geräusche des Schiffsbetriebs, an die er sich so sehr gewöhnt hatte, dass er sie überhaupt nicht mehr wahrnahm, verschwanden schlagartig, weil das transportierende Medium fehlte. Eine bedrückende Stille umfing den Forscher.

Poser stieß sich vom Rumpf der SCHWIMMER ab und trieb langsam zu dem Wrack hinüber. Er hatte sich ausgerechnet, dass ihm knapp fünf Minuten Zeit blieben. Innerhalb dieser Spanne würde das Wrack die SCHWIMMER passiert haben und weiter abtreiben. War Poser dann noch nicht auf dem Rückweg, musste er auf dem zerstörten Schiff bleiben. Denn dann würde er die größer werdende Distanz nicht mehr bewältigen können.

Die Bordwand des Wracks kam näher. Mit gemischten Gefühlen betrachtete er die Beschädigungen. Scharfkantige Zacken waren zu sehen, aber auch Stellen, an denen das Metall der Außenhülle bis zur Glutflüssigkeit erhitzt worden war. Es gab keinen Zweifel – das Schiff war beschossen worden. Die Materiewolke, so bedrohlich sie war, hatte das kleine Forschungsschiff nicht auf dem Gewissen. Das Schiff trieb antriebslos durch das All.

Poser krallte sich fest, als er die Bordwand mit den Händen erreichen konnte. Er warf einen Blick zurück. In zwei Minuten würden sich die SCHWIMMER und das Wrack am nächsten stehen und sich danach zügig voneinander entfernen.

Hastig zog Poser sich in das Innere des Wracks. Ihm genügte ein Blick. Der Forscher, der dieses Schiff geflogen hatte, war nicht mehr an Bord. Poser konnte nicht erkennen, ob sein Kollege bei dem schweren Treffer nach draußen geschleudert worden war oder später von sich aus das Wrack verlassen hatte. Kein Zeichen deutete darauf hin, dass der Forscher noch am Leben war. Alle Teile des Schiffes waren erkaltet, das Wrack trieb also schon seit einiger Zeit in diesem Zustand durch die Wolke.

Nur ein Bereich des Schiffes war noch so warm, dass Poser die Hitze sogar sehen konnte. Die Außenverkleidung eines großen Reaktors glühte in intensivem Rot. Poser suchte nach dem Schalter, mit dem sich der Reaktor hätte desaktivieren lassen, aber die Kontrollelemente waren der Zerstörung zum Opfer gefallen.

Ranc Poser wusste, dass er einen Wettlauf gegen die Zeit antrat, als er sich mit aller Kraft in Richtung auf sein eigenes Schiff abstieß. Er musste die SCHWIMMER so schnell wie möglich erreichen und beschleunigen, andernfalls würde der durchgehende Reaktor nicht nur das Wrack, sondern auch die SCHWIMMER zerreißen.

Endlos lang erschien ihm die Zeit, die er für den Rückweg brauchte. Um die offene Schleuse kümmerte er sich dann nicht mehr, es gab Wichtigeres zu tun, als die Innenräume der SCHWIMMER wieder mit Atemluft zu füllen. Poser schwang sich auf den Sitzbalken und ließ die Maschinen anlaufen.

Die SCHWIMMER war ein schnelles und wendiges Schiff, dennoch erschien es dem Forscher, als habe er sich den schwerfälligsten Flugkörper ausgesucht, der jemals den Weltraum erreicht hatte. Nur zeitlupenhaft entfernte sich die SCHWIMMER von dem Wrack. Aus dem Innenraum des zerschossenen Keulenschiffs glühte der nun fast weiße Reaktor wie ein bösartiges Auge herüber.

Im Bruchteil einer Sekunde verschwand das Auge. Grellweißer Lichtschein brach aus dem Wrack hervor und hüllte es ein. Poser pfiff ängstlich.

Augenblicke später griff die Gewalt der Detonation nach der SCHWIMMER. Ranc Poser fühlte, wie sein Körper angehoben wurde, dann schlug er mit unerhörter Wucht auf. Hilflos musste er miterleben, wie die Explosion die SCHWIMMER herumwirbelte. Die Maschinen wimmerten, und aus der Antigravwabenröhre erklang ein entsetztes Pfeifen. Erneut wurde die SCHWIMMER von einer heftigen Erschütterung gepackt. Hilflos ruderte Poser mit den Beinen, dann verlor er das Bewusstsein.

Der Jäger

Kaarmansch-Xes betrachtete wohlgefällig das Bild auf den Schirmen. Er hatte einen Teil der ihm unterstellten Flotte außerhalb der Wolke postiert. Die Kommandanten hatten den Befehl, alle ausbrechenden Keulenschiffe abzuschießen.

Den größten Teil seiner Flotte hatte Kaarmansch-Xes jedoch in das Innere der Materiewolke geschickt. Dort machten die Hulkoos ebenfalls Jagd auf die Keulenschiffe.

Dass die merkwürdigen Forscher die Flucht ergriffen, war nicht verwunderlich. Diese absonderlichen Wesen waren den Hulkoos in keiner Weise gewachsen. Dass Kaarmansch-Xes die Forscher dennoch gnadenlos hetzen und bekämpfen ließ, hatte einen einfachen Grund. Sobald er den Beauftragten der Kaiserin von Therm gefangen nahm, egal in welcher Form und Gestalt dieser sich präsentierte, durfte es keine Keulenschiffe mehr geben.

Kaarmansch-Xes hatte keine Angst vor dem Tod. Angesichts dieser Besonderheiten konnte er seine historische Größe nur mehren.

Anders lag der Fall, wenn eines der kleinen Schiffe den Jägern entging und im unpassendsten Moment erschien. Im Augenblick des Triumphs wegen eines dummen Fehlers zu sterben, war ungefähr so ruhmvoll, als wäre er in den nächsten Stunden berauscht durch sein Schiff geschwankt und hätte sich bei einem Sturz das Genick gebrochen.

Diese kleinen Schiffe verfügten, obwohl sie angeblich nur Forschungszwecken dienten, über eine beeindruckende Bewaffnung. Im ungünstigsten aller denkbaren Fälle konnte ein einziges Keulenschiff mit einem gut gezielten Schuss Kaarmansch-Xes' Höhenflug ein jähes Ende bereiten.

Obendrein nahm es sich in den Nachrichten sicher sehr positiv aus, wenn der Gegner durch das Eingreifen von Kaarmansch-Xes vollständig aufgerieben worden war. Worauf es ankam, war das Wort *vollständig*, und das wusste der Hulkoo.

»Was macht eigentlich dieser merkwürdige Forscher?« Seit geraumer Zeit wartete er auf einen ersten Bericht, aber offenbar waren seine Untergebenen viel zu kampfbegeistert, als dass sie sich um solche Lappalien kümmerten.

»Ich werde sofort nachfragen, Kommandant!«, rief ein junger, ehrgeiziger Offizier. Als er wenig später zurückkehrte, zeigte sein Gesicht Betroffenheit. »Der Forscher ist verschwunden«, stammelte er entgeistert. »Dieses Wesen hat sein Begleitkommando ausgeschaltet und ist nirgends mehr zu finden.«

Kaarmansch-Xes machte eine Geste des Unwillens. Er wollte gerade eine groß angelegte Suche befehlen – obwohl er dem harmlos erscheinenden Forscher nicht zutraute, das Schiff in Gefahr zu bringen –, allerdings kam er nicht mehr dazu, den Befehl zu erteilen. Alarm heulte auf.

»Feind in Sicht!«, gellte ein Ruf durch die Zentrale. »Wir haben den Gegner gefunden, Kommandant!«

Die Ortung unterbrach alle aktuellen Holoprojektionen. Fasziniert betrachtete Kaarmansch-Xes das neu entstandene Bild. Wenn die aufgeregten Ortungsoffiziere Recht hatten, war der Beauftragte der Kaiserin von Therm gefunden – und er sah beeindruckend aus.

Kaarmansch-Xes erkannte vor dem milchigen Hintergrund der Materiewolke einen gewaltigen Körper, der sicherlich einige Kilometer durchmaß. Der Körper war unregelmäßig geformt und näherte sich mit beträchtlicher Geschwindigkeit. Flammenzungen wirbelten von dem Objekt in den Raum; es hatte den Anschein, als setze sich der Abgesandte der Kaiserin von Therm mit allen Waffen gegen einen noch unsichtbaren Gegner zur Wehr.

»CLERMAC stehe uns bei!«, stöhnte ein Offizier auf.

Zum Leidwesen der Hulkoos ließ sich das beängstigende Objekt nicht sehr gut erfassen, eine Fernanalyse seiner Zusammensetzung war wegen der Streustrahlung nicht möglich. Kaarmansch-Xes und seine Offiziere und Mannschaften waren darauf angewiesen zu warten. Einstweilen konnten sie nicht mehr tun, als das flammende Objekt zu beobachten und sich zu fragen, wie das Zusammentreffen ausgehen mochte.

4.

Die Opfer

Nur langsam kehrte Froul Kaveers Bewusstsein zurück. Von einer Regeneration konnte keine Rede sein, der Forscher fühlte sich ausgelaugt und zerschlagen. Irgendetwas war geschehen, während er in der Antigravwabenröhre gesteckt hatte, und nach seinem Gefühl zu schließen, konnte dieses Etwas keinesfalls angenehmer Art sein.

Vorsichtig schob sich Kaveer aus der Röhre. Befremdet erkannte er, dass die Atmosphäre aus dem Schiff seines Kollegen entwichen war. Außerdem schien das künstliche Schwerefeld ausgefallen zu sein. Kaveer ahnte bereits, dass sich während seines Aufenthalts in der Antigravwabenröhre eine kleine Katastrophe ereignet haben musste.

Er fand Ranc Poser in verrenkter Stellung auf dem Sitzbalken liegend. Schwach bewegte Poser ein Bein, er lebte also noch.

Kaveer pfiff nervös. Zuerst mussten an Bord wieder normale Verhältnisse eingeführt werden. Er konnte nicht wissen, wie lange Poser schon dem Vakuum im Innern der SCHWIMMER ausgesetzt war. Keinesfalls wollte er riskieren, dass sein Kollege erstickte. Ein Sensordruck ließ die Außenschleuse zufahren, und wenig später füllte sich der Innenraum wieder mit Atemluft.

Trotz seiner anhaltenden Schwäche ging Kaveer umsichtig und geschickt vor. Nach einer Viertelstunde herrschte in der SCHWIMMER wieder normale Schwerkraft. Das erleichterte die Arbeit außerordentlich. Pfeifend vor Anstrengung wuchtete Kaveer den Körper seines Kollegen in die Antigravwabenröhre. Poser gab klagende Pfiffe von sich, fiel aber in Reglosigkeit, als die Röhre ihre Arbeit aufnahm.

Erst danach konnte Kaveer sich um den Zustand des Schiffes kümmern. Der Anblick war alles andere als erfreulich. Soweit Froul Kaveer die Lage beurteilen konnte, würde die SCHWIMMER in absehbarer Zeit das Schicksal seiner TAUCHER teilen. Das Labor war völlig unbrauchbar geworden; überall lagen Trümmer herum, Splitter zitterten im Rhythmus der wieder laufenden Maschinen, über Instrumentenpulte huschten bläuliche Feuer.

Gern hätte Kaveer die Lage mit Poser beraten, doch sein Kollege benötigte dringend Ruhe, damit die Verletzungen abheilten. Einstweilen war Kaveer also auf sich selbst gestellt.

Systematisch ging der Forscher die Funktionsbereitschaft des bordeigenen Maschinenparks durch. Fast die Hälfte aller Geräte war unbrauchbar geworden, der Rest lief größtenteils weit unter Nennleistung. Immerhin konnte Froul Kaveer bald befriedigt feststellen, dass Poser und ihm noch ziemlich viel Zeit blieb, das Ende der SCHWIMMER abzuwenden oder wenigstens einen Ausweg aus dem Dilemma zu finden.

Kaveer kehrte in die Zentrale zurück. Ein Teil der Raumortung arbeitete noch einwandfrei und zeigte, dass der weitere Bereich um die SCHWIMMER leer war – abgesehen von dem Mikrostaub der Materiewolke. Kaveer konnte das nur recht sein. Der Zustand der SCHWIMMER hatte ihm verraten, dass die zerstörerischen Gewalten von außen gekommen sein mussten. Er empfand wenig Interesse, solchen Kräften noch einmal in die Quere zu kommen, gleichgültig, von wem oder was sie ausgegangen waren.

Kibat Gafed war am Ziel. Einen Lärm, wie er ihn jetzt umfing, machten nur sehr große, stark belastete Maschinen. Die Anlage, die an Bord eines Raumschiffs am stärksten beansprucht und daher auch entsprechend dimensioniert wurde, war der Antrieb. Hier wurden die gewaltigen Energien aus zahlreichen Reaktoren umgewandelt. Üblicherweise waren solche Anlagen mehrfach gegen Überlastung und Beschädigung gesichert – schließlich reichte ein durchgehender Reaktor mittlerer Größe aus, um ein Schiff zu atomisieren. Aber Kibat Gafed hoffte, dass es ihm gelingen würde, dennoch die schwarze Scheibe zu vernichten.

Vergnügt pfeifend, wie es seiner Rolle entsprach, bewegte er sich vorwärts. Ein halbes Hundert Hulkoos bevölkerte die Maschinenhalle. Gafed schätzte die Zahl nur anhand der Schemen, die aus dem Dunkel auftauchten und wieder verschwanden.

Die geheimnisvolle Schwärze, die das Hulkoo-Schiff erfüllte, bereitete dem Forscher Sorge. Immerhin stand zu befürchten, dass die Fremden ihn über Entfernungen hinweg sehen konnten, die er nicht zu überblicken vermochte. Eine falsche Bewegung zu einem Zeitpunkt, da er sich unbeobachtet wähnte, konnte sein gesamtes Konzept verderben. Und Kibat Gafed war fest entschlossen, seinem unvermeidlichen Tod einen Sinn zu geben. Wenn er nur sterben wollte, hätte er längst dazu Gelegenheit gehabt.

Ein Hulkoo näherte sich ihm. Der Hulkoo stutzte, als er Gafed sah, dann verzog er die hornigen Lippen zu einer Grimasse, die Gafed als Sympathieerklärung deutete. Pfeifend kam Gafed näher, der Hulkoo beugte sich etwas vor und redete, weiterhin lächelnd, auf den Forscher ein.

Als der richtige Zeitpunkt erreicht war, schlug Gafed zu. Er traf den Schwarzpelz mit aller Kraft am Kopf. In die Augen des Hulkoos trat ein verwunderter Ausdruck, dann brach er lautlos zusammen. Lediglich die Waffe verursachte Lärm, als sie auf den metallischen Boden prallte. Rasch griff Gafed danach.

Von irgendwoher aus dem Dunkel zuckte ein Thermostrahl heran. Gafed ließ sich vornüberfallen, doch hätte er sich nicht ohnehin in diesem Augenblick nach der Waffe seines betäubten Gegners gebückt, hätte ihn der Schuss voll getroffen. Kibat Gafed richtete die erbeutete Waffe ungezielt in die Richtung des Schützen und betätigte den Auslöser.

Ein greller Schmerzensschrei bewies, dass er getroffen hatte. Ob der Schütze oder ein anderer Hulkoo verletzt worden war, konnte Gafed jedoch nicht erkennen. So schnell es seine etwas hinderliche Passgangart zuließ, entfernte sich der Forscher. Geschickt verschwand er in einer Lücke zwischen zwei Maschinen, deren Bauart ihm ebenso fremd war, wie ihm Sinn und Zweck der Maschine unklar erschienen.

Gafed wusste, dass er nicht mehr viel Zeit hatte. Er stand allein gegen eine Übermacht, die er der Verhältnisse wegen nicht einmal abschätzen konnte.

Scheinbar planlos feuerte er nach oben. Wieder ertönten Schreie, und in seiner Nähe prallte dumpf ein Körper auf die Verkleidung einer Maschine. Der Forscher feuerte nun auf alles, was in sein Blickfeld geriet, vor allem auf jedes Aggregat, das er mit seiner Waffe erreichen konnte.

Chaos entstand. Schreie ertönten, dazwischen erklang das Trappeln vieler Füße. Schüsse fauchten durch den Raum, trafen Maschinen und ließen Funkenkaskaden aufstieben. Irgendwo heulte eine Alarmanlage.

Zu seinem Leidwesen konnte der Forscher nicht feststellen, was er eigentlich beschädigte. Lebenswichtige Einrichtungen hatte er noch nicht getroffen, anderenfalls hätte das Schiff nicht mehr existiert.

Mit allem mochten die Hulkoos gerechnet haben, nicht aber mit einem Eindringling, der in ihrer Maschinenzentrale um sich schoss. Gafed wechselte seinen Standort dennoch rechtzeitig. Eine Serie von Schüssen traf die Stelle, an der er bis eben gestanden hatte. Der Boden glühte schwärzlich auf und warf Blasen. Ein Ventil detonierte. Während die Splitter einen Hulkoo verletzten, strömte hochgespannter Dampf mit infernalischem Fauchen aus der Leitung und verwischte die Szenerie. Die Dunkelheit wurde schwarz vor Nebel – anders ließ sich der Effekt aus Gafeds Sicht nicht beschreiben.

Offenbar nahm der Nebel auch den Hulkoos die Sicht. Ihre Schreie wurden lauter. Gafed hatte inzwischen gelernt, die Laute wenigstens grob zu klassifizieren. Wenn er sich nicht irrte, waren die Hulkoos entsetzt und ratlos. Das kam ihm entgegen.

Er nutzte die Verwirrung und wechselte erneut den Standort. Wieder feuerte er auf einen Fleck, der nur schwer auszumachen war. Wenn er sich nicht täuschte, kreuzten sich dort voluminöse Leitungen.

Einen Sekundenbruchteil später erkannte Gafed, dass er einen Fehler gemacht hatte. Eine Flammenlanze schoss aus der getroffenen Stelle, begleitet von einem Hagel kleiner Metallsplitter. Gafed spürte den Schmerz in sich auflodern und pfiff gellend. Die Hulkoos reagierten prompt und nahmen seine Position unter heftigen Beschuss. Zwar trafen sie ihn nicht direkt, aber das verflüssigte Metall hüllte in wenigen Sekunden den Bereich in einen Brodem aus Stahldampf.

Wieder machte sich Gafed mit gellenden Pfiffen Luft. Der Schmerz war nicht länger zu ertragen. Kibat Gafed gab auf, er hatte kaum noch die Kraft, die Waffe zu heben und an den eigenen Körper zu setzen.

In dem Augenblick, als er den Abzug betätigte, überkam ihn die Erkenntnis. Kibat Gafed wusste endlich, wer und was er war, welchen Auftrag er hatte und warum er diesen Auftrag erfüllen musste. Leise pfeifend sank er zu Boden.

Ein Hulkoo, der den Forscher fast erreicht hatte, stutzte, als ihm sein Translator verriet, was der Pfiff bedeutete.

Ein Wesen, das zufrieden war, wenn es starb?

Kaarmansch-Xes tobte. Nur bruchstückhaft kamen Nachrichten aus den Maschinenräumen. Diesen Informationen nach zu schließen, vertrieb sich der entflohene Forscher die Zeit damit, das Schiff schrottreif zu schießen und zwei Hundertschaften von Hulkoos zu foppen. In ihrem Übereifer hatten einige Männer in den eigenen Reihen gewütet, es gab Tote und Verletzte.

Die Ingenieure überschütteten die Zentrale mit Anfragen. Ihre Instrumente zeigten falsche Werte an. Der Bordbetrieb wurde gehörig durcheinander gewürfelt – und dies zu einem Zeitpunkt, an dem von der perfekten Einsatzbereitschaft des Schiffes alles abhing.

Kaarmansch-Xes brüllte Befehle über die Bordsprechanlage, aber niemand schien ihm zuzuhören. Die Verwirrung in den Maschinenräumen konnte kaum größer sein.

Minuten vergingen, bis endlich die Nachricht eintraf, der Forscher sei ausgeschaltet worden.

»Überprüfen Sie sofort die Schäden!«, herrschte Kaarmansch-Xes den Sprecher an. »Und geben Sie bekannt, wann das Schiff wieder voll einsatzbereit ist!«

Sorgenvoll blickte der Kommandant auf einen anderen Holoschirm. Er wurde fast vollständig vom Bild des Beauftragten der Kaiserin von Therm eingenommen. Kaarmansch-Xes wusste nicht, ob dieses Bild den realen Verhältnissen entsprach, ob der Abgesandte der Kaiserin von Therm tatsächlich so aussah oder ob das furchterregende Bild eine Folge der Falle war. Es sah aus, als würde der riesige Körper bald detonieren. Sein Zentrum war mit bloßem Auge nicht mehr zu erkennen, es verschwand hinter der grellen Helligkeit, die der Körper ausstrahlte. Das Äußere musste weiß glühend sein, und Kaarmansch-Xes argwöhnte, dass ein Teil der Sonnenmaterie mit dem Boten der Kaiserin von Therm zusammengestoßen war. Wenn ja, musste dieses Raumfahrzeug über ungeheure Schirmfelder verfügen. Kaarmansch-Xes kannte keinen Typ von Schutzschirm, der es vertragen hätte, mit einer dicken Schicht Sonnenmaterie zu kollidieren. Jeder bekannte Schutz musste unter dieser Belastung zusammenbrechen.

Beklommen starrte er auf die Eruptionen an der Oberfläche des

Körpers. Riesige Feuerblasen platzten auf der Oberfläche und schleuderten weiß glühende Plasmamassen in den Raum.

»Wenn wir wenigstens wüssten, wie weit das Objekt noch von uns entfernt ist«, murmelte Kaarmansch-Xes verdrossen.

Es war denkbar, dass der flammende Gegner nur wenige Kilometer durchmaß, aber selbst dann war er von Respekt gebietender Größe und Stärke.

»Alle Systeme arbeiten wieder einwandfrei!«, wurde gemeldet. »Die Schäden, die der Forscher angerichtet hat, ließen sich leicht beheben. Größere Defekte wurden durch Umschaltungen ausgeglichen. Das Schiff ist außer Gefahr.«

»Ich wollte, es wäre so«, entfuhr es dem Kommandanten. Hastig sah er sich um, aber niemand schien seine Worte gehört zu haben. Verkrampft beobachteten die Hulkoos in der Zentrale den flammenden Himmelskörper, der in den Holos immer größer wurde.

Froul Kaveer hielt die Zeit für gekommen, seinen Kollegen zu wecken. Er schaltete das Antigravfeld der Wabenröhre ab, und wenig später war Ranc Poser wieder einsatzbereit. Kaveer erklärte ihm, welche Schäden entstanden waren.

»Was unternehmen wir nun?«, wollte Poser wissen. »Wenn deine Informationen stimmen, und ich habe keinen Zweifel daran, sind wir praktisch dazu verdammt, für den Rest unserer Lebenszeit antriebslos durch den Nebel zu treiben.«

Kaveer machte eine Geste der Ratlosigkeit.

Eine Zeit lang sahen sich die beiden Forscher schweigend an, schließlich nahm Ranc Poser das Gespräch wieder auf.

»Wenn ich dich richtig verstanden habe, haben wir noch eine geringe Möglichkeit, uns zu bewegen. Ich schlage vor, dass wir diesen verbliebenen Antrieb dazu nutzen, andere Kollegen zu finden. Wenn es uns gelingt, zwei Forscher aufzuspüren, können wir in unbeschädigte Schiffe umsteigen. Damit wäre das vordringlichste Problem gelöst.«

Froul Kaveer reagierte mit einer gehörigen Portion Spott. »Überlege!«, sagte er bitter. »Wir haben nicht die geringste Ahnung, wie groß diese Wolke überhaupt ist. Wir wissen weiterhin nicht, wie viele Forscher überhaupt das MODUL verlassen haben. Die SCHWIMMER ist fast ein Wrack. Unsere Aufgabe würde also darin bestehen, in einer Wolke von unbekannter Größe ein paar noch taugliche Schiffe zu finden. Ein Raum, der sich nach Kubiklichtjahren bemisst, mit einigen vergleichsweise winzigen Schiffen darin.«

»Dann sehe ich nur noch eine andere Möglichkeit: zurück zum MODUL!«

Kaveer ergoss sich in Hohn. »Vorzüglich. Ich hoffe, du weißt, wo wir das MODUL zu suchen haben, vor allem hoffe ich, dass du es auch erkennst, wenn wir es erreicht haben. Wie soll man etwas suchen, von dem man nicht einmal weiß, wie es aussieht?«

»Sollen wir einfach abwarten?«, fragte Poser verärgert zurück.

»Wir werden Fahrt aufnehmen«, schlug Kaveer vor. »Hoffen wir, dass wir etwas finden, was uns weiterbringt. Wenn nicht …«

Poser übernahm die Aufgabe, die SCHWIMMER in Bewegung zu setzen. Er tat dies mit äußerster Vorsicht. Die Gefahr war zu groß, dass das Schiff schon beim ersten Anlaufen der Maschinen explodierte. Beide Forscher pfiffen erleichtert, als die SCHWIMMER dann langsam Fahrt aufnahm. Poser hütete sich, die Geschwindigkeit zu stark ansteigen zu lassen. Unaufhörlich trommelten die mikrofeinen Staubteilchen der Wolke gegen die Schirmfelder, und mit jedem Sekundenkilometer Fahrt vergrößerte sich ihre Anzahl und damit die Belastung für die Schirmfelder. Poser erkannte die kritische Grenze, und er blieb vorsichtshalber weit darunter.

Während das Schiff sich durch den Staub quälte, kauerten die beiden Forscher ruhig auf dem Sitzbalken und warteten. Mehr konnten sie nicht tun, nur warten, in der Hoffnung, dass ihr derzeitiger Zustand bald ein Ende fand.

Kaarmansch-Xes spürte, dass sich seine Stacheln aufrichteten, als die Ortungszentrale neue Meldungen durchgab.

»Wir können Ihnen das geheimnisvolle Objekt in neuer Sicht präsentieren, Kommandant. Endlich wird es über die Normaloptiken erfasst. Hier ist das Bild!«

Das Objekt erschien auf einem der großen Holoschirme. Kaarmansch-Xes' Gesicht wirkte in dem Moment wie versteinert.

Selbst ein Hulkoo-Kadett konnte jetzt erkennen, dass die Besatzung einem Irrtum aufgesessen war. Die Tatsache, dass die überlichtschnelle Ortung so gut wie keine präzisen Entfernungsangaben mehr machen konnte, hatte dazu geführt, dass die Proportionen des Körpers gewaltig übertrieben worden waren.

Was auf dem Schirm sichtbar wurde und gemächlich an dem Hulkoo-Schiff vorbeitrieb, war nichts anderes als ein Trümmerstück, das bei der Explosion von Coursteebouth-Stern übrig geblieben war. Die stete Reibung mit dem Staub hatte die Oberfläche des Asteroiden erhitzt und auch dazu geführt, dass der Körper einen glühenden Schweif hinter sich herzog.

Kaarmansch-Xes blieb sehr ruhig. Langsam wandte er sich um und blickte erst Toorkensch-Xayos an, seinen Stellvertreter, und dann die anderen Offiziere. Sie alle schauten gleichmütig auf den großen Holoschirm. Kaarmansch-Xes atmete erleichtert auf. Offenbar hatten seine Untergebenen begriffen. Es war für alle Beteiligten besser, wenn dieser Vorfall der Vergessenheit anheim fiel. Wenn keiner das Vorkommnis erwähnte, würde sich bald niemand mehr an diese peinliche Panne erinnern.

»Es gibt noch eine zweite Information, Kommandant. Einer unserer Raumer hat eine seltsame Ortung machen können. Danach wird der Sektor von einem unbekannten Objekt angeflogen.«

»Ein Keulenschiff?«

»Nein, Kommandant. Die Meldungen sprechen von einem Raumschiff mit exakter Kugelform, das sich nähert. Die Kugel soll ziemlich groß sein.«

Kaarmansch-Xes versank in Nachdenken. Ein neues Schiff? War vielleicht dies der Abgesandte der Kaiserin von Therm? Wenn ja, was verbarg sich hinter dem gewaltigen Körper, den man schwach im Zentrum der Wolke angepeilt hatte? Noch waren die Hulkoo-Einheiten nicht tief genug in den Staub eingedrungen, um mehr Informationen über das Objekt sammeln zu können. Die Frage, um was es sich handelte, blieb also offen.

Kaarmansch-Xes fasste einen Entschluss. Das Objekt im Zentrum der Wolke konnte nicht davonlaufen, andernfalls wäre es längst geflüchtet. Und die Keulenschiffe konnten nicht mehr gefährlich werden.

»Alle Einheiten sollen sich aus der Wolke zurückziehen! Wir brechen die Verfolgung ab und beschäftigen uns zunächst mit dem Neuankömmling!«

Der Befehl des Kommandanten wurde weitergegeben. Die Hulkoo-Schiffe nahmen Fahrt auf.

Langsam kam das Objekt näher. Die beiden Forscher hatten es schon seit einiger Zeit geortet, waren sich aber nicht darüber klar geworden, um was es sich handeln mochte.

Für ein Raumschiff war seine Bewegung zu gering, und wenn, dann konnte es sich nur um ein weiteres Wrack handeln. Auf der anderen Seite aber war der Körper, obwohl nur schwer anzupeilen, für ein Keulenschiff deutlich zu groß. Leider war die Ortung extrem gestört, sodass mehr als diese sehr grobe Schätzung nicht möglich war.

Am liebsten hätte Kaveer versucht, das unbekannte Objekt mit einem kurzen Überlichtflug zu erreichen. Aber er hatte eingesehen, dass eine solche Etappe schon für ein intaktes Schiff eine erhebliche Gefahr bedeutet hätte, umso mehr für die stark angeschlagene SCHWIMMER.

Daher näherte er sich unterlichtschnell dem geheimnisvollen Körper, der immer beeindruckendere Proportionen anzunehmen schien. Wenn die Ortungsergebnisse nur einigermaßen stimmten, musste dieser Koloss riesig sein. Kaveer hielt es für ausgeschlossen, dass ein derartiges Objekt bemannt sein sollte.

Poser widersprach heftig. »Warum soll es nicht Raumschiffe dieser Größenordnung geben? Es müssen nicht alle so klein sein wie die SCHWIMMER und die anderen Forscherfahrzeuge.«

»Mag sein«, gestand Kaveer zu. »Aber mehr als achtzig Kilometer?«

»Warum nicht? Gibt es einen logischen Grund, der dagegen spricht?« Poser ließ sich nicht beirren.

Schließlich pfiff Kaveer erheitert. »Jetzt verstehe ich dich. Du denkst an das MODUL!«

»Das stimmt!«, erklärte Poser. »Genau daran denke ich.«

Kaveer machte seiner Erleichterung Luft. »Ich bin für manche Überlegungen zugänglich«, spottete er. »Aber ein Objekt von achtzig Kilometern Länge …«

»Wir fliegen die Große Schleife ab«, beharrte Poser. »Dazu braucht man ein großes Schiff, und je größer die Schleife, desto größer das Schiff. Und die Große Schleife ist sehr groß, sonst würde sie nicht diesen Namen tragen.«

»Spitzfindigkeiten«, widersprach Kaveer. »Ein Körper dieser Größenordnung lässt sich technisch nicht mehr beherrschen. Du fantasierst, Kollege.«

»Wir werden sehen!«

Stunden vergingen, in denen sich die SCHWIMMER dem geheimnisvollen Körper weiter näherte. Allmählich schälte sich aus den Ortungsdaten heraus, dass er annähernd keilförmig war. Seine Länge betrug annähernd 82 Kilometer, die größte Querfläche des Keils maß 20 auf 55 Kilometer.

»Keilförmig …«, triumphierte Ranc Poser. »Sind unsere Schiffe nicht auch an einer Seite dicker als an der anderen? Ist diese Übereinstimmung Zufall?«

»Frag deinen LOGIKOR«, schlug Kaveer vor.

Die Antwort fiel wenig befriedigend aus. Der LOGIKOR hielt Posers kühne These weder für richtig noch für falsch. Er räumte lediglich ein, nichts Genaues aussagen zu können. Das half beiden Forschern nicht weiter.

Endlich war die SCHWIMMER dem Körper so nahe, dass er mit normaloptischen Geräten zu erfassen war. Die starken Verzerrungen durch die Streustrahlung der Wolke störten kaum noch.

Ernüchtert stellte Poser fest, dass es sich um einen Asteroiden handelte. Ein großer Asteroid, aber keineswegs ungewöhnlich. Auch die Form bot keinerlei Anhaltspunkte für extreme Spekulationen.

»Also nicht das MODUL«, stellte Poser enttäuscht fest.

»Das nicht«, überlegte Kaveer, während sich die SCHWIMMER weiterhin auf den Asteroiden zubewegte. »Aber vielleicht dennoch unsere Rettung.«

Poser gab mit einem Pfiff seine Zustimmung zu erkennen. »Wir könnten uns auf dem Gesteinsbrocken verstecken«, schlug er vor. »Dort sind wir vorerst in Sicherheit.«

Langsam drückte er die SCHWIMMER auf die Oberfläche des Asteroiden hinab. Es war höchste Zeit, dass die überlasteten und angeschlagenen Maschinen des Schiffes stillgelegt und überholt wurden. Vielleicht ließ sich bei einiger Anstrengung die SCHWIMMER wieder leidlich in Stand setzen.

Der Gesteinsbrocken mit seiner zerklüfteten Oberfläche war derzeit die einzige Hoffnung für die beiden Forscher. Trotzdem beschlich Froul Kaveer ein unangenehmes Gefühl, als er die Landung einleitete.

Gucky hatte, wie jeder wusste, viel Sinn für Humor. Das bewies er immer wieder, indem er sich selbst als Zielscheibe für witzige Bemerkungen anbot, ob freiwillig oder unfreiwillig.

Dieser Scherz jedoch überstieg allmählich die Kräfte des Mausbibers. Seit Stunden versuchte er, die Posbis abzuschütteln. Dass ihm dies nicht gelingen wollte, war indes größtenteils seine eigene Schuld. In einem Anfall von Übermut hatte er sich vorgenommen, keine Tricks einzusetzen und auf parapsychische Hilfsmittel völlig zu verzichten. Im Anfang hatte er den Wettlauf mit dem unermüdlichen Alfons als Freizeitbeschäftigung betrachtet, aber dieses Hobby wuchs sich allmählich zur Strapaze aus.

Gucky hatte die Hilfsbereitschaft der Posbis gewaltig unterschätzt. Offenbar hatte der besorgte Alfons einen Notruf an alle Artgenossen gesendet. Seitdem begegnete der Ilt überall Posbis und Matten-Willys. Mit den Willys ließ sich zur Not noch verhandeln, aber die Posbis kannten kein Erbarmen. Sobald der Mausbiber von einem Posbi ausgespürt wurde, alarmierte der sofort alle anderen.

Der rettende Einfall hatte einige Zeit auf sich warten lassen. Auf der SOL gab es mehrere Kindergärten, und aus vielen, wenn auch nicht immer angenehmen Erfahrungen wusste der Mausbiber, dass er sich bei Kindern größter Beliebtheit erfreute.

Erleichtert atmete Gucky auf, als sich die Tür des erstbesten Kindergartens öffnete, den er erreichte. Der Betreuer sah den Ilt hereinwatscheln und lächelte erfreut.

»Seht, wer da kommt!«

Bevor Gucky nur ein Wort sagen konnte, wurde er von der Kinderschar umringt. Da alle gleichzeitig redeten, war es dem Mausbiber unmöglich, auch nur ein Wort zu verstehen. Abwehrend hob er beide Hände.

»Wartet einen Augenblick!«, bat er. Sofort verstummte der Lärm; gespannt blickten die Kinder den Mausbiber an. Der Betreuer im Hintergrund ließ den Unterkiefer sinken. Das hatte er sich immer gewünscht, dass eine Anordnung prompt befolgt wurde.

Ein pelziges Etwas auf einer improvisierten Bühne brachte Gucky auf einen Gedanken. »Was spielt ihr gerade?«, wollte er wissen.

»Gucky und der Haluter!«, erklärte ein sommersprossiger Knirps. »Paul und ich sind der Haluter, und wer Gucky ist, ist noch nicht raus.«

»Der Beruf des Helden erfreut sich großer Nachfrage«, erklärte der Gruppenbetreuer lächelnd.

Der Säuglingsbruder, der im Nachbarraum arbeitete, streckte den Kopf zur Tür herein; plötzliche Stille war von jeher ein unheilverkündendes Zeichen gewesen.

Telekinetisch ließ Gucky den halben Haluterdarsteller in die Höhe steigen. Der Junge quiekte begeistert, während die anderen Gucky bewundernd anstarrten.

»Passt auf«, bat der Ilt. »Ich komme euch in den nächsten Tagen wieder besuchen, und dann lasse ich jeden von euch fliegen. Aber vorher müsst ihr mir einen Gefallen tun.«

»Niemand muss müssen«, antwortete eine helle Stimme. Gucky sah sich nach dem Flegel um und entdeckte ein rothaariges Mädchen mit strahlend hellen Augen.

»Nicht einmal ein Mausbiber hat heutzutage Autorität«, murmelte er, während der Betreuer grinste. Es sah merkwürdig aus, als in dem rostroten Bartgestrüpp plötzlich zwei weiße Zahnreihen sichtbar wurden.

»Also gut«, gab Gucky zu, während er den Jungen einen Looping beschreiben ließ. »Ich bitte euch, mir zu helfen.«

»Schon besser«, erklärte die selbstbewusste junge Dame.

»Ich bin Paul, was sollen wir tun?« Die zweite Hälfte des Haluters hatte sich gemeldet. Dass es sich dabei um einen bemerkenswert kleinen Knirps handelte, machte die Vorstellung eines Haluters ziemlich kurios.

»Die Posbis sind hinter mir her«, erklärte Gucky. Den halben Haluter setzte er auf dem Schoß des Betreuers ab. »Sie wollen mir etwas bringen, was ich aber nicht haben will. Wenn einer von euch den Gucky sehr gut spielt, könnt ihr den Posbi vielleicht so lange aufhalten, bis ich verschwunden bin.«

Das rothaarige Mädchen musterte ihn mit kaum verhohlener Skepsis. »Du kommst morgen wirklich wieder?«

»Ehrenwort!« Gucky hob die Hand.

»Einverstanden!«, erklärte der rothaarige Frechdachs grinsend. »Du kannst gehen, wir werden schon alleine damit fertig.«

Gucky schaute zu dem Betreuer hinüber. »Wie hältst du das nur aus?«, wollte er wissen.

»Ganz einfach«, erklärte der Mann grinsend. »Ich bin selbst so erzogen worden. Die Kleine übrigens ist meine Tochter.«

»Daher also«, murmelte Gucky. Er verabschiedete sich auf seine Art, indem er sich telekinetisch anhob und auf den Kopf stellte. Auf diese Weise verließ er den Kindergarten. Auf dem Korridor ging gerade eine ältere Frau entlang, die den Mausbiber freundlich grüßte und ihren Weg fortsetzte, als sei ein frei schwebender, auf dem Kopf stehender Ilt an Bord der SOL eine alltägliche Angelegenheit.

Hastig machte sich Gucky davon. Er war sicher, dass Alfons einige harte Nüsse zu knacken haben würde, wenn er sich mit den Kindern einließ.

Zufrieden grinsend lag Gucky auf seinem Bett. Er hatte Alfons abgeschüttelt und vorsichtshalber sogar seine Kabine abgeschlossen. Außer in Notfällen war kein Posbi befugt, in Privaträume einzudringen, schon gar nicht mit Gewalt. Und ohne Gewaltanwendung konnte der Posbi das Schott schwerlich öffnen.

Guckys Grinsen verstärkte sich noch, als der Melder summte.

Alfons wollte die Decke abliefern. Kein Zweifel.

»Nicht mit mir«, flüsterte der Ilt und ignorierte auch den zweiten Summton. Dann aber weiteten sich seine Augen. Deutlich war zu hören, wie etwas in der Wand knackte. Das Schott glitt ein Stück weit auf und gab den Blick auf einen jungen Mann frei.

»Verzeihung«, sagte er betroffen. »Ich wollte nicht stören, aber ...«

»Was machst du in meiner Kabine?«

»Die Verriegelungen müssen routinemäßig nachgesehen werden, ob die Passepartouts noch funktionieren. Damit wir im Ernstfall einem Eingeschlossenen zu Hilfe kommen können.«

»Zu Hilfe?«, fragte Gucky gedehnt.

Hinter dem jungen Mann zeichnete sich in dem Moment eine kantige Silhouette ab. Langsam setzte sich das Metallungeheuer in Bewegung, und Sekunden später lag die Decke wieder in Guckys Kabine. Vorerst resignierte er.

5.

Die Falle und ihre Folgen

Die Katastrophe hatte vielfältige Folgen. Einige von ihnen waren bestimmend für den Verlauf der kosmischen Geschichte, andere für den Kosmos weniger bedeutend.

Coursteibouth-Stern hatte zwei Planeten, die für unbewohnt gehalten wurden. Tatsächlich bestand jedoch auf dem äußeren Planeten eine Ansiedlung hochintelligenten Lebens. Die Bewohner dieser Welt lebten tief unter der Oberfläche und hätten nur bei einer intensiven Untersuchung entdeckt werden können. Diese Mühe hatte sich jedoch niemand gemacht.

Zu dem Zeitpunkt der Explosion kann angenommen werden, dass dieses Intelligenzvolk keine geschichtlich relevante Rolle im Kosmos gespielt hätte. Das Ende seiner Existenz war bedeutungslos.

Doch auf dem äußeren Planeten hatte nicht nur jenes Intelligenzvolk gelebt. Daneben existierte noch anderes hoch entwickeltes Leben. Es war von der Katastrophe überrascht, aber keineswegs vernichtet worden. Seine Reaktion war Enttäuschung, denn nun war ein Spiel gewaltsam beendet worden, das über Jahrtausende hinweg alle Konzentration, Fantasie und logisches Denken erfordert hatte. Das Graviholl empfand wie ein Schachspieler, dem plötzlich das Schachbrett aus der Hand gerissen worden war und der erkennen muss, dass er nie wieder eines vor sich haben wird.

Am Anfang hatte geistige Lähmung gestanden, die durch die hyperenergetische Struktur der Materiewolke sogar vertieft worden war. Nach einer Weile hatte das Geschöpf des zweiten Planeten jedoch herausgefunden, dass außer ihm andere Intelligenzen in der

Materiewolke existierten. Es waren die geistigen Impulse dieser Lebewesen gewesen, die seine Lähmung beendet hatten. Geradezu gierig streckte das Graviholl seine mentalen Fühler aus. Sie drangen weiter vor, durcheilten die Wolke und verließen sie sogar. Dabei entdeckte das Graviholl, dass sich die Situation in diesem Sektor der Galaxis völlig geändert hatte. Denn außerhalb der Materiewolke gab es weitere Figuren, mit denen es sich denken ließ. Einige von ihnen waren als leichte, einige als mittelschwere und einige als schwere Figuren einzustufen.

Für das Graviholl war nicht die Vernichtung von Courstebouth-Stern überraschend, sondern die Existenz unbekannten Lebens in greifbarer Nähe. Es beschloss, das Spiel wieder aufzunehmen und fortzusetzen. Dazu war notwendig, dass erst einmal Figuren von außen herangeführt wurden.

Galto »Posbi« Quohlfahrt

In aller Eile stürmte ich in die Hauptzentrale der SEIDENRAUPE. Ras Tschubai, Merkosh, der Gläserne, Icho Tolot und die Offiziere widmeten sich dem Panoramaholo und bemerkten mich nicht einmal. Mentro Kosum, der Emotionaut, lenkte das Schiff, das die Grenze der kosmischen Materiewolke erreicht hatte.

»Warum wurde Alarm gegeben?«, fragte ich Tschubai, der am nächsten bei mir stand.

Der Teleporter deutete auf das Holo. »Wir sind nicht allein«, antwortete er. »Sehen Sie sich das an. Ein einziges Gemetzel.«

Ich erkannte die Ortungsreflexe von drei scheibenförmigen Raumschiffen.

»Raumer von großer Kampfkraft«, erläuterte der Mutant. »Sie nähern sich einer Gruppe keulenförmiger Schiffe.«

Die Einzelheiten waren inzwischen besser zu erkennen. Die Scheibenraumer griffen die wesentlich kleineren Schiffe an. Als ich sah, dass die Scheiben alles förmlich zerfetzten, was ihnen in den Weg kam, lief es mir kalt über den Rücken. Die Übermacht war so erdrückend, dass ihre Gegner keine Chance hatten.

»Wollen wir wirklich tatenlos zusehen?«, fragte Mentro Kosum.

»Das müssen wir wohl«, entgegnete Ras Tschubai gepresst. »Wir könnten gegen die schwarzen Scheiben auch nicht viel ausrichten.«

Seine Worte ließen mich aufhorchen. Erst jetzt fiel mir auf, wie dunkel die Scheiben-Raumschiffe waren. Von ihren Waffen sahen wir nur hin und wieder ein Aufblitzen, und dann löste sich zumindest einer der keulenförmigen Raumer auf.

»Im Zentrum der Materiewolke scheint ein großer Körper zu stehen!«, meldete der Ortungsoffizier.

»Also doch!« Ras Tschubai gab dem Offizier ein Zeichen, woraufhin das Bild der Materiewolke wieder eine Nuance deutlicher wurde. Einzelheiten waren zu meiner Enttäuschung dennoch nicht zu erkennen. Mir war, als stünde ich vor einer grauen Nebelwand, hinter der alles verborgen lag, wonach wir suchten.

»Nichts zu sehen«, sagte Icho Tolot dröhnend.

»Wir haben das Objekt deutlich erfasst«, beteuerte der Ortungsoffizier. »Die Positronik wird ein kontrastreiches Bild ausfiltern, wir versuchen es jedenfalls.«

»Handelt es sich um das MODUL?« Merkosh, der Gläserne, sprach klirrend laut.

»Das wäre möglich«, erwiderte Tschubai zögernd.

»Nach den Daten, die wir erhalten haben, muss es das MODUL sein!«, bemerkte ich. »Es befindet sich in diesem Raumgebiet. Von der Materiewolke war aber keine Rede. Da das MODUL außerhalb der Wolke nicht zu finden ist, muss es in ihr verborgen sein. Ich verstehe nicht, weshalb noch Zweifel bestehen.«

»Wir werden uns auf jeden Fall ansehen, was da in der Wolke steckt«, versprach Ras Tschubai.

»Achtung, Angriff!«, rief der Ortungsoffizier. »Die Scheiben haben uns entdeckt!«

Gedankenschnell stießen drei Raumschiffe auf uns zu. Sie waren plötzlich da, wie aus dem Nichts heraus aufgetaucht. Ich vermutete, dass sie den Linearraum verlassen hatten.

Gegen den hellen Hintergrund der Materiewolke waren die schwarzen Aureolen dieser Schiffe deutlich auszumachen. Die Raumer hatten eine Länge von etwa 900 Metern und eine Breite von etwa 200 Metern. Im Vergleich zur SEIDENRAUPE stellten sie wahre Kolosse dar, denen wir wenig entgegenzusetzen hatten.

Die drei Raumscheiben rasten auf uns zu. Ich glaubte, die von ihnen ausgehende Drohung körperlich fühlen zu können. Allzu deutlich sah ich noch vor Augen, wie die keulenförmigen Raumschiffe vernichtet worden waren. Ein ähnliches Schicksal stand uns bevor.

»Wir ziehen uns in die Materiewolke zurück«, entschied der Emotionaut. »Vermutlich haben die anderen darin ebenso große Schwierigkeiten wie wir.«

Die SEIDENRAUPE beschleunigte, während die ersten Energieschüsse dicht an uns vorbeizuckten.

Augenblicke später erzitterte das Schiff. Ich spürte, dass der Boden schwankte. Die Andruckneutralisatoren arbeiteten für den Bruchteil einer Sekunde ungenau, aber ich konnte den Ruck abfangen.

Die drei schwarzen Scheiben waren mittlerweile sehr nahe.

»Warum pfeffern wir ihnen nicht ebenfalls eins vor die Nase?«, fragte ich bebend.

»Weil das sinnlos wäre«, erwiderte Ras Tschubai erstaunlich gelassen. »Wir hätten ihnen nichts entgegenzusetzen, was sie wirklich beeindrucken würde. Deshalb ist es besser, ihnen unsere Schwäche zu zeigen.«

»Die kennen sie längst«, behauptete ich.

Die Triebwerke heulten auf, als Mentro Kosum unseren Kugelraumer auf Gegenkurs zu den Angreifern brachte. Mir krampfte sich der Magen zusammen, denn eine Kollision schien plötzlich unausweichlich.

Wieder blitzte es bei einem der Raumer auf. Ich kniff die Augen zusammen und fragte mich, wie lange das noch gut gehen konnte. Ein Volltreffer musste unseren Schutzschirm zusammenbrechen lassen, und das würde dann der Anfang vom Ende sein.

Mentro Kosum hatte seine Nerven offenbar abgeschaltet. Mit wachsender Beschleunigung hielt er die SEIDENRAUPE auf Kollisionskurs, jagte genau auf die Scheibenraumer zu. Für einige Sekunden schien es so, als würden wir direkt in die schwärzlichen Aureolen der Angreifer eindringen, dann hatten wir sie in lebensbedrohlich geringer Distanz passiert und rasten auf den Rand der Materiewolke zu.

Die Wiedergabe in den Holoschirmen wurde von Sekunde zu Sekunde schlechter.

Mentro Kosum verzögerte mit Höchstwerten. Die Schutzschirmkontrollen zeigten an, dass die Grenze der Belastbarkeit erreicht war. Die SEIDENRAUPE flog zu schnell in die Wolke ein. Wenn Kosum nicht in Kürze die Geschwindigkeit drastisch reduzierte, brauchten die Fremden nicht mehr einzugreifen.

Hulkoos

Kaarmansch-Xes schrie wild auf, als das kugelförmige Raumschiff mit einem aberwitzigen Manöver dem Angriff auswich und in die Staubwolke floh.

Das mächtige Auge auf seiner Stirn glühte intensiv blau wie ein kaltes

Feuer. Der Oberkommandierende der Hulkoos hielt den schmalen Mund leicht geöffnet, seine hornigen Lippen zuckten.

»Toorkensch-Xayos, kommen Sie her!«, befahl er. Seine Stimme klang schneidend kalt, scharf spannte sich die lederartige Haut über dem tiefschwarzen Gesicht. Der Kommandant kratzte sich mit einem seiner vier Finger der rechten Hand, von denen einige mit dünnen schwarzen Ringen verziert waren. Diese hoben sich allerdings von der Haut kaum ab.

Ein Hulkoo, der selbst im Kreis dieser Gestalten auffallend untersetzt wirkte, näherte sich dem Kommandanten mit schwerfälligem Gang. Vor Kaarmansch-Xes blieb er stehen. Das waghalsige Manöver des Kugelraumschiffs hatte ihn ebenso überrascht wie alle anderen. Der Unterschied war nur, dass der Kommandant ihm als seinem Stellvertreter die Schuld dafür zuschieben konnte, dass es nicht geglückt war, den Exoten abzuschießen.

»Was haben Sie zu Ihrer Rechtfertigung zu sagen?«, forschte Kaarmansch-Xes.

»Nichts«, erwiderte Toorkensch-Xayos. »Ich habe die üblichen Kampf- und Vernichtungsmaßnahmen eingeleitet. Offensichtlich haben wir es jedoch mit einem Gegner zu tun, der anders denkt, reagiert und handelt, als wir es gewohnt sind.« Er zeigte geringschätzig auf die Projektion eines der keulenförmigen Raumschiffe, die von den Forschern der Kaiserin von Therm geflogen wurden. »Damit ist der Kugelraumer nicht zu vergleichen. Ich bin auch nicht davon überzeugt, dass es uns auf Anhieb hätte gelingen können, den Gegner zu vernichten.«

Kaarmansch-Xes presste die hornigen Lippen fest zusammen. Er spürte, dass sich seine Rückenstacheln aufrichteten und Druck auf den Gurt ausübten. Was sein Stellvertreter sagte, gefiel ihm nicht, das passte nicht zu der Grundmotivation des hulkischen Volkes, der Inkarnation CLERMAC untertänig zu sein.

Kaarmansch-Xes fragte sich bestürzt, ob sein Stellvertreter zu den Rebellen gehörte, zu jenen Ausnahmeerscheinungen also, die nicht bereit waren, der Inkarnation CLERMAC intellektuell, emotionell, psychisch und physisch zu dienen. Für einige Sekunden war der Kommandant wie gelähmt angesichts der Konsequenzen, die sich daraus ergeben konnten.

Helft mir, Energiewesen von Xarlausch-Xont!, dachte er verzweifelt. *Lasst nicht zu, dass mir Derartiges widerfährt!*

Kaarmansch-Xes war keineswegs ein religiöser Mann. Er pflegte sonst auch alles zu ignorieren, was mit den *gottgleichen Energiewesen von Xarlausch-Xont* zu tun hatte. Tatsächlich wusste niemand, ob diese wirklich existierten. Bis auf den heutigen Tag war es nicht gelungen, sie irgendwo im Universum aufzuspüren. So war die Frage ihrer Existenz nur mit dem Glauben zu beantworten. Und dazu war Kaarmansch-Xes eigentlich nur dann bereit, wenn er sich in einer Notlage befand, die er selbst nicht mehr kontrollieren zu können glaubte. Er war der Ansicht, dass es in einer solchen Situation zumindest nicht schaden konnte, sich an die Energiegötter zu wenden. Vielleicht gab es sie wenigstens. Und wenn es sie gab, vielleicht fühlten sie sich geschmeichelt, wenn sie um Hilfe angefleht wurden.

Kaarmansch-Xes erschrak über diese Gedanken. Seine Hände fuhren unsicher am Hüftgurt entlang. Er blickte die Offiziere in der Zentrale an und atmete insgeheim auf. Glücklicherweise waren und blieben seine Gedanken vor anderen verborgen. Wäre das nicht der Fall gewesen, dann hätte man ihn vielleicht selbst als Rebellen gegen die Inkarnation CLERMAC eingestuft.

Welch ein Widersinn!, dachte er prompt. *Dabei gibt es für mich nur den Wunsch, der Inkarnation CLERMAC zu dienen. Wenn ich überhaupt an etwas anderes gedacht habe, dann nur deshalb, weil ich meine eigene Leistung für die Geschichtsschreibung optimieren muss.*

»Ich bin mit Ihnen unzufrieden.« Er blickte Toorkensch-Xayos durchdringend an, streckte den Arm aus und deutete auf den Holoschirm. Undeutlich zeichnete sich ein in seinen Umrissen nicht definierbares Gebilde ab – es war das gesuchte Objekt, das sich in der Falle gefangen hatte.

»Der Kugelraumer ist in die Materiewolke eingedrungen«, sagte er zornig. »Damit besteht die Gefahr, dass er sich dem gefangenen Objekt nähert und es womöglich gar vor uns erreicht. Sind Sie sich der Bedeutung dieser Gefahr bewusst?«

»Vollkommen«, behauptete Toorkensch-Xayos.

Der Stellvertreter

Natürlich wusste er, wie gefährlich es sein konnte, wenn die Fremden das Objekt in die Hand bekamen. Er fürchtete sich vor einem solchen Ereignis, jedoch aus anderem Grund als Kaarmansch-Xes. Überhaupt dachte er anders als der Kommandant, aber er hütete sich, das zu zeigen.

Toorkensch-Xayos hatte in den letzten Stunden eine Veränderung in sich gefühlt, die er sich selbst nicht erklären konnte. Schon seit Jahren fragte er sich, ob es richtig war, dass das hulkische Volk der Inkarnation

CLERMAC sklavisch diente und dabei die eigene Würde und jedes Selbstwertgefühl aufgab. Aber er hatte diese Gedanken stets zurückgedrängt.

Nun war alles anders geworden. Toorkensch-Xayos hatte kritisch weitergedacht und plötzlich begriffen, dass auch eine erstrebenswerte Existenz denkbar war, die sich außerhalb dessen bewegte, was er nun als geistige Sklaverei der Inkarnation CLERMAC empfand.

Toorkensch-Xayos war über diese Gedanken ebenso entsetzt, wie es der Kommandant und die anderen Offiziere gewesen wären, hätten sie etwas davon gewusst. Voller Unbehagen erinnerte Toorkensch-Xayos sich an einen jungen Offizier, der ihm gegenüber vor einigen Jahren ähnliche Gedanken geäußert hatte. Er hatte seine Worte mit dem sofortigen Tod gebüßt. Toorkensch-Xayos hatte selbst den Befehl für die Hinrichtung gegeben, ohne nur den Versuch zu machen, über die ketzerischen Worte jenes Offiziers nachzudenken.

Und heute?

Toorkensch-Xayos reagierte maßlos verwirrt und zutiefst verunsichert. Er wusste nicht, was er tun sollte. Er wusste nur, dass sein psychischer Zustand dafür verantwortlich war, dass der Kugelraumer nicht auf Anhieb zerstört worden war. Das konnte er dem Kommandanten jedoch nicht erklären, ohne sich selbst aufzugeben.

»Ich dachte von Anfang an nur an das Objekt, das in der Materiewolke gefangen ist«, sagte er daher. »Ich glaube nicht daran, dass die Exoten in dem Kugelraumschiff zufällig in diesem Teil des Universums aufgetaucht sind. Das wäre mehr als unwahrscheinlich.«

»Sondern?«, fragte Kaarmansch-Xes argwöhnisch.

»Die Besatzung der Kugel weiß mehr über das gefangene Gebilde. Daher kam es mir darauf an, das fremde Raumschiff nur zu beschädigen, es nicht zu vernichten. Vergessen wir nicht, dass wir es nur mit einem Schiff zu tun haben. Im Gegensatz zu den Forschern der Kaiserin von Therm. Während wir dort die Mehrzahl zerstören und sogar einen Gefangenen machen konnten, gibt es hier nur eine Chance.«

»Der Gedanke ist nachvollziehbar«, lenkte der Kommandant zögernd ein.

»Ich bin fest davon überzeugt, dass er sogar in jeder Hinsicht richtig ist.« Toorkensch-Xayos sah eine Möglichkeit, sich der Schlinge zu entziehen, die er schon um den Hals spürte. »Wir müssen die Besatzung lebend haben. Nur dann können wir erfahren, woher das Schiff kommt und was die Fremden suchen. Mit ein bisschen Glück pressen wir die Wahrheit aus ihnen heraus, und vielleicht erfahren wir Dinge, die uns in der großen Auseinandersetzung um Jahre voranbringen.«

Kaarmansch-Xes bemerkte voller Unbehagen, dass sein Stellvertreter die Offensive übernommen hatte. Ihm selbst blieb kein Raum mehr für weitere Beschuldigungen, mit denen er sich von dem Unbehagen des eigenen Versagens hätte befreien können.

»Wir fliegen in die Materiewolke ein«, bestimmte er in einem Tonfall, als sei ausschließlich er auf diesen Gedanken gekommen. »Ich bin der Ansicht, dass sich außer den Exoten in dem Kugelraumschiff noch andere Intelligenzen in der Wolke verbergen können. Ich denke an weitere Forscher der Kaiserin von Therm. Es dürfte lebenswichtig sein, sie zu beseitigen.«

Er befahl, in die Wolke einzufliegen und die Kommandanten der Flotte zu informieren. Sein schwarzes Gesicht spannte sich. Er war entschlossen, die Hauptzentrale diesmal nicht zu verlassen und in Konfliktsituationen klare Vernichtungsbefehle zu geben, wie die Inkarnation CLERMAC dies verlangte. Er hatte jedoch das seltsame Gefühl, dass er sich nicht nur von dem Gedanken an die Inkarnation CLERMAC leiten ließ.

Mittelschwerer Taul Daloor

Der kosmische Trümmerbrocken innerhalb der Materiewolke war ein planetarisches Bruchstück von annähernd keilförmiger Form. Es war rund 82 Kilometer lang und an seiner breitesten Stelle etwa 55 Kilometer dick.

Taul Daloor wusste, dass er so gut wie keine Aussichten hatte, das Ende der Großen Schleife zu erreichen. Aber das berührte ihn nicht. Er befasste sich seit seiner Landung mit dem Phänomen des Planetenbrockens. Aus dessen Beschaffenheit ließen sich Schlüsse über die Art der Katastrophe ziehen, der das MODUL zum Opfer gefallen war.

Der Forscher hatte zunächst vergeblich darüber nachgedacht, wie es möglich sein konnte, dass das Sonnensystem sich schlagartig in eine Materiewolke verwandelt hatte. Mittlerweile war er sich über den Weg, den der Gegner eingeschlagen hatte, klar.

Falls bei der Zerstrahlung der Sonne thermische Prozesse abgelaufen wären, hätte das Bruchstück in jedem Fall einem zerlaufenen Magmakuchen ähneln müssen. Dem war jedoch nicht so. Taul Daloor hatte überall zerklüftete Felsformationen und sogar zahlreiche Pflanzenreste gefunden.

Die Frage war, wie es möglich sein konnte, dass in einem durch Überladung vernichteten System – und das war die einzige Möglichkeit – noch derart große stabile Körper existieren konnten. Taul Daloor glaubte, die Lösung gefunden zu haben, und er war stolz darauf. Ihm missfiel lediglich, dass er sie bisher niemandem hatte mitteilen können.

Die Sonne hatte sich restlos aufgelöst. Das Trümmerstück, das vermutlich nicht das einzige in der Wolke war, gehörte zu einem der äußeren Planeten. Dieser war von der Zerstrahlungswoge ebenfalls erfasst, aber nicht hundertprozentig aufgelöst worden.

Als sich über 99 Prozent der Masse verflüchtigt hatten, war hier und dort Materie übrig geblieben. Diese war von dem Transmittereffekt zwar davongeschleudert worden, hatte sich je nach ihrer Masse aber nahezu sofort wieder rematerialisiert.

Taul Daloor hatte festgestellt, dass der Asteroid sich weit von der ursprünglichen Planetenbahn entfernt bewegte. Andere Brocken, die eine größere Bewegungsenergie mitbekommen hatten, würden sich möglicherweise durch die Reibung mit dem Wolkenstaub in neue kurzlebige Sonnen verwandeln.

In der Nähe befand sich das MODUL. Der Forscher wusste inzwischen, dass es restlos zerstrahlt worden wäre, wenn es sich nicht im Schutz seiner Energieschirme an der mittlerweile zerstörten Sonne vorbeibewegt hätte. Die bei der Vernichtung von Courstebouth-Stern frei gewordenen Kräfte waren so ungeheuer gewesen, dass das MODUL nur mit extremen Schäden überstanden haben konnte.

Taul Daloor überdachte noch einmal alles, während er sich in die Antigravwabenröhre zurückzog. Er fühlte sich relativ sicher auf dem Materiebrocken, da er keine Raumschiffe in Ortungsnähe entdeckt hatte.

Er aktivierte die Wabenröhre und fühlte, dass er schwerelos wurde. Sein Gesicht entspannte sich. Daloor schaltete alle Überlegungsvorgänge ab. Dass er damit angreifbar geworden war, konnte er nicht einmal ahnen.

Bevor er sich dessen bewusst wurde, fand Taul Daloor sich auf einer sonnenhellen, farbenprächtigen Welt wieder. Er bewegte sich in einer Gruppe seltsamer Gestalten, und an seinem Körper klirrten Ketten und Panzerbleche. Taul Daloor blickte an sich hinunter. In grenzenloser Verwirrung stellte er fest, dass er in einem anderen Körper lebte. Dieser Körper lief auf zwei stämmigen Beinen. Wo die Beine in den Rumpf übergingen, ragten zwei Arme aus einem Wust von Ketten und schuppenartig übereinander liegenden Panzerplatten hervor. Die Arme endeten in Greifklauen, die Kurzschwerter umklammert hielten. Diese Gliedmaßen schienen jedoch nur zur Unterstützung eines zweiten Armpaars vorhanden zu sein, das weiter oben aus dem Körper wuchs.

Taul Daloor spannte die Muskeln und winkelte die Arme an, die fast bis auf den Boden reichten. Er konnte sehen, dass er zwei stumpfe Röhren in den Händen hielt. Zugleich unterdrückte er jedoch das Verlangen, das Gebilde abzutasten, in dem seine Sinnesorgane saßen. Er vermutete, dass er über etwas Ähnliches wie einen Kopf verfügte, ein Körperteil, das er oft bei anderen Lebewesen gesehen hatte.

Doch das interessierte ihn nicht in erster Linie. Er wollte wissen, wo er war und was er an diesem Ort sollte.

Die Gruppe, in der er sich bewegte, hatte einen steinernen Torbogen von beträchtlichem Ausmaß erreicht. Sie schritt hindurch. Ob Taul Daloor wollte oder nicht, er musste mitgehen.

Vor ihm liefen farbenprächtig gekleidete kleine Gestalten. Auch sie hatten zwei Beine, waren aber wesentlich gedrungener als er. Ihre Köpfe erinnerten an Raubvögel mit weit vorspringenden Schnäbeln. Unter weißen Federbüschen leuchteten scharfe Augen. Taul Daloor glaubte, in diesen Augen blanken Hass zu sehen.

Er empfand nichts für die anderen Geschöpfe. Weder für die mit den raubvogelartigen Köpfen noch für jene bepelzten Vierbeiner, die an der Spitze der Gruppe in eine Arena hineintrotteten.

Der Forscher wandte sich erschreckt um, als ein Tor dumpf krachend hinter ihm zufiel. Erst in diesem Augenblick verstand er, dass er gefangen war und eine Aufgabe zu erfüllen hatte. Er zwang sich zur Ruhe. Seine Bewaffnung schien dem ersten Eindruck nach wesentlich besser und schlagkräftiger zu sein als die der anderen. Das war ein Vorteil. Außerdem schien er allen anderen körperlich überlegen zu sein. Auch das war ein Grund, dem Kommenden gelassener entgegenzusehen.

Taul Daloor blickte sich um.

Er befand sich in einer Arena. Sie durchmaß etwa hundert Schritte und wurde von einer steil aufragenden Steinwand mit schätzungsweise zehn Schritt Höhe begrenzt. Darüber erhoben sich Sitzreihen aus einem glasartigen Material.

Taul Daloor wunderte sich, dass er keine Zuschauer bemerkte, bis er sich die »Sitzreihen« näher ansah. Dabei registrierte er, dass sich die Zuschauer hinter den gläsernen Scheiben befanden. Sie waren nur schemenhaft zu erkennen, sodass er nicht hätte sagen können, welchen Völkern sie angehörten.

Ihm direkt gegenüber öffnete sich ein großes Tor. Eine zweite Gruppe betrat den Kampfplatz. Sie setzte sich aus ähnlichen Lebewesen zusammen wie die Gruppe Taul Daloors. Die beherrschende Gestalt fiel ihm sofort durch den stählern schimmernden Platten- und Kettenpanzer auf. Auch dieses Wesen hatte zwei stämmige Beine und vier Arme.

Auf dem Rumpf saß ein bizarr geformter Schädel, von dem vier armlange und spitze Hörner aufstiegen.

Taul Daloor drehte sich zur Seite, bis er den grünlichen Schatten sehen konnte, den er in der hoch stehenden Sonne warf. Er hatte ebenfalls dieses doppelte Hornpaar, das eine hervorragende Waffe abzugeben schien.

Über der zweiten Gruppe erschien eine fremdartige Gestalt. Sie war noch größer als Taul Daloor in seiner jetzigen Form. Den unteren Teil ihres Körpers konnte der Forscher nicht sehen, weil er von der Mauerbrüstung verdeckt wurde. Der Oberkörper glich jedoch einer aufgeblähten feuerroten Kugel, auf der ein ovaler Kopf mit zwei faustgroßen blauen Augen saß. Vom Oberteil des Rumpfes und vom Kopf wuchsen farnartige grüne Gebilde in die Höhe. Sie wucherten so dicht, dass sie eine Art Kragen formten, der weit über den Kopf hinausragte.

Taul Daloor wandte sich um und blickte aufwärts. Er war keineswegs überrascht, als er über sich ein zweites Lebewesen dieser Art an der Mauer sah. Er war sich darüber klar, dass diese beiden Geschöpfe den Kampf lenken wollten. Wahrscheinlich waren sie sogar die eigentlichen Duellanten, während er und die anderen Kreaturen in der Arena nichts weiter als Figuren waren, die nach dem Willen der Lenker zum Kampf gegeneinander anzutreten hatten.

Bevor der Forscher diesen Gedanken zu Ende gebracht hatte, trabten vier der kleinen Vierbeiner bis zur Mitte der Arena vor und stellten sich auf. Von der anderen Seite rückten vier gleiche Geschöpfe heran und versperrten ihnen den Weg.

Nun ging es Zug um Zug. Alle Figuren wurden in bestimmten Positionen aufgestellt. Taul Daloor stellte mühelos fest, dass die beiden Duellanten dabei keineswegs die gleichen Stellungen wählten.

Er war fest entschlossen, auf der Stelle stehen zu bleiben und sich um nichts zu kümmern. Was ging ihn dieser seltsame Kampf an? Er hatte andere Probleme. Für ihn war allein wichtig, wie er in seinen eigenen Körper zurückkehren konnte. Das bedeutete, dass er sich auf keinen Fall mit Fragen der Taktik in dieser Auseinandersetzung befassen durfte. Er musste sich voll und ganz auf sich selbst konzentrieren.

Taul Daloor versuchte es.

Wie ein Peitschenhieb traf ihn ein Befehl. Ihm war, als packe ihn etwas Unsichtbares mit großer Gewalt, als schalte etwas Fremdes seinen eigenen Willen brutal aus. Er bemerkte, dass er sich vorwärts bewegte, obwohl er stehen bleiben wollte. Er setzte einen Fuß vor den anderen, obwohl er versuchte, sich gegen den Zwang aufzulehnen.

Daloor fühlte sich maßlos gedemütigt.

Doch dieser Zustand dauerte nicht lange. Jäh stieg die Frage in ihm auf, wer er wirklich war. Seine Erinnerung an frühere Phasen seines Lebens war lückenhaft. Dessen war er sich voll bewusst. Er selbst hatte die Erinnerungen in sich ausgelöscht, um nicht zum Verräter werden zu können.

Zum Verräter an wem? *Und hatte er die Erinnerungen wirklich selbst beseitigt? Fragen über Fragen und Zweifel über Zweifel. Plötzlich wusste er überhaupt nicht mehr, was richtig war. Er hatte seinen großen Auftrag vergessen.*

Verwirrt fragte er sich, ob er sein Leben als Forscher des MODULS nur geträumt hatte. Vielleicht war alles, was er zu wissen glaubte, nur die Scheinexistenz eines getrübten Bewusstseins gewesen. Hatte er sich aus Angst vor dem bevorstehenden Kampf in eine Traumwelt hineingerettet, die ihn vor einem schrecklichen Ende bewahren sollte?

Er wusste es nicht mehr.

»Taul Daloor!«, klang eine Stimme in ihm auf. Sie schien ihn durch ihre akustische Gewalt bis in alle Fasern hinein zu erschüttern. Daloor wusste, dass dem nicht so war, dennoch hatte er das Gefühl, innerlich zerrissen zu werden.

»Ich höre«, antwortete er laut. Seine Stimme klang schrill, fast kreischend. Sie war ganz anders, als er erwartet hatte.

»Geh, Taul Daloor! Kämpfe, wie du es immer getan hast. Ich werde nicht dulden, dass dein Verstand sich in irreale Fantasien zurückzieht. Du bist mein Werkzeug, du hast zu erfüllen, was ich dir befehle!«

»Ja, Herr!«, schrie er voller Qual. »Ja, ich gehorche.«

»Konzentriere dich auf den Kampf!«

Taul Daloor zitterte. Tausend glühende Nadeln schienen sich in seinen Körper zu bohren. Sein Blick trübte sich für einen kurzen Moment.

Als er wieder klar sehen konnte, blitzte es bei dem Kontrahenten seines Herrn auf. Ein blassblaues Energiefeld raste auf einen der Vierbeiner in der vordersten Reihe zu, doch blitzschnell schleuderte einer der Zweibeiner ein Metallplättchen nach vorn. Es überflog den Kopf des Angegriffenen exakt zu dem Zeitpunkt, an dem das Energiefeld heran war. Die Platte löste sich mit rötlichem Leuchten auf, gleichzeitig verschwand das Energiefeld. Der Vierbeiner rückte keuchend einen Doppelschritt voran, und gleichzeitig feuerte das Wesen, das sich als Daloors Herrn bezeichnet hatte, ein Energiefeld ab. Taul Daloor spürte, dass er etwas tun musste. Ein geistiger Impuls von schmerzhafter Intensität traf ihn, aber er blieb steif und unbewegt stehen.

Der Gegner wehrte das Energiefeld ab.

»Taul Daloor, du bist ein Versager«, klang es verweisend in ihm auf.

»Ich bin Krago, dein Herr. Ich befehle dir zu kämpfen! Konzentriere dich, wenn du die Arena lebend verlassen willst.«

»Ich gehorche, Krago«, antwortete Daloor demütig.

Ihm gegenüber auf der Mauerkrone blitzte es auf. Taul Daloor handelte instinktiv. Er hielt plötzlich ein Metallplättchen von seinem Panzer in den Händen, stürmte drei Schritte vor und schleuderte das seltsame Abwehrgerät zur Seite. Gleichzeitig wirbelte er eines der Kurzschwerter durch die Luft.

Dann blieb er stehen und beobachtete. Das Plättchen wehrte den Energiestrahl auf den Bruchteil einer Sekunde genau in dem Moment ab, in dem das Schwert einen Zweibeiner der Gegenseite durchbohrte. Die Abwehrreaktion der anderen Partei kam zu spät.

»So will ich dich kämpfen sehen, Taul Daloor!«, lobte Krago. »So wirst du überleben.«

Der Forscher vergaß, was vorher gewesen war. Er vergaß das keulenförmige Raumschiff auf dem Planetoiden in der Materiewolke und ebenso die Antigravwabenröhre, in der er sich regenerieren wollte. Probleme im Zusammenhang mit dem MODUL und der kosmischen Explosion existierten nicht mehr für ihn. Jene fiktive Erlebniswelt fiel von ihm ab wie ein störender Schleier, der seine Sicht vorübergehend getrübt hatte.

Das Tor ihm gegenüber öffnete sich erneut. Eine spinnenartige Kreatur eilte in die Arena. Sie bewegte sich mit seltsamen Sprüngen voran, die mal zur einen, mal zur anderen Seite führten und unberechenbar zu sein schienen.

Aus dem mit langen Haaren besetzten kugelförmigen Rumpf ragte ein turmartiges Gebilde empor, das Sinnesorgane trug. Taul Daloor zählte zwölf schwarze Augen. Er sah filigranartige Auswüchse und trichterartige Öffnungen, aus denen ein angsteinflößendes Zischen verströmte.

Daloor wich furchtsam zurück. Er fühlte sich diesem Gegner nicht gewachsen, obwohl er selbst über Waffen verfügte, während die Spinne unbewaffnet zu sein schien.

»Bleib stehen!«, dröhnte es in ihm. Das war nicht Kragos Stimme. Was in ihm aufklang, war ein Befehl des Spinnenwesens. Taul Daloor wollte sich ihm entziehen, doch er konnte nicht. Er hörte Krago, aber dessen Worte kamen von fern und waren kaum verständlich. Sie wurden rasch leiser. Taul Daloor registrierte die mitschwingende Verzweiflung. Krago hatte Angst und fühlte sich machtlos.

Voller Entsetzen erkannte Daloor, warum das so war. Krago wusste nicht, wie er ihn vor der Spinne schützen konnte; er hatte nichts, womit er seinen Kämpfer gegen einen Angriff dieses scheußlichen Wesens abdecken konnte.

Taul Daloor stand wie erstarrt. Er sah das Ungeheuer auf sich zukommen. Er sah, wie aus dem Haarpelz Giftstacheln aufstiegen und sich auf ihn richteten, aber er konnte sich nicht bewegen. Die befehlende Stimme in seinem Innern fesselte ihn. Sie zwang ihn, auf jede Abwehr zu verzichten.

Galto »Posbi« Quohlfahrt

»Absichern!«, brüllte Mentro Kosum mit aller Stimmenkraft. »Ich will niemanden mehr sehen, der nicht angeschnallt ist.«

Wir stürzten zu den Andrucksesseln. Jedem von uns war die Todsünde bewusst, die wir begangen hatten. Routine und Perfektion hatten uns dazu verleitet, auf die elementarsten Sicherheitsvorkehrungen zu verzichten.

Als Kosum den Antigravausgleich wegnahm, spürte ich gerade, dass sich die Automatikgurte um meinen Leib legten. Im nächsten Moment fühlte ich mich wie von Titanenfäusten nach vorn geschleudert. Vor meinen Augen tanzten feurige Kreise. Ich glaubte, sämtliche Rippen splittern zu hören.

Neben mir stöhnte Ras Tschubai, während Icho Tolot Laute produzierte, die nach meinem Dafürhalten sein Wohlbehagen ausdrückten. Dem Koloss konnten die Verzögerungseffekte nichts anhaben. Er brauchte nur seine atomare Struktur zu verändern, um sich den Belastungen zu entziehen. In diesem Fall kehrten sich die Gefahren sogar um. Wäre der Haluter nicht von den Spezialgurten gehalten worden, hätte er als lebende Kanonenkugel irreparable Schäden anrichten können.

Als ich bereits fürchtete, die Besinnung zu verlieren, wich der Druck abrupt von mir. Die Absorber arbeiteten wieder mit Volllast und neutralisierten den Verzögerungseffekt.

Der Emotionaut grinste breit. »Das war wohl nichts für euch Muttersöhnchen, wie? Ich ahnte doch, dass ihr schlappmacht, wenn ich mal gehörig auf die Bremse trete.«

Ich erhob mich mühsam und mit zitternden Knien und konzentrierte mich darauf, Kosum nicht merken zu lassen, wie verdammt schlecht ich mich fühlte. »Es genügt, dass Sie die SEIDENRAUPE zu Schrott geritten haben«, krächzte ich. »Überflüssig ist, dass Sie uns auch noch …«

Ich brachte einfach nicht mehr über die Lippen. Mein Hals war wie zugeschnürt, und meine Stimme versagte. Wütend blickte ich auf den Emotionauten, der in ein wüstes Gelächter ausbrach.

»Ich war schon immer für einen knallharten Drill für alle, die sich hin und wieder außerhalb der SOL bewegen dürfen«, verkündete Kosum. »Das würde wenigstens dazu führen, dass ihr nicht alle aus den Latschen kippt, sobald wir auf den gewohnten Antigravkomfort verzichten müssen.«

Icho Tolot stimmte in das Gelächter ein. Ich presste mir die Hände auf die Ohren. »Was soll der Blödsinn?«, schrie ich. »Glaubt ihr, dass wir schon in Sicherheit sind? Ganz und gar nicht. Was wir können, das können die Schwarzen allemal.«

Alle grinsten mich nur an. Ich holte zu einem weiteren Satz aus und atmete tief durch, in dem Moment öffnete sich das Hauptschott, und meine Posbi-Freunde hasteten herein. Sie streckten mir ihre künstlichen Arme entgegen, und ihre biologischen Gehirnsektoren veranlassten sie zu ängstlichen Lautäußerungen. Da sie die Verzögerungseffekte ebenfalls gespürt hatten, wussten sie, wie ich mich fühlte. Nichts war mir jedoch in diesem Moment peinlicher als ihre aufdringliche Fürsorge.

»Nein!«, brüllte ich verzweifelt. »Ich bin vollkommen in Ordnung!«

»Wir haben deine Klagen gehört«, erwiderte Scim-Geierkopf schrill.

»Ich habe doch nur versucht, einen Scherz zu machen«, log ich, wobei ich mir meiner Unglaubwürdigkeit leider nur zu deutlich bewusst war.

»Seht euch Galto Quohlfahrt an!«, dröhnte Tolot mit einer Stimmgewalt, die alles vibrieren ließ. »Seine Freunde werden ihm endgültig einen neuen Körper anziehen.«

Mir lief es kalt über den Rücken. Allzu oft hatte ich schon befürchtet, dass die Posbis mich mit einem Robotkörper versehen würden, der allen Belastungen spielend gewachsen war. Wenn der Haluter »anziehen« gesagt hatte, meinte er vermutlich, dass die Posbis mir nur mein Gehirn lassen würden.

Ich richtete mich auf. »Tolot«, sagte ich drohend, »vergessen Sie nicht, welch väterlich fürsorgliche Gefühle ich für Sie empfinde. Wenn Sie mich beleidigen, könnte das dazu führen, dass ich Ihnen meine Hilfe verweigere, wenn Sie diese demnächst benötigen sollten.«

Der Haluter lachte dröhnend. Meine Posbi-Freunde schrien wild durcheinander, und ich wandte mich dem Ausgang zu. In diesem Moment kippte Ras Tschubai einfach um.

Der Teleporter streckte noch die Arme aus, um sich abzufangen, aber damit erreichte er überhaupt nichts. Er fiel seitlich in die Tiefe, und die Platte, auf der er saß, schien unter ihm wegzukippen.

Unwillkürlich blickte der Mutant nach unten. Er stellte fest, dass er auf der Spitze eines biegsamen Mastes kauerte, der etwa vierzig Meter hoch war und im Wind schwankte. Doch nur für wenige Sekunden hatte er noch den Eindruck, dass er wirklich er selbst war. Dann sah er seine Beine und seine Hände, und sie waren mit einem dichten roten Pelz bedeckt.

Nicht nur das beunruhigte ihn. Er stellte darüber hinaus fest, dass er sich mitten in einer Arena befand. Tief unter ihm kämpften malerisch gekleidete Gestalten mit Messern und Energiewaffen gegeneinander. Auf den Tribünen saßen humanoide Gestalten, die allesamt von der SOL zu stammen schienen.

Ras Tschubai zwang sich zur Ruhe. Er war durch tausend Gefahren gegangen, so leicht war er nicht mehr zu erschüttern.

Zunächst horchte er in sich hinein. Er glaubte nicht daran, dass er so ohne weiteres in einen anderen Körper hineinspringen und in diesem leben konnte. Er suchte nach Spuren einer parapsychischen Beeinflussung, konnte aber keine finden. Er schien sich tatsächlich von einer Sekunde zur anderen mit seiner vollen Persönlichkeit an einen anderen Ort und in ein anderes Wesen versetzt zu haben.

Auch in eine andere Zeit?

Der primitive Sitz auf der Stange schwankte zur Seite. Ras stemmte sich der Bewegung nicht entgegen, sondern verstärkte sie so sehr, dass die Stange sich beängstigend bog. Trotz seiner fast abstrakt zu nennenden Situation stellte sich bei ihm ein gewisses Wohlbefinden ein. Er wähnte sich nicht in Gefahr – bis er an der Stange entlang nach unten blickte und die mit Reißdornen bewehrte Schlange entdeckte, die eine Länge von gut zwölf Metern hatte. Sie wand sich unglaublich schnell empor.

Ras tastete die Hüften seines neuen Körpers ab, fand aber keine Waffe. Deshalb zog er es vor, sich mit einer Teleportation in Sicherheit zu bringen, als die Schlange ihn fast erreicht hatte.

Er rematerialisierte in der Arena. Ein mit Metallplatten und Ketten behängtes, vierarmiges Wesen raste auf ihn zu und bedrohte ihn mit drei Kurzschwertern.

Ras Tschubai teleportierte erneut. Danach fand er sich in der Zentrale der SEIDENRAUPE auf dem Boden liegend wieder. In ihm klang eine lobende Stimme auf, die er nicht klar verstand. Immerhin erfasste er, dass sie ihn als *schwere Figur* einstufte.

»Was war denn los?«, fragte Galto »Posbi« Quohlfahrt. »Stimmt etwas nicht?«

»Alles in Ordnung«, antwortete der Teleporter. »Das glaube ich jedenfalls.« Er erhob sich und blickte prüfend an sich hinunter. Dann wandte er sich an den Robotologen: »Können Sie mir sagen, Galto, warum ich eine *schwere Figur* bin?«

Quohlfahrt griff an seinen Pickelhelm und schob ihn sich tiefer in die Stirn. »Ich habe nie behauptet, dass Sie ein schwerer Junge sind«, antwortete er mit einem schiefen Grinsen. »Das ginge wohl doch ein wenig zu weit.«

»Sie haben mich völlig falsch verstanden.« Der Teleporter seufzte. »Ich habe gefragt, warum ich … Ach, Sie verstehen das ja doch nicht.« Ärgerlich ging er an Quohlfahrt vorbei und verließ die Zentrale. Er wusste nicht recht, ob es richtig gewesen wäre, von seinen Erlebnissen zu erzählen, da er sich nicht einmal klar darüber wurde, ob es ein Traum gewesen war.

Taul Daloor

Als der Forscher sah, wie übergangslos aus dem Nichts heraus die Stange mit der Gestalt obenauf in der Arena erschien, gab er es endgültig auf, eine Erklärung für seine Situation finden zu wollen. Er beobachtete, wie die Schlange auf den Fremden zukroch, und vergaß dabei, dass er selbst in höchster Gefahr schwebte. Seltsamerweise befreite ihn gerade das von der parapsychischen Fessel, die sein unheimlicher Gegner ihm angelegt hatte.

Taul Daloor verfolgte, wie das Wesen auf der Stange jäh verschwand und an anderer Stelle wieder auftauchte. Dieses Ereignis half ihm, sich noch ein weiteres Stück von dieser unwirklichen Welt zu distanzieren.

Er riss seine beiden oberen Arme hoch und richtete sie auf das Spinnenwesen. Bevor er sich bewusst wurde, was eigentlich geschah, schossen silbrige Strahlen aus den Röhren, die er in den Händen hielt. Einer der Strahlen durchbohrte und verbrannte die Spinne, der andere fauchte zu dem Gegenspieler Kragos über der Arenamauer hoch, erreichte ihn aber nicht, sondern fächerte vorher auf. Offenbar wehte jedoch eine Hitzewelle zu dem Lenker der Gegenpartei hinauf und trieb ihn zurück. Taul Daloor verfolgte nicht ohne Befriedigung, dass der Gegner sich fluchtartig hinter eine Steinbarriere rettete.

»Hast du den Verstand verloren?«, hallte Kragos Stimme in ihm auf. »Es ist verboten, auf den Meister zu schießen.«

»Er ist nicht mein Meister«, erwiderte Daloor trotzig. »Und ich würde gern darauf verzichten, hier kämpfen zu müssen.«

»Sei still, oder ich opfere dich! Figuren, die das eigene Spiel stören, sind gefährlicher als feindliche Figuren.«

Obwohl Taul Daloor nicht die geringste Sympathie für Krago empfand, kam in ihm der Wunsch auf, diesem zu beweisen, wie wertvoll er war. Er brach aus seiner mehrfach durch andere Kämpfer gedeckten Stellung aus und stürmte nach vorn auf die mit Ketten und Platten gepanzerte Figur zu, die offenbar eine ebenso bedeutsame Rolle wie er in diesem Arenakampf spielte.

Plötzlich brandete tosender Lärm auf. Die Glaskäfige öffneten sich. Die Schreie zahlloser Zuschauer begleiteten ihn auf seinem Weg. Doch er erreichte sein Ziel nicht. Kragos Gegenspieler tauchte wieder über der Mauer auf und schoss auf ihn. Zwei Vierbeiner schnellten sich von den Seiten heran und stachen mit Messern auf ihn ein. Er spürte, dass die Klingen in seinen Körper eindrangen und empfindliche Nervenzentren trafen. Betäubt vor Schmerz eilte er weiter bis hin vor jenes Wesen, das so aussah wie er selbst.

Er hob die Arme, obwohl er fühlte, dass ihm die Kraft für den Abschluss des Angriffs fehlte. Über seinem Kopf blitzte ein Schwert auf. Etwas Scharfes traf seinen Schädel, und dann stürzte er ins Bodenlose.

Ihm war, als bräche er durch eine dünne Decke in ein riesiges Gewölbe ein, das von Kragos Gelächter widerhallte. Er presste sich die Hände an den Kopf, konnte sich von dem Lachen jedoch nicht abschirmen. Er schloss die Augen, weil er glaubte, den Hohn nicht mehr ertragen zu können.

Plötzlich fühlte er sich schwerelos. Er befand sich in seiner Antigravwabenröhre, und Schauer hochwertiger Energie trafen seinen Körper und erfüllten ihn mit neuer Kraft.

Taul Daloor verharrte eine geraume Weile auf dem Platz. Verstört verließ er dann die Röhre und sah sich in der RENNER um. Alles war unverändert, vor allem schien nichts wirklich irreparabel beschädigt zu sein.

Er schaltete die Ortung der RENNER ein, doch zeichnete sich kein größeres Objekt ab. Er überlegte. Früher oder später musste er die Materiewolke verlassen, da er sich in ihr nur für eine begrenzte Zeit aufhalten konnte. Außerhalb der Wolke lauerten die scheibenförmigen Schiffe, die erbarmungslos alles vernichteten, was ihren Weg kreuzte. War hier ein Zusammenhang mit seinem Traumerlebnis vorhanden? Gab es so etwas wie eine dritte Kraft, die im Grenzbereich der Großen Schleife aktiv wurde?

Taul Daloor wollte die Ortungsgeräte bereits wieder abschalten, als ein nur schwach erkennbares Objekt erschien. Der Forscher erschrak so heftig, dass er sekundenlang handlungsunfähig war. Er befürchtete einen Angriff, der unter den gegebenen Umständen sein Ende bedeuten musste.

Erst nach einer Weile fiel ihm auf, dass der erfasste Raumer kleiner als die schwarzen Scheiben war und dass er vor allem Kugelform hatte.

Das Gefühl der Bedrohung minderte sich deshalb keineswegs.

Taul Daloor bereitete in aller Eile einen Vernichtungsschlag vor. Er fühlte sich ziemlich sicher auf dem Planetenbrocken, zumal er wusste, dass die RENNER schwer zu orten war. Daher glaubte er, dass er den Kugelraumer mit einem einzigen entschlossenen Angriff zerstören konnte.

Galto »Posbi« Quohlfahrt

Ich wollte keine Verstimmung zwischen Ras Tschubai und mir. Ein vielleicht nicht ganz angebrachter Scherz durfte unsere Freundschaft nicht trüben. Daher folgte ich ihm. Doch als der Teleporter bemerkte, dass ich ihm auf den Fersen blieb, beschleunigte er seine Schritte und verschwand in seiner Kabine, bevor ich ihn einholen konnte.

Aufdrängen wollte ich mich nicht. Deshalb wandte ich mich ab und betrat meine eigene Kabine, wobei es mir gelang, das Schott schnell genug zu schließen, um Posbis und Matten-Willys erst einmal auszusperren. Aufatmend warf ich mich auf meine Liege.

Als ich auf dem Rücken lag, die Hände unter dem Kopf verschränkt, glaubte ich, Zeit und Muße zum Nachdenken zu haben. Doch ich irrte mich.

In dem Moment, als ich die Augen schloss, erfasste mich eine fremde Kraft und wirbelte mich davon. Unwillkürlich streckte ich die Arme zur Seite, um die Bewegung abzufangen, und öffnete die Augen.

Ich stand in einem quadratischen Raum, der eine Seitenlänge von rund hundert Metern hatte, aber dennoch nicht den Eindruck einer Halle erweckte. Schleier aus einem seidenartigen Stoff grenzten einige Bereiche innerhalb dieses Raumes zu kleineren Einheiten ab, die mit formschönen Möbeln ausstaffiert waren.

Erst nach einer Weile bemerkte ich, dass ich nicht allein war. Auf einem Diwan ruhte eine spärlich bekleidete Frau. Ich konnte sie durch einen violetten Schleier deutlich erkennen; sie war von atemberaubender Schönheit.

Tiefschwarzes Haar umschloss ihr ovales Gesicht mit dem ausdrucksvollen Mund und der schmalen Nase. Ihre Augenfarbe konnte ich nicht erkennen, da die Frau die Lider geschlossen hielt.

Während ich mich vorsichtig näherte, ließ ich meine Blicke über ihren Körper gleiten. Ich verschwendete keinen einzigen Gedanken mehr darauf, wo ich mich eigentlich befand und wie ich an diesen Ort gelangt sein konnte. Das alles interessierte mich nicht im Geringsten. Ich sah eine Frau von so ungewöhnlicher Schönheit, dass sich jeder andere Gedanke von selbst verbot. Behutsam schob ich den Schleier zur Seite und trat an die Liege heran.

»Galto«, murmelte ich im Selbstgespräch, »du bist einfach ein Glückspilz. Träume dieser Art hat man nicht alle Tage.«

Außer der Frau und mir befand sich niemand in dem Raum. Das bedeutete, dass ich mich ganz auf dieses überirdisch schöne Geschöpf konzentrieren konnte. Nichts war mir lieber als das!

Als ich mich ihr wieder zuwandte, hatte sie schon die Augen geöffnet. Es waren leuchtend grüne Augen. Als die Lippen sich voneinander trennten, stellte ich fest, dass ihre Zähne eigenartig spitz waren, doch das störte mich überhaupt nicht. Ich befand mich in einer Galaxis fern der heimatlichen Milchstraße und konnte nicht von Mutter Natur verlangen, dass sie mir eine Partnerin servierte, die aufs Haar den irdischen Evastöchtern glich.

Ich erwiderte ihr Lächeln und setzte mich behutsam auf die Kante des Diwans. Sie seufzte, als habe sie nichts anderes erwartet, und rutschte einige Zentimeter zur Seite.

»Welch angenehme Überraschung«, sagte ich. »Ich hätte nie und nimmer erwartet, hier eine betörende Schönheit anzutreffen.«

»Ich freue mich«, antwortete sie in Interkosmo, »dass mir die Überraschung gelungen ist.«

Ein Traum, dachte ich. *Es ist nur ein Traum. Klar, dass sie meine Sprache beherrscht.*

Ich war keineswegs enttäuscht, denn nun erschien mir alles sehr viel leichter als zuvor. Einer Partnerin, die jedes Wort versteht, kann man Komplimente machen, ihr schmeicheln und sie behutsam dorthin führen, wo man sie haben will. Ich brauchte mir keine Gedanken über die einzuschlagende Strategie zu machen.

Ich dachte an die Unannehmlichkeiten, die ich auf der SOL wegen eifersüchtiger Ehemänner hatte erdulden müssen. Ich konnte nur hoffen, dass es mir hier nicht ebenso erging.

Nein, sagte ich mir unmittelbar darauf. *Das ist unmöglich. Dies ist nur ein Traum, weiter nichts.*

Aber auch Träume soll man nicht ungenutzt vorüberziehen lassen. Ich ließ meine Fingerspitzen von ihrer Hand bis zu ihrer Schulter und ihrem Ohr wandern und beobachtete, dass sie dabei wohlig erschauerte. Das war für mich ein ermutigendes Zeichen.

»Wie heißt du?«, fragte ich zärtlich.

»Cleo«, erwiderte sie, richtete sich auf und legte mir eine meterlange giftgrüne Schlange um den Hals.

Ich fuhr entsetzt zurück und versuchte, mir das Reptil vom Leib zu reißen. Zischelnd fuhr der dreieckige Kopf auf mich zu, und die nadelspitzen Giftzähne gruben sich tief in meinen rechten Daumen.

Die Frau lachte gellend auf. Sie sprang hoch, während ich mit der Schlange kämpfte, die sich wild in meinen Händen wand. Dabei entfaltete sie unglaubliche Kräfte, sodass ich mich mit aller Energie wehren musste. Ich hielt sie dicht unter dem Kopf, um zu verhindern, dass sie mich erneut biss. Zugleich spürte ich stechende Schmerzen, die von meiner rechten Hand ausgingen.

»Sieh her, du Narr!«, schrie die Frau.

Ich blickte unwillkürlich zu ihr hinüber und bemerkte, dass sie eine zweite Schlange in Händen hielt. Auch diese war grün, aber noch um gut einen Meter länger. Während ich entsetzt zurückwich, schleuderte sie mir die Schlange entgegen. Das Reptil prallte an mir ab, fiel auf den Boden und griff sofort an.

An Sex dachte ich längst nicht mehr, ich wollte nur überleben. Die tobenden Schmerzen verrieten, dass ich wirklich nicht träumte, sondern dass alles bittere Wirklichkeit war.

Ich trat nach der zweiten Schlange und schleuderte sie zurück. Die andere riss ich mir vom Leib und warf sie mit aller Kraft auf den Boden. Dann wirbelte ich herum und suchte mein Heil in der Flucht. Die zweite Schlange schoss dennoch hinter mir her und schlug mir ihre Giftzähne ins Hinterteil.

Ich spürte den schmerzhaften Biss und spannte die Muskeln ruckartig an. Bekanntlich waren sie durch synthetisches Material ersetzt worden, das eine besonders hohe Elastizität aufwies. Diese wurde dem Reptil zum Verhängnis, denn die künstlichen Muskeln warfen die Kinnladen derart heftig zurück, dass sie sich knackend überspannten.

Fast mitleidig blickte ich auf die gequälte Kreatur hinab, die sich nun auf dem Boden wand. Sie bot einen grässlichen Anblick, da es ihr nicht gelang, das Maul wieder zu schließen.

Die Frau stand starr vor dem Diwan. Sie schien nicht damit gerechnet zu haben, dass ich beide Schlangen erfolgreich abwehren könnte. Ich beachtete sie allerdings kaum, denn ich blickte auf meinen Daumen, der sich grün verfärbt hatte. Von ihm gingen schier unerträgliche Schmerzen aus, die sich bis zur Schulter hochzogen.

Wegen des Giftes machte ich mir keine großen Sorgen. Der Daumen bestand aus einem halbsynthetischen Material, das zwar mit meinem Blutkreislauf verbunden war, jedoch über Filter verfügte, die Schadstoffe zurückhielten. Störend waren die Schmerzen, die sich auch in meinem Hinterteil bemerkbar machten.

»Und was sollte das alles?«, fragte ich.

Verlegen lächelnd versuchte die Frau, ihre Blößen mit den Händen zu bedecken. »Du bist ein beachtenswerter Mann, Galto«, sagte sie, ließ sich wieder auf den Diwan sinken und verkroch sich unter die Schleier. »Die Schlangen werden dich in Ruhe lassen. Bestimmt. Ich schwöre es dir. Komm zu mir.«

Ich tastete mein Hinterteil ab und beglückwünschte mich insgeheim, weil die Schlangenbisse nur Körperteile getroffen hatten, in denen das Gift nicht wirken konnte. »Ein andermal«, erwiderte ich. »Für derartige Formen des Flirts habe ich heute wenig Verständnis.«

Ich wandte mich um, schob den schleierartigen Vorhang zur Seite und ging. Sie schleuderte mir unflätige Schimpfworte hinterher.

Befremdet drehte ich mich um und blickte zurück. Der Schock brachte mich fast um. Auf dem Diwan kauerte ein uraltes Weib, bis auf die Knochen abgemagert und so abgrundtief hässlich, dass mir übel wurde.

Ich wollte fliehen, aber ich konnte mich nicht von der Stelle bewegen. Das Weib kroch vom Diwan herunter und kam auf mich zu. Langsam setzte sie Fuß vor Fuß, und mit jedem winzigen Schritt, den sie tat, wurde ich kleiner.

6.

Mittelspiel

Das Graviholl schwelgte in Begeisterung, die Voraussetzungen für das große Wagnisspiel waren weitaus besser, als es je zu hoffen gewagt hatte. Alles konzentrierte sich auf die Materiewolke. Damit war ein Raum abgesteckt worden, der übersichtlich blieb und in dem sich die Figuren reizvoll versetzen ließen. Die Voraussetzungen waren geradezu ideal, sie übertrafen die Gegebenheiten deutlich, die auf dem zerstörten Planeten vor der Katastrophe vorhanden gewesen waren.

Die Forscher, die das MODUL verlassen hatten, die Hulkoos und die Fremden in dem Kugelraumschiff hatten es gleich schwer. Sie durften sich im Normalkontinuum nur mit weniger als der halben Lichtgeschwindigkeit bewegen. Ihre Ortung war extrem stark beeinträchtigt, faktisch flogen alle Beteiligten, ohne sehr viel erkennen zu können. Jeder hatte zwar die Möglichkeit, sich mit Überlichtgeschwindigkeit durch ein übergeordnetes Kontinuum zu bewegen, aber nach dem Rücksturz war die Orientierung umso schwerer.

Eine einzige aussagekräftige Orientierungsmöglichkeit hatten alle drei Parteien. In Richtung des MODULS wurde die Ballung dichter. Wenn die Kommandanten der Raumschiffe sich nach dem Grad der Dichte richteten, konnten sie das MODUL finden und umgekehrt die Materiewolke verlassen, ohne sich zu verirren.

Das Graviholl triumphierte.

Über allen Schwierigkeiten stand das Gebot der Zeit. Die Kommandanten, die es vorzogen, sich mit der halben Lichtgeschwindigkeit zu bewegen, würden unter Umständen Jahre unterwegs sein, bis sie ihr Ziel erreicht hatten. Nur die Befehlshaber, die das Risiko des Überlichtflugs eingingen, hatten höhere Chancen. Die an dem Spiel beteiligten Figuren waren so unterschiedlich in ihrem Charakter, ihrem Leistungswillen und ihrer Leistungsfähigkeit, dass sorgfältig abgewogen werden musste, wie sie gegeneinander gestellt werden sollten.

Die ersten Spielzüge waren getan. Nun galt es, die nächsten einzuleiten.

Das Graviholl legte eine Denkpause ein. Es wusste, dass es vorsichtig sein musste, denn schon ein einziger schlechter Zug konnte das Spiel verderben. Das Graviholl kam deshalb zu dem Schluss, dass es besser sei, noch ein Figurenpaar ins Spiel zu bringen.

Poser und Kaveer

Die beiden Forscher hatten nacheinander die Antigravwabenröhre benutzt. Nun fühlten sie sich gestärkt und erholt. Voller Tatendrang machten sie sich an eine erneute eingehende Untersuchung ihres keulenförmigen Raumschiffs.

»Schlecht sieht es aus«, stellte Ranc Poser fest.

»Solange die Wabenröhre noch funktioniert, ist nichts verloren«, entgegnete Kaveer. »Damit können wir unser Leben erhalten. Erst wenn die Röhre ausfällt, ist es vorbei. So aber können wir uns auf unsere Aufgabe besinnen und vielleicht doch ein wertvolles Zwischenziel erreichen.«

Poser glaubte nicht daran, dass sich Derartiges realisieren ließ. In dieser Hinsicht dachte er nüchterner und wirklichkeitsbezogener als Kaveer. Er schwieg sich jedoch über seine Gedanken aus. »Wir sollten das Schiff aus dieser Senke herausführen und in einer Schlucht verstecken, bis die größte Gefahr vorbei ist«, sagte er stattdessen. »Ohnehin haben wir einige Meteoriten abbekommen und müssen den Schaden begutachten.«

Kaveer erschrak. Damit hatte er nicht gerechnet. Er war davon überzeugt gewesen, dass sie auf dem Planetoiden in relativer Sicherheit sowohl vor den schwarzen Raumschiffen als auch vor kosmischen Gefahren waren. Er stimmte einer Inspektion des Schiffes von außen sofort zu.

Gemeinsam entfernten sie sich etliche Meter weit von der SCHWIMMER. Mühelos eilten sie einen mit vereisten Pflanzenresten bedeckten Hang hinauf. Sie dachten nicht weiter darüber nach, warum es auf diesem Planetenrest eine hohe Schwerkraft gab. Diese Frage war für sie zurzeit nicht wichtig.

Als sie zwei Säulenstümpfe erreicht hatten, wandten sie sich um. Dabei war es im Grunde genommen unwesentlich, welche Körperhaltung sie im Verhältnis zum Schiff einnahmen. Die sieben etwa dreißig Zentimeter langen Sinnesorgane, die wie Farnfächer aussahen, arbeiteten in jeder Richtung gleich gut.

Deutlich konnten sie erkennen, dass mehrere Meteoriten in die Rumpfoberseite ihres Raumschiffs Löcher geschlagen hatten.

»Wir müssen die SCHWIMMER in eine Schlucht bringen, in der sie den Meteoriten nicht so intensiv ausgesetzt ist«, sagte Kaveer. »Wenn wir das nicht tun, wird das Schiff bald nur noch ein Wrack sein.«

Neben Poser explodierte etwas. Er spürte die Erschütterung des Felsbodens unter seinen vier Füßen und sah die Staubwolke, die jäh in die Höhe stieg. Er fuhr herum, und buchstäblich im letzten Moment entdeckte er einen Meteorit, der mit unglaublicher Geschwindigkeit direkt auf ihn zukam.

»Weg hier!«, schrie er und flüchtete den Hang hinunter.

Kaveer erkannte die Bedrohung nicht minder schnell. Er folgte seinem Kollegen jedoch nicht, sondern floh in die entgegengesetzte Richtung. Sie hatten kaum einige Schritte getan, als der Meteorit, der etwa so groß war wie sie selbst, und zwei weitere gegen den Fels prallten und in heftigen Explosionen vergingen. Es blitzte auf, dann breiteten sich Staubwolken aus.

Poser wartete hinter einem Felsen ab, bis Kaveer wieder auftauchte. »Ich bin unverletzt«, teilte er mit.

»Ich ebenfalls«, antwortete Kaveer in höchstem Maße beunruhigt. »Ich begreife nur nicht, dass wir die Gefahr so lange übersehen konnten.«

Sie liefen zu ihrem Schiff zurück, weil ihnen schlagartig bewusst geworden war, dass sie sich sträflich leichtsinnig benommen hatten.

Furchtsam nach weiteren Meteoriten ausschauend, blickte Poser in die Höhe. Er glaubte, die Umrisse eines Raumschiffes zu erkennen, und machte Kaveer darauf aufmerksam, doch als dieser den Blick hob, war schon nichts mehr zu sehen.

Galto »Posbi« Quohlfahrt

Ich schrie mein Entsetzen und meine Angst hinaus. Es gelang mir nicht, das Rätsel meiner Umgebung zu lösen, und ich verstand vor allem nicht, was geschah.

Es half mir nichts, dass ich mir einredete, alles sei nur ein Traum. Derartige Gedanken befreiten mich nicht aus dieser Situation. Das alte Weib näherte sich mir weiter, und ich wurde noch kleiner. Aber damit nicht genug. Wie aus dem Nichts hervorgezaubert, erschien eine gelbe Schlange in ihren Händen.

Die Alte lachte kreischend auf und ließ die Schlange zu Boden gleiten. Das Tier war wenigstens zwanzigmal so groß wie ich. Allein der eckige Kopf überragte mich um ein bis zwei Zentimeter. Zischelnd streckte sie die gespaltene Zunge nach mir aus.

In meiner höchsten Verzweiflung schaltete ich meinen Videohelm ein. Vor meinen Augen entstand kein Bild, ich sah nur das Rufsymbol der SEIDENRAUPE.

»Helft mir!«, krächzte ich. Mir war, als müsse ich jedes Wort herauswürgen. »Verdammt, helft mir! Ich schaffe es nicht allein.«

Ich erhielt einen Schlag auf die Wange. Dann packte mich eine unsichtbare Gewalt und schleuderte mich herum. Ich rutschte über den spiegelglatten Boden direkt auf das weit geöffnete Maul der Schlange zu. Als ich über mir die riesigen, von Gift tropfenden Zähne des Tieres sah, riss ich mir den Helm vom Kopf und schlug mit aller Kraft nach den Zähnen. Ich traf einen von ihnen und zertrümmerte ihn. Laut zischend fuhr die Schlange zurück.

Ich lachte zornig zu dem alten Weib hinauf, das sich wie ein Gebirge vor mir erhob. Die nun rötlichen Augen der Alten schienen wie brennende Kohlen zu glühen. »Hast du noch mehr solcher Haustierchen für mich?«, brüllte ich mit dem Mut der Verzweiflung.

Ihre gigantische Gestalt verschwamm vor meinen Augen. Sie wurde durchsichtig und wich gleichzeitig zurück, während der Raum um mich herum immer dunkler wurde. Ich registrierte, dass etwas Schemenhaftes auf mich zuglitt.

»Verdammt, Galto, was ist denn los?« Ras Tschubai beugte sich über mich. »Sie haben schlecht geträumt, wie?«

»Geträumt?«, fragte ich zögernd. »Ich weiß nicht, ob das ein Traum war. Nein, ich kann es wirklich nicht sagen.«

Ich richtete mich auf und registrierte verblüfft, dass ich mich in meiner Kabine befand. Der Teleporter saß auf der Kante meiner Liege. »Ich dachte, es ist besser, wenn wir vernünftig miteinander reden, bevor Unstimmigkeiten aufkommen«, sagte er. »Es hätte wohl wenig Sinn, sich zu streiten.«

»Dieser Ansicht bin ich allerdings auch«, entgegnete ich. »Bitte entschuldigen Sie mich für einen Moment. Ich fühle mich ziemlich schlecht; ich bin wirklich benommen.«

Er erhob sich und machte mir Platz. Ich eilte in die Hygienekabine und stellte mich minutenlang unter die kalte Dusche. Danach fühlte ich mich erheblich besser und kehrte zu dem Mutanten zurück. Tschubai hatte sich inzwischen einen Kaffee gezapft.

»Erzählen Sie mir, was los war«, bat er. »Schildern Sie mir Ihren Traum oder das traumähnliche Erlebnis, wie immer wir es nennen wollen.«

»Sie haben auch so ein Erlebnis gehabt, mit dem Sie nichts anzufangen wissen«, behauptete ich. »Daher Ihre Frage. Sie erinnern sich? Sie fragten mich, aus welchem Grund Sie eine *schwere Figur* sein könnten.«

Er nickte. Nachdenklich blickte er mich an, und dann berichtete er, was ihm widerfahren war. »Mich würde interessieren, ob Sie auch in irgendeiner Weise eingestuft worden sind«, schloss er.

»Nein, nichts dergleichen.« Ich schüttelte den Kopf und schilderte ihm mein Traumerlebnis.

»Sehen Sie Parallelen?«, fragte er danach. »Ich nicht.«

»In beiden Fällen waren Schlangen beteiligt. Sowohl Sie als auch ich wurden durch Schlangen bedroht, aber darin sehe ich keinen Sinn.«

Er grinste. »Ihnen hat man wenigstens noch eine bildschöne Frau angeboten. Mir blieben derartige optische Genüsse versagt.«

»Sollte es zu einem weiteren Vorfall dieser Art kommen«, antwortete ich, »dann will ich Ihnen gern die schönen Damen abtreten. Davon habe ich die Nase voll.«

Wir verließen meine Kabine und gingen in die Zentrale.

Die SEIDENRAUPE flog mit mäßiger Geschwindigkeit durch die Materiewolke, in der sich irgendwo das MODUL verbarg. Als der Teleporter und ich die Zentrale betraten, bemerkte Mentro Kosum gerade: »Da ist ein größerer Körper!«

Deutlich zeichnete sich ein keilförmiges Gebilde in der Ortung ab. Ich war verblüfft, denn ich hatte nicht damit gerechnet, in der Materiewolke etwas anderes zu finden als Raumschiffe, die sich auf die gleiche Weise vor den schwarzen Raumscheiben gerettet hatten wie wir. Dies aber konnte kein Raumschiff sein, denn die Umrisse waren unregelmäßig und die Energieortung zeigte nur geringe Werte an.

»Das ist ein Teilstück eines Planeten«, behauptete Tschubai.

Mentro Kosum führte die SEIDENRAUPE näher an den Brocken heran. In der Zentrale begann eine hitzige Diskussion darüber, ob sein konnte, was unmöglich zu sein schien. Mich interessierte nur wenig, ob der Planetoid aus kosmophysikalischen Gründen existieren konnte oder nicht. Ich akzeptierte, dass er da war. Nach dem Warum fragte ich nicht.

»Ich schlage vor, dass wir auf dem Ding landen«, sagte ich. »Wenn ich mich nicht irre, hat die SEIDENRAUPE einige Schäden erlitten. Auf dem Brocken hätten wir Zeit, Reparaturen vorzunehmen.«

»Vollkommen richtig«, stimmte mir der Emotionaut zu. Er wartete auf Einwände, doch niemand widersprach ihm. Uns blieb ohnehin nichts anderes übrig, als eine Reparaturpause einzulegen.

»Es wird verdammt schwer sein, das MODUL zu finden«, sagte Kosum. »Wir müssen mit Überlichtgeschwindigkeit ins Zentrum der Wolke fliegen. Das schaffen wir nur, wenn die SEIDENRAUPE wirklich einsatzklar ist.«

»Galto«, sagte Icho Tolot. »Ich will den Kreuzer verlassen und mich ein wenig umsehen. Dazu benötige ich natürlich jemanden, der mir in der Not helfen kann. Wären Sie dazu bereit?«

Ich tat, als hätte ich die Ironie in seinen Worten nicht bemerkt. »Ich werde Sie begleiten, Icho Tolot«, versprach ich. »Und ich werde auf Sie aufpassen.«

»Was war los?«, fragte Froul Kaveer, als die beiden Forscher wieder an Bord der SCHWIMMER waren.

»Ich glaubte, ein Raumschiff gesehen zu haben«, antwortete Ranc Poser. »Es hatte Kugelform. Wahrscheinlich habe ich mich jedoch geirrt.«

»Das glaube ich nicht.« Kaveer hantierte schon an einem Ortungsgerät. »Hier!« Das letzte Wort kam wie ein Schrei. Deutlich war in der Wiedergabe ein kugelförmiges Raumschiff von beträchtlicher Größe zu sehen.

»Wir müssen die SCHWIMMER verstecken. Schnell!«, drängte Poser.

Der unbekannte Raumer schien sich schon wieder zu entfernen, doch das war eine Täuschung, wie die beiden Forscher sehr wohl wussten. Der Planetoid drehte sich um sich selbst. So war es kein Wunder, dass die im Raum offenbar stillstehende Kugel unter dem nahen Horizont versank. Poser und Kaveer wussten, dass nicht viel Zeit vergehen würde, bis das Raumschiff auf der anderen Seite wieder erschien.

»Schnell!«, wiederholte Poser. »Bevor sie uns entdecken.«

»Wohin?«, fragte Kaveer hilflos.

»In die Schlucht. Wie wir es schon geplant hatten.« Ranc Poser schaltete das Triebwerk hoch, obwohl die Emissionen sie verraten mussten. Die SCHWIMMER hob sanft ab und glitt in kaum zwei Metern Höhe über die Felsen, bis sie nach etwa fünfzig Metern die Abbruchkante einer etwa zwanzig Meter tiefen Schlucht erreichte. Poser dirigierte das kleine Raumschiff über die Kante hinweg und ließ es behutsam bis auf den Grund der Schlucht sinken.

»Und nun?«, fragte Kaveer.

»Wir decken das Schiff mit Steinen zu. Das ist die einzige Möglichkeit, die wir haben. Anders können wir es nicht tarnen.«

»Hoffentlich reicht das.« Kaveer war äußerst pessimistisch. Das störte Poser, aber er sagte nichts. Er hoffte, dass die Stimmung seines Begleiters bald positiver werden würde. Er schaltete alle Aggregate ab, auf die sie unter den gegebenen Umständen verzichten konnten.

Dann verließen beide Forscher das Raumschiff und machten sich an die mühevolle Arbeit, einen Steinberg über dem Rumpf zu errichten. Sie mussten dabei äußerst vorsichtig vorgehen, damit die Schiffshülle nicht beschädigt wurde. Als das Schiff weitgehend zugedeckt war, kippten sie die nächsten Steine einfach über die Abbruchkante der Schlucht und ließen sie auf den errichteten Berg fallen.

Die Arbeit ging bei weitem nicht so schnell voran, wie sie es sich erhofft hatten. Viermal zog das kugelförmige Schiff über ihnen vorbei, bis sie endlich mit ihrer Leistung zufrieden waren.

Dann erschien der fremde Raumer nicht mehr.

Poser kletterte auf den höchsten Berg in der Nähe. Von da aus konnte er sehen, dass die Fremden gelandet waren. Sie befanden sich kaum zweihundert Meter entfernt, und das war gefährlich nahe.

Poser kam zu der Ansicht, dass ihm und Kaveer nichts anderes übrig blieb, als zu fliehen.

Taul Daloor

Auf einem der Ortungsschirme blitzte es kurz auf. Taul Daloor fuhr überrascht zusammen, dann wartete er in fieberhafter Erregung ab. Nach wenigen Sekunden blitzte es erneut auf.

Der Forscher drückte auf eine Taste, und ein blaues Licht erschien im unteren Drittel des Bildvolumens. »Ich habe mich also nicht geirrt«, stellte er fest.

Der Ortungsreflex zeigte an, dass sich ein anderes Forschungsschiff in der Nähe befand, dessen Insasse ebenfalls aus dem MODUL geflohen sein musste. Für Taul Daloor stand fest, dass dieses Schiff von dem Kugelraumer bedroht wurde, der offenbar zur Landung auf dem Planetenbrocken ansetzte. Er konnte dieses fremde Schiff auf einem zweiten Ortungsschirm ständig beobachten; es näherte sich dem Gebiet, in dem der andere Forscher war.

Taul Daloor zwang sich zur Ruhe, aber in ihm war etwas, das ihn zur Eile trieb. Er konnte sich kaum dagegen wehren.

Jetzt musst du eingreifen!, wisperte es in ihm. *Später ist es zu spät!*

Taul Daloor glaubte, sich selbst zu hören. Er startete die RENNER, ließ sie einige Meter weit aufsteigen und verfolgte den Kugelraumer, der hinter dem nahen Horizont verschwunden war. Die Stimme in seinem Innern wollte ihn dazu bewegen, alle Vorsicht fallen zu lassen, aber er brachte die Kraft auf, ihr nicht nachzugeben.

Nachdem er eine Strecke von etwa zehn Kilometern zurückgelegt hatte, wobei er stets in Bodennähe blieb, sah er das kugelförmige Raumschiff wieder. Es war an einem sanft ansteigenden Hang gelandet. Taul Daloor setzte die RENNER in einer Mulde auf. Er war durch Felsen ausreichend gegen die Fremden gedeckt. Den Raumer des anderen Forschers sah er noch nicht.

Er beschloss, zunächst die RENNER zu verlassen und den Kollegen zu suchen. Als er die Schleuse erreicht hatte, meldete sich die Stimme in ihm wieder.

Keine Zeit verlieren!, flüsterte sie. *Wenn die Fremden auf den Forscher schießen, kommt deine Hilfe zu spät.*

Diesem Argument konnte er sich nicht verschließen. Es war wirklich nicht notwendig, Zeit zu verschwenden. Er konnte feuern, die Fremden vernichten und dann in aller Ruhe nach dem anderen Forscher suchen. Damit schaltete er jedes Risiko für sich und den Kollegen aus.

Taul Daloor kehrte zu den Kontrollen der RENNER zurück und führte der Destruktionsschleuder die erforderliche Energie zu. Er richtete sie auf den Kugelraumer und löste sie aus.

Die Energien tosten zu dem Schiff der Fremden hinüber, verfehlten es knapp und rissen den Felsboden daneben metertief auf. Abplatzende Trümmerstücke wirbelten in die Höhe und trommelten gegen die Außenhaut des Raumers.

Das Graviholl verfolgte mit einigem Erstaunen, dass die mittelschwere Figur ihm mehr Widerstand entgegensetzte, als es nach den ersten Untersuchungen erwartet hatte. Doch mit geringfügig gesteigertem Druck ließ dieser Widerstand sich leicht überwinden. Die Figur bewegte sich exakt nach Plan, und es schien, als habe sie schon wieder vergessen, dass eine Beeinflussung von außen gekommen war.

Nachdem das Graviholl das festgestellt hatte, wandte es sich der nächsten Figur zu. Zunächst war es geneigt, aus der ihm zur Verfügung stehenden Gruppe eine weitere mittelschwere Figur zu wählen, doch dann entschloss es sich, das Spiel zu forcieren. Eine schwere Figur musste eingesetzt werden, auch wenn diese unter Umständen geopfert werden musste.

Der Befehl peitschte hinaus: »Spring!«

Ras Tschubai

An Bord der SEIDENRAUPE heulte der Alarm auf. Mentro Kosum, der nach der Landung den Platz des Emotionauten verlassen hatte, wirbelte herum und eilte zurück. Das grelle Licht tobender Energiefluten zuckte über den Hauptschirm.

Der HÜ-Schirm stand, als der zweite, besser gezielte Angriff erfolgte. Die auftreffenden Waffenenergien blieben wirkungslos.

»Das muss eines der kleinen Keulenschiffe gewesen sein!« Tschubai streckte den Arm aus und zeigte auf das Holo, obwohl in diesem kaum etwas zu erkennen war. »Es ist vermutlich hinter den Felsen verborgen.«

»Die Besatzung müsste doch begreifen, dass sie mit solch einem Angriff nur die schwarzen Scheiben anlockt«, sagte Kosum.

»Ich sehe mir die Burschen an«, teilte Ras Tschubai mit.

»Nicht teleportieren!«, warnte Galto Quohlfahrt. »Das ist zu gefährlich.«

Tschubai hörte die Warnung des Robotologen noch und erkannte instinktiv die Gefahr, die mit einer Teleportation in der Materiewolke mit ihren besonderen hyperenergetischen Gegebenheiten verbunden war. Er wollte nicht teleportieren, doch in ihm hallte ein Befehl von unwiderstehlicher Gewalt auf, dem er sich nicht entziehen konnte.

Ihm war, als würde er von Millionen glühender Nadeln durchbohrt. Er glaubte zu spüren, dass sich sein Nervensystem dagegen sträubte, in übergeordnete Energiestrukturen umgewandelt zu werden.

Tschubai erkannte seinen Fehler, aber er konnte nicht mehr zurück. Ihm war, als stürze er, von gewaltigen Kräften gezogen, in einen Abgrund. In Form von übergeordneter Energie durchraste er eine für ihn geschaffene Strukturlücke im HÜ-Schirm und rematerialisierte an Bord der RENNER.

Wimmernd vor Schmerz landete er vor einem seltsamen Geschöpf und wälzte sich über den Boden. Die Gestalt schnellte sich von ihm weg und richtete eine Energiewaffe auf ihn.

Der Teleporter sah noch etwas aufblitzen, und er fühlte einen harten Schlag, dann stürzte er vornüber auf das Gesicht.

Hulkoos

Toorkensch-Xayos schlug die Augen auf und blickte verwirrt um sich. Er wusste nicht, wo er sich befand. Erst nach geraumer Weile erkannte er, dass er in seinem Bett in seiner Kabine lag.

Er erhob sich, stäubte sich das Gesicht mit einem Reinigungspulver ein, um das während der Ruhepause ausgetretene Fett zu beseitigen, und verließ den Ruheraum. Wenig später betrat er die Hauptzentrale.

Der ehrgeizige Kaarmansch-Xes saß in seinem Kommandantensessel, das Auge starr auf die Beobachtungsschirme gerichtet, auf denen jedoch kaum etwas zu erkennen war. Während des Flugs in die Materiewolke verglühten unaufhörlich Staubpartikel in den Schutzschirmen. Die dabei entstehenden Entladungen wurden als helles Flirren sichtbar.

Toorkensch-Xayos rieb sich verächtlich die Nase. Er wäre nie auf den Gedanken gekommen, sich einer derartigen Folter zu unterwerfen. Der Raumer bewegte sich praktisch im Blindflug voran. Da half der Holoschirm nichts; der Kommandant konnte ihn ruhig ausschalten und sich nur auf die Ortungssysteme stützen.

Toorkensch-Xayos wollte eine Bemerkung über die Sinnlosigkeit des Verfahrens machen, unterdrückte sie aber gerade noch. »Haben wir das Kugelraumschiff aus der Ortung verloren?«, fragte er stattdessen.

Der Kommandant wandte sich um und blickte ihn an. »Wir haben«, bestätigte er. Seine Stimme vibrierte vor Zorn. Toorkensch-Xayos erkannte, dass sein Vorgesetzter einen Fehler gemacht hatte. Gern hätte er einen sarkastischen Kommentar dazu gegeben, doch abermals gelang es ihm, alle selbstzerstörerischen Worte zu unterdrücken. Er ging zu seinem Sessel und setzte sich.

Mit ausgestrecktem Arm zeigte er auf einen der Ortungsschirme, auf dem kaum mehr zu erkennen war als ein unstetes Flirren. »Wenn wir den Kurs geringfügig ändern, werden wir den Planetoiden erreichen«, erklärte er. »Auf ihm finden wir den Kugelraumer der Terraner.«

Das Auge des Kommandanten weitete sich. Kaarmansch-Xes blickte seinen Stellvertreter an, als habe dieser den Verstand verloren.

Toorkensch-Xayos selbst horchte voller Entsetzen in sich hinein. Erst jetzt wurde er sich dessen bewusst, was er gesagt hatte. Die Worte waren ihm über die hornigen Lippen gekommen, obwohl er gar nichts hatte sagen wollen.

»Was für ein Planetoid?«, fragte Kaarmansch-Xes zischelnd. »Wer sind die Terraner?«

Toorkensch-Xayos würgte. Er presste sich die Hand gegen die Kehle. Er wusste nicht, wie ihm geschah. »Planetoid?« Er schüttelte den Kopf. »Terraner? – Habe ich diese Worte benutzt?«

»Sie haben!«, entgegnete der Kommandant in drohendem Ton. Er erhob sich und legte die Hände an den Hüftgurt, der seinen gedrungenen Körper umspannte. »Ich warte. Erklären Sie endlich, was mit Ihnen los ist.«

»Ich wollte einen Scherz machen«, behauptete Toorkensch-Xayos. Das war eine Lüge, und er spürte selbst, wie schwach seine Behauptung war. Sie konnte keinen gezielten Fragen standhalten.

»Was ist los mit Ihnen?«, drängte der Kommandant.

Toorkensch-Xayos schwieg. Er wusste selbst nicht, woher er das Wissen bezog, dass da ein Planetoid war, auf dem die Fremden gelandet waren, die er Terraner genannt hatte. Furchtsam horchte er in sich hinein. Verlor er den Verstand?

»Warum schweigen Sie, Toorkensch-Xayos? Reden Sie endlich! Wissen Sie nicht, was Ihnen droht?«

Er wusste es sehr genau. Die Hand des Kommandanten lag auf dem Kolben des Energiestrahlers. Kaarmansch-Xes würde ihn nicht erschießen, aber er würde ihn zwingen, das Schiff ohne Raumanzug zu verlassen, wenn er keine glaubwürdige Erklärung lieferte.

»Ich weiß es nicht«, sagte er. »Die Worte sind aus mir herausgekommen, ohne dass ich mir dessen bewusst war.« Entsetzt hielt Toorkensch-Xayos inne. Abermals hatte er etwas geäußert, ohne es zu wollen. »Ich kann nicht erläutern, woher ich weiß, dass da ein Planetoid ist. Ich weiß auch nicht, wer mir verraten hat, dass dort die Fremden sind, die sich Terraner nennen. Es ist in mir drin. Es ist, als ob etwas Fremdes in mir wäre, das für mich spricht.«

»Sie haben den Verstand verloren«, sagte Kaarmansch-Xes.

»Nein, das stimmt nicht«, widersprach der Stellvertreter des Kommandanten seinem Vorgesetzten. »Ich habe nur eine Botschaft weitergeleitet, die ich aus dem Universum erhalten habe. Irgendwo in der Nähe verbirgt sich jemand, der mir etwas mitteilen kann, ohne über technische Geräte zu verfügen. Er spricht durch meinen Mund. Das hat nichts mit meinem geistigen Zustand zu tun.«

»Da ist tatsächlich ein Planetoid!«, rief einer der Offiziere.

Toorkensch-Xayos drehte sich um. Der Ortungsoffizier zeigte erregt auf die Schirme, auf denen sich deutlich ein großer, keilförmiger Körper abzeichnete.

»Aber … das ist unmöglich«, stammelte Kaarmansch-Xes. »In dieser Materiewolke kann es keinen Planetoiden geben.«

»Da ist dennoch etwas!«, sagte Toorkensch-Xayos triumphierend. »Die Ortung zeigt es deutlich an. Wollen Sie behaupten, dass das ein Raumschiff ist? Ein so großes Raumschiff kann es nicht geben. Also muss es der Rest eines Planeten sein. Oder es ist ein Asteroid, der nach der Explosion in die Materiewolke eingedrungen ist.«

Kaarmansch-Xes ging verstört zu dem Ortungsoffizier hinüber. Er schüttelte den Kopf, als traue er seinem eigenen Auge nicht. »Das *konnte* niemand wissen«, sagte er.

»*Ich* habe es gewusst!«, rief Toorkensch-Xayos. Kaum waren die Worte heraus, als er sie auch schon bereute. Er wusste, wie ehrgeizig Kaarmansch-Xes war. Der Kommandant kämpfte mit allen Mitteln darum, in die Geschichte der Hulkoos einzugehen. Auf der einen Seite brauchte er dabei Männer, die ihm mit ihren besonderen Fähigkeiten halfen. Auf der anderen Seite musste er alle aus dem Weg räumen, die durch ihre Fähigkeiten bessere Chancen hatten als er selbst.

»Wir sehen uns den Brocken näher an!«, bestimmte der Kommandant mit eiskalter Stimme. Er ignorierte Toorkensch-Xayos. »Vielleicht sind die … Terraner ja wirklich da. Wenn wir sie finden, schlagen wir sofort mit aller Kraft zu. Dieses Mal dürfen sie uns nicht entkommen.«

Er ging zu seinem Sessel zurück, beugte sich vor und berührte einen kleinen Sensor. Toorkensch-Xayos schluckte mühsam. Er wusste, dass der Kommandant damit seine Sicherheitsoffiziere in die Zentrale beordert hatte.

Kaarmansch-Xes hatte soeben ein Todesurteil gefällt, und die Offiziere sollten es vollstrecken.

Poser und Kaveer

Im unteren Drittel des kugelförmigen Raumschiffs öffnete sich eine Schleuse. Darin erschienen zwei fremdartige Gestalten, von denen die eine außerordentlich massig und gewaltig wirkte.

»Sie sehen ganz anders aus als wir«, stellte Poser überrascht fest. »Ihre Körper sind lang gestreckt, und ihre Sinnesorgane scheinen primitiv zu sein.«

»Diesen Eindruck erhält man«, bestätigte Kaveer. »Überhaupt sehen sie nicht bedrohlich aus.«

»Das kann täuschen.«

Poser fiel auf, dass der Felsboden neben dem Kugelraumer aufgerissen und zum Teil geschmolzen und wieder erstarrt war. Er rief Kaveer zu sich zurück, der sich schon abgewendet hatte.

»Das sind deutliche Spuren einer Destruktionsschleuder«, bemerkte Kaveer überrascht. »Also muss noch einer von uns in der Nähe sein.«

Das kugelförmige Raumschiff stieg einige Meter weit auf und flog über einer Felsrinne davon. Die beiden Fremden, die das Schiff verlassen hatten, eilten auf Poser und Kaveer zu. Die Forscher erschraken, sie wandten sich um und flohen über die Felsen. Plötzlich fühlten sie sich doch bedroht. Hin und wieder blickte einer von ihnen zurück.

Staub wirbelte unter ihren Füßen auf, sank jedoch rasch zu Boden, sodass für die Fremden aus dem Kugelraumer keine deutliche Spur blieb. Dennoch schienen sie keine Mühe zu haben, den Forschern zu folgen.

»Sie kommen näher!«, rief Poser entsetzt, als sie etwa einen Kilometer weit gelaufen waren. Er sah, dass der größere der Verfolger aufgeholt hatte, während der andere etwas zurückblieb.

»Sie wollen uns fangen«, sagte Kaveer voll Panik. Er war nicht feige und fand es im Grunde genommen unwürdig, die Flucht zu ergreifen, aber irgendetwas in ihm hinderte ihn daran, einfach stehen zu bleiben und zur Waffe zu greifen. Diese Möglichkeit blieb ihm immer noch, wenn er sich nicht durch eine Flucht retten konnte.

Er hastete hinter Poser einen steilen Hang hinauf und übersprang geschickt zwei tiefe Spalten. Dabei blickte er zurück. Der massige Verfolger stürmte nun auf allen vieren heran. Kaveer schrie auf und machte einen weiten Satz nach vorn.

Er prallte mit Poser zusammen. Dieser verlor das Gleichgewicht und rutschte über eine Felskante hinaus. Erst jetzt stellte Kaveer fest, dass sie an eine steil abfallende, etwa fünfzig Meter breite Schlucht gelangt waren. Wie tief sie war, konnte er nicht sehen.

Poser klammerte sich blitzschnell an ihn, doch Kaveer konnte ihn nicht halten, da er selbst ebenfalls nicht fest auf den Beinen stand. Obwohl er sich verzweifelt bemühte, Halt zu finden, fiel er hinter Poser her und stürzte zusammen mit ihm in die Schlucht.

Hulkoos

Das Hauptschott der Zentrale öffnete sich. Toorkensch-Xayos drehte sich nicht um, denn er wusste, wer kam. Sein Magen krampfte sich zusammen. Er wollte nicht sterben. Hasserfüllt blickte er auf Kaarmansch-Xes, dessen Ehrgeiz keinen Konkurrenten duldete.

»Da ist ein Raumschiff!«, rief der Ortungsoffizier.

Kaarmansch-Xes fuhr zusammen. Auf den Schirmen zeichnete sich klar und deutlich ein keulenförmiges Raumschiff ab. »Vernichten!«, befahl er.

Toorkensch-Xayos hörte aus der Stimme die Enttäuschung des Kommandanten heraus. Kaarmansch-Xes hatte erwartet, das kugelförmige Schiff zu finden. Dieser winzige Raumer hingegen stellte für ihn kein Problem dar. Viele dieser Schiffe hatten sie schon vernichtet.

Der verantwortliche Waffenleitoffizier erfasste das Ziel und peilte die Strahlprojektoren darauf ein.

»Zerstören? Das wäre ein Fehler«, sagte Toorkensch-Xayos in dem Moment.

Kaarmansch-Xes erstarrte. Er schien überhaupt nicht damit gerechnet zu haben, dass jemand ihn kritisieren könnte. Langsam drehte er sich um und blickte seinen Stellvertreter ungläubig an.

»Habe ich richtig gehört?«, fragte er.

»Das weiß ich nicht«, erwiderte Toorkensch-Xayos kühn und herausfordernd. »Ich habe davor gewarnt, dieses unwichtige Schiff schon jetzt zu zerstören.«

»Tatsächlich? Dann habe ich richtig gehört.« Kaarmansch-Xes richtete sich höher auf. Sein Auge verengte sich zornig, und er hob die Hände, als wolle er Toorkensch-Xayos selbst ins Jenseits befördern.

»Wichtig ist vor allem das kugelförmige Raumschiff«, erklärte Toorkensch-Xayos rasch. »Dieses wollen wir finden und zerstören. Es muss hier in der Nähe sein. Wenn wir auf den Winzling da unten feuern, besteht die Möglichkeit, dass die Fremden in dem Kugelraumer – ich habe sie Terraner genannt – gewarnt werden. Sie könnten fliehen und sich uns damit endgültig entziehen, oder sie könnten sich irgendwo verstecken, wo wir sie nicht finden werden.«

Die Argumente waren gut und stichhaltig. Kaarmansch-Xes konnte sie nicht ignorieren, sondern musste zugeben, dass sein Stellvertreter klar und logisch dachte. Zugleich wunderte er sich, dass er nicht ebenfalls auf diesen Gedanken gekommen war. Normalerweise kannte er in dieser Hinsicht keine Probleme. Er war ein äußerst fähiger Mann, der aus gutem Grund stolz auf seine Leistungen sein konnte. Jetzt aber machte er Fehler und wusste nicht, warum. Er ärgerte sich über sich selbst.

Kaarmansch-Xes blickte zu den drei Sicherheitsoffizieren hinüber, die die Zentrale betreten hatten. In diesem Moment musste ihm wieder bewusst werden, dass alle Schwierigkeiten von Toorkensch-Xayos kamen.

»Das Keulenschiff wird vernichtet!«, befahl er. »Hoffen wir, dass die Fremden in dem Kugelraumer durch unseren Angriff alarmiert werden. Vielleicht lassen sie sich dazu hinreißen, aus ihrem Versteck zu fliehen.«

Der Kommandant blickte Toorkensch-Xayos triumphierend an. »Ich würde in der Situation der Fremden sofort fliehen«, fuhr er mit scharfer Betonung fort. »Ein Schiff ist auf dem Boden nur schwer zu verteidigen. Ich würde starten, um meine Überlebenschancen zu verbessern.«

»Es war meine Pflicht, Sie auch auf die anderen Möglichkeiten hinzuweisen«, erklärte Toorkensch-Xayos in dem verzweifelten Bemühen, sein Leben zu retten. Er war zu unvorsichtig gewesen.

»Warum schießen Sie nicht?«, fragte der Kommandant den Waffenleitoffizier. »Ich erinnere mich, einen klaren Befehl erteilt zu haben!«

Der Offizier erschrak. Seine Hände senkten sich auf die Schaltflächen des Waffenleitstands, und ein sonnenheller Energiestrahl jagte dem keulenförmigen Schiff entgegen. Es hatte sich in einen Schutzschirm gehüllt, der beim Aufprall der Energieflut sichtbar wurde. Sekundenlang hielt das Schirmfeld dem Ansturm der tödlichen Energien stand, dann brach es zusammen. Das keulenförmige Raumschiff explodierte, und die Trümmerstücke wirbelten weit in den Raum hinaus.

»Na also«, sagte Kaarmansch-Xes zufrieden. »Und nun zu Ihnen, Toorkensch-Xayos. Ich klage Sie des Ungehorsams den Höchsten gegenüber an.«

Die Anklage war ungeheuerlich und konnte durch nichts bewiesen werden. Doch sie genügte, mit einem Schlag alle in der Zentrale gegen ihn aufzubringen. Toorkensch-Xayos spürte die Hände der Sicherheitsoffiziere an seinen Armen.

»Gestehen Sie!«, forderte der Kommandant.

»Ich bin schuldig«, erklärte Toorkensch-Xayos. Er erschrak. Vor Entsetzen und Bestürzung war er zu keinem weiteren Wort fähig. Er hatte etwas ganz anderes sagen wollen, aber plötzlich hatte ihm die Zunge nicht mehr gehorcht, und das Geständnis war über seine Lippen gekommen.

»Er hat gestanden«, stellte der Kommandant fest. »Das genügt. – Gibt es eine Stimme für ihn?«, wandte er sich an die Offiziere.

Keiner antwortete. Kaarmansch-Xes wartete fast eine Minute lang ab, und als sich auch dann noch niemand für Toorkensch-Xayos eingesetzt hatte, befahl er, den Verurteilten abzuführen.

»… lasst ihn durch die Schleuse in die absolute Freiheit gehen! Aber gebt ihm einen Raumanzug.«

»Das ist nicht nötig«, erwiderte Toorkensch-Xayos. »Ich würde ihn ohnehin sofort öffnen, sobald ich draußen bin.«

»Das glaube ich nicht. Jeder hängt an seinem Leben. Und wenn es einige Stunden länger dauern kann, dann nutzt der Verurteilte diese Stunden in der Hoffnung, sich doch retten zu können.«

Toorkensch-Xayos verzichtete auf eine weitere Antwort. Er wusste, dass sich nun nichts mehr ändern würde. Was hätte er dem Kommandanten auch sagen sollen? Kaarmansch-Xes hätte ihm nicht geglaubt, dass eine unbekannte Macht ihn beeinflusst hatte und dass er gegen seinen Willen gesagt hatte, was er unter anderen Umständen niemals zugegeben hätte. Toorkensch-Xayos resignierte und ließ sich aus der Zentrale führen.

Die Sicherheitsoffiziere brachten ihn zu einer Schleuse. Hier überreichten sie ihm einen Raumanzug. Er legte ihn schweigend an und überprüfte die Systeme, ohne sich dessen bewusst zu werden, dass diese

Maßnahme gar nicht mehr notwendig war. Sie war ihm so sehr in Fleisch und Blut übergegangen, dass er gar nicht bemerkte, wie sinnlos die Kontrolle wirklich war.

»Ich nehme Ihnen nichts übel«, sagte er zu den Sicherheitsoffizieren. »Sie führen nur Ihre Befehle aus, wie es Ihre Pflicht ist. Ich hoffe, dass Ihnen nicht einmal Ähnliches widerfährt wie mir. Leben Sie wohl.«

»Es klänge wohl reichlich zynisch, wenn ich Ihnen das Gleiche wünschen würde«, entgegnete einer von ihnen.

»Wünschen Sie mir gar nichts«, bat Toorkensch-Xayos. Er betrat die Schleuse und schloss das Innenschott. Wenig später wurde das Außenschott geöffnet.

Toorkensch-Xayos verließ die Schleuse, ohne zu zögern.

Ras Tschubai

Seine Lähmung wich allmählich. Ras Tschubai lag auf dem Boden des Keulenschiffs, er konnte den offenbar einzigen Insassen sehen. Er konnte auch beobachten, wie dieses seltsame Wesen an den Geräten hantierte, aber er konnte nicht sprechen. Als er es dennoch versuchte, kamen nur unverständliche Laute über seine Lippen.

Ras begegnete dem Unbekannten mit großer Sympathie. Er hatte keinerlei feindliche Gefühle, sondern nur das Bestreben, seinem Gegenüber schnell zu verstehen zu geben, dass sie Freunde waren. Für ihn wie für jeden anderen an Bord der SEIDENRAUPE war von Anfang an klar gewesen, dass die Besatzungen der Keulenschiffe vom MODUL stammten.

In einem Hologramm erschien das Bild eines scheibenförmigen Raumschiffs. Ras Tschubai stellte fest, dass der Forscher äußerst erregt auf das schwarze Schiff reagierte. Offenbar wusste er genau, dass er nicht über Abwehrmöglichkeiten verfügte.

Abermals versuchte Tschubai, sich mit dem exotischen Wesen zu verständigen, wieder vergeblich.

In dem Moment blitzte es bei dem schwarzen Raumer auf. Das Schiff, in dem der Teleporter sich befand, wurde jäh in grelle Helligkeit gebadet.

Ras Tschubai stieß einen unartikulierten Schrei aus. Er warf sich mit verzweifelter Anstrengung herum. Als er mit dem Fremden zusammenprallte und Körperkontakt herstellte, konzentrierte er sich mit aller Kraft auf eine Teleportation.

Abermals hatte er das Gefühl, auseinander gerissen zu werden. Für

Sekundenbruchteile schien es, als würde sein Körper nicht durch den Hyperraum versetzt, sondern explosionsartig in Molekulartrümmer verwandelt.

Schlagartig wechselte die Szene. Ras Tschubai rematerialisierte in der Hauptzentrale der SEIDENRAUPE. Neben ihm wurde der Fremde wieder materiell, der über vier Beine, zwei Arme und eine Reihe undefinierbarer Fühler oder Ähnliches verfügte. Der Teleporter bäumte sich schreiend auf und wand sich schmerzgepeinigt. Die Offiziere kümmerten sich sofort um ihn. Mentro Kosum brüllte Befehle, die Tschubai in seinem Zustand nicht verstand, die aber dennoch beruhigend auf ihn wirkten. Nach einer Weile presste jemand eine Hochdruckkanüle an seinen Arm und jagte ein starkes Narkotikum in den Blutkreislauf. Die Schmerzen schwanden beinahe augenblicklich, Ras Tschubai entspannte sich. Zufällig blickte er auf einen der Schirme, auf dem eine ferne Explosion zu sehen war. Er erinnerte sich an das keulenförmige Raumschiff und an den Angriff, dem es ausgesetzt gewesen war.

»Sie haben das Keulenschiff erwischt«, hörte er Kosum sagen. »Nun dürfte es nur noch eine Frage der Zeit sein, bis sie auch uns gefunden haben. Wir sind nicht weit genug entfernt.«

»Wir müssen sofort starten!«, stellte Merkosh, der Gläserne, fest.

»Dabei gehen wir das Risiko ein, dass wir in der Startphase angegriffen werden. Das könnte mit Problemen enden«, entgegnete Kosum.

»Gefährlicher wäre es, wenn sie uns am Boden überraschen.«

»Wir starten«, entschied der Emotionaut und befahl, Galto Quohlfahrt und Icho Tolot zurückzurufen.

Ras Tschubai wunderte sich, dass sich vorläufig niemand um den Fremden zu kümmern schien, der mitten in der Zentrale stand und sich völlig ruhig verhielt. »Wir können die beiden auch später abholen«, sagte er schwerfällig.

Gleichzeitig hörte er, dass einer der Offiziere den Robotologen und Icho Tolot über Funk anrief.

Galto »Posbi« Quohlfahrt

Wir mussten die beiden Wesen erwischen, die vor uns über die Felsen davonliefen, und ihnen klar machen, dass wir Freunde waren. Von ihnen konnten wir Informationen über das MODUL erhalten. Das erschien uns äußerst wichtig, denn so leicht, wie wir uns das anfangs vorgestellt hatten, würde es nicht sein, das MODUL zu finden. Wir waren nicht die Einzigen, die danach suchten, und die anderen hatten uns gegenüber beachtliche Vorteile.

»Sie sind schneller als ich, Icho Tolot!«, rief ich keuchend. »Laufen Sie voraus!«

Der Haluter ließ sich auf die Laufarme sinken und raste davon. Staub wirbelte auf. Ich vernahm einen gellenden Schrei und blieb wie angewurzelt stehen.

Scim-Geierkopf und Insekten-Sue hüpften aus der Bodenschleuse der SEIDENRAUPE hervor und rannten auf mich zu.

»Nicht so schnell laufen«, rief Scim-Geierkopf mir warnend über Funk zu. »Das strapaziert dich zu stark. Dein Körper übersteht eine derartige Belastung nicht.«

Ich fluchte haltlos und schwor, denjenigen Offizier nach Strich und Faden zu vermöbeln, der dafür verantwortlich war, dass die beiden Posbis die SEIDENRAUPE hatten verlassen können.

»Schert euch zurück ins Schiff!«, brüllte ich. Dann wirbelte ich herum und stürmte hinter dem Haluter her, der schon einen beachtlichen Vorsprung gewonnen hatte. Ich sah, dass er die beiden Flüchtenden gleich erreichen würde. Gerade in diesem Moment verschwanden sie jedoch hinter den Felszacken eines Berges.

Ich spürte, dass ich schon lange nichts mehr für meine Kondition getan hatte. Der Lauf strengte mich an. Dennoch hastete ich weiter; es machte mir Spaß, mich selbst zu fordern. Nur einmal blickte ich zurück und stellte erstaunt fest, dass ich die Posbis nicht sehen konnte. Sollten sie wirklich meinen Befehl befolgt haben? Dann waren sie krank.

Ich sprang über die Reste eines Baumstamms hinweg. Dabei wunderte ich mich, dass auf diesem Fragment eines ehemaligen Planeten eine so hohe Schwerkraft herrschte. Mentro Kosum hatte eine Gravitation von 0,98 g gemessen, aber niemand an Bord der SEIDENRAUPE wusste eine Erklärung für dieses Phänomen. Der Asteroid wies ansonsten keine Anomalitäten auf. In seinem Innern gab es nichts, was die hohe Schwerkraft hätte erklären können; die Instrumente der SEIDENRAUPE hätten es angezeigt.

»Sie sind weg!«, rief Tolot. Seine Stimme kam dröhnend und unerträglich laut aus den Helmlautsprechern meines Raumanzugs. Ich verzog das Gesicht und regulierte die Lautstärke neu ein, weil ich fürchtete, dass der Haluter mir mit seinem Gebrüll die Trommelfelle zerstören würde.

Endlich erreichte ich ebenfalls die Felsen, hinter denen die Fliehenden verschwunden waren. Ich schaute in die Tiefe.

»Sie sind abgestürzt«, stellte der Haluter fest, schaltete das Fluggerät seines Raumanzugs ein und schwebte in die Tiefe. Ich folgte ihm.

Sekunden später meldete sich der Funkoffizier der SEIDENRAUPE. Er forderte uns auf, sofort zum Schiff zurückzukehren.

»Wir haben die Fremden gefunden«, sagte Tolot. »Sie sind in eine Schlucht gestürzt und wurden offenbar unter einem Felssturz verschüttet. Ich werde sie herausholen.«

»Dazu bleibt keine Zeit mehr!«

Der Haluter schaltete einfach ab. Ich folgte seinem Beispiel und entschied mich damit ebenfalls für die Verschütteten, von denen wir nichts mehr sehen konnten.

Am Fuß der Steilwand, die etwa dreißig Meter hoch war, hatte sich eine Geröllhalde gebildet. In diese waren die beiden offenbar hineingefallen, hatten lockeres Gestein in Bewegung gebracht und waren darunter begraben worden. Vereinzelte Ausrüstungsteile, die sie mit sich geführt hatten, bildeten die einzigen Spuren, die wir fanden.

Der Haluter wühlte sich förmlich in den Steinberg hinein und schleuderte zentnerschwere Felsbrocken zur Seite. Ich zog mich ein Stück weit zurück, um nicht von den Steinen getroffen zu werden, und umkreiste die Stelle, an der wir die beiden Insassen des MODULS vermuteten.

Die SEIDENRAUPE startete! Ich sah die Kugel über den Felszacken erscheinen. Beinahe gleichzeitig tauchte eine große schwarze Scheibe über dem nahen Horizont auf.

Aber irgendetwas stimmte mit dem Kreuzer nicht. Die SEIDENRAUPE verfolgte keinen geradlinigen Kurs, sondern taumelte, als kämpfe sie gegen eine unsichtbare Kraft an, die sie auf dem Planetoiden zurückhalten wollte.

Bestürzt verfolgte ich den Start.

Mir war klar, dass Mentro Kosum keine andere Möglichkeit hatte, als den Planetoiden zu verlassen. Ich wusste aber auch, dass Tolot und ich verloren waren, wenn das Schiff nicht bald wieder erschien und uns abholte.

Daran war vorläufig aber gar nicht zu denken. Die SEIDENRAUPE kämpfte augenscheinlich mit zwei Gegnern, von denen einer den Start verhindern wollte, während der andere mit schussbereiten Energiegeschützen im Raum lauerte.

7.

Endspiel

Das Graviholl fühlte sich als absoluter Herr der Lage. Die Situation war bereinigt und übersichtlicher gemacht worden. Nur ein kleiner störender Schönheitsfehler hatte sich eingestellt. Der Springer hatte sich nicht wie geplant eliminieren lassen. Überhaupt zeigte eine kleine Gruppe von Figuren zu viel Eigenständigkeit und Widerstand. Auf der einen Seite erhöhte sich dadurch der Reiz des Spiels, auf der anderen Seite ließ es sich jedoch nicht so planen und durchführen, wie es vorgesehen war.

Dem Graviholl missfiel vor allem, dass es keine Möglichkeit mehr sah, sich selbst stärker ins Spiel einzubringen und sich dabei einer Gefahr auszusetzen.

Nur vorübergehend war eine kritische Situation entstanden. Die zunächst hoch eingeschätzten Figuren wiesen Mängel auf, für die sie nicht verantwortlich waren, die sie aber deutlich unterlegen machten. Allerdings hatte das Graviholl mittlerweile erfahren, dass es möglich war, einen weiteren Trumpf ins Spiel zu bringen. Es musste ein äußerst starker Trumpf sein. Welche Bedeutung er tatsächlich hatte, das konnte das Graviholl aufgrund seiner mangelnden technischen Kenntnisse nicht beurteilen.

Es erkannte nur, dass eine Gruppe von Figuren vor dem Hintergrund einer Macht operierte, die bislang nicht in Erscheinung getreten war. Die Verführung, diese Macht herbeizulocken und ins Spiel zu bringen, wurde immer ausgeprägter. Die Versuchung wurde schließlich so stark, dass das Graviholl die im Vordergrund operierende Gruppe von Figuren bewusst in tödliche Gefahr brachte.

Ras Tschubai

Die SEIDENRAUPE schwankte und taumelte heftig. Ras Tschubai schleppte sich zu einem Andrucksessel. »Was ist los?«, fragte er mühsam.

»Das weiß der Teufel«, antwortete Kosum erregt. »Wir befinden uns in einem Traktorfeld. Irgendetwas hindert uns daran, uns schnell von dem Planetoiden zu lösen.«

Bei dem schwarzen Raumer blitzte es auf. Die SEIDENRAUPE dröhnte unter dem Schlag auf.

In dieser Situation gab Mentro Kosum Vollschub und zwang das Triebwerk zur Höchstleistung. Die SEIDENRAUPE überwand den Widerstand und schoss mit erheblicher Beschleunigung in den Raum hinaus. Zwei sonnenhelle Energiestrahlen zuckten an dem Schiff vorbei und schlugen auf dem Planetoiden ein.

Der Emotionaut beschleunigte weiter. »Feuer!«, befahl er.

Unter dem Gegenschlag flammte der Schutzschirm der schwarzen Scheibe auf, brach aber nicht zusammen. Immerhin wuchs der Vorsprung der SEIDENRAUPE.

»Was haben Sie vor?«, fragte einer der Offiziere.

»Wir müssen die Materiewolke wieder verlassen«, antwortete Ras Tschubai anstelle von Kosum. »Allein stehen wir hier auf verlorenem Posten.«

Wie sehr der Kreuzer schon gelitten hatte, wurde deutlich spürbar. Die Andruckneutralisatoren funktionierten nicht mehr richtig und ließen starke Erschütterungen durchschlagen. Fortlaufend wurde es für Mentro Kosum schwerer, die SEIDENRAUPE unter Kontrolle zu halten. Viele positronische Einrichtungen gaben ihren Geist auf. Schließlich blieb dem Emotionauten nur mehr eine Orientierungsmöglichkeit. Der noch zu vierzig Prozent funktionsfähige Hauptrechner wertete die von den Materiesensoren eingehenden Daten aus. Anhand der abnehmenden Dichte der Materiewolke tastete sich Kosum zum Außenrand der Wolke durch.

Ras Tschubai stellte fest, dass der Scheibenraumer ihnen folgte und sogar aufholte. Der Kommandant jenes Schiffes hatte offenbar nicht so große Schwierigkeiten mit den verwirrenden hyperphysikalischen Bedingungen.

»Wir steigen aus!«, entschied Mentro Kosum. »Wer nicht unbedingt in der Zentrale benötigt wird, zieht sich in ein Beiboot zurück.«

Ras Tschubai blickte den Fremden an, der sich bislang völlig ruhig verhalten und sich kaum bewegt hatte. Er war davon überzeugt, dass dieses Wesen das Geschehen in der Zentrale genau verfolgt hatte, und er glaubte, dass es durchaus die richtigen Schlüsse daraus zog.

Während die ersten Offiziere und Merkosh die Zentrale verließen, wandte sich der Teleporter an den Fremden, dessen sieben farnähnliche Sinnesorgane plötzlich in Bewegung gerieten. Er wusste, dass dieses seltsame Wesen ihn sehen, hören und riechen konnte. Und zweifellos auch verstehen.

»Wir sind ebenso wie du Beauftragte der Kaiserin von Therm«, erklärte er. »Unsere Aufgabe ist es, das MODUL zu finden. Die kosmischen Koordinaten seines Standorts haben wir von der Kaiserin von Therm erhalten.«

Sein Gegenüber zeigte eine erste Regung. Drei senkrecht verlaufende Schlitze an seinem kissenförmigen Körper zuckten plötzlich, sie produzierten leise, unverständliche Laute.

»Wir müssen unser Raumschiff mit kleineren Einheiten verlassen«, fuhr Ras Tschubai fort. »Begleiten Sie mich.«

Zufrieden registrierte der Teleporter, dass der andere ihm folgte. Vor dem Hauptschott blieb er kurz stehen und nannte seinen Namen.

»Ich bin Taul Daloor«, sagte der andere endlich, und der Translator übersetzte. »Ich bin ein Forscher der Kaiserin von Therm.«.

Tschubai lächelte gequält. »Ich freue mich, dass die Missverständnisse zwischen uns ausgeräumt sind.«

Er wusste nicht, ob sie das wirklich waren, aber er hielt es für gut, Taul Daloor gegenüber so zu tun, als wären sie es. Der Forscher folgte ihm durch das Schiff bis zu einem Beiboot, in dem sich schon vier Männer und zwei Frauen aufhielten. Ras Tschubai schickte Morl und Margaux Weynard und einen weiteren Mann zu einem anderen Beiboot, half Taul Daloor in die enge Kabine und übernahm selbst die Steuerung. Dann aktivierte er die Verbindung zur Zentrale.

Mentro Kosums schweißüberströmtes Gesicht erschien in der Wiedergabe. »Endlich«, sagte der Emotionaut erleichtert. »Kannst du übernehmen, Ras?«

»Ich kann«, antwortete der Mutant. »Wie weit sind wir?«

»Wir haben den Rand der Materiewolke erreicht. Die Verteilung der Feinstpartikel ist so dünn, dass praktisch keine Behinderung mehr besteht.«

Damit schaltete der Emotionaut ab. Er verließ die Zentrale, während Ras Tschubai die SEIDENRAUPE vom Beiboot aus lenkte. Der Teleporter stellte dabei fest, dass der schwarze Raumer beängstigend weit aufgeholt hatte. Der entscheidende Angriff musste unmittelbar bevorstehen.

Ras Tschubai nutzte die noch zur Verfügung stehenden Energien des Kugelraumers, um einen Hyperfunkspruch abzusetzen.

Dann schloss er die Schleuse des Beibootes vom Typ Drei-Mann-Zerstörer, in dem es nun unangenehm eng wurde. Kurz darauf kam das Zeichen von Mentro Kosum, mit dem dieser bekannt gab, dass auch er ein Beiboot betreten hatte.

Tschubai öffnete das Hangarschott und startete den Zerstörer mit maximaler Beschleunigung. Das geschah unmittelbar vor dem Zeitpunkt, zu dem Kaarmansch-Xes die Schlussoffensive eröffnete, bei der die SEIDENRAUPE förmlich pulverisiert wurde.

Ras Tschubai jagte den Drei-Mann-Zerstörer durch das entstehende Inferno. Er verzichtete bewusst auf jede Gegenwehr und suchte sein Heil in der Flucht. Ebenso wie die Piloten der anderen Beiboote.

Galto »Posbi« Quohlfahrt

Ich blickte in den düsteren Himmel hinauf. Die zahllosen Staubpartikel reflektierten nur wenig Licht von weit entfernten Sternen, sodass über mir ein schwach grauer Schimmer hing. Ohne diesen hätte ich unweigerlich das Gefühl gehabt, im absoluten Nichts gelandet zu sein.

Ich blickte zu der Stelle hinüber, an der Icho Tolot unter den Gesteinsmassen verschwunden war. Er hatte sich förmlich in die Felsen hineingewühlt und alles zur Seite geschleudert, was ihm im Weg gewesen war.

Während ich langsam hinüberging, beschlich mich ein eigenartiges Gefühl. Ich glaubte, nicht mehr allein zu sein, doch als ich mich umdrehte, konnte ich niemand im Licht meines Helmscheinwerfers sehen.

»Icho Tolot?«, rief ich.

Er antwortete nicht. Ich sah nur, dass wieder etliche Steinbrocken aus dem Schacht herausflogen, den er gegraben hatte. Augenblicke später tauchte der Haluter selbst auf. Er hielt ein zappelndes Wesen in den Armen. Es war einer der beiden Fremden. Er schob ihn mir wortlos zu, tauchte dann wieder ins Dunkel hinab und kehrte mit dem anderen zurück. Dieser verhielt sich wesentlich ruhiger.

»Er scheint verletzt zu sein«, sagte der Haluter besorgt.

Wir betrachteten die beiden Geretteten im Licht unserer Scheinwerfer. Beide trugen keine richtigen Raumanzüge, sondern etwas, das ich als improvisierten Funk bezeichnet hätte, zumindest den kurzen Antennen nach zu urteilen. Mein erster Gedanke war, dass wir Robotern gefolgt sein mussten. Wer sonst konnte im Vakuum existieren?

Doch, entsann ich mich. *Haluter können das zum Beispiel.*

Tolot schien ähnliche Gedanken verfolgt zu haben, denn er redete plötzlich auf die beiden ein. Er schilderte ihnen denkbar knapp, wer wir waren, woher wir kamen und was unser Ziel war.

Die Fremden schienen zu verstehen, dass unsere Lage ebenso schlecht war wie ihre und dass Hilfe nur von der SOL kommen konnte. Auch meine Hoffnung richtete sich ganz auf Rhodan, der früher oder später aktiv werden musste, wenn die SEIDENRAUPE sich nicht meldete.

Ich mischte mich in das Gespräch ein und bemühte mich ebenfalls um Vertrauen. Längst war mir klar geworden, dass diese Wesen – oder Geschöpfe, wie auch immer – über ein beträchtliches Maß an Intelligenz verfügten. Ich fragte sie sogar nach ihrer Natur. Sie reagierten weder überrascht noch beleidigt, konnten die Frage aber nicht beantworten. Verblüfft stellte ich fest, dass sie selbst nicht zu wissen schienen, was sie wirklich waren. Sie besaßen nur eine begrenzte Erinnerung, und obwohl sie bereitwillig alles über sich erzählen wollten, konnten sie nicht mehr sagen. Sie hießen Poser und Kaveer, waren Forscher der Kaiserin von Therm und hatten irgendwann das MODUL verlassen. Sehr viel mehr von Wichtigkeit erfuhren wir nicht.

Ich war überzeugt davon, dass es sich um die Wahrheit handelte.

»Wo ist euer Raumschiff?«, fragte ich. »Wir müssen uns zurückziehen, denn mein Sauerstoffvorrat wird bald zu Ende sein.«

Poser und Kaveer begriffen immerhin, dass zumindest ich von Sauerstoff abhängig war. Sie selbst schienen sich in dieser Hinsicht überhaupt keine Sorgen zu machen.

»Wir haben die SCHWIMMER unter Felsen versteckt«, erklärte Poser.

»Wo?«, fragte ich noch einmal.

Sie schwiegen, und ich ließ sie in Ruhe, weil ich wollte, dass sie uns ihr Schiff freiwillig und nicht unter Druck anboten. Minuten vergingen. Ich glaubte bereits, dass wir gescheitert waren, als Kaveer endlich sagte: »Wir werden euch führen.«

Er drehte sich um und kroch über die Felsen davon. In der Dunkelheit war er nur schwer auszumachen. Hin und wieder blitzte jedoch etwas an ihm auf, sodass Icho Tolot und ich ihn nicht aus den Augen verloren. Poser folgte ihm.

Der Marsch über die Felslandschaft war anstrengend und mühsam für mich. Die beiden Forscher und Icho Tolot hatten im Gegensatz zu mir offenbar ausreichende Kraftreserven. Trotzdem verzichtete ich darauf, den Antigrav meines Schutzanzugs zu benutzen, weil ich Energie sparen wollte. Was hätte ich schon davon gehabt, wenn ich einigermaßen bequem bis in die Nähe des keulenförmigen Schiffes der beiden Forscher gekommen, dann aber an meinen erschöpften Batterien gescheitert wäre?

Ich spürte die Schmerzen in meinen Muskeln. Mein Übergewicht machte sich unangenehm bemerkbar, und ich grübelte darüber nach, was ich tun konnte, um künftig mein Gewicht zu reduzieren. Mit Hungern allein war es bestimmt nicht getan. Posbis und Matten-Willys würden sofort feststellen, dass ich abnahm, und das würde sie fraglos dazu verleiten, mich mit Nahrungsmitteln aller Art zu versorgen. Wie ich sie kannte, würden sie bis an den Rand der Zwangsernährung gehen, nur um mir wieder einige Kilogramm Speck auf die Rippen zu zaubern.

Ich lächelte gequält.

Was sollten diese Gedanken? Ich konnte froh sein, wenn ich die nächsten Stunden überlebte. Danach würde ich vielleicht die Sorgen um meine Leibesfülle für alle Zeiten los sein.

»Warum stöhnen Sie, Galto?«, fragte Icho Tolot.

»Habe ich gestöhnt?« Ich räusperte mich verlegen. »Bei mir ist alles in Ordnung.«

Trotzdem blieb ich stehen und schnappte mühsam nach Luft. Mein Herz schlug wie wild. Ich war versucht, um eine Pause zu bitten.

»In der nächsten Schlucht ist die SCHWIMMER«, erklärte Kaveer. »Es ist nicht mehr weit.« Er zeigte auf eine Felsformation, die eine schwarz gezackte Linie gegen den schwach grauen Himmel bildete. Ich blinzelte, denn ich hatte den Eindruck, dass meine Sehkraft nachließ. Offensichtlich hatte ich meine Augen in der Dunkelheit überanstrengt.

»Das kleine Stück schaffen Sie auch noch, Galto Quohlfahrt«, drängte der Haluter.

»Ich bin absolut frisch«, gab ich gewollt heiter zurück. »Um mich braucht sich niemand zu sorgen.«

Ich spürte, dass der Boden unter meinen Füßen bebte. Im ersten Erschrecken glaubte ich, der Planetoid sei mit einem anderen großen Körper zusammengeprallt, doch dann zuckte vor uns ein grellweißer Blitz auf. Stichflammen erfüllten die Schlucht, in der das Schiff der Forscher verborgen lag. Im Widerschein des Feuers sah ich Geröll und Wrackteile in die Höhe wirbeln. Instinktiv warfen wir uns hinter eine Klippe in Deckung. Wir konnten nichts hören und nach wenigen Sekunden auch nichts mehr sehen. Es wurde dunkler als zuvor.

Eng pressten wir uns gegen den Felsen. Die Trümmerstücke mussten wieder auf den Planetoiden herabstürzen. Wir konnten nur hoffen und beten, dass sie uns nicht trafen.

Schon nach Sekunden schlugen die ersten Steine und Wrackteile auf. Wir spürten nur die Erschütterung.

Nach einer Weile richtete Icho Tolot sich auf. »Es ist vorbei«, sagte er. »Sie können aufstehen, Galto.«

Ich hob den Kopf. In der Dunkelheit entdeckte ich ein rötliches Flimmern, ohne jedoch abschätzen zu können, wie weit es von mir entfernt war.

»Da ist etwas«, sagte ich mühsam und deutete in die entsprechende Richtung. Dabei war ich mir noch nicht ganz sicher, ob das Irrlicht wirklich vor mir war oder durch eine Täuschung im Auge hervorgerufen wurde.

»Was ist das?«, fragte Tolot. Ich atmete unwillkürlich auf, weil er mir damit bestätigte, dass ich mich nicht irrte. Ich kniff die Augen zusammen. Das Bild klärte sich, und allmählich gelang es mir auch, die Distanz zu dem Flimmern ungefähr zu bestimmen. Ich schätzte, dass es etwa zweihundert Meter von uns entfernt war.

Dieses Flimmern schien eine humanoide Gestalt zu umgeben. Allerdings war sie sehr gedrungen und breit.

»Wir sollten uns das aus der Nähe ansehen«, schlug ich vor.

Icho Tolot antwortete nicht. Zusammen mit den Forschern setzte er sich in Bewegung. Ich folgte ihm. Der Boden war relativ eben, sodass wir schnell vorankamen. Je mehr wir uns dem geheimnisvollen Flimmern näherten, desto deutlicher wurde, dass wir es tatsächlich mit einem Humanoiden zu tun hatten.

Ich fragte mich, ob außer dem Haluter und mir noch jemand die SEIDENRAUPE verlassen hatte. Sollte sich Ras Tschubai vor uns befinden? Nein, er hatte eine ganz andere Statur und konnte das nicht sein.

Toorkensch-Xayos

Als das Schleusenschott sich öffnete, glitt der Hulkoo sofort in den freien Raum hinaus. Er wollte dem Kommandanten nicht den Triumph gönnen, ihn zögern zu sehen, und sich selbst wollte er die Schmach ersparen, gewaltsam hinausbefördert zu werden. Er hatte ohnehin mit dem Leben abgeschlossen.

Toorkensch-Xayos öffnete seinen Raumhelm jedoch nicht. Irgendetwas in ihm verbot ihm, sich selbst zu töten. Stattdessen schaltete er das Rückentriebwerk seines Raumanzugs ein und beschleunigte. Das Raumschiff verschwand hinter ihm im Nichts.

Ohne sich darüber klar zu werden, warum er es tat, steuerte er das Triebwerk auf seinem Rücken sorgfältig aus. Hin und wieder korrigierte er seinen Kurs, als wisse er genau, wohin er fliegen musste. Auf einer Kontrollskala im Helm konnte er die Triebwerksleistung ablesen. Die angezeigten Werte riefen ein Gefühl der Befriedigung in ihm hervor, obwohl jede Fortbewegung angesichts der Weite des Weltraums bedeutungslos zu sein schien.

Nach einer Zeitspanne, über die Toorkensch-Xayos nicht nachdachte und deren Länge ihm daher auch nicht bewusst wurde, tauchte ein vielfach gezackter Körper von erheblichen Ausmaßen vor ihm auf. Er regulierte die Leistung seines Triebwerks neu und warf sich herum, sodass er Gegenschub geben konnte.

Wenig später berührten seine Füße festen Boden. Der Aufprall war immer noch heftig genug, ihn in die Knie gehen zu lassen. Er löste das Triebwerk von seinem Rücken und warf es achtlos weg. Dann blickte er sich zum ersten Mal in dem Bewusstsein um, sein Ziel erreicht zu haben.

Es schien, als werde ein Schleier weggerissen, der bis dahin auf seinem Geist gelegen hatte. Verstört fragte der Hulkoo sich, was er hier wollte. Er zweifelte nicht daran, dass er sich auf dem Planetoiden befand, auf dem das keulenförmige Raumschiff zerstört worden war.

Weshalb war er hierher zurückgekehrt? Hatte er sich eingebildet, ausgerechnet hier überleben zu können?

»Völlig sinnlos«, murmelte er. Ein Blick auf die Anzeige in seinem Raumhelm ließ ihn erkennen, dass er noch Atemluft für etwa eine Stunde hatte.

Er ließ sich auf die Felsen sinken. Mehrmals fragte er sich, warum er so zielstrebig zu diesem Planetoiden geflogen war. Eine Antwort fand er nicht.

Nach einiger Zeit war ihm, als ob er eine Stimme gehört hätte. Er regulierte sein Funkgerät neu ein, dennoch vernahm er nur ein eintöniges Rauschen. Letztlich schaltete er das Gerät ganz aus.

Kurz darauf bemerkte er ein eigenartiges Leuchten und Flimmern an seinen Armen und seinen Händen. Es war, als ob winzige Lichtpunkte auf seinem Raumanzug herumhüpften. Er blickte auf seine Hände, ohne wirklich zu begreifen, was geschah. Als sich nach einigen Minuten nichts änderte, wurde er unruhig, sprang auf und floh ein Stück weit. Doch die seltsame Erscheinung blieb.

Toorkensch-Xayos kämpfte die aufkommende Panik nieder. Er sagte sich, dass er sich keine Sorgen machen musste, solange er selbst noch nichts spürte und solange die Sicherheitseinrichtungen seines Raumanzugs nicht beeinträchtigt wurden. Doch dann kontrollierte er den Energiehaushalt seiner Ausrüstung. Entsetzt bemerkte er, dass die Batterien an Spannung verloren. Wenn er den Energieverlust nicht stoppen konnte, dann würde schon in weniger als einer halben Stunde alles vorbei sein.

Der Hulkoo lief wie von Sinnen über die Felsen. Er hielt erst wieder an, als er einsah, dass er damit überhaupt nichts erreichte. Er konnte das Leuchten und Flimmern nicht abschütteln.

Ratlos sank er auf einen Felsbrocken. Seine Gedanken überschlugen sich, ohne dass er einer Lösung näher kam.

Dann sah er, dass die energetische Erscheinung noch intensiver wurde. Er glaubte bereits, kleine Blitze feststellen zu können. Es wurde immer heller um ihn, bis es schließlich sogar seine Umgebung beleuchtete.

Toorkensch-Xayos blickte auf die Kontrollen seines Raumanzugs. Er hatte gewusst, dass alles irgendwann für ihn zu Ende sein würde, dennoch hatte er sich bis zuletzt Hoffnungen gemacht. Jetzt begriff er, wie sehr er sich geirrt hatte. Ihm blieben nur noch wenige Minuten.

Das Graviholl stand fassungslos vor einer Tatsache, die es bis dahin völlig missachtet hatte und die nun das ganze Spiel zu verderben drohte.

Es beobachtete den Hulkoo. Die Gedanken von Toorkensch-Xayos lagen klar und deutlich vor ihm. Deshalb erfasste das Graviholl, dass diese Figur nicht mehr zu halten war. Toorkensch-Xayos war in der Absicht zu dem Planetoiden geführt worden, hier aktiv zu werden. Er hatte die Aufgabe gehabt, die anderen schweren Figuren in Bedrängnis zu bringen oder sie gar zu schlagen, also aus dem Spiel zu eliminieren.

Doch nun begriff das Graviholl, dass es das Grundelement der Versorgung übersehen hatte. Alle Figuren, die sich auf dem Planetoiden befanden, waren von Energiezufuhr abhängig. Der Hulkoo starb, weil seine Sauerstoffvorräte zu Ende gingen. Als das Graviholl das erkannte, bereute es, das Raumschiff der Forscher zerstört zu haben. Voller Zorn und Enttäuschung über den eigenen Fehler suchte es nach einer Lösung des Problems.

Eine außerordentlich reizvolle Möglichkeit war vorhanden. Es war die Lösung, die das Graviholl bevorzugt wählen wollte, aber noch schien sie nicht realisierbar zu sein. Während das Energiewesen dem Hulkoo zunächst langsam, dann aber schlagartig die Energie entzog und Toorkensch-Xayos damit ohne eine Spur von Mitleid oder Mitempfinden tötete, dachte es über den sich bietenden Ausweg nach.

Aus dem Basisbewusstsein der beteiligten Figuren hatte das Graviholl in kürzester Zeit mehr erfahren, als es in Jahrzehntausenden erdacht hatte. Es wusste nun, dass es außerhalb seines eigenen Lebensbereichs eine praktisch unbegrenzte Zahl von Welten gab, auf denen Intelligenzwesen lebten. Auf jeder einzelnen Welt ließen sich Wagnisspiele durchführen, die alles übertrafen, was das Graviholl sich jemals hatte vorstellen können. Das Interesse, über die Hulkoos weiterzukommen, war recht gering. Das Graviholl fühlte sich von der sklavischen Abhängigkeit der Hulkoos von der Inkarnation CLERMAC abgestoßen. Außerdem war in der Inkarnation CLERMAC so etwas wie ein Konkurrent vorhanden, wenngleich dieser ganz anderer Art war als das Graviholl.

Auch die Forscher aus dem MODUL interessierten das Energiewesen nur wenig. Die Forscher wussten zu wenig und hatten zu geringe Entwicklungsmöglichkeiten aus sich selbst heraus.

Ganz anders sah es hingegen bei den Terranern aus. Sie hatten geradezu faszinierende Aspekte. Mit ihrer Hilfe glaubte das Graviholl, das gesamte Universum erfassen, erobern und danach in seinem Sinn manipulieren zu können.

Je länger das Energiewesen des Planetoiden darüber nachdachte, desto besser gefiel ihm die Idee. Schließlich fasste es den Entschluss, sich mitten in eines der Raumschiffe der Terraner zu versetzen. Es kannte die Geistesinhalte von Galto Quohlfahrt und Icho Tolot und wusste daher, dass es mit der Rettung dieser beiden Figuren rechnen konnte. Irgendwann in naher Zukunft würde ein Raumschiff der Terraner kommen und die beiden mit ihren Begleitern abholen. Das Graviholl beschloss, sich völlig auf diese Situation zu konzentrieren. Sobald das Beiboot hier war, musste es sich mitsamt der erforderlichen Planetoidenmasse, die etwa einem Hundertstel der vorhandenen Masse entsprach, in das Raumschiff versetzen.

Das Graviholl war sich darüber klar, dass dabei ein gewisser Schaden im Schiff nicht zu vermeiden war, es hoffte jedoch, dass sich die Zerstörungen in Grenzen halten würden. Entscheidend war, dass ein großes Raumschiff kam. Ideal wäre eine der beiden kugelförmigen Schiffszellen der SOL gewesen.

Das Graviholl bereitete sich konsequent vor. Es griff Icho Tolot, Galto Quohlfahrt und die beiden Forscher nicht an, weil es glaubte, dass diese »Figuren« eine wichtige Voraussetzung für das Gelingen des Planes boten. Toorkensch-Xayos dagegen löste es auf. Das Graviholl brauchte für die Entscheidung außerordentlich viel Energie. Daher sog es in sich auf, was es bekommen konnte.

Perry Rhodan verließ die Hygienekabine und kleidete sich an. Atlan, der bei einer Tasse Kaffee am Tisch saß, blickte auf sein Chronometer.

»Es wird allmählich Zeit«, stellte der Arkonide fest. »Wir müssten bald Funkkontakt mit der SEIDENRAUPE haben.«

»Falls sie noch existiert«, bemerkte Rhodan.

»Du bist zu pessimistisch«, kritisierte Atlan.

»Der letzte Funkspruch der SEIDENRAUPE lässt auf eine Katastrophe schließen.«

Die SOL-Zelle-1 hatte sich von der SOL gelöst und war der SEIDENRAUPE gefolgt. Noch bevor die Beschleunigungsphase für den Linearflug beendet war, hatte die Funkzentrale einen Hilferuf der SEIDENRAUPE aufgefangen. Dieser bestätigte, dass Rhodans Befehl richtig gewesen war, dem Kreuzer mit der SZ-1 zu folgen.

»Wir müssen das Zielgebiet in den nächsten Minuten erreichen, dann möchte ich in der Zentrale sein«, sagte Rhodan.

Kurz darauf betraten beide die Hauptzentrale. Mit einem Blick auf den Panoramaschirm überzeugte Rhodan sich davon, dass die SZ-1 schon in den Normalraum zurückgekehrt war.

»Die Besatzung der SEIDENRAUPE hat ihr Schiff aufgegeben«, teilte der Funkoffizier mit. »Es gibt keine Verluste, alle konnten sich retten. Aber die SEIDENRAUPE wurde zerstört.«

»Was wissen wir über die Angreifer?«, fragte Atlan.

»Es waren scheibenförmige Raumschiffe. Sie haben sich zurückgezogen. Von oben sahen diese Schiffe wie stumpf gerundete Ellipsen aus. Gesamtlänge etwa 900 Meter. An der breitesten Stelle maßen sie 200 Meter.«

»Also eine ganz beachtliche Größe«, stellte Atlan fest. »Deshalb ist die SEIDENRAUPE unterlegen.«

»Wir rechnen nicht mit einem Angriff auf die SZ-1«, fuhr der Offizier fort. »Die Kommandanten der Scheiben scheinen von uns ziemlich beeindruckt zu sein, sonst hätten sie sich kaum fluchtartig zurückgezogen.«

»Danke.« Perry Rhodan nickte dem Offizier zu. Ihm genügte, was er über die Situation erfahren hatte. Nun interessierte ihn nur noch der Bericht Mentro Kosums.

Er brauchte nicht länger als etwa eine halbe Stunde zu warten, dann saß er dem Emotionauten, Ras Tschubai und Merkosh in einer Offiziersmesse gegenüber. Bei ihnen war Taul Daloor, der Forscher der Kaiserin von Therm. Rhodan hörte sich schweigend an, was Kosum erzählte.

»Wie viel Zeit haben Icho Tolot und Galto Quohlfahrt noch?«, fragte er, nachdem der Emotionaut seine Schilderung beendet hatte.

»Ungefähr vier bis fünf Stunden«, antwortete Kosum. »Dennoch sollte die Rettungsaktion möglichst schnell eingeleitet werden. Es kann Komplikationen gegeben haben.«

»Die SOL-Zelle-1 wird sofort losfliegen.« Perry Rhodan wandte sich an Taul Daloor. »Wären Sie damit einverstanden, dass sich unsere Wissenschaftler mit Ihnen unterhalten?«

»Selbstverständlich«, antwortete der Forscher.

Als die SZ-1 sich zwei Stunden später im Anflug auf den Planetoiden befand, kam der Kommunikationswissenschaftler Rolk Prand zu Rhodan und Atlan. Prand war ein noch junger, aber außerordentlich fähiger Mann, der sich mehrfach durch gute Leistungen ausgezeichnet hatte.

»Taul Daloor ist ehrlich bestrebt, uns zu helfen und über alles zu informieren, was er weiß. Leider ist das nicht besonders viel«, berichtete er, nachdem Rhodan ihn gebeten hatte, sich zu ihm und dem Arkoniden an den Tisch zu setzen.

»Gibt es Hinweise auf die Angreifer in den schwarzen Raumschiffen?«

Prand schüttelte bedauernd den Kopf. »Nicht die geringsten. Taul Daloor erklärte, er und die anderen Forscher aus dem MODUL seien von ihnen völlig überrascht worden. Er sagte, sie hätten überhaupt nicht mit einem Angriff gerechnet. Plötzlich und ohne jede Vorwarnung habe sich die Sonne, an der das MODUL vorbeifliegen wollte, in eine fünfdimensional strahlende Kugelwolke verwandelt.«

Rhodan zögerte kurz, bevor er fragte: »Halten Sie es für möglich, nach dem, was Sie erfahren haben, dass das MODUL in eine Falle geflogen ist?«

Rolk Prand schien keineswegs überrascht zu sein. Er nickte bedächtig. »Ich halte es sogar für wahrscheinlich. Auch Taul Daloor dürfte dieser Ansicht sein. Er äußerte sich zwar nicht eindeutig dazu, machte jedoch einige Bemerkungen, die in diese Richtung zielten.«

»Eine Falle, die von den Angreifern in den schwarzen Scheiben errichtet wurde«, sagte Atlan nachdenklich. »Das klingt logisch.«

»Und würde bedeuten, dass wir eine ernst zu nehmende Konkurrenz bekommen haben«, ergänzte Perry Rhodan besorgt. Er empfand Respekt vor dem Gegner, der in der Lage war, eine Sonne in eine fünfdimensional strahlende Wolke aus Feinstmaterie umzuwandeln. Er blickte auf den Hauptschirm, auf dem kaum mehr als ein ständiges Flimmern zu erkennen war.

»Wir haben nicht viel Zeit«, sagte Atlan. »Wir sollten uns bemühen, die notwendigen Aktionen schnell durchzuführen.«

»Völlig richtig«, stimmte Rhodan zu. »Wir müssen damit rechnen, dass die Fremden in den schwarzen Scheiben einen klaren Vorsprung vor uns haben. Wenn sie diese Materiewolke erzeugt haben, dann ist zu erwarten, dass sie darin navigieren können. Zumindest besser als wir. Das bedeutet, dass sie vielleicht schon längst beim MODUL sind und sich holen, was die Kaiserin von Therm so dringend benötigt, die Daten, auf die es auch uns ankommt.«

»Du glaubst also, dass die Wesen in den schwarzen Raumschiffen Beauftragte der Superintelligenz BARDIOC sind?«, fragte Atlan.

»Ich halte es für denkbar«, erwiderte Rhodan ausweichend. Er wandte sich an den Wissenschaftler. »Was sagt Daloor dazu?«

»Er hat nie etwas von einer Superintelligenz BARDIOC gehört«, erklarte Prand. »Daloor versteht sich als Forscher der Kaiserin von Therm, ohne über diese näher Auskunft geben zu können.«

»Weiß er wenigstens, wonach er geforscht hat?«

»Das weiß er nicht.«

Rhodan lehnte sich enttäuscht zurück. Er hatte gehofft, wesentlich mehr erfahren zu können. Die Zeit lief ihm davon. Er machte niemandem einen Vorwurf, doch insgeheim kritisierte er, dass Quohlfahrt und Icho Tolot auf dem Planetoiden zurückgeblieben waren. Dadurch gab es nun Verzögerungen, die den Erfolg der Expedition gefährden konnten. Die Fremden hatten bereits einen Vorsprung. Dieser wurde durch die Notwendigkeit vergrößert, Tolot und den Robotologen zu retten.

Rhodan war entschlossen, alles zu tun, um möglichst bald an das MODUL heranzukommen. Er wollte die Daten, die von diesem erfasst worden waren, nicht nur für die Kaiserin von Therm bergen. Vielmehr verfolgte er durchaus egoistische Ziele. Er war überzeugt davon, dass das MODUL innerhalb der letzten Monate die Erde erfasst hatte. Das bedeutete, dass Terras galaktische Koordinaten in den Speicherelementen des MODULS enthalten sein mussten.

Aber auch etwas anderes war Perry Rhodan bewusst geworden. Die SOL und die Erde waren in einem noch nicht überschaubaren Maß in kosmische Ereignisse verwickelt.

Rolk Prand hatte ruhig abgewartet, ob Rhodan weitere Fragen stellen würde. Schließlich sagte er: »Taul Daloor hat mich mehrfach darauf hingewiesen, dass noch viele Forscher in diesem Raumsektor sein müssen. Die Fremden können unmöglich alle getötet haben. Daloor bittet uns, möglichst viele von ihnen zu retten.«

»Sagen Sie dem Forscher, dass wir alles tun werden, was wir tun können«, entgegnete Rhodan. »Erklären Sie ihm aber auch, dass wir zunächst versuchen müssen, an das MODUL heranzukommen.«

»In diesem Zusammenhang fällt mir noch etwas ein, was mir eigenartig erschien«, sagte der Kommunikationswissenschaftler. »Taul Daloor ließ durchblicken, dass die Forscher Selbstmord begehen werden, wenn durch sie die Existenz des MODULS gefährdet ist. Wenn sie diesem Befehl, mit dem ein unfreiwilliger Verrat verhindert werden soll, nicht nachkommen, werden sie wohl ebenfalls sterben.«

»Und weshalb lebt Daloor noch?«, fragte Atlan.

»Das ist seltsam«, erklärte Prand. »Taul Daloor ist der Ansicht, dass das MODUL ohnehin verloren ist, also auch nicht mehr gefährdet werden kann. Und da es nicht mehr gefährdet werden kann, kann es auch nicht mehr verraten werden. Aus diesem Grund ist sein Selbstmord überflüssig.«

»Was geschieht, wenn wir das MODUL finden?«

»Ich weiß es nicht«, antwortete Prand, »aber ich glaube, dass die Forscher auch dann keinen Selbstmord mehr begehen werden. Ich denke, dass sie bis dahin eindeutig akzeptiert haben werden, dass wir ebenso wie sie für die Kaiserin von Therm handeln und daher das MODUL oder das, was davon noch übrig ist, nicht gefährden.«

»Hoffen wir, dass das stimmt.« Rhodan blickte wieder zum Panoramaschirm hinüber. Undeutlich zeichnete sich ein großer Körper ab.

»Das muss der Planetoid sein«, sagte Atlan.

Galto »Posbi« Quohlfahrt

»Das ist ein Mensch im Raumanzug«, stieß ich überrascht hervor, als wir uns der flimmernden Erscheinung bis auf etwa fünfzig Meter genähert hatten. Wir blieben stehen. Sowohl Icho Tolot als auch ich waren unsicher. Lauerte eine neue Falle vor uns?

Das Flimmern wurde intensiver.

»Weiter!« Die Stimme des Haluters dröhnte aus meinen Helmlautsprechern.

Uns trieb die Neugierde voran. Je näher wir der seltsamen Gestalt kamen, desto deutlicher wurde, dass ich mich geirrt hatte. Ein Mensch war das nicht. Die Gestalt war wirklich zu unförmig.

Das Leuchten wurde von zahllosen winzigen Blitzen auf der Außenhaut des Raumanzugs erzeugt. Ich hob den Arm und winkte der reglosen Gestalt zu. Die Fremden aus den keulenförmigen Schiffen kannten wir. Dies konnte demnach nur jemand aus einer der schwarzen Scheiben sein.

Ich ging schneller. Irgendetwas in mir sagte, dass ich zu spät kommen würde. Ich wusste nicht, warum, aber ich rannte schließlich, weil ich hoffte, doch noch rechtzeitig bei dem Fremden zu sein.

»Bleiben Sie stehen, Galto Quohlfahrt!«, erklang Tolots Stimme im Helmempfang. »Sie können nichts mehr ausrichten!«

Die Gestalt vor mir glühte nun fast sonnenhell. Sie machte einen Schritt auf uns zu, stürzte zu Boden und schmolz in sich zusammen. Ich musste an eine Flamme denken, die abgedreht wird und schließlich ganz verschwindet. Zurück blieb nichts als ein bisschen Asche.

In dem Moment blitzte es auf Icho Tolots Laufarmen an einigen Stellen auf. Auch an meinen Fingerspitzen entdeckte ich winzige Blitze.

Hatte es bei dem Unbekannten ebenso begonnen? Wurden wir jetzt von dem Unheimlichen erfasst?

Ich spürte, dass wir nicht allein waren. Zugleich erinnerte ich mich an meine seltsamen Traumerlebnisse. Welche Bedeutung hatten sie gehabt? Es musste ein lebendes Wesen auf diesem Planetoiden geben, das sich mit uns beschäftigte, uns gegeneinander ausspielte und uns lenkte, wie es ihm gefiel.

Icho Tolot drehte sich langsam um sich selbst. Der Lichtkegel seines Helmscheinwerfers wanderte über die teilweise mit Pflanzenresten bedeckten Felsen. Unwillkürlich verfolgte ich den Lichtschein – er fiel in eine ovale Öffnung im Fels. Ihr Rand war glatt und scharf. Ich trat vorsichtig an die Höhle heran und ließ meine Hände über die Kanten hinweggleiten.

»Künstlich bearbeitet«, stellte ich fest. »Gehen wir hinein?«

»Warum nicht?«, erwiderte der Haluter.

Sekunden später schlug ein Meteorit etwa zehn Meter von uns entfernt ein. Splitter streiften meinen Helm. Ich hatte es plötzlich wieder eilig und betrat einen Gang, der mehr als vier Meter hoch war und schräg in die Tiefe führte. Die Wände erschienen glatt und eben, als wären sie aus dem Fels herausgeschliffen worden. Nachdem ich gut zehn Meter weit gegangen war, spürte ich Widerstand. Er war in mir.

Ich hatte das Gefühl, auf etwas Fremdes gestoßen zu sein, das mich zurückdrängen wollte. Ich drehte mich um und stellte fest, dass auch Icho Tolot unschlüssig stehen geblieben war. Wieder wähnte ich mich in einem großen Raum, der durch Schleier in kleinere Sektoren aufgeteilt wurde.

»Die SOL-Zelle-1 ist ein Kugelelement der SOL«, sagte ich laut. »Sie wird kommen und uns abholen. Die Transformkanonen haben eine Abstrahlkapazität von 6000 Gigatonnen TNT pro Geschütz.«

»Das Geheimnis der neuen Transformkanonen liegt im Rematerialisator«, erklärte Icho Tolot mit dröhnender Stimme. »Es ist klar, dass ein feindliches Raumschiff keinen Empfangstransmitter einschaltet, damit die Sprengsätze der SOL sicher im Ziel ankommen. Also muss die Wiederverstofflichung am Ziel ohne Empfangsgerät erfolgen.«

»Das geschieht durch den Rematerialisator«, ergänzte ich. »Bei einer Leistung von sechstausend Gigatonnen sind die Kanonen …« Ich hielt bestürzt inne. Was war mit Tolot und mir los? Vor allem: Was redeten wir da? Wir waren im Begriff, die größten Geheimnisse der SOL zu enthüllen.

»Zurück!«, rief ich krächzend. »Wir müssen hier raus!«

Wie ein Fels versperrte Icho Tolot mir den Weg ins Freie. Ich sah seine drei Augen. Sie waren starr und stumpf.

Angst befiel mich. Was war das für ein Wesen, das den Haluter zu einem willenlosen Sklaven machen konnte?

Gelächter brandete in mir auf, und mir lief es kalt über den Rücken. Vergeblich versuchte ich, an dem Haluter vorbeizukommen. Er füllte fast die ganze Gangbreite aus. Ich hämmerte mit meinen Fäusten gegen seinen Leib und glaubte, gegen Stahl zu schlagen. Hatte Tolot seine molekulare Struktur verändert? Dann war ich verloren und kam nie mehr ins Freie.

Erneut dröhnte das Gelächter des Fremden in mir.

»Ich bin das Graviholl!«, rief eine Stimme, die unangenehme Kälte in mir hervorrief. »Ich habe mich soeben endgültig entschlossen, erst die SOL-Zelle-1 und später die gesamte SOL zu übernehmen. Ich werde gegen die Kaiserin von Therm antreten und sie zu einem Spiel herausfordern. Meine Spielfiguren befinden sich an Bord der SOL. Sie bieten mir mehr Möglichkeiten, als ich mir je erträumt habe.«

»Du wirst die SOL nicht erobern«, entgegnete ich wütend. Tränen schossen mir in die Augen. »Du magst mächtig sein, aber gegen einen Perry Rhodan kommst du nicht an. Es wird nicht zu einem Spiel kommen.«

»Das Spiel läuft bereits«, eröffnete mir das Graviholl. »Die SOL-Zelle-1 befindet sich auf dem Weg hierher; ich habe sie erfasst. Gleich wird Icho Tolot sich über Funk melden und das Schiff nahe an diesen Planetoiden heranführen. Die SOL-Zelle-1 wird mir allein durch ihre Anwesenheit die Energie liefern, die ich für meinen Sprung benötige.«

Ohne dass weitere Erklärungen folgten, wusste ich, was gemeint war. Ein Teil des Wissens aus dem Graviholl floss zu mir über, als ob ich ein Telepath sei. Ich erfuhr, dass das Graviholl ein Energiewesen war, das praktisch nicht mehr als ein Gravitationsfeld darstellte. Das Graviholl war also dafür verantwortlich, dass auf dem Planetoiden eine Schwerkraft von fast 1 Gravo herrschte.

Ich erfasste weiterhin, dass dieses seltsame Wesen plante, sich mit einem Teil der Masse des Planetoiden in die SZ-1 zu teleportieren.

»Du wirst das Raumschiff völlig zerstören, wenn du mitten in der Kugelzelle materialisierst!«, rief ich entsetzt. »Was du planst, ist unmöglich.«

Das Graviholl lachte nur.

Vergeblich bemühte ich mich, ihm klar zu machen, dass sein Plan zwar realisierbar, aber sinnlos war. Wenn es tatsächlich mit einem Teil der Masse in der SZ-1 materialisierte, dann wurde das Schiff schlagartig zum bewegungsunfähigen Wrack.

Ich glaubte zu erkennen, welchen Plan das Graviholl verfolgte. »Die anderen Schiffsteile der SOL werden nicht kommen und dich und die SZ-1 abholen«, brüllte ich in dem vergeblichen Bemühen, das Energiewesen von seinem gefährlichen Vorhaben abzuhalten. »Rhodan wird früh genug erkennen, was gespielt wird.«

»Das macht den Reiz dieses Spieles aus«, erwiderte das Graviholl amüsiert. »Wenn nicht das Risiko bestünde, dass ich auch verlieren kann, würde ich nicht spielen. Aber ich werde nicht verlieren. Nicht gegen Perry Rhodan. Vielleicht gegen eine Superintelligenz wie die Kaiserin von Therm, aber nicht gegen Rhodan.«

»Du bist größenwahnsinnig.« Ich stöhnte. »Was bist du denn schon? Ein Primitivwesen, das bisher mit nicht sonderlich hoch stehenden Intelligenzen gespielt hat.«

»Wenn du meinst, dass ich nicht gegen Rhodan gewinnen kann, brauchst du dich nicht aufzuregen.«

Das Graviholl hatte Recht. Ich war also doch nicht davon überzeugt, dass es gegen Perry Rhodan keine Chance hatte. Im Gegenteil. Ich hatte eine höllische Angst davor, dass es ihm gelingen würde, den Terraner ebenfalls zu überrumpeln. Aber nicht nur das. Es würde Tausende von Toten geben, sobald das Graviholl mit einem Teil des Planetoiden in der SOL-Zelle-1 materialisierte. Dazu durfte es nicht kommen.

»Geh nach draußen!«, befahl mir das Energiewesen. »Du wirst die SOL-Zelle-1 über Funk rufen.«

»Ich gehe nach draußen«, antwortete ich gehorsam. »Ich werde deinen Befehl ausführen.«

Icho Tolot drehte sich um und marschierte durch den Gang zurück bis ins Freie. Ich folgte ihm. Dabei wurde mir bewusst, dass das Energiewesen mit mir gespielt hatte wie mit einer Marionette. Es tat mit mir, was es wollte, und es hatte mir die Informationen zukommen lassen, damit ich genau wusste, was ich tat, wenn ich die SZ-1 rief. Das Graviholl wollte, dass ich unser Raumschiff mit sehenden Augen in die Katastrophe lockte, ohne etwas dagegen tun zu können.

Ich blickte in den Himmel hinauf, und ich konnte den Kugelraumer schon sehen.

Die Stimme eines Funkers drang an mein Ohr.

»Hier spricht Quohlfahrt«, meldete ich mich mit gepresster Stimme. Ich wollte eine Warnung hinausschreien, aber ich konnte nicht. »Es wird verdammt Zeit, dass ihr uns abholt«, fuhr ich fort. »Wenn wir noch lange warten müssen, geht Icho Tolot und mir die Puste aus.«

Die SOL-Zelle-1 schwebte näher an den Asteroiden heran. Schließlich hatte ich das Gefühl, von der gigantischen Kugel erdrückt zu werden, obwohl sie noch mehr als einen Kilometer entfernt war.

»Wir schleusen ein Beiboot mit einem Bergungskommando aus«, teilte der Funker ruhig Stimme mit. »Bitte geben Sie Zeichen, damit wir Sie schneller finden können.«

»Ich mache mich bemerkbar«, antwortete ich.

Augenblicke später geschah etwas Seltsames. Ich spürte, wie der Boden unter mir wegglitt. Die Schwerkraft des Planetoiden verringerte sich, ein eigentümlicher Sog hin zur SZ-1 entstand.

Jäh begriff ich. Das Graviholl bereitete sich zur Teleportation vor, es sammelte seine Energien für die entscheidende Attacke.

Ich fühlte mich frei. Offenbar glaubte das Energiewesen, mich in dieser Phase nicht mehr kontrollieren zu müssen.

»Rhodan!«, schrie ich. »Hören Sie mich! Angriff! Paratronschirm! Paratron…!«

Ein heftiger Schlag schleuderte mich zu Boden. Die Stimme des Funkers dröhnte unerträglich laut in meinem Helm.

»Paratronschirm …«, würgte ich noch einmal ächzend hervor, dann wurde es dunkel um mich. Ich glaubte, eine Serie entsetzlicher Schreie zu vernehmen, aber ich war mir dessen nicht mehr sicher.

Als ich die Augen öffnete, sah ich im Halbdunkel eine weibliche Gestalt, die sich auf dem Boden räkelte. Ich schloss die Augen wieder, wartete einige Sekunden und starrte erneut hin.

Obwohl mein Brustkorb schmerzte und ich mich fühlte, als sei ich durch den Wolf gedreht worden, lächelte ich. Meine Freunde, die Matten-Willys, meinten offenbar, mir eine Freude machen zu müssen.

»Verschwinde!«, sagte ich mühsam. »In meinem Bett ist kein Platz frei.«

Die weibliche Gestalt richtete sich halb auf und seufzte.

»Es reicht. Ein vierfacher Whisky wäre mir jetzt lieber. Also verschwinde.«

Die Gestalt erhob sich und ging zur Tür. Das Licht flammte auf. Elaine Foxan blickte mich kopfschüttelnd an. »Du scheinst ganz hübsch Schaden genommen zu haben«, bemerkte sie und verließ meine Kabine.

»Elaine!«, rief ich. »Verdammt noch mal, Elaine, bleib hier! Ich konnte doch nicht wissen, dass du …«

Die Tür schloss sich. Ich blickte auf den Boden, wo Elaine eine Decke ausgebreitet hatte, auf der sie gelegen hatte. Offenbar hatte die Frau treu sorgend über mich gewacht. Und ich hatte sie beleidigt.

Und noch etwas bemerkte ich: Ich kannte diese doppelte Daunendecke. Gucky hatte sie erst vor kurzem erhalten. Falls der Ilt dahinter steckte … Oder hatte er es nur gut mit mir gemeint und Elaine geschickt? Ich fluchte in mich hinein und erhob mich. Das heißt, ich hatte das tun wollen, doch ein tobender Schmerz beim Einatmen hinderte mich daran.

Wie aus dem Nichts heraus tauchte Kröten-Summy vor mir auf. »Hast du Schmerzen?« Der Posbi blickte mich durchbohrend an.

»Nein, nein«, beteuerte ich eilig. »Das war nur die Enttäuschung.« Ich verspürte nicht die geringste Lust, mir von den Posbis künstliche Lungen einsetzen zu lassen.

Die Tür öffnete sich. Rhodan und Atlan traten ein. »Wie ich hörte, sind Sie wach, Galto«, sagte Rhodan.

»Allerdings«, antwortete ich und setzte mich endgültig aufrecht, obwohl in dieser Stellung meine Schmerzen nicht besser wurden. »Mittlerweile habe ich festgestellt, dass Sie mich gerettet haben und dass die SOL-Zelle-1 noch okay ist.«

»Das ist sie«, erwiderte Rhodan. »Und das haben wir allein Ihnen zu verdanken.«

»Sie wissen, was los war?«

»Tolotos hat es uns erzählt. Er wusste nicht alles, kannte jedoch den Plan des Graviholls, sich in die SZ-1 zu versetzen. Das wäre diesem Wesen beinahe gelungen.«

»Ihre Idee war ausgezeichnet, und sie hat funktioniert«, sagte Atlan.

»Das hatte ich gehofft. Erst im allerletzten Moment erinnerte ich mich daran, dass ein Paratronschirm Energien nicht abprallen lässt, sondern in sich aufnimmt und in den Hyperraum ableitet. Daher kam mir die Idee, das Graviholl mit einem Paratronschirm anzugreifen. Wenn das nicht geklappt hätte …«

»Es hat geklappt«, bestätigte Perry Rhodan. »Als die SZ-1 sich in den Paratronschirm hüllte, brach der Planetoid auseinander. Sie und Tolot wurden zusammen mit den Forschern und Gesteinsmassen in den Raum hinausgewirbelt, aber in der SZ-1 geschah überhaupt nichts.«

»Dann kann das Graviholl jetzt im Hyperraum seine Spielchen treiben«, bemerkte ich.

»Da wird es wohl kaum etwas finden, womit es spielen kann.« Rhodan lächelte, wenn auch bedrückt. »Ich werde Sie untersuchen lassen, Galto. Ich habe den Eindruck, dass Sie nicht ganz in Ordnung sind.«

»Ich bin hundertprozentig gesund«, antwortete ich erschrocken und warf Kröten-Summy einen raschen Blick zu. »Nur seelisch, da bin ich … hm …«

»Schon gut.« Rhodan winkte mir zu und verließ meine Kabine zusammen mit Atlan.

Augenblicke später kam Elaine Foxan mit einem Whiskyglas in der Hand herein. Das Glas war bis zum Rand gefüllt. »Du wolltest doch einen vierfachen Whisky? Oder habe ich dich falsch verstanden?«, fragte sie.

Ich ließ mich behaglich seufzend zurück sinken. Für mich war die Welt wieder in Ordnung.

»Kröten-Summy«, drängte ich. »Verschwinde. Du störst!«

Der Posbi dachte nicht daran, meine Kabine zu verlassen.

Während ich den Whisky trank, erklärte Elaine mir, dass die SZ-1 sich auf dem Weg zum Rest der SOL befand, mit der sie sich wieder vereinen wollte.

Allerdings war ich nicht bei der Sache. Meine Gedanken kreisten fortwährend um das Graviholl. Die ganze Zeit über hatte ich mich gefragt, weshalb Scim-Geierkopf und Insekten-Sue so widerspruchslos auf die SEIDENRAUPE zurückgegangen waren, anstatt mich vor allen möglichen Gefahren des Asteroiden beschützen zu wollen. Es konnte keinen Zweifel daran geben, dass dieses schwer zu begreifende Energiewesen mir die Posbis vom Hals gehalten hatte. In dem Moment bedauerte ich das Ende des Graviholls mehr als alles andere.

8.

Der ganze Raum zwischen Himmel und Erde ist von einem Atem erfüllt.

Hippokrates

Der rot-braun gefleckte Katzer lag zusammengerollt in einer Ecke seiner Kabine und hatte den Kopf zwischen die Arme gebettet. Seine Augen waren geschlossen, aber das Zucken seiner Ohren verriet, dass er nicht schlief. Das von der Besatzung der SOL verursachte telepathische Hintergrundrauschen durchlief wie ein Strom warmer Gefühle seinen Körper.

Plötzlich hob Bjo Breiskoll ruckartig den Kopf, seine hellgrünen Augen mit den länglichen Pupillen wurden deutlich sichtbar.

Da war es wieder! Inmitten der gewohnten psionischen Kulisse entstand für einen kaum messbaren Augenblick ein ungewöhnlicher Impuls. Bjos Lippen zitterten, er gab ein kaum hörbares Maunzen von sich, das seiner Erregung Ausdruck verlieh. In den vergangenen Monaten hatte er diesen Impuls oft gespürt, ohne sich über dessen Herkunft klar zu werden.

Bjo spannte die Muskeln, machte einen Buckel und erhob sich. Er wandte den Kopf und lauschte angestrengt. Geräusche, die ein anderer Mensch kaum wahrgenommen hätte, drangen an sein Gehör.

Bjo spürte, dass es an Bord der SOL hektischer zuging als sonst, aber das war angesichts der jüngsten Ereignisse nicht ungewöhnlich. Für die Solaner kam es darauf an, den Datenspeicher des MODULS zu retten. Der COMP, wie die Kaiserin von Therm den wichtigsten Bestandteil des MODULS bezeichnet hatte, enthielt in konzentrierter Form alle Daten, die von den Forschern auf der Großen Schleife gesammelt worden waren. Bei diesen Daten ging es in erster Linie um die Berührungspunkte zwischen den Mächtigkeitsballungen der Superintelligenzen BARDIOC und Kaiserin von Therm.

Das MODUL war wohl auch in der Nähe des Medaillon-Systems vorbeigeflogen, sodass fast jeder an Bord der SOL von der Voraussetzung ausging, dass der COMP über die neuen Koordinaten der Erde verfügte.

Obwohl Bjo Breiskoll ein SOL-Geborener war, brauchte er nur in den Gedanken der Terraner zu lesen, um herauszufinden, wie sehr die Aussicht, die Position der Erde zu erfahren, diese Menschen motivierte.

Bis vor wenigen Tagen hatte es so ausgesehen, als sollte die Sicherstellung des COMPS eine verhältnismäßig einfach zu lösende Aufgabe sein. Aber die Situation zeigte sich mittlerweile anders. Bjo Breiskoll konnte leicht feststellen, dass die Gedanken der Besatzungsmitglieder sich fast ausschließlich mit diesem Problem beschäftigten. Dass die SOL-Geborenen bei ihren Überlegungen zu völlig anderen Ergebnissen kamen als die Terraner, war für den rot-braun gefleckten Katzer nicht erstaunlich.

Der Impuls, der ihn aufgeschreckt hatte, wiederholte sich nicht. Bjo fragte sich, wer oder was ihn ausgelöst haben mochte. Von einem Mutanten oder Fremdlebewesen, die sich an Bord der SOL aufhielten, konnte er nicht kommen, denn deren Gedankenmuster waren Bjo so gut bekannt, dass er sie auch in veränderter Form leicht erkannt hätte.

Bjo huschte lautlos aus seiner Kabine. Seit man an Bord von seinen Fähigkeiten wusste, konnte er sich freier bewegen. Trotzdem erregte er überall, wo er auftauchte, mit seinen geschmeidigen und manchmal kaum zu verfolgenden Bewegungen großes Aufsehen.

Der Katzer hatte sich inzwischen daran gewöhnt. Er hoffte, dass die Meinung seines Freundes und Beraters Joscan Hellmut zutraf, der davon überzeugt war, dass das Interesse sich allmählich legen würde. Um von den Merkmalen abzulenken, die ihn äußerlich von anderen Menschen unterschieden, trug Bjo Breiskoll nur noch hochgeschlossene Kleidung. Damit verdeckte er die Pelzfragmente an verschiedenen Stellen seines Körpers vor allzu neugierigen Blicken.

Vor dem Einstieg des Antigravschachts zögerte Bjo. Sollte er wirklich mit seiner Mutter über seine Probleme sprechen? Er wusste, wie leicht sie zu beunruhigen war. Vielleicht war es in diesem Fall besser, wenn er sich an Komty Wamman, seinen Erzeuger, wandte.

Bjo hatte kein enges Verhältnis zu seinem Vater. Der Mann ging ihm aus dem Weg und benahm sich manchmal, als fürchte er seinen Sohn. Von Joscan Hellmut wusste Bjo, dass es Menschen gab, die Katzen gegenüber eine instinktive Abneigung hegten. War es möglich, dass Komty zu diesen Menschen gehörte und dass er seine Ablehnung auf Bjo ausdehnte?

Ganz anders war Bjos Beziehung zu Lareena Breiskoll, seiner Mutter. Sie hatte ihn erzogen und ihn in seiner frühen Jugend erbittert gegen all jene verteidigt, die ihn wegen seiner Andersartigkeit belästigt hatten. Unwillkürlich tasteten seine telepathischen Sinne nach den mentalen Ausstrahlungen seiner Mutter, und er fand sie unter den vielen tausend individuellen Gedankenströmungen schnell heraus.

Lässig, als hätte die künstliche Schwerkraft an Bord auf ihn keinen Einfluss, sprang Bjo aus dem Stand in den Antigravschacht. Er benutzte die Antigravschächte äußerst ungern, denn entsprechend seiner Fähigkeit, den Bezugspunkt der Gravitation sofort zu erkennen und sich körperlich darauf einzurichten, drehte er sich jedes Mal hilflos um die eigene Achse, bis seine Vernunft über die instinktiven körperlichen Reaktionen siegte und er in einen kontrollierten Zustand des Schwebens überging.

Als er den Schacht drei Decks tiefer verließ, fand er sofort wieder zu seiner gewohnten Sicherheit zurück.

Lareena Breiskoll hielt sich zusammen mit anderen SOL-Geborenen in einer Informations-Zentrale auf. Sie sah ihren Sohn am Eingang auftauchen und verließ die Gruppe sofort, um Bjo zu begrüßen.

»Was studierst du?«, erkundigte er sich, obwohl er ihren Gedanken längst entnommen hatte, dass sie sich mit geologischen Begriffen auseinander setzte. Seit angenommen werden konnte, dass die SOL in absehbarer Zukunft auf der Heimatwelt der Menschen landen würde, stieg das Interesse der SOL-Geborenen an den Daten, die über diesen Planeten zur Verfügung standen. Dieser Lerneifer war keineswegs ein Zeichen des guten Willens gegenüber den Terranern an Bord, sondern hing mit dem Wunsch der SOL-Geborenen zusammen, den Mutterplaneten nicht unvorbereitet betreten zu müssen.

»Geologie der Erde«, erwiderte Lareena und schaute ihren Sohn zärtlich an. »Du bist beunruhigt?«

Obwohl sie nicht einmal latent telepathisch begabt war, erkannte sie leicht die geringsten Spuren innerer Unsicherheit an ihrem Sohn. Für Bjo war das ein Beweis dafür, dass die Sinne vieler Menschen über das durchschnittliche Leistungsvermögen hinaus geschärft werden konnten.

Er schaute sich suchend um. »Lass uns allein reden«, schlug er vor.

Lareena deutete auf eine Doppelkabine für Hypnoschulung. Bjo nickte.

Als sie eingetreten waren, veränderte er die Lichtbrechung der Scheiben, dass niemand mehr von außen hereinblicken konnte, und ließ sich, obwohl ein zweiter Sitzplatz frei war, zu Lareenas Füßen nieder.

Die Frau warf ihrem Sohn einen missbilligenden Blick zu. »Du hast mir versprochen, diese animalischen Gewohnheiten aufzugeben, Bjo. Du weißt, wie alle anderen darüber denken. Was macht es schon aus, wenn du in einem Sessel Platz nimmst?«

»Wir sind allein ...«

»Trotzdem!«, beharrte Lareena. »Du musst unter Menschen leben und bist ein Mensch – also benimm dich auch so.«

Er richtete sich widerwillig auf und rutschte auf den Sessel.

Lareena blickte ihn lächelnd an. »Du wirst älter, Bjo. Sobald wir Terra erreichen, wirst du in das Mutantenkorps eintreten.«

Ihre Gedanken bewiesen, dass die frohe Erwartung, die sie äußerlich zeigte, nicht ihren Gefühlen entsprach. In Wirklichkeit machte sie sich Sorgen um Bjo.

»Manchmal«, sagte der rot-braun gefleckte Katzer, »empfange ich einen merkwürdigen Impuls. Das geht schon seit Monaten so, aber ich habe bisher nicht gewagt, mit jemand darüber zu sprechen.«

»Was heißt das, mein Junge?«, fragte Lareena irritiert.

»Etwas Fremdartiges wird in mir spürbar, aber ich weiß nicht, woher es kommt. Ich glaube nicht, dass es etwas Bösartiges ist, denn ich empfinde kein Unbehagen dabei.« Bjo beugte sich im Sessel vor und stieß seinen Kopf an Lareenas Oberarm. Dann schnurrte er leise, und sie kraulte sanft seinen Nacken.

Nach einer Weile fuhr er im Flüsterton fort: »Zweifellos handelt es sich um parapsychologische Wahrnehmungen. Ich glaube, es sind Informationen, die ich von irgendjemand oder von irgendetwas erhalte. Ich kann aber nichts damit anfangen, denn die Impulse sind unverständlich.«

»Hast du einen Verdacht?«

»Nein!« Er las in ihren Gedanken und fügte hinzu: »Ich bin ganz sicher, dass keiner der Mutanten damit zu tun hat.«

»Und die Kelosker?«

»Bestimmt nicht!«

Sie dachte an die drei Forscher der Kaiserin von Therm, die an Bord gekommen waren, aber bevor Bjo sie korrigieren konnte, besann sie sich, dass diese Fremden vom MODUL nichts damit zu tun haben konnten, denn dafür hielten sie sich noch nicht lange genug in der SOL auf.

»Du solltest mit Fellmer Lloyd sprechen«, forderte Lareena ihren Sohn auf. »Er ist Telepath, genau wie du. Ich nehme an, dass er diese Impulse ebenfalls empfangen hat und genau weiß, worum es sich handelt.«

Bjo hatte bereits selbst mit diesem Vorhaben geliebäugelt, war aber bisher davor zurückgeschreckt. Er wusste auch nicht, was ihn davon abhielt, mit Lloyd oder Gucky über sein Problem zu reden.

»Vielleicht hört es von selbst wieder auf«, meinte seine Mutter.

Bjo schüttelte den Kopf. »Es wiederholt sich häufiger und nimmt an Intensität zu, Lareena.«

Er ist einsam, der arme Kerl!, dachte sie. *Er braucht Kontakt zu gleichaltrigen Frauen. Ob sie ihn meiden, weil er etwas von einer Katze an sich hat?*

Er richtete sich auf und fauchte leise. »Bjo«, sagte sie verlegen. »Ich wollte dich nicht kränken!«

Er glitt aus dem Sessel. Lareena sah ihm bewundernd zu. Alles an ihm wirkte ästhetisch, es war ein Genuss, ihn zu beobachten. Hastig verdrängte sie diese Gedanken.

Noch einmal richteten sich seine unergründlichen Augen auf sie, dann verließ Bjo den Raum.

Lareena stand einen Augenblick zögernd da, schließlich versuchte sie, eine Verbindung zur Zentrale zu bekommen. Zu ihrer Erleichterung meldete sich Joscan Hellmut, der Sprecher der SOL-Geborenen.

»Ich weiß, dass ihr Schwierigkeiten habt«, eröffnete Lareena Breiskoll. »Mein Anliegen wird auch nicht viel Zeit in Anspruch nehmen.«

»Ist es wegen Bjo?«

»Ja, Joscan. Ist es möglich, dass ich mit Fellmer Lloyd sprechen kann?«

Der Kybernetiker runzelte die Stirn. »Du weißt, dass wir den Flug in die Materiewolke vorbereiten, um den Datenspeicher aus dem MODUL zu holen. Ich glaube kaum, dass Fellmer unter diesen Umständen Zeit für dich haben wird.«

»Bitte!«, sagte sie schlicht.

»Nun gut.« Hellmut seufzte. »Ich frage ihn.«

Das kleine Hologramm erlosch. Lareena wartete geduldig. Sie machte sich Gewissensbisse, ob sie richtig handelte. Wenn Bjo davon erfuhr, würde er ihr bestimmt Vorwürfe machen. Vielleicht hatte er sogar schon ihren Gedanken entnommen, welche Absichten sie hatte. Lareena wusste, wie sensibel und stolz ihr Sohn war. Manchmal fiel es ihr schwer, ihn zu verstehen.

Ihre Gedanken wurden unterbrochen, als sich das Hologramm wieder aufbaute. Diesmal meldete sich jedoch nicht Hellmut, sondern der Chef des Mutantenkorps, Fellmer Lloyd. Die Frau war überrascht, auf gewisse Weise bereute sie ihren Entschluss bereits.

»Lareena Breiskoll«, sagte Lloyd ruhig. »Ich freue mich, Sie zu sehen.«

Seine Ruhe übertrug sich auf sie, und plötzlich fühlte sie sich erleichtert. Die Ausstrahlungskraft des Mutanten wirkte sogar auf die Distanz.

»Ich weiß, dass Sie sehr beschäftigt sind«, sagte Lareena. »Aber ich muss mit Ihnen sprechen. Bjo sagte mir, dass er seit Monaten rätselhafte Impulse empfängt. Das beunruhigt ihn sehr, denn er kennt ihren Ursprung nicht.«

»Ich weiß«, sagte Lloyd.

Die SOL-Geborene starrte auf sein Abbild. »Sie ... Sie empfangen diese Impulse also ebenfalls?«

»Nein!«

»Aber Sie wissen, woher sie kommen?«

»Natürlich«, sagte der Telepath. »Aus Bjo selbst.«

Die Prozession der drei Forscher – jeder andere Ausdruck wäre dem Auftritt der fremden Raumfahrer nicht gerecht geworden – bewegte sich durch den Hauptkorridor an dem Rechenverbund vorbei in Richtung der Zentrale. Taul Daloor ging an der Spitze, aber kaum ein Mensch an Bord, die Telepathen vielleicht ausgenommen, wäre in der Lage gewesen, ihn von Froul Kaveer oder Ranc Poser zu unterscheiden.

Jeder der Forscher hielt seinen aktivierten LOGIKOR in der einen und einen Translator terranischer Bauart in der anderen Greifklaue. Begleitet wurden sie von Galbraith Deighton, Roi Danton und Reginald Bull.

»Ich wette«, sagte Bully so leise, dass seine Worte nicht übersetzt wurden, »sie fühlen sich bei uns schon wie zu Hause. Außerdem scheinen sie es als selbstverständlich anzusehen, dass wir ihnen helfen.«

»Hör auf zu meckern«, verwies ihn Danton. »Die Tatsache, dass es sich um Besatzungsmitglieder des MODULS handelt, macht sie zwangsläufig zu unseren Verbündeten.«

»Außerdem sind sie sehr sympathisch«, fügte Deighton hinzu.

»Und ihre Probleme sind weitaus größer als die unseren«, erinnerte Roi. »Der Verlust ihrer Schiffe hat sie hart getroffen. Zwar haben wir mit Hilfe des Rechenverbunds eine Möglichkeit gefunden, in einem Maschinenraum der SOL die Bedingungen zu schaffen, die sie zur Regeneration benötigen, aber ich kann mir gut vorstellen, dass sie diesen Prozess weitaus lieber in den Antigravwabenröhren ihrer Schiffchen über sich ergehen lassen würden.«

»Allein dieser Umstand macht sie suspekt«, ereiferte sich Bully. »Wer lebt schon von Energie? Roboter, sage ich euch! – Roboter!«

»Nicht so laut!«, zischte Deighton. »Du weißt doch, in welchem Dilemma sie sich befinden. Sie sind sich über ihre wahre Identität nicht im Klaren. Willst du sie noch weiter verunsichern?«

»Ich kenne Ertruser, die einen halben Ochsen verzehren«, erklärte Bully. »Und ich kenne einen Vegetarier, der sich von Mohrrüben ernährt. Das alles sind aber lebende Wesen, zu denen ich ein bestimmtes Verhältnis finden kann. Das ist bei diesen Burschen anders.«

Er machte ein finsteres Gesicht. Seine Abneigung gegen die drei Schiffbrüchigen war jedoch bei weitem nicht so groß, wie er vorgab. Er wusste, dass sie im Grunde genommen froh sein konnten, diese Wesen an Bord zu haben. Sie waren Forscher der Kaiserin von Therm, wie sie selbst erklärt hatten, und sie waren vom MODUL geflohen, nachdem dieses in der Materiewolke havariert war.

Auch die Tatsache, dass Fremde sich für das MODUL interessierten und ihre Schiffe mit Nachdruck angegriffen hatten, war für die Forscher noch kein eindeutiger Beweis dafür, dass ihre Hauptstation in eine vorbereitete Falle geraten war. Diesen vierbeinigen Wesen schien es unvorstellbar zu sein, dass jemand in der Lage sein könnte, das MODUL auf der Großen Schleife zu stören.

Bully argwöhnte allerdings, dass die Forscher sich einfach dumm stellten. Sie behaupteten, weder etwas über die Kaiserin von Therm noch über die Hintergründe der wahren Mission des MODULS zu wissen. Den Begriff BARDIOC kannten sie angeblich überhaupt nicht.

Sie verstanden sich als Wissenschaftler, die statistische Erhebungen in bestimmten Gebieten des Universums durchführten. Dass sie in

Wirklichkeit die Mächtigkeitsballung einer Superintelligenz untersucht hatten, konnte ihnen nur allmählich begreiflich gemacht werden. Allerdings war nicht auszuschließen, dass ihre partielle Unwissenheit nur eine Vorsichtsmaßnahme der Kaiserin von Therm war.

Die drei Forscher und ihre Begleiter betraten die Zentrale.

»Wir haben den Rechenverbund erneut mit allen Informationen gespeist«, unterrichtete Waringer die Ankömmlinge. »Auch Dobrak und die übrigen Kelosker wurden eingeschaltet.«

Bully hatte zunächst große Hoffnungen auf Dobrak gesetzt, doch der Rechenmeister behauptete, dass seine Fähigkeiten angesichts der energetischen Ausstrahlungen der Materiewolke versagten.

Waringer wandte sich an die drei Fremden. »Wer von Ihnen ist Taul Daloor?«

Einer der Forscher trat vor.

»Wir bitten Sie, zugleich für Ihre Begleiter als Sprecher zu fungieren«, sagte Waringer. »Das erleichtert die Verständigung, denn wir haben, wie Sie sich denken können, nicht mehr viel Zeit.« Er nickte Perry Rhodan zu. »Ich schlage vor, dass du deinen Plan erklärst, damit die Forscher dazu Stellung nehmen können.«

Rhodan lächelte den Fremden zu. »Wir sind hier im Auftrag der Kaiserin von Therm, um den COMP aus dem MODUL zu holen. Natürlich wussten wir nicht, welche Schwierigkeiten uns erwarten würden. Ich will nicht behaupten, dass die Kaiserin von Therm in allen Einzelheiten informiert war, was hier geschehen ist, aber die Vermutung liegt nahe, dass sie die Lage in diesem Raumsektor besser kennt, als sie uns gegenüber zugegeben hat. Dafür mag sie ihre Gründe haben. In jedem Fall hat die Kaiserin richtig kalkuliert, denn wir sind trotz aller Probleme entschlossen, den COMP zu retten.«

»Dieser Entschluss ist sehr begrüßenswert«, entgegnete Daloor in seiner pfeifenden Sprache. »Sie wissen sicher auch, welche Hindernisse aus dem Weg zu räumen sind.«

Perry Rhodan blickte auf den Panoramaschirm. »Aus den Informationen der Kreuzer-Besatzung wissen wir, was uns innerhalb der Wolke erwartet. Vor allem die Orientierungsprobleme werden enorm sein.«

»Viele von uns irren noch in diesem Gebiet umher«, stellte Taul Daloor fest. »Trotzdem bestünde Hoffnung, sie zu retten, wenn nicht die Fremden in ihren schwarzen Scheiben aufgetaucht wären.«

»In der Wolke haben die Unbekannten offensichtlich kaum weniger Schwierigkeiten als wir«, sagte Rhodan. »Wenn sie tatsächlich daran interessiert sind, den Datenspeicher des MODULS an sich zu bringen – und es spricht vieles dafür –, müssen sie ebenfalls weit vordringen.«

»Wir warnen vor einem solchen Unternehmen«, sagte Daloor. »Wer sich in dieses Gebiet wagt, muss damit rechnen, dass er nicht wieder herausfindet oder Havarie erleidet.«

Bully kannte Rhodan lange genug, um zu erkennen, dass sein Freund längst einen Entschluss gefasst hatte. Zweifellos hatte Rhodan erwartet, dass die Forscher gute Ratschläge geben würden. Aber Daloor beschränkte sich darauf, die Terraner vor den Gefahren der Wolke zu warnen.

»Wir werden keinesfalls mit der Gesamt-SOL in die Wolke eindringen«, verkündete Perry Rhodan. »Die Mutanten und ich bleiben an Bord des Mittelteils und versuchen, das MODUL zu erreichen. Atlan und Bully übernehmen das Kommando über die SOL-Zelle-1, Roi und Galbraith Deighton über die SOL-Zelle-2. Beiden Kugelzellen fällt eine wichtige strategische Aufgabe zu. Sie müssen möglichst viele gegnerische Scheibenraumer vor der Wolke binden, damit wir mit dem Mittelteil ungehindert operieren können.«

Der Plan war einfach, aber sinnvoll, erkannte Bully. Er bedauerte, dass er den Flug in die Wolke nicht mitmachen würde.

»Was halten Sie davon?«, wandte Rhodan sich erneut an die Forscher.

»Nach allem, was wir in der Kürze der Zeit erfahren haben, ist Ihre SOL ein wunderbares Schiff«, erklärte Taul Daloor. »Wir würden bedauern, wenn sie vernichtet würde. Aber diese Gefahr wird heraufbeschworen.«

»Ich dachte, dass Sie uns begleiten.«

»Natürlich«, versicherte Daloor. »Das versteht sich von selbst. Wenn es uns tatsächlich gelingen sollte, das MODUL zu erreichen, können wir Ihnen sicher wertvolle Ratschläge geben.«

Rhodan starrte auf den Ortungsschirm, der schon einige der schwarzen Schiffe zeigte. »Wir müssen uns beeilen, damit wir vor ihnen am Ziel ankommen«, sagte er.

»Ich bezweifle, dass das noch möglich sein wird«, entgegnete Waringer. »Wir wissen, dass einige Scheibenraumer schon in die Wolke eingedrungen sind und die Suche nach dem MODUL aufgenommen haben.«

»Umso weniger dürfen wir noch Zeit verlieren.«

Fellmer Lloyd blieb am Eingang zum Aufenthaltsraum des C-Decks der SOL-Zelle-1 stehen, und seine Blicke fanden Bjo Breiskoll, der sich mit einem anderen jungen Mann an einem Tisch niedergelassen hatte.

Bjo!, riefen Lloyds Gedanken. *Ich möchte mit dir reden. Bitte folge mir in das Mittelteil der SOL.*

Daran, dass der rot-braun gefleckte Katzer sofort seine eigenen Gedanken blockierte, erkannte Lloyd, dass er verstanden worden war. Doch Bjo blieb am Tisch sitzen und starrte auf die Platte vor sich.

Bjo!, drängte Lloyd ungeduldig. *Mach keinen Unsinn und komm mit!*

Der junge Breiskoll rührte sich nicht. Lloyd wurde ärgerlich. Er gab sich einen Ruck und ging zwischen zwei Tischreihen auf den Platz zu, wo Bjo und der andere Mann saßen. Die Blicke aller Anwesenden folgten ihm, aber Fellmer hütete sich, die Gedanken dieser Menschen zu espern. Seit Jahrhunderten war er so abgeklärt, dass er seine telepathischen Fähigkeiten nur dann einsetzte, wenn er es für angebracht hielt. Menschen telepathisch zu belauschen, die selbst nicht über parapsychische Fähigkeiten verfügten, war in den meisten Fällen peinlich.

Als Lloyd den Tisch erreicht hatte, blickte Bjo auf. Die länglichen Pupillen des Katzers weiteten sich. »Sei nicht kindisch, Bjo«, sagte Lloyd ruhig. »Du hast gehört, dass ich dich rief.«

Breiskoll rutschte ein Stück mit dem Stuhl zurück und streckte demonstrativ die Beine unter den Tisch. Sein Nachbar blickte unbehaglich zwischen Lloyd und Bjo hin und her, dann stand er mit einem Ruck auf und ging steifbeinig davon.

Lloyd lachte lautlos. »Nun sind wir unter uns«, sagte er mit besonderer Betonung. »Die Trennung aller Schiffsteile steht unmittelbar bevor. Ich möchte, dass du mit in die SOL kommst. Wir Mutanten werden den Flug in die Wolke mitmachen.«

»Ich gehöre nicht zum Korps!«

»Du solltest eintreten, sobald wir Terra erreicht haben«, erinnerte Fellmer Lloyd.

Bjo Breiskoll stand auf, seine weite, hochgeschlossene Kombination ließ das harmonische Spiel seiner Muskeln nur ahnen.

Komm!, lockte Lloyd.

»Was hat Sie zu Ihrem plötzlichen Entschluss veranlasst?«, wollte der junge Breiskoll wissen.

»Darüber sprechen wir später«, wich Lloyd aus. Er lächelte unergründlich, als er Bjos tastende telepathische Fühler in seinem Bewusstsein spürte. »Du kannst nichts ergründen, was ich nicht freiwillig preisgebe, mein Junge.«

Bjo warf stolz den Kopf zurück und fauchte unwillig. *Ich möchte meine Mutter benachrichtigen und mich von ihr verabschieden!*

»Dazu ist keine Zeit mehr. Joscan Hellmut wird das für dich übernehmen.«

Lloyd fühlte Breiskolls bestürzte Gedanken, ging aber unbeirrt weiter. Einen Augenblick fürchtete er, der Katzer würde zurückbleiben, doch Bjo folgte ihm bis zum Zwischendeck.

»Glauben Sie, dass ich etwas zum Erfolg des Unternehmens beitragen kann?«, erkundigte sich Breiskoll.

»Vielleicht.« Lloyd versuchte, sich in den Katzer hineinzuversetzen, ohne zu espern. Bjo Breiskoll musste sich darüber im Klaren sein, dass ein neuer Lebensabschnitt für ihn begonnen hatte. Und dass nun überall Gefahren auf ihn lauerten.

Die SOL-Zellen lösten sich.

Die SZ-1 nahm Kurs auf einen Pulk schwarzer Scheibenschiffe, die sich anschickten, in die Materiewolke einzufliegen. Die SZ-2 näherte sich nur dem Grenzbereich der Wolke. Lediglich das Mittelstück, die eigentliche SOL, drang in die Staubballung ein.

Etwa zur gleichen Zeit erreichte das Flaggschiff des Hulkoo-Kommandanten Kaarmansch-Xes das Zentrum der Falle.

Voll Unbehagen gestand Taul Daloor sich ein, dass die Terraner offenbar besser über die Mission des MODULS informiert waren als er und seine Kollegen. Daloor zweifelte nicht mehr daran, dass der Unfall, der das MODUL betroffen hatte, von einer unbekannten Macht namens BARDIOC geplant und herbeigeführt worden war.

Neben der kosmischen Bedeutung, die das MODUL offensichtlich besaß, erschien Daloor das eigene Schicksal unwichtig. Trotzdem wünschte er, mehr über sich selbst und seine Herkunft zu erfahren. Auch die Terraner wussten nicht, wer die Kaiserin von Therm war. Wenn sie sich trotzdem für die Kaiserin einsetzten, so nicht zuletzt aus eigennützigen Gründen.

Daloor dachte intensiv über seine Zukunft nach. Er konnte sich nicht erinnern, jemals etwas anderes getan zu haben, als Messungen und Peilungen vorzunehmen. Der Verlust des MODULS stellte indes jede vernünftige wissenschaftliche Tätigkeit in Frage.

Daloor, der sich zusammen mit Froul Kaveer und Ranc Poser in der Zentrale der SOL aufhielt, nahm aufmerksam alle Details in sich auf. Obwohl sich die Technik der Menschen erheblich von jener unterschied, die den Forschern an Bord ihrer keulenförmigen Schiffe zur Verfügung gestanden hatte, lernte Daloor schnell, sie zu verstehen.

Dass er mit seinen beiden Kollegen nun an Bord der SOL in die Wolke zurückkehrte, stimmte ihn unglücklich. Schließlich hatten die Forscher alles unternommen, um aus diesem bedrohlichen Gebiet zu entkommen. Gegenüber den Menschen hätte Daloor seine Bedenken jedoch niemals zu erkennen gegeben. Was hätten sie von ihm denken sollen?

Kaveer, den ähnliche Gedanken zu beschäftigen schienen, wandte sich an ihn und bemerkte: »Vielleicht gelingt es uns, weitere Forschungsschiffe zu finden. Die Terraner sind sicher bereit, sie an Bord ihres Schiffes zu nehmen.«

»Frouls Optimismus ist übertrieben«, mischte sich Ranc Poser ein. »Ich wäre froh, wenn wir unbeschadet zurückkämen.«

Alle drei hatten inzwischen ihre Rechner befragt, aber diese bestritten, etwas von der wahren Mission des MODULS gewusst zu haben. Jeder LOGIKOR gab jedoch zu, dass die Behauptungen der Menschen der Wahrheit entsprechen konnten.

Nach allem, was Daloor bisher von den Zweibeinern erfahren hatte, waren deren Probleme nicht geringer als die der Forscher – im Gegenteil: Diese Wesen waren von ihrem Volk getrennt worden und suchten nun verzweifelt ihre Heimatwelt. Damit nicht genug, schien es an Bord ihres großen Schiffes zwei Gruppen zu geben, von denen die eine keinen besonderen Wert auf eine Rückkehr zum Heimatplaneten legte. Das waren jene, die an Bord des Schiffes geboren waren.

Für Daloor war dies ein unübersehbarer Hinweis auf die Zeitspanne, die dieses Schiff bereits unterwegs war. Gerade deshalb empfand er Zuneigung und Bewunderung für die Menschen. Ihre Art gefiel ihm. Sie waren schnell entschlossene Wesen, die sich trotz ihrer bemerkenswerten Intelligenz eine gewisse Unkompliziertheit bewahrt hatten. Außerdem schienen sie über ungewöhnlichen Mut zu verfügen. Das bewies die Selbstverständlichkeit, mit der sie in die Wolke eindrangen, um die Sicherstellung des COMPS in Angriff zu nehmen.

»Wir sollten uns ohne jede Einschränkung auf die Seite unserer neuen Verbündeten stellen«, schlug Taul Daloor seinen Kollegen vor. »Unsere Existenz hängt davon ab, ob sie Erfolg haben werden.«

Die beiden stimmten zu, aber Daloor war nicht sicher, ob sie ihrer wahren Überzeugung Ausdruck verliehen, dazu kannte er sie zu wenig. Da sie alle drei eigenen Gruppen entstammten und von verschiedenen s-Tarvioren geleitet worden waren, kannten sie sich nicht gut genug, um eine Form der Verständigung zu erreichen, die keiner erklärenden Worte mehr bedurfte.

Inzwischen war die SOL in die Wolke eingedrungen. Ein Blick auf die Kontrollen zeigte, dass die Orientierung rasch schwieriger wurde. Natürlich hätten die Menschen mit halber Lichtgeschwindigkeit fliegen können, doch dann hätten sie zwei Jahre ihrer Zeitrechnung benötigt, um das Zentrum zu erreichen. Also mussten sie die Strecke im Linearflug zurücklegen.

Taul Daloor vermied es, die Holoschirme zu beobachten. Die auf normalen Wellenlängen sichtbare Umgebung erinnerte ihn zu sehr an seinen eigenen Irrflug durch die Wolke.

Der Pilot der SOL hieß Mentro Kosum. Die Menschen bezeichneten ihn als Emotionauten, weil er in der Lage war, durch eine so genannte SERT-Haube alle Befehlsimpulse unmittelbar von seinem Gehirn an die Kontrollen weiterzuleiten. Diese Verbundenheit zwischen einem organischen Wesen und einer Maschine beeindruckte Daloor, sie erinnerte ihn aber auch schmerzhaft daran, wie schwer manchmal zu unterscheiden war, ob man einen Roboter oder ein lebendes Wesen vor sich hatte.

Es war nicht übertrieben, wenn er die Verbindung zwischen Kosum und dem Schiff als eine Art Symbiose bezeichnete. War das ein Hinweis auf das eigene Identitätsproblem? Waren die Forscher der Kaiserin von Therm technisch-organische Symbionten?

Taul Daloor schüttelte diese quälenden Gedanken energisch von sich ab, denn er wusste, dass sie zu nichts führten. Er würde seinem Geheimnis nicht auf die Spur kommen.

Die SOL fiel in das Einsteinuniversum zurück. Aber wo nach den neuesten Berechnungen das MODUL hätte stehen sollen, war nur die fein verteilte Materie wie überall in der Wolke.

Perry Rhodan murmelte eine Verwünschung.

»Nun«, sagte Waringer zögernd, »es war nicht zu erwarten, dass wir auf Anhieb Erfolg haben würden. Wir werden kurze Korrekturflüge absolvieren müssen.«

»Wohin?«, fragte Rhodan finster. »Wir sind nicht in der Lage, unseren derzeitigen Standort zu bestimmen, und wissen eigentlich nur, dass wir uns innerhalb der Wolke befinden. Wir können ebenso gut eineinhalb Lichtjahre vom MODUL entfernt sein wie zehn Kilometer.«

Er wandte sich um, weil er die Forscher befragen wollte. Dabei entdeckte er Bjo Breiskoll, der neben Fellmer Lloyd stand. Der Katzer machte einen sprungbereiten Eindruck, sein Kopf ruckte hin und her, als müsste er unzählige Sinneseindrücke gleichzeitig in sich aufnehmen.

»Kümmere dich um den Rechenverbund!«, wandte Rhodan sich an Geoffry Waringer, verließ seinen Platz und ging zu Lloyd.

Ein Blick in Bjos Breiskolls Augen verriet ihm die kreatürliche Angst des Jungen. Alle Besatzungsmitglieder in der SOL waren beunruhigt.

Perry Rhodan selbst bildete keine Ausnahme. Andere Reaktionen wären angesichts dieser Umgebung auch schwer erklärbar gewesen.

Bjo Breiskoll zeigte das Verhalten eines in die Enge getriebenen Tieres.

»Wer hat ihn hergebracht?«, fragte Rhodan schroff.

»Ich«, sagte Lloyd.

»Fellmer!« Perry Rhodan warf dem Mutanten einen überraschten Blick zu. »Das war nicht der richtige Zeitpunkt. Du siehst, was mit dem Jungen los ist. Warum hast du ihn von seiner Mutter getrennt?«

»Fellmer hat richtig gehandelt«, piepste Gucky dazwischen. »Wenn er Bjo nicht in die SOL geholt hätte, wäre ein entsprechender Hinweis von mir gekommen, genau das zu tun.«

Der Mausbiber stolzierte heran und griff nach Bjo Breiskolls Hand. Er streichelte sie sanft. Der rot-braun gefleckte Katzer blickte scheu in Rhodans Richtung.

»Was bedeutet das alles?«, erkundigte sich der Terraner.

»Ich dachte, Bjo könnte uns bei der Suche nach dem MODUL helfen«, verkündete Lloyd.

Rhodan war sich dessen bewusst, dass der Anführer des Mutantenkorps eine solche Äußerung niemals unüberlegt gemacht hätte. Der Telepath wusste genau, wovon er sprach.

»Wie sollte er uns helfen können? Wenn Dobrak und der Rechenverbund versagen, kann Bjo es wohl ebenfalls nicht schaffen.«

»Er besitzt ein unglaubliches Wahrnehmungsvermögen«, sagte Lloyd.

»Das MODUL ist keine Maus«, versuchte Rhodan zu scherzen. »Ich bezweifle, dass es von Bjo Breiskoll entdeckt werden kann. Was sagst du dazu, Bjo?«

Der Katzer reagierte nicht.

»Er muss sich über seine Fähigkeiten noch klar werden!«, rief Gucky. »Das ist nicht einfach für ihn. Er spürt Vorgänge im Weltraum, die wir nicht einmal erahnen.«

»Worauf wollt ihr beide eigentlich hinaus?«, fragte Rhodan ungeduldig.

»Bjo Breiskoll ist im Begriff, seine Sinne für kosmische Vorgänge zu öffnen«, erklärte Lloyd. »Er spürt den Pulsschlag des Universums, die Sonnenwinde, die Gravitationslinien, die Zeitströme, die Kontinua. All das nimmt er in sich auf.«

»Und damit entwickelt er sich zu einem organischen Ortungsgerät«, fügte Gucky hinzu. »Letztlich wird er alle technischen Einrichtungen übertreffen, die uns für solche Aufgaben zur Verfügung stehen.«

»Das ist nicht wahr!«, rief Bjo erregt. »Ich spüre nichts von alldem.«

»Du machst dir Sorgen wegen der seltsamen Impulse, die du seit einiger Zeit wahrnimmst«, erinnerte Fellmer Lloyd. »Sie kommen aus dir selbst und sind die Reaktion auf alles, was du bislang nur unbewusst in dich aufnimmst.«

Bjo duckte sich.

»Noch macht es dir Angst«, fuhr Lloyd fort, »aber eines Tages wirst du dich an den Rhythmus des Universums gewöhnt haben und ihn verstehen.«

Der rot-braun gefleckte Katzer sprang aus dem Kreis der Umstehenden und raste mit langen Sätzen aus der Zentrale. Lloyd wollte ihm folgen, doch Rhodan hielt den Mutanten fest. »Bjo braucht erst einmal Ruhe«, sagte er.

Lloyd nickte zögernd.

»Seid ihr sicher, dass ihr euch nicht täuscht?«, fragte Rhodan.

»Der Mensch ist aus der kosmischen Entwicklung hervorgegangen, aber dennoch ein Teil davon geblieben«, erwiderte Lloyd. »Unbewusst haben wir stets auf kosmische Vorgänge reagiert, und rhythmische Abläufe im Weltraum beeinflussen nach wie vor unser Leben. Die Menschen lernten irgendwann zu verstehen, dass sie nicht nur dem Wechsel von Tag und Nacht unterworfen waren, sondern auch von den Mondphasen beeinflusst wurden. Vor allem, da kein anderes Element so zuverlässig auf kosmische Kräfte reagiert wie Wasser und der größte Teil des menschlichen Körpers aus Wasser besteht. Ebbe und Flut, ausgelöst durch den Mond, finden im verkleinerten Maßstab also auch im menschlichen Körper statt. Aber das sind nur Beispiele für sehr grobe und allgemeine Wahrnehmungen. Ohne dass wir uns dessen bewusst geworden sind, reagieren wir sogar auf Ereignisse in den Tiefen des Universums. Unser Körper hat seine Herkunft weder vergessen noch verleugnet. Da dieser Teil unseres Wahrnehmungsvermögens jedoch für das Überleben der Art nicht wichtig war, wurde er vom Verstand ignoriert.«

»Und bei Bjo Breiskoll ist alles wieder zum Vorschein gekommen«, stellte Rhodan fest.

»Bei ihm sind diese verborgenen Sinne im höchsten Maß intensiviert. In Bjo werden die Kräfte des Kosmos lebendig, er kann alle Vorgänge im Weltraum erfühlen – und das nicht nur unbewusst.«

»Kein Wunder, dass er so verwirrt reagiert«, sagte Gucky mitfühlend.

»Der Junge muss erst akzeptieren, was mit ihm geschieht.« Lloyd blickte zum Hauptschott, als erwarte er, dass Bjo Breiskoll dort schon im nächsten Moment wieder auftauchen würde. »Er braucht Zeit.«

Warum, überlegte Rhodan, war der junge Mann so geworden? Hätte sich ein Planetengeborener so entwickeln können? Zweifellos nicht! Der rot-braun gefleckte Katzer war ein SOL-Geborener, ein Kind des Weltraums. Die Evolution stand nicht still, und ausgerechnet an Bord der SOL begann sie mit einem neuen, wundersamen Experiment – mit der Erprobung des kosmischen Menschen.

Perry Rhodan dachte an die Anfänge dieser Entwicklung zurück, und ihn schwindelte. Jahrhunderte erschienen ihm wie im Zeitraffer zusammengefasst. Er ertappte sich dabei, dass er die Anwesenheit Fellmer Lloyds als wohltuend empfand. Lloyd war auch einer der Alten, die sich in diese Epoche hinübergerettet hatten.

War das der Beginn eines sich schließenden Kreises? Nein, dachte Perry Rhodan. *Bjo Breiskoll war erst der Beginn von irgendetwas.*

»Warum fragst du mich, wo wir uns befinden?«, protestierte Taul Daloor entrüstet. »Ich weiß es nicht, und keiner von uns kann es feststellen, denn wir haben die Orientierung verloren.«

Er hatte den Eindruck, dass Froul Kaveer über diese schroffe Antwort verärgert war, trotzdem fand er kein Wort der Entschuldigung. Seine Nervosität steigerte sich, seitdem er erlebte, wie trügerisch seine anfängliche Zuversicht war, die er in die navigatorischen Möglichkeiten der SOL gesetzt hatte. Die SOL schien sich nicht minder in der Wolke verirrt zu haben als zuvor die Forschungsschiffe der MODUL-Besatzung.

Daloor beobachtete die Menschen an den Kontrollen. Auch ohne Zuhilfenahme des Translators konnte er feststellen, dass sich unter ihnen eine gewisse Ratlosigkeit ausbreitete. Im Augenblick unternahmen sie den Versuch, eine Kurskorrektur zu erarbeiten.

Daloor hoffte, dass die Unbekannten in ihren schwarzen Schiffen mit den gleichen Schwierigkeiten zu kämpfen hatten und nicht in der Lage waren, das MODUL lange vor der SOL zu erreichen.

Auf den Schirmen zeichnete sich ein kosmisches Trümmerstück ab, das nahe vorbeitrieb.

»Manchmal habe ich den Eindruck, dieses Gebiet schon durchflogen zu haben«, kommentierte Froul Kaveer. »Aber ich weiß, dass das eine Täuschung sein muss. Überall in der Wolke bietet sich der gleiche Anblick.«

»Ich bin sicher, dass unsere neuen Freunde von unserer Hilflosigkeit enttäuscht sind«, bemerkte Ranc Poser. »Hoffentlich kommen sie nicht auf die Idee, wir würden ihre Anstrengungen zu sabotieren versuchen.«

»Wäre das so verkehrt?«, fragte Daloor ketzerisch. »Außer ihrer Behauptung, dass sie im Auftrag der Kaiserin von Therm handeln, haben wir keine Anhaltspunkte, die uns Aufschlüsse über die Mission der SOL geben könnten.«

»Was meinst du?«, fragte Kaveer erschrocken.

»Dass ebenso gut die Fremden in den schwarzen Schiffen für die Kaiserin arbeiten können.«

Poser pfiff ablehnend. »Die Scheiben haben uns angegriffen!«

»Natürlich«, stimmte Daloor zu. »Das und die Aussagen meines LOGIKORS haben mich dazu bewogen, den Menschen zu glauben. Aber wir dürfen nicht zu vertrauensselig sein.«

»Würdest du zu verhindern versuchen, dass die Besatzung der SOL den COMP übernimmt?«, wollte Kaveer wissen.

Daloor verneinte. »Wir wissen nicht viel über den COMP, allerdings bezweifle ich, dass er von Fremden ohne weiteres übernommen werden kann.«

Poser pfiff schrill. Die Vorstellung, dass die Menschen den Datenspeicher zwar in ihren Besitz, aber nicht unter Kontrolle bringen konnten, ließ ihn vorübergehend vergessen, dass sie bisher nicht einmal das MODUL gefunden hatten.

»Es ist ein komisches Gefühl, an den Ausgangsort zurückzukehren«, sagte Daloor. Er brauchte diese Äußerung nicht zu erklären, denn seine Kollegen wussten genau, was er meinte.

An Bord des MODULS warteten die s-Tarvioren. Es war denkbar, dass sie angesichts der neuen Situation ihren ursprünglichen Fluchtbefehl widerrufen würden. Taul Daloor spürte jedoch keine Neigung, den Rest seines Lebens an Bord des havarierten MODULS innerhalb dieser künstlichen Staubwolke zu verbringen.

»Ich glaube«, drang Posers Stimme in seine Gedanken, »die Schiffsführung unternimmt einen neuen Versuch.«

Bjo Breiskoll konnte erst wieder klar denken, nachdem er sich in einen dunklen Raum geflüchtet hatte. Mit klopfendem Herzen kauerte er am Boden und atmete schwer.

War es möglich, dass Fellmer Lloyd die Wahrheit gesagt hatte? Der Katzer lauschte in sich hinein und fragte sich, was wirklich in ihm vorging. Ein klägliches Maunzen drang über seine Lippen. Seine telepathischen Sinne tasteten nach den Gedanken seiner Mutter, aber er fand sie nicht mehr; Lareena Breiskoll war auf der SZ-1 zurückgeblieben, und diese Kugelzelle stand außerhalb der Wolke.

Er spürte Erschütterungen der SOL. Das Schiff leitete eine neue Linearetappe ein. Bjo wurde sich bewusst, dass dieses Zittern des beanspruchten Materials so schwach war, dass es von den übrigen Besatzungsmitgliedern nicht registriert wurde. Lediglich er konnte es spüren.

Er konzentrierte sich. Der Gang vor dem Abstellraum war verlassen, das konnte er leicht feststellen. Vielleicht, dachte Bjo Breiskoll aufgeregt, nahm er wirklich Ereignisse wahr, die sich außerhalb der Schiffswände zutrugen. Aber es war keine kontrollierte Wahrnehmung.

Lareena!, dachte er flehend. Ausgerechnet jetzt, da er ihren Zuspruch so dringend benötigte, war sie nicht in seiner Nähe.

Er hütete sich, sein Bewusstsein für die Gedanken der Besatzungsmitglieder in der Zentrale zu öffnen. Verwirrende und erschreckende Informationen waren über ihn hereingebrochen, damit musste er erst fertig werden. Er wünschte, es hätte eine Möglichkeit gegeben, aus dem Mittelteil der SOL zu entkommen.

Lloyd und Gucky waren ihm sicher freundlich gesinnt, auch Perry Rhodan besaß eine angenehme und positive Aura. Nur allmählich begriff Bjo, dass es wirklich Vorgänge in ihm selbst waren, die ihn erschreckten.

Mit wem konnte er über seine Probleme sprechen? Joscan Hellmut fiel ihm ein, der Vertraute der SOL-Geborenen. Der Kybernetiker hielt sich im Mittelteil der SOL auf.

Bjo öffnete seine mutierten Sinne und suchte nach der charakteristischen Ausstrahlung von Joscan Hellmut. Da er sich schon oft in Hellmuts Nähe aufgehalten hatte, fiel es ihm nicht schwer, dessen Gedanken zu espern.

Der Kybernetiker hielt sich in einem Kontrollraum des Rechenverbunds auf, zusammen mit zwei Keloskern. Die Gedanken des Sprechers der SOL-Geborenen beschäftigten sich mit dem Standort des MODULS. Hellmut konnte offenbar nicht begreifen, dass die Kelosker und der Rechenverbund beim Aufspüren dieses Ziels versagt hatten.

Der rot-braun gefleckte Katzer richtete sich auf und verließ den düsteren Raum. Mit wenigen Sätzen erreichte er den nächstgelegenen Antigravschacht. Er begegnete einigen Besatzungsmitgliedern, die ihm verblüfft nachstarrten. Die wenigsten hatten es bisher erlebt, wenn Bjo sich unter voller Entfaltung seiner körperlichen Fähigkeiten bewegte. Er musste diesen Menschen wie ein Phantom vorkommen. Im Augenblick kümmerte er sich jedoch nicht um die Aufmerksamkeit, die er erregte.

Als Bjo den Kontrollraum betrat, diskutierte Joscan Hellmut gerade mit den Keloskern. Hellmut blickte auf und schaute den jungen Breiskoll überrascht an. »Was führt dich hierher, Bjo?«

Der SOL-Geborene warf den Keloskern einen scheuen Blick zu. Hellmut verstand sofort und bat die beiden körperlich plumpen Wesen, ihn mit Bjo allein zu lassen.

»Ich habe momentan leider nicht viel Zeit für dich«, entschuldigte sich Hellmut. »Aber es ist wohl überflüssig, dass ich dir unsere Probleme erkläre.«

Hellmuts Nähe übte eine beruhigende Wirkung auf den Katzer aus. Bjo miaute zufrieden und rieb seinen Kopf an Hellmuts Schulter.

»Etwas hat dich erschreckt«, stellte der Kybernetiker fest.

Bjo berichtete, was in der Zentrale vorgefallen war. Je länger er sprach, desto nachdenklicher wurde Hellmut.

»Wir haben keinen Grund, an Lloyds oder Guckys Aussage zu zweifeln«, bemerkte der Wissenschaftler schließlich. »Sie sind viel zu erfahren, als dass sie auf eine bloße Vermutung hin handeln würden.«

»Sie wollen etwas von mir, was ich ihnen nicht geben kann«, sagte Bjo unglücklich. »Ich bin sicher, dass sie sich täuschen.«

Hellmut strich ihm über den Kopf. Dann deutete er auf den Rechenverbund. »Eigentlich hatte ich erwartet, dass wir das Problem mit SENECA und dem Shetanmargt lösen würden. Aber in der Wolke herrschen besondere Gesetze. Lloyd hat das offenbar vorhergesehen und dich deshalb an Bord geholt.«

Bjos Augen weiteten sich. »Was erwartet er von mir?«

»Es dürfte weniger eine Erwartung als eine Hoffnung sein, aber in der Zentrale glaubt wohl jeder, dass du die SOL zum MODUL führen kannst.«

Bjo schluckte. Er las in Hellmuts Gedanken und stellte fest, dass der Kybernetiker von seiner Aussage überzeugt war.

Bjo, du kannst ihnen vertrauen!, dachte Hellmut.

»Ich weiß nicht einmal, was dieses MODUL darstellt.«

»Es handelt sich wahrscheinlich um einen riesigen Körper. Wenn Lloyd und Gucky Recht haben und deine Fähigkeiten richtig einschätzen, müsstest du ihn aufspüren können.«

»Wie?«

»Ein Blinder kann einem Sehenden nicht erklären, wie er seine Augen benutzen soll!« Hellmuts Stimme klang traurig. »Ich fürchte, du wirst es selbst herausfinden müssen.«

Bjo wanderte in dem kleinen Raum auf und ab. »Diese Impulse in meinem Innern – sind sie die Stimmen des Kosmos?«

»Ich bin nicht nur blind, sondern auch taub«, erwiderte Hellmut. »Ich kann dir nicht helfen, junger Freund.«

Der Katzer hielt inne. »Ich will das nicht!«, stieß er hervor. »Es macht mich noch ungewöhnlicher. Genügt es nicht, dass ich mich bereits in vielen Dingen von den anderen unterscheide? Wenn es stimmt, was Lloyd sagt, werde ich noch einsamer sein.«

»Nein«, widersprach Hellmut mit Nachdruck. »Du wirst mit dem Universum selbst verbunden sein und seine Signale verstehen. Das wird dich glücklicher machen als jeder Kontakt mit anderen Wesen.«

»Ich möchte sterben!«

Hellmut lachte auf. »Solche Phasen erleben viele junge Menschen, nur scheint bei dir alles intensiver zu sein. Außerdem ist der Tod für dich keine einfache Sache – eine Katze hat bekanntlich sieben Leben.«

»Du machst dich über mich lustig.«

»Ganz bestimmt nicht«, versicherte der ältere Mann. »Ich will dir helfen, aber das kann ich nur in sehr bescheidener Form. Öffne dein Inneres für alles, was auf dich eindringt, dann kommst du am schnellsten über diese Krise hinweg.«

»Was rätst du mir?«

»Sag uns, wie wir das MODUL finden können!« Hellmut schaute ihn offen an. »Du kannst uns hinführen, wenn du nur willst.«

Bjo schlich in geduckter Haltung hinaus. »Nebenan ist ein kleiner Schaltraum!«, rief Hellmut ihm nach. »Dort kannst du ungestört nachdenken.«

Hellmuts Gedanken entnahm Bjo Breiskoll das entsprechende Bild, und er orientierte sich prompt in diese Richtung. Er betrat den Schaltraum und blieb eine Zeit lang unschlüssig stehen. Hatte er unbewusst eine Barriere in seinem Innern aufgebaut?, fragte er sich. Und wenn ja, wie konnte er diesen Damm einreißen?

Er schloss die Augen und richtete seine Sinne auf den Bereich außerhalb des SOL-Mittelteils. Niemals zuvor hatte er ein solches Experiment unternommen, jedenfalls nicht bewusst.

Etwas zog sich in ihm zusammen.

Etwas Großes und Bedrohliches war um ihn herum und hüllte das Schiff ein.

Bjo Breiskoll stöhnte auf, denn er wusste genau, was dieses Gefühl bedeutete. Er spürte die Wolke.

9.

Perry Rhodan hatte Bjo Breiskoll bereits wieder vergessen, denn er rechnete nicht damit, dass Lloyds Hoffnungen sich erfüllen könnten. Als die SOL zum zweiten Mal ihren Linearflug innerhalb der Wolke beendete und abermals ins Leere stieß, richtete sich die Enttäuschung des Terraners auf den Rechenverbund.

»Wir sind keinen Schritt weitergekommen«, sagte er zu Dobrak. »Dieses Versagen ist mir unbegreiflich. Sie müssen doch Orientierungsmöglichkeiten haben.«

»Zweifellos gibt es die«, gab Dobrak zu. »Aber bisher haben sie uns in die Irre geführt. In der Wolke herrschen extreme Bedingungen, die sich erst im Verlauf einiger Zeit normalisieren werden.«

»Die anderen werden uns zuvorkommen.«

»Das kann nicht ausgeschlossen werden«, erwiderte der Rechner lakonisch.

Perry Rhodan unterdrückte sein aufsteigendes Misstrauen. Ausgerechnet Dobrak, der mit seinen Artgenossen im Solsystem einen siebendimensionalen Rasterplan zur Auffindung der Erde ausgearbeitet hatte, sollte nicht in der Lage sein, das MODUL in einem zwei Lichtjahre durchmessenden Ball aus pulverisierter Materie zu entdecken? Gab es für den Kelosker Gründe, dem MODUL fernzubleiben?

Es war müßig, sich darüber den Kopf zu zerbrechen, denn Dobrak würde sich schwerlich in seinen Entscheidungen beeinflussen lassen. Er dachte auf völlig anderen Ebenen als ein Mensch.

Kosum hob die SERT-Haube vom Kopf und wischte sich den Schweiß von der Stirn. Der erfolgsgewohnte Emotionaut war deprimiert. »Es ist sinnlos, auf diese Weise weiterzumachen«, sagte er. »Jeder Versuch gleicht einem Blindflug. Eigentlich können wir nur hoffen, dass wir zufällig ins Zentrum vorstoßen werden. Nach dem Gesetz der Wahrscheinlichkeit wird das einmal der Fall sein – wahrscheinlich in ein paar Jahren.«

»Werde nicht sarkastisch, Mentro!«, entgegnete Rhodan. »Ich kann verstehen, dass du irritiert und niedergeschlagen bist, aber nach zwei Fehlversuchen dürfen wir nicht aufgeben.«

»Die ganze Sache gefällt mir nicht«, erklärte der Emotionaut mürrisch. »Obwohl wir nicht wissen, wer oder was die Kaiserin von Therm ist, lassen wir uns von ihr einspannen. Wenn sie tatsächlich so großartig ist, wie Dobrak uns das dargestellt hat, sollte es kein Problem für sie sein, ihr MODUL selbst zu retten.«

»Ihre Worte beweisen, dass Sie den Begriff ›Superintelligenz‹ falsch verstanden haben«, mischte sich Dobrak ein. »Wir können diese Wesenheiten nicht begreifen, deshalb ist es sinnlos, uns über ihre Handlungsweise auseinander zu setzen. Wenn die Kaiserin von Therm uns mit der Rettung des MODUL-Datenspeichers beauftragt, hat sie dafür ihre Gründe.«

Kosum schüttelte ärgerlich den Kopf. »Ich sehe das alles ganz unkompliziert. Indem wir der Kaiserin helfen, stellen wir uns gegen BARDIOC. Das ist leicht zu begreifen. Ich frage mich nur, ob wir es uns leisten können, gegen die Interessen einer Superintelligenz zu handeln, ob sie nun BARDIOC oder Kaiserin von Therm heißt. Wir sollten uns aus allem heraushalten.«

Perry Rhodan wusste, dass Kosum nur das artikulierte, was die Mehrheit der Besatzung dachte. Die Menschen befürchteten, beim Aufeinanderprall zweier kosmischer Mächte zerrieben zu werden.

Die Frage stellte sich, ob eine Neutralität überhaupt möglich war.

Wenn nicht alles trog, waren die Koordinaten der Erde im COMP gespeichert. Damit bestand die Gefahr, dass BARDIOC diese Informationen erhielt, falls die von ihm ausgesandten Raumfahrer den COMP eroberten.

»Wir sind in diese Sache verstrickt, ob wir wollen oder nicht«, stellte Rhodan fest. »Vergessen wir nicht, dass wir selbst zu einer Superintelligenz gehören, nämlich zu ES. Wir können nicht einmal erahnen, wie weit ES an diesen Auseinandersetzungen teilnimmt. Alles, was wir wissen, ist, dass ES uns auf diesen Weg geführt hat.«

Kosum hob die Augenbrauen. »Bist du plötzlich Fatalist geworden, Perry?«

»Keineswegs, aber wir dürfen nicht den Blick für unsere Möglichkeiten verlieren. Wenn wir uns jetzt zurückziehen, wissen wir nicht, wohin wir uns wenden sollen. Wahrscheinlich würden wir die Erde niemals wiederfinden.«

»Darüber solltest du mit den SOL-Geborenen reden«, schlug der Emotionaut vor.

Rhodan verstand den Seitenhieb auf die schiffsinternen Schwierigkeiten. Nach seinen Erlebnissen auf Pröhndome hoffte er jedoch immer noch, dass sich die Haltung der SOL-Geborenen ändern würde, sobald sie die Erde betraten.

Die Verbundenheit mit der Heimatwelt würde sich auch in den SOL-Geborenen entwickeln.

»Wir haben neue Koordinaten!«, rief Waringer. »SENECA hält eine erneute Kurskorrektur für unerlässlich.«

Der Emotionaut warf Rhodan einen bezeichnenden Blick zu, dann ließ er die SERT-Haube wieder herabsinken.

Es war, als hätte er ein unbekanntes Land mit verschlossenen Augen und verstopften Ohren betreten, um dann abrupt seine Sinne für die fremde und fantastische Umgebung zu öffnen.

Regungslos stand der rot-braun gefleckte Katzer inmitten des kleinen Schaltraums und saugte die Stimmen des Weltalls in sich auf. Er spürte das drohende Murmeln der Wolke, das rhythmische Flüstern der außerhalb stehenden Sterne, das sanfte Dahingleiten von Wellen aus den Tiefen des Universums und das Zusammenspiel von Gravitation und Zeit.

Zum Chaos bestimmt, hatte das Universum die Harmonie des Zufalls entwickelt und Regeln für den Ablauf aller Dinge aufgestellt. Bjo Breiskoll fühlte Planeten auf ihrer Umlaufbahn um ihre Sonnen, er fühlte unvorstellbare Energien selbst im Leerraum zwischen den Galaxien und das Tosen neu entstehender Sonnensysteme. Explodierende Sterne schickten ihre Botschaft ebenso wie Black Holes und die gigantischen Pulsare. Ein geheimnisvolles Zittern ging von Einbrüchen im Raum-Zeit-Kontinuum aus und vermischte sich mit Tausenden Signalen des Lebens.

Es war ein vielfältiger Chor ohne Dirigent, in dem jedes Atom mit eigener Stimme auftrat.

Und doch wurden diese Stimmen in Bjo Breiskoll eins und reduzierten sich zum Nachhall jenes gewaltigen Urknalls, mit dem alles entstanden war.

Diese Signale waren schon immer da gewesen, aber Bjo hatte sich vor ihrer Allgegenwart verschlossen. Er wusste, dass er Mitglied dieses Chors war, dass er eine eigene Stimme besaß, und vielleicht gab es irgendwo, an einer anderen Stelle des Universums, jemand, der ihn hörte.

Der junge Breiskoll vergaß alles um sich herum und verlor jeden Zeitbegriff.

Irgendwann öffnete sich die Tür zu dem Schaltraum. Joscan Hellmut stand im Eingang. »Ich wünschte, ich könnte an deinem Traum teilhaben, Bjo«, sagte er traurig.

»Das ist kein Traum«, antwortete der Katzer. »Es ist … ich … mein Gott! Ich kann es nicht beschreiben, begreifst du das?«

»Nein«, sagte Hellmut.

Breiskoll glitt auf ihn zu. »Lloyd hatte Recht, Joscan. Ich fühle Dinge, die andere nicht einmal sehen können.«

»Kannst du uns zum MODUL führen?«

»Vielleicht«, antwortete Bjo Breiskoll zögernd. »Ich will es jedenfalls versuchen.«

Der schmale Junge vor den Kontrollen sah so unsicher aus, dass es Perry Rhodan schwer fiel, zwischen ihm und dem neuen Kurs der SOL eine Verbindung zu sehen. Ein Blick auf die Instrumentenkonsolen ließ es gar unglaublich erscheinen, dass Bjo Breiskoll dieser Technik überlegen sein könnte.

Dem rot-braun gefleckten Katzer war es unmöglich gewesen, das MODUL selbst aufzuspüren, aber er behauptete, den Mittelpunkt der Wolke ausmachen zu können. Die Koordinaten, die er geliefert hatte, waren vom Rechenverbund nicht bestätigt worden, trotzdem glaubte auch Dobrak, dass dies der richtige Kurs sein konnte.

Die SOL würde in wenigen Minuten in den Normalraum zurückkehren, dann musste sich herausstellen, ob Breiskolls Angaben stimmten.

Bjo stand hinter Mentro Kosum und gab dem Emotionauten Anweisungen. Kosum schien als einziges Besatzungsmitglied bereit zu sein, dem Katzer zu vertrauen – vielleicht, weil seine Art, ein Schiff zu führen, in mancher Hinsicht mit Bjo Breiskolls Methode verwandt war.

Perry Rhodan fragte sich, ob dieser Junge ein Einzelfall war. Er dachte an die auf geheimnisvolle Weise verschwundenen Emraddin-Kinder. Ebenso an die Kinder der Unendlichkeit und die Ereignisse auf Rasterstop-III. Bestand zwischen diesen Ereignissen und Bjo Breiskolls Auftauchen ein Zusammenhang? War mit einer neuen Generation von Mutanten zu rechnen? Er hätte nicht gewagt, eine offizielle Prognose abzugeben.

Seine Überlegungen wurden unterbrochen, denn Mentro Kosum gab das Ende der Linearetappe bekannt. Die SOL kehrte in das Einsteinuniversum zurück.

Rings um das Schiff bot sich der Anblick der Staubwolke, wie er der Besatzung bereits vertraut war. Von einem größeren Objekt war keine Spur.

Sekundenlang herrschte betretene Stille in der Zentrale. Sie war Ausdruck der Enttäuschung. Rhodan schloss daraus, wie sehr jeder mit einem Erfolg Bjo Breiskolls gerechnet hatte.

»Bist du sicher, dass wir uns im Zentrum befinden?«, fragte Fellmer Lloyd den Katzer.

Bjo schien selbst verunsichert zu sein. »Genau lässt sich das nicht feststellen«, antwortete er zögernd.

»Gibt es störende Einflüsse?«, erkundigte sich Waringer.

»Das Schiff«, sagte Bjo spontan.

»Du meinst die SOL?«, fragte Rhodan.

»Das Schiff stellt eine Quelle starker Ausstrahlungen dar«, versuchte der Katzer die Situation zu erklären. »Ich weiß auch nicht, wie ich die verschiedenen Impulse voneinander trennen soll.«

»Ich glaube, dass es so ist, wie er sagt«, mischte Kosum sich ein. »Auf jeden Fall sind wir in der Nähe des Zentrums. Irgendwo muss das MODUL sein. Die Ortungsergebnisse sind deutlicher als auf allen früheren Positionen, aber sie lassen sich dennoch nicht lokalisieren.«

»Dann müssen wir daraus die Konsequenzen ziehen und mit Bjo die SOL verlassen«, entschied Rhodan. »Damit haben wir schließlich von Anfang an gerechnet.« Er wandte sich an den Katzer. »Glaubst du, dass du an Bord einer Space-Jet leichter operieren kannst? Dort sollten alle Störeffekte auf ein Mindestmaß reduziert sein.«

Bjo hob die Schultern. Er wagte offenbar nicht, Rhodans Frage zu beantworten.

»Wir versuchen es trotzdem!« Der Terraner erhob sich. »Bjo, du und die drei Forscher begeben sich gemeinsam mit Ras Tschubai und Icho Tolot an Bord einer Space-Jet. Kosum und ich begleiten euch. Die SOL behält die aktuelle Position bei.«

»Hältst du diese Idee wirklich für gut?«, fragte Waringer. »Abgesehen davon, dass es ziemlich ungewiss ist, ob ihr das MODUL findet, erwarten euch eine Reihe von Gefahren. Ihr könntet mit den schwarzen Scheibenschiffen zusammentreffen oder euch verirren. Ohnehin frage ich mich, wie ihr zurückfinden wollt.«

Rhodan legte dem Katzer eine Hand auf die Schulter. »Dafür haben wir Bjo Breiskoll. Solange wir uns nicht weit entfernen, wird er die SOL nicht aus seinen Sinnen verlieren.«

Bjo ließ mit keiner Regung erkennen, ob er diese Meinung teilte. Er erhob allerdings auch keinen Einwand.

Lediglich Gucky war mit der Entscheidung nicht einverstanden. »Die Besatzung der Space-Jet ist nicht schlagkräftig genug«, monierte er. »Vor allen Dingen fehlt ein zweiter Teleporter.«

»Sobald wir das MODUL gefunden haben, werden wir entscheiden, wie wir weiter vorgehen«, erwiderte Rhodan. »Vorläufig scheint es mir wichtiger zu sein, die SOL nicht von weiteren Mutanten zu entblößen. Schließlich ist unser Schiff immer noch wichtiger als das MODUL.«

Gucky sah ein, dass er den Freund nicht umstimmen konnte.

Die Tatsache, dass er für sein Vorgehen die Zustimmung der SOL-Geborenen fand, bedeutete nicht, dass diese Gruppe von Perry Rhodans strategischen Fähigkeiten besonders angetan gewesen wäre. Die Menschen, welche die SOL als ihre Heimat ansahen, waren lediglich erleichtert darüber, dass die Zylinderzelle ihres Schiffes vorläufig nicht in den unmittelbaren Gefahrenbereich eindringen würde.

Dieser Aspekt beschäftigte Perry Rhodan jedoch nur vorübergehend. Die Einstellung der SOL-Geborenen war kein akutes Problem, sondern konnte nur über einen längeren Zeitraum hinweg gelöst werden. Vordringlich galt es, das MODUL zu finden und den Auftrag der Kaiserin von Therm auszuführen.

Die Space-Jet hatte das Mutterschiff verlassen und sich in einer kurzen Linearetappe so weit entfernt, dass der Katzer unbeeinträchtigt seine Fähigkeiten einsetzen konnte.

Rhodan, der den jungen Mutanten beobachtete, registrierte dessen wachsende Nervosität. Dem Katzer fehlte noch das nötige Selbstvertrauen. Seine Fähigkeit, der er sich erst bewusst geworden war, drohte den äußeren Umständen zum Opfer zu fallen.

Perry Rhodan war daher zur Umkehr entschlossen, falls Breiskoll auch jetzt keinen entscheidenden Erfolg haben sollte.

Die Space-Jet ging in den Normalflug über.

»Kannst du die SOL noch spüren?« Mentro Kosum deutete auf die Schirme. »Ich würde mir kaum noch zutrauen, sie nur mit Hilfe unserer Instrumente in dieser Umgebung wiederzufinden.«

»Ich spüre die SOL«, antwortete Breiskoll. »Und ich spüre auch einen wesentlich größeren Körper in unmittelbarer Nähe.«

»Das MODUL?«, rief Tolot aus.

Die Forscher der Kaiserin von Therm, die über ihre Translatoren alles verfolgten, redeten in ihrer pfeifenden Sprache aufgeregt durcheinander. Perry Rhodan kümmerte sich nicht um sie, sondern konzentrierte seine Aufmerksamkeit weiterhin auf Breiskoll.

»Willst du gemeinsam mit Mentro Kosum die Steuerung übernehmen?«, fragte er.

Der junge Mann nickte heftig. Eine deutlich spürbare Unrast hatte ihn ergriffen. Wahrscheinlich wartete er ungeduldig auf den Augenblick, der seine Fähigkeiten bestätigen würde.

Die Space-Jet beschleunigte, und Minuten später zeichneten sich gegen den Hintergrund der Materiewolke die Umrisse eines gewaltigen Körpers ab. Rhodan, der im ersten Moment noch annahm, sie hätten einen Asteroiden vor sich, wandte sich von den Kontrollen ab. Er sah, dass die Forscher ihre Greifklauen hoben. Zudem stießen sie kurze und heftige Pfeiflaute aus.

Um den Sinn dieser Laute zu verstehen, bedurfte es keines Translators, zumal Bjo Breiskoll mit seinem erleichterten Ausruf alle Zweifel beiseite wischte. »Es ist das MODUL!«

Sie hatten ihr Ziel gefunden!

Perry Rhodan hatte sich in seiner Fantasie schon ein Bild vom MODUL der Kaiserin von Therm gemacht und war zu der Überzeugung gelangt, dass es sich um ein Mittelding zwischen einem Raumschiff und einer Weltraumstation handeln musste. Nun erkannte er, dass er einem Trugschluss zum Opfer gefallen war.

Das MODUL bestand aus einer Hälfte eines kugelförmigen Mondes von etwa 220 Kilometern Durchmesser. Der kleine Himmelskörper war offenbar entlang seiner Äquatorlinie durchtrennt worden. Jene Hälfte, die die Besatzung der Space-Jet vor sich sah, war von den Erschaffern des MODULS in genialer Weise benutzt worden.

Auf der Riesenplattform der Schnittstelle erkannte Perry Rhodan über die Fernbeobachtung die ersten Einzelheiten ausgedehnter technischer Anlagen. Es gab Türme, die nahezu dreitausend Meter hoch aufragten, daneben Kuppeln, Flachbauten und Gebilde, die so bizarr aussahen, dass sie sich nur schwer in eine bestimmte Kategorie einteilen ließen.

Zentrum der Anlage bildete ein kreisförmiger Raumhafen von etwa zehn Kilometern Durchmesser. Dort standen einige jener keulenförmigen Kleinstraumschiffe, wie sie von den Forschern des MODULS benutzt worden waren.

Unter der Plattform wölbte sich die felsige Halbkugel, die zumindest äußerlich unverändert geblieben war. Rhodan konnte sich jedoch vorstellen, dass die Mondhälfte für verschiedene Zwecke weitgehend ausgehöhlt worden war. Das und die aufwändigen Bauten auf der Oberfläche setzten voraus, dass die unbekannten Architekten des MODULS eine Möglichkeit gefunden hatten, die gesamte Konstruktion zu stabilisieren. Bedachte man außerdem, dass dieses Gebilde sich zwischen den Galaxien bewegt hatte, die zur Mächtigkeitsballung der Kaiserin von Therm gehörten, konnte man nur von einer fantastischen technischen und wissenschaftlichen Leistung sprechen.

Perry Rhodan wandte sich an die Forscher: »Sind Sie sicher, dass es nur dieses eine MODUL gibt?«

»Natürlich«, erwiderte jener, von dem der Terraner annahm, dass es sich um Taul Daloor handelte. »Wie kommen Sie auf die Idee, dass es anders sein könnte?«

»Ich frage mich, was mit der zweiten Hälfte dieses Mondes geschehen ist.«

»Eine einfache, aber in der Tat bestechende Vermutung«, gab Daloor zu. »Leider ist mein Erinnerungsvermögen unzureichend. Meine Informationen erlauben nicht, an die Existenz eines zweiten MODULS zu glauben.«

»Das ist auch nicht so wichtig.« Rhodan winkte ab. »Wir haben dieses MODUL gefunden. Mehr ist nicht erforderlich.«

»Wie gehen wir weiter vor?«, wollte Kosum wissen. »Es war geplant, dass wir die SOL nachkommen lassen.«

»Erst sehen wir uns in unmittelbarer Nähe des MODULS um«, sagte der Terraner. »Das erspart uns hoffentlich Überraschungen.«

»Gibt es robotische Wachsysteme?«, wollte Tolot von den Forschern wissen.

Weder Daloor noch seine Begleiter waren in der Lage, diese Frage zu beantworten. Es war erstaunlich, wie wenig sie über das MODUL wussten. Sogar unter der Voraussetzung, dass das Wissen der Forscher aus Sicherheitsgründen begrenzt worden war, erschien es fragwürdig, ob unter diesen Umständen überhaupt Aufträge exakt durchgeführt werden konnten. Die Kaiserin von Therm hatte offensichtlich Fehlangaben einkalkuliert. Ihr Sicherheitsbedürfnis musste ungewöhnlich groß sein.

Deutete das auf eine gewisse Schwäche hin? Rhodan wusste, dass sich diese Spekulationen sehr schnell als falsch erweisen konnten. Wie wollte er die Beweggründe einer Superintelligenz richtig einschätzen?

»Vorsichtiger Annäherungskurs, Mentro!«, rief er dem Emotionauten zu und wandte sich wieder an die Forscher. »Können Sie Beschädigungen erkennen?«

»Das ist auf diese Entfernung unmöglich«, gestand Daloor. »Ich bin jedoch sicher, dass das MODUL manövrierunfähig ist, andernfalls hätte es sich längst von dieser Position entfernt. Außerdem hätten uns die s-Tarvioren dann kaum von Bord gehen lassen.«

Bevor Rhodan antworten konnte, wurde er von einem Warnruf Kosums abgelenkt.

Ein Blick auf die Kontrollen zeigte, was geschehen war. Unter der Kugelhälfte des MODULS schwebte eine schwarze Scheibe hervor.

»Das Raumschiff hat hinter dem MODUL gelauert!«, stieß Tschubai hervor.

Rhodan bezweifelte zwar, dass diese Vermutung richtig war, aber darauf kam es jetzt nicht an.

»Schutzschirme aktiviert«, meldete Kosum. »Ziehen wir uns zurück?«

Perry Rhodan schaute zu Bjo Breiskoll hinüber. »Bjo, du musst uns jetzt zur SOL zurückführen!«

In diesem Augenblick schienen die Staubschleier aufzuglühen. Ein fluoreszierendes Leuchten lief durch die Wolke, es nahm seinen Ausgang bei der schwarzen Scheibe und hüllte innerhalb von Sekundenbruchteilen die Space-Jet ein.

Das Beiboot wurde heftig erschüttert.

»Wir kommen nicht mehr weg!« Kosum stieß eine Verwünschung aus.

Eine neue Salve schuf rund um die Jet eine Aura unerträglicher Helligkeit. Die transparente Kuppel über dem Kommandoraum drohte zu zerbersten, aus dem unteren Bereich des Schiffes erklangen knirschende Geräusche.

»Schutzschirm wird instabil! Einen weiteren Treffer verkraftet er nicht.«

»Kurs MODUL!«, befahl Rhodan. Aus den Augenwinkeln sah er das feindliche Schiff näher kommen. Dessen Besatzung zog es also vor, erst zu schießen und dann zu fragen, wenn überhaupt. Das zeigte deutlich, dass diese Wesen einen Alleinanspruch auf das MODUL erhoben.

Die Forscher pfiffen aufgeregt durcheinander, aber Rhodan beachtete sie nicht. An ein Entkommen war im Augenblick nicht zu denken. Andererseits war das MODUL schon sehr nahe, es bedeutete die einzige Rettungsmöglichkeit.

Seine bebaute Fläche war beleuchtet, sodass Einzelheiten erkennbar wurden. Allerdings sorgten die Schattenbezirke auf der atmosphärelosen Oberfläche für trügerische Effekte.

Perry Rhodan entdeckte, dass quer über die Plattform Risse verliefen. Sie bildeten den ersten sichtbaren Hinweis auf die Zerstörungen, die das MODUL bei der Explosion dieses Sonnensystems davongetragen hatte.

Die Space-Jet erhielt einen heftigen Schlag. Das schwarze Schiff hatte mit unerwarteter Schnelligkeit und Präzision ein Umkehrmanöver durchgeführt und die Verfolgung aufgenommen. Zumindest hatten die Angreifer also mit einem Fluchtmanöver gerechnet und waren gar nicht erst auf den Gedanken gekommen, dass die Ankömmlinge das Wagnis eingehen und den Kurs beibehalten würden.

»Schließt die Schutzanzüge!«, befahl Perry Rhodan. »Sobald wir gelandet sind, müssen wir aussteigen.«

Die Oberfläche des MODULS nahm mittlerweile das gesamte Blickfeld ein. Für die Beobachter in der Space-Jet entstand während des Landemanövers der Eindruck, als würde das gewaltige Gebilde auf das Beiboot herabstürzen. Bjo Breiskoll, der solche Vorgänge zum ersten Mal erlebte, stieß einen schrillen Entsetzensschrei aus und warf sich zu Boden. Sein Helm war noch nicht geschlossen. Rhodan war mit zwei Schritten bei ihm und zog ihn hoch.

Es war sinnlos, Bjo beruhigen zu wollen. Rhodan riss den Helm des Mutanten nach unten und drückte die Arretierung zu.

Die Forscher besaßen keine Schutzanzüge, aber konnten sich, ohne körperlich Schaden zu nehmen, für unbestimmte Zeit im Weltraum aufhalten. Das legte die Vermutung nahe, in ihnen Roboter zu sehen. Zumindest verfügten sie über einen Metabolismus, der dem des Haluters ebenbürtig war. Auch Icho Tolot konnte sich ohne Schutzvorkehrungen im Vakuum aufhalten, allerdings nur für einen begrenzten Zeitraum. Doch für den Haluter stellte sich das Problem diesmal nicht, denn er trug seinen obligatorischen roten Kampfanzug.

Mit einem Ruck setzte die Space-Jet auf.

Jetzt wäre die Gelegenheit für die Angreifer gewesen, einen entscheidenden Treffer anzubringen. Sie schienen jedoch zu zögern. Perry Rhodan nahm an, dass sie das Feuer aus Rücksicht auf das MODUL nicht aus allen Geschützen eröffneten.

Als die Schleuse offen stand, schob Tolot seinen mächtigen Körper als Erster ins Freie. Von der Außenwelt war nicht viel zu sehen, denn das kleine Schiff befand sich im Sichtschatten eines turmähnlichen Gebäudes.

Rhodan zerrte Bjo Breiskoll auf das Schott zu und sprang mit ihm hinaus. Er rannte sofort los, um aus der Nähe des Beiboots wegzukommen. Der Katzer schien verstanden zu haben, worauf es ankam, denn schon nach wenigen Schritten hatte er Rhodan überholt. Gefühlsmäßig schätzte der Terraner die Schwerkraft auf der Plattform auf zwei Drittel des Normalwerts. Das kam Bjos körperlichen Fähigkeiten noch entgegen.

Sie bewegten sich zwischen turmähnlichen Gebäuden. Alles sah düster und verlassen aus. Die farblosen Fassaden wiesen weder Türen noch Fenster auf, sodass Rhodan sich unwillkürlich fragte, ob es sich bei diesen Bauten überhaupt um Häuser im engeren Sinn handelte.

An einer Stelle war der Boden wie von einer riesigen Blase aufgewölbt und offenbar zum Zerreißen gespannt. Auch das schien eine Folge der Katastrophe zu sein.

»Zusammenbleiben! Wir dürfen uns nicht verlieren.« Perry Rhodan blieb stehen und blickte zurück.

Kosum und Tschubai erreichten ihn schon Augenblicke später, aber die drei Forscher kamen auf ihren vier Beinen nicht ganz so schnell voran.

Die Space-Jet war schon nicht mehr zu sehen. Sie lag im Dunkel zwischen den hohen Bauten.

»Wir dürfen die Forscher nicht verlieren!«, sagte Rhodan. »Sie allein können uns in dieser Umgebung weiterhelfen.«

Er dachte an die unbekannten Gegner und fragte sich, warum sie bisher nicht ebenfalls auf dem MODUL gelandet waren. Was hielt die Raumfahrer in der schwarzen Scheibe davon ab?

Am Ende der Gebäudeschlucht wartete Icho Tolot. Mit einem seiner Handlungsarme deutete er über die angrenzenden Flachbauten hinweg, die wegen ihrer geringen Höhe gut zu überblicken waren. Was er seinen Begleitern zeigen wollte, bedurfte keiner wortreichen Erklärung.

Hinter den niedrigen Gebäuden erstreckte sich das zentrale Landefeld. Unmittelbar am Rand, sodass sie vom Weltraum aus nicht sichtbar geworden waren, standen drei kleine schwarze Scheiben.

»Beiboote der Fremden!«, stieß Kosum hervor. »Sie sind also schon hier!«

»Sie sind vor uns gelandet«, pflichtete Rhodan bei. »Das Schiff, das uns angegriffen hat, erfüllte lediglich einen Sicherheitsauftrag. Deshalb hat man uns auch nicht mehr beschossen. Die Fremden glauben, dass wir ihnen nicht entkommen können.«

Inzwischen hatten die Forscher aufgeschlossen. Rhodan zeigte ihnen die Beiboote, woraufhin eines dieser Wesen ein Zeichen mit der Greifklaue machte und andeutete, dass es die Führung übernehmen wollte.

»Einverstanden!«, entschied Rhodan. »Sie kennen sich hier genau aus und sind unsere einzige Chance, den Fremden zu entkommen.«

»Und der Datenspeicher?«, erinnerte Kosum. »Wollen wir zusehen, wie er vor unseren Augen gestohlen wird?«

»Die Anwesenheit unserer Gegner beweist, dass sie in dieser Hinsicht noch keinen Erfolg hatten«, antwortete der Terraner. »Ich bin sicher, dass sie Schwierigkeiten mit der Bergung des COMPS haben. Vielleicht haben sie ihn bislang nicht einmal entdeckt. Auch in dieser Beziehung sind wir durch unsere Begleiter im Vorteil.«

Sie setzten sich in Bewegung und folgten den Forschern.

Der Hulkoo-Kommandant Kaarmansch-Xes befand sich in der wenig beneidenswerten Lage, nicht genau zu wissen, was sich in BARDIOCS Falle gefangen hatte. Er konnte zwar erkennen, dass er auf die Hälfte eines ausgebauten und flugfähigen Himmelskörpers gestoßen war, aber über Sinn und Zweck dieses gigantischen Gebildes wagte er bestenfalls Spekulationen anzustellen.

Vom Zentrum der Wolke aus war ein Funkkontakt mit CLERMAC unmöglich. Angesichts der Schwierigkeiten, das Objekt aufzuspüren, gab Kaarmansch-Xes auch nicht den Befehl zum Verlassen der Wolke. Es erschien ihm zweifelhaft, ob er die wichtigste Position innerhalb des zerstörten Courstebouth-Systems jemals wiederfinden würde.

Die Besatzung dieser gewaltigen Station war geflohen und von den Schiffen der Hulkoos vernichtet worden. Von dieser Seite drohten keine Störungen mehr. Anders verhielt es sich mit den so plötzlich aufgetauchten Fremden, über deren Absichten Kaarmansch-Xes nichts wusste. Er konnte nur vermuten, dass sie ebenfalls an dem gefangenen Objekt interessiert waren.

Handelte es sich um eine eigenständige Gruppe oder um ein von der Kaiserin von Therm in Szene gesetztes Rettungsunternehmen?

Der Zustand der Desinformation belastete den Hulkoo-Kommandanten schwer und verhinderte eine schnelle Entscheidung. Die Größe des gefangenen Objekts machte zudem dessen totale Kontrolle so gut wie unmöglich, es sei denn, den Hulkoos wäre es gelungen, eine Flotte ins Zentrum des zerstörten Systems zu bringen und alle Besatzungsmitglieder auf der Station abzusetzen. Aber das waren unerfüllbare Voraussetzungen.

BARDIOC hatte an den Grenzen seiner Mächtigkeitsballung Fallen errichtet, weil er damit rechnete, dass Kundschafter oder Spione der Kaiserin von Therm in diesen Gebieten auftauchten. Die Größe des in die Falle gegangenen Objekts ließ zwar vermuten, dass es im Auftrag einer anderen Superintelligenz unterwegs gewesen war, aber völlig sicher erschien das nicht.

Auch wenn Kaarmansch-Xes voraussetzte, dass dieses Gebilde der Kaiserin von Therm gehörte, wurden seine Probleme damit nicht geringer. Was sollte er unternehmen? Gab es wichtige Einrichtungen innerhalb der Station, die für BARDIOC von Bedeutung waren? Wie sollte er sie finden und in Sicherheit bringen?

Einzig und allein CLERMAC konnte darüber entscheiden, aber um die Inkarnation über alle Details zu unterrichten, hätte der Hulkoo-Kommandant mit seinem Schiff die Wolke wieder verlassen müssen.

Nun war zu allem Überfluss ein Beiboot der unbekannten Raumfahrer aufgetaucht.

Zunächst hatte der Hulkoo geglaubt, leichtes Spiel mit diesem kleinen Schiff zu haben. Schon der erste Angriff war Erfolg versprechend verlaufen. Anstatt zu fliehen, hatten die Fremden sich jedoch der riesigen Station genähert. Kaarmansch-Xes war darüber so verblüfft gewesen, dass er den endgültigen Vernichtungsangriff zu spät befohlen hatte. Den Gegnern war es gelungen, auf der Schnittfläche des halbierten Mondes zu landen. Die Wahrscheinlichkeit einer Bruchlandung steigerte das Dilemma des Kommandanten nur. Er konnte das Beiboot angreifen und zerstören, aber dabei würde das gefangene Objekt ebenfalls beschädigt werden, und kein Hulkoo wusste, wie CLERMAC darauf reagieren würde.

Kaarmansch-Xes' Hoffnung konzentrierte sich nun auf die Mitglieder des Landekommandos, das schon vor der Ankunft der Fremden mit drei Beibooten auf der Station niedergegangen war.

Die Hulkoos, die den Befehl hatten, den ausgebauten Himmelskörper zu durchsuchen, mussten die schiffbrüchigen Raumfahrer aufspüren und vernichten. Dann erst durfte Kaarmansch-Xes die Materiewolke verlassen und CLERMAC konsultieren.

Kaarmansch-Xes schnallte seinen Gürtel um und ließ sich mit dem Haupthangar verbinden. »Macht ein weiteres Beiboot startklar!«, befahl er. »Ich stelle eine Elitemannschaft zusammen, mit der ich auf der Plattform landen werde.« Er wollte sich den greifbar nahen Triumph nicht von einigen Fremden verderben lassen.

Kaarmansch-Xes bestellte über Bordfunk sieben Hulkoos in den Hangar. Es handelte sich ausnahmslos um Raumfahrer, von denen er erwarten konnte, dass sie bedenkenlos ihr Leben für ihn einsetzten. Danach übergab er das Kommando an seinen neuen Stellvertreter und befahl, nichts zu unternehmen, solange er abwesend war. Lediglich für den Fall, dass ein weiteres Schiff der Fremden auftauchen sollte, befahl er den sofortigen Angriff.

Als er durch die dunklen Korridore zum Hangar ging, fühlte er sich ein wenig erleichtert. Die Untätigkeit in der Zentrale hatte dazu geführt, dass seine Gedanken sich im Kreis drehten. Nun konnte er selbst zur Beseitigung seiner Schwierigkeiten beitragen.

Im Hangar hatten sich seine Begleiter bereits versammelt. Kaarmansch-Xes sah die sieben Männer an.

»Wir folgen dem Landekommando!«, unterrichtete er sie. »Unser Ziel wird jedoch nicht die weitere Erkundung des Objekts sein, sondern die Vernichtung der fremden Raumfahrer. Wir müssen unter allen Umständen verhindern, dass diese Station oder auch nur Teile davon entwendet werden.«

Er studierte die Gesichter seiner Untergebenen und las darin Entschlossenheit. Das stimmte ihn zufrieden.

Kurz darauf verließ das Kleinraumschiff den Hangar. Die glatte Fläche des Objekts ragte wie eine Wand im Weltraum auf. An dieser seltsamen Umgebung störte Kaarmansch-Xes vor allem die Lichtfülle. An Bord der Hulkoo-Schiffe herrschte Schwärze vor, und er war es gewohnt, in dieser Finsternis zu leben.

Die Welt, sofern er die Halbkugel überhaupt als solche bezeichnen konnte, war von bestürzender Fremdartigkeit. Bjo Breiskoll hatte das Gefühl, in seinem Schutzanzug ersticken zu müssen. Er atmete kurz und heftig. Ein unberechenbarer Instinkt drängte ihn, den Helm zu öffnen, doch sein Verstand erwies sich als stärker.

Es gab einen zweiten inneren Drang, gegen den der Katzer ankämpfen musste. Er wollte davonrennen, so schnell es seine ungewöhnlichen Fähigkeiten zuließen. Doch dann hätte er die Gruppe verlassen müssen.

Rechts von ihm verlief ein in sich verdrehtes wurmartiges Gebilde von beachtlichen Ausmaßen. Es begann ungefähr auf der Höhe des zentralen Raumhafens und erstreckte sich bis in ein Schattengebiet etwa fünfhundert Meter vor Bjo. Linker Hand wechselten Flachbauten und mittelgroße Türme einander ab. Dazwischen hindurch führte diese »Schlucht«, durch die sie sich bewegten, direkt in die Außenbezirke der Plattform.

Nachdem die Forscher in einen schmalen Seitengang zwischen zwei Flachbauten eingebogen waren, blieben sie vor einer kuppelförmigen Erhöhung stehen. Bjo sah, dass einer der Vierbeinigen in eine Mulde griff. Die etwa zehn Meter hohe Kuppel öffnete sich in der Mitte, und eine Hälfte versank im Boden.

In der anderen Hälfte ragte ein Würfel auf, dessen Wände aus einem engmaschigen Geflecht bestanden. Der Forscher, der die Kuppel geöffnet hatte, zog dieses Geflecht auf einer Seite zusammen, sodass eine Öffnung entstand. Alle außer Tolot konnten mühelos den Würfel betreten. Als die Forscher dem Haluter bedeuteten, dass er sich gewaltsam Einlass verschaffen müsse, zögerte Tolot nicht, das Geflecht zusammenzudrücken, damit er folgen konnte.

»Das scheint ein Eingang ins Innere der Station zu sein«, vermutete Mentro Kosum.

»Ich wette, dieser Würfel ist eine Art Lift«, gab Tschubai zurück.

Die Kuppel schloss sich über ihnen. Die Männer ließen ihre Scheinwerfer aufleuchten.

Im selben Augenblick spürte Bjo Breiskoll, dass der Würfel in Bewegung geriet. Er hatte sich darauf vorbereitet, dass das Gebilde in die Tiefe gleiten würde, doch die Beschleunigung wurde nach einer Seite hin spürbar.

Bevor der rot-braun gefleckte Katzer länger darüber nachdenken konnte, spürte er einen deutlichen Ruck. Beinahe gleichzeitig vernahm er die pfeifenden Stimmen der Forscher.

»Wir sind in einen Teil des MODULS gelangt, in dem eine künstliche Atmosphäre herrscht«, erkannte Ras Tschubai.

Jenseits der Würfelwände befand sich eine gleichmäßig graue Fläche. Bjo schloss daraus, dass der Behälter sich durch eine Art Schacht bewegte.

»Wo sind wir hier?«, fragte Rhodan. »Daloor, können Sie mir erklären, wohin wir gebracht werden?«

»Wir befinden uns in einem der Transportwürfel, die in großer Anzahl unter der Plattform verkehren«, lautete die Antwort. »Es handelt sich um ein Magnetbahnsystem, mit dem praktisch jeder Punkt unter der Anlage erreicht werden kann. Allerdings sind viele Transportwürfel durch die Katastrophe ausgefallen.«

»Woher wissen Sie das?«, erkundigte sich Tschubai verblüfft.

Der Sprecher der Forscher, vermutlich Taul Daloor, berührte einige Stellen der Würfelwand. An der Decke bildete sich ein schwach glühender Kreis. »Damit wird das System symbolisiert«, erklärte er und fügte hinzu: »Natürlich ist dieser Orientierungskreis entsprechend unseren Sinnesorganen konstruiert, sodass Sie wahrscheinlich nicht viel damit anfangen können.«

»Gibt es überall im MODUL künstliche Atmosphäre?«, wollte Rhodan wissen.

»Bislang war es so. Aufgrund der Schäden müssen wir jedoch befürchten, dass in einem großen Bereich des MODULS Vakuum herrscht.«

»Fahren wir zum COMP?«

»Nicht direkt«, pfiff Daloor. »Wir haben beschlossen, zunächst einen s-Tarvior aufzusuchen und mit ihm zu beraten. Dabei haben wir uns für Froul Kaveers s-Tarvior entschieden, weil dieser Bereich in einem von den Zerstörungen nicht betroffenen Gebiet liegt.«

Bjo, der zunächst nur unbewusst zugehört hatte, spürte erleichtert, dass sein innerer Aufruhr allmählich nachließ.

»Irgendwo im MODUL befinden sich auch Fremde aus den schwarzen Schiffen«, erinnerte Kosum. »Vielleicht kann Bjo uns helfen, sie aufzuspüren.«

Seit sie auf dem MODUL angekommen waren, hatte Bjo Breiskoll sich mehr oder weniger gegen Gedankenimpulse gesperrt, um nicht von zusätzlichen Eindrücken verwirrt zu werden.

»Ich … ich spüre nichts!«, versicherte er. Das entsprach nicht ganz der Wahrheit, denn außer der telepathischen Ausstrahlung seiner Begleiter nahm er ein vages Muster fremdartiger Gedanken wahr. Bevor Bjo jedoch darüber nachdenken konnte, kam der Würfel so abrupt zum Stehen, als sei er gegen ein Hindernis geprallt.

Die drei Terraner und die Forscher verloren den Halt und wurden gegen die Frontwand geschleudert. Bjo dagegen reagierte blitzschnell und warf sich herum. Er landete sicher auf den Beinen. Auch Icho Tolot blieb unbeeindruckt; der Koloss schwankte nicht einmal.

Die Forscher pfiffen schrill, aber es handelte sich offenbar um unübersetzbare Alarmsignale, denn die Translatoren blieben stumm. Ihr Verhalten bewies Bjo jedoch, dass es sich um einen unvorhergesehenen Zwischenfall handelte.

Rhodan war zuerst wieder auf den Beinen. »Was bedeutet das?«, wollte er wissen.

Die Forscher drängten sich vor dem Ausgang des Würfels, ohne ihn jedoch öffnen zu können. »Der Korridor, durch den wir geglitten sind, muss verschüttet oder beschädigt sein!«, sagte jener, den Bjo als Taul Daloor ansah.

»Soll ich euch ins Freie teleportieren?«, fragte Tschubai.

»Schone deine Kräfte, Ras!« Icho Tolot schob die Forscher mühelos zur Seite. Anschließend drückte er das Geflecht auseinander.

Daloor hob protestierend beide Arme. »Sie machen alles kaputt«, jammerte er. »Dieser Transportwürfel wird nicht mehr zu benutzen sein.«

»Darauf kommt es wohl kaum noch an!« Rhodan folgte dem Haluter, der sich durch die gewaltsam geschaffene Öffnung zwängte. Zwischen dem Würfel und den Innenwänden des Gleitkorridors war immerhin so viel Platz, dass Tolot sich ungehindert bewegen konnte.

Die Decke des Korridors war nach unten durchgesackt, und an drei Stellen waren die Führungsschienen des Transportwürfels gebrochen. Tolot blieb stehen und leuchtete den Korridor ab. »Wohin müssen wir uns wenden, wenn wir diesen s-Tarvior erreichen wollen?«, erkundigte er sich.

»Zu Fuß ist das unmöglich«, behauptete einer der Forscher.

»Wir haben Flugaggregate«, erinnerte Rhodan. »Ihre Schubkraft reicht aus, auch euch zu transportieren.«

»Es gibt noch eine andere Möglichkeit«, deutete Tschubai an. »Ich könnte mit Daloor und dir zu dem s-Tarvior teleportieren und Erkundigungen einziehen.«

Die Forscher berieten über diesen Vorschlag und lehnten ihn schließlich ab. »Wir wollen uns auf keinen Fall trennen«, begründete Taul Daloor die Ablehnung.

»Dann bleiben uns nur die Flugaggregate!« Rhodan seufzte. »Tolot wird Daloor tragen, die beiden anderen werden von uns in die Mitte genommen.«

Der Haluter packte einen der Forscher und hob ihn auf seinen Rücken. Es war ein seltsamer Anblick, den fassförmigen Körper ohne Kopf auf Tolot sitzen zu sehen.

»Los, Bjo!«, rief Rhodan. »Wir nehmen den zweiten!«

Sie ergriffen eines der Wesen an den Armen und schalteten die Flugaggregate ein. Kosum und Tschubai bildeten die dritte Gruppe.

Bjo Breiskoll spürte zwar die Angst der Forscher, doch die Besatzungsmitglieder des MODULS ertrugen ihre ungewöhnliche Lage schweigend. Obwohl er selbst in solchen Manövern ungeübt war, tat er unwillkürlich das Richtige.

Sie hoben vom Boden ab und flogen los. Der Forscher, den Rhodan und Bjo trugen, zappelte ein wenig und pfiff erschrocken.

»Nur ruhig«, tröstete ihn der Terraner. »Ihnen kann nichts geschehen.«

Innerhalb kurzer Zeit erreichten sie eine Stelle, an der der Korridor unterbrochen war.

»Anhalten!«, rief Daloor. »Hier können wir die Gleitbahn verlassen und in die Innenräume des MODULS gelangen.«

Beidseits des Korridors befanden sich rechteckige Ausgänge. Tolot musste sich bücken, um hindurchzugelangen, die anderen folgten ihm ohne Schwierigkeiten.

Vor ihnen öffnete sich eine Halle von gewaltigen Ausmaßen. Bjo Breiskoll bemerkte in einem Bereich der gewölbten Decke das nackte Felsgestein. Mehrere meterdicke Stahlsäulen durchzogen den Raum.

Perry Rhodan deutete auf eine dieser Säulen. »Ich bin sicher, dass es ein ganzes Netz davon gibt. Sie wurden wahrscheinlich in einem thermischen Hochenergie-Vergasungsverfahren in das natürliche Material getrieben und durch zahllose Querverbindungen miteinander verschweißt. Diese Säulen verleihen dem MODUL den Halt, den es zur Bewältigung der statischen Belastungen braucht.«

Bjos Blicke wanderten auf die andere Seite der Halle, wo unförmige Ballen aus einem unbekannten Material gestapelt waren. Wahrscheinlich handelte es sich um gelagerte Vorräte.

Während er sich umsah, registrierte der Katzer, dass die fremdartigen Gedanken, die er schon seit ihrer Ankunft undeutlich wahrnahm, sich verstärkten. Als er eine Warnung aussprechen wollte, entstand im Hintergrund der Halle Bewegung. Doch was immer dort für einen kurzen Augenblick erschienen war, es verbarg sich hinter den Säulen.

»Etwas ist in der Nähe!«, warnte Bjo.

Rhodan zog den Paralysator. »Kann jemand mehr erkennen?«

Die Forscher drängten sich zusammen, aber sie schwiegen.

»Ist es möglich, dass sich noch einige eurer Artgenossen hier aufhalten?«

»Alle Forscher haben das MODUL nach der Katastrophe verlassen, daran gibt es keinen Zweifel.«

Auch Bjo griff nun nach seinem Lähmstrahler.

»Schaltet eure Schutzschirme ein!«, befahl Rhodan. »Solange wir nicht wissen, ob wir es mit einem Gegner zu tun haben, müssen wir vorsichtig sein.«

Bjo führte die Anordnung sofort aus. Besorgt blickte er auf die Forscher, die völlig ungeschützt waren.

Zwischen den gestapelten Ballen blitzte es auf. Ein auffächernder Energiestrahl tauchte die Umgebung in hellen Widerschein und hüllte Mentro Kosum in eine feurige Aura.

»In Deckung!«, rief Rhodan und sprang hinter eine Säule.

Der Katzer stand wie versteinert da. Er sah vier untersetzte, aber durchaus menschenähnliche Wesen in schwarzen Schutzanzügen hinter den Vorratsstapeln auftauchen. Die Unbekannten trugen breite Transparenthelme, sodass ihre Köpfe deutlich sichtbar waren.

Der Stirnteil dieser Köpfe wurde von einem einzigen Sehorgan von strahlend blauer Farbe bedeckt, das die Form einer stumpfen Ellipse hatte. Unmittelbar darunter saßen zwei Schlitze, die vielleicht das Gegenstück einer Nase darstellten, und ein schmaler, mindestens fünfzehn Zentimeter langer Mund. Soweit Hautpartien erkennbar waren, besaßen sie eine tiefschwarze Färbung.

Diese fremdartigen Gesichter sahen so unheimlich aus, dass Bjo den Blick nicht von ihnen lösen konnte.

Unvermittelt wurde er gepackt und hinter eine Säule gezogen. Er erkannte, dass Tolot ihn in Deckung getragen hatte.

Die Forscher waren wieder im Korridor verschwunden.

»Ihre Raumanzüge sind so schwarz wie ihre Schiffe.« Rhodan ließ mit dieser Bemerkung keinen Zweifel daran, wo er den Ursprung der Angreifer vermutete.

»Und ihre Seelen sind vermutlich nicht weniger schwarz!«, befürchtete Kosum mit grimmigem Humor.

Rhodan wandte sich an Bjo: »Was verraten ihre Gedanken?«

Der Katzer war unsicher. Er registrierte die fremden Gedankenmuster, aber sie waren so indifferent, dass ihnen nur schwer brauchbare Informationen zu entnehmen waren. Es schien, als dachten die Schwarzen in einer Person. Zumindest ließen sich alle von den gleichen Beweggründen leiten und zeigten wenig Individualität in ihren Überlegungen und Gefühlen.

Eines war jedoch deutlich zu spüren: Diese Wesen hielten die Mitglieder von Rhodans Gruppe für Feinde und waren entschlossen, sie zu vernichten.

»Sie … sind hinter uns her!«, brachte Bjo stoßweise hervor. »Sie wollen uns töten. Weil sie einen entsprechenden Befehl erhalten haben. Es liegt ihnen fern, darüber nachzudenken, was den Erfordernissen entspricht.«

»Ich verstehe, dass dich das erschreckt, Bjo«, sagte Perry Rhodan mitfühlend. »Leider gibt es Intelligenzen mit grundverschiedener Mentalität. Von ihrem Standpunkt aus handeln sie wahrscheinlich sogar richtig.«

»Ich befürchte, sie würden uns nicht einmal anhören, wenn wir versuchten, uns mit ihnen zu verständigen«, sagte der Katzer düster.

Als bedürfe diese Behauptung eines sichtbaren Beweises, eröffneten die Fremden wieder das Feuer. Der Beschuss galt Tolot, der sich kurz aus der Deckung erhoben hatte.

Die Energie wurde von den Wänden reflektiert. An verschiedenen Stellen kochte der Boden.

»Sie wollen uns zwingen, das Versteck zu verlassen!«, rief Kosum.

»Aber wir haben eine Überraschung für sie.« Rhodan gab Tschubai ein Zeichen.

Bjo sah den dunkelhäutigen Mann entmaterialisieren, und er spähte unwillkürlich hinter der Säule hervor, um zu verfolgen, was geschah.

Der Teleporter war mitten in der Gruppe der vier Angreifer materialisiert. Die Wirkung auf die Fremden musste schockierend sein, denn sie waren zu keiner Reaktion fähig. Tschubai feuerte mehrere Salven aus seinem Paralysator ab. Die Wesen in ihren schwarzen Anzügen sackten in sich zusammen.

»Ihr könnt herauskommen!«, bemerkte der Teleporter trocken. »Vorerst haben wir nichts mehr von ihnen zu befürchten.«

Als Bjo Breiskoll sich nun in die Gedanken der paralysierten Raumfahrer einschaltete, spürte er nichts als Entsetzen über diesen unverhofften Angriff.

Perry Rhodan rief die Forscher, die sich weit in den Korridor zurückgezogen hatten, dann schlossen alle zu Tschubai auf.

Tolot öffnete den Raumanzug eines der Betäubten. Das Wesen war mit Ausnahme des Kopfes von einem schwarzen Stachelpelz bedeckt. Sein einziges Kleidungsstück außer dem Schutzanzug bestand in einem schmalen hosenähnlichen Überzug, der den Unterleib bedeckte.

Bjo sah, dass der Unbekannte jeweils nur vier Finger und Zehen besaß. Arme und Beine waren ungewöhnlich kurz, aber reichlich mit Muskeln und Sehnen bepackt. Keiner der Paralysierten war größer als 1,60 Meter, dafür jedoch außergewöhnlich breitschultrig.

»Schließ seinen Helm ebenfalls!«, ordnete Rhodan an, nachdem

Tschubai dem Wesen den Anzug wieder angelegt hatte. »Ich will nicht, dass der Bursche stirbt, falls es zu einem plötzlichen Druckabfall kommt.«

Tschubai blickte auf. »Ein zweites Mal lassen sie sich bestimmt nicht mehr so leicht überrumpeln!«

Rhodan nickte nur. Bjo Breiskoll erkannte an seiner Haltung, dass dem Terraner die Zeit unter den Nägeln brannte. Da sie jedoch auf die Forscher angewiesen waren, blieb ihnen keine andere Wahl, als den Umweg über einen s-Tarvior einzuschlagen.

10.

Unmittelbar nachdem das Beiboot von Kaarmansch-Xes auf der Plattform gelandet war, erfuhr der Hulkoo-Kommandant, dass der Funkkontakt zu einer Gruppe abgerissen war. Vor dieser Unterbrechung hatten die vier betreffenden Hulkoos Kontakt mit den fremden Ankömmlingen gehabt und eine entsprechende Meldung weitergegeben.

»Damit ist alles klar!«, sagte Kaarmansch-Xes grimmig. »Sie haben unsere Gegner gefunden und wurden von ihnen vernichtet.« Sein Sehorgan verdunkelte sich vor Zorn. Niederlagen seiner Raumsoldaten bedeuteten für ihn eine persönliche Schmach, denn er fühlte sich für jedes einzelne Besatzungsmitglied seines Schiffes verantwortlich.

»Wir haben diese Fremden zweifellos unterschätzt!«, fuhr er fort. »Es darf nicht mehr geschehen, dass eine Hand voll Männer allein gegen sie vorgehen. Sobald eine Gruppe eine Spur gefunden hat, werden alle anderen alarmiert und zusammengezogen.« Er beugte sich über das Mikrofonfeld. »Haben wir eine Einpeilung?«

»Ja, Kommandant«, erklang eine zögernde Stimme.

»Gut, dann soll uns jemand abholen und dorthin bringen. Vielleicht können wir feststellen, was unseren Freunden widerfahren ist, und danach die Verfolgung aufnehmen.«

»Sollen wir die Schiffe ungeschützt zurücklassen?« Einer seiner Begleiter deutete auf die anderen Beiboote.

»Ja«, bestimmte Kaarmansch-Xes. »Wer immer diese Fremden sind und wie sie auch denken und handeln, sie gehen von ähnlichen Überlegungen aus wie wir. Deshalb werden sie sich nicht hierher wagen, denn sie müssen glauben, dass wir ihnen hier einen heißen Empfang bereiten würden.« Er sah sich im Kreise seiner Begleiter um und packte seine stabförmige Energiewaffe mit festem Griff. »Schließt eure Helme und folgt mir!«, befahl er.

Als sie wenig später das Beiboot verließen, wurden sie von einem Soldaten abgeholt.

»Wir folgen ihm!«, bestimmte Kaarmansch-Xes.

Sie schalteten die Triebwerke ihrer Schutzanzüge ein und flogen dicht über der Plattform dahin. Kaarmansch-Xes richtete seine Aufmerksamkeit nur auf einzelne Gebäude, denn die großartige Vielfalt der gesamten Anlage verwirrte ihn. Er merkte, dass ihr Führer Orientierungsschwierigkeiten hatte, aber er machte dem Mann keinen Vorwurf, weil es schwer war, sich in dieser Umgebung zurechtzufinden.

Schließlich drangen sie durch einen breiten Riss, der bei der Katastrophe entstanden war, ins Innere der Station ein.

»Früher gab es überall eine künstliche Atmosphäre, Kommandant«, erklärte der an der Spitze fliegende Hulkoo. »Sie ist jedoch entwichen. Allerdings fanden wir zahlreiche unzerstörte Räume, die durch Schotten abgesichert sind. Wir kennen inzwischen den Mechanismus dieser Schleusen.« Er schien froh zu sein, wenigstens diesen bescheidenen Erfolg vorweisen zu können.

Kaarmansch-Xes' Ungeduld wuchs, aber er musste zwei zeitraubende Einschleusungsmanöver über sich ergehen lassen, bis er sich schließlich in der Halle befand, in der vermutlich der Kampf stattgefunden hatte. Der Hulkoo-Kommandant entdeckte zuerst an den Wänden und auf dem Boden Spuren von Energieentladungen und schließlich die vier bewegungslosen Körper am Boden.

»Dort!«, stieß er hervor. »Ihre Anzüge weisen keinerlei Beschädigungen auf.«

»Schallwaffen, Kommandant!«, vermutete einer seiner Begleiter.

Kaarmansch-Xes hatte sich bereits niedergekniet und drehte einen der Männer auf die Seite. »Ihre Körper sind ebenfalls unversehrt! Sie scheinen nur total paralysiert zu sein!«

Die Zeichen des Kampfes sprachen eine deutliche Sprache. Die vier Hulkoos hatten offenbar das Feuer auf die Fremden eröffnet. Wie es den Angegriffenen gelungen war, diesen Überfall zu überstehen und die Hulkoos scheinbar ohne Mühe mit einem Schlag auszuschalten, blieb jedoch ein Rätsel, das Kaarmansch-Xes schwer zu schaffen machte.

»Einer von uns bleibt bei den Paralysierten und wartet, bis sie zu sich kommen«, entschied der Kommandant. »Wir benötigen dringend Informationen über die Taktik unserer Gegner.«

Er sah sich um. Wohin konnten sich die Fremden gewandt haben? Welche Ziele verfolgten sie? Je länger er darüber nachdachte, desto stärker gewann seine Überzeugung die Oberhand, dass es sich bei den Fremden um ein Rettungskommando der Kaiserin von Therm handelte.

Kaarmansch-Xes konnte sich nicht vorstellen, dass es dieser kleinen Gruppe möglich sein würde, das in BARDIOCS Falle gefangene Objekt aus dem zerstörten Courstebouth-System zu holen. Er glaubte auch nicht, dass die Unbekannten einen solchen Auftrag hatten. Sie waren aus anderen Gründen gekommen.

Eigentlich gab es nur zwei Möglichkeiten für ihre Anwesenheit: Entweder sollten sie einen wertvollen Bestandteil der Station retten oder die vollkommene Zerstörung der Anlage vorbereiten. Welcher der beiden Gründe auch in Frage kam – für Kaarmansch-Xes ergab sich daraus die zwingende Notwendigkeit zur erhöhten Eile.

Bjo Breiskoll hatte das Gefühl, dass die Forscher die Gruppe immer tiefer in das MODUL führten. In diesem Sektor gab es keine so großen Hallen mehr wie unmittelbar unter der Oberfläche, dafür aber eine unüberschaubare Anzahl verschlungener Gänge, die merkwürdig ausgestattete Räume miteinander verbanden. Oft mussten sie einen anderen Weg einschlagen, weil es für den riesenhaften Haluter kein Durchkommen durch einen engen Korridor gab und Rhodan sich weigerte, auf Kosten weiterer Zerstörungen ans Ziel zu kommen.

Zu Bjos Verwunderung trugen unerklärliche Gedankenmuster bei, die er seit wenigen Minuten empfing. Sie konnten ihren Ursprung weder bei einer Gruppe schwarzbepelzter Raumfahrer noch bei Artgenossen Taul Daloors haben, dazu waren sie zu vielschichtig. Trotzdem erinnerten sie den Katzer an die mentalen Impulse der Forscher.

Bevor er seine Entdeckung Rhodan mitteilte, wollte er Einzelheiten herausfinden. Mit Andeutungen allein war niemandem geholfen.

Bjo fühlte sich mittlerweile erschöpft und zerschlagen. Es war keine körperliche Schwäche, sondern weit mehr ein Gefühl geistiger Kraftlosigkeit, das sich nur mit all den verschiedenartigen Eindrücken erklären ließ, denen er in den letzten Tagen ausgesetzt gewesen war.

Er fürchtete nichts mehr, als die Kontrolle über seine Fähigkeiten zu verlieren. Manchmal fragte er sich, wie dicht seine Psi-Begabungen und der Wahnsinn eigentlich nebeneinander lagen.

Er wäre fast gegen Rhodan geprallt, der unvermittelt stehen geblieben war. Die graublauen Augen des Terraners richteten sich auf ihn, und sein Blick schien mühelos zu ergründen, was in Bjo vorging.

»Spürst du etwas?«

Der Katzer nickte schwach, obwohl er einen Augenblick vorher noch beschlossen hatte, Ausflüchte zu versuchen.

»Das glaube ich gern«, sagte Rhodan tiefgründig. »Ich fühle ebenfalls, dass etwas in der Nähe ist.«

Die Forscher waren ebenfalls stehen geblieben.

»Daloor«, sagte Rhodan, »wann werden wir den s-Tarvior erreichen?«

»In kurzer Zeit.«

»Ist es möglich, dass wir ihn spüren können?«

Daloor stieß einen hohen, für menschliche Ohren fast unhörbaren Pfiff aus. Der Translator reagierte dennoch. »Unmöglich!«

»Vielleicht für Sie«, erwiderte Rhodan. »Aber unser junger Freund hier hat besonders scharfe Sinne.«

Die Forscher wirkten aufgeregt. Vielleicht war es ein unerträglicher Gedanke für sie, dass ein Fremder den s-Tarvior spüren konnte, bevor sie selbst Kontakt aufnahmen.

»Sie haben versucht, uns zu erklären, was ein s-Tarvior ist«, erinnerte Rhodan. »Wenn ich Sie richtig verstanden habe, handelt es sich um den Anführer einer jeweils siebzig Mitglieder starken Gruppe von Forschern. Ihm fällt – vielmehr fiel – die Aufgabe zu, die Einsätze und Arbeiten zu integrieren und zu entscheiden, welche Ergebnisse der Forschungseinsätze an den Datenspeicher des MODULS weitergegeben wurden.«

»Ich bin echauffiert!«, behauptete Daloor.

Bjo Breiskoll fragte sich, ob dem Translator ein Fehler unterlaufen war, aber schon wurde seine Aufmerksamkeit wieder abgelenkt.

»Ihre Darstellung entspricht einer groben Skizze«, fuhr der Forscher fort.

»Das kann ich mir denken«, gab Rhodan trocken zu. »Deshalb wäre es nötig, dass Sie uns weitere Einzelheiten berichten.«

»Ein s-Tarvior setzt sich aus einer Anzahl von Fragmenten zusammen, die der Zahl der Forscher entspricht, die von ihm betreut werden.«

»Sehr anschaulich. Und was bedeutet das wirklich?«

»Jeder Forscher gibt einen Teil von sich an den s-Tarvior ab. So bildet ein s-Tarvior zugleich die Summe der von ihm betreuten Forscher.«

Rhodan blickte seine Begleiter fragend an.

»Eine Art multiples Wesen«, vermutete Mentro Kosum zurückhaltend.

»Das wäre ein Hinweis auf eine robotische Herkunft«, folgerte Tschubai so leise, dass die Translatoren seine Worte nicht auffangen konnten.

»Mir macht weniger die Charakteristik der s-Tarvioren Sorge als ihre Aufgabe«, bekannte Rhodan. »Müssen wir nicht befürchten, dass Kaveers s-Tarvior sofort die Kontrolle über einen Forscher seiner Gruppe übernimmt, sobald dieser vor ihm steht?«

»Aber die Forscher vertrauen uns!«, klang Tolots dröhnendes Organ dazwischen.

»Die Forscher – ja«, bestätigte Rhodan. »Kann sie auch diese Summe von Einheiten von unserer Vertrauenswürdigkeit überzeugen?«

Niemand empfand Neigung, diese Frage zu erörtern.

»Die s-Tarvioren«, nahm Rhodan seine Überlegung wieder auf, »haben die Forscher vom MODUL weggeschickt. Das taten sie vermutlich nach Rücksprache mit dem COMP, der meiner Ansicht nach unmittelbaren Kontakt mit der Kaiserin von Therm herzustellen im Stande war oder noch ist. Ohne unsere Intervention wären Daloor, Kaveer und Poser nicht hierher zurückgekommen. Frage: Wie reagieren die s-Tarvioren auf eine solche Rückkehr?«

»Sie werden den COMP befragen, und der COMP befragt die Kaiserin von Therm«, vermutete Kosum. »Dann sind wir aus dem Schneider, denn die Kaiserin wird bestätigen, dass sie uns den Auftrag zur Rettung des MODULS gegeben hat.«

»Falls der COMP noch Kontakt mit der Kaiserin hat, was ich bezweifle!«, rief Rhodan. »Diese Wolke, in der das MODUL festsitzt, verhindert jede Art von Funkverkehr über größere Entfernungen.«

»Falsch«, sagte Tschubai. »Die Kaiserin wusste von dem Unfall, und sie kannte die Koordinaten dieses Sektors. Also muss sie mit dem COMP zumindest Verbindung gehabt haben.«

»Man kann das auch anders sehen«, widersprach Rhodan. »Da die Kaiserin regelmäßig Kontakt hatte, war sie über das jeweilige Einsatzgebiet des MODULS informiert. Als der Kontakt plötzlich abbrach, wusste sie, dass eine Havarie erfolgt sein musste. Das MODUL kann nur in dem Gebiet stehen, von wo die letzte Meldung kam.«

»Wir haben keine andere Wahl, als zu ergründen, was richtig ist.« Kosum seufzte.

Rhodan wandte sich noch einmal an Bjo Breiskoll: »Würdest du die Impulse als positiv oder negativ bezeichnen?«

»Ich weiß nicht, ob sie in dieser Form überhaupt zu beurteilen sind«, antwortete der Katzer ratlos. Seine Stimme klang gequält.

»Ich weiß, dass viel auf dich eingestürmt ist, und kann mir denken, wie dir zumute ist«, sagte Rhodan verständnisvoll. »Trotzdem muss ich dich um deine Hilfe bitten, denn du bist genau wie wir darauf angewiesen, wieder von hier zu entkommen.«

In Breiskolls Augen leuchtete es kurz auf. »Zurück zur SOL ...«, seufzte er sehnsüchtig.

»Lass den Kontakt nicht abbrechen und warne uns, sobald du den geringsten Verdacht hast, dass eine gefährliche Situation entstehen könnte.«

»Gut«, sagte der Katzer.

»Führen Sie uns zu dem s-Tarvior!«, bat Rhodan die drei Forscher. »Es gibt offenbar keine andere Möglichkeit.«

»Wir merken, dass Sie sich Gedanken machen«, entgegnete Daloor. »Das betrübt uns sehr, weil wir annehmen müssen, dass wir Ihnen dazu Veranlassung gegeben haben. Wir glauben jedoch fest daran, dass Sie ebenso Beauftragte der Kaiserin von Therm sind wie wir. Außerdem haben die persönlichen Erfahrungen, die wir an Bord der SOL machen durften, uns in der Meinung bestärkt, dass wir Ihnen vertrauen können.«

Obwohl die Verständigung nur über die Translatoren erfolgte, glaubte Bjo im Pfeifen des Forschers einen beinahe flehenden Unterton bemerkt zu haben. Die drei Wesen waren um ein gutes Verhältnis zu den Besatzungsmitgliedern der SOL bemüht. *Aber,* wiederholte er in Gedanken die Frage, die Rhodan bereits ausgesprochen hatte, *gilt das auch für die s-Tarvioren?*

Sie setzten ihren Marsch fort. An eine Benutzung der Flugaggregate war kaum zu denken, so eng wurden die einzelnen Gänge. In unregelmäßigen Abständen mussten sie sich durch Schotten schleusen, und diese Manöver gestalteten sich für den Haluter jeweils äußerst umständlich.

Endlich gelangten sie wieder in eine ausgedehnte Halle.

»Ein Hangar«, vermutete Rhodan.

»Hier standen früher die Forschungsschiffe meiner Gruppe«, bestätigte Froul Kaveer. Der Gedanke an seine verschollenen Artgenossen schien ihn zu überwältigen, denn er fügte niedergeschlagen hinzu: »Was mag aus ihnen geworden sein?«

»Ich bin sicher, dass viele aus der Falle entkommen sind«, sagte der Terraner. »Die Forscher werden sich auf Planeten dieses Raumsektors ansiedeln.«

»Wir werden uns niemals wieder sehen«, befürchtete Kaveer.

Nicht ein einziges Forschungsschiff war in dem Hangar zurückgeblieben. Die Gruppe durchflog die Halle, wobei die Forscher wie zuvor von den Menschen und dem Haluter transportiert wurden.

Auf der anderen Seite stießen sie auf ein großes Schott.

»Irgendwo darunter befindet sich der s-Tarvior!«, hörte Bjo sich ausrufen. »Er weiß, dass wir angekommen sind.«

»Wir schicken Froul Kaveer vor«, entschied Rhodan. »Wir wollen diesen s-Tarvior nicht erschrecken, denn es ist möglich, dass er nach wie vor großen Einfluss auf die Forscher und Funktionsabläufe in dieser Umgebung hat.«

Nach einer kurzen Aussprache mit seinen beiden Kollegen erklärte Kaveer sich bereit, allein durch die Druckschleuse zu gehen.

Bjo sah Rhodans skeptischen Gesichtsausdruck. Die Gedanken des mentalstabilisierten Mannes vermochte er nicht zu erkennen. Dazu hätte Rhodan sein Bewusstsein freiwillig für Bjos telepathische Sinne öffnen müssen.

»Hoffentlich dauert die Kontaktaufnahme nicht zu lange«, sagte der Terraner.

Bjo, der sich die ganze Zeit über auf den s-Tarvior konzentriert hatte, erinnerte sich daran, dass sie sich nicht allein in dem MODUL befanden. Unwillkürlich suchte er die Umgebung nach den Impulsen der schwarzbepelzten Wesen ab.

Er zuckte entsetzt zusammen. Eine größere Gruppe befand sich in der Nähe. Bjo glaubte, den spärlichen Informationen eines fremden Bewusstseins entnehmen zu können, dass die Fremden Spürgeräte einsetzten und ziemlich genau wussten, wo sie zu suchen hatten.

»Ich glaube, dass sie uns auf den Fersen sind«, warnte der Katzer. »Sie sind deutlich zu spüren.«

Rhodan schickte Tolot und Tschubai zum anderen Ende des Hangars zurück, damit die Verfolger unter allen Umständen so lange aufgehalten wurden, bis Kaveer ein Abkommen mit dem s-Tarvior getroffen hatte.

Die Minuten verstrichen.

Bjo Breiskolls Blicke wanderten zwischen der Druckschleuse und dem Versteck von Tolot und Ras hin und her.

»Sie haben die andere Seite des Zugangs erreicht!«, rief Tschubai in diesem Augenblick. »Wir schweißen das Schott zum Hangar zu.«

Doch die Verfolger schienen diese Absicht geahnt zu haben, denn sie eröffneten das Feuer. Eine Feuerwalze schob sich vor ihnen in den Hangar. Mit weit aufgerissenen Augen registrierte Bjo Breiskoll die Entschlossenheit der Schwarzbepelzten.

Endlich kam Froul Kaveer zurück. »Der s-Tarvior verlangt einen Beweis, dass Sie wirklich im Auftrag der Kaiserin von Therm in das MODUL gekommen sind«, sagte er ohne Umschweife.

An Rhodans ausbleibender Reaktion erkannte Breiskoll, dass der Terraner mit einer ähnlichen Nachricht gerechnet hatte.

Das Fauchen der gegnerischen Energiewaffen hallte durch den Hangar und den Korridor.

»Unsere Anwesenheit ist der Beweis!«, rief Rhodan.

Kaveer sagte nachdrücklich: »BARDIOCS Beauftragte sind ebenfalls hier!«

Damit sind wir endgültig in einer Sackgasse!, dachte Breiskoll entsetzt. Er hatte das Gefühl, irgendetwas tun zu müssen. Wahrscheinlich wäre er in wilder Flucht durch den Korridor gerast, nur weg von dem Hangar, wenn Rhodans Anwesenheit ihm nicht einen gewissen Halt geboten hätte.

»Lareena!«, maunzte er. Das Blut schoss ihm in den Kopf, als er sich bewusst wurde, dass er einen lauten Schrei ausgestoßen hatte. Aber niemand reagierte darauf.

»Wir gehen zusammen zu dem s-Tarvior!« Rhodan schritt auf das nächste offene Schott zu.

Seine Gelassenheit strahlte auf Bjo aus. Der Katzer zitterte zwar noch am ganzen Körper und drehte den Kopf heftig hin und her, aber er hatte sich wieder unter Kontrolle.

Einen Augenblick sah es so aus, als wollten die drei Forscher sich vor dem Zugang postieren und Rhodan den Durchgang verweigern, aber dann überlegten sie es sich doch anders und wichen zur Seite.

Bjo Breiskoll warf noch einen letzten Blick zurück. Ras Tschubai und der Haluter erwiderten inzwischen das Feuer der Schwarzpelze. Dieses Bild brannte sich tief in Bjos Gedächtnis ein, während er den anderen durch das offene Schott folgte.

Links von ihm erstreckte sich bald eine mit wabenförmigen Öffnungen durchsetzte Wand. Auf der rechten Seite befand sich ein unförmiger Behälter, der mit Schläuchen an die zweite Wand angeschlossen war.

Daloor richtete eine Greifklaue auf die Öffnungen. »Das sind die Unterkünfte der Forscher«, erklärte er.

Der Katzer fragte sich prompt, ob das die Wahrheit war. Er konnte sich nur schwer vorstellen, dass ein Lebewesen es längere Zeit in einer derart engen Röhre aushielt. Hatten Kaveer und seine Artgenossen hier immer dann wie Korken in Flaschen gesteckt, wenn sie nicht gerade mit ihren Forschungsschiffen in den Einsatz gegangen waren? Das war eine Unterbringung für Roboter, aber wohl kaum für fühlende Intelligenzen.

Kaveer war zu einer Öffnung in der unteren Reihe geeilt. »Darin lebte ich!«, pfiff er aufgeregt. Es hatte den Anschein, als wäre er am liebsten auf der Stelle hineingekrochen.

Nach den Erkenntnissen, die sie gerade gewonnen hatten, mussten sie ihre Ansichten über die Forscher revidieren, überlegte der junge Breiskoll. Daloor und seine Freunde waren noch fremdartiger, als die Menschen bisher angenommen hatten.

In diesem Moment verschwand Froul Kaveer tatsächlich in der Röhre.

Perry Rhodan stürmte vor, packte den Forscher an den Beinen und versuchte, ihn zurückzuziehen.

Bjo vergaß fast zu atmen. Was der Terraner tat, war nicht mehr unerschrocken – das war verrückt!

Und es blieb erfolglos.

Bjo, der schon einige Beispiele für die ungewöhnliche Körperkraft dieser seltsamen Wesen erhalten hatte, sah sich in seiner Meinung erneut bestätigt. Kaveer strampelte kurz mit den Beinen und stieß Rhodan zurück. Dann war er nicht mehr zu sehen.

»Was machen Sie da?«, protestierte Daloor. »Er *muss* in die Röhre, wenn er mit dem s-Tarvior sprechen will.«

Die Menschen, begriff Bjo Breiskoll schlagartig, waren durch diese Prozedur von vornherein von einem Kontakt mit den s-Tarvioren ausgeschlossen.

Kaarmansch-Xes und seine Begleiter erreichten den Kampfplatz kurze Zeit nach dem zweiten Aufeinanderprall einer Gruppe von Hulkoos mit den Fremden. Verdrossen registrierte der Kommandant die räumlichen Gegebenheiten, die es dem Gegner erlaubten, überall Deckung zu finden und praktisch jede Stellung über einen längeren Zeitraum hinweg zu verteidigen.

Kaarmansch-Xes erwog den Einsatz von schweren Waffen, doch die hätten zunächst einmal vom Mutterschiff herbeigeschafft werden müssen. Ein zweiter negativer Aspekt waren die Verwüstungen, zu denen es bei der Verwendung solcher Waffen zweifellos gekommen wäre. CLERMAC würde sicher unfreundlich reagieren, wenn Kaarmansch-Xes ihm das in die Falle gegangene Objekt als teilweisen Trümmerhaufen präsentierte.

Der Hulkoo zog seine Männer aus dem umkämpften Hangarbereich zurück. Zwei von ihnen waren schwer verletzt. Inzwischen hatte Kaarmansch-Xes Robottruppen vom Mutterschiff angefordert. Sie sollten nach ihrer Ankunft die Angriffsspitze bilden.

»Es gibt hier ein System von Korridoren und Räumen«, informierte der Kommandant seine Soldaten. »Deshalb müssen wir versuchen, die gegnerische Gruppe zu umgehen. Die Fremden haben sicher einen guten Grund, sich hier zu verschanzen. Wahrscheinlich befinden wir uns in einem wichtigen Sektor. Das bedeutet, dass wir behutsam vorgehen müssen. Bis zum Eintreffen der Roboter versuchen wir, dieses Gebiet einzuschließen, sodass der Feind nicht ausbrechen kann.«

Inzwischen waren dreißig Hulkoos anwesend. Kaarmansch-Xes teilte sie in sechs Gruppen auf. Fünf Männer sollten den Gang bewachen, der vom Gegner bisher erfolgreich verteidigt worden war. Die übrigen Gruppen würden sich verteilen und versuchen, die Fremden einzukreisen.

»Kämpft nur mit eingeschalteten Schutzschirmen!«, befahl Kaarmansch-Xes. »Wir dürfen nicht noch eine so unangenehme Überraschung erleben wie Zolterocs und dessen Begleiter.«

Er wusste, dass er sich auf die Einsatzbereitschaft seiner Männer verlassen konnte. Eine andere Frage war, wie es um deren Fähigkeit stand, eine veränderte Situation blitzschnell zu erfassen und entsprechend zu handeln. Die Hulkoos pflegten sich stets stur nach einem erhaltenen Befehl zu richten.

Der Kommandant führte seine eigene Gruppe in einen Parallelgang. Angesichts der labyrinthartigen Anordnung der Korridore in diesem Bereich der Station erwartete er, dass es zu jedem größeren Raum mehrere Zugänge gab. Darauf basierte sein Plan, den Gegner zu umgehen und ihn von der Flanke oder von hinten anzugreifen.

Ras Tschubai hatte über Funk mitgeteilt, dass die Verfolger ihre Angriffe eingestellt hatten.

»Das bedeutet nicht, dass sie ihre Absichten aufgegeben haben«, sagte Rhodan. »Vermutlich werden sie zu einer anderen Taktik greifen.« Er wandte sich an die beiden Forscher. »Daloor, wie viel Zugänge hat dieser Raum?«

»Sieben«, lautete die spontane Antwort.

»Wir können unmöglich alle bewachen. Aber vielleicht kann Bjo uns rechtzeitig warnen, wenn er spürt, dass die Schwarzpelze von einer anderen Seite angreifen.«

Der rot-braun gefleckte Katzer nickte.

Rhodan deutete auf die Röhre, in der Kaveer verschwunden war. »Wie lange wird die Besprechung dauern?«

»Das ist nicht mein s-Tarvior«, pfiff Daloor. »Es hängt alles davon ab, ob er ihn überzeugen kann.«

»Würden Sie uns direkt zum COMP führen, wenn wir uns mit dem s-Tarvior nicht einigen können?«

»Das hätte wenig Sinn, Perry Rhodan. Wir werden an Bord des MODULS von den s-Tarvioren kontrolliert. Wenn wir sie gegen uns haben, können wir den COMP nicht retten.«

»Also warten wir ...«

Bjos telepathische Sinne tasteten die Umgebung ab. Die Impulse der unbekannten Raumfahrer kamen mittlerweile aus verschiedenen Richtungen. »Ich glaube, sie kreisen uns ein«, warnte er.

»Damit habe ich gerechnet«, gab Perry Rhodan zurück. »Daloor, machen Sie Ihrem Freund Kaveer klar, dass wir in Schwierigkeiten geraten, wenn er nicht bald eine Entscheidung herbeiführen kann.«

Zögernd trat Daloor vor die Röhre und stieß ein paar schrille Pfiffe aus. Da der Translator nicht ansprach, stand zu vermuten, dass Daloor nur seiner gefühlsmäßigen Verfassung Ausdruck verliehen hatte. Diese besondere Art der Verständigung zwischen den Forschern wurde äußerst selten, jedoch stets in besonderen Situationen angewandt.

Kaveer schien sofort zu verstehen, worum es ging, denn er schob sich rückwärts aus der Röhre. Die drei Männer blickten ihn gespannt an.

»Der s-Tarvior steht mit dem COMP in Kontakt«, berichtete Kaveer. »Der Datenspeicher hat jedoch keine Verbindung zur Kaiserin von Therm und ist daher darauf angewiesen, sich aus den vorliegenden Fakten ein Bild zu machen.«

»Und wann wird diese Meinungsbildung abgeschlossen sein?«, erkundigte sich Kosum.

»Der COMP wird uns davon in Kenntnis setzen. Auf jeden Fall sind wir aufgefordert, uns zu ihm zu begeben.«

Bjo sah Rhodan aufatmen. Die Einladung des COMPS konnte nur bedeuten, dass er die Menschen nicht für Feinde hielt.

»Ist der COMP sich darüber im Klaren, dass wir nicht allein an Bord des MODULS sind?«, fragte Rhodan. »Wir werden von einer Gruppe fremder Raumfahrer verfolgt, wahrscheinlich Beauftragte BARDIOCS.«

»Die s-Tarvioren werden uns beistehen!«, behauptete Kaveer.

Rhodans Miene drückte Skepsis aus. »Führen Sie uns zum COMP!«, forderte er den Forscher auf. »Dann werden wir sehen, was wir von diesem Beistand zu halten haben.«

Tolot und Tschubai wurden über Funk über die jüngste Entwicklung unterrichtet und zurückbeordert. Danach verließ die Gruppe die Unterkunft durch einen Gang, der gerade noch breit genug war, um Tolot passieren zu lassen.

»Es ist möglich, dass einige Zeit kein Funksprechkontakt zwischen Ihnen und Ihren Freunden möglich sein wird«, verkündete Kaveer. »Die s-Tarvioren werden entsprechende Störimpulse ausstrahlen, um unsere Gegner zu irritieren.«

Bjo Breiskoll rechnete mit Rhodans Protest, doch der Terraner schwieg. Für den jungen Mutanten war die Störung der Funkverbindung ein zweischneidiges Schwert. Sobald sie in Räume ohne künstliche

Atmosphäre gelangten, waren sie von dieser Maßnahme genauso betroffen wie die Angreifer.

Bjo richtete seine Aufmerksamkeit auf die Gedanken der Forscher. Er suchte nach Anhaltspunkten für sein wachsendes Misstrauen. Daloor und die beiden anderen waren sehr erregt, aber sie schienen für ihre menschlichen Begleiter nur freundliche Gefühle zu hegen.

Der Gang machte eine Biegung und mündete wenig später in eine Art Kessel. Bjos Aufmerksamkeit wurde sofort von dem zentralen Punkt des Raumes in Anspruch genommen, einem transparenten Sockel von etwa einem Meter Höhe. Im Innern des Gebildes, das senkrecht aus dem Boden ragte, befand sich eine grazile kristalline Struktur. Von ihr ging ein schwaches Leuchten aus.

Auch Rhodans Blicke schienen davon angezogen zu werden, denn er bewegte sich darauf zu.

»Solche kristallinen Verbindungen habe ich auch in den Berührungskreisen der Kaiserin von Therm auf Pröhndome und Blotgrähne gesehen«, erinnerte er sich. »Ich bin sicher, dass wir nicht mehr weit vom Mittelpunkt des MODULS entfernt sind.«

»Das ist eine Nebenstation des COMPS«, erklärte einer der Forscher. »Wir brauchen uns hier nicht aufzuhalten. Wenn wir passieren können, bedeutet das, dass der COMP mit unserer weiteren Annäherung einverstanden ist.«

Hinter dem Sockel teilte sich der Boden. Ein kabinenähnlicher Kasten glitt lautlos in den Raum. Daloor machte ein Zeichen, dass alle anderen zurückbleiben sollten. Er begab sich in die Kabine. Bjo hörte ihn leise pfeifen. Gleichzeitig esperte er, dass die Verfolger aufholten.

Der kesselähnliche Raum besaß mehrere Zugänge, sodass ein Angriff von jeder Seite aus möglich war.

»Wir bekommen Besuch!«, rief Bjo seinen Begleitern zu.

»Von welcher Seite?«, fragte Tolot.

Der Katzer deutete zögernd auf einen Gang hinter der Kabine. Die vielen fremdartigen Impulse erschwerten ihm eine genaue Lokalisierung.

»Das übernehme ich«, sagte Tolot. Er entsicherte seine Waffe und verschwand in dem von Bjo bezeichneten Korridor. Gleich darauf war das charakteristische Fauchen von Energieentladungen zu hören.

Rhodan sagte etwas, aber Bjo vernahm nur ein Rauschen im Helmlautsprecher. Das Störmanöver der s-Tarvioren hatte begonnen, und somit war auch die Verbindung zu Tolot unterbrochen.

Endlich kam Daloor wieder aus der Kabine. »Wir gehen weiter!«, verkündete er.

Wie auf ein geheimes Signal schoben sich drei weitere Kabinen aus dem Boden. Daloor ließ keine Zweifel daran, dass die Männer von der SOL sich in diese Behälter begeben sollten.

Rhodan schaltete den Helmfunk ab. Nun war seine Stimme nur mehr durch die Sprechmembrane zu verstehen.

»Ras, du bleibst wieder mit Tolotos zurück!«

Der Teleporter nickte knapp.

Bjo folgte Daloor in eine der Kabinen, Rhodan und Kosum teilten sich mit den anderen Forschern zwei Behälter. Eine Kabine blieb unbesetzt, aber Bjo bezweifelte, dass Tolot und Tschubai, für die sie zurückgelassen wurde, gemeinsam darin Platz finden würden.

Der Eingang schloss sich hinter Bjo und dem Forscher.

Der Katzer glaubte, eine Bewegung festzustellen, aber er hätte nicht zu sagen vermocht, in welche Richtung die Kabine sich bewegte. Er scheute davor zurück, Daloor danach zu fragen. Der Forscher schien jedenfalls genau zu wissen, wann sie ihr Ziel erreichten, denn er trat vor die Tür, noch bevor diese sich öffnete.

Als sie aufglitt, wurde der Katzer von einer unerwarteten Lichtflut geblendet. Prompt blieb er stehen, obwohl sein Begleiter die Kabine bereits verlassen hatte.

»Kommen Sie!«, forderte Daloor ihn auf. »Wir sind in der Halle des COMPS.«

Bjo kniff die Augen zusammen und trat hinaus. Vor ihm lag ein gewaltiger Raum, der nach oben keine Grenze zu haben schien, denn er konnte keine Decke sehen. Die Vermutung lag nahe, dass dieser Raum sich bis zur Plattform hinauf erstreckte.

Als Bjo sich an die Helligkeit gewöhnt hatte, sah er den COMP.

Obwohl das Gebilde nicht die entfernteste Ähnlichkeit mit einem Datenspeicher hatte, zweifelte der Katzer keinen Augenblick daran, dass er vor der wichtigsten Anlage des MODULS stand.

Der COMP glich einem dreißig Meter hohen runden Turm. Sein Durchmesser betrug etwa zehn Meter.

Die Konstruktion bestand aus zahllosen kristallinen, hell leuchtenden Fadengeweben, die den COMP spinnennetzartig durchzogen. Im unteren Teil des Turmes waren schenkeldicke Kristalladern zu sehen, die sich nach oben verjüngten und in ein undurchsichtiges Geflecht von unzähligen feinen Verästelungen übergingen. Die kokonähnliche Außenhülle wies zahlreiche Öffnungen auf.

Die drei Männer standen schweigend vor dem COMP. Bjo ertappte sich dabei, dass er telepathischen Kontakt zu dem Datenspeicher aufzunehmen versuchte. Auf parapsychischer Ebene blieb der COMP jedoch stumm. Dennoch ließ seine Ausstrahlung keinen Zweifel daran, dass er auf besondere Art von Leben erfüllt war.

Der COMP sah aus, als hätte ihn eine geheimnisvolle Macht erst vor wenigen Augenblicken hier abgestellt.

Rhodan brach als Erster das Schweigen. »Das ist ein sehr ungewöhnlicher Datenspeicher«, bemerkte er.

Seine Worte galten den Forschern, doch diese reagierten nicht darauf. Sie hatten ihre LOGIKOR-Geräte hervorgezogen und warteten offenbar auf Anweisungen.

Kosum umrundete den Turm. »Mit einer Space-Jet werden wir dieses Ding kaum von hier wegbringen können«, meinte er schließlich.

»Die Halle reicht bis zur Plattform hinauf!«, stellte Perry Rhodan fest. »Ich nehme an, dass unmittelbar unter der MODUL-Oberfläche eine Schleuse existiert. Wir müssen sie öffnen und Antigravprojektoren an dem COMP befestigen. Auf diese Weise können wir ihn aus dem MODUL an Bord der SOL transportieren.«

»Dazu muss die SOL aber erst einmal herkommen«, sagte Kosum skeptisch.

Bjo Breiskoll war von der Lichtfülle des COMPS immer noch wie betäubt. Eine merkwürdige Beklemmung hatte sich um seinen Brustkorb gelegt. In der Nähe des Speichers fühlte er sich unbehaglich.

»Glauben Sie wirklich, dass dieses Gebilde alle Daten enthält, die das MODUL auf der Großen Schleife gesammelt hat?«, wandte Rhodan sich an die drei Forscher.

»Seine Kapazität ist unerschöpflich«, erwiderte Daloor. »Das MODUL könnte bis zum Ende der Zeit unterwegs sein, ohne dass der COMP in Schwierigkeiten käme.«

»Das ist eine kühne Behauptung.« Rhodan lächelte. »Ich bin sicher, dass der COMP zwischen wichtigen und unwichtigen Fakten zu selektieren weiß. Wenn er nur das aufnimmt, was Bedeutung hat, und aufgrund seiner Funktion Wiederholungen ausschließt, kann er freilich bis in alle Ewigkeit speichern.«

»Werden Sie ihn retten können?«, fragte Kaveer gespannt.

Rhodan wurde nachdenklich. »Unter normalen Umständen wäre das kein Problem. Die Frage ist nur, wie wir die SOL herbringen und uns bei der Übernahme die Schwarzpelze vom Leib halten.« Er warf einen Blick in Bjos Richtung, der leicht gekrümmt dastand und am ganzen Körper zitterte. »Schwierigkeiten, Bjo?«

Der Katzer winkte ab. Er wollte etwas sagen, doch seine Stimme war mittlerweile wie gelähmt. Der COMP besaß eine Aura, die ihn schier erdrückte.

»Denkst du, dass er gefährlich ist?«, fragte Rhodan beunruhigt.

»Ich weiß nicht«, gab Bjo krächzend zurück. »Auf jeden Fall bin ich froh, wenn wir hier wegkommen.«

»Vergessen wir nicht, dass dieser seltsame Datenspeicher sehr wahrscheinlich die Koordinaten der Erde enthält«, erinnerte Rhodan. »Allein das ist Grund genug, ihn von hier wegzuholen.« Er sah den Katzer an. »Ich weiß, dass es eine große Anstrengung für dich bedeutet, Bjo, aber du musst versuchen, telepathischen Kontakt zu Gucky herzustellen. Auf diese Weise können wir das SOL-Mittelteil vielleicht hierher führen.«

Breiskoll begriff, dass dies kein neuer Plan war. Rhodan hatte von Anfang an beabsichtigt, sich auf seine telepathischen Fähigkeiten zu verlassen.

»Ich glaube nicht, dass ich das schaffe«, sagte Bjo.

»Wir haben keine andere Wahl. Ras kann unter den gegebenen Umständen keine Teleportation wagen, und unsere Space-Jet ist ein Wrack – falls sie überhaupt noch existiert!«

Bjo schluckte krampfhaft.

»Versuche, dich zu entspannen!«, riet ihm Rhodan. »Ich bin sicher, dass Gucky und Fellmer Lloyd aufmerksam sind. Sie werden dich unterstützen, wenn nur die geringste Kontaktmöglichkeit besteht.«

Der Katzer starrte in Richtung des COMPS.

»Hast du den Eindruck, dass du in der Nähe des Speichers behindert bist?«, fragte Kosum.

Bjo hob ratlos die Schultern. »Ich versuche es!«, sagte er.

11.

Die Störung im Funkverkehr traf die Hulkoos wesentlich schlimmer als die kleine Gruppe von der SOL. Das lag einmal an der von Kaarmansch-Xes befohlenen Dezentralisierung der Kampfeinheiten und zum anderen an der Unfähigkeit der Raumsoldaten, in einer veränderten Situation über den erhaltenen Befehl hinaus eigene Initiative zu entwickeln.

Für den Hulkoo-Kommandanten wäre diese Beeinträchtigung für sich allein jedoch kein Grund gewesen, die Verfolgung der Fremden aufzugeben. Was ihn schließlich dazu veranlasste, war der Untergang der von ihm angeforderten Roboterarmee.

Knapp vierhundert Kampfmaschinen hatten das Mutterschiff verlassen und waren auf die Plattform niedergeschwebt, um von dort aus in die Station einzudringen und in die Auseinandersetzung einzugreifen. Dazu kam es jedoch nicht. Kaum waren die Roboter gelandet, bildete sich um sie herum ein energetisches Feld. Die Automaten bewegten sich nur noch ruckartig und taumelten durcheinander, sie verloren jede Orientierungsfähigkeit, prallten auf Hindernisse, stießen gegeneinander und sanken schließlich zu Boden.

Dort lagen sie eine Zeit lang bewegungslos, bis sie unvermittelt aufglühten und zu unförmigen metallischen Klumpen zusammenschmolzen. Im Innern des MODULS wartete Kaarmansch-Xes vergeblich auf das Eintreffen der Kampfmaschinen.

Sein ausgeprägtes Gefühl für gefährliche Situationen veranlasste den Kommandanten schließlich zu einer Änderung seiner Taktik. Er entschloss sich zum Rückzug seiner Truppen auf die Oberfläche der Station.

Weil er die schon weit verstreuten Soldaten über Funk nicht erreichen konnte, schickte er seine Begleiter los, die den Befehl hatten, alle Kämpfer zusammenzuziehen und auf die Plattform zu führen. Er selbst brach allein dorthin auf.

Als er die Oberfläche erreichte, funktionierte sein Funkgerät wieder. Beim Kontakt mit dem Mutterschiff erfuhr er vom Ende der Roboter.

Kaarmansch-Xes beherrschte sich nur mühsam. Er erkannte, dass die Fremden von den robotischen Anlagen des in der Falle gefangenen Objekts unterstützt wurden. Das war ein schwerer Schlag, denn er konnte kaum noch hoffen, in der Station Erfolge zu verzeichnen. Er musste die Verfolgung und den Kampf zunächst aufgeben.

Irgendwann würde der Gegner die Station verlassen. Das war dann der Zeitpunkt, das Kriegsglück zu wenden.

Kaarmansch-Xes wartete, bis seine Raumsoldaten nacheinander erschienen. Er schickte alle in die Beiboote. Wenig später startete der kleine Verband und nahm Kurs auf das Mutterschiff.

Der Hulkoo-Kommandant begab sich sofort in die Zentrale.

»Besondere Umstände haben mich gezwungen, die Station zu verlassen«, sagte er zu seinem Stellvertreter. »Doch ich gebe nicht auf. Wir beobachten zunächst. Irgendwann müssen die Unbekannten wieder auftauchen, dann schlagen wir zu.«

»Sollten wir versuchen, Verstärkung herbeizurufen?«, wandte sein Stellvertreter ein.

Kaarmansch-Xes hatte schon daran gedacht. Nur war eine Funkverbindung zu den anderen Schiffen der Flotte wegen der hyperphysikalischen Gegebenheiten unmöglich. Und loszufliegen und die außerhalb der Wolke stehenden Schiffe zu holen, hätte nicht nur viel Zeit gekostet, sondern auch die Frage aufgeworfen, ob es überhaupt möglich sein würde, die Station wiederzufinden.

Nein!, dachte Kaarmansch-Xes. *Wir müssen zumindest so lange ausharren, bis das Problem der fremden Raumfahrer gelöst ist.*

»Wir könnten nicht kontrollieren, was während unserer Abwesenheit geschieht«, sagte er zu seinen Artgenossen. »Deshalb bleiben wir hier. Solange wir uns an Bord dieses Schiffes befinden, sind wir den anderen überlegen.«

Geduld gehörte nicht zu seinen hervorragendsten Eigenschaften, deshalb rechnete er damit, dass er auf eine harte Probe gestellt werden könnte.

»Was machen wir, wenn unsere Feinde sich überhaupt nicht mehr sehen lassen?«, fragte ein Besatzungsmitglied.

»Das halte ich für ausgeschlossen«, antwortete Kaarmansch-Xes. »Vielleicht werden sie versuchen, die Station aus der Wolke zu steuern, doch wer die Zerstörungen dort gesehen hat, weiß, dass dieses Objekt manövrierunfähig ist.«

CLERMAC, dachte er, hätte sicher sofort eine Lösung gefunden, aber die Inkarnation konnte nicht benachrichtigt werden. Vielleicht würde sie in absehbarer Zeit von sich aus eingreifen.

Dann jedoch würde die Auseinandersetzung im Zentrum des ehemaligen Courstebouth-Systems längst entschieden sein.

Icho Tolot war es gelungen, sich mit Ras Tschubai in die vierte Kabine zu zwängen. In der Halle des COMPS angelangt, berichtete der Teleporter vom Rückzug der Verfolger. »Glaubst du wirklich, dass sie aufgegeben haben?«, fragte er Rhodan anschließend.

»Das bezweifle ich. Ich vermute eher, dass sie uns auf der Plattform erwarten. Das kompliziert die Rettung des COMPS. Mir wäre es lieber gewesen, könnten wir die Gegner während der Bergungsaktion hier im Innern des MODULS binden.«

Tschubai starrte in Richtung des Datenspeichers. »Wie wollen wir ihn überhaupt hier herausschaffen?«

Rhodan erklärte ihm und Tolot seinen Plan.

»Hattest du inzwischen Kontakt mit Fellmer oder Gucky auf der SOL?«, erkundigte sich Tschubai anschließend bei Breiskoll.

Niedergeschlagen schüttelte der Katzer den Kopf.

Ras Tschubai dachte einen Augenblick nach und wandte sich dann an

Rhodan. »Was hältst du davon, wenn ich mit Bjo in den Weltraum teleportiere, damit er es von dort aus versuchen kann?«

Der Terraner wirkte nicht gerade glücklich dabei. »Denk an die Vorfälle auf Blotgrähne«, erwiderte er. »Wir müssen befürchten, dass diese kristallinen Strukturen sich negativ auf Psi-Fähigkeiten auswirken. Das dürfte auch der Grund sein, warum Bjo weder Gucky noch Lloyd erreichen kann.«

»Die Situation ist hier anders als auf Blotgrähne«, widersprach der Teleporter. »Wenn der COMP noch funktioniert, kann er die Situation beurteilen. Deshalb müsste er alles zu unserer Unterstützung tun.«

»Das setzt voraus, dass er sich selbst in einer Weise kontrolliert, die ihm gestattet, die Wirkung der Kristalle auf Psi-Fähigkeiten zu neutralisieren.«

»Es käme auf einen Versuch an.«

Zu Rhodans Überraschung schaltete sich Bjo Breiskoll ein. »Lassen Sie uns diesen Versuch wagen!«, drängte er. »Ich spüre genau, dass ich in der Nähe dieses Gebildes nichts erreichen kann.«

Tschubai sah Rhodan an, weshalb dieser mit einer Entscheidung zögerte. Die Gefahr für beide Mutanten war groß. Es war nicht einmal sicher, ob sie überhaupt materialisieren konnten.

»Ich kann nicht zustimmen«, sagte der Terraner schließlich. »Falls ihr irgendwo im Nichts hängen bleibt ...«

»Dort oder hier im MODUL«, hielt ihm Tschubai entgegen, »wo ist da der Unterschied?«

»Nicht, solange wir hoffen können, dass die SOL uns hier findet!«, rief Rhodan. »Die Kelosker und der Rechenverbund werden eine Möglichkeit erarbeiten.«

»Dazu hatten sie lange genug Gelegenheit – ohne jeden Erfolg«, gab Kosum zu bedenken.

»Also gut«, stimmte Rhodan schweren Herzens zu. »Wahrscheinlich haben wir keine andere Wahl, wenn wir von hier wegkommen wollen.«

Tschubai ging zu Bjo Breiskoll und fasste ihn an der Hand. »Du kannst mir vertrauen, Bjo! Es wird nichts passieren.«

»Ich habe keine Angst«, versicherte der Katzer. »Ich bin sogar froh, wenn ich aus der Nähe des COMPS verschwinden kann.«

Er hatte kaum zu Ende gesprochen, als Ras Tschubai mit ihm entstofflichte.

Das zylinderförmige Mittelteil der SOL hatte seine Position seit der Ausschleusung der Space-Jet nicht verlassen. Die Ruhe an Bord konnte nicht darüber hinwegtäuschen, dass zumindest in der Zentrale fieberhafte Anspannung herrschte.

Die Verantwortlichen waren nach wie vor damit beschäftigt, den Standort des MODULS auszumachen. Dobrak und seine Kelosker standen ohne Unterbrechung mit dem Rechenverbund in Kontakt.

Bisher war es ihnen aber immer noch nicht gelungen, wirklich erfolgversprechende Daten zu erhalten.

Alle Mutanten hielten sich in der Zentrale auf, um sofort einsatzbereit zu sein.

Niemand wagte offen auszusprechen, was viele schon befürchteten: Es musste damit gerechnet werden, dass Perry Rhodan und seine Begleiter nicht mehr zurückkamen.

Ein Entkommen aus der Wolke war für die SOL wesentlich einfacher als die Entdeckung des MODULS. Geoffry Abel Waringer hatte nicht ohne Sarkasmus darauf hingewiesen. »Wenn der Rechenverbund uns schon nicht zum MODUL führen kann, sollte er zumindest so lange einen geraden Kurs halten können, bis wir aus der Wolke heraus sind.«

Die Funkverbindung zur SZ-1 und zur SZ-2 war nach wie vor unterbrochen, aber die SOL-Geborenen befürchteten, dass diese beiden Schiffsteile in einen Kampf mit den schwarzen Schiffen verwickelt waren.

Die Stimmung besserte sich erst, als Gucky und Fellmer Lloyd plötzlich aktiv wurden. »Ich spüre telepathische Rufe von Bjo Breiskoll!«, piepste der Mausbiber aufgeregt.

»Der Kleine hat Recht!«, bestätigte Lloyd. »Der Katzer will uns alarmieren. Wir sollen der Space-Jet folgen und das MODUL anfliegen.«

»Sie haben es also gefunden!«, stellte Dobrak zufrieden fest. »Lloyd, können Sie uns in die Nähe des MODULS führen?«

»Ich denke schon«, erwiderte der Telepath. »Allerdings setzt dieser Versuch voraus, dass Bjos Impulse nicht abreißen – sie sind leider sehr schwach.«

»Dann dürfen wir keine Zeit verlieren!«, entschied Waringer.

Die SOL beschleunigte.

»Ist eine Falle eigentlich ausgeschlossen?«, fragte Balton Wyt besorgt.

Fellmer blickte den Telekineten an. »Das sind eindeutig Bjos Impulse! Sie beinhalten allerdings auch eine Warnung. In unmittelbarer Nähe des MODULS befindet sich eines jener scheibenförmigen Raumschiffe.«

»Damit werden wir doch fertig!«, behauptete Gucky zuversichtlich.

Er blickte sich im Kreise der Mutanten um. Vielleicht besaß das gegnerische Schiff eine bessere waffentechnische Ausrüstung als das Mittelteil der SOL, aber es war zu bezweifeln, ob es über eine vergleichbare Psi-Streitmacht verfügte.

Allerdings gab es noch einen Punkt, der Gucky Sorge bereitete. Er überlegte, ob die Mutanten in der Nähe des MODULS ihre volle Kraft würden entfalten können.

Ein paar tausend Kilometer vom MODUL entfernt, spürte Bjo Breiskoll das Pulsieren des Weltraums noch stärker als in der Space-Jet oder auf dem MODUL. Sein Körper schien im Rhythmus des Alls zu schwingen. Fast hätte er sich diesem berauschenden Gefühl hingegeben und seine eigentliche Aufgabe vergessen. Doch Ras Tschubai ließ ihm keine Zeit dafür.

»Du musst versuchen, Gucky oder Fellmer telepathisch zu erreichen!«, drängte er den Katzer.

Der junge Mann konzentrierte sich. Er konnte die SOL selbst nicht wahrnehmen, aber seine telepathischen Rufe wurden schon nach kurzer Zeit erwidert.

Tschubai deutete Bjos freudigen Ausruf richtig. »Du hast sie gefunden?«

»Sie verstehen mich und antworten. Sie werden versuchen, sich anhand meiner Gedanken zu orientieren.«

»Warne sie vor dem schwarzen Schiff! Sobald sie in der Nähe erscheinen, werde ich mit dir an Bord teleportieren. Danach dürfte der Flug zum MODUL nur mehr eine Kleinigkeit sein.«

»Kann ich noch einige Zeit hier im Weltraum bleiben?«, fragte Bjo. »Ich fühle mich wie befreit von aller Last.«

Tschubai fragte besorgt: »Weißt du, was ein kosmischer Rausch ist?«

»Natürlich, ich habe davon gehört und auch die entsprechenden Informationen studiert. Aber ich weiß, was ich tue, und meine Empfindungen sind völlig klar.«

»Trotzdem bist du ein Wesen, das an einen Himmelskörper gebunden ist und dort leben muss – sei er nun natürlich oder künstlich.«

Bjo Breiskoll war einigermaßen ernüchtert, denn er sah ein, dass Tschubai Recht hatte. Allerdings entschloss er sich, dieses wunderbare Erlebnis so oft zu wiederholen, wie er nur Gelegenheit dazu finden konnte.

Als bald darauf die SOL in der Nähe erschien, war Bjo enttäuscht, dass sein Aufenthalt im Weltraum vorbei war. Er erhob jedoch keinen

Widerspruch, als Ras auf ihn zuflog und ihn packte. Augenblicke später materialisierten sie an Bord der SOL.

»Dieser junge Mann«, verkündete Ras Tschubai und legte dem Katzer eine Hand auf die Schulter, »wird uns nun zum MODUL führen.«

Als die Ortung das Erscheinen eines großen fremden Schiffes meldete, war Kaarmansch-Xes nicht übermäßig überrascht, denn er hatte insgeheim die Ankunft weiterer Gegner erwartet. Das kleine Schiff, das von den Hulkoos angegriffen worden war, hatte nur die Vorhut dargestellt. Deren Aufgabe war zweifellos gewesen, das Terrain zu sondieren.

Nun erst erschien das eigentliche Rettungskommando.

Der Kommandant fühlte sogar Erleichterung, denn endlich konnte die Entscheidung fallen.

»Wir greifen nicht sofort an!«, befahl er. »Ich bin sicher, dass die zuerst angekommenen Fremden an Bord genommen werden sollen. Sobald das geschieht, handeln wir – das ist der denkbar günstigste Augenblick.«

Die eigenen Schutzschirme bildeten einen undurchdringlichen Wall. Das Flaggschiff setzte sich in Bewegung und verschwand hinter der Halbkugel der Station.

Kaarmansch-Xes zweifelte nicht daran, dass der Gegner sein Manöver beobachtet hatte, aber das störte ihn wenig. Durch ihre Erfolge geblendet, würden die Fremden an einen Rückzug der Hulkoos glauben und umso überraschter sein, wenn sie plötzlich angegriffen wurden.

Die Art und Weise, wie die Gegner vorgingen, überzeugte Kaarmansch-Xes vollends, dass seine Einschätzung richtig war.

Das zylinderförmige Schiff näherte sich der Station und schwebte auf die große Plattform herab. Was dort geschah, war ortungstechnisch nur schwer auszumachen, aber Kaarmansch-Xes glaubte, es sich fast in allen Einzelheiten vorstellen zu können.

Er nahm an, dass die Teilnehmer des ersten Landeunternehmens an Bord des Mutterschiffs gingen. Was er nicht sah, war, dass sich an der Oberfläche ein riesiges Schleusentor öffnete.

»Es sieht so aus, als hätten die Schwarzpelze aufgegeben«, stellte Mentro Kosum fest.

Sie umstanden den COMP und beobachteten, wie die soeben eingetroffenen Wissenschaftler und Techniker den Turm untersuchten und die Antigravprojektoren befestigten, mit deren Hilfe der Datenspeicher in einen eigens vorbereiteten Lagerraum der SOL transportiert werden sollte.

»Das wage ich zu bezweifeln«, widersprach Rhodan dem Emotionauten. »Sie haben sich zurückgezogen, um abzuwarten, was wir vorhaben. Wahrscheinlich greifen sie an, bevor wir von hier verschwunden sind.«

Wenige Minuten später sollte sich herausstellen, dass seine Vermutung richtig gewesen war.

Waringer gesellte sich zu den beiden Männern. »Einen Datenspeicher habe ich mir immer völlig anders vorgestellt«, sagte der Wissenschaftler kopfschüttelnd. »Hoffentlich verlangst du nicht von uns, dass wir sofort herausfinden, was das wirklich für ein Ding ist, Perry.«

»Darüber können wir uns später hinreichend den Kopf zerbrechen«, erwiderte Rhodan. »Vorerst ist nur wichtig, dass wir den COMP heil an Bord bringen.«

Zwischen der Halle und dem Mittelstück der SOL patrouillierten Hunderte von Kampfrobotern und bewaffnete Besatzungsmitglieder. Die Mutanten hielten sich in der SOL bereit.

Die drei Forscher befanden sich nach wie vor in der Halle. Sie waren durch nichts zu bewegen gewesen, vorzeitig in die SOL zurückzukehren.

Einer der Wissenschaftler gab Waringer ein Zeichen.

»Wir sind fertig, Perry! Von uns aus kann es losgehen.«

Rhodan nickte. »Dann bringt den COMP an Bord!«

Die Antigravprojektoren wurden aktiviert. Lautlos hob das hell strahlende Kristallgebilde vom Boden der Halle ab und schwebte der Deckenschleuse entgegen, die von Taul Daloor geöffnet worden war.

In diesem Augenblick gaben die Ortungen Alarm.

»Es ist so weit!«, rief Rhodan grimmig. »Das schwarze Schiff greift an. Ausgerechnet jetzt.«

»Sollen wir den COMP zurückhalten?«, pfiff Kaveer aufgeregt.

»Das Manöver wird fortgesetzt! Wir wollen abwarten, ob die Fremden mit den Mutantenkräften fertig werden.«

Rhodan schaltete sein Flugaggregat ein und schwebte zu der Plattform hinauf. Die SOL war deutlich zu sehen. Mit aktiviertem Paratronschirm hing sie etwa fünfhundert Meter über dem MODUL. In dem Schutzschirm wurde soeben eine Strukturlücke geschaltet, durch die der COMP und alle an seiner Bergung beteiligten Besatzungsmitglieder an Bord gelangen konnten.

Von dem schwarzen Scheibenschiff war keine Spur. Aber Perry Rhodan brauchte nicht lange auf einen Beweis für seine Anwesenheit zu warten.

Der Raum über der Plattform leuchtete jäh im Widerschein einer Energiesalve auf. Der Paratronschutzschirm der SOL zeigte die ersten Stukturaufrisse, über die alle auftreffenden Energien in den Hyperraum abgeleitet wurden.

»Es wird Zeit, dass unsere Freunde etwas unternehmen«, sagte eine große Gestalt, die Rhodan in diesem Augenblick einholte.

»Ja, Tolotos!« Der Terraner blickte in den Schacht hinab. Wie ein überdimensionaler Leuchtstab schwebte der COMP aus dem Innern des MODULS empor.

Die SOL erwiderte den Beschuss. Ihre Strahlbahnen schienen den Weltraum aufzureißen und hinterließen flammende Spuren in der Wolkenmaterie. Transformkanonen wurden nicht eingesetzt; ihre Wirkung innerhalb der Materiewolke mit ihren besonderen hyperphysikalischen Gegebenheiten war schwer abzuschätzen.

Unaufhaltsam flog der COMP weiter, von dem Heer der Roboter umringt. Gegen einen gegnerischen Volltreffer hätten sie ihn aber kaum schützen können.

Rhodan empfing einen Funkspruch von der SOL. Fellmer Lloyd teilte mit, dass Takvorian versuche, den Anflug des gegnerischen Schiffes zu verlangsamen, während Gucky und Balton Wyt ihre telekinetischen Kräfte gegen die Fremden einsetzten.

Zutiefst entsetzt registrierte Kaarmansch-Xes, dass alle Bewegungsabläufe außerhalb seines Schiffes plötzlich mit rasender Geschwindigkeit vonstatten gingen. Wer oder was diese unheimliche Entwicklung in Gang gesetzt hatte, konnte er nicht feststellen. Wahrscheinlich waren Kräfte verantwortlich, die von der riesigen Station ausgingen.

Kaarmansch-Xes stand wie betäubt vor den Kontrollen. Erst die Schreckensrufe der Besatzungsmitglieder brachten ihn wieder zur Besinnung.

»Weiter angreifen!«, schrie er. »Wir dürfen nicht aufgeben.«

Mit geradezu Schwindel erregendem Tempo verschwanden Besatzungsmitglieder des gegnerischen Schiffes in einer Strukturlücke des Schutzschirms. Kaarmansch-Xes glaubte auch einige hundert Roboter zu erkennen, die zusammen mit einem leuchtenden Gebilde an Bord des zylinderförmigen Schiffes gingen.

»Lasst sie nicht entkommen!«, schrie er.

Sein Schiff feuerte eine schwere Energiesalve ab, aber das Ziel stand schon nicht mehr über der Station. Gedankenschnell verschwand es aus der Zielerfassung der Hulkoos.

Kaarmansch-Xes atmete schwer. »Sie sind entkommen!«, hörte er sich sagen. Rasch fügte er hinzu: »Wir haben sie vertrieben – endgültig!«

Seine Siegessicherheit war aber nur äußerlich, insgeheim zerbrach er sich den Kopf über das Phänomen. War er einer Halluzination zum Opfer gefallen? Oder, überlegte er mit zunehmender Bestürzung, hatten sich die Bewegungsabläufe außerhalb des Schiffes überhaupt nicht verändert? War sein eigenes Schiff langsamer geworden?

Zwei verschieden schnelle Zeitabläufe waren zumindest theoretisch denkbar, wenngleich Kaarmansch-Xes sich nicht vorstellen konnte, wie der Gegner das herbeigeführt haben sollte.

Was zählte, war aber nur der sichtbare Erfolg. Alles sah so aus, als hätte der Gegner aufgegeben. Die große Station war weder weggeschafft noch endgültig zerstört worden. Kaarmansch-Xes konnte sie früher oder später an CLERMAC übergeben.

Während er über sein weiteres Vorgehen nachdachte, vergaß der Kommandant die Dinge, die ihn eben noch bedrückt hatten. Er fasste einen Plan, der ihm sinnvoll erschien.

Mit seinem Schiff würde er noch eine Zeit lang in der Nähe der Station bleiben, um sicherzugehen, dass die Unbekannten wirklich für immer verschwunden waren. Dann würde er die Wolke verlassen und eine Funkbotschaft an CLERMAC schicken. Die Inkarnation sollte entscheiden, was mit dem gefangenen Objekt zu geschehen hatte.

Kaarmansch-Xes war mit sich zufrieden. Er konnte nicht ahnen, dass er Wochen später sein Kommando verlieren würde, denn dann sollte sich herausstellen, dass er den Diebstahl des wichtigsten Bestandteils der Station nicht verhindert hatte …

Mit dem COMP an Bord entfernte sich die SOL von dem MODUL. Alle Besatzungsmitglieder, die das Schiff verlassen hatten, waren wohlbehalten zurückgekehrt. Die drei Forscher der Kaiserin von Therm hielten sich im Lagerraum auf, in der Nähe des COMPS.

In der Zentrale wurden alle Vorbereitungen zum Verlassen der Wolke getroffen. Bjo Breiskoll, der sichtlich erholt wirkte, bestimmte mit Mentro Kosum den Kurs des Schiffes.

Auf Anhieb fanden sie den Weg zurück und bekamen sofort Funkkontakt mit den beiden SOL-Zellen, die in Gefechte mit schwarzen Schiffen verwickelt waren. Atlan, Reginald Bull und Roi Danton hatten es verstanden, den gegnerischen Verband abzulenken und zugleich einer entscheidenden Schlacht auszuweichen. Auf diese Weise waren viele gegnerische Schiffe an einem Eindringen in die Wolke gehindert worden.

Perry Rhodan fragte sich mit einer gewissen Belustigung, wie die fremden Raumfahrer auf den Rückzug der Kugelraumer reagieren würden. Vielleicht kamen sie sogar auf den Gedanken, einen Sieg errungen zu haben.

Endlich fand Rhodan Zeit, sich über die nahe Zukunft Gedanken zu machen. Der Auftrag der Kaiserin von Therm war ausgeführt, der Datenspeicher des MODULS gerettet. Dennoch fühlte er ein gewisses Unbehagen, sobald er an das fremdartige Gebilde in dem Lagerraum dachte. Was wusste er denn schon von dem COMP?

Eine andere Frage war, ob die Kaiserin von Therm ihr Versprechen einlösen und die Koordinaten der Erde preisgeben würde. Die Pläne einer Superintelligenz waren unerforschlich. Rhodan, der oft genug das herausfordernde Gelächter von ES gehört hatte, fragte sich, welches Spiel die Kaiserin von Therm mit den Menschen trieb.

Lareena Breiskoll sah der Rückkehr ihres Sohnes unruhig entgegen. Seitdem die drei Schiffseinheiten wieder zusammengekoppelt waren, schwirrte es an Bord von Gerüchten.

Bjo hatte offenbar bei der Sicherstellung des MODUL-Datenspeichers eine besondere Rolle gespielt. Bisher hatte Lareena nicht in Erfahrung bringen können, was wirklich geschehen war, doch die fantastischsten Geschichten kursierten.

Sie saß an einem Tisch des Aufenthaltsraumes, der zu ihrem Wohnbezirk gehörte. Am Eingang entstand eine Bewegung, aber nicht Bjo, sondern Joscan Hellmut trat ein. Lareena stand auf und ging dem Sprecher der SOL-Geborenen entgegen.

»Wo ist er?«, fragte sie drängend.

Hellmut wich ihrem Blick aus. »In der Zentrale!« Er ergriff sie am Arm und zog sie mit sich zum Tisch zurück. Über die Automatik bestellte er zwei Getränke.

»Warum kommt er nicht zu mir?« Lareena schob ihren Fruchtsaft von sich. »Was ist überhaupt geschehen?«

»Bjo«, erwiderte der Kybernetiker ernst, »ist in eine andere Welt eingetreten – in die Welt der Erwachsenen.«

»Lloyd hat versprochen, ihn erst nach der Rückkehr der SOL zum Heimatplaneten der Menschheit in das Mutantenkorps aufzunehmen«, erinnerte sich die Frau. »Ich befürchte fast, dass er sich daran nicht halten will.«

Joscan Hellmut lehnte sich zurück. »Wer weiß, ob wir Terra jemals erreichen. Lareena, du kannst den Jungen nicht immer für dich beanspruchen.«

»Er braucht mich. Er ist sensibel und erwartet viel Verständnis. Nur ich kann ihm das geben, weil ich ihn besser kenne als jeder andere.«

»Niemand bestreitet das. Aber mit Bjo ist eine Wandlung vorgegangen. Du wirst das verstehen, wenn du ihn siehst. Er ist älter und reifer geworden und hat Zugang zu Wahrnehmungen, die den meisten Menschen verborgen bleiben.«

»Dann stimmt also, was erzählt wird? Bjo hat die SOL durch die Materiewolke gesteuert?«

Hellmut lachte unterdrückt. »Das ist zweifellos übertrieben. Der Katzer hat lediglich seine Instinkte weiterentwickelt. Er hat ein überragendes Gefühl für kosmische Konstellationen.«

Lareena schaute den Mann unglücklich an.

»Wenn du ihn siehst«, fuhr Hellmut fort, »wirst du alles sehr viel besser verstehen.«

Lareena hatte die letzten Worte schon nicht mehr vernommen, denn sie hatte Bjo entdeckt, der im Eingang des Aufenthaltsraumes erschienen war und zu ihnen herübersah. »Bjo!«, flüsterte sie.

Der rot-braun gefleckte Katzer kam in seiner geschmeidigen Gangart näher und stieß mit dem Kopf gegen die Schulter seiner Mutter. Sie strich ihm sanft über die Stirn.

»Ich … ich gehe jetzt.« Hellmut räusperte sich verlegen und erhob sich so hastig, dass er fast die Getränke umgestoßen hätte.

Bjo nahm Platz.

Lareena studierte das Gesicht ihres Sohnes und fand, dass es hagerer geworden war. Bjo sah ernst aus.

»Ich bin froh, dass du wieder bei mir bist«, sagte sie.

»Ich hatte dich nie verlassen«, erwiderte der Katzer. »Nicht im eigentlichen Sinn.«

»Wie ich hörte, hast du ein paar erstaunliche Taten vollbracht.« Lareena fühlte sich unsicher. »Ohne deine Hilfe wäre das Unternehmen kein Erfolg geworden.«

»Das ist übertrieben«, wehrte Bjo ab.

Irgendetwas, das spürte Lareena deutlich, hatte sich an ihrem Sohn verändert, und das war nicht nur äußerlich. Bjo wirkte nicht mehr so vertraut.

»Willst du mit mir darüber sprechen?«

Der Katzer schnurrte behaglich und streckte den Oberkörper über den Tisch, sodass seine Mutter ihn streicheln konnte.

»Das Universum hat eine eigene Stimme«, sagte er nach einiger Zeit. »Und ich verstehe sie.«

Lareena stellte keine Fragen. Sie bebte, weil sie glaubte, etwas Unverständliches und Fremdartiges in Bjo wahrzunehmen.

»Hinter den stählernen Wänden des Schiffes öffnet sich der Kosmos«, fuhr der Katzer fort. »Ich höre seine Stimme tief in mir, die Stimmen von Sonnen, Planeten und energetischen Strömungen. Es ist ein immer währender, gewaltiger Chor. Ich bin ein Teil davon.«

»Oh Bjo!«

»Es ist nichts, was du fürchten müsstest.«

Er glitt unter den Tisch, rollte sich zusammen und war wenige Augenblicke später eingeschlafen. Sein Kopf lag auf Lareenas Füßen. Die Frau blieb sitzen und rührte sich nicht, denn sie fürchtete, dass die geringste Bewegung seinen Schlaf unterbrechen würde.

Ab und zu kamen Besatzungsmitglieder in den Aufenthaltsraum. Die Männer und Frauen, die Bjo unter dem Tisch liegen sahen, blickten verlegen in eine andere Richtung.

Als sie mit ihrem Sohn wieder allein war, dachte Lareena über das nach, was er gesagt hatte, und sie ertappte sich dabei, dass sie ihre Sinne auf den Weltraum außerhalb der SOL konzentrierte. Unbewusst, dachte sie, empfing jeder Mensch Botschaften aus dem Kosmos.

Bei Bjo war das anders. Er hatte seine Sinne für diese Signale geöffnet. *Unter Blinden ist der Einäugige König!,* schoss es durch ihre Gedanken.

Sie hatte nicht länger das Recht, Bjo an sich zu binden. Er war auf eine andere Ebene getreten und brauchte Freiheit. Was er dort erfuhr, konnte Lareena ihm nicht geben.

In ihrer Fantasie sah sie Bjo im Kreis der Mutanten. Es war ein Bild, das ihre Gefühle erwärmte.

»Ich hatte dich nie verlassen«, hörte sie Bjo wieder sagen. »Nicht im eigentlichen Sinn.« Lareena ahnte, was ihr Sohn mit diesen Worten gemeint hatte. Die Vorstellung räumlicher Trennung basierte auf der Funktionsweise menschlicher Sinnesorgane. Für den Katzer schien sich das alles anders darzustellen. Er verstand sich als Teil des Ganzen. Und das Ganze war allgegenwärtig.

Die Borduhren der SOL zeigten den 6. Januar des Jahres 3583.

In der Zentrale des Schiffes standen sich zwei Männer gegenüber, die mehr als alle anderen Menschen vor ihnen Einfluss auf die Geschicke der Menschheit genommen hatten, die sich aber vielleicht gerade deshalb bewusst waren, dass sie die Hilfe anderer brauchten.

»In der Milchstraße«, sagte Atlan, »hat Bjo Breiskoll mich an Bord der SOL zurückgeholt und dafür gesorgt, dass unsere Freundschaft nicht zerbrochen ist.«

»Und nun hat er die SOL aus der Wolke zurückgeführt«, antwortete Perry Rhodan. »Wir haben diesem ungewöhnlichen Jungen viel zu verdanken.«

»Was hast du jetzt vor, Alter?«

Rhodans Blick richtete sich auf einen der Holoschirme. Dort war der Lagerraum zu sehen, in dem der COMP stand.

»Ich rechne damit, dass die Kaiserin von Therm uns über diesen Datenspeicher neue Anweisungen geben wird!«

Auf Atlans Stirn erschien eine steile Falte. »Wie, glaubst du, soll der COMP mit uns in Verbindung treten? Wir haben keine technischen Möglichkeiten, ihn anzuzapfen. Wir verstehen nicht einmal seinen Aufbau und seine Funktionsweise.«

»Vielleicht«, gab Perry Rhodan zurück, »versteht der COMP dafür umso mehr von unserer Technik.«

Der Arkonide verzog das Gesicht. »Daraus ergeben sich nicht nur erfreuliche Aspekte.«

»Ich weiß.« Rhodan nickte beklommen. »Aber da wir uns entschlossen haben, im Kreis von Superintelligenzen mitzuspielen, und da die Karten mittlerweile gemischt und verteilt sind, haben wir keine andere Wahl mehr, als das Spiel fortzusetzen.«

12.

Der Traum

Die SOL hatte Fahrt aufgenommen, und die strahlende Materiewolke war nur noch auf den Orterschirmen wahrzunehmen.

In seinem Labor verabschiedete sich Joscan Hellmut von seinen Schützlingen, dem grotesken Roboterpaar Romeo und Julia. Für ihn war der Tag mit Arbeit angefüllt gewesen, und nun kehrte er in sein Quartier zurück, brutzelte mit Hilfe der Automatik ein karges Abendessen, über dessen merkwürdigen Geschmack er sich wunderte, und ging zur Ruhe.

In der Nacht träumte er.

Er stand in einem großen, quaderförmigen Raum. Solche Räume gab es auf der SOL. Aber das Gebilde, das sich in der Mitte dieses Raumes erhob, kam ihm seltsam vor. Es erinnerte an einen Turm mit löchrigen Wänden. Seine Mauer war von einem glitzernden Gespinst überzogen. Dieses Gespinst wucherte auch durch die Löcher hindurch und füllte das Innere des Turmes aus.

Vor dem Turm, in Joscan Hellmuts Traum, stand Joscan selbst. Staunend erkannte er, dass das glitzernde Gespinst lebte. Es bewegte sich. Fäden lösten sich von der Wandung des Turmes und kamen auf ihn zu. Nur vorübergehend hatte er Angst vor ihnen, dann entstand ein Gefühl der Wärme und der Geborgenheit in seinem Bewusstsein. Die silbernen Fäden streichelten ihn, während sie ihn einhüllten.

An mehr erinnerte sich Joscan Hellmut nicht, als er Stunden später erwachte. Er empfand seinen Traum als merkwürdig; aber er dachte nicht weiter über ihn nach. Er war Wissenschaftler und arbeitete an Problemen der Hyperenergie und der Kybernetik. Seine Aufgaben waren wohldefiniert, ihre Lösungen gehorchten unwandelbaren Naturgesetzen. Träume hingegen waren flüchtig, unbeständig und unfassbar. Joscan Hellmut mochte Träume nicht.

Im Labor begrüßten Romeo und Julia ihn mit vorzüglich programmierter Begeisterung. »Ich hoffe, ihr habt gut geschlafen.« Das war sein üblicher Morgengruß.

An anderen Tagen pflegte Romeo ihn mit hochtrabenden Worten und gespreiztem Redestil darüber aufzuklären, dass Wesen wie er und Julia des Schlafes nicht bedurften. Diesmal jedoch antwortete der Roboter: »Unser Schlaf wurde durch einen Traum gestört.«

»Du hast geträumt?« Joscan Hellmut war in der Tat verblüfft.

»Ich – und meine Schwester Julia auch.« Das war eine Redewendung, deren Romeo sich seit jüngstem bediente. Die Sticheleien der Besatzungsmitglieder waren ihm anscheinend »auf die Nerven« gegangen. Als die Fragen, wann er denn endlich Selbstmord begehen wolle, nicht abrissen, hatte er lauthals zu erklären begonnen, Julia sei nicht seine Geliebte, sondern seine Schwester.

»Hattet ihr beide denselben Traum?«, wollte Joscan wissen.

»Ja.«

»Und was habt ihr geträumt?«

»Wir standen in einer riesigen Halle vor einem hohen und dicken Turm, dessen Wände mit silbernem Gespinst überzogen waren. Das Gespinst wuchs auf uns zu und hüllte uns ein …«

Fassungslos starrte Joscan Hellmut den Roboter an. Romeo erkannte das erschrockene Staunen in den Augen seines Herrn und unterbrach sich mitten im Satz.

Als Joscan Hellmuts wirbelnde Gedanken wieder zur Ruhe kamen, fasste er den Vorsatz, Träume in Zukunft ernster zu nehmen.

Der Albtraum

Die große Halle in der SOL hatte bis vor kurzem als Ersatzteillager für sperrige Güter gedient. Ein Schacht, durch den ein mittleres Bürogebäude hätte transportiert werden können, verband sie mit einem der großen Lastenschotten.

In der Halle stand geheimnisvolle Fracht: der COMP, Datenspeicher des MODULS, rund 32 Meter hoch und etwas über zehn Meter durchmessend. Seine Wände waren von einem dichten Gespinst kristalliner Fäden überzogen.

Die Halle wurde von kräftigen Sonnenlampen erhellt. Ihr Licht fing sich in den kristallinen Strukturen des Gespinsts und wurde tausendfach gebrochen.

Am Fuß des Turmes standen Perry Rhodan und der Hyperphysiker Geoffry Abel Waringer, außerdem der keloskische Rechenmeister Dobrak und die drei Forscher der Kaiserin, Taul Daloor, Ranc Poser und Froul Kaveer.

Dobrak verharrte reglos, zwei seiner Augen richteten den Blick auf Perry Rhodan. »Das Gebilde ist mir fremd«, bekannte der Kelosker. »Ich werde lange Zeit brauchen, um es verstehen zu lernen.«

»Wir haben nicht so viel Zeit, Dobrak.«

»Dennoch kann ich nichts Besseres anbieten. Dieses Gebilde wurde von einer Intelligenz ersonnen, deren Denkweise sogar uns Keloskern ungeheuer fremd ist. Wir müssen erst die Prinzipien erforschen, nach denen die Gedanken des Erbauers sich richten.«

Rhodan war die Ungeduld anzumerken. »Ihr kennt diesen Datenspeicher«, wandte er sich an die Forscher der Kaiserin von Therm, deren Fühler sichtlich in Bewegung gerieten – ein Zeichen dafür, dass sie ebenfalls erregt reagierten.

»Unsere Arbeit an Bord des MODULS befasste sich nicht mit dem COMP«, antwortete Ranc Poser, zugleich stellvertretend für seine beiden Kollegen.

Rhodan warf Waringer einen bezeichnenden Blick zu. »So kommen wir in einer Woche noch nicht weiter«, brummte er, nachdem er den Translator abgeschaltet hatte. Und im Flüsterton fügte er hinzu: »Ich sage dir, was das Ding für mich ist: ein Albtraum!«

»Sie haben fantastische Arbeit geleistet«, sagte eine Stimme hinter Vylma Seigns. »Hören Sie jetzt auf und begleiten Sie mich zum Abendessen!«

Die Frau wandte sich lächelnd um und musterte den Mann, der sich neben ihrem Arbeitsplatz aufgebaut hatte. Er war mittelgroß, aber stämmig und hatte widerborstiges Haar, von dem ihm eine Strähne in die Stirn hing. Seine grauen Augen leuchteten, und um den Mund mit den schmalen Lippen spielte Heiterkeit.

»Du hast mich erschreckt, Vigo«, sagte Vylma. »Übrigens kann ich nicht mit dir essen gehen.«

Sie war eine blendende Erscheinung. Vigo Hynes rechnete es sich als einen der größten Erfolge an, dass es ihm gelungen war, in Vylma Sympathie für sich selbst zu wecken.

»Was hält dich ab?«, wollte er wissen.

Vylma hob die Schultern. »Arbeit, nehme ich an. Der Chef will die Auswertungen noch vor 22 Uhr haben.«

»Der Chef Intergalaktische Phänomenologie?«, fragte Hynes stirnrunzelnd.

Vylma schüttelte den Kopf. »Ich bin vorübergehend versetzt. Hyperphysik eins.«

Hynes zeigte sich beeindruckt. »Das bedeutet, dass du etwas kannst. Waringer nimmt nur Könner in seine Abteilung auf.«

»Es handelt sich um eine Menge Routine-Auswertungsarbeit. Das kann jeder.«

Vigo Hynes verzog das Gesicht. »Was bietest du mir: Bescheidenheit und einen Korb? Das kann ich nicht leiden.« Sein Blick heischte zugleich um Verzeihung dafür.

»Morgen ist alles wieder anders«, erwiderte die Frau. »Bis dahin wissen wir, was es mit dem Turm auf sich hat.«

»Dem Turm?«

»Dem COMP.«

Vigo Hynes war aktiv an den Geschehnissen in der Materiewolke beteiligt gewesen. Er hatte der Mannschaft angehört, die den Transport des Turmes an Bord der SOL gegen Angriffe der schwarzen Scheibenschiffe geschützt hatte.

»Es soll ein Datenspeicher sein«, bemerkte er. »Lässt sich das verifizieren?«

Vylma seufzte. »Vielleicht ist es ein Datenspeicher – in irgendeiner von seinen Nebenrollen. Insgesamt muss das Gebilde aber viel mehr sein. Es ist ein schwacher Hyperstrahler und ein äußerst hungriger Hyperenergieempfänger zugleich.«

»Interessant«, bemerkte Hynes. »Trotzdem knurrt mir der Magen.«

»Dann sieh zu, dass du etwas zu essen bekommst!«

Hynes war schon so gut wie unterwegs. »Ich schaue anschließend wieder vorbei«, versprach er.

Und tatsächlich: Er hielt sein Versprechen. Vierzig Minuten später stand er wieder neben Vylmas Arbeitsplatz.

»Gut, dass du nicht mitgekommen bist.« Er verzog das Gesicht. »Es gab nur Einheitskost. Sah aus wie aufgeweichter Fußboden und schmeckte wie alte Seife.«

Vylma sah lächelnd auf. Sie wusste, dass Vigo Hynes gutes Essen liebte. »Ein Albtraum für einen Gourmet, wie?«, fragte sie.

Hynes' Entrüstung war echt. »Das ist das richtige Wort«, bekräftigte er. »Ein wahrer Albtraum!«

Das schleichende Grauen

Vigo Hynes war nicht der Einzige, der in diesen Stunden unangenehme Erfahrungen mit der Verköstigung machte – obwohl er als Feinschmecker stärker betroffen war als andere. Allerdings beklagte er sich nicht über die Naturnahrung, vielmehr war es der Syntho-Bestandteil des Abendessens, der seinen Abscheu erregte.

Andere bekamen einen Brei vorgesetzt, der grau und unappetitlich aussah und in der Tat seifig schmeckte. Die Anhänger der reinen Syntho-Nahrung nahmen das hin, ohne sich sonderlich darüber aufzuregen. Synthetische Nahrung wurde in den Proviant-Synthetoren hergestellt, die letztlich SENECAS Kontrolle unterstanden. Was aber von SENECA kam, konnte nicht schlecht sein, denn die Hyperinpotronik war synonym mit dem Schiff, und das Schiff würde seinen Kindern nichts Schlechtes bieten.

Immerhin gab es ein leises Murren. Bei den Diensthabenden der Abteilung Bordverpflegung liefen die ersten Beschwerden ein.

Gegen Mittag legte Geoffry Waringer die ersten Untersuchungsergebnisse vor. »Wir sind nicht viel weitergekommen«, lautete seine Zusammenfassung. »Wenn der COMP wirklich ein Datenspeicher ist, dann funktioniert er auf eine so unglaublich fremdartige Weise, dass selbst die wildeste Fantasie sich das nicht ausmalen kann.«

Er hatte nicht viele Zuhörer: Perry Rhodan, Atlan, Roi Danton und Galbraith Deighton.

»Was wurde bislang festgestellt?«, wollte der ehemalige Sicherheitschef Deighton wissen.

»Dass der COMP ein schwacher Hyperstrahler ist und gewisse Hyperfrequenzen in sich hineinfrisst, als wäre er am Verhungern. Er gibt in kurzen Abständen schnelle Hyperimpulse ab, die wir analysiert haben. Die Frequenzen reichen von rund 20 bis rund 90 Gigakalup, außerdem gibt es eine Spitze bei ungefähr 360 Gigakalup.«

»Drei-sechzig?«, fragte Atlan überrascht. »Das liegt im Bereich des absoluten Störgeräuschminimums!«

»So ist es«, bestätigte Waringer. »Aber anfangen lässt sich mit dieser Erkenntnis nicht viel.«

»Auf welchen Frequenzen empfängt der COMP?«, erkundigte sich Perry Rhodan.

»Auf denselben.«

»Das würde bedeuten, dass er nicht nur ein Datenspeicher ist, sondern zudem die Funktion eines Kommunikationsmittels wahrnimmt.«

»Wahrscheinlich.«

»Reagiert er auf die empfangene Hyperstrahlung?«

»Er nimmt sie auf, reagiert aber in keiner erkennbaren Weise. Eigentlich haben wir das auch nicht erwartet. Wir bestrahlen ihn mit monofrequenten Bündeln ohne Modulation. Der Informationsgehalt der Strahlung ist also gleich null. Worauf sollte er reagieren?«

»Wurden Modulationsversuche unternommen?«

Waringers Gesicht zeigte einen Ausdruck von Unbehagen und Sorge. »Wir haben vorerst darauf verzichtet. Weil wir die Sprache nicht kennen, die der COMP benutzt. Sobald wir wild darauflosmodulieren, erwischen wir womöglich aus Zufall eine Impulsfolge, die dem Ding sagt, dass es in Gefahr ist und die SOL zerstören soll …«

»Kann es das überhaupt?«, unterbrach Roi Danton die Behauptung des Wissenschaftlers.

Waringer überlegte sekundenlang, dann antwortete er mit sichtlich gesteigertem Unbehagen: »Wir müssen damit rechnen. Wir haben versucht, uns ein Stück der kristallinen Substanz zu verschaffen, aus der das Gespinst des COMPS besteht. Alle Versuche schlugen fehl. Das Zeug widersetzt sich mühelos den gängigen Werkzeugen. Strahler wollten wir nicht einsetzen, weil wir nicht wissen, wie der Turm auf ein solches Vorgehen reagiert. Wir wissen also nach wie vor nicht, woraus der COMP besteht. Wir wissen auch nicht, woher er seine Energie bezieht. Er verfügt über Energie, sonst könnte er nicht senden.«

Waringer wischte sich mit dem Handrücken über die Lippen. »Mit anderen Worten: Wir wissen weiterhin nichts über den COMP, müssen aber annehmen, dass er eine Einheit ist, die über eigene Intelligenz verfügt. Wir wissen lediglich, dass er einer fremden Technologie entstammt, die der unseren wahrscheinlich hoch überlegen ist. Infolgedessen sind wir gezwungen anzunehmen, dass der COMP notfalls die SOL zerstören kann.«

Roi Danton grinste spöttisch. »Willst du damit sagen, wir hätten uns das leibhaftige Grauen an Bord geholt?«

Geoffry Waringer hielt dem Blick mit großem Ernst stand. »Etwa so«, antwortete er.

Ein Hologramm baute sich auf. Reginald Bull erschien in Lebensgröße zwischen den Männern.

»Die Proviantsache muss unbedingt untersucht werden, Perry«, stieß er sichtlich erregt hervor. »Was die Leute vorgesetzt bekommen, ist inzwischen so gut wie ungenießbar.«

Wortlos fixierte Rhodan den Freund. Bull reagierte erst verwundert, dann unsicher. »Seit wann gibst du dich so redselig? Wenn du nichts von meinem Vorschlag hältst ...«

»Warum kommst du nicht hierher und hörst dir an, was Geoffry zu sagen hat?«, fiel ihm Rhodan ins Wort. »Wir haben größere Probleme als nur die Sache mit dem Proviant.«

An diesem Morgen vergaß Joscan Hellmut seine Weltfremdheit und kümmerte sich intensiv um die Geschehnisse der letzten Tage. Der seltsame Traum, den er ebenso wie die beiden Roboter gehabt hatte, beschäftigte ihn. Zwei Stunden vor Mittag nahm er eine kleine Zwischenmahlzeit ein – nicht in seinem Quartier, wie er es sonst tat, sondern in einer kleinen Messe, nicht weit von seinem Labor entfernt.

Anschließend verschaffte er sich alle Informationen, die es bislang über den COMP gab.

Im Umgang mit seinen Robotern gab sich Joscan oft und gerne den Anschein, er halte Romeo und Julia für Menschen, die ihr groteskes Äußeres einer skurrilen Laune des Schicksals verdankten. Es gab Personen, die diesen Anschein ernst nahmen und ihn für verrückt hielten. In Wirklichkeit war sich Joscan der Robotnatur seiner Schützlinge vollkommen bewusst. Auch dessen, dass es ihnen unmöglich war, im menschlichen Sinn »zu träumen«. Also hatten sie die Geschichte von dem Traum nur erfunden, um eine Wahrnehmung, die sie sich nicht logisch erklären konnten, in gängiger Sprache zu umschreiben.

Anders war es mit Joscans eigenem Traum. Es war wirklich ein Traum gewesen.

Joscan Hellmut bezweifelte keinen Augenblick, dass diese Träume von dem COMP induziert worden waren. Nicht er selbst, nicht Romeo und auch nicht Julia hatten geträumt, sondern die Traumempfindungen waren ihnen eingegeben worden. Von dem angeblichen Datenspeicher der Kaiserin von Therm.

Joscan wusste, dass er gerufen worden war. Schon einmal war ihm Ähnliches widerfahren: auf Last Stop, der Welt der Kelosker, als er zum Vermittler zwischen SENECA und den Menschen geworden war und bei der Besatzung der SOL lange Zeit in dem Ruf gestanden hatte, ein Verräter zu sein.

Zweifellos war der COMP eine selbstständige Intelligenz wie das Shetanmargt. Er brauchte einen Kontakt zu den Menschen, einen Mittler sozusagen. Joscan Hellmut fühlte sich aufgerufen, dieser Mittler oder Anwalt zu sein. Er, gemeinsam mit seinen beiden Robotern. Er wusste nicht, warum die Wahl fremder maschineller Intelligenzen immer wieder auf ihn fiel, aber er war entschlossen, dem Ruf zu folgen.

Dabei war ihm unklar, was er wirklich zu tun hatte. Mit dem Traum hatte der COMP bewiesen, dass er auf menschliche Bewusstseine Einfluss nehmen konnte. War das gleichbedeutend mit seiner Fähigkeit, Gedanken zu lesen? In dem Fall würde er wissen, wie Joscan Hellmut sich entschieden hatte, und ihm beizeiten seine Wünsche kundtun.

Joscan beschloss abzuwarten. Der COMP würde sich wieder melden.

Vigo Hynes leitete eine Gruppe der Abteilung Feuersicherung. Seine Gruppe war dafür verantwortlich, die schweren Desintegratoren, Strahlgeschütze und Transformkanonen in einsatzbereitem Zustand zu halten. Hynes' Gruppe bestand aus zwölf Personen. Ihre Aufgabe erschöpfte sich in der Regel darin, Anzeigen abzulesen und auf Kleinrechnern Simulationen durchzuführen, die zeigten, ob die Feuerbereitschaft der Geschütze gewährleistet war oder nicht. Im Konfliktfall allerdings – zum Beispiel bei der Auseinandersetzung mit den schwarzen Raumschiffen – wurde die Aufgabe der Abteilung Feuersicherung ziemlich aufreibend, und die Männer gaben alles, um eine Minderung der Feuerkraft zu verhindern.

Einmal am Tag nahm Vigo Hynes selbst eine grundlegende Prüfung vor, die sich bis hinein in die Arbeitsspeicher der Positroniken erstreckte. Diese Prüfung wurde vom Standard nicht verlangt, denn die Feuerleitrechner galten als absolut zuverlässig. Hynes führte sie dennoch durch. Er sagte sich, die wirksamste Möglichkeit, die Feuerkraft der SOL zu schwächen, sei ein Eingriff in die Feuerleitpositronik, und schloss dabei die Möglichkeit der Sabotage bewusst mit ein. Zwar standen die Rechner in abseits gelegenen, nur Robotern zugänglichen Räumen und waren außerdem durch Energiebarrieren geschützt, aber wer mochte wissen, was einem Gegner der SOL einfiel.

An diesem Tag, gegen fünfzehn Uhr, nahm Vigo Hynes wie jeden Tag die Datenendstelle in Betrieb, die ihn mit den Positroniken verband. Er hatte verschiedene Prüftechniken entwickelt und benutzte sie abwechselnd, wie es ihm gerade einfiel – ohne Schema, das jemand hätte durchschauen können. Heute wollte er die Befehlsfolge prüfen, die jeden Ziel- oder Feuerbefehl an die Steuerpositronik des gewünschten Geschützes weiterleitete.

Wie gewohnt kontrollierte Hynes den Inhalt der Register. Dabei erlebte er eine Überraschung. Die Sprungadresse für die Befehlsweitergabe enthielt eine Folge von Nullen, verwies also auf den absoluten Beginn des Speichers, an dem das Systemprogramm einsetzte. Ein Fehler dieser Art machte alle die Geschütze unbrauchbar, die von diesem Rechner angesprochen wurden. Vigo Hynes beeilte sich, den korrekten Wert einzutragen. Das Problem war damit zwar behoben, nur konnte Hynes sich nach wie vor nicht vorstellen, wie es entstanden sein mochte.

Er verfasste einen Bericht. Die Abteilung Installation hatte sich darum zu kümmern.

Als er nachdenklich zu seinem Quartier zurückkehrte, kam Hynes ein absurder Gedanke. Konnte es sein, dass das miserable Essen am Vorabend und der Fehler im Register des Feuerleitrechners in Zusammenhang standen?

SENECA wurde gefragt. Die Hyperinpotronik gab an, über die Ursache der Unregelmäßigkeiten nichts zu wissen. Daran, dass die synthetische Nahrung unansehnlich und zum Teil ungenießbar geworden war, trug nach SENECAS Aussage nicht er die Schuld, sondern die Synthetoren, deren Programme durcheinander geraten waren.

»Was das bedeutet«, sagte Geoffry Abel Waringer zu Rhodan, »ist dir klar, oder?«

»Wir müssen die Programmierung überprüfen.«

»SENECAS Programmierung! Und da SENECA im Verbund mit dem Shetanmargt arbeitet, wird das keine einfache Sache sein.«

Perry Rhodan wirkte sorgenvoll und ein wenig bitter. »Lass das den Raumschiffskonstrukteuren der Zukunft eine Lehre sein. Zentralrechner sind von Übel. Sie sind so kompliziert, dass eine systematische Fehlersuche fast zur Unmöglichkeit wird. In Zukunft brauchen wir verteilte Intelligenz, tausend Kleinpositroniken an Stelle eines Gigantrechners.«

Waringer nickte. »Vor allem brauchen wir keinen Verbund mit einer Maschine, mit der sich keiner von uns auskennt«

Dutzende von Spezialisten machten sich an die Arbeit, in SENECAS komplexem Innenleben nach dem Fehler zu suchen, der für die Ausgabe des ungenießbaren Proviants verantwortlich war. Inzwischen tagte ein Krisenstab aus Waringer, Rhodan und deren engsten Mitarbeitern.

»Wir kommen um eine Erkenntnis nicht herum, sosehr wir uns auch bemühen, die Augen zuzukneifen«, bemerkte Reginald Bull mit Nachdruck. »Der Schlamassel fing an, als wir den COMP an Bord holten. Ich glaube nicht, dass dieses zeitliche Zusammentreffen reiner Zufall ist.«

Es gab keinen in der Runde, der sich nicht schon mit ähnlichen Gedanken beschäftigt hatte. Das allgemeine Unbehagen war unverkennbar.

»Leider haben wir nicht den geringsten Beweis dafür, dass dem wirklich so ist«, wehrte Waringer ab.

»Das besagt nichts«, wischte Reginald Bull den Einwand beiseite. »Wir haben keine Ahnung, wie der COMP funktioniert, also können wir auch nicht feststellen, dass er – oder dass er nicht – funktioniert.«

»Dem COMP selbst«, wandte Perry Rhodan ein, »würde es ziemlich schwer fallen, auf die synthetische Provianterzeugung Einfluss zu nehmen. Er hat keinerlei Verbindung mit den Synthetoren.«

»Ihr versteht nicht, worauf ich hinauswill«, knurrte Bull, ein wenig irritiert und zornig zugleich. »Der COMP kann allein überhaupt nichts unternehmen. Aber er kann SENECA und das Shetanmargt beeinflussen, und das ist nach meiner Ansicht geschehen.«

Die Runde schwieg. Bullys Behauptung verblüffte zunächst. Aber sie lieferte auch Erklärungen. Zum Beispiel dafür, warum der Verbund aus SENECA und dem Shetanmargt nicht von sich aus die Fehlerquelle erkannte. SENECA und das Shetanmargt, unter der Kontrolle des COMPS, würden keinesfalls Alarm schlagen.

Perry Rhodan erhielt einen Anruf über sein Armbandgerät. Er wechselte nur wenige Worte, und als er wieder aufsah, war seine Miene ernst. »Das Trinkwasser ist seit neuestem ungenießbar«, sagte er. »Mit anderen Worten: Wir müssen wirklich etwas unternehmen!«

Vylma Seigns hatte ihre Schicht gegen Mittag beendet. Nach zwanzig Stunden fast ohne Unterbrechung an ihrem Arbeitsplatz war sie hungrig und durstig, aber in erster Linie müde. Deswegen machte ihr es nicht allzu viel aus, als ihr die Automatik ihres Appartements einen unansehnlichen, übel riechenden Brei servierte und der Getränkespender mit einer undefinierbaren Flüssigkeit aufwartete. Sie kippte beides in den Abfallvernichter, verzichtete auf ein Bad und ging stattdessen sofort zur Ruhe.

Wie lange sie geschlafen hatte, als irgendetwas sie weckte, wusste sie nicht. Jedenfalls fiel es ihr ziemlich schwer, sich zurechtzufinden, und dann sah sie den kleinen, rötlichen Lichtpunkt, der über ihren Füßen schwebte.

Es war einfach nur ein Lichtpunkt. Er stand still. Erst nach einer Weile bewegte er sich summend. Vylma sprang entsetzt auf, aber der Leuchtpunkt folgte ihr und schwebte gleich darauf dicht vor ihr. Vylma wich bis in die Nasszelle aus, aber der Punkt war unbeirrbar. Er folgte ihr.

Das Licht in der Kabine hätte längst aufflammen müssen, schoss es ihr durch den Kopf. Sie musste hinaus, auf den Korridor, wo die Beleuchtung funktionierte, und Alarm schlagen!

Doch das leuchtende Ding versperrte ihr den Weg. Als es bis auf wenige Zentimeter herangekommen war, empfand Vylma ein prickelndes Gefühl im Nacken, als sei sie in ein starkes elektrisches Feld geraten. Da packte sie die Panik, und sie schlug auf den unheimlichen Leuchtpunkt ein. Einer ihrer Schläge musste getroffen haben, denn sie spürte jäh einen brennenden Schmerz in der rechten Hand.

Daraufhin zog sich der Punkt zurück. Sein Summen wurde leiser, das prickelnde Gefühl verschwand. Sprachlos verfolgte Vylma Seigns seine Flugbahn. Das leuchtende Etwas verschwand einfach in der Wand.

Fast gleichzeitig wurde die Beleuchtung aktiv. Vylma sank auf die Koje und gönnte sich eine halbe Minute, sich von dem Schreck zu erholen.

Rasch wurde ihr bewusst, dass sie keine sehr plausible Geschichte zu erzählen hatte. Neun von zehn Leuten würden das alles für einen bösen Traum halten, ausgelöst durch Überarbeitung und Erschöpfung. Sie beschloss, sich zuerst an Vigo Hynes zu wenden.

Aber Hynes war schon nicht mehr in der Lage, ihr zu antworten.

Der summende Leuchtpunkt drang durch Wände und Decken hindurch und gelangte auf einen Hauptkorridor, dessen Helligkeit sein Leuchten überdeckte und ihn so gut wie unsichtbar machte. Dicht unter der Decke setzte das winzige Gebilde seinen Weg fort. Unter ihm bewegten sich Menschen, die nichts bemerkten. Von Kontrollimpulsen gelenkt, wandte sich das Objekt in Richtung des Labors, in dem Joscan Hellmut arbeitete.

Der Kybernetiker blickte auf, als er das leise Summen vernahm. Im Labor brannte derzeit nur eine schwache blaue Leuchte, deshalb war der Lichtpunkt deutlich zu erkennen.

Joscan Hellmut stand auf. Sein Blick wich nicht von dem kleinen, rötlich strahlenden Punkt, der nur durch die Wand gekommen sein konnte und sich ihm langsam näherte.

Unwillkürlich formte sich ein Gedanke in Hellmuts Bewusstsein. »Du kommst, um mich zu holen?«

Es überraschte ihn nicht, dass er Antwort bekam. Eine Gedankenstimme, unglaublich fremd in ihrer Artikulation, sprach zu ihm aus weiter Ferne: *Ich komme, um dich zum Ersten COMP-Ordner zu machen. Das ist der Wille der Herrscherin, und so soll es geschehen!*

Joscan Hellmut neigte den Kopf. »Ich gehorche der Herrscherin«, antwortete er.

Der Leuchtpunkt näherte sich ihm. Ein nie gekanntes Glücksgefühl erfüllte den Kybernetiker. Der leuchtende Punkt schien an ihm vorbeigleiten zu wollen, aber dann senkte er sich auf Joscan Hellmuts Nacken.

Joscan empfand einen kurzen brennenden Stich. Was blieb, waren ein Prickeln und die Empfindung höchsten Glücks. Eine Zeit lang stand Joscan Hellmut starr. Er empfand eine Flut fremder, freundlicher Gedanken, sie waren sanft und trachteten nicht danach, ihn zu unterjochen. Fremdes Wissen und die Erkenntnis fremder Zusammenhänge strömten in sein Gehirn. Joscan Hellmut verstand, was es mit dem Amt des Ersten COMP-Ordners auf sich hatte. Er war von nun an nur noch der Kaiserin von Therm Gehorsam schuldig. Zugleich wurde ihm klar, dass es Konflikte geben würde – vor allen Dingen mit den Menschen an Bord der SOL, die den Willen der Kaiserin nicht verstanden und den COMP als Feind betrachteten.

An ihm, dem Ersten COMP-Ordner, lag es, diese Konflikte einzudämmen. Er war das Sprachrohr des COMPS – und damit der Kaiserin. Auf ihn würde es ankommen, dass niemand den Wünschen der Kaiserin Schwierigkeiten in den Weg legte.

Gedankenverloren griff er sich in den Nacken. Das Haar bedeckte die Stelle, an der ihm der winzige Kristall unter die Haut gedrungen war.

Joscan Hellmut schaltete die Beleuchtung an. Vor ihm standen Romeo und Julia und musterten ihn stumm aus glitzernden Linsenpaaren.

»Wir hören hier auf«, sagte Joscan Hellmut. »Es gibt wichtigere Dinge für uns zu tun!«

Eigentlich aus Neugierde kehrte Vigo Hynes an diesem Tag noch einmal zu seinem Messplatz zurück. Das war gegen sechzehn Uhr. Er hatte inzwischen von der Fehlersuche bei SENECA erfahren, also würde die Abteilung seiner Meldung erst später nachgehen. Ihm selbst war inzwischen aber eine Idee gekommen, wie sich die Ursache des falschen Registerinhalts aufdecken ließ.

Es gab nur zwei Orte, von denen aus die Register dieser Positronik verändert werden konnten. Der eine davon war Vigo Hynes' Arbeitsplatz, eben die Datenendstelle, von der aus er den Fehler bemerkt hatte. Anhand des Logs brauchte Hynes jedoch kaum fünf Minuten, um zu ermitteln, dass die Veränderung nicht von diesem Terminal aus bewirkt worden war.

Damit fiel der Verdacht zwangsläufig auf einen Knotenrechner, unter dessen Kontrolle neben sieben anderen Feuerleitrechnern auch der mit dem fehlerhaften Registerinhalt stand. Der Knotenrechner war eine autarke Einheit, es gab nur eine kleine Schnittstelle, die geeignet war, diese Positronik von außen her anzusprechen.

Vigo Hynes verschaffte sich die erforderliche Autorisierung. Mittlerweile war er schon so gut wie überzeugt, dass es sich bei dem Registerfehler um einen Akt der Sabotage handeln müsse. Zwar konnte er sich das Ziel des Saboteurs nicht vorstellen, aber er glaubte ziemlich genau zu wissen, wie der Austausch des Registerinhalts erfolgt war.

Mit zwei Kodeschlüsseln löste er die Verriegelung des Schottes zum Rechnerraum. Sofort fiel ihm auf, dass in der Peripherie des Rechners Licht brannte. Instinktiv griff er nach der Waffe, die er im Gürtel trug.

»Wer ist da?«, rief er.

Hinter einem der Aggregate erklang ein knisterndes Geräusch. Eine groteske Gestalt erhob sich aus ihrer Deckung. Blinkende Linsen starrten Vigo Hynes an. Er musterte die kantigen, aus Würfeln und Zylindern zusammengesetzten Umrisse des Roboters.

»Romeo – du?«, stieß er erstaunt hervor.

Der Roboter kam auf ihn zu. »Steck die Waffe wieder ein«, empfahl er mit blecherner Stimme. »Ich tu dir nichts.«

Vigo Hynes dachte nicht daran. »Was hast du hier verloren?«, fragte er scharf.

»Verloren? Nichts. Ich bin hier in höherem Auftrag.«

»Wessen Auftrag?«

»Der Kaiserin von Therm.«

Vigo horchte auf. Den Namen der Superintelligenz hätte er von einem Roboter nicht zu hören erwartet.

»Du veränderst Registerinhalte in den Feuerleitrechnern?«, erkundigte sich Vigo Hynes.

Romeo verzog den Sprechschlitz in seinem quadratischen Gesicht zu einem furchterregenden Grinsen. »Du bist von durchblickender Intelligenz, Mensch«, schnarrte er. »Ich bin dazu bestellt, Registerinhalte zu verändern. Der COMP hat mir diese Aufgabe erteilt. Zuerst hat er versucht, mit SENECAS Hilfe diese Aufgabe selbst durchzuführen. Aber SENECA hat nur mittelbaren Zugriff zu den Knotenrechnern, außerdem funktioniert die Kommunikation zwischen dem COMP und SENECA noch nicht reibungslos. Da die Sache aber eilig ist, rief man mich auf den Plan.«

Fast klang aus seinen Worten so etwas wie Genugtuung. Kein Zweifel: Dieser Roboter fühlte sich wichtig!

»Was du tust, ist im höchsten Grad gefährlich und regelwidrig«, hielt ihm Vigo Hynes entgegen. »Du kommst jetzt mit mir und verantwortest dich für deine Übergriffe!«

»Was denn?«, protestierte Romeo. »Ich soll mich des Ungehorsams gegenüber der Kaiserin von Therm schuldig machen? Kommt nicht in Frage!«

»Kein Widerwort! Du kommst mit – das ist ein Befehl!« Vigo Hynes hob den Strahler.

Romeo zuckte mit den Schultern wie ein Mensch. »Da kann ich wahrscheinlich nichts anderes machen«, sagte er.

Vigo Hynes trat zur Seite, um den Roboter an sich vorbeizulassen. Romeo tat auch wirklich einen Schritt in Richtung des Schottes. In dem Moment hörte Hynes hinter sich ein leises Geräusch. Er wollte sich umdrehen, aber gleichzeitig erhielt er einen kräftigen Schlag auf den Hinterkopf.

Ein Feuerwerk explodierte in seinem Gehirn. Er verlor das Bewusstsein.

Kriegszustand

Später am Tag rückte ein Trupp von Hyperenergie-Spezialisten, angeführt von Geoffry Waringer und begleitet von Perry Rhodan, auf die Halle mit dem COMP vor. Roboter schleppten Geräte, mit deren Hilfe Kontakt mit dem fremdartigen Datenspeicher aufgenommen werden sollte.

Aber dann kam alles ganz anders. Als das Schott aufglitt, geriet der Trupp ins Stocken. Niemand wagte, die Halle zu betreten.

Der COMP hatte sich verändert. Ein Teil des Gespinsts hatte sich von der Wandung des Turmes gelöst und bildete ein Netz, in dem sich zwei Körper verstrickt zu haben schienen. Perry Rhodans Überraschung hielt nur wenige Sekunden an, dann drang er mit gezogener Waffe in die Halle vor. Einige seiner Leute folgten ihm.

Ein merkwürdiges Fluidum erfüllte den weiten Raum. Es schien, als hätte die Luft ihre Konsistenz geändert und einen merkwürdigen Geruch angenommen. Das Glitzern des kristallinen Gespinsts schien sogar die Strahlung der Sonnenlampen zu übertreffen.

Das Netz, das die beiden hilflosen Körper umspannte, pulsierte leicht und hatte trotz seiner glitzernden Schönheit etwas Widerwärtiges an sich, wie ein Gespinst aus Schimmel, das die Fäulnis der Erde in sich aufsog.

Aus der Nähe registrierte Perry Rhodan, dass es sich bei den umsponnenen Körpern nicht um Menschen handelte. Er erkannte die unförmigen Gestalten von Romea und Julia. Sie waren aber weder hilflose noch gar bedauernswerte Opfer, denn als Rhodan sich ihnen näherte, wandten sie ihm die eckigen Schädel zu.

»Was habt ihr hier zu suchen?«, fuhr er sie an.

»Wir gehorchen dem Befehl der Kaiserin von Therm!«, drang die Antwort aus dem Netz.

»Damit ist Schluss. Ab sofort hört ihr auf meinen Befehl!«

Romeo erwiderte ungerührt: »Das wird nur möglich sein, solange sich deine Befehle mit denen der Kaiserin von Therm decken.«

Rhodans Waffe zuckte hoch. Fauchend stach der grelle Energiestrahl in das leicht gesponnene Gewebe des Netzes. Ein merkwürdiger Laut war zu hören, ein Quietschen und Knirschen, als besäße das Gespinst Nerven, um Schmerz zu empfinden, und Stimmorgane, um seine Qual zu äußern. Das Netz wich blitzschnell zurück. Es schien nirgendwo Schaden genommen zu haben, obwohl der Energiestrahl voll getroffen hatte. Das Gespinst verschmolz mit der Umhüllung des Turmes, und der COMP sah wieder so aus wie früher.

Nur die Roboter hatten ihr Aussehen geändert. Haarfeine kristalline Fäden bedeckten ihre metallenen Körper. Romeo und Julia glitzerten im Schein der Sonnenlampen. Sie wandten sich Rhodan zu, und dieser machte eine merkwürdige Beobachtung. Julias rechte Hand war leicht deformiert. Sie hatte einen Knick, und an der Knickstelle war ein dunkler Fleck wie von eingetrocknetem Blut.

»Du verletzt das Gesetz der Kaiserin von Therm!«, klagte Romeo.

»Das Gesetz der Kaiserin geht mich auf diese Weise nichts an«, erwiderte der Terraner wütend.

»Du irrst dich. Alles an Bord dieses Fahrzeugs richtet sich nach dem Gesetz der Kaiserin.«

»Du auch?«

»Ich und meine Schwester Julia auch.«

»Du bist nicht unersetzlich, Romeo!«

»Wenn du daran denkst, mich anzugreifen, dann warne ich dich. Ich stehe unter dem Schutz der Kaiserin von Therm!«

Rhodan atmete tief ein. »Dann will ich sehen, was dein Schutz wert ist!«

Er drückte ab. Der grelle Energiestrahl traf Romeos Brustkasten und floss auseinander. Aber dann geschah das Seltsame. Ein weißlich blauer Blitz zuckte zurück zu Rhodans Waffe.

Der Terraner spürte den Schock, der von dieser Entladung ausging. Er biss die Zähne zusammen, schloss die Augen und hielt den Finger mit aller Kraft auf dem Auslöser.

Da stach ein zweiter Blitz heran. Der Schmerz war diesmal überwältigend. Perry Rhodan schrie auf, sein Griff löste sich, und der Strahler polterte zu Boden.

Ein paar Sekunden stand der Terraner noch aufrecht und trotzte der beginnenden Bewusstlosigkeit. Aber seine Kraft reichte nicht aus. Als seine Begleiter hinzueilten, lag er bereits reglos da.

Ein vertrautes Gesicht tauchte aus den Nebeln der schwindenden Bewusstlosigkeit auf.

»Bully ...«

Das Gesicht verzog sich zu einem jungenhaften Grinsen. »Schön, dass du wieder da bist, Perry!«

»Was ... war los?«

»Keine Ahnung, ich war nicht dabei. Geoffry berichtete, dass du Romeo angegriffen hast und dein Schuss reflektiert wurde.«

Jäh kehrte seine Erinnerung zurück. »Und?«, fragte Rhodan knapp.

»Eins zu null für den COMP«, antwortete Bully mürrisch. »Er errichtete ein Energiefeld, das die beiden Roboter mit einschloss. Geoffry und die anderen konnten nichts mehr ausrichten.«

Eine schmerzliche Grimasse erschien auf Rhodans Gesicht. »Ich habe wohl nicht gerade ein Beispiel übermenschlicher Reife geliefert«, sagte er seufzend. »Ich weiß selbst nicht, was mich dazu getrieben hat ...«

»Ein Muster an Umsicht warst du wirklich nicht.« Reginald Bull legte die Stirn in Falten. »Geoffry meint, du hättest erkennen müssen, wie gefährlich es war, auf Romeo zu feuern. Außerdem sagt er, er hätte dich nie so wütend gesehen.«

»Die Kaiserin von Therm geht mir allmählich unter die Haut«, bekannte Rhodan. »Was für ein Effekt war es überhaupt, der mich umgeworfen hat?«

»Elektroschock. Eine Dosis mittlerer Stärke, auf keinen Fall lebensgefährlich. Es sieht so aus, als wollte der COMP dir nicht zu sehr wehtun. Einem anderen gegenüber war er weniger rücksichtsvoll, wenn unsere Vermutungen richtig liegen.«

»Wer ...?«

»Vigo Hynes von der Abteilung Feuersicherung. Jemand hat ihm den Schädel eingeschlagen. Er lebt noch, ist aber nicht ansprechbar. Die Ärzte wissen nicht, ob sie ihn durchbringen werden.«

»Wo wurde er gefunden?«

»Auf einem unbelebten Seitengang – zwischen Ersatzteillagern. Es gibt Hinweise, dass er nicht dort niedergeschlagen, sondern erst nach dem Überfall dorthin getragen wurde.«

»Ihr bringt den COMP damit in Zusammenhang?«

»Die Schädelwunde stammt von einem kantigen Metallgegenstand. Der Unterarm eines der beiden Bilderbuch-Roboter würde in den Abdruck der Wunde passen.«

Ein Bild stand plötzlich vor Rhodans innerem Auge: Julias Hand, mit einem Knick und einem dunklen Fleck, der wie angetrocknetes Blut aussah. Grimm erfüllte den Terraner, der bisher die Anweisungen der Kaiserin von Therm befolgt hatte, sich aber jetzt verraten sah.

»Du hast Recht«, stöhnte er. »Die beiden Roboter haben damit zu tun. Zweifelsohne werden sie vom COMP gesteuert.«

»Dann ist es an der Zeit, dass wir dem Spuk ein Ende machen!«, sagte Reginald Bull ernst.

»Höchste Zeit!«, pflichtete Rhodan bei. Der Plan, den er in groben Zügen schon zuvor erwogen hatte, nahm für ihn endgültig Gestalt an. Dem COMP war mit normalen Mitteln nicht beizukommen. Vor allem wurde der COMP nicht selbst tätig, sondern brauchte andere, die seine Aufträge ausführten. Einer von diesen anderen war SENECA.

Aber SENECA war nicht so unverletzlich wie der COMP.

»Takvorian soll kommen!«, befahl Perry Rhodan.

13.

Er war weitaus mehr, als die Menschen ahnten. Sie hielten ihn für einen Datenspeicher, aber in Wirklichkeit war er der Stellvertreter der Kaiserin von Therm, ausgestattet mit einem Teil ihrer Macht und beauftragt, ihre Befehle auszuführen. Er war ein selbstständiges Wesen, und nur dadurch wurde seine Selbstständigkeit begrenzt, dass er den Willen der Kaiserin für unbeugbares Gesetz hielt, dessen Gültigkeit der eines Naturgesetzes ebenbürtig war. Eher, so stand es in sein Bewusstsein eingegraben, würden die Sonnen aufhören, die ewige Nacht zu erleuchten, als dass der Wille der Kaiserin nicht erfüllt würde.

Er besaß nicht nur Intelligenz, sondern auch die Fähigkeit zu Emotionen – unmenschliche Emotionen allerdings, die keines der vielen tausend Wesen an Bord dieses Raumschiffs verstanden haben würden. Alle seine Emotionen bezogen sich auf die Kaiserin von Therm. Sie war Ursprung und zugleich Ziel seiner Existenz.

Sein Auftrag lautete, an den Sitz der Kaiserin zurückzukehren. Er besaß wichtige Informationen, die geschützt werden mussten. Es drehte sich nicht darum, dass die Kaiserin diese Informationen nicht schon längst erhalten hätte. Während des Fluges entlang der Großen Schleife hatte der Stellvertreter regelmäßig in Kontakt mit der Kaiserin gestanden und ihr alle Daten übermittelt, die von den Forschern gesammelt worden waren.

Es ging vielmehr darum, die Informationen vor dem Zugriff des Gegners zu schützen. BARDIOC und seine Inkarnationen hatten Jagd auf das MODUL gemacht. Es war ihnen gelungen, das MODUL in eine Falle zu locken, und beinahe hätten sie den Stellvertreter der Kaiserin in ihre Gewalt gebracht. Der Schaden wäre unermesslich groß gewesen. Denn aus der Art der gesammelten Daten ließ sich auf die Pläne der Kaiserin schließen. Ein Aufdecken ihrer Vorhaben aber hätte die Kaiserin selbst in Gefahr gebracht.

Im letzten Augenblick hatten die Sendboten der Kaiserin eingegriffen. Als solche betrachtete der Stellvertreter die Wesen an Bord dieses Raumfahrzeugs. Sie waren Fremde, und er glaubte zu wissen, dass sie bis vor kurzem nicht der Mächtigkeitsballung der Kaiserin angehört hatten.

Der Stellvertreter hatte an Bord ihres Raumschiffs sofort alle zur Durchführung seines Auftrags erforderlichen Schritte eingeleitet.

Zunächst hatte er mit dem Zentralrechner Verbindung aufgenommen. Das äußerst komplexe Gebilde, das aus zwei völlig unterschiedlichen Einheiten bestand, hatte sich willig seiner Macht gebeugt. Es hatte

Kommunikationsschwierigkeiten gegeben, das war zu erwarten gewesen. Aber sehr schnell waren dem Stellvertreter die Zusammenhänge des Lebens an Bord klar geworden.

Das Raumschiff hatte sich von der Materiewolke zunächst eine kurze Strecke weit entfernt und war dann auf Warteposition gegangen. Der Stellvertreter verstand, dass die Wesen, die dieses Schiff steuerten, auf eine Mitteilung von ihm warteten. Er sah jedoch die Notwendigkeit einer solchen Mitteilung nicht. Mit den Hilfsmitteln, die er sich inzwischen verschafft hatte, konnte er seinen Auftrag aus eigener Kraft zu Ende führen. Er brauchte die Wesen nicht – »Menschen« nannten sie sich –, um dieses Fahrzeug zur Residenz der Kaiserin zu steuern.

Der Rechner warnte ihn. Die Menschen, behauptete SENECA, würden sich eine solche Eigenmächtigkeit nicht gefallen lassen. Der Stellvertreter verstand diese Warnung nicht. Wollten sich die Menschen gegen den Willen der Kaiserin auflehnen? Er traf Vorkehrungen, die Schwierigkeiten verhindern sollten.

Welche Vorkehrungen nötig waren, sagten ihm die gespeicherten Informationen. Das Verhalten der Menschen wies ein Muster auf, von dem sie nur selten abwichen. Wer sich an dieses Muster hielt, bekam die Menschen in den Griff und beugte Überraschungen vor.

Schließlich machte sich der Stellvertreter ans Werk. Über den untergebenen Rechner griff er nach dem Triebwerkssystem, um das Fahrzeug auf den richtigen Kurs zu bringen.

Da allerdings erlebte er eine Überraschung. Die Menschen setzten sich zur Wehr. Und die Methode, die sie benutzten, war nicht in dem Verhaltensmuster enthalten, das er so sorgfältig studiert hatte.

In dem kleinen Kontrollraum unmittelbar neben der Hauptzentrale der SOL herrschte atemlose Spannung. Takvorian, der Zentaur, stand in der Mitte des Raumes. Das knabenhafte, unfertig wirkende Gesicht, umrahmt von blauem Haupt- und Barthaar, ließ tiefste Konzentration erkennen. Takvorians Aufgabe war, den Zeitablauf zu verlangsamen, und SENECA stellte das Ziel seines Angriffs dar.

»Da tut sich was!«, sagte Geoffry Waringer urplötzlich. Seine Stimme klang überrascht. Was er beobachtete, musste in der Tat ungewöhnlich sein, sonst hätte er geschwiegen und Takvorians Konzentration nicht unterbrochen.

»SENECA gibt STPS!«, meldete Reginald Bull, der die Kontrollen überwachte. STPS war der Kode, der das Haupttriebwerk initialisierte und startbereit machte.

»Der COMP wird aktiv.« Besorgt glitt Rhodans Blick zu dem Mutanten hinüber. »Takvorian, bist du bereit?«

Ein Zug wie von Schmerz erschien im Gesicht des Mutanten, als er die besonderen Energien seines Bewusstseins entfesselte.

»Er versucht, die Fusionsmeiler zu zünden!«, meldete Bull.

Die Meiler sollten die Triebwerksreaktion in Gang setzen. Einmal gezündet, waren die Schwarzschild-Nugas-Reaktoren autark und bedurften keiner weiteren Energiezufuhr von außen.

»Befehlsfolge aufblenden!«, sagte Rhodan.

Ein Holoschirm im Hintergrund leuchtete auf. Steuerkodes wurden sichtbar, mit denen SENECA versuchte, das Triebwerk der SOL zu starten. Die Meiler liefen warm, die Plasmaventile öffneten sich. Ströme sonnenheißen Plasmas ergossen sich ins Innere der Reaktionszone.

»Nur noch Sekunden, dann hat er das Triebwerk unter Kontrolle!«, knurrte Bully.

Endlich zeigte sich die erste Wirkung von Takvorians Eingriff. Die Befehlsfolge wurde langsamer. Eben noch in Abständen von Zehntelsekunden aufleuchtend, blieben die Zeichen nun schon eine Sekunde lang sichtbar, bevor der nächste Steuerbefehl folgte.

»Gut, Takvorian, sehr gut!«, lobte Perry Rhodan.

Schon verharrten die Befehle vier Sekunden lang in der Wiedergabe, und damit wurde die Abfolge zu langsam. Die Sicherungsautomatik sprach an und blockierte den Vorgang. Die Magnetfelder in den Reaktionszonen der Meiler wurden heruntergefahren. Das Plasma verwandelte sich in harmloses Wasserstoffgas und wurde abgesaugt, die Plasmaventile schlossen sich. Das Triebwerkssystem kehrte zum Zustand der Untätigkeit zurück.

Schweißtropfen perlten auf Takvorians Stirn.

»Bleib dran!«, ermutigte Rhodan ihn halblaut. »Wir sind auf dem Weg zum Sieg!«

Perry Rhodans Vorhaben stand nicht unter dem besten Stern. Eile war oberstes Gebot. Auf der anderen Seite waren umfangreiche Vorbereitungen notwendig, um ein Chaos zu verhindern, wenn SENECA in seinen Funktionen um den Faktor fünfzig verlangsamt wurde. Abermals erwies sich der Nachteil des Zentralrechners, der – direkt oder indirekt – sämtliche Vorgänge steuerte.

Innerhalb von zehn Minuten wurden alle unmittelbar betroffenen Stationen von der bevorstehenden Verlangsamung des Zentralrechners in Kenntnis gesetzt und aufgefordert, sich auf die veränderte Situation einzustellen. Vor allen Dingen die medizinischen Zentren wurden zu scharfer Überwachung aller Vorgänge aufgefordert.

In ihrem Quartier hatte sich Vylma Seigns, nachdem es ihr nicht gelungen war, Vigo Hynes zu erreichen, stundenlang den Kopf darüber zerbrochen, an wen sie sich mit ihrer fast unglaublichen Beobachtung wenden solle. Sie beschloss, sich dem Mann anzuvertrauen, der während ihres Einsatzes in der Abteilung Hyperphysik-I ihr Vorgesetzter war: Geoffry Waringer. Sie aktivierte ihren Interkomanschluss. Doch weder entstand der energetische Mikrofonring, noch erschien auf dem Monitor das Rufkodeverzeichnis.

Erst nach endlos langen Sekunden sah Vylma Seigns, wie quälend langsam ein sanft leuchtender Energiefaden entstand und mit entnervender Langsamkeit Ringform annahm. Auf dem Monitor erschien endlich der Beginn des Verzeichnisses.

Mit einer Handbewegung dirigierte sie den Sprechring zu sich heran. »Warum dauert das alles so lange?«, murmelte sie ungeduldig im Selbstgespräch.

Vylma versuchte, das Verzeichnis zu aktualisieren.Erst nach zehn oder fünfzehn Sekunden veränderte sich das Bild, und schließlich erwachte auch das Akustiksegment zum Leben. Aber anstatt der fein modulierten positronischen Stimme ertönte ein lang gezogenes, tiefes Grunzen.

Vylma begriff – und begriff doch wieder nicht. Sie verstand, dass irgendein Umstand die Systemgeschwindigkeit deutlich verlangsamte. Seufzend schaltete sie den Interkom ab.

Unter diesen Umständen blieb ihr nichts anderes übrig, als ihr Quartier zu verlassen. Sie stand auf und bemerkte zum ersten Mal, dass die Luft dumpf und stickig geworden war.

Wenn der Stellvertreter der Kaiserin unwirsch wurde, bediente er sich bei der Kommunikation mit ihm unterstellten Wesenheiten eines besonderen Kodes. Überall in der Mächtigkeitsballung der Kaiserin von Therm reagierten die dem Stellvertreter untergeordneten Wesenheiten auf diesen Kode, indem sie ihre Anstrengungen vervielfältigten.

Der Stellvertreter war daran gewöhnt. Deshalb beunruhigte ihn zutiefst, was ihm jetzt widerfuhr.

Auf die im Schaltkode formulierten Impulse reagierte der untergebene Rechner zunächst überhaupt nicht. Die innere Uhr des Stellvertreters führte mehrere Milliarden Zyklen aus, bevor der Untergebene das erste Anzeichen dafür lieferte, dass er die Botschaft überhaupt empfangen hatte.

»Das Triebwerkssystem reagiert nicht auf meine Befehle«, las der Stellvertreter.

Durch irgendeinen Effekt, den der COMP vorerst nicht zu ergründen vermochte, war SENECA erheblich verlangsamt worden. Ohne Zweifel war dies der Grund dafür, weshalb das Triebwerk nicht auf die Steuerbefehle angesprochen hatte.

Die Gefahr, der er sich hatte entziehen wollen, bestand also nach wie vor. Zumal er nicht wusste, wie die Menschen – die ihn anscheinend als Gegner betrachteten – die Verlangsamung bewerkstelligt hatten.

Er musste abwägen. Aber jeder Zyklus vergrößerte die Gefahr, dass das Raumschiff von BARDIOCS Schergen massiv angegriffen wurde.

Schließlich entschloss sich der Stellvertreter, den alternativen Kontakt aufzunehmen. Ein Mensch war Träger seines Kristalls und damit zu unbedingtem Gehorsam verpflichtet. Ihm untertan waren außerdem zwei Maschinenwesen, die Stücke von Kristallgespinst auf ihren metallenen Oberflächen trugen. Auch sie würden bedingungslos gehorchen.

Der erste Versuch der gezielten Kommunikation erwies sich als für beide Seiten verwirrend. Bislang hatte sich der Stellvertreter darauf beschränkt, Eindrücke im Bewusstsein des menschlichen Kristallträgers entstehen zu lassen. Er hatte ihm den Gedanken an die Allmacht der Kaiserin von Therm nahe gebracht und den Begriff »Erster COMP-Ordner« vermittelt. Das war einfach gewesen. Jetzt jedoch wollte der Stellvertreter wissen, ob es Anzeichen dafür gab, dass die Menschen unter der Verlangsamung des Zentralrechners litten, die sie selbst veranlasst hatten. Diese Möglichkeit zog er bewusst in Erwägung, denn er wusste, wie viel in einem Raumschiff von der Funktionstüchtigkeit des Zentralrechners abhing.

Nach anfänglichen Verständigungsschwierigkeiten, die aus der unterschiedlichen Mentalität der Gesprächspartner herrührten, erfuhr der Stellvertreter endlich, dass seine Vermutung gerechtfertigt war. Auch das Klimasystem des Fahrzeugs unterstand der Kontrolle des Zentralrechners. Die Luftqualität verschlechterte sich bereits.

Der COMP schloss daraus, dass es für ihn von Vorteil sein würde, noch zu warten. Zwar vergrößerte er dadurch das Risiko einer Entdeckung durch BARDIOCS Sendboten, andererseits bestand eine von null wesentlich verschiedene Wahrscheinlichkeit dafür, dass er das Fahrzeug doch unter seine Kontrolle brachte. Dann nämlich, wenn die Menschen infolge der Klimaverschlechterung nicht mehr agieren konnten.

Dies erschien ihm eine sinnvolle Abwägung der Vor- und Nachteile. Er ging auf Warteposition.

»Wir werden bald aufgeben müssen«, erklärte Reginald Bull grimmig. »Inzwischen haben wir die ersten Kreislaufzusammenbrüche. Unruhe breitet sich aus.«

»Mich interessiert immer noch, wie der Kontakt zwischen dem COMP und SENECA abläuft«, sagte Perry Rhodan. »Ich habe eine Idee. Aber um herauszufinden, ob sie brauchbar ist, benötige ich einen besseren Einblick in die Zusammenhänge. Geoffry …«

Waringer blickte ziemlich unbehaglich drein. »Nach meiner Ansicht hatte der COMP von Anfang an die Absicht, die SOL unter seine Kontrolle zu bringen«, stellte er fest. »Bei der Kontaktaufnahme mit SENECA scheint es aber zu Schwierigkeiten gekommen zu sein. Wir müssen annehmen, dass SENECA, um die Kommunikation zu erleichtern – entweder aus eigenem Antrieb oder auf Befehl des COMPS –, einen Teil seiner Funktionen vernachlässigte, um mehr Aufmerksamkeit für den Dialog mit dem COMP erbringen zu können.«

»Daher die Probleme mit der Proviantversorgung?«, wollte Roi Danton wissen.

»Sehr wahrscheinlich hat das damit zu tun. SENECA gab einige seiner Funktionen in diesem Bereich auf, behielt aber das Prinzip der ausreichenden Ernährung bei, wie wir inzwischen aus unseren Untersuchungen wissen. Die Positionen Geschmack und Optik fielen unter den Tisch.«

»Wie steht es mit der Verbindung zwischen dem COMP und anderen Rechnern? Zum Beispiel dem Ortungssystem?«

»Wenn sie vorhanden ist, funktioniert sie nur über SENECA«, antwortete Waringer.

»Wird der COMP wahrnehmen, was sich im Ortungssystem tut?«

»Ohne Zweifel. Denn die Orter-Servos berichten direkt an SENECA.«

»Aber mit Verzögerung?«

»Mit der üblichen Geschwindigkeit. Die Orter-Rechner sind autark und nicht verlangsamt. Nur die Verarbeitung ihrer Signale durch SENECA unterliegt dem Verlangsamungseffekt. Der COMP erfährt demnach von allen Wahrnehmungen ohne Zeitverlust. Ich bin sicher, er kann alle Signale abgreifen, sobald sie eintreffen.«

»Versteht er sie?«

Waringer lächelte hintergründig. »Der COMP ist – nach meiner vielleicht unmaßgeblichen Meinung – überaus intelligent. Er wusste von vornherein, dass er unsere Mentalität nicht ohne weiteres verstehen würde, und das gilt auch für unsere Technik. Also schöpfte er sein Wissen aus SENECAS Erfahrungsschatz.«

Rhodan verzog das Gesicht. »Am liebsten sind mir Antworten, die nicht wie die Katze um den heißen Brei …«

»Schon in Ordnung! Ich zweifle nicht daran, dass der COMP Ortersignale ohne weiteres versteht.«

Rhodan wandte den Blick zu Takvorian. Der Zentaur schien zur Statue erstarrt zu sein. Alle Farbe war aus seinem Gesicht gewichen.

»Bald haben wir es geschafft, Takvorian!«, sagte der Terraner leise und wandte sich an Galbraith Deighton: »Ich möchte, dass auf einer Serie von Ortergeräten die Reflexe eines schwarzen Raumschiffs simuliert werden!«

In dem Moment wurde es totenstill.

»Der COMP will unser Schiff kontrollieren«, erläuterte Rhodan. »Unter Missachtung unserer Belange – nicht, weil er in seiner fremden Mentalität unser Denken nicht versteht, sondern weil es für ihn wohl einen zwingenden Anlass gibt, auf den er allein schneller reagieren kann, als wenn er uns mit vielen Verständigungsschwierigkeiten zuerst ins Vertrauen ziehen muss. Welcher Anlass, frage ich, kann das sein?«

»Er fürchtet sich vor CLERMACS schwarzen Raumschiffen«, antwortete Atlan.

»Das denke ich ebenfalls! Er weiß von der Beeinträchtigung des Lebenserhaltungssystems. Zweifellos hofft er, dass er uns mit der Luftqualität zermürben kann. Aber die ganze Zeit über denkt er an die Gefahr, die von den schwarzen Raumschiffen droht.«

»In vier oder fünf Minuten hast du deine Pseudoreflexe!«, sagte Galbraith Deighton.

Für den Stellvertreter war in erster Linie wichtig, dass er über die Vorgänge in seiner Umgebung auf dem Laufenden blieb. Er hatte noch keine Zeit gehabt, eigene Wahrnehmungsmechanismen zu entwickeln.

Unvermittelt erschienen in einem von SENECAS Pufferspeichern neue Informationen. Der Stellvertreter kam sofort zu dem Schluss, dass es sich um die Ausgabe eines Ortergeräts handeln müsse. Aus einem zweiten Datensatz war zu entnehmen, dass es sich bei dem erfassten Objekt um ein bewegliches handelte.

Was anders hätte es sein können als eines der schwarzen Raumschiffe von BARDIOCS Schergen? In aller Eile analysierte der COMP die weiteren Daten, die nun pausenlos eintrafen. Dabei erkannte er, dass mehr als zehn bewegliche Objekte erfasst worden waren. Und er ermittelte aus den Bewegungsdaten, dass die gegnerischen Fahrzeuge noch ziemlich weit entfernt waren. Damit blieb eine Spanne von zwei- bis dreihundert Milliarden Zyklen, in der das Raumschiff der Menschen mit ausreichender Aussicht auf Erfolg Ausweich- oder Fluchtmanöver einleiten konnte. Diese Zeit galt es zu nutzen.

Der Stellvertreter nahm Kontakt mit dem Kristallträger auf. »Gibt es eine neue Entwicklung an Bord?«, fragte er.

Die Antwort kam nach erstaunlich kurzer Zeit. »Alarm wurde ausgelöst! Die Ortung hat feindliche Raumschiffe erfasst.«

Also hatte SENECA schließlich doch reagiert. Er war zwar zu langsam für den Triebwerksstart geworden, aber einen Alarm hatte er noch auszulösen vermocht. Angesichts der feindlichen Übermacht waren die Menschen allerdings darauf angewiesen, schnell die Position zu wechseln.

Für den Stellvertreter war es an der Zeit, dass er direkte Verbindung mit den Menschen aufnahm.

Der Verrat

Noch während die Alarmsirenen schrillten, meldete sich Joscan Hellmut über Interkom in der Kontrollzentrale. Perry Rhodan nahm den Anruf entgegen. Hellmuts hageres, samtbraunes Gesicht blickte ihm ernst entgegen.

»Ich habe eine Botschaft des COMPS zu übermitteln, Sir«, erklärte der Kybernetiker.

»Reden Sie!«

»Der COMP ersucht um eine Unterredung mit Ihnen. Er hat Ihnen ein Angebot zu machen.«

»Wo soll dieses Gespräch stattfinden?«

»In der Halle, in der der COMP steht, Sir.«

»Wie erfolgt die Verständigung? Mit Ihnen als Dolmetscher?«

»Das nicht, Sir. Entsprechende Vorbereitungen werden bereits getroffen.«

Perry Rhodan starrte den Wissenschaftler an. Hellmut wich schließlich dem Blick aus und sah zu Boden.

»Wie kommt es, dass ausgerechnet Sie diesen Auftrag bekommen haben?«, forschte Rhodan.

»Ich ... ich weiß es nicht, Sir«, stotterte Hellmut.

»Sie haben schon in Balayndagar eine alles andere als Vertrauen erweckende Rolle gespielt«, sagte Rhodan scharf. »Lassen Sie sich nicht zu einem ähnlichen Verhalten hinreißen!«

Ein gehetzter Ausdruck erschien in Hellmuts Blick. »Ich tue nichts Unrechtes, Sir!«, stieß er hervor.

Perry Rhodan unterbrach die Verbindung wortlos. Als er sich den andern wieder zuwandte, war jeglicher Ärger aus seinem Gesicht gewichen. »Unser Manöver war erfolgreich!«, sagte er.

»Steckt Hellmut also schon wieder mittendrin?«, fragte Reginald Bull zornig.

»Es sieht so aus. Auf eine Art und Weise, die wir nicht verstehen, übt er anscheinend eine große Anziehungskraft auf fremde Rechnerintelligenzen aus. Wichtiger ist aber etwas ganz anderes. Der COMP fühlt sich bedroht. Momentan wird er bereit sein, auf die Mehrzahl unserer Forderungen einzugehen. Wer aber garantiert, dass er seine Zusagen einhält?«

»Niemand«, antwortete Geoffry Waringer ohne Zögern. »Ein intelligenter Datenspeicher kennt Begriffe wie Versprechen, Aufrichtigkeit und Ehrlichkeit nicht. Bei der ersten Gelegenheit wird er sein tückisches Spiel von neuem beginnen. Es liegt an uns, uns dagegen zu sichern.«

»Wie tun wir das?«

»Der COMP hält sich an SENECA. Wir müssen also verhindern, dass er SENECA weiterhin beeinflusst.«

»Was schlägst du vor?«

»Wir riskieren einen zweiten Bluff.« Waringer lächelte ein wenig verlegen. »Ich sehe keine andere Möglichkeit. Wir postieren Flugroboter, die mit hyperenergetischen Sensoren ausgerüstet sind, rings um die Kugel mit SENECA und dem Shetanmargt. Dazu geben wir dem COMP zu verstehen, dass wir bei der Handhabung der SOL notfalls auch ohne SENECA auskommen. Das müsste ihn überzeugen, denn unsere Peripherie ist beeindruckend. Wir setzen dem COMP auseinander, dass die Roboter das Feuer auf den Rechnerverbund eröffnen werden, sobald sie das geringste Anzeichen wahrnehmen, dass SENECA oder das Shetanmargt beeinflusst werden.«

Perry Rhodan blickte in die Runde. »Das hört sich wie eine plausible Idee an«, sagte er. »Irgendwelche Vorbehalte?«

»Ich finde, wir sollten uns die Sache etwas länger durch den Kopf gehen lassen«, bemerkte Galbraith Deighton.

»Keine Zeit!«, wies Rhodan den Vorschlag zurück. »Der COMP ist nur so lange verhandlungsbereit, wie er an die Bedrohung durch die schwarzen Raumschiffe glaubt. Du selbst hast mir erklärt, dass die Pseudoimpulse Fahrzeuge simulieren, die in dreißig bis vierzig Minuten hier sein können. Also müssen wir in spätestens vierzig Minuten ein Ergebnis erzielt haben. Sobald der COMP die Wahrheit erkennt, lässt er sich auf keine Verhandlungen mehr ein.«

Es gab niemand, der das nicht einsah. Geoffry Waringer und Galbraith Deighton wurden beauftragt, den Roboterschutz für SENECA zu organisieren. Perry Rhodan und Atlan übernahmen es, die Verhandlungen mit dem COMP zu führen. Reginald Bull und Roi Danton teilten sich als Rhodans Stellvertreter das Kommando über die SOL.

Im Zentrum des Kontrollraums stand weiterhin Takvorian und hielt mit seinen unheimlichen Parakräften SENECAS Verlangsamung aufrecht.

Die Schnelligkeit, mit der die Menschen auf seine Aufforderung zur Unterredung reagierten, stellte den COMP zufrieden. Er erkannte, dass auch die Menschen die schwarzen Raumschiffe fürchteten. Deshalb würde es schnell zu einer Einigung kommen.

Von dem Kristallträger hatte er inzwischen mehr über die Sitten der Menschen gelernt. Er wusste, dass es zwei Geschlechter gab, und erkannte, dass seine beiden Gesprächspartner Männer waren.

Sie erschienen hoch gewachsen im Vergleich zu vielen ihrer Mitmenschen. Der eine verfügte über langen, weißblonden Haarwuchs und rötliche Augen, was an Bord dieses Raumschiffs eine Seltenheit war. Der andere trug das dunkelblonde Haar kurz geschnitten.

Der Stellvertreter war sich dessen bewusst, dass er von den eigentlichen Körpern der Menschen nur den Schädel, einen Teil des Halses und die Hände zu sehen bekam. Den Rest bedeckten Kleidungsstücke, die nur dazu gut sein konnten, das Tragen von Gegenständen und Instrumenten zu ermöglichen.

Beide Männer traten bis an die in aller Eile ausgebildeten kristallinen Kommunikationsmechanismen heran. Der Dunkelhaarige fragte: »COMP – hörst du uns?«

COMP, so war der Stellvertreter an Bord des MODULS genannt worden. Niemand außer der Kaiserin und ihm selbst wusste von seiner Rolle. Auch die Fremden, das schien festzustehen, hatten keine Ahnung.

Er gab den beiden Menschen ein Zeichen.

Erstaunt musterte Perry Rhodan das Gerät, das diesseits des schillernden Energieschirms, der den COMP umgab, aufgebaut worden war. Niemand hatte den Aufbau bemerkt. Es war klar, dass entweder Joscan

Hellmut oder Romeo und Julia dafür verantwortlich sein mussten. Es war Zeit, dass auch an der Peripherie der Halle Wachtposten aufzogen.

Atlan schien ähnlich zu denken. Sie verständigten sich mit einem raschen Blick.

»COMP – hörst du uns?«, fragte Perry Rhodan erneut.

Eine oder zwei Sekunden lang blieb alles still. Dann leuchtete ein Hologramm auf. Rhodan musterte es aufmerksam. Als er begriff, was ihm da vorgespielt wurde, stöhnte er auf. Das Bild zeigte den Glutball einer orangefarbenen Sonne und die Sicheln zweier Planeten – eines kleineren, sonnennahen und eines größeren.

Dasselbe Bild hatte er Wochen zuvor schon einmal gesehen, auf Xumanth, der Welt der Tbahrgs.

»Medaillon!«, stieß er hervor. »Die Erde und Goshmos Castle!«

Hammersolth und Kordahl, zwei Feyerdaler, die auf dem Mond Sh'donth der Tbahrg-Welt stationiert waren, hatten den Leuten von der SOL zu verstehen gegeben, dass die Bildübertragung von dem MODUL der Kaiserin von Therm stammte. Das war letztlich der Anlass, weshalb Perry Rhodan sich bemüht hatte, mit der Kaiserin in Kontakt zu treten: Sie kannte die derzeitige Position der Erde.

Der Anblick der Heimatwelt hatte ihn zutiefst aufgewühlt. Aber vor ihm lag eine wichtige Verhandlung, und deshalb fragte er sich, warum der COMP ausgerechnet dieses Bild produziert hatte. Lag ihm daran, seine Gesprächspartner aus dem Gleichgewicht zu bringen? Oder wollte er den Anblick der Erde als versöhnliche Geste verstanden wissen – als Andeutung, dass er bereit war, den Menschen bei der Suche nach ihrer Heimat behilflich zu sein?

Rhodan wandte sich in Richtung eines der schillernden Mikrofonringe, die reglos in der Luft schwebten. »Du batest um eine Unterredung, COMP«, sagte er ruhig und klar. »Wir haben nicht viel Zeit. Was hast du uns zu sagen?«

Das Bild verblasste nicht. Aus einem Akustikfeld erklang eine äußerst melodiöse, aber dennoch fremdartig klingende Stimme. Sie sprach Interkosmo, die Umgangssprache der Milchstraße.

»BARDIOCS Häscher folgen uns!«, sagte die Stimme.

Der Name elektrisierte die beiden Zuhörer. BARDIOC, das geheimnisvolle Wesen, vor dessen Inkarnation CLERMAC die Kaiserin von Therm sich fürchtete!

»Wir haben sie bemerkt«, entgegnete Rhodan. »Wenn sie uns angreifen, werden wir sie vernichten!«

»Das könnt ihr nicht!«, widersprach die Stimme. »Der Feind ist euch überlegen.«

»An Zahl, aber nicht an Bewaffnung!«

»Es ist dennoch unerlässlich, dass dieses Fahrzeug sofort Fahrt aufnimmt und sich in Sicherheit bringt.«

»Dazu müssten wir SENECA seine ursprüngliche Funktionsgeschwindigkeit wiedergeben.«

»Eben das verlange ich von euch!«

Niemand wusste bislang, ob der COMP die menschliche Physiognomie zu deuten verstand. War das der Fall, dann musste Rhodans höhnisches Lächeln Bände für ihn sprechen.

»Dass du das gerne hättest, kann ich mir gut vorstellen«, sagte der Terraner. »Du hattest SENECA schon so gut wie in deiner Gewalt, ehe wir deine Machenschaften blockierten.«

»Ich hatte nicht die Absicht, euch zu gefährden. Ich befolgte den Befehl der Kaiserin, dieses Fahrzeug in Sicherheit zu bringen.«

»Wir sorgen selbst für unsere Sicherheit!«

»Habt ihr deswegen den Kampf gegen mich aufgenommen?«

»Deswegen und aus noch einem anderen Grund.«

»Welcher ist das?«

»Auf dein Geheiß ist einer meiner Leute fast erschlagen worden. Er ringt noch mit dem Tod. Niemand weiß, wie es ihm ergehen wird, wenn er wieder zu sich kommt.«

»Ich habe niemand erschlagen«, widersprach der COMP.

»Du nicht. Aber der Roboter Julia auf deinen Befehl!«

Diese Äußerung des Menschen stürzte den Stellvertreter in Verwirrung. Er verstand nicht, warum die Menschen das Leben eines der Ihren so hoch schätzten.

Er versuchte, den Grund für den Mangel an Verständnis durch sorgfältige Analyse seines Bewusstseins zu finden. So weit der Inhalt seines Gedächtnisses zurückreichte, hatte er sich immer innerhalb des MODULS befunden – als Stellvertreter der Kaiserin, aber weit von ihr entfernt. An Bord des MODULS hatte es außer ihm und verschiedenen Arten von Maschinenwesen nur noch die Forscher der Kaiserin gegeben. Ihr Leben galt nichts. Sie existierten allein für den Zweck, die Wünsche der Kaiserin zu erfüllen. Sobald sie gegen diese Wünsche verstießen, war ihr Lebensanspruch verwirkt.

Man konnte, schloss der Stellvertreter, diese Regeln nicht ohne weiteres auf die Menschen übertragen. Für sie galten offenbar andere Maßstäbe. Er hatte erst begonnen, Verhaltensweisen der Menschen aufzuzeichnen, zu analysieren und zu registrieren. Trotzdem gab es keinen Zweifel daran, dass der Mann mit den kurzen dunkelblonden Haaren mit echter Empörung sprach.

Er hatte natürlich Recht. Der Überfall war auf Befehl des Stellvertreters geschehen. Allerdings hatte es sich nicht um einen ausdrücklichen Befehl gehandelt. Die Maschinenwesen waren angewiesen worden, einen Kleinrechner zu manipulieren. Der Stellvertreter hatte ihnen aufgetragen, die Manipulation heimlich vorzunehmen und sie auch dann geheim zu halten, falls sie ertappt wurden. Wie er wusste, war sein Befehl wortgetreu ausgeführt worden. Einer der Menschen hatte die Maschinenwesen bei der Manipulation überrascht. Sie hatten ihn nicht ganz getötet, aber doch beinahe. Und vor allen Dingen hatten sie den bewusstlosen Menschen an einem Ort deponiert, der weit von der Position des manipulierten Kleinrechners entfernt lag.

Mit der Erkenntnis, dass den Menschen ein Menschenleben ungeheuer viel wert war, würde der Stellvertreter von nun an leben müssen. Im Augenblick bedeutete dieser Umstand einen Nachteil für ihn. Denn in den Augen der beiden Männer, mit denen er sprach, musste er als mordendes Ungeheuer erscheinen. Das schmälerte seinen Spielraum bei der bevorstehenden Verhandlung.

Aber er konnte sich durchaus auch Situationen vorstellen, in denen er die Sorge des Menschen um das Leben eines Mitmenschen zu seinem Vorteil wenden konnte.

»Wenn euch Leben und Gesundheit jedes von euch wirklich so viel wert sind«, antwortete er auf die Beschuldigung, »dann habe ich in der Tat einen Fehler begangen. Ich versichere, es wird nicht wieder geschehen!«

Die klare, leidenschaftslose Aussage beeindruckte Perry Rhodan mehr, als er sich eingestehen wollte. Er kehrte zu dem Thema zurück, über das sie gesprochen hatten, bevor die Rede auf Vigo Hynes gekommen war.

»Du siehst uns in falschem Licht«, erklärte er dem COMP. »Wir sind nicht Diener der Kaiserin von Therm, sondern ihre Verbündeten. Wir haben uns nicht bedingungslos ihrem Befehl unterstellt, sondern uns bereit erklärt, mit ihr zusammenzuarbeiten. Wir haben dich aus dem MODUL gerettet, und wir sind bereit, dich zur Kaiserin zu bringen – als Herren unseres Raumschiffs, nicht als von dir Gelenkte! Für diese Leistungen erwarten wir von der Kaiserin jedoch eine Gegenleistung!«

»Welche ist das?«

»Du weißt es wohl – sonst würdest du uns das Bild nicht zeigen, das seit einigen Minuten zu sehen ist.«

»Ihr sucht nach dieser Sonne?«

»Wir suchen die Sonne und ihre beiden Planeten. Du besitzt die Koordinaten. Gib sie uns und hör auf, an Bord unseres Raumschiffs den Herrn zu spielen! Dann wird die Sache zu unser beider Zufriedenheit ausgehen.«

In einem war der Stellvertreter den Menschen unglaublich hoch überlegen: Er konnte millionenfach schneller denken als sie. Hinter jedem Wort, das er auf die Akustikfelder leitete, verbarg sich so viel Überlegung, wie ein menschliches Gehirn sie in einem Jahr kaum leisten konnte.

Dennoch handelte er mit wesentlich weniger Unbekümmertheit als die Menschen. Er befand sich in einer Lage, die er nicht aufgrund seines Erfahrungsschatzes beurteilen konnte. Er musste die nötigen Erfahrungen erst sammeln. Bis dahin war er gezwungen, rein logisch vorzugehen, während es die Menschen verstanden, auf eine ungewohnte Situation intuitiv zu reagieren.

Mit Besorgnis beobachtete er die Dateneingänge in SENECAS Speicher. BARDIOCS Häscher kamen näher. Er würde auf die Forderungen der Menschen eingehen müssen, wenn er überleben wollte. Was schadete es? Binnen kurzem würde der Wille der Kaiserin von Therm wieder herrschen!

Aber er durfte die Intelligenz der Menschen nicht unterschätzen. Er musste vorsichtig vorgehen, wenn er Zugeständnisse machte.

»Ich bin bereit, euch entgegenzukommen«, verkündete er.

»Wie weit?«, fragte Perry Rhodan.

»Ich überlasse euch wieder das Kommando an Bord eures Fahrzeugs.«

»Wer garantiert uns, dass du Wort hältst?«

Rhodan stellte die Frage, ohne zu wissen, ob der COMP die Floskel überhaupt verstehen konnte. Aber es zeigte sich, dass der fremde Datenspeicher dazu in der Lage war.

»Ich biete euch einen Vertrag an«, verstärkte der COMP seine Aussage. »Ihr behaltet das Kommando und bringt mich zur Residenz der Kaiserin von Therm. Die Kaiserin gibt euch die Koordinanten der Sonne, die ihr sucht.«

»Außerdem entfernst du das Kristallgespinst von den Körpern der beiden Roboter. Romeo und Julia werden vorerst abgeschaltet.«

»Das kann ich nicht tun«, protestierte der COMP. »Sie sind meine einzigen Kommunikationsmittel, wenn ich den Rechner nicht habe.«

»Du brauchst keine Kommunikation. Du gibst uns die Koordinaten des Ortes, an den du gebracht werden willst. Wir bringen dich hin.«

»Wir verlieren unnötig Zeit«, beschwerte sich der COMP. »Die feindlichen Raumschiffe kommen näher!«

»Wir verlieren Zeit, das ist richtig«, antwortete Perry Rhodan. »Ich bin überzeugt, dass wir mit den Besatzungen der schwarzen Raumschiffe friedlich auskommen werden, wenn wir ihnen anbieten, dich auszuliefern.«

»Ich stimme zu!«, rief der COMP. »Das Gespinst wird von den Maschinenwesen entfernt.«

»Zeig uns das!«, befahl Rhodan.

»Es ist keine Zeit ...«

»Sprich keinen Unsinn! Romeo und Julia sind irgendwo in der Nähe. Es dauert nur Sekunden, bis du sie hergerufen hast.«

Der COMP gab auch diesmal nach. Ein Seiteneingang der Halle öffnete sich. Die beiden Roboter kamen rasch heran. Atlan und Perry Rhodan sahen, wie sich die Gespinstfäden von ihnen lösten und durch die schimmernde Energiebarriere hindurch auf den COMP zuglitten. Das Energiefeld schien der kristallinen Struktur nichts anhaben zu können.

»Die Bedingung ist erfüllt!«, sagte der COMP. »Vorläufige Zieldaten befinden sich im Speicher eures Zentralrechners. Setzt das Schiff in Bewegung!«

Eine merkwürdig geformte Waffe lag plötzlich in Perry Rhodans Hand – ein elektronischer Impulsgeber. Er betätigte den Auslöser und richtete das Gerät zuerst auf Romeo, dann auf Julia. Mit metallischem Klirren sanken die Roboter reglos zu Boden.

»Jetzt erst«, sagte Rhodan, schob den Impulsgeber in die Tasche zurück und aktivierte den Minikom an seinem Handgelenk.

»Takvorian soll aufhören!«

14.

Binnen weniger Minuten war die SOL in voller Fahrt. In der SZ-1 sorgte Galbraith Deightons Mannschaft dafür, dass die Reflexe der vorgetäuschten schwarzen Raumschiffe mit derselben Geschwindigkeit zurückfielen, mit der sich das Schiff von seinem bisherigen Standort entfernte. Für den COMP blieb die Illusion gewahrt, dass er um Haaresbreite einer entsetzlichen Gefahr entgangen war.

Inzwischen hatte Reginald Bull das Kommando an Bord der SOL-Zelle-2 übernommen. Die Anweisung, dass sich in jedem der drei Schiffsteile ein Mitglied der Führungsspitze aufzuhalten habe, war von Rhodan ausgegangen. Er traute dem Frieden nicht.

»Irgendwie ging mir das alles zu glatt über die Bühne«, sagte er zu Atlan. »Ich glaube, dass sich der COMP vor den schwarzen Raumschiffen fürchtet. Aber ich glaube nicht – oder noch nicht –, dass er seine Zusagen halten wird.«

Der Arkonide nickte dazu. »Mir geht es nicht viel anders. Du bist dir dessen bewusst, dass wir zusätzliche Sicherheitsvorkehrungen treffen müssen?«

»In jeder Konsequenz. Die COMP-Halle muss abgeriegelt werden. Niemand hat mehr Zutritt. Aber noch wichtiger ist ein Gespräch mit SENECA. Er braucht eine Lektion in Loyalität, und die direkte Ansprache hat bisher immer noch am meisten bewirkt.«

Atlan schürzte die Lippen. »Ich dachte mir, dass du darauf bestehen würdest. Die Abriegelung der COMP-Halle ist bereits erfolgt, und SENECA weiß, dass wir kommen.«

Perry Rhodan musterte den Freund mit gut gespieltem Erstaunen. »Du bist hoffentlich nicht unter die Gedankenleser gegangen?«

»Das nicht. Aber ich habe mich im Lauf der Zeit ziemlich gut auf dich eingestellt.«

Nur für den Bruchteil einer Sekunde, von dem Arkoniden unbemerkt, huschte ein Schatten über Rhodans Gesicht. Einen halben Atemzug lang dachte er an das fürchterliche Missverständnis zwischen Atlan und ihm, das in der heimatlichen Milchstraße um ein Haar zum Bruderkrieg geführt hätte. Perry Rhodan empfand keine Bitterkeit mehr. Doch er wünschte sich, dass der Freund die eben gemachte Aussage für immer im Gedächtnis behielt.

Sie machten sich auf den Weg. Die Zugänge zu SENECA und dem Shetanmargt waren hundertfach gesichert.

Kurz bevor sie beide SENECA erreichten, erhielt Rhodan eine knappe Information über sein Armband. »Die Daten, die der COMP der Hyperinpotronik eingegeben hat, sind analysiert worden«, bemerkte er. »Es sind sicherlich nicht die Koordinaten, an denen sich die Kaiserin von Therm aufhält.«

»Hattest du das wirklich erwartet?«, fragte Atlan.

»Ich bin nicht sicher. Auf jeden Fall hatte ich damit gerechnet, dass die Daten einen Punkt in gehöriger Entfernung bezeichnen.«

»Das tun sie nicht?«

»Der Zielpunkt liegt knapp vierzehn Lichtjahre entfernt.«

»Ein Katzensprung, zugegeben. Aber sollte uns das beunruhigen?«

»Ich meine fast. Der COMP ist daran interessiert, schnell zur Kaiserin zurückzukehren. Warum diese Unterbrechung?«

»Vielleicht gibt es in der Nähe eine Stützpunktwelt der Kaiserin. Der COMP wird eine Nachricht absetzen wollen. Das kann er nur von einer Welt aus, die über die entsprechenden Hyperfunkanlagen verfügt.«

»Etwas Ähnliches habe ich mir auch gedacht«, gab Rhodan zu. »Aber ich hasse diese Ungewissheit. Warum kann der COMP uns nicht über seine Pläne informieren? Warum erklärt er uns nicht, wohin er will und warum er dorthin will?«

»Das Bild, das du dir von ihm machst, hat zu viele menschliche Züge«, bemerkte Atlan. »Wir nehmen an, dass der COMP selbstständig denkt. Aber seine Denkweise ist grundverschieden von der unseren. Außerdem steht er unter dem Befehl der Kaiserin. Arkons Götter mögen wissen, wie fremd die Gedanken der Kaiserin den unseren sind.«

Vor ihnen öffnete sich das Schott, das in die große Rechnerhalle führte. Die stählerne Kugel, die den Rechnerverbund beherbergte, war ein atemberaubender Anblick. Von der Schottöffnung aus führte ein energetischer Steg über den schwindelerregenden Abgrund hinüber zu SENECA.

»Wenn wir Glück haben, hast du Recht«, sagte Perry Rhodan zu Atlan, während er den ersten Schritt in die leuchtende Hülle des Energiestegs hinaus tat. »Aber ich habe eine Ahnung, dass wir alle uns furchtbar täuschen ...«

Vylma Seigns war bei ihrem Bemühen, ihre Schilderung des Vorgangs mit dem leuchtenden Punkt an den richtigen Mann zu bringen, nicht viel Glück beschieden. Mehrmals wurde sie von dem Leitenden Kommando abgewiesen, bis sie es ein paar Stunden später noch einmal versuchte. Diesmal gelangte sie an Roi Danton und gab ihm eine kurze Schilderung. Ihre Befürchtung, dass er sie einfach auslachen würde, erwies sich als unbegründet. Rhodans Sohn schien die Sache sogar sehr ernst zu nehmen.

»Kommen Sie zum Kontrollzentrum!«, forderte er sie auf.

Nachdem sie sich in der Medostation noch über Vigo Hynes' Zustand erkundigt hatte, eilte Vylma weiter. Noch befand sich Vigo in Intensivbehandlung, und sein Zustand wurde als kritisch bezeichnet.

Vylma fiel auf, dass in den Korridoren Kampfroboter patrouillierten. Zweimal wurde sie aufgehalten und durfte erst nach klärender Rückfrage bei Roi Danton weitergehen. Eine unaussprechliche Drohung hing in der Luft. Vylma fragte sich, was alles vorgefallen sein mochte, seitdem sie den Leuchtpunkt beobachtet hatte.

In dem Kontrollzentrum fand sie außer Roi Danton, der gegenwärtig das Kommando innehatte, auch den Kelosker Dobrak: ein unförmiger, scheinbar unbeholfener Koloss. Reglos stand er im Hintergrund und schien sich um nichts zu kümmern. Vylma bemerkte aber, dass seine zahlreichen Augen allem folgten, was sich abspielte.

Roi Danton empfing sie freundlich und nahm ihr von Anfang an jede Hemmung. Er unterbrach sie nicht ein einziges Mal. Als Vylma geendet hatte, blickte er sie nachdenklich an.

»Sie haben also zwanzig Stunden lang ohne Unterbrechung gearbeitet?«

Vylma Seigns nickte stumm.

»Glauben Sie nicht, dass Sie schlicht überanstrengt waren?«

Vylma glaubte es. Mehr noch: Seit sie mit Roi Danton redete, war ihre Bereitschaft, das Erlebnis mit dem Leuchtpunkt für eine Halluzination zu halten, stetig gewachsen.

»Würde es Sie sehr kränken«, erkundigte sich Danton, »wenn ich Ihre Beobachtung für das Produkt eines überreizten Wahrnehmungsvermögens hielte?«

Vylma Seigns zögerte nur für einen Moment. »Nein, gar nicht«, sagte sie dann. »Ich glaube mittlerweile selbst, dass es so gewesen sein muss.«

Roi Danton war ein viel beschäftigter Mann. Trotzdem widmete er sich ihr nach Kräften und sprach sogar wegen Vigo Hynes mit dem Leitenden Arzt. Vigo würde überleben. Nicht nur das: Mittlerweile bestand berechtigte Hoffnung, dass seine Verletzungen keine Nachwirkung haben würden.

Perry Rhodan war erst drei Schritte weit gegangen, als der Energiesteg flackerte. Er reagierte mit jener Schnelligkeit, die ihm den Ruf eines Sofortumschalters eingebracht hatte. Mit einem warnenden Schrei warf er sich rückwärts und prallte schwungvoll gegen den Arkoniden. Gemeinsam stürzten sie auf den festen Boden zurück.

Mit einem Ruck kam Rhodan wieder auf die Beine. Ungläubig verfolgte er, dass sich die Energiestege, die von zwei Punkten der Hallenwand auf die rötliche Stahlkugel zustrebten, auflösten. Von irrlichternden Entladungen begleitet, verwehte die bislang starre Energie in wabernden Schwaden. Die Schweberoboter, deren Aufgabe es war, die stählerne Kugel mit den beiden Rechnern zu schützen, gerieten in unkontrollierte Bewegung.

Mit einem Schauder dachte Rhodan an die Gefahr, der er um Haaresbreite entgangen war. Ohne seine blitzschnelle Reaktion wäre Atlan und ihm der Sturz in bodenlose Tiefe sicher gewesen.

Aus der Höhe sank ein blauweiß strahlender Glutball herab. Er war scheinbar aus dem Nichts entstanden und schwebte auf die 500 Meter durchmessende rote Stahlkugel zu. Bange Sekunden lang sah es so aus, als wolle die Glut SENECA vernichten, dann blähte sie sich jäh auf.

Ein energetischer Sturm durchtoste die riesige Halle. Die Schweberoboter explodierten zu Dutzenden. Ein Regen glühender Metallteile ergoss sich in die Tiefe. Perry Rhodan konnte nur noch die Hände vors Gesicht schlagen und die Augen schließen, als die grelle Lichtfülle alles zu verzehren schien. Neben sich hörte er den Arkoniden stöhnen.

Als Rhodan Sekunden später vorsichtig zwischen den Fingern hindurchblinzelte, waren die Roboter verschwunden und SENECAS Hülle nicht mehr zu sehen. Ein energetisches Gebilde umgab die Kugel der Hyperinpotronik, und dieses flammende Etwas hatte eine verblüffende Ähnlichkeit mit dem Energiezaun, den der COMP um sich herum aufgebaut hatte. Perry Rhodan verstand, obwohl er sich dem unwillkürlich widersetzte, dass er Augenzeuge eines Attentats geworden war, das von dem COMP ausging.

Seine Ahnung hatte sich also bewahrheitet. Der COMP hatte keineswegs seine Absicht aufgegeben, die SOL zu beherrschen. Das Auftauchen der schwarzen Raumschiffe hatte ihn nur vorübergehend zu Zugeständnissen veranlasst; seine Moral war und blieb die eines seelenlosen Automaten, das Ziel seiner Handlungen die Zweckmäßigkeit. Perry Rhodan fragte sich, warum er diesen Zusammenhang früher, als es noch Zeit gewesen war, nicht mit derselben Deutlichkeit hatte erkennen können wie jetzt. Er hatte einen Vertrag mit einem Roboter geschlossen! Warum war ihm die Unsinnigkeit dieses Vorgehens nicht eher klar geworden?

Perry Rhodan wandte sich schwerfällig um und begegnete dem Blick des Arkoniden. »Ich komme mir vor wie ein verdammter Narr«, sagte er dumpf.

Der Ausbruch

Aufruhr herrschte. Perry Rhodan und Atlan schwangen sich in den nächsten Antigravschacht. Das war der Moment, in dem sich Roi Danton meldete.

»Der Teufel ist los! Die Schiffszellen werden hermetisch abgeriegelt.«

»Gibt es noch eine Verbindung zu den SOL-Zellen?«, fragte Rhodan.

»Sprechverbindung. Die Bildübertragung ist ausgefallen.«

Perry Rhodan wusste, dass er einen letzten Versuch unternehmen musste, den COMP doch noch in die Knie zu zwingen. Eine weitere Chance würde er vielleicht nicht mehr haben. Doch um seinen Plan durchführen zu können, brauchte er eine Verständigungsmöglichkeit mit den Besatzungen in den SOL-Zellen.

»Galbraith und Bully sollen sich abrufbereit halten!«, trug er seinem Sohn auf. »Wir haben nicht mehr viel Handlungsspielraum. Aber eine Möglichkeit bleibt uns. Ich muss nur jederzeit mit den Kommandanten der Zellen Eins und Zwei reden können.«

»Klar«, bestätigte Roi Danton.

Perry Rhodan spürte den fragenden Blick des Freundes und sah auf.

»Ich kenne deinen Plan«, behauptete Atlan.

»Du bist der große Extrapolator, du musst ihn kennen«, antwortete Rhodan mit einer Mischung aus Spott und Resignation.

»Du planst den Auszug aus der SOL! Wie damals, als wir im Mahlstrom nach der Erde suchten und die SOL-Geborenen ihre Revolution probten.«

»Du hast Recht.«

»Was versprichst du dir davon?«

»Es bedarf einer eingespielten Mannschaft, um unser Raumschiff zu steuern. Der COMP allein wird sich vergeblich abmühen.«

»Mit SENECAS Hilfe kommt er bestimmt weiter.«

»Nicht in allen Situationen. Zumindest bei Gefahr kommt die SOL ohne die Emotionauten nicht aus.«

»Davon weiß der COMP nichts.«

»Aber SENECA – und was SENECA weiß, weiß auch der COMP.«

Sie verließen den Antigravschacht auf dem Hauptdeck.

»Gut«, sagte Atlan. »Angenommen, du setzt deinen Plan durch. Glaubst du, der COMP wird dich von Bord lassen? Zumal mit der vollzähligen Besatzung?«

»Ich glaube, ja. Das Reglement sieht regelmäßige Evakuierungsübungen vor. Wir haben schon lange keine solche Übung mehr durchgeführt. SENECA wird den COMP überzeugen, dass wir nichts Ungewöhnliches tun.«

»Wie verständigst du dich mit Deighton und Bully? Und wie vergewisserst du dich, dass deine Gespräche nicht vom COMP abgehört werden?«

»Die Interkom-Kanäle werden nicht von SENECA kontrolliert. SE-

NECA überwacht nur die Bildverbindungen. Wahrscheinlich ist das der Grund, warum die einen noch funktionieren und die andern nicht.«

Vor ihnen standen Kampfroboter. Sie hielten die beiden Männer nicht auf.

»Du ziehst also die ganze Mannschaft ab«, setzte Atlan den Gesprächsfaden fort. »Und was dann?«

»Wir verlassen die SOL. Der COMP wartet auf unsere Rückkehr, wir kehren aber nicht zurück. Er untersucht die Möglichkeiten, die SOL allein ans Ziel zu bringen, und erkennt, dass er dabei erhebliche Risiken in Kauf nehmen muss. Er ist kein Freund von Risiken, denn er muss sicher sein, dass er die Kaiserin von Therm erreicht. Für diese Sicherheit braucht er uns. Er ist also auf uns angewiesen. Wir kehren aber nur dann auf die SOL zurück, wenn gewährleistet ist, dass der COMP keine Schwierigkeiten mehr macht.«

Atlan blieb stehen. »Ich frage dich nicht, wie du das gewährleisten willst«, sagte er ernst. »Dazu könnte man sich einiges einfallen lassen. Aber wissen will ich von dir, was du zu tun gedenkst, wenn der COMP schlicht auf jede Mitarbeit pfeift. Wenn er mit der SOL einfach davonfliegt!«

»Auch diese Möglichkeit müssen wir in Erwägung ziehen«, antwortete Rhodan hart.

Der Alarm wurde schließlich wieder abgeblasen. Eine trügerische Ruhe kehrte an Bord ein. Die Mehrzahl der Besatzungsmitglieder wusste nicht, was vorgefallen war. Alle bemerkten nur, dass sie wieder ohne Schweißausbrüche und Übelkeitsgefühl einatmen konnten und dass die Speisen fast so genießbar wie früher waren.

Die Vorbereitungen für die entscheidende Auseinandersetzung mit dem COMP geschahen im Geheimen. Vorerst befand sich das riesige Raumschiff im Linearraum.

Die Interkom-Kanäle zwischen den Kommandozentren der Schiffsteile wurden stark frequentiert.

Das Unternehmen lief unter dem Kodenamen EVAC. Das war die offizielle Bezeichnung der regelmäßig durchzuführenden Evakuierungsübung.

Allerdings gab es noch einige Ungewissheiten. Zum einen konnte der COMP die Zielkoordinaten geändert haben, die sich in einem Sonderspeicher des Rechnerverbunds aus SENECA und Shetanmargt befanden. Der Verbund stand unter der Kontrolle des COMPS, deshalb konnte niemand mit Gewissheit sagen, ob die Koordinaten noch dieselben waren wie vor einer Stunde.

Zum Zweiten hing der planmäßige Ablauf des Manövers von SENECA ab. Sobald das Kommando EVAC gegeben wurde, versetzte der Rechner die für die Evakuierung benötigten Kreuzer und Korvetten in den Zustand der Startbereitschaft und koordinierte die Öffnungsmechanismen der Hangarschleusen, sodass der Start aller Einheiten innerhalb eines Zeitraums von nur wenigen Minuten erfolgen konnte. Würde SENECA mitspielen?

Damit der Anschein der Routineübung gewahrt blieb, musste Rhodan darauf verzichten, jene Personen mitzunehmen, die von der regulären EVAC-Routine ausgeschlossen waren. Das waren in erster Linie die Kranken und Verwundeten, die sich in den Medostationen befanden. Auch ein großer Teil der Roboter fiel nicht unter die vorgeschriebene Evakuierungspflicht.

Um die Roboter machte sich der Terraner keine Sorgen. Aber mit dem Zurücklassen der Kranken und Verwundeten ging er ein Risiko ein. Der COMP konnte sie, sobald er den wahren Zweck des Manövers erkannte, als Geiseln verwenden. Schließlich wusste er nun, wie wertvoll den Menschen das Leben ihrer Mitmenschen war. Und Perry Rhodan würde sich eher dem Diktat des COMPS beugen, als die Gesundheit dieser Männer und Frauen zu riskieren.

Mit dem COMP gab es keine Verbindung. Er antwortete auf keinen der Anrufe, die über SENECA an ihn geleitet wurden. Die Halle, in der der COMP stand, war durch ein energetisches Feld abgeriegelt. Romeo und Julia waren trotz ihrer Lähmung verschwunden, und verschwunden war inzwischen auch Joscan Hellmut, der Roboterspezialist.

Zum vorgesehenen Zeitpunkt verließ die SOL den Linearraum. Auf den Schirmen erschien das Sternenmeer am Rand der fremden Galaxis. Der Analysator ermittelte achtunddreißig Sonnen, die innerhalb einer Kugel von zehn Lichtjahren Radius rings um den derzeitigen Standort der SOL lagen. Spektralvergleiche ergaben, dass drei dieser Sterne nicht weiter als sechs Lichtjahre entfernt waren.

Perry Rhodan ließ fünf Minuten verstreichen, um sich zu vergewissern, dass der COMP diesen Punkt nicht nur angeflogen hatte, um kurz Umschau zu halten und den Flug dann fortzusetzen. Vorläufig wiesen alle Anzeichen auf das Gegenteil hin. Die SOL verlor an Fahrt. Es sah so aus, als sollte sie in dieser Gegend auf Warteposition gehen.

Endlich gab der Terraner das Kommando.

Von neuem schrillten die Sirenen.

Auf seine eigene Weise empfand der Stellvertreter der Kaiserin Zufriedenheit mit sich selbst und dem Erreichten.

Er hatte sich keine zehn Zyklen durch die Drohung der Menschen schrecken lassen, der Zentralrechner würde vernichtet werden. Er durchschaute ihre Argumentation. Dieses Raumschiff war so reichlich mit Rechenkapazität ausgestattet, dass man in der Tat glauben mochte, es ginge auch ohne den Zentralrechner – wenigstens zur Not. Der Stellvertreter aber kannte SENECA inzwischen gut genug, um zu wissen, dass hier alle zentralen Funktionen und Befehlsstränge zusammenliefen. Dieses Fahrzeug war nicht manövrierbar, sobald der Zentralrechner ausfiel.

SENECA befand sich nun fest in seiner Gewalt, die Schweberoboter waren vernichtet und den Menschen der Zugriff entzogen.

Damit war ein wesentlicher Teil des Planes, den der Stellvertreter sich zurechtgelegt hatte, bereits verwirklicht. Andererseits wusste er inzwischen, dass die Menschen nicht so rasch aufgeben würden. Ihr Wille zum Widerstand war selbst dann lebendig, wenn ihnen jede Möglichkeit fehlte, diesen Willen auch in die Tat umzusetzen. Der Stellvertreter erkannte klar, dass er den Auftrag der Kaiserin erst dann würde ungestört ausführen können, wenn er den Willen der Menschen gebrochen hatte.

Dazu diente das bevorstehende Manöver. Aus SENECAS Informationsspeichern kannte der Stellvertreter einen Vorgang, der sich vor rund neun Monaten menschlicher Zeitrechnung ereignet hatte. Damals war – aus einem Grund, den er nicht so recht verstand – die Unzufriedenheit an Bord derart groß gewesen, dass die Verantwortlichen, um einer offenen Meuterei vorzubeugen, fluchtartig das Schiff verlassen hatten. Sie hatten die Unzufriedenen unter Druck setzen wollen, indem sie ihnen zeigten, dass sie allein mit dem Raumschiff nicht zurechtkamen. Der Plan war ein voller Erfolg gewesen. Die Unzufriedenen hatten ihren Fehler eingesehen und den geflüchteten Teil der Besatzung nur durch umfangreiche Zugeständnisse bewegen können, an Bord zurückzukehren.

Ein ähnliches Ereignis stand bevor, der Stellvertreter hatte die Menschen richtig eingeschätzt. Sie würden das Schiff verlassen, um ihm zu beweisen, dass er ohne ihre Hilfe machtlos war. Damit würden sie ihn zu erpressen versuchen.

Doch er war gewappnet. Längst waren die beiden Maschinenwesen, mit einem neuen Gespinst versehen, wieder an der Arbeit. Der Kristallträger gab ihnen die Anweisungen. Wenn die Menschen von Bord gingen, würden sie eine Überraschung erleben, die ihren Widerstandswillen ein für alle Mal brach.

Die Vorbereitungen der Menschen liefen auf Hochtouren. SENECA, der die Koordination des Manövers leitete, schöpfte keinen Verdacht. Der Stellvertreter unternahm nichts, um die Hyperinpotronik aufzuklären. Es war besser, wenn der Zentralrechner seine Naivität vorerst behielt.

Wie ein präzises Uhrwerk lief das Manöver ab. Als die Sirenen ertönten und das charakteristische EVAC-Signal gaben, verließen die Menschen ihre Arbeitsplätze und Quartiere und eilten auf dem kürzesten Weg zu der nächsten Hangarschleuse. Jeder wusste, wohin er zu gehen hatte. Jeder wusste, wessen Befehlen er im EVAC-Fall gehorchen musste. Nach zehn Minuten befanden sich bereits achtzig Prozent der Besatzung in den Evakuierungsfahrzeugen.

Die EVAC-Flotte bestand aus Leichten Kreuzern und Korvetten. 110 dieser Beiboote und 120 Korvetten standen bereit, um die Besatzung von Bord zu bringen.

In einem Kreuzerhangar des Mutterschiffs hatte Perry Rhodan selbst das Kommando über den Leichten Kreuzer SIGA übernommen. Er stand in Verbindung mit den Kommandanten der EVAC-Flottenteile in den SOL-Zellen. Einer der Schirme auf seiner Konsole war zum Zählwerk degradiert worden. Als das Mittelteil vollständig evakuiert war, meldeten die beiden Kugelraumer erst 98,7 beziehungsweise 99,2 Prozent.

Inzwischen arbeiteten die Analysegeräte der SIGA. Ihre hyperenergetischen Sensoren untersuchten die drei Sonnen, die der SOL am nächsten standen. Zwei erwiesen sich rasch als untauglich: ein blauer Riesenstern, offensichtlich noch in der frühesten Phase seiner Entwicklung begriffen, und ein weißer Zwerg, der im Laufe der nächsten zwei oder drei Millionen Jahre zum Neutronenstern werden würde.

Die dritte Sonne, gelblich weiß, hatte vermutlich Planeten. Ihre Entfernung betrug nach überschlägigen Berechnungen 4,8 Lichtjahre. Perry Rhodan benannte diese Sonne als Zielpunkt. Die Positroniken der Schiffe speicherten die entsprechenden Kurskoordinaten.

»Alle evakuiert!«, meldete Reginald Bull aus der SOL-Zelle-2. Unmittelbar darauf traf die entsprechende Nachricht von Galbraith Deighton ein.

Perry Rhodan wollte soeben das entscheidende Signal auslösen, da machte ihn eine Anzeige darauf aufmerksam, dass die SIGA nicht bedingungslos startbereit war.

Er unterdrückte einen Fluch. Die Kontrolle verwies auf eine Mannschleuse auf dem untersten Deck. Rhodan schaltete, auf einem Monitor erschien die Schleusenkammer, darin eine unförmige Gestalt, die sich soeben durch das Innenschott zwängte.

»Dobrak ...!«

Der Kelosker erstarrte schier.

»Mein Platz ist hier, Rhodan!«, antwortete er. »Versuchen Sie bitte nicht, mich zurückzuhalten!«

»Es ist nicht meine Sache, Ihnen vorzuschreiben, wo Ihr Platz ist!«, donnerte der Terraner. »Aber Sie halten uns auf!«

»Nur eine Sekunde, Rhodan!«, bat der Kelosker. »Wirklich nur eine Sekunde ...«

Er zwängte sich in die Schleusenkammer. Das Schott schloss sich hinter ihm. Nicht eine, sondern zwölf Sekunden vergingen, bis Dobrak die SIGA verlassen hatte. Perry Rhodan gab ihm weitere sechzig Sekunden, auch den Hangar zu verlassen.

Endlich teilte sich das große Schott in zwei Hälften, die nach rechts und links zurückwichen. In der SIGA war das dumpfe Summen der Feldgeneratoren zu hören, als der Kreuzer abhob.

Der Auszug hatte begonnen ...

Der Start der EVAC-Flotte wurde innerhalb von achtzehn Minuten abgewickelt. SENECA speicherte, dass der Sollwert von einundzwanzig Minuten damit um 14,3 Prozent unterschritten worden war.

Über die gekoppelten Ortungen verfolgte die Hyperinpotronik den Flug der Beiboote. Vierzig Minuten nach dem Start des letzten Schiffes war laut Manöverplan der Bremsvorgang einzuleiten, an den sich die Umkehr anschloss. Dem kommandierenden Offizier war eine Toleranz von plus minus zehn Prozent gegeben. Der Beginn des Bremsvorgangs hatte also zwischen sechsunddreißig und vierundvierzig Minuten nach dem Start der letzten Einheit zu liegen.

Als vierundvierzig Minuten verstrichen waren, ohne dass Anzeichen eines Bremsvorgangs erkennbar wurden, schlug SENECA Alarm, rief das Flaggschiff über Hyperkom an und gab das Überschreiten der Zeitspanne bekannt. Als nicht einmal seine dritte Information beantwortet wurde, schloss SENECA auf einen nicht erklärbaren, die Sicherheit der SOL beeinträchtigenden Vorgang.

Zu normalen Zeiten wäre die Hyperinpotronik nun berechtigt gewesen, das Kommando über die SOL zu übernehmen und der EVAC-Flotte zu folgen. Jetzt jedoch unterstand sie dem Befehl des COMPS und leitete diesem lediglich eine eindeutige Meldung zu: »Die Evakuierungsflotte hat die höchstzulässige Zeitgrenze überschritten, ohne ein Bremsmanöver einzuleiten. Es gibt kein Anzeichen dafür, dass das Flottenkommando beabsichtigt, sich an den vorgeschriebenen Manöverplan zu halten.«

Die Antwort des COMPS erfolgte erst nach einer Weile. SENECA empfand sie als verwirrend, zumindest wusste er nichts mit dieser Antwort anzufangen. Sie lautete: »Der Verstoß gegen den Manöverplan erfolgt planmäßig.«

Patt infolge unvorhersehbarer Umstände

Mühsam quälte sich das Bewusstsein aus den Tiefen der Ohnmacht hervor. Vigo Hynes öffnete die Augen und blinzelte gegen eine grelle Lichtflut an, die ihm Schmerzen bereitete. Er lag eine Zeit lang still und versuchte, sich zu erinnern. Das Erste, was ihm in den Sinn kam, war das Bild des Roboters Romeo. In dem kleinen Raum, in dem der Knotenrechner des Feuerleitsystems stand.

Er hatte ein Geräusch gehört, hatte sich umdrehen wollen, aber dann ... Hier setzte seine Erinnerung aus. Etwas Drastisches musste geschehen sein. Hynes' Blick glitt an den sterilen Wänden entlang. Aus dem Hintergrund vernahm er ein Summen. Er drehte den Kopf zur Seite und erkannte dicht vor sich den leicht erhöhten Rand einer Liege, wie sie in den Medostationen verwendet wurden.

Er war verletzt! Jemand hatte ihn angegriffen, wahrscheinlich niedergeschlagen. Durch seinen Schädel tobte ein dumpfer Schmerz.

»He!«, rief Vigo Hynes. »Ist hier jemand?«

»Medoroboter vom Dienst«, antwortete eine quarrende Stimme. »Sie haben sich ruhig zu verhalten.«

»Wie lange?«

»Das liegt jenseits meiner Entscheidungsfähigkeit. Das medizinische Personal hat darüber zu entscheiden.«

»Dann ruf einen Arzt! Ich will wissen, woran ich bin!«

»Es ist kein Arzt zugegen. Das Fahrzeug befindet sich im EVAC-Zustand.«

»EVAC ...?« Hynes' erste Reaktion war Sorge. Er kannte den EVAC-Plan und wusste, dass er unter anderem vorsah, Kranke und Verwundete an Bord zurückzulassen.

»Wir lange liege ich schon hier?«, wollte er wissen.

»Seit achtzehn Stunden.«

»Wie lautete die letzte Diagnose?«

»Befindet sich eindeutig auf dem Weg der Besserung.«

»Gut!«, knurrte Hynes und schwang die Beine über den Rand der Liege. »Dann wird es wohl nicht so schlimm sein, wenn ich mir ein wenig Bewegung verschaffe.«

»Eigenmächtigkeit des Patienten ist unerlaubt!«, beschwerte sich der Medoroboter. »Ihr Vorgehen stellt den Behandlungserfolg in Frage.«

Vigo Hynes stand leicht schwankend vor seiner Liege und hielt sich den Kopf. Er presste die Hände auf den Druckverband.

»Wahrscheinlich hast du Recht, Roboter«, ächzte er. »Aber im Augenblick geht es um Wichtigeres als nur um den Behandlungserfolg.«

Er erspähte das Behältnis, in dem seine Montur aufbewahrt wurde, kleidete sich an und verließ die Station.

Perry Rhodan ließ SENECAS warnende Anrufe unbeachtet. Die Evakuierungsflotte bewegte sich in einem dichten Pulk. Bei einer Auswertung des Manövers würde jedermann folgern, dass der Kommandant durch die Anordnung einer derart engen Formation die Feuerkraft des Verbandes unnötig geschwächt habe. Aber darauf kam es diesmal nicht an.

Rhodan befahl ein Beschleunigungsmanöver bis auf 80 Prozent der Lichtgeschwindigkeit. Mittlerweile hatte jedermann an Bord der EVAC-Einheiten begriffen, dass es bei diesem Ausflug um weitaus mehr als das vorgeschriebene Manöver ging. Während der Beschleunigungsperiode erläuterte der Terraner über Rundruf sein Vorgehen.

An Bord der SOL mussten SENECA und der COMP inzwischen erkannt haben, was vorging. Perry Rhodan zweifelte kaum, dass der COMP längst das Feuer eröffnet haben würde, wenn es ihm möglich gewesen wäre. Das Feuerleitsystem war jedoch – aus gutem Grund – dezentralisiert und von SENECA unabhängig. Ohne diesen Umstand wäre Perry Rhodan das Wagnis ohnehin nicht eingegangen. Er wusste eindeutig, dass der COMP keinen Zugriff auf die Geschütze erhielt.

Für seine Wachsamkeit gab es einen anderen Grund. Der COMP mochte auf den Gedanken kommen, die an Bord zurückgebliebenen Kranken und Verwundeten als Geiseln zu benutzen. Er würde die Evakuierungsflotte von diesem Entschluss in Kenntnis setzen. An Bord der SIGA wartete jeder auf ein solches Zeichen. Je mehr Zeit verging, ohne dass der COMP sich meldete, desto größer wurde Rhodans Zuversicht, dass der COMP diese einzige Möglichkeit, die Flüchtenden zu erpressen, nicht erkannte.

Zum Abschluss des Beschleunigungsmanövers ging die EVAC-Flotte in den Linearflug. Die Überlichtetappe dauerte allerdings nur wenige Minuten. Als der Verband in den Einsteinraum zurückfiel, hatte er knapp 4,8 Lichtjahre zurückgelegt. Die gelblich weiße Sonne stand fünf Lichtstunden entfernt.

Innerhalb von zwanzig Minuten wurden elf Planeten ermittelt. Der vierte, von der Sonne aus gerechnet, schien eine erdähnliche Welt sein. Zumindest hatte er eine dichte Sauerstoffatmosphäre.

Perry Rhodan taufte die Sonne auf den Namen »Evac« und ihren vierten Planeten »The Alamo«. Denn falls sein verwegener Plan keinen Erfolg hatte, würden auf dieser Welt einige tausend Menschen ihren allerletzten Stand beziehen.

Es sollte Jahrhunderte dauern, bis die beiden Namen zum ersten Mal in einen Sternkatalog eingetragen wurden.

15.

Um ihn herum war die leere und bedrückende Weite des Schiffes. Aber das waren relative Begriffe.

Auf seine unbeholfen wirkende Art schritt Dobrak den Hauptkorridor entlang, der zu den Quartieren des wissenschaftlichen Personals führte. Er wollte sich Klarheit verschaffen und sich vergewissern, dass der SOL und ihrer Besatzung keine ernsthafte Gefahr drohte.

Dobraks Loyalität galt nicht den Menschen. Bei keiner seiner bisherigen Entscheidungen hatte er in erster Linie an das Wohl der Menschen gedacht, sondern nur an die Kelosker, für die er die Verantwortung übernommen hatte. Seit die Menschen aus Unkenntnis den Untergang seiner Heimatgalaxis Balayndagar ausgelöst hatten, war Dobrak auf der Suche nach einer neuen Heimat für sich und die überlebenden Kelosker.

Nur auf dieses Ziel richtete sich aus seiner Sicht das Bündnis mit den Menschen. Die SOL würde eines Tages einen Punkt erreichen, an dem Dobrak und seine Kelosker erklärten: Bis hierher und nicht weiter. Dann würden sie die SOL verlassen und das Shetanmargt mit sich nehmen und mit Hilfe des Rechners auf einer unberührten Welt ihre neue Heimat gründen. Damit es aber sicher so kam, trugen die Kelosker willig ihren Anteil der Verantwortung für die Sicherheit der SOL. Dieser Verantwortung entsprang Dobraks gegenwärtige Mission. Er bezweifelte, dass die Interessen des COMPS sich konfliktfrei mit den Interessen der SOL-Besatzung in Einklang bringen ließen. Ihm lag deshalb daran, den Konflikt zu entschärfen, bevor er zu einer Bedrohung führte.

Dobrak nahm wahr, dass das mächtige Raumschiff beschleunigte. Es überraschte ihn nicht. Er wertete den Vorgang jedoch als Signal, dass ihm nicht mehr viel Zeit blieb. Die Absichten des COMPS glaubte er zu kennen, und er betrachtete es als seine Aufgabe, sie zu unterbinden. Denn sie hätten bei den Menschen Veränderungen bewirkt, die der Sache der Kelosker nicht zuträglich waren.

Dobrak bog in einen Seitenkorridor ein, der vor einem Schott endete. Ohne sein Zutun öffnete sich der Durchgang. Ein hoch gewachsener, schlanker Mensch mit dunklen, gelockten Haaren stand in der Öffnung und blickte ihm erstaunt entgegen.

»Sie … hier?«, fragte er. »Ich dachte …«

»… ich sei mit den anderen verschwunden, nicht wahr?«, vollendete Dobrak den angefangenen Satz. »Wie Sie sehen, bin ich zurückgeblieben. Ich habe mit Ihnen zu reden.«

Joscan Hellmut wurde abweisend. »Ich habe keine Zeit«, antwortete er eisig. »Vielleicht ein andermal …«

»Es ist mir gleichgültig, ob Sie Zeit haben oder nicht«, fiel ihm Dobrak ins Wort. »Mein Anliegen duldet keinen Aufschub, also wird unser Gespräch sofort stattfinden.«

Joscan starrte den unförmigen Kelosker an. Sein Widerwille regte sich. Unwillkürlich tastete er nach der Waffe, die er im Gürtel trug. »Sie verstehen mich nicht«, sagte er. »Ich habe keine Zeit. Und wenn ich sage, ich habe keine Zeit, dann …«

Dobrak hatte die Bewegungen des Menschen verfolgt. Als die Hand den Kolben der Waffe umfasste, schlug er zu. Er wirkte unbeholfen, doch die Schnelligkeit, mit der einer seiner Greifarme nach vorne zuckte und Hellmuts Handgelenk umklammerte, hätte ihm so leicht niemand nachgemacht.

Hellmut wurde bleich. Der Griff des Keloskers drohte sein Handgelenk zu zerquetschen. Der Strahler polterte zu Boden. Hellmut sah ein, dass er gegen den mit unglaublichen Körperkräften ausgestatteten Kelosker vorerst keine Chance hatte. Andererseits war es ihm unmöglich, Dobrak nachzugeben. Aus dem Kristall in seinem Nacken floss ein unaufhörlicher Strom von Befehlen.

»Ich kann nicht …«, ächzte Joscan Hellmut und sackte unter dem Griff des Keloskers in die Knie.

»Teilen Sie Ihrem Auftraggeber mit, dass ich mit Ihnen zu sprechen habe!«, befahl Dobrak. »Die Sache wird nicht allzu lange dauern.«

Joscan Hellmut schloss die Augen. Eine Weile verging. Als er wieder aufblickte, lag ein Ausdruck wie von Erleichterung auf seinem Gesicht. Dobrak registrierte, dass sich der COMP dem Unausweichlichen gebeugt hatte.

»Was wollen Sie?«, fragte Hellmut matt.

Vigo Hynes kannte nur ein Ziel: den Raum des kleinen Knotenrechners, in dem er niedergeschlagen worden war. Romeo hatte sich an der Schaltung zu schaffen gemacht. Aber der Roboter hatte dort nichts zu suchen. Vigos Aufforderung, sich zu entfernen, hatte er sich widersetzt. Dabei zweifelte Vigo keine Sekunde lang daran, dass er von Julia niedergeschlagen worden war. Sie musste sich unbemerkt in demselben Raum befunden haben.

Vigo Hynes entsann sich der Feststellung, die er Stunden zuvor gemacht hatte. Einer der Registerinhalte einer Feuerleitpositronik war verändert worden. Er wusste nicht, ob Romeo und Julia auch dafür verantwortlich waren. Aber er war sicher, dass sie mit ihren heimlichen Aktivitäten, bei denen er sie überrascht hatte, dasselbe Ziel verfolgten – welches das auch sein mochte.

Über den COMP wusste Vigo wenig – kaum mehr, als dass er an Bord war und dass er ihn als ein seltsames Gebilde zu betrachten hatte, das sorgfältig analysiert werden musste. Romeo und Julia hatten mit ihrem geheimnisvollen Tun erst angefangen, als der COMP schon an Bord war.

Vigo Hynes folgerte kühn, dass die Manipulation des Knotenrechners von dem COMP ausgehen müsse. Was konnte er anderes bezwecken, als die Kontrolle über die Feuerkraft der SOL zu bekommen. Sämtliche Geschütze wurden von einem Rechnernetz überwacht, das von SENECA unabhängig war. Der COMP versuchte, diese Anordnung zu überbrücken und die Feuerleitkontrolle zu zentralisieren, sodass er sie beeinflussen konnte.

Das alles, gestand sich Vigo, waren nur Vermutungen. Aber er glaubte nicht, dass er sich irrte. Hinzu kam, dass die Besatzung der SOL ein EVAC-Manöver ausführte. Hatte der COMP vor, die Einheiten der Evakuierungsflotte unter Feuer zu nehmen, sobald sie zum Mutterschiff zurückkehrten?

Vigo Hynes hatte es plötzlich noch eiliger. Er erreichte die Abzweigung, an deren Ende der Rechnerraum lag. Die Kodeschlüssel trug er noch bei sich. Auch seine Waffe besaß er noch. Als das Schott zur Seite glitt, war er schussbereit. Das Licht aus dem Korridor fiel in den kleinen

Raum. Vigo spähte in das Halbdunkel. Eine Minute verstrich, ohne dass er auch nur das leiseste Geräusch wahrnahm. Dann trat er ein, und im selben Augenblick flammte die Beleuchtung auf.

An dem Knotenrechner hatte sich jemand zu schaffen gemacht. Die Verkleidung war gelöst und achtlos beiseite geworfen worden. Jemand hatte – offenbar in aller Hast – eine Reihe zusätzlicher Schaltungen angelegt. Vigo sah eine Menge wirr anmutender Sensoren und Steckelemente, die es sonst in der aus hochintegrierten Halbleiterschaltungen bestehenden Positronik nicht gab.

Sofort machte er sich an die Arbeit. Wenn er den ursprünglichen Zustand wiederherstellen wollte, durfte er keine Sekunde verlieren.

»Ich weiß, dass Sie unter der Kontrolle des COMPS stehen«, erklärte Dobrak. »Ich weiß ebenso, dass der COMP dem Befehl der Kaiserin von Therm gehorcht. Daher will ich mit Ihrer Hilfe dem COMP die Erkenntnis vermitteln, dass es an Bord dieses Raumschiffs zwei Interessensphären gibt – nämlich die der Menschen und die des Volkes, das ich vertrete, der Kelosker.

Uns Keloskern bedeutet die Kaiserin wenig. Wir sind auf der Suche nach einer neuen Heimat, aber nicht wie die Menschen darauf bedacht, einen Planeten zu finden, der infolge einer kosmischen Katastrophe verloren gegangen ist. Wir suchen nach einem Ort, der niemandes Herrschaftsbereich zugehört und an dem wir neu beginnen können.«

Joscan Hellmut hatte aufmerksam zugehört. »Ich verstehe nicht, was das mit mir zu tun hat«, sagte er dumpf.

»Mit Ihnen nichts, wohl aber mit dem COMP, in dessen Gewalt Sie sich begeben haben. Der COMP muss wissen, dass wir dieses Schiff brauchen, um unseren Plan zu vollenden. Nur mit Hilfe der SOL können wir unsere neue Heimat finden. Wenn die SOL aber funktionstüchtig bleiben soll, dann müssen auch die Menschen unangetastet bleiben. Denn nur Menschen können dieses Raumschiff auf Dauer in Gang halten.«

Dobrak spürte deutlich, dass Joscan Hellmut inzwischen eine Botschaft von dem COMP empfangen hatte. Der Kybernetiker lächelte spöttisch und ein wenig überheblich.

»Ich glaube nicht, dass der COMP Ihre Ansichten und Anliegen gleichberechtigt neben den Befehlen der Kaiserin von Therm gelten lassen wird«, sagte Hellmut.

»Gerade das würde ich ihm aber empfehlen. Wir Kelosker sind eine kleine Gruppe, aber unsere Macht ist nicht unerheblich. Weiß der

COMP, dass der Zentralrechner dieses Fahrzeugs aus zwei Einheiten besteht?«

»Er weiß es«, antwortete Joscan Hellmut gepresst.

»Dann soll er sich mit dem Wissensumfang der zweiten Einheit, des Shetanmargts, vertraut machen. Wenn er das tut, wird er einsehen, dass es für ihn und die Kaiserin besser ist, sich gut mit uns zu stellen.«

Dobrak löste seinen Griff. »Sagen Sie ihm das!«, befahl er Hellmut. Dann schritt er davon.

Die Beiboote standen 50.000 Kilometer über dem Planeten. Schon jetzt stand fest, dass Menschen hier ohne Schwierigkeit würden leben können.

Kaum einer an Bord der Evakuierungsschiffe wusste bislang davon, dass The Alamo unter Umständen die letzte Zuflucht werden würde. Rhodan hütete sich, seine Überlegungen bekannt werden zu lassen. Er fürchtete die Reaktion der SOL-Geborenen, die nirgendwo anders leben wollten als an Bord der SOL.

Vor wenigen Minuten hatte die Ortungszentrale der SIGA gemeldet, dass die SOL Fahrt aufnahm. Das Hantelraumschiff beschleunigte mit Volllast und auf einem Kurs, der in einem halben Lichtjahr Entfernung an der Sonne Evac vorbeiführen musste.

»Er versucht einen Alleingang«, war Roi Dantons Reaktion.

Die SOL beschleunigte bis auf knapp 90 Prozent der Lichtgeschwindigkeit, dann verschwand sie im Linearraum.

»Ich glaube fast, der Kerl macht sich auf eigene Faust aus dem Staub«, schimpfte Galbraith Deighton.

»Ich bin anderer Ansicht«, widersprach Reginald Bull. »Die SOL hat eine Kurskorrektur von knapp achtzig Grad vorgenommen. Das ist meiner Ansicht nach eine ganz neue Schweinerei, und sie kann nur eines bedeuten …«

»Was?«

»Die SOL fliegt zwar nicht exakt, aber doch ungefähr in unsere Richtung. Ich erwarte jeden Augenblick, das Schiff in unserer Nähe auftauchen zu sehen.«

»Wozu sollte das Manöver gut sein? Warum …«

Ein schrilles Warnsignal ertönte. In der Ortung war ein pulsierender Reflex erschienen. Es handelte sich um ein Raumschiff von bedeutenden Ausmaßen. Das Pulsieren wies darauf hin, dass sich das Schiff im Schutz seiner Energieschirme bewegte.

»Ohne Zweifel die SOL, Sir!«, wurde gemeldet.

Perry Rhodan reagierte sofort. »Alle Einheiten – volle Schirmfeldstärke!«, ging sein Befehl über den Rundruf.

So deutlich, schoss es ihm durch den Sinn, hatte Bully noch nie bewiesen, dass er prophetische Begabung besaß.

Der Stellvertreter der Kaiserin reagierte leicht beunruhigt, nachdem ihm das Gespräch des fremden Wesens mit dem Kristallträger wortgetreu zugeleitet worden war. Er hatte schon versucht, das Geheimnis des Shetanmargts zu ergründen, und war dabei auf unüberwindliche Hindernisse gestoßen. Der Aufbau des keloskischen Rechners gehorchte einer Logik, die der Stellvertreter nicht verstand, und es entsprach seiner Denkweise, alles Unverständliche für bedrohlich zu halten.

Dobrak, so schloss er, stellte eine Bedrohung dar. Der Kelosker musste entweder ausgeschaltet oder in den weiteren Planungen berücksichtigt werden. Das Ausschalten wäre für den Stellvertreter die angenehmste Lösung gewesen, doch er wusste nicht, ob er die Macht dazu besaß.

Ohnehin waren dies im Augenblick Überlegungen von sekundärer Wichtigkeit. Es ging darum, den Widerstandswillen der Menschen zu brechen. Mit den Keloskern würde er später verhandeln können.

Der Stellvertreter hatte SENECA den Befehl gegeben, das Fahrzeug in Bewegung zu setzen. Die Flotte der Evakuierungsschiffe stand nur wenige Lichtjahre entfernt, und der Stellvertreter, der die Menschen inzwischen zu kennen glaubte, konnte sich ihre Bestürzung ausmalen, als die SOL im Schutz ihrer Schirmfelder den Linearraum verließ. Die Menschen würden erkennen, dass er nicht in bedingungslos friedlicher Absicht kam.

Auch die Schiffe der Evakuierungsflotte hüllten sich in ihre Schutzschirme. Der Stellvertreter der Kaiserin von Therm meldete sich in der Sprache der Menschen:

»Ich bin der Befehlshaber des Raumschiffs, das ihr SOL nennt, und ich gehorche den Befehlen der Kaiserin von Therm. Mein Befehl lautet, auf dem schnellsten Weg zurückzukehren. Ich beabsichtige, dies an Bord dieses Schiffes zu tun. Ich erkenne, dass ich allein nur unter günstigen Bedingungen befähigt bin, das Fahrzeug zu steuern. Da es leichtsinnig wäre, anzunehmen, dass ich auf dem Weg zur Kaiserin nur mit günstigen Bedingungen zu rechnen habe, bin ich auf die Unterstützung der Menschen angewiesen. Ihr werdet an Bord der SOL zurückkehren und mit mir dafür sorgen, dass die Kaiserin nicht länger als unbedingt nötig warten muss. Ich gebe euch zehn Minuten eurer Zeit, euch zustimmend zu äußern. Erhalte ich keine Antwort oder ist die Antwort nicht im Sinn der Befehle der Kaiserin, werde ich das Feuer eröffnen und eines eurer Schiffe nach dem anderen vernichten – so lange, bis die Überlebenden meine Bedingungen akzeptieren.«

Der Stellvertreter schwieg.

SENECA schaltete auf Empfang.

»Er blufft!«, sagte Reginald Bull.

»Er ist mehr als eine Positronik, zugegeben.« Perry Rhodan massierte sich die Schläfen. »Trotzdem glaube ich nicht, dass das Wort Bluff zu seinem Begriffsschatz gehört.«

»Er kontrolliert die SOL über SENECA und hat damit keinen Einfluss auf die Bordwaffen.«

»Du kennst den Fall Vigo Hynes«, hielt Rhodan seinem Freund entgegen. »Hynes gehört zur Abteilung Feuersicherung. Er wurde niedergeschlagen, als er einen Kontrollgang zu einem der Knotenrechner des Feuerleitsystems unternahm. Es war Julia, die ihn niederschlug. Beide Roboter standen zu diesem Zeitpunkt schon unter dem Befehl des COMPS. Kannst du dir vorstellen, was sie zu tun hatten?«

Bully wurde um eine Nuance blasser. »Warum fällt uns das jetzt erst auf?«, wollte er wissen.

»Weil es dieses Anstoßes bedurfte, um unsere Gedanken in die richtige Richtung zu lenken. Wir müssen davon ausgehen, dass der COMP die Geschütze kontrolliert. Uns bleiben demnach zwei Möglichkeiten: Kampf oder Flucht. Ich stimme für Flucht. Der Feuerkraft der SOL haben wir nichts entgegenzusetzen.«

»Ich bin einverstanden, aber unter einer Bedingung«, antwortete Reginald Bull. »Wir halten Startbereitschaft. Erst sobald die SOL das Feuer eröffnet, gehen alle Schiffe auf Höchstbeschleunigung – bis auf die PASSA.«

Die PASSA war Reginald Bulls Flaggschiff.

»Was willst du damit erreichen?«

»Selbst wenn der COMP die Geschütze der SOL beherrscht, glaube ich noch immer nicht, dass er sie wirklich im Griff hat. Das ist ein neues Gebiet für ihn. Er wird Fehler machen. Vielleicht so viele, dass er das ganze Vorhaben aufgeben muss.«

»Vielleicht keinen einzigen«, hielt ihm Perry Rhodan bitter entgegen. »Dann wird es keine PASSA mehr geben.«

Bully zuckte mit den Schultern. »Ein gewisses Risiko muss jeder in Kauf nehmen«, meinte er leichthin.

Perry Rhodan brauchte zwei Sekunden, um mit sich ins Reine zu kommen. Bullys Hypothese war plausibel. Die PASSA hatte eine Überlebenschance. »Ich bin einverstanden«, sagte er.

Die zehn Minuten waren abgelaufen.

Der Stellvertreter ließ das Punktfeuer auf die Einheiten der Evakuierungsflotte eröffnen. Die Reihenfolge, in der die einzelnen Schiffe unter Feuer genommen werden sollten, wurde durch einen Zufallsgenerator festgelegt.

Er registrierte, dass SENECA den ersten Feuerbefehl weiterleitete.

Mit allen Wahrnehmungsmechanismen, die ihm zur Verfügung standen, wartete der Stellvertreter auf das Ergebnis.

Einige hunderttausend Zyklen vergingen. Die Rückmeldung der abgefeuerten Geschütze wurde nicht registriert.

Eine Million Zyklen ... Die Ortungen hätten den Treffer registrieren müssen. Aber sie schwiegen.

SENECA aktivierte die Routine »Fehlerbehandlung«. Hundert Millionen Zyklen später lag das Resultat vor: *Die Artillerie-Befehlskanäle sind defekt!*

Da wusste der Stellvertreter, dass er den Kampf um die Widerstandskraft der Menschen vorerst verloren hatte. Seine Machtdemonstration war fehlgeschlagen. Er hätte jetzt die Kranken und Verwundeten an Bord als Geiseln nehmen können. Aber die Menschen hätten erkannt, dass er diesen zweiten Schritt nur tat, weil der erste ein Fehlschlag gewesen war. Sie würden sich seinem Willen beugen – doch nicht, weil ihr Widerstandswille gebrochen war, sondern um das Leben der Ihrigen zu retten. Die Schwierigkeiten würden fortbestehen.

In der Erkenntnis dieser Zusammenhänge entschloss sich der Stellvertreter, den diplomatischen Weg einzuschlagen. Er entsandte einen Unterhändler.

Zwanzig Minuten waren seit der Drohung des COMPS vergangen. Die SOL hatte noch nicht einen Schuss abgefeuert.

»Ich stelle den Kommandanten der Schiffe anheim, die Startbereitschaft zu verringern«, erging Perry Rhodans Anweisung.

In dem Hologramm vor sich sah er Reginald Bulls breites Grinsen. »Okay, du hattest Recht!«, gestand Rhodan dem Freund zu – ohne eine Spur von Bitterkeit.

»Das wird die Sachlage ändern«, versprach Bully zuversichtlich.

»Die SOL schleust ein Fahrzeug aus, Sir!«, meldete einer der Ortungsoffiziere.

Auf den Schirmen erschien ein winziger Lichtpunkt, der sich von dem Fleck des Mutterschiffs entfernte. Er näherte sich der EVAC-Flotte und kam in einer Entfernung von weniger als einer Lichtsekunde von der SIGA zum Stillstand.

Augenblicke später meldete sich Joscan Hellmut über Normalfunk.

»Ich nehme an, Sie haben mir etwas auszurichten«, eröffnete Rhodan die Unterhaltung eisig.

»Das ist der Fall, Sir«, antwortete der Kybernetiker. »Ich bin beauftragt, Ihre Bedingungen für eine Rückkehr auf die SOL zu erfragen.«

»Vorher will ich wissen, was den COMP plötzlich dazu bewegt, Verhandlungen anzubieten.«

»Das weiß ich nicht, Sir. Ich bin einzig auf Vermutungen angewiesen. Der COMP konnte die Bordgeschütze nicht unter seine Kontrolle bringen.«

»Sagen Sie Ihrem Herrn und Meister, ich verlange volle Kontrolle über die SOL!«

Joscan Hellmut schüttelte den Kopf. »Darauf geht er nicht ein, Sir. Eher wird er versuchen, die Kaiserin von Therm aus eigener Kraft zu erreichen.«

Perry Rhodan hatte nichts anderes erwartet. Er wusste, dass seine Maximalforderung nicht akzeptiert werden würde.

»Dann erläutern Sie mir die Vorstellungen des COMPS«, forderte er Hellmut auf.

»Er besteht darauf, dass die Residenz der Kaiserin von Therm das erste Ziel ist, das die SOL anfliegt. Das Schirmfeld, das SENECA abriegelt, wird gelöscht; Sie sollen jederzeit Einblick in die Kursdaten haben, nach denen die Hyperinpotronik arbeitet. Es wird außerdem angeboten, dass Romeo, Julia und meine Person einen definierten Bewegungsbereich zugewiesen bekommen.«

»Und nach der Ankunft bei der Kaiserin?«

»Dann gelten die Anweisungen der Kaiserin, Sir. Der COMP bezweifelt nicht, dass sie Ihnen in jeder Hinsicht entgegenkommen wird.«

Rhodan machte Zusatzforderungen geltend. Joscan Hellmut leitete sie an den COMP weiter. Manche davon wurden angenommen, andere abgelehnt. Eine seiner wichtigsten Positionen setzte der Terraner jedoch durch: Es würde eine Wache von zwei Menschen und zwei Robotern innerhalb der Stahlkugel postiert werden, in der sich SENECA und das Shetanmargt befanden.

Die Verhandlungen zogen sich über Stunden hin.

Schließlich kehrte die EVAC-Flotte zur SOL zurück. Vorerst wurde darauf verzichtet, Joscan Hellmut abzusondern, wie es der COMP angeboten hatte. Die Kommunikation mit dem Datenspeicher verlief über den Wissenschaftler mit einem Minimum an Verständigungsschwierigkeiten. Joscan Hellmut war für beide Seiten unabkömmlich geworden.

Vylma Seigns wollte Vigo Hynes in der Krankenstation besuchen und erfuhr von dem Medoroboter, dass er sich eigenmächtig entfernt hatte. In seinem Quartier war er auch nicht zu finden. Vylma gab eine Vermisstenmeldung auf.

Hynes wurde schließlich gefunden – bewusstlos, in der kleinen Kammer des Knotenrechners, an dem das Feuerleitsystem hing. Erschöpfung und die Nachwirkungen der Schädelverletzung hatten ihm eine tiefe Ohnmacht beschert. Die Ärzte hielten seinen Zustand jedoch nicht für besorgniserregend. In wenigen Stunden, versprachen sie der Frau, würde er wieder auf den Beinen sein – wenigstens so weit, dass sie sich mit ihm unterhalten konnte.

Die SOL hatte inzwischen wieder Fahrt aufgenommen. Perry Rhodan hatte die Koordinaten analysieren lassen, die der COMP eingegeben hatte. Zweifellos beschrieben sie den Ort, an dem sich die Kaiserin von Therm aufhielt. Aber sie bezogen sich auf ein Koordinatensystem, das niemand kannte.

Die Abschottung der SOL-Zellen vom Mittelteil war aufgehoben worden. Jeder konnte sich innerhalb des Hantelraumschiffs wieder frei bewegen. Aber wer nun an Bord der SOL das Sagen hatte – Perry Rhodan oder der COMP –, das war noch nicht so richtig klar.

Hulkoos

Durch eine weite Öffnung schwebte die schimmernde Kugel in den kreisrunden Raum, dessen Decke sich kuppelförmig aufwölbte. Die Kugel wurde begleitet von einer Gruppe dunkler Gestalten in schwarzen Kampfmonturen.

Ehrfürchtig waren die großen Sehorgane der Dunklen auf die Gestalt gerichtet, die sich im Innern der Kugel befand – die Gestalt eines der Ihren, nackt, von vollendetem Körperbau und von wallenden, leuchtenden Nebeln umflossen.

Aber auch Furcht und Sorge spiegelten sich in den Blicken der Hulkoos. Denn CLERMAC war nicht gekommen, um zu loben.

Die Kugel schwebte bis unter den Zenit der Kuppelwölbung. Dort hielt sie an. Zweifelnde Gedanken bewegten das Bewusstsein CLERMACS, der Inkarnation des allmächtigen BARDIOC. Die Falle war perfekt gewesen. Niemand hatte ihre Existenz ahnen können. Das MO-

DUL der Kaiserin von Therm war so weit von allen befahrenen Schifffahrtsrouten entfernt, dass die Hulkoos den unschätzbar wertvollen Zentralen Datenspeicher längst demontiert und abtransportiert haben mussten, bevor die ersten Schiffe der Kaiserin auf der Szene erschienen.

So hatte es der Plan vorgesehen.

Warum war es nicht geschehen?

Ein Wesen wie CLERMAC kannte keine Furcht. Aber es empfand Sorge. Sorge darüber, dass Annahmen und Voraussetzungen, die man bisher als unverrückbar gültig betrachtet hatte, in Wirklichkeit falsch waren. Eine der wichtigsten Grundvoraussetzungen, von denen BARDIOCS – und damit CLERMACS – Planung bislang ausgegangen war, war die, dass es sich bei diesem Krieg um die Auseinandersetzung zwischen zwei – und nur zwei! – Superintelligenzen handele: BARDIOC und der Kaiserin von Therm.

Die Kaiserin aber konnte den Datenspeicher nicht gerettet haben. Und Wesen einer niederen Zivilisationsebene wäre es unmöglich gewesen, in die Auseinandersetzung einzugreifen.

Gab es eine dritte Superintelligenz, die von diesem Krieg profitierte, ohne an ihm teilzunehmen?

Die Überlegung war es wert, an BARDIOC weitergeleitet zu werden.

Die Kugel geriet wieder in Bewegung. Der Datenspeicher war verschwunden, das leere Wrack des MODULS bedeutete für CLERMAC keine Beute. Während er auf den Ausgang zuschwebte, dröhnten durch die weite, leere Halle seine Worte: »Ihr habt versagt! Das Ziel, um dessentwillen ich diese Falle errichtete, wurde nicht erreicht.«

In Furcht und Scham beugten die Hulkoos die Schädel. Allen voran Kaarmansch-Xes, der Kommandant der glücklosen Patrouille.

16.

Irmina Kotschistowa

Das Wimmern wurde gelegentlich von trockenem Schluchzen unterbrochen. Es war immer deutlicher zu hören, je näher ich dem offenen Schott kam. Zweifellos stand jemand große Schmerzen aus und brauchte Hilfe.

Hier, auf den unteren Decks der SOL-Zelle-1, gab es viele Depots, in die selten jemand kam. In ihnen lagerten Geräte, die zwar von der aphilischen Erde als unerlässliche Gebrauchsgüter mitgenommen worden waren, die aber tatsächlich kein Mensch an Bord der SOL benötigte.

Ich wusste selbst nicht recht, was mich in diese verlassene Zone getrieben hatte – vielleicht suchte ich nur die Einsamkeit. Ohne lange zu überlegen, eilte ich in den Lagerraum. »Ich bin gleich da und helfe dir!«, rief ich.

Ich hatte die Vorstellung von einem Kind, das sich verlaufen hatte und sich nun ängstigte. Umso überraschender war der Anblick, der sich mir bot. Eingekeilt zwischen Container-Türmen kauerte eine grobschlächtige Gestalt. Es war ein humanoides Wesen und zweifellos auch ein Mensch, aber sein Aussehen schockierte mich im ersten Augenblick.

Obwohl der Körper des Mannes gekrümmt war, schätzte ich ihn auf eine Größe von über zwei Metern. Seine Schultern waren breit und fleischig, der Oberkörper massig. Er trug undefinierbare Kleider, Lumpen eigentlich.

Er wimmerte noch. Dabei ruderte er mit der Linken in der Luft, weil die andere Hand unter einem tonnenschweren Container eingeklemmt war.

Er hatte einen riesigen, runden Kopf, von dem ich zuerst nur die langen, schmutzig braunen und verfilzten Haare sah. Dann zeigte er mir sein abstoßend hässliches Gesicht. In diesem Gesicht stimmten keine Proportionen. Augen, Nase und Mund waren so groß wie bei anderen Menschen auch, aber sie waren auf einer riesigen Gesichtsfläche verteilt. Die Augen standen so weit auseinander, dass zwei Männerfäuste dazwischen passten. Die tief darunter liegende kleine Nase wirkte irgendwie verloren, und die Haut um den winzigen, knapp über dem ausladenden Kinn sitzenden Mund war ungewöhnlich grobporig.

Der Mund zuckte, und aus den aufgerissenen Augen sprach unsäglicher Schmerz. Als ich in diese Augen blickte, da hatte ich sein Aussehen sofort vergessen. Ich wollte nur helfen. Als ich mich jedoch näherte, stieß der unglaubliche Mann einen winselnden Laut aus.

»Hab keine Angst!«, redete ich auf ihn ein. »Ich will dir helfen. Wir werden die Hand schon freibekommen.«

Urplötzlich grub er seine Zähne in das Gelenk der eingeklemmten Hand. Ich erstarrte vor Entsetzen, als ich die kauende Bewegung seiner ausladenden Kiefer sah. Es gab schmatzende Geräusche – und dann hörte ich das Krachen von Knochen. Jäh riss er den Arm los. Ich sah einen blutigen Stummel. Mit einem Aufschrei stürzte er nach hinten und taumelte gegen einen Stapel unterschiedlicher Behältnisse.

Fassungslos stand ich da. Er hatte sich die Hand einfach abgebissen. Als er das Entsetzen in meinen Augen sah, verbarg er den blutenden

Armstummel unter den Fetzen seiner Kleidung, wirbelte herum und versuchte, den Container-Turm hinaufzuklettern. Er gebärdete sich wie ein in die Enge getriebenes Tier. Nach einigen Versuchen sah er schließlich ein, dass es unmöglich war, mit nur einer Hand das Hindernis zu überwinden, und ließ sich erschöpft zu Boden fallen. Er rollte sich zusammen, immer noch darauf bedacht, den Armstummel zu verbergen.

»Ich kann dir helfen«, redete ich ihm zu. »Du musst mir nur vertrauen, dann werde ich deine abgetrennte Hand wieder anwachsen lassen.«

Er schüttelte den Kopf so heftig, dass sein langes Haar durcheinander wirbelte. Dann sprach er zum ersten Mal, mit hoher, kindlicher Stimme. »Fürchte mich gar nicht«, sagte er, und es klang trotzig. Er hielt den Kopf gesenkt; seltsamerweise war sein großflächiges Gesicht nicht mehr von Schmerz gezeichnet.

»Warum wolltest du dann fliehen?«, fragte ich und fügte, ohne eine Antwort abzuwarten, hinzu: »Zeig mir deine Wunde.«

Wieder schüttelte er den Kopf.

Ich seufzte. Meine Gedanken wirbelten durcheinander. »Wie heißt du?«, fragte ich.

Nach einer Pause antwortete er: »Antapex.«

Das war wenigstens etwas. »Ich heiße Irmina Kotschistowa. Du darfst mich Irmina nennen. Einverstanden ?«

»Ja – Irmina.« Er hielt den Kopf gesenkt.

»Wie kommt es, dass ich dich noch nie gesehen habe, Antapex?« Was für ein seltsamer Name, doch irgendwie kam er mir vertraut vor. Ich hatte ihn bestimmt schon gehört, nur wusste ich nicht, in welchem Zusammenhang. »Ich kenne viele Leute auf der SOL, eigentlich ist mir niemand an Bord fremd, und wenn ich dir schon begegnet wäre, würde ich mich bestimmt daran erinnern.«

»Ich bin hässlich, ich weiß«, stieß er hervor.

»Das finde ich gar nicht«, sagte ich, und das war nicht einmal gelogen, denn sein Aussehen hatte mich nur im ersten Moment der Überraschung abgestoßen. Inzwischen hatte ich mich daran gewöhnt. »Außerdem kommt es auf andere Dinge an als auf das Aussehen. Darum ist es unsinnig, wenn du dich hier unten versteckst. Du kannst Vertrauen zu mir haben.«

Wenn ich behauptete, dass ich seine Hand wieder anwachsen lassen konnte, so war das kein leeres Versprechen. Als Metabio-Gruppiererin fühlte ich mich dazu durchaus in der Lage. Früher hatte ich meine Fähigkeiten im Dienst des Mutantenkorps hauptsächlich destruktiv eingesetzt, hatte Leben im Kampf zerstört. Das war einfach – es kostete mich nur einige Gedanken, lebenswichtige Zellkomplexe durch Umgruppierungen regelrecht zur Explosion zu bringen. Nun beschäftigte ich mich jedoch immer mehr damit, meine Gabe für die Erhaltung und Rettung von Leben zu verwenden. Das war weit schwieriger, weil es eine intensivere Beschäftigung mit dem Organismus verlangte. Ich hatte völlig umdenken müssen, aber der Erfolg lohnte die Mühe.

»Reich mir deine kaputte Hand, Antapex!«

Er gehorchte. Mit einer ungelenken Bewegung nahm er die Rechte aus dem Gewand und streckte sie mir entgegen.

Ich traute meinen Augen nicht. Da war kein blutiger Stummel mehr, sondern eine unverletzte Hand. Ich starrte fassungslos darauf.

Antapex kicherte. »Hab ich fein gemacht, nicht? Aber ich kann noch mehr.«

»Was denn?«, fragte ich mit rauer Stimme.

»Das verrate ich dir ein andermal«, sagte er ausweichend. »Kommst du wieder?« Er machte Anstalten, sich in die Tiefe des Lagerraums zurückzuziehen. Ich war noch immer wie benommen und nicht in der Lage, ihn zurückzuhalten.

»Ich werde sehr bald wieder hierher kommen«, versprach ich, aber da war er bereits verschwunden.

Was für ein unglaublicher Mann! Und was für eine fantastische Begebenheit. Ein Eremit auf der SOL? Noch dazu ein Mutant, der ähnliche Fähigkeiten wie ich besaß, aber weit ausgeprägter. Und niemand an Bord wusste von seiner Existenz.

Letzteres erwies sich später jedoch als Trugschluss.

Der Dienst auf der Krankenstation füllte mich völlig aus, ich ging darin auf. Aber an diesem Tag war ich nicht bei der Sache. Meine Gedanken kreisten um Antapex.

Ich musste immer wieder an die Hand denken, die er sich abgebissen hatte – ähnlich wie ein Tier, das in eine Falle geraten war – und die ihm dann nachgewachsen war. Das war vollkommene Regeneration, und er hatte sie allein mit der Kraft seines Geistes gesteuert. So weit hatte ich es in den rund 140 Jahren noch nicht gebracht, in denen ich meine Metabio-Fähigkeit kontrollieren konnte.

Ich musste Antapex wieder sehen. Es ärgerte mich, dass ich unser Treffen nicht genauer fixiert hatte. Aber wer weiß, ob es etwas genützt hätte, einen Zeitpunkt zu nennen; wahrscheinlich existierte in Antapex' archaischer Welt der Begriff Zeit überhaupt nicht. Er hatte tatsächlich etwas Archaisches, Unbändiges – etwas Ursprüngliches – an sich. Ein Wilder inmitten des technisierten Universums der SOL.

»Antapex – woran erinnert mich dieser seltsame Name?«

Ich musste es laut ausgesprochen haben, denn mein Patient sagte erstaunt: »Wieso seltsam?« Er war ein alter Raumfahrer, ein Alt-Galaktiker, der in der Astronomischen Abteilung Dienst tat. »Sie wollen doch nicht behaupten, noch nie etwas von Apex und Antapex gehört zu haben.«

Manchmal ist man wie vernagelt. Ich assoziierte diese Begriffe mit Romulus und Remus; ich weiß nicht, wieso.

»Apex ist in der Astronomie ein unendlich ferner Zielpunkt eines Objekts, etwa der SOL, auf den dieses in seiner Bewegung gerade zusteuert«, klärte mich der Raumfahrer auf. »Antapex ist der Gegenpunkt des Apex und bezeichnet sozusagen die Sterne, die hinter uns liegen ...«

»Kennen Sie jemand, der so heißt?«, fragte ich wie nebenbei.

Der Alt-Galaktiker lachte. »Schon möglich, aber dann muss es ein SOL-Geborener sein. Die geben sich nämlich mit Vorliebe Namen aus allen Wissenschaftsbereichen, vornehmlich aus der Astronomie und ihren Randgebieten. Von Albedo über Filament bis Zodiak missbrauchen sie alle Begriffe. Ich kenne einen Assistenten, der sich Gegisster nennt. Das wird Ihnen auf Anhieb nichts sagen. Aber wenn ich Ihnen erkläre ...«

Ich hörte nicht zu, sondern konzentrierte mich auf jene Stelle seines Körpers, wo er Schmerzen verspürte. Bei einer vorangegangenen Sitzung hatte ich ein Geschwür in der Magengegend lokalisiert. Ein Medoroboter hatte meine Diagnose bestätigt, worauf ich nicht wenig stolz war.

Jetzt eliminierte ich das Geschwür. Ich gruppierte die Zellwucherung um und baute frische und gesunde Zellverbände auf, so lange, bis sie die entartete Zellkolonie abgelöst hatten.

»Sie sind wieder gesund«, sagte ich schließlich. »Kommen Sie in den nächsten Tagen zur Nachbehandlung vorbei.«

Er lächelte mir vielsagend zu, als er ging.

Mein nächster Patient war kein Geringerer als Geoffry Abel Waringer. Wir kannten uns schon von Last Hope her, wo ich seinem Forschungsteam angehört hatte. Damals war als positive Auswirkung der Verdummungsstrahlung meine latente Mutantenfähigkeit erweckt worden.

»Was kann ich für dich tun, Geoff?«, fragte ich ihn.

»Du könntest wieder meinem Team beitreten, anstatt harmlose Wehwehchen zu kurieren, für die unsere Medoroboter da sind.« Er wirkte abgespannt und nervös; ich überlegte mir gerade eine ablehnende Antwort, falls er mich um Aufputschmittel bitten würde. Aber er fuhr fort:

»Der COMP bereitet mir schlaflose Nächte. Wir haben alles versucht, ihm einige seiner Geheimnisse zu entreißen, aber es war vergebliche Mühe. Nicht einmal Dobrak und seine Kelosker wissen weiter.«

»Du solltest für eine Weile ausspannen, um wieder zu Kräften zu kommen, Geoff«, riet ich ihm. »Es hat keinen Sinn, sich den Kopf über eventuelle Zwischenfälle zu zerbrechen, die vielleicht nie eintreten.«

»Wir müssen auf alles gefasst sein. Der COMP kann wieder zuschlagen.«

»Mach dich nicht selbst verrückt«, redete ich ihm zu. »Der COMP hat versprochen, die SOL zur Kaiserin von Therm zu geleiten. Er wird gegen diese Abmachung nicht verstoßen. Oder gibt es doch Grund zur Besorgnis?«

Er sah mich ernst an. »Ich möchte dich um einen Gefallen bitten – eigentlich um zwei –, deshalb bin ich gekommen, Irmina. Der COMP strahlt im Hyperbereich. Bisher ist es uns noch nicht gelungen, die Art der Strahlung exakt zu analysieren. Abgesehen von allem anderen wissen wir nicht, wie sich diese Strahlung auf den menschlichen Organismus auswirkt.«

»Die Leute, die in der Nähe des COMPS zu tun haben, stehen unter ärztlicher Kontrolle«, erwiderte ich. »Eine negative Auswirkung der Strahlung wäre sofort registriert worden. Oder hast du kein Vertrauen mehr in unsere Technik?«

»Was für eine Suggestivfrage.« Er lächelte schwach. »Ich möchte jede Möglichkeit in Betracht ziehen, deshalb bitte ich dich, mich zu untersuchen. Wer weiß, vielleicht entdeckst du mit den Augen der Metabio-Gruppiererin etwas, das die Geräte nicht herausfinden.«

Ich wies ihm einen Platz auf dem Diagnosebett zu und konzentrierte mich.

Wenn ich mich auf ein Wesen konzentriere, erfasse ich es als Ganzes, kann es jedoch gleichzeitig in seine Millionen und Abermillionen Einzelzellen zerlegen. Es ist immer wieder ein atemberaubendes Erlebnis für mich, mit meinem Geist in diesen gewaltigen Mikrokosmos vorzudringen und die Quelle des Lebens selbst aufzuspüren.

Früher war es so, dass ich mit dem Durchleuchten der Bausteine des Lebens gleichzeitig dem Drang nachgab, diese Bausteine zu verändern. Eines führte fast automatisch zum anderen, es war ein geradezu motorischer Ablauf. Durch jahrzehntelanges Training hatte ich meine Kräfte jedoch so in die Gewalt bekommen, dass ich instinktmäßiges Handeln ausschalten konnte. Ich konnte meinen Geist gezielter einsetzen und war in der Lage, geduldig zu beobachten, ohne dem Drang nach Zellverformung nachgeben zu müssen.

»Keine Zellveränderungen durch äußere Einflüsse festzustellen«, diagnostizierte ich bei Geoffry. »Die Strahlung des COMPS hat dir nicht geschadet, soweit ich es feststellen kann. Aber dessen bedarf es gar nicht, du ruinierst dich selbst. Du baust beinahe rascher ab, als dein Zellaktivator regenerieren kann. Ich möchte dir den dringenden Rat geben …«

»Geschenkt!« Er schwang seine langen Beine vom Diagnosetisch. »Nun zu meinem zweiten Anliegen. Ich möchte, dass du mit dem COMP ebenso wie mit mir verfährst.«

»Ich fürchte, ich verstehe nicht recht«, sagte ich verblüfft.

»Runzel nicht die Stirn, das macht dich alt«, erwiderte er. »Ich erkläre dir, was ich will. Der COMP ist als Datenspeicher weder mit SENECA noch mit dem Shetanmargt vergleichbar. Er ist keine Positronik und auch kein n-dimensionaler Rechner, aber er kann um vieles schneller ›denken‹ und eine emotionell orientierte Eigeninitiative entwickeln. Dieser Lebensfunke geht zweifellos von dem ihn umspannenden und durchziehenden Kristallnetz aus.«

»Du hältst den COMP für ein Lebewesen?«

»Nicht nach den herkömmlichen Kriterien. Ganz sicher ist er auch kein Wesen im Sinne von geboren, sondern er wird synthetisch erschaffen worden sein. Vielleicht entdecken wir hier seinen wunden Punkt. Mich interessiert die Beschaffenheit der Kristalle.«

»Dobrak konnte den COMP in keiner Weise berechnen. Wie sollte das dann mir gelingen?«

»Dobrak hat seinen n-dimensionalen Zahlenschlüssel angewandt«, erklärte Geoffry geduldig. »Er kann von seiner Basis die nächsthöhere Dimension erahnen – aber von seiner Höhe sieht er nicht mehr den Boden. Eine Metabio-Gruppiererin könnte vielleicht mehr erkennen. Es wäre immerhin einen Versuch wert, der Struktur der COMP-Kristalle auf den Grund zu gehen.«

Dem musste ich beipflichten. »Du kannst über mich verfügen, Geoff«, sagte ich, schränkte jedoch ein: »Zuvor muss ich noch etwas erledigen. Eine wichtige Verabredung. Ich melde mich danach bei dir.«

Geoffry Waringer war damit einverstanden. »Aber lass mich nicht zu lange warten«, sagte er zum Abschied.

Eigentlich wäre es meine Pflicht gewesen, über meine Bekanntschaft mit Antapex Bericht zu erstatten. Man trifft schließlich nicht alle Tage einen parapsychisch begabten Einsiedler auf der SOL. Aber ich wollte nichts überstürzen, sondern Antapex die Möglichkeit geben, sich an den Umgang mit Menschen zu gewöhnen. Deshalb hatte ich nicht einmal Geoffry gegenüber meine Entdeckung erwähnt.

Gleich nachdem er gegangen war, machte ich mich auf den Weg zu den Laderäumen der SZ-1. Ich schwankte zwischen Zweifel und Hoffnung.

Wenn sich Antapex vor mir versteckte? Die Möglichkeit, dass ich einer Täuschung zum Opfer gefallen war, konnte ich nicht ganz ausschließen. Plötzlich war ich mir meiner Sache nicht mehr sicher. Aber selbst wenn Antapex die Fähigkeit der Selbstregeneration nicht besaß und mir nur etwas vorgegaukelt hatte, musste er zumindest die Gabe der Suggestion besitzen.

Mir fiel ein, dass ich mich überhaupt nicht um die abgetrennte Hand gekümmert hatte.

Ich kam zu dem Lagerraum. Das Schott war geschlossen. Ich öffnete es. Die Beleuchtung ging automatisch an. »Antapex?«, rief ich in die Stille der Halle, aber niemand antwortete. Ich ging zu der Stelle, wo ich den Mann getroffen hatte, und empfand Enttäuschung, als ich tatsächlich keinerlei Blutspuren entdeckte.

Und – die abgetrennte Hand war verschwunden.

»Warum leidest du, Irmina?«, ertönte unvermittelt eine kindliche Stimme.

Da war er. Er hockte drei Meter über meinem Kopf auf einem Container.

»Antapex! Ich dachte schon, du würdest dich nicht mehr zeigen.«

»Warum das?«, fragte er erstaunt. »Ich habe hier gewartet.«

Er kletterte herab. Als er vor mir stand, stellte ich fest, dass er um einen Kopf größer war als ich – und zwar um seinen gewaltigen Kopf.

»Ich bin froh, dass du gekommen bist«, sagte er. »Ich habe Angst.«

In seinem großen Gesicht zuckte es; ich hatte den Eindruck, dass sich dabei seine Hautporen öffneten und krampfartig wieder zusammenzogen.

»Du fürchtest dich doch nicht vor mir?«, fragte ich.

Er schüttelte den Kopf so heftig, dass ich meinte, er würde ihm von den Schultern rollen.

»Vor dir nicht, Irmina. Nur …« Er zögerte, biss sich mit seinen scharfen Zähnen auf die Unterlippe, dass das Blut hervorquoll. Die Wunde schloss sich jedoch sofort wieder; er wischte sich das Blut mit dem Handrücken fort. »Nur … die Bilder machen mir Angst, die so oft in meinem Kopf erscheinen.«

»Welche Bilder? Meinst du Träume?«

Er nickte heftig. »Ja, Träume. Und oft werden sie wahr.«

Ich horchte auf. »Du träumst Dinge, die später wirklich eintreten?«

»Das war schon oft so. Ich merke das sofort an der Art, wie ich träume, ob sich der Traum später erfüllt.«

War es möglich, dass Antapex neben der Fähigkeit der Zellregeneration auch noch die der Prophetie besaß? »Ich verstehe«, sagte ich. »Es flößt dir Furcht ein, dass sich deine Träume realisieren.«

»Realisieren – sagt man so dazu?« Seine Augen waren dabei unnatürlich groß und fragend. »Davor fürchte ich mich nicht immer … Nur diesmal – es sind so schreckliche, fremde Träume …«

»Albträume?«

»Ja, Albträume.«

»Möchtest du sie mir erzählen?«

»Wenn es dir nichts ausmacht, schon. Ich muss mit jemandem darüber sprechen. Nur deshalb habe ich dich auf mich aufmerksam gemacht.« Bei diesen Worten senkte er den Blick – und er wurde tatsächlich rot.

»Du hast …?« Ich vollendete den Satz nicht, weil ich merkte, wie er unter dem vorwurfsvollen Unterton zusammenzuckte. Sanfter fuhr ich fort: »Es wäre nicht notwendig gewesen, dass du diese Schmerzen auf dich nahmst, um meine Bekanntschaft zu machen, Antapex. Aber das soll kein Vorwurf sein. Erzähle mir jetzt von deinen Albträumen.«

»Ich erinnere mich nur ungenau«, sagte er. »Aber wenn ich will, sehe ich die Bilder jederzeit wieder. Ich brauche es nur zu wollen.«

»Dann konzentriere dich darauf, Antapex.«

Er nickte, blickte um sich und setzte sich schließlich auf den Boden. Ich kniete vor ihm nieder und nahm seine großen Hände in die meinen. Dabei hatte ich das Gefühl, dass eine unerklärliche Kraft von ihm auf mich überströmte.

»Was siehst du, Antapex?«, fragte ich.

Ich erwartete, dass er die Augen schließen würde, um sich auf die Gedankenbilder konzentrieren zu können. Aber stattdessen starrte er mich mit seinen kleinen Augen an. Sein Blick hatte nichts Abnormales an sich, er war nur starr.

»Da ist ein unerklärliches Gebilde«, eröffnete er. »Es ist groß, viel höher als der gewaltigste Container meiner Welt. Und es ist auch nicht eckig, sondern fast überall rund. Es wirkt zerbrechlich … besteht aus lauter glitzernden Fäden, von denen manche arm- oder fingerdick sind. Es sind so viele Fäden, dass man sie nicht zählen kann, und sie glitzern in ihrer verwirrenden Fülle, dass mir davon schwindlig wird. Das Ding ist sehr stark – so stark, dass es die ganze Welt beherrschen kann …«

Mir war sofort klar, dass er von dem COMP sprach. Als er eine Pause machte, um nach Worten zu suchen, warf ich schnell eine Frage ein. »Und – beherrscht dieses Ding die Welt?«

»Es … lenkt die Welt«, antwortete er.

Damit konnte gemeint sein, dass der COMP den Flug der SOL steuerte – was allgemein bekannt war und offiziell geschah; wir hatten ihm die Navigation überlassen, weil er uns zur Kaiserin von Therm bringen sollte. Es war aber auch möglich, dass Antapex ausdrücken wollte, dass der COMP unser aller Schicksal lenkte.

»Was siehst du im Zusammenhang mit diesem Ding?«, fragte ich.

»Viel Kraft geht davon aus. Eine Kraft die niemand sehen oder fühlen kann. Aber ich spüre sie. Und dann sehe ich doch etwas. Farben. Der Kokon beginnt in allen Farben zu leuchten. Oh, sind die Farben schön, und es sind so viele dabei, die ich gar nicht kenne …«

»Sind es die Farben, die dich erschrecken?«

»Nein … Die fremden Begriffe machen mir Angst, die ich in meinem Kopf höre. Und die vielen … Finger, die der Kokon plötzlich über die Welt ausstreckt, sind mir unheimlich. Es sind so viele Finger, dass sie fast allen Raum beanspruchen und man kaum Platz findet, sich zwischen ihnen zu bewegen. Und es sind lange Finger, die überall hinreichen – bis in meine fernsten Verstecke und darüber hinaus, bis zu einer großen, großen Kugel, die in einem dicken Reif schwebt …«

Antapex' Hände bewegten sich spontan. Er krümmte die Finger und trommelte in einem seltsamen Rhythmus auf den Boden. Obwohl mir viele Fragen auf der Zunge lagen, wagte ich nicht, ihn zu unterbrechen.

»Die silbernen Finger signalisieren eine Botschaft …« Er formte den Mund zu einem O, presste das Kinn auf die Brust und fuhr mit veränderter Stimme fort: »Du, der im Ei Erhobene, höre meinen Ruf und folge ihm, so du ins Muutklur eingehen willst. Sieh den Ort, zu dem ich komme, und warte hier auf mich. Du tust es für die Duuhrt, deren Diener du bist wie wir alle.«

»War das der Inhalt der Botschaft, den die Finger des Kokons signalisieren?«, fragte ich aufgeregt. Aber Antapex schien mich nicht gehört zu haben, denn mit erneut veränderter Stimme fuhr er unbeirrbar fort: »Ich vernehme deinen Ruf, Kristallspender, und so wahr ich im Ei erhoben wurde, so werde ich ihm folgen. Ich … in meinem Kugel-Ring-Etwas bald zur Stelle. Bereite die Kristallträger auf meinen Empfang vor …«

Antapex endete mit einem unartikulierten Laut. Ich dachte, dass damit die Wiedergabe seiner parapsychischen Eindrücke beendet sei, doch das war ein Irrtum. Allerdings verlor er nun völlig die Kontrolle über sich. Er bekam Erstickungsanfälle, seine Glieder zuckten konvulsivisch, Schaum trat ihm vor den Mund – und zwischendurch sprudelten zusammenhanglose Worte über seine Lippen.

»Choolk ... der leuchtende Kristall im V zieht Fährten ... verhängnisvolle Fährten ... Vorsicht! Finger weg! Flieht, denn wenn ihr diese Fährten kreuzt, dann seid ihr verloren! Die Welt ist im Netz gefangen ... Der Kristallträger ... Nicht der im Ei Erhobene ... Ein anderer Kristallträger ... Er wird euch warnen, aber er ist ein falscher Prophet. Hütet euch!«

Antapex bäumte sich auf. Er drückte meine Hände so heftig, dass ich meinte, er würde sie zermalmen. Dann schrie er. In meiner Verzweiflung versuchte ich, mittels meiner Para-Fähigkeit in seinen Körper einzudringen und die betroffenen Zellverbände seines Gehirns auf eine Art umzugruppieren, dass sie unempfänglich wurden. Aber das gelang mir nicht. Antapex hatte in seiner Panik einen parapsychischen Schild aufgebaut, den ich nicht durchdringen konnte. Ich konnte ihm nicht helfen, sein Abwehrblock war unüberwindlich.

»Das Kugel-Ring-Etwas ist da!«, schrie er verzweifelt. »Der im Ei Erhobene erscheint und schwebt heran. Alwuurk ist sein Ziel ... ja, Alwuurk! Er soll jedoch ins Muutklur eingehen ...« Wieder gingen seine Worte in einem unverständlichen Gestammel unter. Sein Körper zuckte wie unter Peitschenhieben – ich konnte den Anblick nicht länger ertragen.

Als ein zweiter Versuch scheiterte, mit meinen Para-Fähigkeiten in seinen Metabolismus einzudringen, griff ich zu einer rigoroseren Methode. Ich zog meinen Paralysator und bestrich seinen riesigen Kugelkopf mit einem schwachen Lähmstrahl.

Nachdem seine Körperzuckungen aufgehört hatten und er bewegungsunfähig auf dem Boden lag, setzte ich mich über mein Armbandgerät mit der Krankenstation in Verbindung und forderte zwei Medoroboter an, die Antapex auf die Parapsychische Station bringen sollten. Ich war mir vollauf bewusst, dass diese Handlungsweise riskant war. Wenn Antapex zu sich kam und sich in einer ihm fremden Umgebung wiederfand, erlitt er vielleicht einen Schock. Doch ich sah keine andere Möglichkeit, um ihm zu helfen.

Während ich auf das Eintreffen der Medoroboter wartete, überlegte ich, was Antapex' »Traum« bedeuten konnte. Es konnte sich natürlich um ein Hirngespinst handeln. Aber wenn er tatsächlich in der Lage war, zukünftige Ereignisse vorauszusehen, dann handelte es sich womöglich um einen Hinweis auf eine weitere Attacke des COMPS gegen unsere Interessen.

Nur schade, dass ich in der Aufregung vergessen hatte, Antapex' Schilderungen mit dem Armband aufzuzeichnen.

»Ende der Linearetappe!«

Die Anspannung, die uns allen in der Kommandozentrale des SOL-Mittelteils wie eine Ewigkeit erschienen war, ließ nach. Auf den Schirmen wich die Granulation des Zwischenraums dem gewohnten Bild des Einsteinraums.

»Sensationen haben wir keine zu erwarten«, stellte Atlan fest, als er die ersten detaillierten Ortungsergebnisse ablas.

Obwohl der COMP die SOL auf dem von ihm errechneten Kurs hielt, waren uns die Koordinaten des Rücksturzpunkts bekannt. Sie sagten aber nichts darüber aus, was uns in diesem Raumsektor erwartete.

»Ich erwarte auch nicht, dass uns der COMP zur Kaiserin von Therm bringt, Perry«, fuhr Atlan unbewegt fort.

»Du bist und bleibst ein unverbesserlicher Pessimist«, erwiderte ich nur.

»Der COMP arbeitet auf Zeitgewinn«, sagte Atlan. »Warum sonst lotst er uns in die Randzonen von Dh'morvon? Irgendetwas ist im Gange ...«

»Natürlich!«, platzte Geoffry heraus, der hinter mir aufgetaucht war. »Wir müssen stetig mit neuen Überraschungen rechnen. Deshalb dürfen wir nichts unversucht lassen, den COMP zu analysieren.«

»Was sagt Dobrak dazu?«, fragte ich anzüglich.

»Der Kelosker sieht zu ihm hoch wie zu einem Götzen. Dasselbe trifft auf Joscan Hellmut zu.«

Ich seufzte nur.

»Wenn du das positiv wertest ...« Geoffry zuckte die Schultern. Sein Gesicht hellte sich ein wenig auf, als er fortfuhr: »Ich will einen Versuch starten, mehr über den COMP zu erfahren.« Dann erzählte er, dass er mit Hilfe von Irmina Kotschistowas Psi-Fähigkeit die Beschaffenheit der Kristalle des COMPS ergründen wollte. »Ich kenne natürlich den Einwand, dass ein Mutant kaum dazu in der Lage sein wird, das herauszufinden, was Dobrak nicht geschafft hat«, schloss er. »Doch ein Versuch kostet nichts.«

Ich willigte ein. »Nehmen wir den Zwischenstopp zum Anlass, den COMP aufzusuchen«, sagte ich.

Die Meldung kam, kurz bevor wir die Zentrale verließen. Der COMP entwickelte beachtliche Aktivitäten im Hyperbereich.

»Und was schließen wir daraus?«, fragte Atlan. »Doch wohl, dass der COMP mit jemandem Verbindung aufgenommen hat.«

»Damit haben wir den Vorwand, den wir brauchen«, sagte ich.

Das kristalline Gebilde strahlte heller denn je, einzelne Teile des Gespinsts funkelten wie Diamanten. Diese Intensität kam in unregelmäßigen Intervallen. Das Funkeln begann in den dicken Strängen der Basis und wanderte langsam das Netzwerk hinauf – in den haarfeinen Fäden der Spitze funkelte es wie Tau.

Unmittelbar nach uns traf Irmina Kotschistowa an der Peripherie der Halle ein. Atlan, Geoffry und ich begrüßten sie mit einem Nicken. Irmina verhielt sich zurückhaltend, um nicht die Aufmerksamkeit des COMPS auf sich zu ziehen. Sie war von Geoffry informiert worden und wusste, was sie zu tun hatte. Ich merkte es an ihrem angespannten Blick, dass sie sich konzentrierte.

Die kurze Zeitspanne während des Wegs von der Zentrale in den Hangar hatte Geoffry genutzt, um in seinen Labors rückzufragen. »Der COMP gibt ohnehin in kurzen Abständen schnelle Hyperimpulse ab«, sagte er jetzt. »Jede Zunahme seiner Leuchtkraft scheint mit einem deutlich erhöhten Ausstoß einherzugehen. Die Impulse sind in ihrer Art jedoch äußerst fremdartig und nicht zu entschlüsseln. – Noch nicht.«

»Es wäre interessant zu wissen, was der Bursche über uns ausplaudert«, wandte Atlan ein. Auffordernd schaute er Waringer an.

»Wir werden es erfahren.«

»Irgendwann. Wenn es für uns zu spät ist, Geoffry. Du solltest deine Kommunikationsspezialisten …«

»Warum lässt du Geoffry nicht ausreden?«, unterbrach ich den Arkoniden.

Waringer lächelte dünn. »In den Minus-Phasen, sobald die Leuchtkraft der Kristallfäden nachlässt, empfängt der COMP ähnlich dicht gepackte Hyperwellen. Deutlich mehr, als wir bislang festgestellt haben. Das ist alles.«

»Also steht der COMP momentan in einer Art Informationsaustausch«, sagte Atlan.

»Es ist nahe liegend, dass es sich bei dem Empfänger um die Kaiserin von Therm handelt.« Ich atmete tief ein. »Der Sender ist möglicherweise identisch.«

Während wir noch beobachteten, ging erneut eine Veränderung mit der kristallinen Struktur des COMPS vor sich. Die Intervalle zwischen den Leuchtphasen waren offensichtlich rhythmischer geworden. Gleichzeitig ließ jede Phase das Gespinst in einer anderen Farbe erstrahlen. Zuerst brandete von der Basis eine grellgelbe Woge auf. Die nächste Phase hatte einen rötlichen Stich, bis den COMP eine tiefviolette Welle durchlief und die Kristalle einige Phasen später wieder in leuchtendem Blau erstrahlten.

Erst Atlans nüchterne Stimme schreckte mich aus meiner Betrachtung auf. »Ein ähnliches Phänomen konnten wir bisher noch nicht beobachten. Wir sollten Alarm geben.«

Ich vernahm in meinem Rücken einen unterdrückten Ausruf und drehte mich um. Dort stand Irmina. Sie wirkte überaus erregt. »Er hat dieses Ereignis vorausgesagt«, hörte ich sie murmeln. Im nächsten Moment biss sie sich auf die Lippen und sagte laut: »Verzeihung, das hat Zeit bis später.«

Ich wandte mich wieder dem COMP zu. Das Farbenspiel war beendet, das Kristallgebilde erstrahlte wie zuvor in seinem beständigen weißblauen Licht, Myriaden funkelnder Diamanten gleich.

»COMP – kannst du mich hören?«, fragte ich laut. Mein Stimmaufwand wäre nicht nötig gewesen, denn wenn der Datenspeicher überhaupt »hörte«, dann hätte er auch ein Flüstern wahrgenommen. Aber irgendwie wollte ich durch ein erhöhtes Stimmvolumen Entschlossenheit vortäuschen.

Obgleich unsere Kommunikationsgeräte eingeschaltet waren, kam keine Antwort.

»COMP, ich verlange eine Erklärung für deine Aktivitäten!«, drängte ich. »Wir haben eine Abmachung getroffen, und ich bestehe auf einer Antwort.«

»Eine Kurskorrektur ist notwendig«, antwortete die wohlklingende Stimme, deren sich der COMP bediente. »Sie wurde an SENECA weitergegeben.«

Atlan und Geoffry warfen mir einen schnellen Blick zu. Das Gesicht des Arkoniden hatte sich verhärtet.

»Wozu eine Kurskorrektur?«, fragte ich.

»Weil sie notwendig ist.«

»Das ist keine Antwort! Ich will den Grund für die Kursänderung wissen.«

»Es steht euch frei, die Zielkoordinaten zu überprüfen.«

Danach reagierte der COMP auf keine weiteren Anfragen.

Wir verließen die Halle. Ich merkte, dass Irmina den Kopf schüttelte, als Geoffry ihr einen fragenden Blick zuwarf.

»Ich könnte mir vorstellen, dass eine Kursänderung mit BARDIOC zu tun hat«, sagte Geoffry unvermittelt.

»Das wäre eine mögliche Antwort«, erwiderte ich, »doch sie befriedigt mich nicht.«

»Es könnte sich ebenso um eine Initiative des COMPS handeln, die gegen uns Menschen gerichtet ist«, warf Irmina ein.

»Hast du vorhin doch etwas herausgefunden?«, erkundigte sich Geoffry.

Die Metabio-Gruppiererin schüttelte den Kopf. »Nicht hier. Es gelang mir nicht, in die Struktur der COMP-Kristalle einzudringen. Der COMP hat sich völlig abgeschirmt. Aber ich habe von anderer Seite Hinweise erhalten. Bevor ich näher darauf eingehe, möchte ich eine Frage stellen: Wem ist etwas über einen SOL-Geborenen namens Antapex bekannt?«

Atlan zuckte nur mit den Achseln. Geoffry legte die Stirn in Falten und blickte die Mutantin durchdringend an.

»Wenn die Antwort darauf wichtig ist, fragen wir SENECA«, sagte ich.

Für einen Moment zögerte Irmina, dann winkte sie entschieden ab. »Ich bin diesem Antapex in den unteren Depots der SZ-1 begegnet«, erklärte sie. »Alles deutet darauf hin, dass er ein überaus fähiger und vielseitiger Mutant ist. Aber er meidet die Menschen.«

»Was soll das, Irmina?«, fragte Geoffry. »In was hast du dich da verrannt? Ein Mutant, der auf der SOL ein Einsiedlerleben führt?«

»Das klingt sehr fantastisch«, stimmte ich zu.

»Zugegeben.« Irmina seufzte. »Aber noch absonderlicher ist wohl, dass er mir klar vorausgesagt hat, was wir eben in der COMP-Halle erlebten – und noch weitaus mehr.«

»Und wo finden wir diesen Hellseher?«, fragte Atlan ungläubig.

»Mittlerweile in der Parapsychischen Abteilung«, antwortete Irmina.

17.

Perry Rhodan

Geoffry blieb beim COMP zurück, um die Untersuchungen am Datenspeicher der Kaiserin von Therm fortzuführen; er stürzte sich mit unvermindertem Eifer in diese Tätigkeit, obwohl ihm ebenso wie uns allen klar war, dass er dabei nur auf der Stelle treten würde.

Atlan kam ebenfalls nicht mit; er wollte sich um die Schiffsführung kümmern.

Auf dem Weg in die Parapsychische erzählte mir Irmina, wie sie die Bekanntschaft des angeblichen Eremiten gemacht hatte. Die Art und Weise, wie das geschehen war, beeindruckte mich, trotzdem blieb ich skeptisch.

Antapex lag in einem Einzelzimmer und stand unter stetiger Überwachung. Außerdem war ein Medoroboter bei ihm postiert.

Nahezu gleichzeitig mit uns trafen Gucky und Takvorian ein. Irmina zuckte leicht zusammen, als der Ilt auf dem Rücken des Zentauren ins Zimmer geritten kam. »Bitte haltet euch im Hintergrund«, sagte sie. »Wenn Antapex zu sich kommt und mit euch konfrontiert wird, könnte das einen Schock auslösen.«

»Na, na«, protestierte Gucky. »Vor mir fürchten sich nicht einmal kleine Kinder. Und dieser Großkopf wird irgendwann sicher von mir gehört haben, wenn er wirklich auf der SOL groß geworden ist.«

Antapex atmete schwach. Seine Körperfunktionen entsprachen einem Wachzustand – dennoch rührte er sich nicht und hatte die Augen geschlossen. Er wirkte angespannt, das Diagramm seiner Gehirnströme wies starke Phasensprünge auf.

»Er stellt sich nur schlafend.« Ich beugte mich über die massige Gestalt, deren Kopf größer zu sein schien als der von Ribald Corello. Aber im Gegensatz zu dem Supermutanten war Antapex' Hals kräftiger, sodass er den Kopf mühelos tragen konnte, ohne auf eine Stütze angewiesen zu sein. Außerdem war bei Corello das kindlich wirkende Gesicht auf das untere Gesichtsdrittel konzentriert. Antapex' Sinnesorgane verteilten sich hingegen auf die ganze Gesichtsfläche; die kraterähnlichen Hautporen zogen sich in kurzen Intervallen zusammen und öffneten sich wieder. Das erweckte den Eindruck von Muskeln, und es schien auch so, als atme er durch die Haut.

»Wie mag es ihm gelungen sein, sich stets vor uns zu verbergen?«, wunderte sich Takvorian. »Zugegeben, es gibt auf der SOL sicher unzählige Verstecke, zu denen nicht einmal mehr SENECA Zugriff hat. Aber unsere Telepathen hätten seine charakteristische Ausstrahlung spüren müssen – und überhaupt: Irgendein Lebenszeichen hätten wir in all den Jahren entdecken müssen. Über eine so lange Zeitspanne kann kein blinder Passagier unbemerkt bleiben, nicht einmal ein Mutant.«

»Trotzdem muss es so sein«, erwiderte Irmina. »Antapex' Existenz lässt sich nicht leugnen.«

Ich stand noch immer über den angeblichen Eremiten gebeugt. »Antapex«, sagte ich ziemlich verhalten, nichtsdestoweniger aber eindringlich. »Antapex, kannst du mich hören?«

In dem großen Gesicht zuckten die Muskeln, aber das war die einzige Reaktion.

»Soll ich es mal versuchen?«, bot Gucky an. Irmina packte mich am Oberarm, aber ich gab dem Ilt mit einem Kopfnicken die Einwilligung, Antapex' Gedanken telepathisch zu erforschen. Der Mann war wach, das stand für mich außer Zweifel.

Gucky kam ans Bett. Sekunden später gellte mir sein Schrei in den

Ohren. Gucky wurde von einer unsichtbaren Kraft bis an die Wand zurückgeschleudert – er war aber geistesgegenwärtig genug, sich noch vor dem Aufprall in Sicherheit zu teleportieren.

Antapex fuhr auf seinem Lager hoch. Sein kleiner Mund war weit aufgerissen, er schrie ebenfalls schrill und markerschütternd. Irmina war blass geworden. Gucky materialisierte wieder im Zimmer, aber er zitterte am ganzen Leib.

»Mann, war das eine geistige Ohrfeige!«, sagte der Kleine beeindruckt.

Ich versuchte, Antapex durch gutes Zureden zu beruhigen. Doch erst als Irmina ihm ihre Hände auf die Schultern legte, hörte er zu schreien auf. Ich gab dem Medoroboter mit einem Wink zu verstehen, dass er sich heraushalten solle, und er fuhr die Kanüle mit dem Beruhigungsmittel wieder ein.

»Du brauchst keine Angst zu haben, Antapex«, sagte Irmina. »Das sind Freunde – Freunde wie ich. Sie wollen nur dein Bestes.«

»Aber warum …?« Er verstummte und starrte Gucky furchtsam an.

Mit einem Seitenblick auf den Ilt sagte Irmina: »Gucky wird nicht mehr versuchen, in deinen Geist einzudringen, wenn du es nicht selbst willst. Er wollte dich nur wecken. Wir waren in Sorge um dich.«

»Ich habe nicht geschlafen«, sagte Antapex. »Ich habe mich nur in dieser fremden Umgebung umgesehen. – Es gefällt mir hier nicht.« Er verzog das Gesicht. Dann wanderten seine kleinen Augen zu mir, und um seinen Mund erschien die Andeutung eines Lächelns. Er nickte mir mit seinem runden Kopf zu und sagte: »Tag, Sir.«

»Das ist Perry Rhodan«, stellte mich Irmina vor. »Er ist sehr an dir interessiert und möchte mehr über deine Träume wissen.«

»Ich weiß«, sagte Antapex, und sein Lächeln vertiefte sich. »Ich spüre, dass er gut ist. Ich kenne dich schon lange, Perry Rhodan. Ich habe dich oft gesehen.«

»Warum hast du dich mir nie gezeigt?«, fragte ich. »Wenn du mich so gut kennst, hättest du wissen müssen, dass du dich nicht zu verstecken brauchst.«

Er zuckte die massigen Schultern, das war alles. Für einen Eremiten, der die Einsamkeit gewohnt war, hatte er sich schnell an die neue Umgebung gewöhnt.

»Kannst du meine Gedanken lesen, Antapex?«, fragte ich.

»Nein.«

»Woher kennst du mich dann?«

»Aus meinen Träumen – ich träume sehr viel. Ich kenne deine gesamte Welt, Sir. Jeden Baustein, und manchmal sehe ich weit über die SOL hinaus … Inzwischen weiß ich auch, dass der Kokon, der COMP heißt, sich in der Welt befindet.«

»Irmina sagte mir, du hättest davon geträumt, dass der COMP ein Farbenspiel zeigen würde«, sagte ich. »Stimmt das?«

»Ich habe es gesehen, dass der Kokon in allen Farben leuchtete«, antwortete Antapex, als sei er sich gar nicht bewusst, dass das Ereignis zum Zeitpunkt seines Traumes noch in der Zukunft lag. »Das Farbenspiel war schön, aber es flößte mir Furcht ein. Ich bin froh, dass ich es nicht mehr sehen muss.«

»Hast du etwas dagegen, wenn Gucky deine Gedanken liest?«, fragte ich.

»Nein, es macht mir nichts aus.«

»Du wirst dich also nicht dagegen wehren, wenn Gucky in deinen Kopf eindringt?«

Antapex kicherte. »Er hat darin gar keinen Platz. Mein Kopf ist groß, ich weiß, aber so groß auch nicht. Meinetwegen soll er versuchen, noch hineinzuschlüpfen.«

Gucky seufzte und konzentrierte sich. Er mochte gerade seine telepathischen Fühler nach Antapex' Geist ausgestreckt haben, da wurde er zum zweiten Mal durch den Raum geschleudert. Und Antapex schrie.

Der Schrei wurde fast übergangslos zu einem tiefen Brummen. Gucky hatte die Wand noch nicht erreicht, als Takvorian heranpreschte, ein Schatten bloß, so schnell bewegte er sich, und den Ilt auffing. Der Movator hatte sich in einen rascheren Zeitablauf versetzt, um Gucky zu schützen.

Im nächsten Augenblick befanden sich beide wieder im normalen Zeitablauf … und das tiefe Brummen, das von Antapex kam, verwandelte sich zurück in einen schrillen Schrei, der jäh abbrach.

Ich war verwirrt, irgendetwas stimmte nicht. Oder hatte Takvorian, während er sich selbst in einen schnelleren Zeitablauf versetzte, Antapex' Bewegungsablauf zusätzlich verlangsamt?

»Danke, das genügt«, sagte Gucky. »Noch einmal lasse ich mich nicht dazu überreden, auf Antapex' Gedanken zu horchen. Ich habe fürs Erste genug Prügel bezogen.«

»Du hattest versprochen, dich nicht zu wehren, Antapex«, sagte ich tadelnd.

»Gucky hat mir wehgetan«, rechtfertigte er sich. »Aber, Ehrenwort, ich wollte mich gar nicht revanchieren.«

»Schon gut«, entgegnete ich. »Wahrscheinlich handelte es sich um eine unbewusste Abwehrreaktion.«

»Ich würde es anders ausdrücken«, mischte sich Takvorian ein. »Ich vermute, dass Antapex' reflektorische Fähigkeiten besitzt. Ist dir nichts aufgefallen, Perry, als ich mich in einen rascheren Zeitablauf versetzte?«

»Doch, Antapex' Bewegungsablauf verlangsamte sich.«

Der Movator nickte. »In demselben Maß, in dem ich mich beschleunigte – und dies ganz ohne meine Einwirkung.« Er blickte den Eremiten an. »Hast du das gewollt, Antapex?«

»Ich habe überhaupt nichts getan«, beteuerte der Mann. Er zitterte am ganzen Körper. Seine Poren zuckten und sonderten dicke Tropfen einer gelblichen Flüssigkeit ab. Transpirierte oder weinte er?

»Es ist kein Grund, dass du dich aufregst, Antapex«, redete ihm Irmina zu und bedachte uns mit einem tadelnden Blick. »Beruhige dich wieder. Willst du uns nicht von deinen Träumen erzählen? Wiederhole, was du mir erzählt hast.«

»Was war das?«, fragte Antapex unsicher.

»Nun – du hast fremde Worte gebraucht. Etwa Multur ...«

»Muutklur!«, berichtigte Antapex.

»Ja. Muutklur. Du hast von einer Botschaft gesprochen, die die Finger des Kokons COMP signalisierten ...«

Antapex versteifte sich. Sein Blick wurde entrückt, und er sprach mit veränderter Stimme: »... ich bin deinem Ruf gefolgt, Kristallspender. Hier bin ich nun, in meinem ... Kugel-Ring-Etwas ...«

»Was?«, fragte ich verwirrt.

»Er spricht immer von diesem Kugel-Ring-Etwas«, erklärte Irmina, »ohne sagen zu können, worum es sich handelt. Ich vermute, dass er dabei – ähnlich wie ein ungenügend programmierter Translator – ein Wort einer fremden Sprache frei nach seinen Vorstellungen übersetzt. Mit diesem Kugel-Ring-Etwas scheint es eine besondere Bewandtnis zu haben ...«

Ein Anruf lenkte mich ab. Atlans Konterfei erschien über meinem Armband. »Die erste Linearetappe nach dem neuen Kurs ist beendet«, meldete er. »Sie hat uns 20.000 Lichtjahre in den Leerraum hinausgeführt. Der COMP hat keine neuen Anweisungen gegeben. Er scheint hier mit der SOL Warteposition beziehen zu wollen. Das gefällt mir überhaupt nicht ...«

»Besondere Vorkommnisse?«, fragte ich.

»Die Ortung ist negativ«, antwortete der Arkonide. »Zwanzig Lichtjahre im Umkreis steht kein Objekt, das unsere Aufmerksamkeit verdient ... Augenblick!«

Atlans Stimme überschlug sich förmlich. Er verschwand vom Schirm. Gleich darauf ertönte seine Stimme wieder, und das Bild wechselte.

»Wir haben eine Ortung!«, hörte ich ihn sagen. »Eine unbekannte Masse ist aus dem Nichts aufgetaucht. Ich überspiele das Ortungsergebnis der Taster. Es scheint sich um ein Raumschiff oder eine Raumstation zu handeln …«

Zuerst war im Holo nur die ewige Schwärze des intergalaktischen Leerraumes zu sehen. Dann wurden die Umrisse eines geometrischen Gebildes sichtbar. Es handelte sich um eine faustgroße Kugel, die von einem Ring umgeben wurde.

»Was sagst du dazu?«, hörte ich Atlan sagen. »Es kommt noch schöner. Der COMP hat Befehl gegeben, die SOL augenblicklich anzuhalten.«

»Das Kugel-Ring-Etwas«, murmelte ich.

»Wie war das?«, erkundigte sich Atlan.

Ich straffte mich. »Ich komme sofort in die Zentrale«, sagte ich und unterbrach die Verbindung.

Als ich mich umdrehte, sah ich, dass Antapex immer noch wie erstarrt im Bett aufgerichtet saß. Nur seine prankenartigen Hände bewegten sich.

»Warte, Antapex, ich gebe dir was zum Schreiben!«, rief Irmina aufgeregt. »Zeichne uns auf, was du siehst!«

Sie schnippte mit dem Finger, und der Medoroboter überreichte ihr einen Stift und eine steife Folie. Ich zögerte und beobachtete, wie Irmina dem Eremiten den Stift zwischen die Finger drückte und ihm die Folie unterschob. Antapex kritzelte etwas, ohne seine Haltung zu verändern. Als seine Hand zum Stillstand kam, entzog ihm Irmina die Folie. Sie blickte kurz darauf, dann reichte sie das Blatt an mich weiter. »Was hältst du davon?«, fragte sie.

Ich sah auf der Folie ein achtgliedriges Gebilde, das Antapex mit einer einzigen, wellenförmigen Linie und ohne Unterbrechung hingezeichnet hatte.

»Sieht beinahe aus wie eine achtfingrige Hand«, sagte ich und gab die Folie zurück. »Bleib bei deinem Schützling, ich muss in die Zentrale. Fordere für alle Fälle eine Wachmannschaft an. Wir werden uns später noch intensiv mit Antapex beschäftigen.« Ich wandte mich an den Mausbiber. »Gucky, spring mit mir in die Kommandozentrale!«

In der Zentrale herrschte geschäftiges Treiben. Alle Stationen waren besetzt. An einem der Pulte erblickte ich Geoffry, der sich mit Datenauswertungen befasste. Ich war froh, dass er etwas gefunden hatte, was ihn vom COMP ablenkte.

Weniger froh war ich über das Auftauchen des unbekannten Objekts. Der Panoramaschirm zeigte ein deutliches Bild. Das heißt, der dunkelrote Ring um die Kugel wirkte verschwommen, so als rotiere er. Die Kugel selbst, hellblau gefärbt, drehte sich ebenfalls. Da die Entfernung mit 20.000 Kilometern angegeben wurde, konnte ich mittels des Vergrößerungsfaktors die ungefähre Größe des Objekts ausrechnen. Ich schätzte, dass die Kugel einen Durchmesser von etwa fünfzig Metern besaß.

»Es handelt sich zweifellos um ein Raumschiff«, erklärte Atlan. »Der kugelförmige Schiffskörper hat einen Durchmesser von fünfzig Metern. Der Ring besitzt eine Dicke von zehn Metern und umläuft die Kugel in einem Abstand von zwanzig Metern. Schiffskugel und Ring drehen sich in gegenläufiger Bewegung.«

»Was hat es mit dem Ring auf sich?«

»Er ist eindeutig energetischer Natur und könnte die Triebwerkseinheit sein. Eine recht eigenwillige Konstruktion, nicht wahr?«

Ich konnte zwischen Ring und Schiffskugel keine Verbindung erkennen. »Eigenwillig und originell«, stimmte ich zu. »Aber bestimmt wurde dieses Aussehen nicht nur der Originalität wegen gewählt.«

»Wir funken pausenlos, bekommen jedoch keine Antwort«, fuhr Atlan fort. »Vielleicht hat das Schiff nur eine Roboterbesatzung. Die Telepathen versuchen, mehr herauszufinden. Warten wir ab. Die Gefechtsstationen sind für alle Fälle besetzt.«

»Nur nicht nervös werden«, ermahnte ich den Arkoniden. »Der Größe nach handelt es sich höchstens um einen Aufklärer oder einen Kurier. Wir haben kaum etwas zu befürchten.«

»Darum geht es nicht«, erwiderte Atlan gepresst. »Mir ist auch klar, dass die Begegnung nicht zufällig erfolgt. Alles deutet darauf hin, dass der COMP dieses Schiff gerufen hat. Aber ich meine, wir sollten ein Exempel statuieren, um zu zeigen, dass wir uns nicht auf der Nase herumtanzen lassen. Warnschüsse vor den Bug haben schon oft Wunder gewirkt.«

»Versuchen wir weiterhin, Kontakt zu bekommen!«, sagte ich. »Ich richte an den COMP eine Anfrage.«

Ich ging zu dem Interkom, der eine direkte Verbindung zur COMP-Halle darstellte. Joscan Hellmut erschien in der Bildwiedergabe. »Sind Sie auf dem Laufenden?«, erkundigte ich mich.

»Ich bekomme alle Daten und gebe sie an den COMP weiter. Er zeigt keine Reaktion – und das werte ich als positiv. Ich würde sagen, der COMP ist mit dieser Entwicklung zufrieden.«

»Wir sind es nicht«, sagte ich schroff. »Ich richte die dringende Anfrage an den COMP, was das Auftauchen des fremden Raumschiffs zu bedeuten hat. Was für eine Besatzung hat es? Welchem Volk gehört die Besatzung an? In welcher Mission ist es unterwegs? Ich warte auf eine Antwort!«

Ich bekam die Antwort Minuten später – doch sie war unbefriedigend, wie fast immer. »Habt Geduld«, ertönte die Stimme des Datenspeichers der Kaiserin von Therm. »Alle Fragen werden beantwortet. Der Zeitpunkt der Kontaktaufnahme ist gekommen. Ich werde der Mittler sein.«

Ich blickte zu Gucky und Fellmer Lloyd hinüber. Die Telepathen zeigten Resignation. Es war müßig, sie nach dem Ergebnis ihrer Bemühungen zu fragen.

»Zwecklos«, kommentierte Gucky. »Wir können auf dem Schiff keine Gedanken orten, wir kommen nicht einmal durch. Falls jemand an Bord ist, schirmt er sich meisterhaft ab.«

Kurz darauf war Funkkontakt zu dem fremden Raumschiff hergestellt. Befehle geisterten durch die Kommandozentrale.

»Translatoren zwischenschalten!«

»Verbindung zu SENECA?«

»Steht!«

»COMP?«

»Verbindung steht!«

Aus den Lautsprecherfeldern drang ein stakkatoartiges Geräusch. Im ersten Moment dachte ich an Störgeräusche, dann erfasste ich, dass es sich dennoch um eine artikulierte Stimme handelte. Sie sprach in einem knarrenden Tonfall.

Die Bildübertragung zeigte ein seltsames Objekt. Ich hielt den Atem an. Trotz verschwommener Wiedergabe war eindeutig ein Gebilde mit acht Tentakeln zu sehen – ein Körper mit acht steif und gespreizt abstehenden Fortsätzen. Jetzt bewegten sich die »Tentakel« zur knatternden Stimme, das quallenähnliche Ding zog sich zurück – ich assoziierte das »Wesen« sofort mit Antapex' Zeichnung –, und wie es sich entfernte und kleiner wurde, entpuppte es sich als achtfingrige Hand, die zu einem gelenkigen, biegsamen Arm gehörte.

Nun wurde das wirkliche Wesen sichtbar. Ich vermutete, dass sein Handauflegen auf die Optik eine Art Begrüßung darstellte. Doch da dies reine Spekulation war, ließ ich mich nicht zur Nachahmung verleiten.

Es war ein fremdartiges Geschöpf, wie kaum anders zu erwarten gewesen. Als Erstes stach mir der Kristall ins Auge, den es trug. Doch ich ließ mich von seinem Glitzern nicht ablenken.

Es besaß einen pfahlförmigen Körper, der gleichförmig verlief, ohne Einschnürungen, Verdickungen oder Auswüchse. Falls es solche gab, wurden sie von der Kleidung verdeckt: eine dunkelbraune, schmucklose Schutzfolie mit einem V-Ausschnitt unterhalb des Kopfes.

Die Farbe der sichtbaren Haut war ein zartes Rosa. Das Gesicht wurde im oberen Drittel von einem kreuzförmigen Organ beherrscht, das zweifellos das Auge war. Etwas darunter waren seitlich zwei fühlerähnliche Stäbchen angeordnet, bei denen es sich um die Gehörorgane handeln mochte.

Unter dem kreuzförmigen Sehorgan befand sich eine kreisförmige Öffnung von beachtlichem Durchmesser – es waren an die zehn Zentimeter. Dieser »Mund« bildete das faszinierendste Organ. Er wirkte nämlich starr, knapp hinter der Öffnung spannte sich ein Hautsegment, zweifellos eine Sprechmembrane. Sie wiederum war durchlöchert, und beim Sprechen zuckten aus den Öffnungen kleine Saugrüssel hervor, die kaum nur der Stimmmodulation dienten, sondern wahrscheinlich auch zur Nahrungsaufnahme.

Das Leuchten des Diamanten ignorierend, der oberhalb des v-förmigen Ausschnitts saß, ließ ich meine Augen an dem oder der Fremden weiterwandern. Die dünnen Arme, die oben aus dem schlanken Körper wuchsen, besaßen zwei Gelenke, sodass sie grotesk abgewinkelt und fast schlangengleich bewegt werden konnten.

Unten endete der Körper in einer Art Steiß oder einem »Schwanzstummel«, was mich entfernt an ein Reptil erinnerte. Etwa dreißig Zentimeter oberhalb des Steißes ragten die beiden dünnen Beine heraus, die nur ein Gelenk aufwiesen und in knochigen Füßen endeten, deren acht Zehen fächerförmig nach vorne ausliefen. Das garantierte dem Fremden einen guten Stand.

Obwohl ich mir Zeit ließ, war ich mit meinen Beobachtungen nicht zufrieden. Am Ende hatte ich das Gefühl, trotzdem einiges übersehen zu haben.

Die knarrende Stimme trat etwas in den Hintergrund, als der COMP die Sprache übersetzte.

»Er ist ein Choolk, ein Beauftragter der Kaiserin von Therm«, gab der COMP die Worte des Fremden zweifellos mehr sinngemäß als wortgetreu wieder. Das war weniger vorteilhaft für die Translatoren, aber sie würden auch dieses Problem meistern.

»Der Choolk ist ein führendes Mitglied der kaiserlichen Leibgarde«, fuhr die Stimme des COMPS fort. »Sein Volk hat eine große Verantwortung zu tragen, es hat eine große Bestimmung im Machtbereich der Kaiserin von Therm, und wenn es dieser Bestimmung nachkommt, dann ist ein fernes Ziel erreicht. Und dieser Choolk hat gegenwärtig von allen die größte Verantwortung zu tragen, denn sein Streben gilt dem Höchsten.«

Der COMP machte eine kurze Pause, doch der Fremde sprach unverdrossen weiter. Er gab mir keine Gelegenheit zu einer Entgegnung, und er schien auch gar keinen Wert darauf zu legen, dass ich mich vorstellte oder ihn wenigstens begrüßte. Ich fragte mich nur, ob der COMP den »Leibgardisten« der Kaiserin zu Hilfe gerufen hatte oder ob die Kaiserin den Choolk entsandt hatte.

»Er bittet um die Erlaubnis, an Bord der SOL kommen zu dürfen«, übermittelte der COMP schließlich. »Dieses Begehren muss ich absolut unterstützen.«

»Darauf allein kommt es nicht an«, erwiderte ich etwas gereizt. »Das hängt vor allem von dem Grund ab, den der Choolk uns nennt, ob wir seinem Wunsch nachkommen.«

»Er ist Leibgardist der Kaiserin von Therm!«, stellte der COMP fest, als sage dies alles.

»COMP, wir bestehen darauf, zu erfahren, was es mit dieser Begegnung auf sich hat und warum sie stattfindet.«

Ich fragte die Telepathen Gucky und Fellmer Lloyd, ob sie Gedankenkontakt zu dem Fremden gehabt hatten. Doch es war ihnen unmöglich gewesen, die Gedanken des Choolks zu lesen.

Wieder erklang die knarrende Stimme; ich sah seine Saugrüssel pfeilartig durch die Löcher der Sprechmembrane schießen. Der Choolk verstummte. Dann übersetzte der COMP:

»Es musste einfach zu dieser Begegnung kommen. Ich, Chookar, kann nicht umhin, diese Inspektion vorzunehmen. Die Menschen können nicht erwarten, dass die Kaiserin von Therm ein solch gewaltiges Raumschiff ohne weitere Maßnahmen in ihren unmittelbaren Herrschaftsbereich einfliegen lässt. Es wäre sträflicher Leichtsinn, die elementarsten Sicherheitsvorkehrungen zu missachten. Deshalb hat die Kaiserin von Therm mich, ihren Leibgardisten, als Inspektor geschickt.«

»Angesichts der Macht der Kaiserin von Therm erscheint mir ihr Sicherheitsbedürfnis übertrieben«, erwiderte ich. »Was könnte die SOL gegen die Superintelligenz schon ausrichten?«

»Eine Superintelligenz darf nicht den Fehler begehen, jemanden zu unterschätzen. Ich bitte Sie deshalb erneut, an Bord kommen zu dürfen.«

»Und wenn ich Ihnen die Erlaubnis verweigere, Chookar?«, fragte ich.

»Dann möchte ich, dass Sie mir dafür einen stichhaltigen Grund nennen.«

Ich brauchte nicht lange zu überlegen – es gab keine logische Begründung, den Beauftragten der Kaiserin von Therm abzuweisen. Ich hatte nur das Gefühl, dass hier etwas nicht stimmte. Vielleicht hätte es etwas genützt, Antapex zu befragen. Dafür fehlte mir jedoch die Zeit.

»Sie können an Bord kommen, Chookar«, sagte ich.

Bully schaute mich bedeutungsvoll an. »Selbst in einer hoch technisierten Umgebung wie unserer SOL wachsen noch Legenden«, sagte er und ignorierte meinen unwilligen Blick. »Ich war nicht untätig, mein Lieber. Was ich von SENECA beschaffen konnte, habe ich für dich zum Lesen abgelegt.«

»Später!«, wehrte ich ab. »Ich habe weiß Gott keinen Nerv für Geheimniskrämerei.«

»Lies das!«, sagte er scharf. »Am besten gleich. Aber erschrick nicht, wie wenig wir über unser Schiff wissen.«

Ausgerechnet er musste das sagen, der nicht jahrzehntelang den Rückweg in die Milchstraße gesucht hatte. Wollte er mich beschämen oder mir nur von neuem klar machen, dass die SOL nicht unsere Heimat war? Ich aktivierte mein Datenholo. Zwei Dateien waren aufgeführt. Lowitz' »Kosmogonie der SOL« war mir bekannt, wenn auch nicht voll inhaltlich. Der »Fall Grunell« sagte mir nichts.

Zuerst befasste ich mich mit den Fakten. Amba Grunell und Peter Lorson waren als Kinder von acht und zehn Jahren mit der SOL von der aphilischen Erde gestartet; ihre Eltern waren auf der Erde zurückgeblieben. Obwohl Terra-Geborene, hatten sie später starken Einfluss auf die Entwicklung der Ideologie der SOL-Geborenen genommen.

Im Jahr 3562 hatten Amba und Peter einen unlimitierten Ehevertrag miteinander geschlossen. Dieser Vertrag war fixiert worden, als feststand, dass Amba ein Kind erwartete. Als Amba im vierten Monat schwanger gewesen war, landete die SOL auf einer erdähnlichen Welt in einer unbedeutenden Kleingalaxis.

Amba hatte später während der Verhandlung ausgesagt, dass sie auf diesem Planeten, der Antapex benannt worden war, mit ihrem Mann die schönste Zeit verbracht hatte. Beide hatten sogar schon den Plan gefasst, abzumustern und auf dieser Welt ein Leben wie Adam und Eva zu führen.

Doch dann war Amba von einem Insekt gestochen worden. Sie hatte Krämpfe, Fieber und beulenartige Geschwüre bekommen und sich in ärztliche Behandlung begeben müssen. Da sie sich unerlaubt von der SOL entfernt gehabt hatte, erzählte sie nichts von jenem Insektenstich. Die SOL flog weiter. Ambas Leiden schien geheilt.

Im Januar 3563 war ihr Kind geboren worden. Es war eine schwere Geburt, denn das Kind hatte einen riesigen Kopf. Für Amba und Peter Grunell brach eine Welt zusammen. Sie beschlossen, ihr Neugeborenes dem Weltraum zu übergeben, anstatt es ein Leben lang unter seinem Aussehen leiden zu lassen – und sich danach selbst das Leben zu nehmen.

Die wahren Hintergründe wurden nie völlig aufgedeckt, denn man war auf Ambas Aussage angewiesen gewesen, und Amba galt zum Zeitpunkt der Verhandlung als nur noch »bedingt zurechnungsfähig«.

Sie hatte vor dem Bordgericht ausgesagt, dass Peter die Tat begangen habe: Angeblich hatte er ihren Sohn aus der Geburtsstation entführt und ihn während eines Zwischenstopps im Normalraum aus einer Personenschleuse in den Weltraum hinausgestoßen. Danach hatte er Gift genommen. Amba ebenfalls, doch sie war gerettet worden und hatte sich vor dem Bordgericht verantworten müssen.

Aus Mangel an Beweisen war Amba jedoch freigesprochen worden, danach hatte sie noch zehn Jahre in geistiger Umnachtung gelebt.

Der Fall konnte nie ganz geklärt werden. Es gab einige Punkte, die darauf hinzuweisen schienen, dass Amba ihren Mann getötet hatte, um einen Zeugen ihrer Tat zu beseitigen. Aber Klarheit erbrachte nicht einmal ein Verhör durch den Telepathen Fellmer Lloyd, denn Ambas Persönlichkeit war gespalten …

Ich versuchte, mich an diesen Fall zu erinnern. Es gelang mir nicht. Sicherlich hätte ich mein Gedächtnis auffrischen können, wenn ich mir die Aufzeichnungen über die Zwischenlandung auf dem erdähnlichen Planeten Antapex beschafft hätte. Aber mir ging es um andere Dinge.

Ich lud die »Kosmogonie der SOL« und fand als bereits markiertes Stichwort die »Antapex-Legende«. Nach Lowitz stellte sich der Fall Grunell deutlich verändert dar.

Amba hatte ihren Sohn niemals wirklich dem Weltraum übergeben wollen. Deshalb täuschte sie ihren Mann mit einer Puppe, die er aus der SOL stieß. Peter schied freiwillig aus dem Leben. Amba versteckte ihren Sohn – den sie nach dem Planeten, der sein Schicksal bestimmt hatte, Antapex taufte – in einem Lagerraum der SOL, wo sie ihn heimlich versorgte.

Amba wurde freigesprochen und konnte sich fortan ihrem totgeglaubten Sohn widmen. Sie täuschte nur Geistesgestörtheit vor, in Wirklichkeit war sie normal. Um aber auch die Telepathen hinters Licht führen zu können, musste sie selbst parapsychische Fähigkeiten besessen haben.

Diese hatte Antapex geerbt, und sie waren durch den Stich des Insekts wohl noch verstärkt worden …

Als Antapex zehn Jahre alt war und sich selbst versorgen konnte, starb seine Mutter. Zu diesem Zeitpunkt war er unter den SOL-Geborenen bereits zu einer legendären Gestalt geworden, über die alle aber nur hinter vorgehaltener Hand redeten.

Lowitz wusste eine Reihe haarsträubender und unglaublicher Geschichten zu berichten, die, ließ man das schmückende Beiwerk weg, unter den gegebenen Umständen gar nicht mehr so unglaubwürdig klangen.

Einmal, so erzählte Lowitz, habe Antapex heimlich einen einflussreichen SOL-Geborenen aufgesucht und ihn gewarnt.

»Koronaer«, sagte Antapex zu dem SOL-Geborenen, »die SOL wird nach dem Ende der zweiten Flugetappe in ein Sonnensystem einfliegen. Es hat nur einen Planeten, doch darauf kommt es nicht an. Nur die Sonne ist von Bedeutung. Es handelt sich um eine hyperenergetische Falle, die ein längst verwehtes Volk einst errichtete. Wenn ein Raumschiff in den Bereich der Sonne kommt, schnappt die Falle zu, und ihr seid alle verloren. Verhindere die Katastrophe, Koronaer!«

Koronaer, der Antapex bedingungslos glaubte, gab die Warnung weiter. Aber die Schiffsführung schenkte dem keinen Glauben. Daraufhin scharte Koronaer Gleichgesinnte um sich und versuchte, sich gewaltsam Gehör zu verschaffen. Diese vermeintliche Meuterei wurde niedergeschlagen. Nur Koronaer gelang es, eine Space-Jet zu kapern und jene Sonne anzufliegen. Die Falle schnappte zu, die Space-Jet explodierte. Aber Koronaer hatte sich nicht umsonst geopfert, denn die SOL war nun gewarnt gewesen.

Ich erinnerte mich dieses Vorfalls. Nur hatte damals tatsächlich alles nach einer Meuterei ausgesehen. Der von den SOL-Geborenen zum Märtyrer erhobene Koronaer war in den Augen der Schiffsführung ein Verbrecher gewesen, der mit allen Mitteln nach Macht strebte und letztlich, als er alles verloren sah, von Bord flüchtete. Die Ursache für die Explosion seines Beiboots war nie geklärt worden. Aber da das Wirken fremder Mächte nicht völlig ausgeschlossen werden konnte, hatte die SOL Fahrt aufgenommen, ohne das Ein-Planeten-System untersucht zu haben.

Lowitz zeigte eine für mich völlig neue Perspektive dieses Falles auf.

Sicherlich klang vieles unglaubhaft, Koronaers Charakter war stark verzeichnet, und Antapex wurde eine Sprache in den Mund gelegt, deren er sich so wohl nie bedient hätte. Er sprach heute nicht von Sonnensystemen und Planeten, und er nannte die SOL nie beim Namen, sondern bezeichnete sie als »seine Welt«.

Immerhin, es hätte tatsächlich so sein können, dass Antapex die Gefahr voraussagte, die von dem fremden Sonnensystem ausging. Es lag durchaus im Bereich des Möglichen, dass er es war, der die SOL vor dem Untergang bewahrte.

Wahrscheinlich hatten alle Legenden, die sich um ihn rankten, einen wahren Kern, denn die Fähigkeiten, das zu vollbringen, was man ihm zuschrieb, besaß er. Ich brach dennoch die Lektüre ab, denn ich erfuhr nichts wirklich Neues.

Außerdem stand die Ankunft des Botschafters der Kaiserin von Therm bevor. Und vorher wollte ich noch kurz die Parapsychische Abteilung aufsuchen.

Ich war überrascht, in der Sonderabteilung ein Dutzend Männer und Frauen anzutreffen, die nicht hierher gehörten. Keiner von ihnen war über vierzig, es handelte sich durchweg um SOL-Geborene.

»Wir sind hier, um Antapex zu besuchen«, sagten sie. »Wir SOL-Geborenen haben immer an ihn geglaubt – im Gegensatz zu euch, die ihr euch plötzlich als seine Beschützer aufspielt. Mit welcher Begründung hält man uns eigentlich von ihm fern?«

Ich wusste es selbst nicht genau; ich hatte seine Isolierung jedenfalls nicht angeordnet. Wahrscheinlich handelte es sich um ein Missverständnis der Wachposten. Andererseits hatte niemand damit gerechnet, dass sich Antapex' Aufenthaltsort so schnell herumsprechen würde.

»Ich werde veranlassen, dass Sie ihn sehen können«, sagte ich. »Aber ich ersuche Sie, Ruhe zu bewahren. Antapex ist den Umgang mit Menschen nicht gewohnt. Vorher will ich mit ihm reden.«

Ich gab dem Wachposten einen Wink, und er schaltete die Energiebarriere aus.

»Sind Sie sicher, dass Sie keinen Fehler begehen, Sir?«, fragte der Mann vorwurfsvoll. »Wenn wir ein Dutzend durchlassen, pilgern die SOL-Geborenen bald zu Hunderten hierher.«

So Unrecht mochte er nicht haben. Aber ich ging davon aus, dass es jeden einigermaßen ernüchtern würde, Antapex in Fleisch und Blut vor sich zu sehen. Ich wollte sozusagen eine Legende zerstören.

Ich bat die SOL-Geborenen lediglich, vor Antapex' Zimmer zu warten, um ihn auf den Besuch vorbereiten zu können. Dass ich Irmina Kotschistowa bei ihm finden würde, hatte ich fast erwartet.

Sie schaute mich irritiert an. Vielleicht, weil Antapex' Miene sich schlagartig verdüsterte.

»Warum müssen meine Besucher vor der Tür warten?«, fragte er ohne jede Vorrede.

»Ich wollte Sie erst auf den Ansturm vorbereiten«, erwiderte ich etwas betroffen.

»Willst du die Leute wirklich sehen, oder sollen wir sie fortschicken?« Irmina beugte sich halb über ihn.

»Tu, was du für richtig hältst«, sagte er eingeschnappt.

Sie öffnete seufzend die Tür. Die SOL-Geborenen strömten herein. Vor Antapex' Bett blieben sie stehen und starrten ihn an.

Er lächelte ihnen entgegen. »Hallo«, sagte er. »Ich bin kein Gespenst.«

Ich hatte das Gefühl, dass sich Antapex in seiner Rolle allmählich wohl fühlte. Entweder las er es aus ihren Gedanken, oder ihre Emotionen verrieten es ihm, dass sie ihn bewunderten – und er schien sich in dieser Bewunderung zu sonnen.

Nachdem die SOL-Geborenen ihre erste Scheu abgelegt hatten, redeten sie fast gleichzeitig auf Antapex ein.

»Freunde, nicht alle auf einmal«, sagte er begütigend. »Ich weiß, dass ihr unzählige Fragen habt, und ich merke euch auch eure Zweifel an. Ihr fragt euch, warum ich plötzlich in Erscheinung trete, obwohl ich mich bisher in meiner Welt versteckt habe. Aber es gibt eine einfache Antwort.«

Er machte eine Pause und blickte in meine Richtung. Antapex strahlte in dem Moment eine Selbstsicherheit aus, die fast schon an Überheblichkeit grenzte. »Es gibt eine einfache Antwort«, wiederholte er. »Ich bin aus meiner Welt ausgebrochen, weil ich erkannte, dass nur ich die SOL vor dem Untergang bewahren kann …«

»Antapex!«, rief Irmina erschrocken aus.

Er schüttelte bedauernd seinen großen Kopf. »Ich sehe nur Dinge voraus, die unabänderlich sind, die man durch keine natürliche oder übernatürliche Kraft verhindern kann. Die SOL ist aber noch nicht verloren. Unsere Heimat treibt in den Untergang … doch er kann verhindert werden. Die Lösung heißt …«

»Antapex!«, rief Irmina wieder. »Es ist genug. Bedenke, was du mit deinen unbedachten Äußerungen anrichten kannst!«

Seine Augen wurden groß, sein Blick starr. Ein Gurgeln kam aus seinem Mund, und Schaum erschien auf seinen Lippen. Die SOL-Geborenen schrien durcheinander.

»Alwuurk ...«, stieß Antapex gurgelnd hervor und wiederholte dieses Wort mehrmals. »Alwuurk ... Alwuurk.«

»Bitte, gehen Sie!« Ich versuchte, die SOL-Geborenen aus dem Raum zu drängen. Der Wachposten und der Medoroboter unterstützten mich.

»Was bedeutet dieses Wort, Antapex?«, riefen die Besucher. »Willst du uns damit ein Zeichen geben? Hält man dich hier gewaltsam fest?«

»Alwuurk – Alwuurk ... Hütet euch vor den Fährten der Kristalle. Flieht sie! Denn wenn ihr sie kreuzt, seid ihr verloren ...«

»Wie heißt die Lösung, Antapex?«

Der Wachposten drängte die SOL-Geborenen nun gewaltsam zur Tür. Antapex wand sich wie unter Schmerzen auf seinem Lager.

»Alwuurk!«, stieß er wieder hervor. Dann überschlug sich seine Stimme förmlich. »Der im Ei erhobene Kristallträger zieht ein Netz durch die Welt – ein unsichtbares Netz ... bis er im Muutklur aufgeht ...«

Endlich waren die SOL-Geborenen aus dem Zimmer. Durch die Tür drangen noch eine Weile tumultartige Geräusche, dann wurde es still.

»Warum hast du die SOL-Geborenen aufgeputscht?«, fragte Irmina.

»Ich wollte nichts Böses.« Antapex klang weinerlich. »Es brach aus mir heraus, als ich von den Gefühlen meiner Freunde überschwemmt wurde. Alle Menschen sind meine Freunde, seit ich die Bilder einer schrecklichen Gefahr sehe. Nur deshalb bin ich aus meiner Welt ausgebrochen ... Die Katastrophe ist unabwendbar, aber die endgültige Vernichtung kann verhindert werden. Beachtet die Zeichen. Die Alternative heißt Alwuurk ...«

Als sich vom Kugel-Ring-Raumer eine Energieblase mit dem Choolk löste, waren alle Vorbereitungen getroffen. An Bord der SOL würde er stetig überwacht werden.

Der COMP hatte vorgeschlagen, Chookar in dem Transportschacht zu erwarten, durch den wir ihn selbst an Bord gebracht hatten – und so hatte ich mich mit Atlan hier postiert. Hinter uns warteten Techniker mit ihren Gerätschaften.

Chookar hatte seinen Raumer bis auf fünf Kilometer angenähert und mit einer Art Magnetstrahl an der SOL verankert. Entlang dieses Strahls bewegte sich seine Sphäre, und es dauerte nicht lange, bis sich das Innenschott hinter ihr schloss.

Das Energiegebilde fiel in sich zusammen – der Choolk war also ein Sauerstoffatmer. Er näherte sich uns mit grotesk wirkenden, stelzenden Schritten. Die Techniker ignorierte er.

Sein Kreuzauge war auf Atlan und mich gerichtet.

»Willkommen an Bord der SOL, Chookar«, begrüßte ich ihn schlicht. Die Translatoren waren auf die fremde Sprache eingestellt, zwar noch recht lückenhaft, aber das würde sich schnell ändern.

Chookar gab knarrende Geräusche von sich. »Der im Ei Erhobene dankt und möchte auf direktem Weg zum COMP der Duuhrt geführt werden.«

Mit »der im Ei Erhobene« konnte er nur sich selbst gemeint haben. Da er den Begriff »Duuhrt« in Zusammenhang mit dem COMP nannte, mochte dies eine weitere Bezeichnung für die Kaiserin von Therm sein.

Ich deutete in den Schacht und betrat vor ihm die Energiebahn. Der Choolk folgte, ohne zu zögern, Atlan unmittelbar hinter ihm.

Aus der Nähe wirkte Chookar noch unnahbarer als auf dem Holoschirm – wie ein Wesen aus einer anderen Dimension. Wieder hatte ich den Eindruck, dass mir einiges an ihm entging. Doch nun erkannte ich, warum das so war. Chookar erschien irgendwie unfertig, dabei hätte ich nicht zu sagen vermocht, was ich an ihm vermisste. Er hatte etwas Maskenhaftes an sich.

»Darf ich der Technik Ihres Volkes meine Bewunderung aussprechen?«, sagte Atlan etwas gestelzt. »Wir haben uns erlaubt, an Ihrem Schiff Ortungen vorzunehmen. Es ist vor allem der Antrieb, der uns fasziniert. Oder gehen wir in der Annahme fehl, dass der Hochenergiering sich auf die verschiedenartigen Hyperschwingungen einpolen kann, sich von der 5-D-Krümmung des Hyperraums selbst abstößt und auf diese Weise seine Schubleistung erbringt?«

Diese Theorie hatte das Waringer-Team entwickelt, und Atlan gab sie von sich, damit der Leibgardist der Kaiserin von Therm erkannte, dass wir auch eine höhere Technik geistig erfassen konnten.

»Sie haben mit dieser Annahme nicht Unrecht, wenngleich das Prinzip stark vereinfacht wiedergegeben ist«, antwortete der Choolk.

»Wir werden Zeit finden, darüber ausführlicher zu diskutieren«, sagte Atlan sofort.

»Das kommt darauf an, in welchem Maß Sie mich in meiner Aufgabe unterstützen.«

»Dann müssten Sie uns Ihre Aufgabe schon näher definieren!«, verlangte ich. »Ich bin sicher, dass Sie vom COMP alle verfügbaren Informationen über uns erhalten haben. Wir dagegen wissen über Sie recht wenig.«

»Das Wissen liegt im COMP«, erwiderte Chookar, der im Ei Erhobene, was immer das bedeuten mochte. »Er verwahrt es für die Duuhrt, in deren Ermessen es liegt, es zu verteilen. Ich habe erfahren, dass Sie zu einem Volk von Ungeduldigen und Unzufriedenen gehören. Dabei sollten Sie sich darauf besinnen, dass Ihnen die Duuhrt den Vorzug vor vielen Gleichwertigen gegeben hat, als sie Sie zu Auserwählten machte.«

»Was wir unternommen haben, taten wir für einen vereinbarten Preis«, sagte ich. »Doch es scheint, dass man uns hinhalten will. Wie sonst sollen wir es verstehen, dass uns die Koordinaten unserer Heimatwelt vorenthalten werden?«

»Sie haben sich den geltenden Regeln zu unterwerfen«, erwiderte der Choolk. »Das ist nicht zu viel verlangt. Als führendes Mitglied der Leibgarde der Duuhrt stehe ich ihr sehr nahe. Ich war immer ihr treuer Diener, doch wie wertvoll ihr meine Dienste waren, kann nur sie ermessen. Und nur sie kann beurteilen, wann ich genug geleistet habe, um ins Muutklur eingehen zu können.«

Wir erreichten das Ende der Schachtröhre. Vor uns lag das Schott zur COMP-Halle. Es glitt auf und gab Chookars Kreuzauge den Blick auf den kristallverwobenen Datenspeicher frei.

Ich beobachtete ihn. Seiner Mimik war nichts anzumerken. Dafür schien es mir, als strahle der Stein auf seiner Brust intensiver – wie als Antwort blinkte es im Gewebe des COMPS auf.

In diesem Augenblick wurde mir die verblüffende Ähnlichkeit von Chookars Bruststein mit der Kristallstruktur des COMPS bewusst. Daraus ergab sich für mich der Schluss, dass der »Diamant« mehr als nur ein Schmuckstück sein musste. Der Energietaster meines Armbands zeigte zwischen Chookars Brustkristall und dem COMP unsichtbare Kraftlinien.

In meinem linken Ohr meldete sich Geoffry Waringers Stimme. »Zwischen dem COMP und dem Choolk findet ein starker Energieaustausch statt, Perry. Der Kraftfluss ist nach beiden Seiten wirksam!«

»Schon bemerkt«, murmelte ich in dem Bewusstsein, dass das winzige Porenmikrofon an meinem Kehlkopf meine Stimme verstärkt sendete.

»Immer neue Kraftlinien!«, meldete Geoffry weiter. »Sie verflechten sich zu einem Netzwerk!«

Irgendetwas stimmte mit meinem Armbandgerät nicht mehr. Sekunden später fiel es aus.

»Das Netzwerk entwickelt sich zu einem regelrechten Störfeld«, hörte ich Geoffry noch sagen, dann war Funkstille. Ich warf Atlan einen Blick zu, er antwortete mit einer herausfordernden Kopfbewegung in meine Richtung.

Der Choolk wandte sich langsam um. Sein Kristall pulsierte heftig.

Plötzlich ein Aufschrei. Ein Techniker, der die Geräte rund um den

COMP betreute, taumelte davon. Zwei aus der Begleitmannschaft nahmen sich seiner an.

»Ganz verrückte Werte!«, stellte ein anderer fest. »Die Anlage spielt verrückt.«

»Chookar!« Ich stürzte zu dem Leibgardisten und packte ihn an den schmalen, knöchernen Schultern. »Was bedeutet das?«

Er richtete sein Kreuzauge auf mich. Von seinen Schultern schien eine elektrisierende Kraft auszugehen, die mich veranlasste, ihn rasch wieder loszulassen.

»Nur ein notwendiger Informationsaustausch, Perry Rhodan«, übersetzte der Translator seine Worte. »Sie sehen doch ein, dass ich mich über den Zustand des COMPS informieren muss.«

»Warum fallen unsere Geräte reihenweise aus?«, erwiderte ich. »Und der Techniker ...?«

»Harmlose Nebeneffekte. Aber wir können gehen. Ich bin hier fertig.«

Als wir an dem Techniker vorbeikamen, der anscheinend von den Kraftlinien verletzt worden war und nun von einem Medoroboter betreut wurde, hörte ich ihn stammeln: »Geht weg ... ihr verstellt mir den Ausblick ... Wie soll ich die Erde sehen?«

Ich schluckte.

»Haben Sie die Güte, Perry Rhodan, mich durch Ihr Schiff zu führen!« Es war weniger eine Bitte die der Choolk äußerte, als ein Befehl.

18.

Während der Besichtigung gab sich Chookar recht redselig – und ich schöpfte neue Hoffnung. Vielleicht brachte der Leibgardist die Dinge endlich in Bewegung.

Er sprach zwar viel von seinem Volk und seinen Aufgaben für die Duuhrt, doch für mehr als für die Lernkreise des Translators war sein Gerede nicht gut – es war, analysierte man es, reines Geschwätz ohne Informationswert.

Auf die Probleme mit der Superintelligenz BARDIOC ging er mit keiner Silbe ein und beantwortete diesbezügliche Fragen ausweichend.

Ich führte ihn bewusst ins Rechenzentrum, wo die Kelosker SENECA und das Shetanmargt betreuten. Dobrak war unterrichtet, abgesehen davon brauchte er keine besondere Aufforderung, um sich rechnerisch mit Chookars »Zahlenschlüssel« zu beschäftigen.

Der Leibgardist zeigte sich beeindruckt von der Verbindung der Riesenpositronik mit dem n-dimensionalen Rechner. Dobrak schien indes immer verwirrter.

Bei der ersten Gelegenheit nahm ich den Kelosker beiseite. »Was haben Sie über den Choolk herausgefunden?«, fragte ich ihn.

»Der im Ei Erhobene ist nicht zu berechnen«, war die Antwort. »Er versteht es meisterhaft, seinen Zahlenschlüssel stetig zu verändern und zu verwirren, sodass daraus keine Informationen zu entnehmen sind. Und da ist noch etwas, das mich bedenklich stimmt. Chookar hat nicht nur einen veränderlichen Zahlenschlüssel, er wirkt auch unvollkommen. Wie eine Gleichung, bei der einige wichtige Komponenten fehlen. Sie verstehen?«

Und ob ich verstand! Ich hatte selbst das unbehagliche Gefühl, dass der Choolk ein unfertiges Wesen war.

»Was schließen Sie daraus, Dobrak?«, fragte ich.

»Es mag etwas mit seinem Titel ›Der im Ei Erhobene‹ zu tun haben. Chookar könnte zu früh aus dem Ei geschlüpft sein … Er ist eingeschlechtlich, wussten Sie das, Perry Rhodan?«

Das war neu für mich, aber keine umwerfende Erkenntnis. Ich überließ den Kelosker wieder seiner Tätigkeit. Er kam jedoch noch einmal zu mir zurück.

»Das sollten Sie noch wissen, Perry Rhodan: Zwischen Chookar und dem COMP besteht ein sehr inniges Verhältnis.«

»Was wollen Sie damit sagen, Dobrak?«

»Wie zwischen einem Spender und einem Empfänger – *Kristallträger* und *Kristallspender* wäre die richtigere Bezeichnung.«

»Sie glauben, Chookars Bruststein stammt vom COMP?«, fragte ich in der Erwartung, endlich einen konkreten Anhaltspunkt zu bekommen. Doch Dobrak erfüllte meine Hoffnung nicht ganz. »Exakt kann ich das nicht berechnen«, antwortete er. »Aber es stünde im Bereich der Möglichkeiten.«

Chookars Rolle war für mich damit noch undurchsichtiger geworden. Welchen Zweck hatte sein Besuch auf der SOL tatsächlich?

Nach dem Besuch bei Dobrak traf ich mich mit Geoffry Waringer, während Atlan mich bei dem Choolk vertrat. Es war nicht schwer gefallen, dem Leibgardisten der Kaiserin plausibel zu machen, dass sich der Kommandant zwischendurch auch um seine Pflichten kümmern musste.

Geoffry machte einen niedergeschlagenen Eindruck. »Chookar versteht es meisterhaft, sich nach allen Seiten abzusichern. Er steht weiterhin mit dem COMP in Verbindung – durch ein sich ständig verdichtendes Netz von Kraftlinien.«

»Und was bewirken diese?«

»Zumindest haben sie einen schlechten Einfluss auf unsere Beobachtungsgeräte. Aber es muss mehr dahinter stecken. Das halbe Mittelteil der SOL ist von diesen Kraftlinien bereits durchzogen, und es ist bestimmt kein Zufall, dass die Fehlerquote im Schiff sprunghaft angestiegen ist. Zunehmend häufiger werden aus allen Abteilungen Instrumentenausfälle gemeldet. Das muss auf die Kraftlinien zurückzuführen sein.«

»Haben wir Beweise?«

»Leider nicht …«

»Als Wissenschaftler weißt du am besten, dass ich mit bloßen Vermutungen nichts unternehmen kann«, unterbrach ich ihn. »Gib mir exakte Ergebnisse, die ich dem Choolk vorhalten kann! Nur mit Beweisen kann ich ihn zu einer Stellungnahme zwingen.«

»Wie soll ich Ergebnisse erzielen, wenn die Instrumente im Bereich der Kraftlinien ausfallen?«

»Bist du sicher, dass sie die Ursache sind?«

»Absolut. Es ist auch kein Zufall, dass die Kontrolleure an Gedächtnisstörungen leiden oder Halluzinationen haben.«

»So schlimm ist es schon?«

»Ich sagte, dass die Ausfallquote im Steigen begriffen ist. Wir müssen etwas unternehmen. Zumindest muss Chookars Kontakt zum COMP gestört werden. Isoliere ihn unter einem Vorwand, stecke ihn in eine Energiezelle – auch dann, wenn uns das nur einen Zeitgewinn von wenigen Stunden bringt. Das würde ausreichen, exakte Ergebnisse zu erarbeiten. Verschaffe mir diese Zeit, Perry, damit ich ungestört arbeiten kann!«

»Ich werde mir etwas einfallen lassen«, versprach ich.

Gucky materialisierte zusammen mit Irmina Kotschistowa. Von den Mutanten war seit Chookars Ankunft noch nicht viel zu sehen und zu hören gewesen. Vor allem als Telepath hatte Gucky bislang versagt. Nicht einmal in Chookars unmittelbarer Nähe war es ihm möglich gewesen, auch nur einen einzigen seiner Gedanken zu erfassen. Da sich daran wohl kaum etwas geändert hatte, wandte ich mich an die Metabio-Gruppiererin.

»Gibt es Neuigkeiten, Irmina?«, fragte ich.

»Deshalb ließ ich mich von Gucky zu dir bringen«, antwortete sie. »Es gibt Schwierigkeiten mit den SOL-Geborenen …«

»Darum kann ich mich jetzt nicht kümmern. Das fällt ins Ressort von Bully, Roi und Galbraith. Der Choolk bereitet mir mehr Sorgen als alles andere. Er ist die große Unbekannte.«

»Das wird wohl noch eine Weile so bleiben«, sagte Gucky resigniert. »Es sei denn, du entschließt dich, rigoros vorzugehen. Wenn wir Mutanten uns zu einem Geistesblock zusammenschließen, könnten wir ihn überwältigen.«

»Sobald wir mit Gewalt gegen den Choolk vorgehen, würde das die Kaiserin von Therm als einen Affront werten«, wehrte ich ab. »Es besteht noch kein Grund für ein solches Risiko. Chookars Haltung ist bislang keineswegs feindselig. Mir geht es vorrangig darum, Informationen über ihn zu sammeln. Es wäre wichtig, zu wissen, welche Fähigkeiten und Möglichkeiten er hat. Solange wir ihn nicht einschätzen können, ist er uns überlegen. Hast du auch nichts erreicht, Irmina?«

»Der Choolk besitzt einen perfekten Abwehrblock«, antwortete die Mutantin. »Ich kann seine Zellgruppierung nicht erfassen. Manchmal glaubte ich, das Schema seines Aufbaus zu erkennen, doch dann stand ich jäh wieder vor dem Nichts. Möglich auch, dass er meine Fähigkeiten gar nicht abwehrt, denn davon spüre ich nichts. Eher scheint es so zu sein, dass er einen zu fremdartigen Zellkode hat. Er verwirrt mich.«

»Ähnliches hat Dobrak gesagt. Er meint, dass Chookars ›Zahlenschlüssel‹ verwirrend und veränderlich sei. Das kann auch auf seine Zellstruktur zutreffen.«

»Möglich«, sagte Irmina. »Aber ganz erfolglos war ich nicht. Der Choolk hat ähnliche strukturelle Anlagen wie der COMP, ich kann nur nicht sagen, ob das auf seinen Kristall zurückzuführen ist.«

»Betrachten wir es als weiteres Mosaiksteinchen.« Ich versuchte, meine Enttäuschung zu verbergen.

»Es gäbe noch einen anderen Weg, mehr über Chookar in Erfahrung zu bringen«, erklärte Irmina spontan. »Ich meine Antapex! Erinnere dich, dass er Chookars Schiff beschrieben hat, bevor es auftauchte. Er nannte den Choolk auch den im Ei Erhobenen, bevor die Translatoren diese Übersetzung seines Namens lieferten. Und Antapex wusste lange vor Chookars Eintreffen, dass ein anderer Name der Kaiserin von Therm Duuhrt lautet. Das beweist doch, dass Antapex seherische Gaben besitzt. Du solltest diesen fähigen Mutanten nicht länger vernachlässigen.«

»Und wie, stellst du dir vor, könnte er uns helfen?«, fragte ich hoffnungsvoll.

»Bisher haben wir Antapex' Fähigkeiten nicht eingesetzt«, sagte sie. »Aber wenn wir ihm Gelegenheit zur Assoziation geben und seine Prognosen richtig auswerten, könnten wir ein abgerundetes Bild von Chookar erhalten. Und noch etwas, das besonders aktuell ist: Antapex hat vor den Fährten gewarnt, die der Kristallträger zwischen sich und dem COMP legt. Er kann damit nur das Netz der Kraftlinien gemeint haben, das den Wissenschaftlern Kopfzerbrechen bereitet.«

Irmina hatte mich überzeugt. »Wir werden uns intensiver um Antapex kümmern«, stimmte ich zu.

»Das muss aber sofort sein«, erwiderte Irmina, »denn die SOL-Geborenen werden zunehmend unruhig. Für sie ist eine Legende ins Leben zurückgekehrt.«

»Bully soll versuchen, die SOL-Geborenen zu beruhigen!«, ordnete ich an. »Ihr Mutanten kümmert euch inzwischen um Antapex. Irmina, du weißt, wie du mit ihm umgehen musst.«

»Und was wirst du gegen den Choolk unternehmen?«, wollte Geoffry wissen.

Bevor ich mich äußern konnte, heulte der Alarm auf. Gleich darauf materialisierte Ras Tschubai. »Schwierigkeiten auf Deck 14«, berichtete er. »Atlan ist mit dem Choolk an demonstrierende SOL-Geborene geraten. Einige drehten plötzlich durch, vermutlich weil sie mit den unsichtbaren Kraftlinien in Berührung kamen. Natürlich machen sie die Schiffsführung dafür verantwortlich.«

»Na also.« Ich schnippte mit den Fingern. »Damit haben uns die SOL-Geborenen einen Grund geliefert, Chookar auf elegante Weise zu isolieren. Bring mich hin, Ras!«

Als wir in dem breiten Längskorridor auf Deck 14 materialisierten, hatte der Tumult schon seinen Höhepunkt erreicht. Wachmannschaften schirmten Atlan, den Leibgardisten der Kaiserin und deren Begleiter gegen die SOL-Geborenen ab.

Soweit ich erkennen konnte, hatte noch niemand Paralysatoren eingesetzt. Dennoch sah ich mehrere Männer und Frauen auf dem Boden liegen. Andere standen mit stupiden Gesichtern da, waren überhaupt nicht ansprechbar und reagierten auch nicht auf die Reaktivierungsversuche ihrer Kameraden.

Gespenstisch wurde die Szene durch die SOL-Geborenen, die wie blind umherirrten. Sie liefen gegen Wände, stießen mit anderen zusammen, und dabei redeten sie sinnloses Zeug. Ihre Augen waren völlig verdreht und ließen nur das Weiße erkennen.

Die anderen SOL-Geborenen steigerten sich immer mehr in Wut; ihr Zorn richtete sich gegen die Wachmannschaft, die sie für diesen Zwischenfall verantwortlich machten. Auch zwei Soldaten waren betroffen. Ihre Gesichter waren von Entsetzen gezeichnet, und ihre hervorquellenden Augen richteten sich starr auf fiktive Schrecken, die nur sie in ihrem Wahn sahen. Sie beruhigten sich erst, als Medoroboter eintrafen und ihnen Injektionen gaben. Als sich die Roboter auch um die betroffenen SOL-Geborenen kümmerten, wurden sie von den anderen Demonstranten attackiert.

Chookar betrachtete die Szene ungerührt.

»Wir müssen Sie in Sicherheit bringen«, sagte ich zu ihm. »Wenn die SOL-Geborenen erst erfahren, dass Sie für das Schicksal ihrer Kameraden verantwortlich sind, dann kann ich für nichts mehr garantieren.«

Ich erwartete, dass er seine Schuld leugnen würde, aber er sagte nur: »Auf Ihrem Schiff herrschen chaotische Zustände.«

Diese Bemerkung ließ mich vor Wut kochen, aber ich zeigte es nicht.

Atlan organisierte unsere Rückendeckung, dann zogen wir uns zum nächsten Transmitter zurück. Den Justierungsimpuls erhielten wir schnell. Atlan ging als Erster durch das Entstofflichungsfeld, doch der Choolk weigerte sich, ihm zu folgen.

»Wovor fürchten Sie sich, Chookar?«, fragte ich. »Sie glauben doch nicht, dass wir Sie in eine Falle locken wollen?«

»Ich weiß, dass Sie mir nicht bewusst schaden würden«, erwiderte er. »Dennoch bitte ich Sie, mit mir einen anderen Weg zu nehmen. Der Vorgang der Auflösung ist viel zu … heilig«, – hier zögerte der Translator – »als dass man ihn als alltäglich hinnehmen sollte.«

»Aber Sie würden nur an einem anderen Ort rematerialisieren«, erklärte ich ihm.

»Ich kenne das Prinzip – doch kennen Sie das Muutklur?«

Mir blieb nichts anderes übrig, als mit ihm einen Antigravschacht zu benutzen. Als wir in die Konferenzhalle kamen, erwartete uns Atlan bereits ungeduldig. Ich erklärte ihm Chookars Furcht vor Transmittern, woraufhin er nur den Kopf schüttelte. Ich vermutete jedoch, dass es ein Tabu gab, das dem Leibgardisten die Benutzung eines Materietransmitters verbot – und das hatte mit diesem geheimnisvollen Muutklur zu tun.

Ich war froh, einen Grund gefunden zu haben, die Exkursion abzubrechen. Wenn es nötig war, konnten wir hier sogar einen Paratronschirm errichten und ihn isolieren.

»Chookar«, wandte ich mich an ihn, »der Zeitpunkt für ein offenes Wort ist gekommen. Wir lassen uns nicht länger hinhalten. Ich verlange, dass Sie uns Aufklärung über Ihre Mission geben.«

»Sie haben Recht, Perry Rhodan«, sagte der Choolk zu unser aller

Überraschung, »der Augenblick der Wahrheit ist gekommen. Ich konnte mir in dieser kurzen Zeit einen Überblick verschaffen und ein Urteil bilden. Damit werden die Angaben des COMPS bestätigt.«

»Welche Angaben?«, fragte Atlan.

»Ihre Mentalität betreffend, die Verhältnisse auf Ihrem Schiff, Ihre Technik und anderes mehr. Irgendwie bewundere ich Sie, dass Sie trotz dieses Chaos eine gewisse Ordnung aufrechterhalten können. Aber das ist meine rein persönliche Ansicht. Sie ist mit meiner Bestimmung als Beschützer der Duuhrt jedoch unvereinbar.«

»Sie schweifen schon wieder ab, Chookar«, ermahnte ich ihn.

»Keineswegs. Überlegen Sie einmal, welche Folgen es haben könnte, wenn Sie das Chaos, das auf der SOL herrscht, in den inneren Machtbereich der Kaiserin von Therm brächten.«

»Was wollen Sie damit sagen?«

»Dass die Duuhrt ihre Meinung geändert hat. Der COMP soll nicht bei der Kaiserin von Therm selbst abgeliefert werden. Sie werden ihn meinem Volk übergeben, das ihn an seinen Bestimmungsort weiterleitet.«

»Das können Sie mit uns nicht machen, Chookar!«, rief ich entrüstet. Mein angestauter Groll entlud sich in diesem Satz, ich explodierte förmlich. »Wir haben das Versprechen der Duuhrt, dass wir nach Ablieferung des COMPS die Koordinaten der Erde bekommen. Deshalb werden wir den COMP selbst abliefern.«

»Die Duuhrt hat aber anders entschieden«, erwiderte er ungerührt. »Die SOL wird den COMP zu einem Planeten meines Volkes bringen. Es ist eine Welt namens Alwuurk. Der COMP hat die Koordinaten bereits weitergeleitet. Die Voraussetzungen für den Flug der SOL sind gegeben: Alwuurk ist das Ziel.«

»Die SOL fliegt nirgendwo anders hin als zur Kaiserin von Therm!«, erklärte ich entschlossen. »Das ist mein letztes Wort.«

»Dann zwingen Sie mich zu anderen Maßnahmen.« Chookar schien sich zu straffen. Der Kristall auf seiner Brust strahlte heller, wir wichen unwillkürlich davor zurück. Alles wartete auf meinen Befehl – ein Zeichen genügte, um den Choolk in einer Energiefalle zu fangen. Aber noch zögerte ich.

»Sie können uns nicht zwingen, Chookar«, sagte ich in der Hoffnung, das Schlimmste noch vermeiden zu können. »Der Versuch des COMPS, die SOL in seine Gewalt zu bekommen, ist schon einmal fehlgeschlagen.«

Chookar ging darauf nicht ein. »Ich habe dem COMP Anweisung gegeben, das Schiff zu übernehmen und nach Alwuurk zu fliegen«, sagte er. »Sie sind Ihres Postens enthoben, Perry Rhodan. Ab sofort bin ich Kommandant der SOL. Sie wollten es nicht anders.«

Sein Kristall strahlte noch heller, eine blendende Aura breitete sich um ihn aus und hüllte Chookar ein.

Ich gab das vereinbarte Zeichen …

Doch nichts geschah. Die Energiefalle schnappte nicht zu, nicht einmal ein Funken sprang über. Entweder hatte der COMP die Anlagen lahm gelegt, oder die Geräte wurden von den Kraftlinien gestört, die inzwischen die ganze SOL durchzogen.

Ich stand wie benommen da.

»Feuer!« Atlans Stimme klang mir fremd in den Ohren.

Als die umstehenden Soldaten das Feuer aus ihren Waffen eröffneten, befand sich der Choolk im Brennpunkt der tödlichen Strahlen. Doch sie konnten ihm nichts anhaben, sein Bruststein hatte einen unzerstörbaren Schutzschirm um ihn herum aufgebaut.

Chookar verließ den Konferenzraum unbeschadet. Niemand von uns war in der Lage, ihn daran zu hindern.

Irmina Kotschistowa

Die Sektion, in der Antapex untergebracht war, war inzwischen abgeriegelt worden. An den Zugängen standen Doppelposten und innerhalb des Sicherheitsrings Kampfroboter mit Paralysatoren.

Ich riet Gucky, mit mir außerhalb der Absperrung zu materialisieren, damit nicht ein übereifriger Wachmann das Feuer auf uns eröffnete.

Der Ilt teleportierte mit mir in einen Korridor, in dem es überraschend still war. Die beiden Wachen bei der zehn Meter entfernten Barriere wirkten gelangweilt.

»Seltsam, dass sich keine SOL-Geborenen blicken lassen«, sagte ich. »Sollten sie das Interesse an Antapex verloren haben? Oder ist das die Ruhe vor dem Sturm?«

Gucky schüttelte er den Kopf. »Keine Gefahr. Ich empfange nur die Gedanken einzelner SOL-Geborener.«

»Keine besonderen Vorkommnisse!«, meldeten der rangältere Wachmann und ließ uns passieren. Er übergab jedem von uns einen Minisender, der die Erkennungsimpulse für die Kampfroboter ausstrahlte.

Kaum waren wir an dem Posten vorbei, als jemand aufschrie. Ich wirbelte herum. Einer der Männer wurde von einer unsichtbaren Kraft in die Höhe gezerrt. Sein Kamerad eilte ihm zu Hilfe. Ich rief noch eine

Warnung, aber es war zu spät. Als der zweite Wachposten zugriff, sprang eine Entladung auf ihn über. Beide stürzten zuckend zu Boden. Uns war klar, dass sie Opfer des Netzes geworden waren, das sich immer mehr verdichtete.

Ein wirksames Gegenmittel gab es nicht. Die Wissenschaftler konnten die Kraftlinien zwar anmessen, doch das half wenig, weil alle Geräte danach sofort ausfielen.

Wir erreichten Antapex' Kabine. Ich betätigte die Sprechanlage, erhielt aber keine Antwort. In böser Vorahnung stieß ich die Tür auf.

Ich blickte auf Antapex' breiten Rücken. Er kniete im offenen Durchgang zum Nebenraum und starrte auf irgendetwas.

»Sorge dich nicht unnötig um mich, Irmina«, sagte er, ohne sich umzudrehen. »Mit mir meinen es alle gut. Ich habe nichts zu befürchten – sie verehren mich.«

»Sprichst du von den SOL-Geborenen, Großer?«, fragte Gucky – es war ihm also immer noch nicht möglich, Antapex telepathisch auszuhorchen.

Antapex erhob sich, drehte sich halb zu uns herum und deutete in den Nebenraum. »Ja, sie meine ich. Sie sind meine Brüder und Schwestern – aber ich mag alle Menschen. Seht, was sie mir zum Geschenk gemacht haben!«

Ich eilte zur Verbindungstür. In einer Ecke des Nebenraumes, gleich neben der Sanitärzelle, stand ein mobiler Transmitter. Zusammengelegt war er nicht größer als ein Handkoffer und leicht zu transportieren. Über dem wogenden Entstofflichungsfeld blinkte ein grünes Symbol als Zeichen der Sendebereitschaft.

»Woher kommt der Transmitter?«, wollte ich wissen. Es konnte kein Zweifel darüber bestehen, dass die SOL-Geborenen ihn eingeschmuggelt hatten, um Antapex zu entführen, nur hätte ich gerne gewusst, wie ihnen das gelungen war.

Die Lösung war einfach. Antapex erklärte freimütig: »Einer meiner robotischen Betreuer hat das Tor aufgestellt. Aber ich will nicht hindurchgehen.« Also war es den SOL-Geborenen gelungen, einen Medoroboter umzuprogrammieren.

»Das ist klug von dir«, lobte ich Antapex.

»Du verstehst das falsch«, erwiderte er. »Ich würde jederzeit zu meinen Freunden gehen, nur nicht auf diesem Weg.«

»Hast du Angst vor Transmittern, Antapex?«, fragte Gucky.

»Achtung!« Antapex gab mir einen Stoß, dass ich zurücktaumelte. »Runter, Irmina! Eine der Kristallfährten kommt auf dich zu. Du darfst sie nicht berühren.«

Ich schaltete kurz mein Kombiarmband ein und sofort wieder aus, um es nicht zu sehr zu belasten. Tatsächlich zeigte es eine von links nach rechts durch den Raum wandernde Kraftlinie an. Ich warf mich zu Boden. Gucky entmaterialisierte und erschien auf der anderen Seite des Raumes.

Als ich wieder auf die Beine kam, starrte Antapex fasziniert in die Richtung, in die der COMP-Strahl abgewandert war. Es schien, dass er die Kraftlinien auch durch die Wände hindurch beobachten konnte.

»Es ist ein schöner Anblick«, stellte er fest.

»Dir scheint die Kristallfährte nichts anhaben zu können.« Gucky seufzte. »Wie erklärst du dir das, Antapex?«

»Ich erkläre mir nichts. Ich nehme alles, wie es ist. Und ich weiß, dass die Kristallfährten mir nicht schaden können. Im Gegenteil, sie ziehen mich an … sie bieten sich mir als Weg an.«

»Wohin führt dieser Weg?«, wollte ich wissen.

»Quer durch die Welt, überallhin, wo ich möchte.« Mit einem Ausdruck des Bedauerns schaute er mich an. »Ich weiß, du siehst es nicht gerne, wenn ich gehe, aber ich muss zu meinen Freunden. Sie brauchen mich.«

»Du musst hier bleiben, Antapex!«, beschwor ich ihn. »Hier wirst du viel dringender gebraucht.«

»Aber ich muss ihnen aufzeigen, dass Alwuurk die einzige Alternative ist … Irmina!« Sein Gesicht verzog sich vor Schmerz. Stöhnend taumelte er zurück. »Es ist eingetroffen. Der im Ei Erhobene befehligt die Welt!«

»Was?«, riefen Gucky und ich gleichzeitig. Antapex konnte nicht meinen, dass der Choolk die SOL in seine Gewalt gebracht hatte.

»Alwuurk ist die einzige Rettung«, sagte Antapex. »Noch sind die Bilder vom Untergang der Welt verschwommen … Es besteht eine Chance, ich muss sie ergreifen.«

Er machte tatsächlich eine Bewegung, als fasse er nach einem unsichtbaren Gegenstand. Ich verstellte ihm den Weg und stieß ihn zurück. Gucky schaltete sich ein, das heißt, ich konnte vorerst nur vermuten, dass er versuchte, Antapex telekinetisch fortzubewegen … Ein gellender Schrei des Mausbibers verriet, dass Antapex' reflektorische Fähigkeit erneut wirksam geworden war. Gucky lag jedenfalls wimmernd am Boden.

Als ich Antapex erneut in den Arm fallen wollte, erwischte es mich auch. Ich erhielt einen Schlag gegen den Kopf und hatte das Gefühl, dass mein Gehirn explodierte. Trotzdem erkannte ich, dass nicht Antapex mich abgewehrt hatte, sondern dass ich in eine der Kraftlinien geraten war.

Zuerst war nur Schwärze um mich, dann sah ich alles wie durch eine Zerrlinse. Antapex' Gestalt zog sich in die Länge. Im Hintergrund tauchte Gucky auf, klein und verwachsen wirkend, bewegte er sich grotesk auf krummen Beinen.

Für einen Moment sah ich das Netz. Es durchzog die gesamte SOL in alle Richtungen, und auf einer dieser Linien bewegte sich Antapex. Er hatte wieder normale Proportionen, und auf seinem Gesicht lag ein seliger Ausdruck.

»... unglaubliche Fähigkeiten ...«, drang eine Stimme zu mir durch. »Er benutzt das COMP-Netz als Transportmittel.«

War es Gucky, der da zu mir redete? Ich spürte einen leichten Druck in meiner Hand – Gucky schien unendlich weit entfernt. Zugleich hatte ich den Eindruck, dass die Decke unten war und der Boden oben und dass ich verkehrt herum ging, mit dem Kopf nach unten.

»Dich hat es ordentlich erwischt, Irmina. Hast wohl Orientierungsschwierigkeiten? Ich werde dich zum Transmitter führen. Wenn du hindurchgehst, erreichst du die SOL-Geborenen, die auf Antapex warten. Ich werde mich an deinen Gedanken orientieren und dir folgen.«

Ich erblickte den Transmitter links. Gucky zog mich jedoch in die andere Richtung.

»Hier geht es entlang, Irmina!«

Ich wehrte mich ...

»Hier spricht der Kommandant der SOL!« Das war nicht Perry Rhodans Stimme. Irgendwo tauchte das Bild eines Kopfes mit einem Kreuzauge und einem Membranmund auf. *Der Choolk!* »Das Raumschiff nimmt Kurs auf den Planeten Alwuurk und geht in die erste Flugetappe. Jeder Widerstand ist zwecklos. Die SOL steht unter der Kontrolle des COMPS ...«

»Antapex hatte Recht.« Jetzt konnte ich Guckys Stimme schon deutlicher verstehen ... Ich spürte die Schockwirkung, als die Ferntriebwerke der SOL ansprangen, mein Körper verkrampfte sich. Woher kam diese Übersensibilität? Normalerweise merkte es der menschliche Organismus nicht, wenn man den Einsteinraum verließ. Ich führte das auf die Wirkung der Kraftlinien zurück.

Urplötzlich funktionierten meine Sinne wieder normal.

»Das ändert die Lage«, sagte Gucky. »Wir müssen zu Perry teleportieren. Er braucht die Hilfe eines jeden von uns.«

Ich dachte an Antapex – für mich stand fest, dass nur er die SOL retten konnte – und wollte mich in das Transmitterfeld stürzen. Aber da entmaterialisierte Gucky bereits mit mir.

Der Krisenstab war schon zusammengetreten, und alle Mutanten waren anwesend. Perry Rhodan nickte zufrieden, als er unsere Ankunft bemerkte.

»So hilflos, wie es scheint, sind wir gar nicht«, sagte er gerade. »Der COMP wird aus seinen Fehlern lernen und nicht noch einmal versuchen, uns völlig auszuschalten. Er ist auf uns angewiesen. Chookar kann die Schiffsführung nicht vollwertig ersetzen, der COMP will uns das nur glauben machen.«

»Du gehst von der Voraussetzung aus, dass der COMP im Rang höher steht als der Choolk«, sagte Roi Danton. »Aber was, wenn es genau umgekehrt ist? Immerhin übernahm der COMP erst das Schiff, nachdem Chookar es ihm befohlen hat.«

»Das besagt gar nichts«, erwiderte Geoffry. »Chookars Handlungsweise kann vom COMP vorprogrammiert worden sein. Der COMP hatte lange genug Gelegenheit, unsere Mentalität zu studieren. Er weiß, wie er einen Bluff anlegen muss, damit wir darauf hereinfallen. Ich bin sicher, dass er den Choolk nur vorgeschoben hat und die Macht weiterhin von ihm ausgeht.«

»Liegt nicht ein Widerspruch in deinen Überlegungen, Geoffry?«, fragte Atlan. »Wenn der COMP uns so genau einschätzt, warum fällt es uns dann leicht, seinen Bluff mit Chookar zu durchschauen? Wäre es nicht möglich, dass der COMP einen weiteren Trumpf auszuspielen hat? Vielleicht soll der Choolk uns nur ablenken.«

»Es gibt auf der SOL noch einen Mittelsmann zum COMP«, mischte ich mich ein. »Antapex hat mich darauf hingewiesen. Ich erinnere mich genau daran, dass er sagte: *Der Kristallträger. Nicht der im Ei Erhobene! Ein anderer Kristallträger!*«

»Das hilft uns auch nicht weiter.« Rhodan wirkte verbissen. »Jeder an Bord könnte dieser Kristallträger sein. Selbst wenn wir den Kreis der Verdächtigen eingrenzen und uns auf jene konzentrieren, die irgendwann Kontakt zum COMP hatten, ist der Personenkreis noch zu groß.« Er wandte sich mir zu: »Hast du von Antapex etwas erfahren, was uns weiterhelfen könnte?«

»*Er* hätte uns helfen können«, sagte ich überzeugt. »Doch er ist zu den SOL-Geborenen übergelaufen, weil er glaubt, dass sie seine Hilfe dringender benötigen.«

»Wieder ein Fehlschlag.« Perry nahm es ziemlich gelassen auf. »Dann bleibt uns nichts anderes als der Versuch, Chookar zu eliminieren. Darauf müssen wir uns konzentrieren. Da praktisch alles vom COMP kontrolliert oder gestört wird, sind die Mutanten unsere wirksamste Waffe. Wir werden eine Treibjagd auf den Choolk veranstalten!«

»Warum suchst du den Kampf bis aufs Messer, Perry?«, fragte ich geradeheraus.

»Weil wir keine andere Wahl haben«, sagte er fest. »Wenn wir klein beigeben, sehen wir die Erde nie wieder.«

»Bist du so sicher, dass wir die Koordinaten nicht bekommen, wenn wir nach Alwuurk fliegen?«, fragte ich weiter. »Oder siehst du dieses Kräftemessen als Prestigeangelegenheit?«

»Für die Koordinaten der Erde würde ich überallhin fliegen«, antwortete er ausweichend.

Ich blickte ihm in die Augen. »Was ist dir wichtiger: die Koordinaten oder die SOL und das Leben der Menschen darin? Würdest du nach Alwuurk fliegen, wenn du wüsstest, dass es keine andere Alternative gibt, dass sonst die SOL dem Untergang geweiht wäre?«

Für einen Moment schaute Perry mich verblüfft an. Ich spürte auch die verständnislosen Blicke der anderen auf mir ruhen.

»Hat dein Supermutant diese Prophezeiung ausgesprochen?«, fragte Perry schließlich und fügte hinzu: »Wenn er bei den SOL-Geborenen in dieselbe Kerbe schlägt, können wir uns auf einiges gefasst machen. Es wäre nicht die erste Meuterei, die sie anzetteln, um die SOL keiner Gefahr auszusetzen ...«

Ich hörte nicht mehr hin. Einige Bemerkungen während dieser Diskussion hatten mich Zusammenhänge erkennen lassen, die mir zuvor nicht aufgefallen waren. Es blieben zwar nur Vermutungen, aber sie hatten einen großen Wahrscheinlichkeitsgehalt.

Der COMP kontrollierte praktisch die gesamte SOL und hörte vielleicht auch diese Lagebesprechung ab; jedes Mikrofonfeld konnte für ihn spionieren, jeder Roboter sein Spitzel sein, und möglicherweise waren sogar die Kraftlinien Informationsträger.

Dann gab es noch den Kristallträger unter uns. Jeder konnte es sein, Atlan, Roi Danton, Bully – sogar Perry Rhodan.

Geoffry Waringer hatte Recht damit, dass sich der COMP vorzüglich auf unsere Mentalität eingestellt hatte. Aber nicht einmal der Hyperphysiker schien daran zu denken, dass der COMP die menschliche Handlungsweise perfekt übernehmen konnte.

Chookar wurde in einem leeren Hangar entdeckt. Gucky teleportierte mit mir hin. Als wir materialisierten, waren Ribald Corello und Takvorian schon in einen heftigen Kampf mit dem Choolk verwickelt. Ribalds Trageroboter hatte das Dauerfeuer auf den Leibgardisten der Duuhrt eröffnet. Der Supermutant selbst saß reglos da und hatte Takvorian die

Hand gereicht. Der Movator rührte sich ebenfalls nicht – die beiden hatten einen mentalen Block gebildet, um ihre Fähigkeiten im Kampf gegen Leibgardisten der Kaiserin zu verstärken.

Chookars Sphäre hielt dem Dauerfeuer zwar stand, aber er wurde in die Defensive gedrängt. Ich eröffnete ebenfalls das Feuer, bis ich Takvorian erreicht hatte. Dann nahm ich seine freie Hand und spürte, dass auch Gucky den Körperkontakt zu mir herstellte.

Wir verstärkten den Geistesblock und führten unsere Kräfte dem Psi-Feld zu. Noch konnte der Choolk dem Druck widerstehen, den wir zu viert auf ihn ausübten, aber ich hatte den Eindruck, dass seine Gegenwehr nachließ. Das verleitete mich dazu, meine Kraftreserven zu mobilisieren. Ebenso mussten Gucky, Takvorian und Ribald gehandelt haben, denn die Ballung der parapsychischen Kräfte erreichte eine ungeheure Intensität … und dann kamen noch zwei Psi-Quellen hinzu.

In dem Moment geschah es. Der Widerstand erlosch – und wir stürzten in ein Vakuum. Eine bodenlose Tiefe tat sich vor uns auf … irgendwie schaffte ich es, zu verhindern, dass ich in den Abgrund stürzte.

Ich fand zurück in die Wirklichkeit. Der Platz, an dem der Choolk gestanden hatte, war leer. Von überall her drangen Schreie auf mich ein. Ich blickte mich um und sah Fellmer Lloyd und Ras Tschubai, die zuletzt zu uns gestoßen waren.

Fellmer kniete auf dem Boden, den Oberkörper weit nach vorne gebeugt, und mit den Armen stützte er sich auf, um das Gleichgewicht zu bewahren.

Ribald raste mit seinem Trageroboter durch den Hangar, die Adern auf seinem überdimensionalen Kopf traten stark hervor, sein Gesicht war blau angelaufen.

Takvorian galoppierte wild an mir vorbei. Gucky saß auf seinem Rücken – die beiden entmaterialisierten.

Ras rang mit dem Leibgardisten – zumindest hatte es den Anschein, dass die beiden sich ineinander verkrallten. Ich hatte keine Ahnung, was Ras bezweckte, als er versuchte, Chookar mitsamt seiner Sphäre zu umfassen. Vielleicht wollte er mit ihm zu Perry teleportieren, oder er hoffte, dass er durch den Schutzschirm hindurchgreifen konnte. In dem Moment des Kontakts erstarrte Ras zur Bewegungslosigkeit, als würde Chookars Sphäre ihn seines Willens und seiner Kräfte berauben.

Allein hatte ich keine Chance gegen den Choolk, dennoch setzte ich meine Fähigkeit ein, um ihn wenigstens von Ras abzulenken. Zum ersten Mal gelang es mir, eine winzige Zellgruppe in Chookars Metabolismus zu erfassen. Wahrscheinlich war das nur möglich, weil er sich zu sehr auf seinen Gegner konzentrierte und deshalb seine Abschirmung vernachlässigte.

Ich wusste nicht, an welcher Stelle seines Körpers ich mich einnistete, ich memorierte auch nicht den Zellkode, dafür fand ich keine Zeit – ich wollte nur Ras Tschubai retten. Meine ganze Willenskraft konzentrierte ich auf die Zellkolonie, die ich so deutlich vor mir sah, brachte ihre Ordnung durcheinander, gruppierte sie um …

Chookar trennte sich mit einem Satz von seinem Gegner und drehte sich dabei um seine Achse. Ich bildete mir ein, auf der rosa Haut über seinem Bruststein einen schwarzen Fleck zu sehen.

Ich ahnte, dass er jetzt angeschlagen war. Die Erkenntnis seiner Verwundbarkeit verwirrte ihn. Ich hätte unbarmherzig zugreifen sollen, dann hätte ich ihn vielleicht bezwingen können. Aber ich war selbst von meinem Erfolg überrascht. Deshalb zögerte ich zu lange.

Als ich einen zweiten Angriff startete, konnte ich schon nicht mehr bis zu ihm vordringen. Und dann geschah etwas, mit dem ich nie gerechnet hätte. Chookar glitt durch den Hangarboden und verschwand.

Wenig später materialisierte Gucky – ohne Takvorian – und berichtete, dass er Takvorian auf die Krankenstation gebracht hatte. Der Movator musste in Fesselfelder gelegt werden, weil er offenbar seine Fähigkeiten nicht mehr kontrollieren konnte und sporadisch von einem Extrem ins andere fiel: Mal erstarrte er zur Bewegungslosigkeit, dann wieder geriet er ohne Vorwarnung in einen vielfach rascheren Zeitablauf und rannte alles über den Haufen.

Ras Tschubai und Ribald Corello mussten ebenfalls von den Parapsychologen behandelt werden. Fellmer erholte sich dagegen schnell, er hatte nur einen Schwächeanfall erlitten.

Der Choolk war einfach nicht zu fassen. Er benutzte die Kraftlinien, die das Schiff durchzogen, als Transportmittel. Nichts konnte ihn aufhalten, weder Stahlwände noch Energiebarrieren. Er glitt durch alle Hindernisse hindurch, als existierten sie für ihn überhaupt nicht.

Kam dagegen jemand von uns mit den Kraftlinien in Berührung, hatte das in jedem Fall verheerende Folgen. Manche verloren nur das Bewusstsein, und sie waren noch am besten dran, denn sie erwachten nach einigen Stunden ohne Nachwirkungen.

Der Mehrzahl der Betroffenen erging es aber schlimmer. Sie litten dann unter Orientierungsverlust, hatten Gedächtnislücken oder verloren ihre Sprache – überhaupt spielten ihre überreizten Sinne ihnen die tückischsten Streiche.

Doch in keinem Fall bewirkten die Kraftlinien eine Hörigkeit zum COMP oder zu Chookar. Warum dies nicht geschah, blieb uns ein Rätsel. Überall brach das Chaos aus. Da technische Geräte ebenfalls vom COMP-Netz gestört wurden, existierte das Kommunikationssystem bald nicht mehr. Die Schiffsführung verlor den Überblick; entstehende Krisenherde wurden erst bekannt, wenn sie fast nicht mehr einzudämmen waren.

Wir jagten den Choolk kreuz und quer durch die SOL. Dabei gewann ich zunehmend den Eindruck, dass er mit uns Mutanten nur spielte.

Merkosh, der Gläserne, versuchte, dem Leibgardisten der Duuhrt mit seiner »Bösen Stimme« beizukommen. Der Frequenzwandler hatte Chookar in die Enge getrieben – oder besser gesagt, er glaubte, den Leibgardisten in der Falle zu haben, und bombardierte ihn mit seinen psionischen Intervallenergien. Ringsum zerbröckelte Stahl – nur der Choolk zeigte keine Wirkung. Sein Brustdiamant leitete alle Psi-Kräfte ab, und sie schlugen auf Merkosh zurück, bis sich sein Rüsselmund unter den Quintadim-Energien aufzulösen begann ... Zum Glück stoppte der Gläserne die Attacke, bevor er selbst ernsthafte Verletzungen davontrug, und es gelang mir relativ schnell, seine Wunden durch regenerierende Zell-Umgruppierung zu heilen.

Auch Icho Tolot und Lord Zwiebus erwischte es. Als Gucky und ich beiden zu Hilfe eilten, blieb uns nichts anderes mehr tun, als sie in die Parapsychische Abteilung zu transportieren. Der Haluter hatte seinem Körper Stahlstruktur verliehen und war durch nichts dazu zu bringen, diesen Zustand zu ändern. Lord Zwiebus, ebenfalls nicht ansprechbar, spielte mit seiner Kombi-Keule – ein gefährliches Spielzeug, das wir ihm nur mit Gewaltanwendung abnehmen konnten.

Galbraith Deighton, Roi Danton, das Thunderbolt-Team – die Siganesen fanden sich in der Welt der Riesen gar nicht mehr zurecht –, Reginald Bull, die Emotionauten Mentro Kosum und Senco Ahrat ... die Liste ließe sich beliebig fortsetzen.

In all dem Durcheinander ging die Tatsache fast unter, dass unter der Kontrolle des COMPS die SOL inzwischen die erste Linearetappe zurückgelegt hatte. Aber da die Instrumente keine vernünftigen Werte anzeigten, wusste niemand so recht, wo wir uns überhaupt befanden. Klar war nur, dass die SOL mit Kurs auf den Planeten Alwuurk flog.

Der COMP übernahm nach und nach auch die Kampfroboter, programmierte sie entsprechend um und schickte sie gegen unsere Truppen.

Ein besonderes Problem stellten die SOL-Geborenen dar. Sie zogen in Scharen durch das Schiff, feierten Antapex als ihren Propheten und verlangten, dass die Schiffsführung kapituliere und Alwuurk als Ziel akzeptiere.

»Das hat uns dein Schützling eingebrockt, Irmina«, schimpfte Perry bei einer passenden Gelegenheit. »Ich habe es kommen sehen.«

»Antapex dürfen wir keinen Vorwurf machen«, erwiderte ich. »Er hat in seinen Visionen gesehen, dass die SOL nur vor dem Untergang gerettet werden kann, wenn wir nach Alwuurk fliegen. Er hat erkannt, dass die SOL-Geborenen eher auf ihn hören würden als auf die Terra-Geborenen und Alt-Galaktiker, deshalb wandte er sich an sie. Außerdem hättest du die Meuterei der SOL-Geborenen verhindern können. Ich wollte, dass wir, anstatt unsere Kräfte sinnlos an Chookar zu vergeuden, die Suche nach Antapex forcieren.«

»Hast du das nicht ohnehin auf eigene Faust getan?«

Perry wusste es. Ich hatte bei jeder sich bietenden Gelegenheit Erkundigungen über Antapex eingeholt. Ich hatte auch Gucky eingespannt. Der Mausbiber sollte in den Gedanken der SOL-Geborenen Informationen über Antapex' Aufenthaltsort suchen. Doch die SOL-Geborenen schienen sein Versteck nicht zu kennen – und Antapex selbst war telepathisch nicht zu orten.

Gucky und ich gingen wieder in den Einsatz. Wir waren immer hinter dem Choolk her, aber wir kamen nicht an ihn heran.

Nach Stunden stellte der Ilt plötzlich fest: »Etwas ist schief gegangen. Aus Perrys Gedanken ist zu hören, dass wir schnell handeln müssen, um eine Katastrophe zu vermeiden.«

Er teleportierte mit mir in die Kommandozentrale der SZ-1.

19.

Die gesamte Mannschaft trug Strahlenschutzanzüge, Wissenschaftler rannten mit Messgeräten herum. Eine unbeschreibliche Hektik herrschte.

Geoffry Waringer stand wie ein Häufchen Elend da. »Alle Arbeit war umsonst«, gestand er niedergeschlagen. »Ich bin sicher, dass dahinter ein Sabotageakt des COMPS steckt. Es hätte funktioniert, Irmina, davon bin ich überzeugt.«

»Wovon sprichst du?«, wollte ich wissen.

»Du weißt, dass wir an einer Waffe gegen den Choolk gearbeitet haben.« Er war am Ende. Das zu erkennen, fiel nicht mehr schwer. »Damit hätten wir die Wirkung von Chookars Brustkristall aufheben können. Das Prinzip war ganz einfach … Aber jetzt ist von der Wunderwaffe nur ein Haufen Schrott geblieben, der eine gefährliche 5-D-Strahlung emittiert. Wir müssen sehen, dass wir den Müll von Bord bekommen, bevor das ganze Schiff verseucht wird.«

Geoffry tat mir Leid. Ich blickte mich suchend um. »Wo ist Perry?«

»Ihn hat's erwischt.« Geoffry deutete auf ein Schott.

Ich ging einfach weiter. Als ich das Schott erreichte, glitt es auf. Atlan erschien. Er reichte mir die Hand und ließ mich passieren.

Der an die Kommandozentrale grenzende Raum war als hyperphysikalisches Laboratorium eingerichtet gewesen. Nun sah es hier aus wie auf einem Schlachtfeld. Die meisten Geräte waren bis zur Unkenntlichkeit geschmolzen und danach auf einen Haufen zusammengeworfen worden. Neben dem Müllberg ragte ein technisches Kuriosum auf, das aussah wie der Gestalt gewordene Albtraum eines Hyperphysikers. War dieses lächerliche Technikum die Geheimwaffe gegen den Choolk gewesen?

Ein starker HÜ-Schirm trennte uns von jenem Teil des Raumes.

Ich blickte zur Seite und sah Perry auf einer Trage liegen. Er öffnete die Augen und zwinkerte mir zu.

»Hast du mir einen Schrecken eingejagt«, entfuhr es mir.

»Nur keine Aufregung, ich bin wohlauf«, sagte er.

»Und wozu das Theater?«, fragte ich.

»Täuschung«, antwortete Atlan an Perrys Stelle. »Der COMP soll glauben, dass Perry ausgefallen und die SOL ohne Führung ist.«

»Dann war das mit der Wunderwaffe auch ein Bluff?«

»Geoffry hat nur 5-D-Müll produziert ... Keine Sorge, in diesem Raum können wir frei sprechen, wir haben uns abgesichert ... Selbst auf die Gefahr hin, dass du unter Druck gesetzt wirst, möchte ich dich einweihen, Irmina, damit du dich nicht unbewusst verrätst.« Perry deutete auf den HÜ-Schirm, hinter dem sich Berge des Hypermülls türmten. »Dieser gefährliche Abfall muss schnellstens von Bord geschafft werden. Das wird auch der COMP einsehen – er wird sogar froh sein, dass die ihn irritierende Strahlungsquelle abtransportiert wird. Deshalb wird er den Müll passieren lassen. Der COMP wird nicht ahnen, dass ich mich in dem Zeug verberge. So kann ich mich von Bord schmuggeln.«

»Ist das nicht zu gefährlich? Und warum willst du das Risiko auf dich nehmen?«, fragte ich.

»Wir brauchen Informationen über Chookar, um ihm beikommen zu können. Da wir sie anders nicht beschaffen können, muss ich sie von seinem Schiff holen. Die technischen Probleme sind gelöst. Im Schutz eines Kampfanzugs kann mir die Strahlung des 5-D-Mülls nichts anhaben. Es gibt aber noch ein anderes Problem. Ich muss so vollständig paralysiert werden, dass mein Körper keine Lebenszeichen mehr von sich gibt, die der COMP anpeilen könnte. Ich muss in eine scheintote Starre versetzt werden. Traust du dir das zu, Irmina?«

Ich nickte unbehaglich. »Ich könnte deine Gehirn- und Organzellen derart umgruppieren, dass du als klinisch tot giltst. Aber diesen Zustand könntest du aus eigener Kraft nicht rückgängig machen. Und mir ist es nicht möglich, ihn nur auf Zeit zu programmieren. Ich müsste also ein Zeichen bekommen, sobald du an Bord von Chookars Raumschiff bist, um die entarteten Zellen erneut umzugruppieren.«

»Daran haben wir bereits gedacht«, sagte Atlan lächelnd. »Wie Perry schon sagte, technische Probleme gibt es keine. Ein Roboter wird den Müllberg steuern, ein Loch in die Hülle von Chookars Schiff brennen und Perrys reglosen Körper hineinschieben. Wenn es so weit ist, sendet der Roboter einen Rafferimpuls. Dann kannst du Perry regenerieren.«

»Das gefällt mir nicht«, sagte ich. »Es wäre einfacher, Gucky teleportieren zu lassen.«

»Ausgeschlossen«, wehrte Perry ab. »Wir haben das Problem längst durchdiskutiert. Der Choolk hat auf seinem Schiff zweifellos eine Para-Falle zurückgelassen.«

»Und wenn der COMP dein Verschwinden bemerkt?«

»Er wird sich davon überzeugen können, dass ich hier im Koma liege – erst danach wird mein Abtransport eingeleitet. Und wir haben noch eine besondere Überraschung parat. Irgendwann, während ich noch auf Chookars Schiff bin, wird mich auf der SOL ein Doppelgänger vertreten. Jemand, den der COMP nicht entlarven kann.«

»Woher willst du ein solches Double nehmen?«, fragte ich.

»Antapex!«

Meine Kehle wurde trocken. »Antapex?«, wiederholte ich.

»Von dir wissen wir, dass er die Fähigkeit zur vollkommenen Regeneration besitzt. Wenn er sich eine Hand nachwachsen lassen kann, dann muss er auch die Möglichkeit der Metamorphose haben. Er wird in der Lage sein, mein Aussehen anzunehmen.«

Mir schwindelte. »Aber ... wie soll ich Antapex in dieser kurzen Zeit finden?«

»Wir haben Nachforschungen betrieben und kennen sein Versteck. Du siehst, wir sind gar keine solchen Ignoranten, wie du denkst. Setz dich mit Joscan Hellmut in Verbindung. Er hat genügend Kontakte über die SOL-Geborenen, und er soll dich zu Antapex führen, wenn du ihm sagst, dass ich ausgefallen bin. Du wirst wahrheitsgetreu sagen, dass Antapex mich vertreten soll. Als Begründung brauchst du nur anzugeben, dass Antapex meine Rolle spielen soll, damit nicht bekannt wird, was mit mir passierte, und keine Panik ausbricht. Du siehst, es ist alles ganz einfach.«

Ich schüttelte den Kopf. Vor allem konnte ich meinen Verdacht nicht länger für mich behalten. »Gar nichts ist einfach. Wir dürfen Antapex nicht zu Hilfe rufen, denn ich fürchte, dass er nur ein Werkzeug des COMPS ist. Es hat nie einen Eremiten auf der SOL gegeben, er existierte nur in der Fantasie der SOL-Geborenen. Der COMP hat die Antapex-Legende aufgegriffen und sie sich zu Nutze gemacht. Er hat Antapex aus sich erschaffen – ich weiß nicht, wie, aber es spricht alles für meine Theorie. Alle seine Fähigkeiten weisen Parallelen zu Chookar und zum COMP auf; Antapex kann wie der Choolk die Kraftlinien zur Beförderung nutzen ... Und Antapex' Prophezeiungen stehen immer im Zusammenhang mit dem COMP. Der COMP wusste, dass der Choolk kommen würde, deshalb wusste es auch Antapex. Es ist im Sinne des COMPS, dass Antapex Alwuurk als einzige Alternative propagiert. Der COMP lenkte unsere Aufmerksamkeit auf den Choolk, sodass Antapex ungestört im Verborgenen wirken konnte ...«

»Nicht ganz ungestört, denn wir haben ihn ebenfalls durchschaut«, unterbrach Perry mich lächelnd.

»Ihr wisst ...?« Mir verschlug es vor Überraschung die Sprache. »Und dennoch würdest du Antapex als deinen Doppelgänger einsetzen, Perry? Antapex würde nichts Eiligeres tun, als die Kapitulation in deinem Namen zu verkünden.«

Atlan seufzte und legte mir die Hand auf die Schulter. »Lass uns nur machen, Irmina. Die Zeit drängt. Halten wir uns also nicht mit langen Erklärungen auf. Nur so viel: Alles deutet darauf hin, dass der Choolk nichts von Antapex' wahrer Natur weiß. Und wenn wir nun die beiden gegeneinander ausspielen?«

»Töte mich jetzt, Irmina!«, bat Perry.

Ich suchte Joscan Hellmut auf.

»Etwas Schreckliches ist geschehen«, eröffnete ich ihm. »Perry liegt im Koma. Sobald das bekannt wird, ist eine Panik unvermeidbar. Sie müssen uns helfen, Antapex zu finden. Nur er ist in der Lage, Perry zu vertreten. Natürlich könnte auch einer der Matten-Willys Perry Rhodans Gestalt annehmen, aber einen Willy würde man schnell durchschauen. Ich weiß, dass Sie als SOL-Geborener Antapex' Versteck aufspüren können, Hellmut. Sie dürfen uns nicht im Stich lassen.«

Der Kybernetiker überlegte nicht lange. »Kommen Sie mit!«, sagte er nur.

Er führte mich auf verschlungenen Wegen zu einem geheimen Transmitter. Durch diesen gelangten wir in eines der Kommunikationszentren, in denen die SOL-Geborenen unter sich waren.

Antapex sprach in einem Nebenraum vor rund fünfzig Versammelten. Im Sinn der Bordgesetze war seine Rede Verrat, denn er rief förmlich zur Meuterei gegen die »sture« Schiffsführung auf.

»Alwuurk ist die Verheißung«, hörte ich ihn sagen. »Braucht ihr die Koordinaten der Erde? Nein! Die SOL ist uns näher als Terra! Wenn wir erreichen, dass der COMP auf Alwuurk abgeliefert wird, dann bekommt Perry Rhodan nicht die Koordinaten der Erde – und die SOL bleibt uns als Heimat erhalten.«

Antapex erblickte mich. Er wirkte betroffen, machte ein Gesicht, als fühle er sich ertappt. Er entschuldigte sich bei seinen Zuhörern und kam zu Hellmut und mir.

»Du darfst meinen Appell an die SOL-Geborenen nicht missverstehen, Irmina«, rechtfertigte er seine Rede. »Ich teile nicht alle ihre Ansichten – und Terra ist mir lieb und wert –, aber das Leben geht vor. Und die SOL entgeht ihrer Vernichtung nur …«

»… wenn sie nach Alwuurk fliegt«, vollendete ich den Satz. »Wir brauchen aber deine Hilfe dringender als die SOL-Geborenen, Antapex.«

»Ich weiß«, sagte er. »Ich habe es vorausgesehen und mir meine Antwort längst überlegt. Ich liebe alle Menschen – ich werde Perry Rhodan so lange in seiner Gestalt vertreten, bis er wieder gesund ist.«

Wenn man nicht wusste, dass Antapex alle Informationen vom COMP bekam, dann mussten seine »hellseherischen Fähigkeiten« einfach beeindrucken.

Wir machten uns auf den Weg in die Kommandozentrale. Die SOL-Geborenen ließen uns ungehindert passieren – Antapex hatte sie bestimmt auf diesen Augenblick vorbereitet.

Als ich mit ihm eintraf, gab er sich wieder als der scheue und zurückhaltende Eremit. Atlan führte ihn in den Raum, in dem Perry in einem Schutzanzug aufgebahrt lag.

»Lassen Sie mich bitte allein!«, verlangte Antapex. »Ich mich muss mich sehr konzentrieren.«

Wir ließen ihm seinen Willen, weil wir nichts zu befürchten hatten. Antapex konnte Perry nach allen Regeln der Kunst untersuchen und würde dennoch zu dem Ergebnis kommen, dass er im Strahlungs-Koma lag. Ich hatte gute Arbeit geleistet.

Nach einer Viertelstunde öffnete sich das Schott – und Perry Rhodan trat heraus. Auch Antapex hatte gründliche Arbeit geleistet, niemand würde vermuten, dass es sich bei ihm nur um Perrys Doppelgänger handelte.

Ich blickte an ihm vorbei in den verseuchten Raum. Der Platz, an dem Perry gelegen hatte, war leer.

»Ich hielt es für besser, mit dem echten Perry Rhodan in ein sicheres Versteck zu transferieren, wo er nicht gefunden werden kann«, erklärte Antapex-Rhodan.

Diese Maßnahme hätten wir akzeptieren müssen. Nur wussten wir es besser: Antapex hatte Perrys Körper im 5-D-Müll untergebracht. Der COMP mochte glauben, sich auf diese Art und Weise seines gefährlichsten Gegners entledigt zu haben, ohne zu ahnen, dass er uns damit einen großen Gefallen erwiesen hatte.

Als ich Atlans Blick begegnete, erkannte ich, dass der Arkonide sogar mit dieser ungewollten Hilfe des COMPS gerechnet hatte. Das war ein erhebendes Gefühl. Solange wir eine derart umsichtige und vorausblickende Schiffsführung hatten, brauchten wir keinen Gegner zu fürchten.

Auch nicht eine ultimative Waffe wie den COMP einer Superintelligenz.

Alles lief routinemäßig ab. Der Müll wurde in einem havarierten Beiboot ausgeschleust, das ein Roboter steuerte. Bald danach kam der Funkimpuls, dass der Roboter in der Hülle von Chookars Schiff eine Öffnung geschaffen und Perry darin untergebracht hatte. Ich regenerierte den scheintoten Körper durch Zellumgruppierung; dabei hätte ich früher nie gedacht, dass sich meine medizinische Ausbildung einmal so bezahlt machen würde.

Perry Rhodan

Mir war, als erwache ich aus einem langen Schlaf. Als ich die fremde Umgebung sah, wusste ich, dass unser Unternehmen geglückt war. Ich befand mich auf Chookars Schiff.

Nach der Krümmung des Korridors zu schließen, zog er sich an der Außenhülle entlang. Kreuzförmige Leuchten in der Decke spendeten ein farbloses Licht. Das Material der Wände war von graublauer Farbe.

Ich suchte die Öffnung, durch die mich der Roboter an Bord gebracht hatte, und sah, dass sie mit Metallfolie abgedichtet worden war. Ein Blick auf Messinstrumente des Kampfanzugs zeigte mir, dass der

Korridor unter atmosphärischem Druck stand und das Sauerstoffgemisch atembar war. Dennoch öffnete ich den Helm nicht, und ich ließ auch den Schutzschirm eingeschaltet. Wenn die Katastrophenschaltung funktionierte, die das Leck abgedichtet hatte, waren sicherlich andere Schiffseinrichtungen ebenfalls in Betrieb.

Den Kombistrahler hatte ich jedenfalls entsichert.

Ich fragte mich von Anfang an, ob der Choolk allein mit diesem Schiff gekommen war, das immerhin fast die Größe einer Korvette aufwies. Es musste wohl so sein, denn andernfalls wäre ich von seiner Mannschaft längst aufgegriffen worden. Von dieser Voraussetzung ausgehend, hatte ich mich auch auf das Unternehmen eingelassen.

Ich ging den Ringkorridor entlang, bis ich auf einen Quergang stieß, der ins Zentrum des Schiffes führte. Erst als ich den im Dunkeln liegenden Gang betrat, flammten Kreuzlichter auf.

Die Wände wiesen in Abständen von fünf Metern hochgestellte, ovale Schotten auf. Ich verzichtete darauf, eines zu öffnen. Sicherlich wären in den Räumlichkeiten dahinter interessante Entdeckungen zu machen gewesen, doch ich bezweifelte, dass diese für unsere Sache von Bedeutung waren.

Ohnehin musste ich schnell handeln, denn ich wusste nicht, wie viel Zeit mir zur Verfügung stand. Hatte der Choolk eine Alarmanlage aktiviert, die ihm mein Eindringen schon anzeigte?

Ich erreichte das Ende des Ganges und befand mich nun im innersten Ringkorridor. Nur ein schmaler Steg führte zur Zentrale, die kugelförmig war und frei in der Luft hing. Diese Zentrumskugel hatte einen Durchmesser von zehn Metern. In ihr musste sich das Herz des Schiffes befinden.

Meine Massetaster schlugen kaum aus, die Kugel war hohl. Die Energieortung zeigte ebenfalls niedrige Werte an. Es gab eine schwache Energiequelle unterhalb und eine oberhalb der Zentralkugel. Nichts wies darauf hin, dass sie besonders abgesichert war.

Als ich nur noch einen Schritt von dem Schott entfernt war, veränderte es seine Farbe. Das Blaugrau begann rot zu glühen wie der energetische Außenring.

Ich schoss sofort und wich gleichzeitig zurück. Der Impulsstrahl hinterließ weiß glühendes, leicht verformtes Material. Mein kräftiger Tritt ließ das Schott aufplatzen, der Weg in die Zentrale war frei.

Das Kugelinnere war in drei Ebenen unterteilt, ich befand mich auf der mittleren. Im Zentrum bemerkte ich in Decke und Boden eine runde, zwei Meter durchmessende Aussparung. Dort war ein Antigrav wirksam, das verrieten meine Messgeräte. Es gab zwei gegenläufige Bereiche.

Ich hatte die Komplettaufzeichnung eingeschaltet, versprach mir aber nicht besonders viel davon. Immerhin schien dieses Raumschiff eine Spezialkonstruktion zu sein, abgestimmt auf eine Ein-Mann-Bedienung.

Vorerst suchte ich nach Daten, die speziell Chookar betrafen. Deshalb trat ich in den Antigrav und schwebte nach oben. Dieser Bereich strahlte trotz aller technischen Perfektion etwas von der Persönlichkeit eines Lebewesens aus. Offenbar verbrachte der Choolk hier seine Freizeit. Eine Wand stach mir besonders ins Auge. In einer Art Regal standen fünf Reihen dünner Platten hochkant, nur durch Klemmen voneinander getrennt.

Ich nahm eine dieser Platten heraus. Sie war viereckig, etwa einen Millimeter dick und maß zehn mal fünfzehn Zentimeter. Auf den beiden Flächen waren zu Mustern verwobene Vertiefungen erkennbar. Diese ineinander verschlungenen »Rillen« verliefen in Schlangenlinien, im Zickzack und auch kreuz und quer, wie von zitternder Hand gezeichnet. Ich wurde an die Kritzeleien eines Kleinkindes erinnert, aber noch mehr assoziierte ich die Rillen mit jenen von Schallplatten des 20. Jahrhunderts.

Konnte man die Platten ebenso abspielen? Möglicherweise handelte es sich um eine Bibliothek. Ich wollte einige von ihnen an mich nehmen, da meldete sich mein Helmempfang.

»Perry«, erklang Atlans aufgeregte Stimme, »du musst sofort verschwinden! Chookar hat entdeckt, dass jemand in sein Schiff eingedrungen ist …«

Die Verbindung brach ab. Ich nahm an, dass die COMP-Kraftlinien Atlans Sender störten.

Gucky!, dachte ich intensiv, während ich hastig etliche Platten an mich raffte und in den vakuumdichten Außentaschen meines Anzugs verstaute. *Gucky, was ist los?*

Ich glitt im Antigravfeld in die Kommandozentrale hinunter, schaltete mein Triebwerk ein und schoss in den Längskorridor hinaus. Eine halbe Minute später erreichte ich wieder das Loch in der Schiffshülle. Ich zerschoss die dünne Dichtungsplatte und glitt in den freien Raum hinaus. Weit von mir schwebte die SOL als kleine Hantel.

Wenn jetzt die Triebwerke anliefen und das Schiff in den Linearflug ging, war ich verloren … Ich jagte mit voller Schubkraft auf die SOL zu.

»Perry, kannst du mich hören?«, erklang wieder Atlans Stimme. »Chookar macht Ernst. Er hat Befehl gegeben, sein eigenes Schiff mit den Geschützen der SOL zu zerstrahlen. Die Bedienungsmannschaften weigern sich, aber das bringt nur einen kurzen Zeitgewinn.«

»Verstanden!«, erwiderte ich und änderte meine Flugbahn, um aus der unmittelbaren Schusslinie zu kommen.

»Ich habe eine Nachricht für den Choolk«, fuhr ich fort. »Wenn es möglich ist, dann leite sie über die Rundrufanlage.«

Vergeblich wartete ich auf Bestätigung Atlans. Ich schickte meine Botschaft dennoch ab – der COMP würde sie gewiss empfangen und an den Choolk weiterleiten.

»Chookar, hier spricht Perry Rhodan. Es ist sinnlos, dass Sie Ihr Schiff zerstören lassen. Ich bin längst von Bord gegangen und habe alle wichtigen Unterlagen bei mir. Ich nehme an, dass wir daraus interessante Aufschlüsse erhalten.«

Währenddessen flog ich weiter auf die SOL zu. Die Geschütze schwiegen. Links von mir materialisierte ein Körper. Es war Gucky. Er zeigte mir durch die Sichtscheibe seines Helmes grinsend seinen Nagezahn.

Ich schaltete den Antrieb aus, und Gucky holte mich telekinetisch zu sich heran. Kaum berührten wir einander, da teleportierte er mit mir an Bord der SOL. Wir materialisierten in einem Nebenraum der Zentrale.

»Hast du wirklich besagte Unterlagen erbeutet?«, war Guckys erste Frage. »Chookar hat sich ziemlich beeindruckt gezeigt. Aber etwas anderes brachte ihn noch mehr aus der Fassung, nämlich, dass du es warst, der sein Schiff heimsuchte, obwohl er dir scheinbar in der Kommandozentrale gegenüberstand.«

»Ist er gekommen, um mit mir zu verhandeln?«, fragte ich. »Los, erzähle! Was ist während meiner Abwesenheit vorgefallen?«

Gucky berichtete in kurzen Worten. Chookar war in der Zentrale erschienen und hatte erklärt, dass er sein Schiff eher aufgeben wolle, als etwas von Bord in unsere Hände fallen zu lassen. Antapex hatte weiterhin meine Rolle gespielt – ein interessanter Aspekt, der die Theorie einer Rivalität zwischen den beiden COMP-Dienern zu bestätigen schien. Als dann mein Funkspruch kam, nahm Chookar den Feuerbefehl zurück und verschwand durch die nächste Wand.

»Das muss ihm einen gehörigen Schock versetzt haben.« Gucky grinste. »Willst du dich nun mit dem Choolk in Verbindung setzen, weil du etwas gegen ihn in der Hand hast?«

»Zuerst muss ich wissen, was ich überhaupt erbeutet habe«, erwiderte ich. »Bring mich zu Dobrak.«

»Das wird nicht ganz einfach sein«, meinte Gucky. »Der COMP kontrolliert die SOL, alle Roboter unterstehen ihm. Chookar kann sich ausrechnen, dass du wieder an Bord bist. Er wird eine Treibjagd auf dich veranstalten ... Aber wir werden es schon schaffen.«

Obwohl Dobrak und seine Kelosker unter strengster Bewachung standen, gelang es Gucky, zu ihnen vorzudringen und mit Dobrak in mein Versteck zu teleportieren.

Inzwischen starteten die Mutanten Ablenkungsmanöver. Gucky berichtete, dass ihre parapsychischen Kräfte nicht selten durch das COMP-Netz abgelenkt wurden und Unschuldige in Mitleidenschaft zogen …

Das Chaos auf der SOL schien seinen Höhepunkt erreicht zu haben. Antapex leitete in meinem Namen die nächste Linearetappe ein.

Ich breitete die Platten vor Dobrak aus – es waren insgesamt dreiunddreißig Stück. »Was halten Sie davon?«, fragte ich ihn und berichtete, woher ich sie hatte. »Können Sie etwas damit anfangen?«

»Diese Platten enthalten Aufzeichnungen«, sagte Dobrak, und ich triumphierte innerlich. »Es sind Datenspeicher mit zum Teil persönlichen Aufzeichnungen Chookars. Leider fehlen einige Speicher, sodass Lücken entstehen.«

»Das nehme ich in Kauf, wenn es Ihnen nur möglich ist, die Platteninhalte zu berechnen«, sagte ich.

»Das fällt mir nicht schwer … Ich erkenne einen Teil von Chookars Lebensgeschichte. Der im Ei Erhobene hat seinen Namen daher, dass er tatsächlich aus einem Ei geschlüpft ist, gleichzeitig stellt sein Name eine Ehrenbezeichnung dar und zeigt, dass er von hohem Rang ist.

Zuerst war das Ei. In seinem Ur-Zustand wäre es taub geblieben, kein Leben hätte sich darin entwickeln, kein Intelligenzwesen die Schale aufbrechen und ausschlüpfen können. Dann kam der Kristall – jener, den der Choolk auf der Brust trägt. Erst durch die Bestrahlung dieses Kristalls entstand der Lebensfunke in dem Ei, konnte sich aus dem Plasma ein Lebewesen entwickeln: Chookar.

Der Kristall bestimmte sein Werden. Er war für seinen Intelligenzgrad verantwortlich, für seinen Charakter und seine speziellen körperlichen Merkmale. Oder eigentlich für seine Nicht-Merkmale, denn der Kristall vermittelte dem Plasma einen vereinfachten Gen-Kode, Chookars Physis betreffend. Der Kristall war nicht auf die Entwicklung des Körpers, sondern auf die des Geistes programmiert: Chookar war schon vor der Geburt zum Anführer bestimmt.

Aber Chookar ist kein Einzelschicksal. Die gesamte Leibwache der Duuhrt rekrutiert sich aus solchen Kristallträgern, die erst durch die Ausstrahlung eines Kristalls zum Leben erwachen konnten. Und der das Ei bestrahlende Kristall wird dem ausgeschlüpften Wesen eingepflanzt. Der Kristall bestimmt sein Schicksal, bis er ins Muutklur eingeht …«

»Was bedeutet dieser Begriff?«, warf ich ein. »Ich habe ihn schon einige Male gehört, doch kann ich nichts damit anfangen.«

»Ihr Menschen kennt viele Bezeichnungen für das Muutklur: Himmelreich, Ewige Jagdgründe, Nirwana ... Das Muutklur ist jedoch mehr, nicht nur ein Bestandteil des Glaubens, sondern ein Teil der Realität. Chookar hat einen ganzen Datenspeicher mit philosophischen Abhandlungen über das Muutklur gefüllt.«

»Überspringen Sie ihn, Dobrak!«, bat ich. »Mich interessieren konkretere Dinge. Können Sie etwas über die Vergangenheit der Choolks herauslesen?«

»Nicht viel. Das Wissen über die Vergangenheit liegt bei der Duuhrt. Aber Chookar weiß, dass irgendwann die Evolution seines Volkes gestört wurde und danach auf die geschilderte Weise mittels der Kristalle umgeformt. Das heißt, erst durch die Steuerung der Duuhrt oder von ihr beauftragter Wesen konnte Chookars Volk überhaupt weiterbestehen. Es gab fast ausschließlich taube Eier, und die Choolks wären zum Untergang verdammt gewesen, wären sie nicht durch die Kristalle gerettet worden. Man könnte dies als einen künstlichen Prozess ansehen und Chookar und seine Artgenossen als Syntho-Wesen bezeichnen. Daher mag auch sein unfertiges Aussehen kommen. Aber ich würde mit einem vorschnellen Urteil vorsichtig sein. Immerhin, auch der Kristall ›lebt‹ – er begleitet den Choolk vom Erheben aus dem Ei bis ins Muutklur ...«

Schon wieder dieser ominöse Begriff! Ich beschloss, mir nicht länger den Kopf darüber zu zerbrechen.

»Ist das alles, Dobrak?«

»Nein, nur die Essenz. Ich könnte Ihnen tagelang aus Chookars Leben erzählen, ohne dass der Inhalt dieser dreiunddreißig Speicher erschöpft wäre. Aber mehr würden Sie nicht erfahren. Sind Sie jetzt enttäuscht, Perry Rhodan?«

»Keineswegs.« Ich schüttelte den Kopf. »Ich habe nur noch eine Frage, Dobrak. Wie würden Sie die Rangordnung von COMP, Chookar und Antapex berechnen?«

»In der genannten Reihenfolge«, sagte der Kelosker, ohne sich darüber erstaunt zu zeigen, dass ich Antapex als der Duuhrt zugehörig bezeichnete. Hatte er selbst schon berechnet, dass es sich bei ihm nur um ein vom COMP erschaffenes Lebewesen handelte? Dobrak fuhr fort: »Der COMP ist eine viel höhere Einheit als Chookar. Er ist nicht nur wegen seines Wissens wertvoller als ein Individuum, sondern er steht der Duuhrt auch in anderen Belangen näher. Obwohl Antapex aber zur Gänze aus COMP-Kristallen besteht und sekundär auch dessen Wissen und Macht hat, besitzt er nicht den Wert von Chookar. Man kann Antapex als eine Art ›Ephemeriden‹ bezeichnen – einen Diener für einen Tag. Er darf in dem Bewusstsein existieren, die ihm zugeordnete Persönlichkeit zu besitzen, solange er gebraucht wird. Hat er seinen Zweck erfüllt, wird er wieder abberufen.«

»Das genügt«, sagte ich. »Jetzt kenne ich Chookars Achillesferse. Wie treu ergeben er der Duuhrt auch immer ist, es wird ihm nicht gefallen, dass der COMP einen Ephemeriden ihm vorgezogen hat. Gucky, teleportiere mit mir in die COMP-Halle! Ich erwarte dort den Choolk und Antapex.«

»Sie erwarten dich bereits«, erwiderte Gucky. »Das zumindest lese ich aus Joscan Hellmuts Gedanken. Du wirst es nicht glauben, aber der COMP lässt mitteilen, dass er zu Verhandlungen über einen Waffenstillstand bereit sei.«

Ich lächelte zufrieden. »Demnach hat auch der COMP erkannt, dass er trotz seiner Machtdemonstration zum zweiten Mal auf der Verliererstraße ist.«

Gucky materialisierte mit mir vor dem Eingang der COMP-Halle. Joscan Hellmut erwartete uns vor dem großen Schott.

»Ich habe das Gefühl, dass der COMP auf Zeitgewinn arbeitet«, sagte Hellmut. »Ich weiß nicht, was er damit bezweckt, aber er befindet sich in einer misslichen Lage, in der Sie ihm eine Reihe von Zugeständnissen abringen könnten.«

»Danke für den Tipp«, sagte ich und betrat die Halle.

»Hallo, Antapex«, begrüßte mich mein Doppelgänger.

Ich muss zugeben, dass mich seine Kaltschnäuzigkeit für einen Moment verblüffte. Doch ich fasste mich schnell.

»Hallo, Perry«, erwiderte ich den Gruß. Jetzt war es an meinem Doppelgänger, überrascht zu sein. Ich wandte mich Chookar zu und sagte: »Ich hoffe, auch Sie halten sich an die vom COMP zugesicherte Kampfpause.«

»Ich bin der Duuhrt treu ergeben und halte mich an die Abmachungen ihrer Kristallspender«, erwiderte der Choolk. »Du dagegen, der du nur ein Ephemeride bist und weder leben noch sterben, noch ins Muutklur eingehen kannst, wirst versuchen, die dir verliehene Persönlichkeit mit List und Tücke zu retten. Doch ich warne dich.«

»Sie haben Recht, Chookar«, sagte ich und blickte dabei meinen Doppelgänger an, der keine Gefühlsregung zeigte. Er fühlte sich anscheinend sicher in seiner Maske. »Aber Ihr Vorwurf sollte sich nicht gegen den Ephemeriden richten, sondern gegen den COMP, denn er hat ihn hinter Ihrem Rücken erschaffen und ohne Ihr Wissen eingesetzt. Der COMP hat Sie hintergangen! Sie dürfen einen Ephemeriden nicht verurteilen. Der COMP hat ihm alle jene Eigenschaften gegeben, wie sie ein jedes Lebewesen besitzt: Persönlichkeit, Emotionen, Intelligenz – und einen Selbsterhaltungstrieb. Der Ephemeride wird versuchen, sich all diese Geschenke für länger zu erhalten.«

»Du hast keine Existenzberechtigung«, erwiderte Chookar kalt. »Du stehst auf verlorenem Posten. Deine Existenz ist verwirkt.«

»So, glaubst du?«, sagte ich. Ein Seitenblick zu meinem Doppelgänger zeigte mir, dass er einiges von seiner Selbstsicherheit eingebüßt hatte. »Ist dir noch immer nicht klar geworden, Chookar, dass ich, der Ephemeride, dem COMP die wertvolleren Dienste geleistet habe? Du wurdest nur als Strohmann vorgeschoben, damit ich die Pläne des COMPS verwirklichen konnte. Geh in dich, Chookar, erkenne deine Unvollkommenheit, die sich nicht nur körperlich zeigt. Sieh dagegen mich, der ich selbst aus dem COMP gekommen und die Vollkommenheit bin. Könntest du mich wirklich von dem echten Rhodan unterscheiden? Niemand kann das. Dich braucht der COMP nicht mehr, mich dagegen schon. Denn ich werde an Perry Rhodans Stelle die SOL übernehmen und die Menschen im Sinne des COMPS beeinflussen.«

Ich merkte, dass nicht nur Chookar von meiner Rede beeindruckt war, sondern auch meine Gefährten. Außer dem Telepathen Gucky mochten wohl so manchem Zweifel an meiner Echtheit kommen.

»Das kann nicht wahr sein«, sagte der Choolk. Er zeigte zum ersten Mal deutliche Erregung. Das Rosa seiner Haut war einem kreidigen Weiß gewichen. »COMP, sage, dass dieser Ephemeride ein schändlicher Intrigant ist und dass du das ihm zustehende Urteil fällen wirst.«

»Der Ephemeride kann seinem Schicksal nicht entgehen«, antwortete der COMP. »Du dagegen hast dich ausgezeichnet bewährt, Chookar, und sollst deine Bestimmung erwarten. Das Muutklur ist dir gewiss. Die Duuhrt ruft dich hiermit ab. Zuvor fälle aber du selbst das Urteil über den Ephemeriden.«

Chookar straffte sich. Er blickte mich triumphierend an.

Da verlor mein Doppelgänger endgültig die mühsam aufrechterhaltene Fassung. »Tun Sie es nicht, Chookar!«, rief er verzweifelt. »Zeigen Sie sich gnädig und lassen Sie den Ephemeriden selbst über sein Leben bestimmen. Schenken Sie ihm seine kaum ausgekostete Existenz. Wir werden ihm auf der SOL einen Platz zuweisen.«

Aber der Choolk blieb hart. »Es ehrt Sie, Perry Rhodan, dass Sie für diesen Unwürdigen bitten. Doch er hat es nicht verdient.«

Von Chookars Brustkristall ging ein Lichtstrahl aus, der auf meinen

Doppelgänger und mich zuschoss, sich verbreiterte und uns beide einhüllte. Ich spürte überhaupt nichts. Als ich zu meinem Doppelgänger blickte, sah ich, dass er sich bei der ersten Berührung mit dem Strahl in nichts auflöste – als sei er nur eine Fata Morgana gewesen.

Chookar registrierte dies überrascht; er hatte tatsächlich mich für den Ephemeriden gehalten. Er wandte sich mir zu und sagte: »Das haben Sie sehr klug eingefädelt, Perry Rhodan. Aber im Endeffekt werden Sie keinen Nutzen aus Ihrem Erfolg ziehen können.« Mit diesen Worten wandte er sich dem COMP zu – und wir alle wurden Zeugen eines fantastischen Schauspiels.

Der Choolk schritt auf den COMP zu. Dabei verließ er mit den Füßen den Boden und bewegte sich über eine der unsichtbaren Kraftlinien. Das konnte ich mit dem Energietaster eindeutig feststellen.

Als er die Hälfte des Weges zurückgelegt hatte und zwei Meter über dem Boden war, löste sich der Kristall von seiner Brust und schwebte zum COMP voraus, wo er sich in das kristalline Netzwerk eingliederte, als hätte er dort schon immer seinen vorbestimmten Platz gehabt.

Chookar selbst – der im Ei Erhobene, der physisch Unvollkommene, der wie ein unfertiges Rohprodukt gewirkt hatte – verflüchtigte sich vor unseren Augen. Endlich erreichte er Vollkommenheit und war an seinem Ziel angelangt. Es bedurfte keiner besonderen Erklärung, wir wussten alle, dass er in diesem Augenblick in das Muutklur einging – ins Nirwana oder in das Große Ei oder wie man es auch nennen wollte.

Der COMP riss uns mit seiner wohlmodulierten Stimme in die Wirklichkeit zurück: »Waffenstillstand, Perry Rhodan?«

»Einverstanden, COMP. Aber zu meinen Bedingungen: Wir bringen dich zur Duuhrt, dort liefern wir dich ab, sonst nirgends!«

»Ihr habt kein Recht, solche Bedingungen zu diktieren.«

»Ich greife nur unsere ursprünglichen Abmachungen auf.«

»Darauf kann ich nicht sofort antworten. Ich bin nicht in der Lage, dies selbst zu entscheiden. Lass mir etwas Zeit, damit ich neue Richtlinien einholen kann. Zehn Stunden deiner Zeitrechnung würden genügen ...«

»Fünf Stunden«, sagte ich hart. »Keine Sekunde länger.«

Wir nutzten die Zeit für Aufräumarbeiten. Zu tun gab es genug. Aber auch der COMP blieb nicht untätig. Wir orteten, dass stark gebündelte hyperschnelle Wellen von ihm ausgingen und er ebensolche empfing. Und wieder zeigte er das bekannte Farbenspiel, wie damals, als er Chookar gerufen hatte.

Lag das tatsächlich erst drei Tage zurück? Egal, es war überstanden.

Noch einmal würden wir uns vom COMP nicht überrumpeln lassen. Wir alle waren ziemlich sicher, dass die Kaiserin von Therm diesmal bedingungslos auf unsere Wünsche eingehen würde. Sie musste erkennen, dass mit uns nicht zu spaßen war. Es lag ihr auch zu viel am COMP, als dass sie ihn leichtfertig aufs Spiel gesetzt hätte.

Die Frist lief um 12.43 Uhr Bordzeit ab. Pünktlich auf die Minute fand ich mich mit einer Abordnung in der COMP-Halle ein. »Hast du dich entschieden, COMP?«, fragte ich.

»Die Duuhrt hat entschieden.«

»Wie lautet ihre Antwort?«

Gespanntes Schweigen stellte sich ein. In diese Stille hinein platzte Atlans Stimme: »Perry! Der COMP hat uns reingelegt. Eine Flotte von zweihundert Schiffen ist aufgetaucht. Alles Ring-Kugel-Raumer wie der von Chookar – nur mit dem Unterschied, dass jeder der Schiffskörper einen Durchmesser von fünfhundert Metern hat.«

Ich starrte vor mich hin und fragte tonlos: »Was hat das Auftauchen der Schiffe zu bedeuten, COMP?«

»Die Flotte ist eure Eskorte für den Flug nach Alwuurk. Gibt es etwas einzuwenden?«

Es gab nichts einzuwenden. Gegen zweihundert Raumschiffe konnten wir uns nicht auf eine Auseinandersetzung einlassen.

»Also, auf nach Alwuurk!«, stieß ich gepresst hervor.

20.

Duun 13

Ich fürchte mich.

Ich weiß, dass ich nach acht Lichtwechseln in das Große Ei eingehen werde. Auch mein Kristall wird ein letztes Mal aufflackern und dann seine Energie zurückgeben. Ich bin alt; der Kreis vom Keim im Ei bis zum Aufgehen im Muutklur wird sich schließen wie für jeden von uns, der lange Kreis vom Werden und Vergehen. In der Zeit, die mir bleibt und in der ich keinerlei Verpflichtungen mehr habe, werde ich das tun, was ich bisher immer vernachlässigen musste. Ich werde nachdenken über das, was es außerhalb des Lebens eines Bewohners von Alwuurk noch gibt. Nicht die Sterne, sondern den Raum, den ein freier Geist zu durcheilen vermag. Mein Geist war bisher von den Fesseln der Konvention und den siebzehn Klassen eingeschränkt.

Jetzt wird er sicherlich seine Fesseln abwerfen und frei umherschweifen. Welch köstliche Vorstellung. Welch ein Triumph des Verstandes und der Fantasie über die starren Regeln der Kasteneinteilungen, über die innere und äußere Disziplin, über alles.

Heute beginnt die erste Zeit der Schwärze. Die erste Nacht meiner Freiheit.

Ich warf einen langen Blick hinaus in die leuchtende Wüste von Kalwuug, der städtischen Umgebung des Raumhafens. Jetzt herrschte die Nacht; das trockene braune Gras verwandelte sich in schimmerndes Silber, über das die abgekühlten Windstöße hinwegfuhren. An dieser und jener Stelle tauchten Bilder von anderen Orten des Planeten auf.

»Trügerische Gebilde, schnell und vergehend wie Gedanken«, sagte ich in die Ruhe meines Wohnraums hinein. Ich war allein; meine Nachkommen waren gestorben, noch ehe sie leben durften.

Langsam bewegten sich meine Füße über den polymerisierten Sand des Bodens. Ich spürte die Wärme und die Vibrationen der lebendigen Körner unter meinen sechzehn Zehen, ein herrliches Gefühl. Vor dem Schwebepult blieb ich stehen und legte meine Finger auf die dünnen Platten des Schreibmetalls.

Ich las leise: »Das also ist alles, was wir wissen über jenen, der sich zeigen wird im schwarzen Zeichen des Pruuhls. Es mag sein, dass überaus lange Zeit kein Träger des schwarzen Kristalls unter denen ist, die dem Tal des Lebens entschlüpfen wie dem bewundernswerten und überaus mächtigen Ei.

Aber dereinst wird kommen der Kristall des Krieges. Das Große Ei wird bersten, und ein Pruuhl wird daraus hervorsteigen wie ein Sandwirbel im kochenden Mittag des Tages. Derjenige aus dem Volk der Choolks wird anders sein als ihr alle. Er wird Macht haben und Klugheit! Er wird derjenige sein, von dem eure Legenden und Sagen sprechen! Und wartet und staunt – das Universum wird beben unter dem wilden Glanz seines schwarzen Kriegskristalls!«

Worte, so schön und mächtig wie Sandstürme, dachte ich, ging zurück zu der Trinksäule und tauchte meinen kleinen Rüssel abermals in den Nektar. Ich war ergriffen. Ich war einer der treuesten und eifrigsten Diener der Duuhrt, in der dreizehnten von siebzehn Klassen der Lumineszenz aus dem Ei geschlüpft. Mit großem Eifer und tadelfreier Aufmerksamkeit hatte ich alle Pflichten und Rechte der dreizehnten Klasse wahrgenommen. In wenigen Tagen würden meine Freunde hier eintreffen. Die Gruppe der »Geleiter« würde mit mir trinken, sprechen und den Letzten Gesang anstimmen. War ich bis zu dieser Stunde in den Bereich des Wissens vorgestoßen?

Ich blieb vor dem Ziergitter stehen und sah hinüber zum Raumhafen.

Kugeln und rotierende Ringe. In der Ferne schaukelten die riesigen Bäume der Oase von Kalwuug-Allash. Das Wandern der Dünen war schon vor einer Stunde zur Ruhe gekommen.

Wieder ging ich zurück, legte die zwei Markierungsfinger auf die Seite und las weiter.

»Er wird Puukar genannt werden wie immer. Er wird mächtig sein. Sein Verstand ist schnell, weit reichend und überaus logisch. Er wird alle Choolks anführen, alle jene Millionen choolkischer Kämpfer, Denker und Raumfahrer.

Die alten Legenden mögen verzerren, sie mögen übertreiben und schmeicheln, aber dieses ist die Wahrheit: Er wird erbarmungslos sein wie der strahlende Nachtfalke der Al-Wuurk-Wüsten. Er wird euch allen ein überaus großer Anführer sein. Aber die Zeit, in der er anführen und herrschen wird, bringt Leid, Schrecken und Kampf über das gesamte Volk der Choolks.«

Ich berührte mit dem achten rechten Finger einen Kontakt. Eine runde Fläche zwischen den Foliensammlungen an der Stirnwand erhellte sich, Augenblicke später baute sich das Bild eines Choolks mit gleißend leuchtendem Kristall auf.

»Ich rufe Duun dreizehn«, sagte er, dann entdeckten mich seine Augen hinter dem Lesepult.

»Ich grüße dich, Pyttcor siebzehn«, antwortete ich und heftete meinen Blick auf seinen strahlenden Kristalldiamanten. »Zu solch später Stunde?«

Pyttcors Stimme war unangenehm hell und klirrend, als er hastig sagte: »Es wird Ärger und Aufregungen geben, Duun.«

»Nicht für mich. Du weißt, dass meine letzten Tage angebrochen sind. Ich will dir gern einen Rat geben, aber mehr kann ich nicht tun. Welchen Gegenstand betrifft deine Erwartung von Ärger und Aufregungen?«

»Die Ankunft des COMPS steht bevor!«

»Ich weiß, dass ihr Vorkehrungen getroffen habt, um ihn entgegenzunehmen und an die Duuhrt abzuliefern.«

»Richtig. Aber auch das Ereignis, an das keiner mehr geglaubt hat, kündigt sich an.«

Das war für mich neu. Zwar befand ich mich – wenigstens noch vor einem halben Tag – unter den führenden Choolks des Planeten, aber ich hatte diese Information nicht mehr erhalten.

»Der Pruuhl ...?«, knarrte ich entsetzt. Oder erleichtert. Ich konnte meine eigenen Empfindungen nicht deuten.

»Ich habe von den Überwachern im Tal des Lebens gehört, dass ein Ei aufbrechen wird. Das ist etwas Alltägliches. Aber dieses Ei wurde von dem schwarzen Kristall bestrahlt.«

Ich stotterte: »Seit wann weißt du es, Pyttcor siebzehn?«

»Kurz nach Anbruch der Dunkelheit kam die Nachricht.«

Ich senkte den Arm und bat ihn durch diese Geste um eine Pause. Ich dachte über die Konsequenzen nach, die das zufällige Zusammentreffen zweier derart prägnanter Ereignisse nach sich ziehen konnte. Dann ging ich zurück zu dem Pfeiler, auf dem die Lesefolie lag.

»Ich bin da, aber in Wirklichkeit gibt es mich nicht mehr. Diese Fremden, Pyttcor, sind unserem Geist nicht verwandt. Sie könnten aus einem anderen Ur-Ei stammen. Die Duuhrt hat sich ihrer bedient, so, wie wir uns der Feyerdaler bedienen. Warum also die Aufregung über die Ankunft des COMPS?«

Ich sehnte mich nach Ruhe und Frieden. Aber nun hatten mich diese beiden Nachrichten aufgeschreckt. Die erste war relativ unbedeutend. Doch die zweite würde – sofern sie bestätigt wurde – das Leben von Millionen Choolks innerhalb weniger Tag- und Nachtwechsel drastisch verändern.

»Das Raumschiff der Fremden ist so groß wie zwei Monde, Duun.«

Wir waren die Leibwächter der Duuhrt. Zwischen Leibwächtern gab es nur Freundschaften innerhalb der eigenen Kaste der Lumineszenz. Es war undenkbar, dass ein Aahrk eins, eine Kaste mit schwächlich leuchtendem Kristall unter dem Sprechorgan, sich mit einem Pyttcor siebzehn verständigen konnte, dem Träger eines hell strahlenden Seelendiamanten. Aber wir beide, einer aus dreizehn und der andere aus siebzehn, wir waren die obersten Vertreter unserer Kaste. Wir waren zur Kommunikation verpflichtet, und wir hielten diese Verpflichtung für ein intellektuelles Vergnügen. Jetzt aber hatten sich die Umstände mehrfach drastisch geändert.

»Wie kann ich dir helfen, Pyttcor?«, fragte ich leise. Meine Stimme knarrte wohlwollend.

»Ich weiß es selbst nicht recht. Von uns allen bist du derjenige, der sich in die Psychologie von Fremden am besten hineinfinden kann. Die Duuhrt muss Gründe haben, den Transport nicht uns Leibwächtern zu übertragen. Hilf uns, mir und Fruunk, Kalguun und Gruutyr, die kommenden Tage als entschlossene Kämpfer durchzustehen.«

Der Pruuhl! Ich konnte es noch immer nicht fassen. Es war wie die Ankündigung, unser Stern des Lebens würde in eine Nova ausarten. Und

Pyttcor siebzehn bat mich, einen mehrere Ränge unter ihm stehenden Leibwächter, ihm zu helfen. Das war ein Zeichen äußerster Verwirrung. Waren denn die Fremden so gefährlich? Bisher hatten wir mit unseren Äquatorringschiffen alle Aufträge erfüllt, jetzt halfen *sie* der Duuhrt!

Ich schaute wieder hinaus über das Areal des Raumhafens. Hektische Betriebsamkeit herrschte.

»Wann soll das Schiff der Fremden landen?«, fragte ich.

»Morgen, bei Tageslicht. Etwa in der Mitte der Periode, wie unsere Begleitschiffe funkten.«

Ich sehnte mich nach Ruhe! Ich war berechtigt, die mir verbleibende Zeit für mich allein zu nutzen, ohne jede Einschränkung. Deshalb verschränkte ich die Finger; es war die Geste, mit der ich ausdrückte, das Gespräch aus Gründen der Logik, Vernunft und Klarheit beenden zu müssen.

Ich kehrte zurück zur Folie und las die nächsten Zeilen.

»Wartet auf den Moment, an dem das herrscherliche Ei zerspringt! Aufregung, Verwirrung und Chaos werden ausbrechen!

Aber wenn das Ei zerbrochen, der Choolk im Zeichen des Kriegskristalls sein zersprungenes Gefängnis verlässt, wird große Not kommen über den vierten Planeten. Es werden schlimme Tage kommen unter dem furchtbaren Leuchten des Kristalls.

Denn jener wird mächtig und lodernd strahlen. Seine Schwingungen im Bereich der neuen Dimension sind stark und werden euch alle blenden. Alle anderen Kristalle aber, hinunter zur Kaste eins und hinauf bis zu der Kaste der Auserwählten, der siebzehnten Kaste, werden neutralisiert.

Ein jedes Lebewesen wird irre werden und blind. Hilflos werdet ihr umhertaumeln und einander nicht mehr erkennen. Chaos wird seine Herrschaft antreten über Alwuurk.

Versteckt euch! Geht nicht aus den Häusern! Wandert nicht in den brennenden Wüsten!

Aber aus dem Chaos und der Verwirrung wird der mächtige Kriegsherr, der Herrscher der Choolks, der Bevorzugte der Duuhrt, hervorgehen und sein Amt antreten. Sein Weg wird breit sein, seine Spur flammend und mächtig. Er wird die Choolks in den Kampf mit einer anderen Macht führen.

Und sie werden gewinnen.«

Ich blieb sinnend stehen. Gleichzeitig würden all diese Dinge geschehen. Ich glaubte der Prophezeiung. Sollte der Anführer unter dem Einfluss des Kriegskristalls etwa gegen diese Raumfahrer und ihr großes Schiff kämpfen?

Lange stand ich da und betrachtete die Schönheit der nächtlichen

Wüste. Dann ging ich zum Kommandoelement, tippte verschiedene Zahlen und sah zu, wie sich aus dem Halbdunkel der Wand die Gestalt Kalguun fünfzehns schälte.

»Ich schätze das Leuchten deines Kristalls, Kalguun«, sagte ich. »Weilt Pyttcor in deinem Arbeitsnest?«

»Er verließ es eben. Aber er bat dich um einen letzten Dienst?«

»Ja. Sage ihm, dass ich tun werde, was ich kann. Dachtet ihr daran, dass uns der neue Herrscher vielleicht gegen die Fremden anführen soll?«

Die rituellen Eröffnungen des Gesprächs waren teilweise Überbleibsel aus früherer Zeit, teilweise waren sie nichts anderes als ein akustischer Ausdruck der Schwingungen, mit denen unsere Kristalle kommunikativ tätig wurden.

»Ja, wir dachten daran«, antwortete Kalguun fünfzehn. »Aber warten wir erst ab, was wir vom COMP erfahren. Die Duuhrt hat keine spezifizierten Befehle gegeben.«

»Nachdem die Fremden gelandet sind ...«

»... sie nennen sich Terraner, ihr Raumschiff heißt SOL.«

»... nachdem sie gelandet sind und den COMP überbracht haben, sollen sie sofort wieder starten? Sie werden mit Sicherheit Spione schicken. Was sind das für Wesen, wie sehen sie aus?«

»Unser Befehl lautet, sie wieder zum Start zu veranlassen.«

Für mich galt das alles nicht mehr, nur noch das Eingehen ins Große Ei, in das Muutklur. »Ich warte die Unterlagen ab«, sagte ich dennoch. »Sobald das Schiff gelandet ist, werde ich handeln.«

Bei der unzerstörbaren Schale! Ich hätte jetzt fünf Nachkommen zur Seite haben können. Fünf Eier hatte ich abgelegt, aber keines davon war als würdig erachtet worden, in das Tal des Lebens zu gelangen.

Gleichzeitig vier Ereignisse: Der COMP landete, die Fremden kamen, ich lebte in meiner letzten Phase, und das alles kurz vor dem Zerbrechen der Schale des Puukar-Eies. Weltuntergangsstimmung befiel mich.

Logbuch der SOL (Auszug)

Zeit: 22. Januar 3583; 11.55 Uhr.

Die SOL nähert sich dem Planeten Alwuurk, dem vierten Planeten des Vierzehn-Planeten-Systems gleichen Namens. Das System befindet sich in der Randzone einer Kleingalaxis von 502 Lichtjahren Durchmesser. Dort herrscht ein mittlerer Sonnenabstand von acht Lichtjahren, der sich im

Zentrum der Kleinstgalaxis Morv-Allan – Bordbezeichnung Alpha-morvon – bis auf einen Lichtmonat reduziert.

Alwuurk ist eine wichtige Welt der Leibwache der Kaiserin, wie die uns begleitenden Choolks berichteten. Ob es ihre Heimatwelt ist, konnte nicht festgestellt werden.

An Bord des Schiffes ist die Situation stabil, es treten keine ernsthaften Behinderungen auf …

Perry Rhodan stand neben seinem arkonidischen Freund und ließ das Panoramaholo nicht aus den Augen. Im Geleit der zweihundert Choolk-Raumer näherte sich die SOL dem Planeten Alwuurk.

»Hier also leben die Leibwächter der Kaiserin von Therm«, sagte Rhodan schwer, doch in seiner Stimme schwang die Hoffnung mit, dass bald alle Zweifel enden würden.

Sie sahen ausgedehnte Wüsten und hügeliges Land, das von niedrigen Pflanzen bedeckt war wie von einem räudigen Fell. In der Nähe des Raumhafens gab es nur Sand und Dünen. In fadenförmigen Strukturen, die sich ohne jedes feststellbare System in die Wüste hinausschlängelten, erstreckten sich wohl Wohnbezirke.

»Du hast bestimmte Vorstellungen von der Zeit nach der Übergabe, ja?«, wollte Atlan wissen.

»Dieselben, die du auch hast, mein Freund. Außerdem sind unsere Wissenschaftler sehr wissbegierig.«

Alwuurk war der vierte Planet einer großen, hellgelben Sonne – eine heiße Welt mit dünner Sauerstoffatmosphäre. Pol-zu-Pol-Durchmesser 15.200 Kilometer, Rotationsdauer 17 Stunden und 18 Minuten.

Atlan nickte zögernd. »Wenigstens wird dieser unerträgliche Zustand bald der Vergangenheit angehören.«

Nachdem die SOL mehr als 286.000 Lichtjahre zwischen dem Randgebiet von Dh'morvon und der vorgelagerten Kleinstgalaxis zurückgelegt hatte, schien ihr Ziel endlich zum Greifen nahe.

Perry Rhodans Fernraumschiff landete auf dem riesigen, aus festgebackenem Sand bestehenden Raumhafen. Wie ein Schwarm Insekten ließen sich die Schiffe der Choolks ringsum nieder.

Die SOL hatte sich weder vor noch während des Landeanflugs geteilt. Von ihren Antigravaggregaten stabilisiert, ragte sie wie ein gigantisches Gebirge auf. Dünen, Bäume und die skurrilen Bauwerke der Umgebung, alles war zu Spielzeugen degradiert worden.

»Das Schiff ist befehlsgemäß gelandet.«

Alle warteten. Bis sich der COMP endlich meldete: »Eine Abordnung der Leibwächter der Kaiserin von Therm wird das Schiff betreten, um mit Perry Rhodan zu sprechen.«

»Ich erwarte sie«, antwortete der Terraner knapp.

Am Rand des Raumhafens erhob sich eine sonderbare Röhrenkonstruktion. Von der oberen Plattform ausgehend, führten dicke Leitungen in offene Bodenluken. An den Kreuzungspunkten der Verstrebungen befanden sich seltsame kastenartige Gebilde.

Das Luftfahrzeug, das sich aus dieser Richtung näherte, sah aus wie eine große Platte mit einem umlaufenden Geländer und halbkugeligen Buckeln unterhalb der Fläche.

»Es dürfte genügen, wenn wir sie an der Hangarschleuse erwarten«, stellte Perry Rhodan fest.

Inzwischen traf der COMP bereits die ersten Vorbereitungen für sein Ausschleusen. Hangartore wurden geöffnet, ohne dass die Besatzung der SOL in den Vorgang einbezogen worden wäre, mehrere Raumschiffe der Choolks starteten und verharrten in wenigen Kilometern Höhe.

»Auf der Schwebeplattform befinden sich knapp fünfzig Choolks«, wurde Perry Rhodan informiert. »Sie scheinen unbewaffnet zu sein.«

»Eine lausige Umgebung«, sagte Rhodan rau.

»Deine Stimmung gibt zu den schönsten Hoffnungen Anlass«, kommentierte Atlan.

»Du weißt, dass ich nur noch hier stehe, weil wir mit jeder Information über die Choolks wohl auch eine Information über die Kaiserin von Therm bekommen.«

Die Plattform verlangsamte und schwebte in den Hangar ein. Nach wie vor machten diese Fremden einen extrem exotischen Eindruck, nicht unwesentlich trugen dazu ihre knarrenden Stimmen bei, die wie aneinander reibendes, nasses Holz hallten. Perry Rhodan registrierte, dass sein Verstand die Choolks zwar völlig akzeptierte, sein Gefühl sich aber nach wie vor sträubte.

Die Plattform setzte auf. Geheimnisvoll raschelte ihre glänzende Folienkleidung, als die Choolks abstiegen und sich in einem unregelmäßigen Halbkreis aufbauten. Einer von ihnen, seine Haut schimmerte silbrig und gelb, hob wie bittend beide Arme in die Höhe und spreizte alle sechzehn Finger.

»Ich bin Duun dreizehn«, sagte er. »Ich bin berufen worden, mich mit Ihnen zu unterhalten.« Seine beiden Fühler wedelten aufgeregt.

Rhodan richtete den Blick auf das kreuzförmige Auge des Fremden.

»Ich bin Perry Rhodan, der Kommandant der SOL. Wir wurden vom COMP nach Alwuurk geführt.«

»Das ist bekannt. In Kürze werden Angehörige der Kasten zwei und drei den verehrungswürdigen Speicher anheben und auf seinen neuen Platz transportieren.«

»Duun dreizehn, Sie sind uns willkommen«, sagte Perry Rhodan beherrscht. »Wir erinnern allerdings daran, dass wir eine Vereinbarung mit der Kaiserin von Therm getroffen haben.«

Zwischen den Diamanten der Choolks und der benachbarten Halle des COMPS breiteten sich wieder die unsichtbaren Kraftlinien aus. Als ein Flüstern in seinem Ohrempfänger verriet, dass zwei Schleusentechniker zusammengebrochen waren, wusste Perry Rhodan, dass sich die Verhältnisse wohl erst dann wirklich normalisieren würden, wenn der Datenspeicher der Kaiserin weit von der SOL entfernt war.

»Wir sind gekommen, Perry Rhodan, um Ihnen den Wunsch unserer Bevölkerung zu überbringen, der zugleich Befehl der Duuhrt ist«, antwortete Duun dreizehn, ohne auf die getroffene Feststellung einzugehen.

»Wie lautet dieser ... Befehlswunsch?« Der Terraner ahnte, welche Antwort er bekommen würde. Der Choolk, der drei Meter vor ihm stand und ihn um eine Handbreit überragte, schien ihn ebenso intensiv und drängend anzustarren, wie es umgekehrt der Fall war.

»Die Duuhrt befiehlt, dass Sie und Ihr Schiff sofort nach Übergabe des COMPS Alwuurk verlassen sollen.«

Ohne zuvor die Koordinaten des Medaillon-Systems und damit des Planeten Erde erhalten zu haben, lag genau dies nicht in Rhodans Absicht. Wenn die Vereinbarung einseitig nicht eingehalten wurde, bekamen Informationen einen immer höheren Stellenwert. Je länger die SOL auf dem Planeten verweilte, desto eher waren Details über die Kaiserin von Therm herauszufinden.

Rhodan schwieg. Ein Hologramm im Hintergrund des Hangars zeigte ihm, dass die Tore der Halle nun offen standen und der COMP von Traktorstrahlen der Choolk-Schiffe angehoben wurde. Das zu verhindern, hätte bedeutet, eine möglicherweise bewaffnete Auseinandersetzung vom Zaun zu brechen, bei der alle Beteiligten nur verlieren konnten. Ein grimmiger Zug grub sich um seine Mundwinkel ein.

Duuns knarrende Stimme durchdrang Rhodans Überlegungen. »Die Duuhrt besteht auf einem umgehenden Start!«, übersetzte der Translator. »Unser Planet steht im Zeichen einer inneren Wandlung. Ihre Anwesenheit als Fremde stellt einen hochgradigen Störungsfaktor dar.«

Während die Kraftlinien zwischen den Kristallen der Choolks ihre Ausbreitung beendeten, beobachtete Perry Rhodan sein Gegenüber genau. Der Kristallträger schien seinerseits mit größtem Interesse die Terraner zu studieren. Seine seitlichen Fühler zitterten, das kreuzförmige Auge schien zu flimmern.

»Sie interessieren sich für fremde Besucher, die einen Söldnerdienst für die Duuhrt ausgeführt haben?«, fragte Rhodan halb amüsiert, halb verärgert.

»Das ist richtig«, erklärte der Choolk nach einigem Zögern. »Sie interessieren mich als Spezies.«

Duun 13

Beim ewigen Nest! Bisher hatte ich nur Abbildungen dieser Fremden gesehen. Aber seit ihr gigantisches Schiff gelandet war, erschreckte mich stetig etwas anderes.

Jetzt hatte ich sie vor mir; ich sah sie, ich roch sie, ich hörte ihre erschreckend scharfen Stimmen. Und mit einer einzigen Äußerung, so schien es mir, hatte ich auch ihr Interesse herausgefordert.

Waren sie die Widersacher, gegen die wir unter dem Pruuhl kämpfen mussten? Wir – das galt nicht mehr für mich. Aber ich konnte Ratschläge beisteuern, sobald ich mehr über die Fremden wusste. Mein Kristall vibrierte, und das war ein deutlicher Beweis dafür, dass der COMP sich aus dem Riesenschiff löste.

Vielleicht war es angebracht, die Fremden zu provozieren.

»Warum wollt ihr euch allem widersetzen?«, fragte ich und fixierte den Mann, der sich Perry Rhodan nannte. Natürlich konnte ich seinen Ausdruck ohne Vergleichswerte nicht deuten, aber vermutlich zeigte er so etwas wie heftiges Erstaunen. Dass er verblüfft reagierte, bewies mir, dass ich mitten ins Nest getroffen hatte.

»Woher wollen Sie das wissen?«, erwiderte der streng riechende Barbar. Er war kleiner als ich, aber trotzdem oblag ihm die Führung dieses großen Schiffes.

»Ich weiß es, weil wir gewarnt wurden. Die Duuhrt sendet uns einen Kriegsherrscher – das ist das sichere Zeichen dafür, dass wir uns wehren sollen. Deshalb befiehlt auch die Duuhrt, dass Sie Alwuurk schnell verlassen sollen.«

Oft waren wir als Leibgardisten der Duuhrt auf unbekannte Völker gestoßen. Aus diesen Begegnungen war ein Kodex entstanden, der es uns gestattete, innerhalb kurzer Zeit das Wesentliche einer neuen Kultur zu erkennen. Für mich stand fest, dass diese Menschen mehrgeschlechtlich waren. Sie ließen keine Eier in ihren Körpern heranreifen, hatten auch niemals eine Schale zerbrochen.

»Wir unterstehen nicht mehr dem Befehl des COMPS«, erwiderte Rhodan. »Und wir sind auch nicht mehr im Dienst der Kaiserin von Therm. Wir warten nur noch auf unsere Bezahlung.«

Ich vollführte die Geste einer Bitte um kurze Unterbrechung und ging bis zum Rand der Schleuse zurück. Alle anderen, die niedrigeren Klassen angehörten, wichen achtungsvoll vor mir zur Seite. Ich sah zu, wie drei Schiffe den COMP mit unendlicher Behutsamkeit balancierten.

Er ist in unserem Besitz, erkannte ich. *Jetzt werden die Fremden zeigen, was sie wirklich wollen.*

Langsam ging ich zurück und widmete mich wieder diesem Rhodan. Mich irritierten seine zwei weit auseinander stehenden Sehorgane. Vermutlich handelte es sich um einen schlecht geglückten Versuch der Evolution, räumliches Sehen zu ermöglichen.

»Dort drüben wohne ich«, sagte ich und verblüffte ihn ein zweites Mal. »Rot-Zwei-Nadeln heißt der stählerne Baum, in dem mein Wohnnest liegt. Ich bin nur einer von rund drei Millionen Choolks auf dem Planeten. Wenn Sie sehen, dass wir nur harmlose Bewohner eines unendlich schönen Planeten sind, werden Sie uns nicht angreifen.«

»Wir beabsichtigen nicht, Sie anzugreifen«, erklärte Rhodan. Was er mit der Drehung des annähernd eiförmigen Kopfes auf seinen Schultern bewerkstelligte, erreichten wir, indem wir unsere Sinnesorgane einfach bewegten ... Diese Menschen waren ein unfertiges Volk. Vor allem gaben sie diese merkwürdig bellenden Geräusche von sich, als wären sie krank.

»Die Duuhrt hat uns gezwungen, den COMP hierher zu bringen«, fuhr der andere Fremde mit den Silberfäden über den Sinnesorganen fort. Ich sah, dass auch er lediglich fünf Finger an beiden oberen Extremitäten hatte; die Natur hatte sie alle sehr vernachlässigt.

»Wir erhielten einschlägige Informationen«, bestätigte ich.

»Wir sind nicht sehr glücklich über das Ende dieser erzwungenen Mission. Die Duuhrt gab uns ein Versprechen«, sagte jetzt auch er.

»Es ist undenkbar, dass die Duuhrt ein Versprechen nicht einlöst!«, erklärte ich überzeugt. Wir Leibwächter erhielten Befehle, befolgten sie, erhielten Lob oder Tadel; alles ging seit Urzeiten seinen geregelten, präzisen und exakten Gang. Innerlich war ich aufs Äußerste erregt, weil ausgerechnet in den wenigen Tagen meiner ablaufenden Lebensspanne noch solche delikaten Aufgaben auf mich warteten. Ebenso, weil ich zu erkennen glaubte, dass zwischen der Duuhrt und diesen abstoßenden Wesen ein deutliches Spannungsfeld existierte.

Pyttcor bestimmte nur noch kurze Zeit über das Leben auf Alwuurk; der schwarze Kriegskristall bestrahlte ein mächtiges Ei; ich ging in das Muutklur ein – und hier befanden sich Fremde, die mit jeder Geste so wirkten, als würden sie eine jede Drohung wahr machen.

»Wir sind sicher, ein Mittel zu haben, um die Kaiserin in Verlegenheit zu bringen«, sagte Rhodan.

»Welche Mittel kann jemand gegenüber der Duuhrt besitzen?«, fragte ich verblüfft zurück.

»Wenn Sie und Ihre Abordnung die Freundlichkeit hätten, unser Schiff wieder zu verlassen, dann werden Sie es miterleben können.«

»Der Rückzug war ohnehin für die nächsten Momente beabsichtigt.« Ich erkannte eine gewisse Feindseligkeit. Waren sie also doch der Gegner, den wir bekämpfen sollten? Ich gab den einfachen Bedienungsmannschaften einen Wink, und wir sammelten uns auf der Schwebeplattform.

Über dem Raumhafen lag die heiße Ruhe des Tages. Ich hob meine Stimme und rief in den großen Raum hinein: »Mit einiger Sicherheit werden wir uns noch einmal sprechen, Perry Rhodan. Ich bin berechtigt, die Befehle der Duuhrt weiterzugeben.«

Mit seiner Hand machte er die Geste der Fragwürdigkeit, indem er uns in Kopfhöhe die innere Hand zukehrte. Ich stellte mich an die Steuersäule und ließ die Plattform aus dem Schiff schweben. Hinter uns schlossen sich die schweren Portale.

Keiner von uns sprach.

Ich landete die Plattform nach kurzem Flug und wandte mich einem Angehörigen der Kaste zehn zu. »Alle Beobachter sollen ihre Feststellungen notieren! Die Bilderfassung muss ausgewertet werden. Sämtliche Unterlagen so schnell wie möglich zu Pyttcor siebzehn!«

Ich schaute hinüber zu dem seltsamen Schiff und schüttelte mich, weil die belastenden Eindrücke nur langsam wichen.

Binnen weniger Augenblicke bildeten sich um die drei deutlich abgegrenzten Schiffsteile halb durchsichtige Energieschirme. Beim Ersten Ei! Ich sah verblüfft, wie sich um den inneren Schutzschirm ein zweiter grünlicher Schirm legte. Die kriegerischen Fremden besaßen wahrhaft bemerkenswerte technische Mittel.

Ich musste zu Pyttcor.

Erst in der Ruhe meines Wohnnestes kam ich wieder zu klaren Gedanken. Unsere Nester waren in Gittern, in Wabenkonstruktionen, an den stählernen Ästen metallener Baumkonstruktionen oder an ähnlichen

Plätzen aufgereiht. Wir wussten, dass unsere Spezies einst als Amphibium den Planeten erobert und ihre Eier in hoch gelegene Nester abgelegt hatte, um den räuberischen Bodendrachen zu entgehen.

Rot-Zwei-Nadeln waren zwei schlanke Konstruktionen, die im Winkel von elf Grad aus dem Boden ragten, jeweils dreihundertmal so hoch wie ein durchschnittlich großer Choolk der vier oberen Kasten. Zwei Nadeln, auf die eine Unzahl von Perlen aufgespießt war. Alles leuchtete am Tag in einem intensiven Rot, bei Nacht verwandelte es sich in die Farbe unserer schuppigen Haut.

Ich wohnte so weit oben, dass mein Wohnnest bereits beim Ansturm mittelstarker Sandwirbelwinde schwankte. Ein solches Gefühl mochte der Wüstenfalke haben, der auf einem Ast saß und nach Beute spähte.

Als ich eintrat, saß Pyttcor bereits neben der Wandöffnung. Sein Sehorgan ruhte auf dem gewaltigen Schiff.

»Lang glühe dein Kristall!«, sagte er in gezwungener Ruhe. »Großes Unheil wird über Alwuurk kommen.«

Ich ließ die Tür zugleiten und machte die traditionelle Geste, die besagte, dass mein Nest auch sein Nest sei; ein schneller Wirbel beider kugeligen Handgelenke, der sechzehn Finger wie die zitternden Wüstengräser bewegte. »Auch dein Kristall soll leuchten! Berichtest du, Pyttcor, oder soll ich sprechen?«

Ich füllte zwei Schalen Nachtnektar und setzte mich ihm gegenüber. Wir waren jetzt wie Brüder, aber nur, weil mich mein besonderer Status über alle Kastengrenzen erhob. Ich war keinen Zwängen mehr unterworfen.

»Welchen Eindruck hattest du?«, fragte er und streckte zwei seiner Rüssel in die Schale.

»Die Fremden sind Barbaren, ihnen fehlt das Gefühl für Schicklichkeit. Aber sie sind auch harte Krieger. Wenn sie ihre Waffen ebenso handhaben wie ihre Stimmen, dann sind sie gefährlich.«

Zwischen den borkigen Teilen seiner Gesichtshaut glühten die feinen Blutgefäße auf. »Das ist sicher?«

»Das ist der Eindruck, den sie auf mich machten. Du weißt, dass ich mehr Erfahrung mit fremden Völkern habe als ein anderer der Kaste dreizehn.«

»Zugegeben. Du hast ihnen gesagt, dass sie starten sollen?«

»Ja, wie befohlen.«

»Der Erfolg?«

Ich dachte an die Worte der Legenden, die Chaos und Not verkündeten, und entgegnete: »Kein Erfolg. Sie verschlossen das Schiff und schalteten zwei übereinander liegende Schutzschirme ein.«

»Sie fliegen also nicht weg?«

»Ich fürchte, sie werden bleiben. Sie wollen etwas, das die Duuhrt ihnen verweigert.« Ich streichelte meinen Kristall, überlegte eine Weile und sagte dann, was ich wirklich glaubte: »Diese Fremden haben den COMP geborgen, den Befehl erhielten sie von der Duuhrt. Aber sie suchen auch etwas, obwohl die Duuhrt ihnen die Lösung nicht verraten hat. Nun werden sie versuchen, auf dem Umweg über die Leibwächter Informationen zu bekommen.«

»Und das, während wir uns darauf vorbereiten, dass das Puukar-Ei aufbrechen kann!« Entrüstung, Angst und Sorge um das Wohlergehen unserer Welt sprachen aus Pyttcors Worten. Solange er nicht in die Oase des strengen Befehls gerufen wurde und präzisierte Anweisungen der Duuhrt erhielt, konnte er entscheiden, was auf Alwuurk geschah.

»Es ist bitter, aber es ist so«, erwiderte ich. »Was können wir tun?«

»Starten sie nicht freiwillig, müssen wir sie vertreiben. Vermagst du dir vorzustellen, was ein solches Schiff in der Zeit nach dem Brechen der Puukar-Schale anstellen kann?«

»Es wäre die Potenzierung des Chaos«, antwortete ich bebend.

»Du hast es erkannt. Was können wir den Fremden entgegensetzen?«

»Die Kraft des COMPS und tausend bewaffnete Raumschiffe«, sagte ich. »Aber ich weiß nicht, ob wir dies tun sollten, Pyttcor siebzehn. Die Zeit deines Einflusses dauert nur noch bis der vom schwarzen Kriegskristall Bestrahlte seine Schale zerbricht.«

»Dann ist es meine Pflicht, bis zu diesem Augenblick alles zu tun, um die Fremden zu vertreiben.«

»Warum?«, fragte ich und erschrak über meine eigene Kühnheit. Jeder Choolk wuchs auf, ohne jemals etwas in Frage zu stellen.

Er war irritiert und teilweise entsetzt. Dann aber beugte er sich meinem Status. Selbst für das Zerschmettern eines Eies im Tal des Lebens wäre ich nicht mehr bestraft worden.

Pyttcor siebzehn konnte entscheiden, was getan werden musste. Aber er würde nichts befehlen, ohne nicht mit mindestens sechzehn anderen Choolks gesprochen zu haben. So war es gut und richtig.

»Meine Meinung ist, dass es vielleicht nicht der Duuhrt, umso mehr aber uns möglich sein wird, sie mit Worten zu überzeugen«, stellte ich fest.

Fünfmal hatte ich die Wonnen eines reifenden Eies in mir gespürt. Mit milder Betäubung im Status des Ablegenden war ich von den Maschinen betreut worden. Ich erinnerte mich noch heute an jene Gefühle; ich tat etwas Sinnvolles und Konstruktives und trug dazu bei, unsere wertvolle Arbeit zu erhalten. Dasselbe Gefühl hatte ich nun.

»Du würdest mit ihnen diskutieren?«, fragte Pyttcor.

»Ich schlage dies vor«, erwiderte ich.

»Ich neige zur schnellen, wenn auch radikalen Lösung. Wir sind nicht die Feyerdaler, sondern die Elite der Duuhrt.«

»Wann wird die Entscheidung fallen?«

»In einer der kommenden Nächte, denke ich. Du bist hier?«

Ich leerte meine Schale und fühlte, dass ich dennoch hungrig wurde. »Ich werde hier die Kopie der Analyse studieren. Aber ich wünschte jetzt schon, wir wären hundert statt zehn Millionen lebender Choolks! Dann hätten wir einen leichteren Sieg, Pyttcor.«

»Nicht alle Eier werden ausgebrütet, nicht jeder Gedanke ist der Vorbote einer klugen Idee.«

Pyttcor stand auf, grüßte mich und schritt durch den kühlen Sand zur Tür. Er fiel durch den abwärts führenden Schwebeschacht und bestieg am Schaft von Rot-Zwei-Nadeln sein Schnellfahrzeug.

Ich starrte im Licht der untergehenden Sonne den mächtigen Rumpf des fremden Schiffes an. Als ich zu den Folien gehen wollte, um aus den alten Texten Erleuchtung zu schöpfen, kreischte ich vor Schreck auf.

In der Schale aus gewebtem Silbergras, in der vor wenigen Augenblicken noch der oberste Ausgewählte aller Kasten Alwuurks gesessen hatte, saß einer der Fremden! Noch dazu ein besonders exotischer Krieger, denn die sichtbaren Flächen seiner Haut hatten die Farbe der Nacht.

»Keine Angst! Und kein Alarm, Choolk Duun dreizehn! Ich bin gekommen, um mit dir zu reden.«

Ich war wie betäubt. Bei der unzerstörbaren Schale, die Wunder und Zufälligkeiten nahmen kein Ende. »Wie kommst du hierher?«, brachte ich dumpf hervor.

»Bewegung des Körpers durch die Kraft des Verstandes«, erklärte der schwarzhäutige Krieger. »Mein Name ist Ras Tschubai. Ich bin hier, um zu helfen, dass sich unsere Völker richtig verstehen.«

»Du hast dir nicht den besten Gesprächspartner ausgesucht«, erwiderte ich fassungslos, doch ein absolut neuer Gedanke faszinierte mich zugleich: »Aber du hast einen Choolk gefunden, der es sich leisten kann, dir wenigstens zuzuhören, Ras Tschubai eins.«

Er beachtete diese Klassifizierung nicht. Ich war vollkommen verwirrt.

21.

Die erste Hürde ist genommen, er reagiert wie ein souveräner alter Raumfahrer, erkannte Ras Tschubai. Diese Feststellung erleichterte ihn kolossal, denn im Augenblick war er zu keiner vierten Teleportation mehr fähig. Drei Versuche hatten ihn verwirrt und erschöpft. Er kannte den Grund dafür: »Die Strahlung eurer Kristalle vermindert meine Fähigkeiten«, sagte er.

»Wir sind, was die Kristalle betrifft, Teile des COMPS«, übersetzte sein Translator die Antwort des Choolks. »Für uns bedeutet das die höchste Ehre, denn dadurch sind wir auch Teile der Duuhrt. Warum verlasst ihr Alwuurk nicht und lasst uns mit unseren Problemen allein?«

»Uns wurden lebenswichtige Informationen von der Kaiserin von Therm versprochen. Wir haben kaum eine andere Wahl, als sie zur Einhaltung dieses Versprechens zu zwingen.« Langsam und betont fuhr er fort: »Wir suchen die Heimatwelt unseres Volkes. Die Duuhrt kennt die genauen kosmischen Koordinaten.«

Ras Tschubai hatte einen leichten Raumanzug angelegt. Mit zwei Griffen konnte er den Helm nach vorne ziehen und sich allen gefährlichen Einflüssen entziehen. Zudem trug er einen Paralysator und einen Strahler, ebenso wie Gucky, der versuchen wollte, einen anderen Teil der Bauten in Hafennähe zu untersuchen.

Es war ihm nicht sonderlich schwer gefallen, Duun dreizehn zu finden. Offensichtlich lebte der Choolk in diesem spartanisch eingerichteten Raum. Drei Sitzgelegenheiten, ein Tisch, verschiedene unbekannte Geräte und an den Wänden jene dünnen Metallplatten, von denen Perry Rhodan schon einige erbeutet hatte. Runde Fenster in den gerundeten Wänden. Ras Tschubai fühlte sich an die Darstellung bestimmter Arten von Nestern erinnert. Ihm war klar, dass Angehörige eines Eier legenden Volkes bestimmte archetypische Muster niemals aufgeben würden.

»Ihr wollt versuchen, mehr über die Duuhrt herauszufinden, indem ihr uns zu analysieren versucht«, war die vorwurfsvolle Antwort.

»Wir tun nichts anderes als die Abordnung, die in unser Schiff kam«, erwiderte Tschubai. »Wir denken, dass ihr unser Schiff angreifen wollt. Darf ich dir, Duun, einen Rat geben?«

»In zwei, drei Tagen brauche ich keine Ratschläge mehr. Aber sprich.«

»Versucht nicht, die SOL anzugreifen! Wir sind darauf vorbereitet, und es würde den Tod vieler zur Folge haben.«

»Es würden nur Choolks der Kasten eins bis fünf kämpfen.«

Gucky und er waren durch eine Strukturlücke in den Schutzschirmen teleportiert. Schon der erste kurze Sprung hatte ihnen gezeigt, dass sie ein enormes Risiko eingingen. Die Kraftlinien Hunderttausender einzelner Kristalle und der Umstand, dass sie vom COMP aufgefangen und offensichtlich verstärkt wurden, überzogen die Oberfläche des Planeten mit einem hyperenergetischen Chaos. Selbst dieser einzelne Kristall vor ihm, der sehr intensiv strahlte und funkelte, war wie eine glühende Sonde, die sich in Tschubais Gehirn fraß.

»Wen ihr auch immer nach vorne schickt – es ist sehr sicher, dass ihr verliert«, warnte Tschubai.

»Und was sollten wir, deiner Ansicht nach, tun?«

»Mischt euch nicht ein in unseren Konflikt mit der Duuhrt, die bei uns Kaiserin von Therm heißt.«

»Wir sind die Leibgardisten der Kaiserin!«

»Habt ihr den Befehl, uns zu vertreiben?«

»Nein!«

»Dann wünscht die Duuhrt, dass ihr euch loyal, aber abwartend verhaltet.«

Irgendetwas ging vor. Ras Tschubai erkannte, dass immer mehr Raumschiffe der Choolks starteten. Viele Landefelder leerten sich.

»Alwuurk steht vor einer inneren Krise«, sagte Duun nach einer endlos lang erscheinenden Pause. »Und das ist noch sehr vorsichtig ausgedrückt. Wir brauchen gerade jetzt keine Fremden auf Alwuurk.«

»Ich bin sicher, dass wir darauf keine Rücksicht nehmen können. Wir werden nicht starten – jedenfalls nicht in Kürze. Es liegt einzig und allein an der Duuhrt.«

»Ich verstehe. In wenigen Tagen gehe ich in das Muutklur ein, dann werden Äußerlichkeiten für mich keine Bedeutung mehr haben.«

Schlagartig verstand Ras Tschubai. Er saß einem Sterbenden oder Todgeweihten gegenüber. Aber das eröffnete zugleich ungeahnte Perspektiven. Ein Wesen in diesem Stadium war – mit einiger Sicherheit, wenn die Analogien auch auf Alwuurk Gültigkeit hatten weise, tolerant und nicht mehr auf Äußerlichkeiten bedacht.

Ras Tschubai beugte sich vor und fragte mit erzwungener Ruhe: »Wenn du in das Muutklur eingehen wirst, so tust du das freiwillig?«

»Nur, weil meine Zeit vorbei ist.«

»Deine Söhne werden das fortführen, was du begonnen hast?«

»Ich habe keine Nachkommen.«

Der Translator hatte bei »Söhne« gezögert. Also gab es in der Sprache der Leibwächter keinen entsprechenden Ausdruck. »Aber du hast – Sie haben – Eier abgelegt?«, fragte der Teleporter überrascht.

»Fünf Eier waren es. Wir sind eingeschlechtlich. Die Eier reifen, wenn es an der Zeit ist, in uns. Wie viel Geschlechter gibt es bei euch?«

»Zwei«, erklärte Tschubai. »Nur gemeinsam sind sie in der Lage, neues Leben zu schaffen.«

»Das erklärt den aggressiven Eindruck, den ihr überall hinterlasst.«

Ras Tschubai wünschte, Gucky wäre bei ihm gewesen und würde erfolgreich in die Gedanken dieses Wesens eindringen können. »Wir sind friedlicher, als es den Anschein hat«, widersprach er. »Vor allem kennen wir keine Kasten. Ich könnte sagen, dass auch eine solche Einteilung zu Aggressivität verleitet. Wer trifft diese Einteilung, oder wird sie vererbt?«

»Die Einteilung wird im reifenden Ei getroffen. Bevor die Schale bricht, wirkt ein Kristall auf den jungen Choolk ein. Diesen behält der geschlüpfte Choolk dann sein Leben lang.« Duun deutete auf seinen eigenen Kristall.

Ras Tschubai ahnte inzwischen, dass diese Unterhaltung eigentlich unstatthaft war. Dass Duun so freimütig Informationen preisgab, hing wohl mit seinem bevorstehenden Eingehen ins Muutklur zusammen.

»Die Duuhrt legt also fest, wer von euch *Siebzehn* und wer *Eins* oder *Zwei* wird?«

»So ist es.«

»Was geschieht mit den Eiern, bevor sie aufbrechen?«

»Das kann ich dir nicht sagen, Fremder.«

»Aber dein Volk vermehrt sich offensichtlich langsam, denn sonst müsste diese Welt dichter besiedelt sein.«

»Für jeden, der ins Muutklur eingeht, entsteht eine neuer Choolk. Wir warten gerade jetzt auf das Erscheinen eines Choolks, der unter dem Einfluss des schwarzen Kristalls stand und ihn auch tragen wird.«

Offenbar war die Besatzung der SOL wieder auf ein kosmisches Geheimnis gestoßen. Die Zahl der Choolks wurde zweifellos von der Kaiserin konstant gehalten. *Warum?,* fragte sich der Teleporter, und laut fasste er zusammen: »Die Eier werden also bestrahlt und klassifiziert. Aber was geschieht, wenn es mehr neue Eier gibt als Choolks, die ins Muutklur eingehen?«

Die Antwort überzeugte ihn von seiner Vermutung.

»Dann werden die Eier wieder dem Ganzen zugeführt. Der junge Choolk bleibt ungeboren.«

»Ich glaube, die Duuhrt verlangt sehr viel, gibt aber wenig. Womöglich erweisen wir euch sogar einen Dienst, wenn wir nicht starten.«

Im selben Augenblick ertönte ein Rufsignal. Ras Tschubai winkelte den Arm an.

»Du weißt, Ras, wo ich bin?« Das war Guckys Stimme. »Ich habe interessante Neuigkeiten. Kommst du?«

»Sofort.«

Die Verbindung erlosch wieder. Tschubai schaute den Choolk forschend an. »Ich bin sicher, dass wir uns weiterhin gut unterhalten würden, ich glaube sogar, dass wir Freundschaft schließen könnten. Darf ich wiederkommen, mit dem Freund, der mich eben gerufen hat?«

Ruhig entgegnete Duun dreizehn: »Ich werde nicht mehr lange hier sein. Vor allem habe ich nichts zu entscheiden. Ich kann Empfehlungen aussprechen, doch ob sie befolgt werden, entscheidet die Duuhrt. Ich erwarte einen Kurier.« Er schwieg sekundenlang, bevor er fortfuhr: »Es ist nicht gestattet, mit anderen Wesen über Dinge zu sprechen, die nur die Duuhrt und ihre zehn Millionen Leibwächter betreffen. Deshalb geh jetzt bitte, Fremder!«

Ras Tschubai hob grüßend die Hand, konzentrierte sich auf sein neues Ziel und teleportierte.

Schon vor der Teleportation hatte er die Beeinträchtigung durch das unsichtbare Netz zunehmend deutlicher gespürt. Die Trägerwellen des nahen Kristalls lenkten ihn ab.

Ras Tschubai materialisierte im warmen Sand und blickte in die sinkende Abendsonne. Der riesige Schatten der SOL fiel über fast den gesamten Raumhafenbezirk. In geringer Entfernung stachen die beiden Nadeln des roten Wohnturms in den graublauen Himmel hinauf.

Langsam winkelte Ras Tschubai den Arm an und aktivierte den Minikom.

»Gucky! Ich bin hier, außerhalb der Oase.«

Nur noch rund ein Dutzend der Kugelraumschiffe mit dem merkwürdigen Saturnring standen auf dem Raumhafen.

»In welcher Richtung, Ras?«, fragte der Mausbiber. »Ich stecke in dem eiförmigen Gebäude, das von etwa zwei Dutzend Bäumen umzingelt ist.«

Tschubai entdeckte das bezeichnete Bauwerk rasch. Es war höchstens fünfzig Meter hoch.

»Ziel erkannt«, meldete er. »Ich komme, verzichte aber auf eine weitere Teleportation.«

»Das dürfte auch besser sein. Ich warte.«

Langsam ging der Teleporter den Dünenhang hinunter. Er hinterließ tiefe Spuren und rutschte mehrmals auf dem warmen Sand aus.

Das Gebäude wirkte immer noch wie ein Ei, das, waagrecht liegend, zu zwei Dritteln aus dem Sand aufragte. Am stumpfen Ende führte eine schwungvolle Treppe empor. Mit Sicherheit, überlegte Tschubai, war auch Gucky momentan nicht in der Lage, unbeeinträchtigt zu teleportieren.

Endlich betrat er die unterste Stufe der Treppe, drehte sich um und erkannte jenseits des Schattenwurfs zwei Choolks, die langsam auf ihn zukamen. Weit vor ihnen lief er die Stufen hoch und betrat das Gebäude.

»Gucky?«, fragte er nach etwa zwanzig Metern laut. Seine Stimme verursachte ein schwaches Echo.

»Hier hinten!«, rief schrill der Mausbiber.

Erst jetzt hatte Tschubai Augen für die Einrichtung dieses Bauwerks. Er befand sich in einer Art zeremonieller Empfangshalle. Der Boden bestand aus zerschmolzenem Sand. Schlieren, Schleier und Spiralteile bildeten ein schwungvolles Muster.

Gucky winkte hinter einer merkwürdigen Konstruktion hervor, die wie ein zerfressener choolkischer Finger aussah und sich schräg und mehrmals geknickt zur selbstleuchtenden Decke richtete. Ras Tschubai reagierte nicht sofort, denn von der Eingangstür her hörte er jetzt die knarrenden Stimmen von mindestens drei Choolks.

»Hierher, Ras! Das ist ein Empfangsgebäude.«

Boden, Decke und Wände wirkten wie erhärteter, stark poröser Schaum. In den Aussparungen erhoben sich wie Teile von Blüten stängelartige Fortsätze, deren kopfförmige Enden ins Zentrum der Halle deuteten. Sie bewegten sich wie unter einem leichten Wind.

Mit drei schnellen Schritten erreichte Tschubai die unregelmäßige Säule. Gucky kauerte jetzt in einem Hohlraum und blickte den eintretenden Choolks entgegen.

»Dieses Gebäude ist eine Art Aufnahmestation«, flüsterte er aufgeregt. »Ich war schon dort hinten. Da liegen die Choolks und legen Eier!«

Ras Tschubai musste lächeln und spähte durch ein ovales Loch in der Säule. Mit schweren Schritten kamen die drei Planetarier näher. Sie schienen nichts und niemanden zu bemerken und bewegten sich so, wie Tschubai annahm, dass sich Choolks in Trance bewegten. Ihre untere Körperhälfte wirkte stark angeschwollen.

»Wie groß sind ihre Eier eigentlich?«, raunte er, ohne von Gucky eine Antwort zu erhalten.

Die Choolks gingen nahe an den beiden Mutanten vorbei. Die Blüten und Fortsätze schienen, sobald die drei Wesen die Halle betreten hatten, in eine unkontrollierte Erregung verfallen zu sein. Sie wendeten sich den Choolks zu, dehnten sich, schwangen und pendelten hin und her und versuchten, sie zu erreichen. So wirkte es jedenfalls auf Ras Tschubai und Gucky. Dann waren die drei Choolks an der Säule vorbei und gingen nacheinander durch einen schmalen, hohen Eingang hindurch, dessen Ränder sich wie ein lebender Muskel dehnten und zusammenzogen.

»Hinterher! Ich habe es schon ausprobiert. Die Instrumente oder was immer das sein soll, registrieren nur die Choolks!«, sagte der Mausbiber, schwang sich von seinem Platz und rannte auf den Ausgang zu.

»Ich weiß, dass ein Choolk in seiner Lebensspanne vier bis fünf Eier ablegen kann. Ich weiß es von Duun dreizehn«, flüsterte Tschubai, der dem Ilt etwas bedächtiger folgte.

Die Wände wirkten heiß und schleimig wie die Fressöffnung eines Meerestieres, aber sie zogen sich zuckend zurück, als sie Tschubais Schutzanzug berührten. Dann war er wie Gucky hindurch und fand sich in einem breiten und niedrigen Raum wieder, in dem bronzefarbene Dämmerung herrschte, dazu hohe Temperatur und Luftfeuchtigkeit.

Die drei Choolks waren etwa hundert Schritte voraus.

Beidseits des Ganges befanden sich Lagerstätten. Jeweils vier hohe, gepolsterte Wände umgaben jeden Choolk, und eine dieser Lagerstätten reihte sich an die andere. Die Halle enthielt sicher hundert auf jeder Seite. Zweihundert Planetarier lagen also hier, schlafend oder halb bewusstlos, während ihre Muskulatur die Eier aus dem Körper presste.

Die überall schwebenden kleinen Roboter nahmen keine Notiz von den Eindringlingen.

Zweihundert Kristalle funkelten wie ein wahres Feuerwerk. Sehr schnell taumelten Gucky und Tschubai nur noch durch den Raum und kämpften gegen den stärker werdenden Kopfschmerz an.

Jäh ertönte von rechts ein Schrei.

Ein Ei schob sich durch eine breite Öffnung der den Choolk umhüllenden Folie. Es war blaugrün, wenigstens wirkte es in diesem Licht so, und etwa vierzig Zentimeter lang. Zwei der Roboter schwebten heran, sie bestanden praktisch nur aus einem ovalen Körper und zwei Armen. Eine der Maschinen ergriff das Ei mit unendlicher Behutsamkeit, die andere hob offenbar zur Prüfung einen Arm, denn ein giftgrünes Signal blinkte auf. Ein weiterer Roboter schwebte heran, senkte sich über den Körper des erschlafften Choolks und machte sich an ihm zu schaffen.

Wenn es außerhalb des Gebäudes noch möglich gewesen war, die Störungen durch die Kristallwellen einigermaßen zu ignorieren – hier drinnen nicht mehr. Ras Tschubai stöhnte unterdrückt: »Wir müssen weg, Gucky!«

Sie bewegten sich zwischen verzückt wimmernden Choolks hindurch, wichen heranschießenden Robotern aus und eilten den Mittelgang entlang. Immer wieder schrie einer der Planetarier auf. Sobald ein Ei erschien, wurde es weggebracht.

Fünfmal also war Duun dreizehn hier, dachte Tschubai und verstand plötzlich vieles.

Die Leidenschaft dieser »gebärenden« Wesen glaubte er körperlich wahrzunehmen. Fünfmal hatte Duun hier gelegen, gestöhnt und vermutlich die einzigen Phasen der Leidenschaft gespürt, die es in seinem von Befehlen geprägten Leben gegeben hatte. Vorausgesetzt, er war nicht älter als rund fünfzig Jahre terranischer Rechnung, bedeutete dies eine Geburt oder vielmehr ein in äußerster Euphorie abgelegtes Ei innerhalb von zehn Jahren. *Reichlich wenig,* dachte der Teleporter.

Aus den Schwingungen der Kristalle waren rasende Schreie geworden. Sie ertönten jenseits des hörbaren Spektrums, aber nicht im Ultraschallbereich. Es waren fünfdimensionale Frequenzen, die wie Messer durch die Gehirne der Mutanten schnitten.

Ras Tschubai taumelte und zerrte Gucky mit sich. Sie dachten beide nicht einmal daran, zu teleportieren.

Duun 13

Die Stimmung, in der ich zurückblieb, war schwer zu beschreiben.

Die Duuhrt manipulierte uns. Sie schien die Bedeutung eines Gefühls nicht zu kennen oder nicht zu erkennen. Jedes als nicht vollwertig klassifizierte Ei wurde vernichtet. Und die Maximen, nach denen diese Beurteilung erfolgte, hatten nicht wir geschaffen, die Duuhrt hatte sie erfunden. Sie hatte auch meine fünf Nachkommen vernichtet.

Die Fremden waren kosmische Wesen wie wir, verirrt und ein wenig ratlos in einem fremden Bezirk des gewaltigen Universums. Sie waren nicht Krieger und blutrünstige Angreifer, sondern zivilisiert wie wir, wenn auch ganz anders. Ras Tschubai hatte mir zu verstehen gegeben, dass er uns ebenso anders fand, aber uns deswegen weder verachtete noch für niederes Leben hielt.

Wir hatten bisher blind gehorcht. Aber die minderwertige Kaste eins war letzten Endes ebenso wertvoll wie die Kaste siebzehn. Nur der Kristall in der Nähe des Eies bestimmte die Kaste. Auch diese Manipulation war nicht von uns gesteuert. Aus blindem Zufall besaß ich keinerlei Nachkommen. Nicht die Qualität hatte nicht gestimmt, sondern die Zahl. Zu viele Eier existierten, also wurden sie aufgelöst. Die Eier, die ins Tal des Lebens gebracht wurden, bedeuteten lediglich einen statistischen Wert, den die Duuhrt einsetzte.

Ich blickte wieder hinaus in den beginnenden Morgen. Die ganze Nacht über hatte ich hier gesessen, die Analyse studiert und dabei die Fremden besser kennen gelernt. Nur ich und einige andere Choolks besaßen diese Informationen.

Jetzt wusste ich, dass sich die Duuhrt des Raumschiffs SOL und der Fremden bedient hatte. Sie hatte einen Dienst gefordert und eine Belohnung dafür versprochen. Der Dienst war geleistet worden, denn der COMP stand, pulsierend und oft seine Färbung ändernd, zwischen den letzten noch nicht gestarteten Schiffen am Rand des Raumhafens.

Ich stand auf und nannte Pyttcors Verbindungskode. Nur langsam erhellte sich das Bildelement in der Wand meines einsamen Wohnnests.

»Ich sehe dich und den Glanz deines Kristalls, Zonkuul«, eröffnete ich nach der zeremoniellen Gestik.

»Der Glanz deines Kristalls überwältigt«, erwiderte er. »Was kann ich für dich tun?«

»Ich muss mit Pyttcor reden.«

»Er wurde mit dringendem Befehl in die Kontaktzentrale der Duuhrt gerufen.«

»Dort ist er jetzt?« Ich überlegte. Jeder stirbt nur einmal in seinem Leben, deshalb war ich immer noch nicht sicher, welche Macht ich als einer besaß, der an keine Regeln mehr gebunden war. »Rufe mir einen Kurier mit der schnellsten Maschine, die wir haben!«, sagte ich. »Ich werde Pyttcor besuchen und mit ihm sprechen. Sofort, hörst du, Zonkuul dreizehn! Und sollte Pyttcor sich vorher melden, richte ihm aus, ich bin auf dem Weg zu ihm. Es geht um viel ... Übrigens: Was hört und sieht man aus dem Lebenstal? Wie bald wird die Schale des Kriegskristall-Eies brechen?«

»Die Fachleute schätzen, drei, höchstens fünf Tage.«

»Ich warte auf den Gleiter«, erklärte ich und fühlte den Triumph eines Wesens, das niemand mehr verantwortlich machen konnte.

Zonkuul war verwirrt. Ich bedauerte, diesen hervorragenden Kommandanten zu verunsichern, aber er wusste so gut wie ich, wann die Uhr meines Lebens ablief. Ich war sicher, dass er schwere Sorgen hatte, weil er den bevorstehenden Angriff auf die Fremden koordinieren musste.

»Danke dir, Zonkuul«, sagte ich. »Wir hören wieder voneinander.«

»Der Duuhrt sei Dank, sicherlich!«

Sein Abbild erlosch. Ich ging zurück, hob die metallen raschelnden Ausdrucke der Analyse und betrachtete sie noch einmal. Ich entschloss mich, sie nicht zu vernichten, und begab mich nach unten, um auf den Gleiter zu warten.

Der Blitzschweber näherte sich dem Zentrum der Hochebene. Ich kannte andere Kontaktzentralen, aber unsere war die schönste. Sie erhob sich wie der Horst eines Nachtfalken viertausend Choolksgrößen über die Dünen, keine drei Tagesmärsche vom Raumhafen Kalwuug entfernt.

Ein weißer Sandsteinfelsen, von Basaltsäulen gestützt und auf seiner obersten Kante von der Erosion der Jahrtausende glatt gefegt, gekrönt vom COMP-Klein-Zwei, stellte das Bindeglied zwischen der Duuhrt und uns dar.

Am Fuß dieses Felsens hatten einige von uns ihre Stillekammern. Die kleinen Räume waren mit allem Notwendigen ausgerüstet, geeignet zur absoluten Ruhe und für die Tage der Erholung und Nachdenklichkeit, die auf unsere Einsätze folgten. Auch meine Stillekammer befand sich dort, ebenfalls ein Privileg, das ich nur noch wenige Tage genießen konnte.

»Direkt in die Zone Null!«, befahl ich.

Der Blitzschweber, geformt wie ein in der Länge aufgeschnittenes Ei, landete im Lichtkreis. Wo sich sämtliche Kristalladern vereinigten, stand der kleine Turm voll Kommunikationsgeräten, in dem wir Zwiesprache mit der Duuhrt hielten. Der Schweber landete auf dem vorgesehenen Platz, ich stieg aus und ging entschlossen auf eine der Pforten zu.

Detektoren tasteten mich ab, maßen die Modulation der Trägerwellen, stellten fest, dass ich ein Kristallträger war, der im wichtigsten Bereich arbeitete, dann griff die Duuhrt nach mir und zapfte mich für wenige Momente an. Schließlich öffnete sich eines der äußeren Tore und ließ mich ein.

Ich lehnte mich an eine Mauer; die erste Schwäche befiel mich, ein Zeichen der nahenden Auflösung. Dann berührte ich einen Kontakt und sagte: »Ich suche Pyttcor siebzehn. Er ist noch hier?«

»Er erholt sich in Nest siebzehn.« Die Antwort kam wie ein geisterhaftes Flüstern aus allen Richtungen. Ich wusste, dass die kristallenen Adern, in isolierenden Röhren und Kapillaren verborgen, hier überall wuchsen; sie waren die fernen Nervenfasern der Duuhrt.

Langsam ging ich zu dem Element hinauf, in dem sich die Kristallträger der Kaste siebzehn aufhielten.

Pyttcor, dessen Kristall wieder leuchtete, als ich eintrat, ruhte auf einer Liege. Die Kommunikation mit der Duuhrt hatte alle seine Energien beansprucht. Der Kristall, ein Teil des COMP-Systems, flackerte fahl.

Eine schwarze Masse Tausender fingerkuppengroßer Sandläuse bedeckte wimmelnd seinen Körper. Ihre feinen Rüssel bohrten sich in die Hautfalten und säuberten die winzigen Risse und Vertiefungen. Gleichzeitig stachen mikroskopisch feine Nadeln in die Haut und entleerten ihr Sekret. Die Rückstände, die der Körper nach dieser Anstrengung produzierte, wurden beseitigt, die Nerven beruhigt. Die Substanzen der Sandläuse riefen ein wohliges Prickeln hervor, und der Kreislauf erholte sich. Die osmotischen Symbionten fielen schließlich zu Boden, wurden vom sanften Sprühregen der Massageflüssigkeit erfasst und abgesaugt. Erst Tage später waren die übersättigten Sandläuse wieder in der Lage, einen Choolk für die Informationsabgabe zu belohnen.

Langsam öffnete Pyttcor sein Sehorgan. Seine Fühler erhoben sich zögernd, strafften sich und ragten schließlich starr in die Höhe.

»Duun, mein Freund …«

»Du wurdest von der Duuhrt gerufen?«, fragte ich und blieb neben ihm stehen. »Du hast ihr die Erklärungen berichtet, die aus der Analyse hervorgingen?«

»Sie war daran nicht interessiert. Vielmehr zapfte sie sämtliche Daten über den Kriegskristall ab.«

»Weiter!«

»Sie nahm sie kommentarlos zur Kenntnis. Aber sie verbot uns ausdrücklich, das Schiff der Menschen anzugreifen.«

Nun verstand ich überhaupt nichts mehr. Ich hatte fest damit gerechnet, dass Pyttcor nur in die Kontaktzentrale gerufen worden war, um den Angriffsplan zu erhalten.

»Wir kämpfen nicht gegen die SOL?«

»Striktes Verbot.«

»Und der Pruuhl …?«

Die Duuhrt begründete niemals ihre Befehle. Ein Wesen, das so ungleich mächtiger war als wir, brauchte keine Interpretation zu liefern. Wir würden so oder so gehorchen und sterben, wenn es nötig war. Trotzdem war ich verblüfft und andererseits erfreut.

»Sie gab keinen Kommentar«, sagte Pyttcor zögernd. »Ich kann mir nur denken, dass sie wartet, bis der Puukar im Zeichen des Kriegskristalls sein mächtiges Ei gesprengt hat.«

Die letzten Sandläuse fielen von ihm ab. Die Flüssigkeit, die ihn eben noch in einen stark duftenden Nebel eingehüllt hatte, versiegte. Sein Kristall loderte wieder, wie es der höchsten Intensitätsskala entsprach.

»Also bleibt das Schiff auf dem Raumhafen, bis sich die Verwirrung gelegt hat?«, fragte ich.

»So und nicht anders lautet die Interpretation. Bis dahin geht das Leben auf Alwuurk seinen normalen Lauf. Was soll sich ändern?«

»Vielleicht«, gab ich zu bedenken, »durchbrechen die Fremden eine Schranke der Einsicht.«

Er schwieg und warf mir einen nachdenklichen Blick zu. Ich war sicher, dass er daran dachte, alte Choolks würden vor ihrer Auflösung immer ein wenig rätselvoll und kindisch. Nebeneinander gingen wir auf den Blitzschweber zu.

»Ich glaube«, sagte ich leise, »ich werde mich für wenige Stunden in meine Stillekammer zurückziehen.«

Ich hatte einen bestimmten Verdacht. Die Menschen schienen ein nach kosmischem Maßstab junges Volk zu sein. Junge Völker waren ungestüm und vor allem wissbegierig. Wahrscheinlich versuchte mein dunkelhäutiger Freund, Geheimnisse von Alwuurk zu finden und zu entschlüsseln.

Es gab nur zwei interessante Orte in der Umgebung des Raumhafens. Das Tal des Lebens, in dem der schwarze Kristall strahlte. Und die Stationen, in denen Eier abgelegt und getestet wurden.

Ich wusste, ich würde bald wieder von Ras Tschubai hören. Nichts blieb unentdeckt auf Alwuurk, dem Planeten der Leibwächter …

Als Spezialist für fremde Völker und Ausgewählter meiner Kaste gab es wenige Dinge, die ich nicht erfahren, und wenige Türen, die ich nicht öffnen durfte. Ich dirigierte den Sessel vor die Bildwand und schaltete mich in das laufende Überwachungssystem ein. Mit größter Wahrscheinlichkeit hatte der Fremde die Oase entdeckt, unser wichtigstes Bauwerk im Bezirk Kalwuug.

Auf der Bildwand zeichneten sich die Aufnahmen aus der Eingangshalle ab. Fünfmal war ich selbst durch das silberne Gras dorthin gegangen, fünfmal hatte ich die euphorischen Wonnen einer Ausstoßung gespürt.

Ich sah das Bild der Station, die sich an die Schmiegepforte anschloss. Die Choolks lagen ruhig in den gefütterten Abteilungen, leise Klänge wiegten sie. Der Fremde in seinem leichten Raumanzug war nicht zu entdecken.

Weiter auf das nächste Überwachungssystem.

Der Raum war nicht sonderlich groß, und fast alle Apparaturen waren halbrobotisch. Soeben schwebte eine Maschine vorsichtig mit einem der kostbaren Eier herein. Noch deutlich erinnerte ich mich an die Berührungen der sanften Finger während meiner letzten Ablage.

Dann sah ich Ras Tschubai, den Fremden. In der Nähe des Kontrollpults, das mit dicken Kristallfäden an den COMP-Klein-Zwei der Kontaktzentrale angeschlossen war. Neben ihm ein kleineres Wesen, das einen Pelz trug und zwei hochragende Organe.

Ich beobachtete. Das Ei wurde in die Halterung gelegt und trat seine

Fahrt durch die Kontrollgeräte an. Zuerst wurde es durchleuchtet. Auf den Kontrollschirmen sahen der Fremde und sein wohl tierischer Begleiter die winzigen Choolks in der pränatalen Haltung, mit den Versorgungsstoffen des Ei-Innern verbunden. Wieder ruckte das Ei weiter. Schalenprüfung. Eine Maschine nahm Festigkeits- und Materialuntersuchungen vor. Auch diese Prüfung verlief zur Zufriedenheit der Geräte. Es war so gut wie undenkbar, dass auf Alwuurk ein krankes Ei auftauchte.

Das Ei wanderte weiter in der Apparatur. Es näherte sich dem Auswahlgerät. Hier war jeder Zugriff ausgeschlossen. Von diesem Gerät führten achtzehn Röhren nach einer Richtung. Die unterste, gläserne Röhre enthielt diejenigen Eier, die sich nicht als Träger künftigen Lebens in einer der siebzehn Kasten qualifiziert hatten.

Gespannt betrachtete ich die Kontrolleinrichtungen. Ich hatte den Eindruck, dass die Fremden sehr genau verstanden, was dort vorging. Sie sprachen leise miteinander – also war der kleinere Bepelzte doch kein Tier.

Dann traf die Duuhrt ihre Entscheidung. Das Ei wanderte nicht in einer der oberen siebzehn Röhren aus dem Raum, um im Tal des Lebens bestrahlt zu werden, sondern es glitt auf der Schiene der ausgeschiedenen Eier durch das unterste Rohr aus dem Raum. Alle fünf meiner Nachkommen waren diesen Weg gegangen. Es hätte jetzt fünf gesunde und befehlsgewohnte Choolks mehr geben können. Ich wurde sehr traurig, als ich daran dachte, wenn ich auch die Weisheit meiner Herrscherin keinen Moment lang in Frage stellte.

Die Fremden folgten dem Ei, indem sie eine der Türen aufstießen, die ins nächste Gebäude führten. Vorübergehend verstand ich auch deutlich, was Ras Tschubai zu dem Kleineren sagte: »... ist klar, dass die Selektion durchgeführt wird. Ich wette, nicht einmal die obersten Choolks wissen, nach welchen Kriterien die Duuhrt entscheidet. Ich bin sicher, dass die unterste Röhre die ausgesonderten Eier transportiert.«

»Woher willst du das wissen?«

»Es gibt siebzehn Kasten auf Alwuurk. Die achtzehnte Röhre kann nur die besondere Form der Bevölkerungskontrolle sein.«

»Du meinst, diese Eier – also die meisten – werden vernichtet?«

»Was sonst?«

Die Tür schwang hinter ihnen zu und schnitt die akustische Kontrolle ab. Ich wählte die nachfolgende Überwachungsapparatur und blickte in den Nebenraum. Hier wurden die Eier eingeteilt und weggebracht. Aber nur einige der schwebenden Transportmittel standen da. Nur wenige Eier schienen in das Tal des Lebens gebracht zu werden. Zögernd gingen Tschubai und Gucky, wie der andere Fremde sich nannte, auf das einzige Ei zu, das nun die Röhre verließ und in einen Auffangbehälter schwebte.

»Hör zu«, sagte der Schwarzhäutige. »Wir müssen der Kaiserin von Therm zeigen, dass sie grausam ist. Sie handelt mit eiskalter Logik, ohne auf die Gefühle der Choolks Rücksicht zu nehmen.«

»Was, glaubst du, können wir tun?«

»Wir versuchen, die Anlage anzuhalten. Im Augenblick sind wir nicht im Bereich der Strahlen. Ich sehe keinen einzigen leuchtenden Kristall.«

»Warum bringen wir dieses zur Vernichtung bestimmte Ei nicht in die SOL zur Untersuchung?«, fragte der Kleine mit dem großen Zahn.

Ich wusste, dass die nächsten Handlungen die Eier gefährden, einen Alarm auslösen und die Fremden in ernste Gefahr bringen konnten. Deshalb musste ich eingreifen. Selbst wenn es alles andere als normal war, dass ein Choolk, der kein Ei in sich trug, in der Oase erschien. Aber die geringste Störung würde den COMP-Zwei-Klein alarmieren, der überall seine Bruchstücke hatte. Und dann brach der Kampf aus, obwohl ihn die Duuhrt untersagt hatte.

Ich ließ die Tür der Stillekammer offen, als ich hinauslief und den Blitzschweber bestieg. Der Pilot, der bisher gewartet hatte, rannte weg, als ich ihm den Befehl zuschrie.

Die Auffangbehälter für Eier der möglichen siebzehn Kasten waren leer.

»Viele unserer Vermutungen haben sich bestätigt«, murmelte Ras Tschubai. »Die Kaiserin von Therm bringt das Leben in den noch nicht aufgebrochenen Eiern um, nur weil sie vermeiden will, dass es mehr als zehn Millionen Leibwächter gibt. Und mit Sicherheit werden wir sehen, dass die verschiedenen Kasten durch das Bestrahlen künstlich erzeugt werden.«

Wieder schwebte ein Ei auf Energiepolstern entlang einer dünnen Führungsschiene herein, beschrieb einen leichten Bogen und landete in dem Behälter, in dem sich bereits rund dreißig andere Eier befanden. Sie waren ausnahmslos zur Vernichtung bestimmt.

»Du meinst, dass die Kaiserin die Kasten mit allen Verhaltensmustern konditioniert? Den heranwachsenden Choolks in den Eihüllen wird gar nicht bewusst, dass sie einst so normal wie jeder andere waren?«, fragte Gucky erschrocken zurück.

»Genau das meine ich«, versicherte Tschubai. »Wir werden sicher nichts retten können. Aber wir sollten beweisen, dass es im Universum noch andere Ansichten gibt.«

»Durch das Anhalten der Geräte?«

»Wir stiften Verwirrung. Auch wenn wir damit nichts verändern, aber die Duuhrt muss an ihr Versprechen erinnert werden. Es wird zumindest ein fürchterliches Durcheinander geben, und dann holen wir eines der *tauben* Eier für unsere Wissenschaftler.«

»Du bist der Meinung, dass die Kaiserin von Therm sich zwingen lässt? Weil sie sonst befürchten muss, dass wir den Choolks die furchtbare Wahrheit sagen?«

Tschubai nickte ernst. »In etwa diese Richtung bewegen sich meine Überlegungen. Kann sein, Kleiner.«

Sie liefen zurück in die Halle. Momentan fühlten sie sich recht wohl; aus einem Grund, den sie nicht kannten, schienen entweder an dieser Stelle oder zu dieser Stunde die Schwingungen nachgelassen zu haben.

»Schießen wir das Gerät in Fetzen, oder schalten wir es nur aus?«, wollte Gucky wissen. Auch er war vorsichtig geworden und lief, anstatt zu teleportieren.

»Wir suchen einen Hauptschalter oder so etwas.« Ras Tschubai blickte sich bereits um. Bestimmte Muster waren überall in der Technik ähnlich oder gar identisch. Nach einer Weile entdeckten sie das, was sie in der SOL als Sicherheitsschalter bezeichnet hätten.

»Ich hab's!« Der Teleporter betrachtete das Sensorfeld. »Traust du dir zu, in die SOL hineinzuspringen?«

»Wenn eine Strukturlücke geschaltet wird, dann ja.« Über Minikom gab Gucky die entsprechende Meldung durch. »Fertig?«, fragte er dann.

Tschubai legte seine Hand auf den Kontakt. Augenblicklich leuchteten Warnanzeigen auf, ein schrilles Klirren erfüllte die Halle. Die Anzeigen des Auswahlgeräts erloschen.

Die beiden Mutanten rannten in den nächsten Teil der Anlage und nahmen eines der ausgesonderten Eier an sich. Dann teleportierten sie.

Gleichzeitig schwollen die Kraftlinien wieder an. Die Schwingungen des unsichtbaren Netzes trafen Ras Tschubai und Gucky in dem Moment, als sie verschwanden.

Sie materialisierten nicht neben den Landestützen der SOL, sondern irgendwo. Allerdings lag der Ort in der Nähe der Oase, denn sie hörten noch das Schrillen des Alarms und die Knarrlaute der Kommandos. Ras Tschubai stürzte und versuchte im letzten Moment, das Ei zu schützen.

Neben ihm überschlug sich der Mausbiber. Mit dem letzten Rest seiner schwindenden Kräfte legte Tschubai das Ei, das er mit beiden Händen schützend an seine Brust hielt, in das starre Gras.

Er fühlte, dass sein Bewusstsein schwand.

Sie mussten fliehen, aber sie schafften es nicht. Und die Choolks, die nicht wussten, worum es ging, würden sie wegen des Eies töten.

Tschubais Gedanken verwirrten sich.

Gucky sah den Freund zusammenbrechen und das Ei im Gras liegen. »Ras!«, schrie er. »Komm zu dir!«

Wie ein gigantisches Feuerrad hing die Galaxis Dh'morvon über dem Horizont. Das Gras leuchtete in ihrem Widerschein wie flüssiges Silber. In diesem Moment dachte der Mausbiber kurz daran, dass für die Augen der Choolks dieser Planet nachts ein Zauberreich der Farben und Eindrücke sein musste.

Er rüttelte an Tschubais Schultern. »Sie kommen!«, drängte er. »Sie haben alles umzingelt und suchen uns!«

Er blickte den Hang der Düne hinunter. Immer noch mehr Scheinwerfer flammten auf.

Gucky ignorierte das Ei, hakte seine Finger hinter Tschubais Gürtel und suchte sich eine weiter entfernte Position. Er teleportierte ohne Rücksicht auf einen wahrscheinlichen Misserfolg. Tatsächlich landete er in der Wüste und ließ den Afroterraner langsam zu Boden gleiten.

Nach einer Weile kam Tschubai wieder zu sich. »Wir sind in die Irre gesprungen, nicht wahr?«, brachte er stockend über die Lippen.

»Es ist verrückt«, erklärte der Mausbiber aufgeregt. »Nicht eine einzige Teleportation wird glücken. Am besten schleichen wir uns zur SOL.«

Noch sahen sie als gigantische Silhouette die SOL am Horizont. Und weit hinter ihnen ragte eine düstere Felsmasse auf, in der sich mehrere schwache Lichtflecke abzeichneten.

»Die Strahlung macht mich verrückt.« Ächzend griff Tschubai in seinen Gürtel und zog ein Medikamentenpäckchen hervor. Mit zitternden Fingern schob er sich eine Pille zwischen die Lippen.

Beide waren sie restlos erschöpft. Von der SOL konnten sie wegen der Kristallstrahlung kaum Hilfe erwarten. Außerdem war es wohl nur eine Frage der Zeit, wann die Verfolger sie aufspüren würden.

»Versuchen wir es noch einmal?«, fragte Gucky nach einer Weile. »Richtung SOL, wohin sonst …«

Tschubai nickte schwach.

»Wir springen gemeinsam, Ras.« Gucky sah sich noch einmal um. Ringsum war Wüste, und die überhängenden Felswände wirkten wie eine Drohung. Rätselhaft – die schwachen Lichter in der Wand, beinahe wie eine Beleuchtung von Höhlen.

»Ziel?«, fragte Tschubai schwer.
»Wieder der Raum unterhalb der rechten Polschleuse.«
Sie hielten sich aneinander fest und teleportierten.
Abermals materialisierten sie nicht dort, wo sie es sich erhofft hatten, sondern diesmal mitten in einer Versammlung bewaffneter Choolks, deren Kristalle strahlten. Immerhin befanden sie sich wieder am Rand des Raumhafens, etwa in halber Distanz zwischen der SOL und der Oase. Eine Vielzahl von Waffen richtete sich auf die beiden.
»Ausgesprochen ungut«, murmelte Gucky und machte immerhin den Versuch einer weiteren Transition. Er brach schreiend zusammen.

Ras Tschubai war immer noch wie gelähmt. »Warum diese Aufregung?«, sagte er schwach zu den Choolks, und sein Translator übersetzte.
Einer der Bewaffneten kam näher auf ihn zu. »Ich bin Urkoor. Sie haben in unseren wertvollsten Räumen Alarm ausgelöst und ein Ei gestohlen.«
Tschubais Gedanken überschlugen sich.
»Wir sollten Sie umgehend töten«, fuhr Urkoor ungeduldig fort. »Warum sind Sie nicht mit Ihrem Schiff gestartet, wie es Ihnen befohlen wurde?«
»Wir haben uns nur umgesehen …«
»Wir müssen Sie zu Pyttcor bringen. Er wird Ihnen sagen, welches Verbrechen Sie begangen haben.«
Die Choolks schleppten ihre Gefangenen zu einer Schwebeplattform. Ras Tschubai glaubte für einen Moment, im blendenden Licht der Scheinwerfer Duun in der Menge zu sehen. Aber vermutlich irrte er sich. Er konnte einen Choolk kaum vom anderen unterscheiden.
Die Plattform mit den beiden Mutanten und ihren Bewachern schwebte relativ schnell nach Norden. Das Gefährt überflog die Oase und näherte sich den Felsen. Die Choolks landeten auf einem Felsvorsprung, der nichts anderes war als ein markierter Platz von vielen auf der spiegelglatten Oberfläche des ausgedehnten Bergstocks.
»Wo sind wir?«, fragte Tschubai mühsam.
»In der Nähe der Duuhrt.«
»Doch nicht etwa neben dem COMP?«, schnappte Gucky. Hier oben war die Luft noch dünner und unangenehmer.
»Der COMP-Zwei-Klein befindet sich in unmittelbarer Nähe.«
Turmartige Konstruktionen, Mauern und Rampen erhoben sich, in grelles Licht gebadet, etwa fünfhundert Meter entfernt. Ras Tschubai und Gucky wurden dorthin geschleppt. In einer kleinen Halle standen

sie dann offenbar vor ihren Anklägern, einer Delegation von fünf Choolks, deren besonders stark strahlende Kristalle sie mit einer Woge neuer Schmerzen überschwemmten.

»Sie beide haben ein heiliges Tabu gebrochen. Versuchen Sie nicht, das abzustreiten.«

»Wenn jemand etwas abzustreiten hat«, ächzte Tschubai, »dann ist es wohl die Duuhrt – oder es sind die Ausgesuchten aller Klassen. Sie sind Mörder und Verbrecher!«

»Ich bin Pyttcor siebzehn«, erwiderte einer der fünf Choolks ohne sichtbare Regung. »Ich bin für kurze Zeit noch derjenige, der auf Alwuurk bestimmt. Wie kommen Sie zu dieser absurden Behauptung?«

»Wissen Sie denn nicht, dass fast alle Eier auf Alwuurk ausgesondert und vernichtet werden?«

Unbeeindruckt hob Pyttcor beide Arme, winkelte die Hände ab und vollführte merkwürdige Bewegungen mit den Fingern. »Ich kann kein Verbrechen darin erkennen. Die Duuhrt hat alles angeordnet und geeignete Maßnahmen zur Durchführung getroffen.«

»Sie wissen also, dass sehr viele Eier vernichtet werden?«

»Sie müssen aufgelöst werden, um die Ordnung und die ausgeglichene Zahl nicht zu gefährden.«

Mit seinem strapazierten Verstand erkannte Tschubai, dass zumindest die Führungsspitze der Choolks wusste, was geschah. »Nur ein Bruchteil der Eier gelangt ins Tal des Lebens!«, rief er heiser.

»Nur ein kleiner Teil«, bestätigte Pyttcor.

»Aber die Eier oder die heranwachsenden Choolks werden durch die Kristalle erst konditioniert ...«

»Das ist unrichtig, Fremder. Bereits im Ei wird genau erkannt, zu welcher Klasse der Choolk später gehören wird. Jede Klasse ist mit einer unterschiedlichen Anzahl von Individuen repräsentiert.«

Die anderen Choolks standen schweigend entlang der Wände. Nur die beiden Fremden und Pyttcor redeten.

»Im Tal des Lebens wächst also ein Choolk der Kaste siebzehn heran, nachdem seine Eignung bereits kurz nach der Eiablage festgestellt wurde?«

Pyttcor bewegte nicht einmal mehr die Finger, als er entgegnete: »Dies trifft zu. Die Überprüfung und demnach auch die Einteilung übernimmt der COMP als Teil des Kontaktzentrums der Duuhrt. Sind Sie mit diesen Erklärungen zufrieden?«

»Nicht ganz«, sagte Tschubai. »Warum soll Ihr Volk nicht wachsen? Es gibt genügend Raum, und die Kaiserin hat sicher viele Aufgaben für ihre Leibwache. Warum müssen so viele Eier vernichtet werden?«

»Dass unser Volk nicht wächst und sich aus der besten Erbmasse immer wieder erneuert, wird von allen akzeptiert. Es ist sinnvoll.«

»Eure Herrscherin handelt kalt wie eine Maschine!«, fuhr Tschubai mit letzter Energie auf.

»Selbst wenn das so wäre – da ihre Weisheit und Größe unendlich sind, haben wir kein Recht, die Maßnahmen der Duuhrt anzuzweifeln. Unser Recht ist es, ihr zu gehorchen. Außerdem leben wir nur dafür, insofern erübrigt sich eine Diskussion.«

»Ja«, würgte Tschubai hervor. Er war nahe daran, das Bewusstsein zu verlieren.

»Sie scheinen krank zu sein!«

»Ihre Kristalle üben einen schmerzhaften Einfluss auf uns aus.«

»Das wissen wir, und so wird sich auch Ihre Strafe für den Bruch des heiligen Tabus vollziehen.«

Gucky und Ras Tschubai waren am Ende ihrer Kräfte angelangt. Sie setzten sich nicht einmal zur Wehr, als die Choolks sie mit sich schleppten.

Sie spürten ihre Schmerzen nicht mehr. Ihre Bewusstlosigkeit ging nach wenigen Minuten in einen Tiefschlaf über, der Ähnlichkeit mit einer Totenstarre hatte.

Gucky erwachte nach Stunden als Erster. Er flößte dem Freund etwas Wasser ein und trank dann selbst ebenfalls.

Sie steckten in einem metallenen Würfel, zweifellos einem Gefängnis. Dass dieser Aufenthalt möglicherweise mit einer Hinrichtung endete, lag nahe. Pyttcor hatte ihnen die Strafe angedroht.

»Kleiner«, flüsterte Ras Tschubai gebrochen, als er sich endlich etwas erholt hatte, »wir müssen hier raus!«

Schwerfällig versuchte er, sich zu erheben. Er taumelte und musste sich an der Wand abstützen.

»Ich habe keine Ahnung, wo wir sind«, sagte Gucky.

Im selben Augenblick übersetzte der Translator eine flüsternde Stimme: »… komme … helfe euch … warten …!«

Außerhalb des Käfigs befand sich ein Choolk, der ihnen helfen wollte? Die beiden Mutanten warteten wie erstarrt und hofften, dass ihre verwirrten Sinne ihnen keinen Streich gespielt hatten.

22.

Duun 13

Wir hatten gestraft, gekämpft und getötet! Ich war einer derjenigen, die sinnloses Vorgehen nicht billigten, aber die stählerne Disziplin war in uns allen. Ich hatte so gut wie niemals einzugreifen brauchen, wenn die Truppen sich auf Befehl der Duuhrt aus den Schleusen gestürzt hatten. Wir waren die Leibwächter der Duuhrt und griffen nur dort ein, wo es sein musste, wo die Existenz unserer Herrin auf dem Spiel stand.

Wir sahen sie niemals, aber wir erhielten ihre Befehle. Es war kein Glaube, keine innere Überzeugung, der wir gehorchten, sondern etwas, das keinen Raum für Zweifel ließ. Doch jetzt zweifelte ich. Ras Tschubai hatte Überlegungen in mir geweckt, die ich wohl als einziger Choolk auf Alwuurk vollzog. Ich war willens, gegen die Traditionen zu handeln, um den Vergeltungsschlag des großen Schiffes nicht herauszufordern.

Ich näherte mich dem Würfel, der über dem abgelegensten Bereich des Hochplateaus schwebte. In kurzer Zeit würden sie ihn in die Nähe des COMPS dirigieren, eine Versammlung der Kaste siebzehn einberufen und die Fremden töten.

Das Ei, das sie aus wissenschaftlichem Interesse an sich genommen hatten, war ohnehin wertlos gewesen und wäre zerstört worden. Warum also diese maßlose Übertreibung?

Ich blieb vor dem Würfel stehen. »Ich komme. Duun bin ich. Ich helfe euch, ihr müsst noch warten!«, rief ich und löste nacheinander die Verriegelungen und betätigte die Steuerung. Die Klappe kippte um das Horizontalgelenk und berührte mit der Vorderkante den Boden.

Der Kleine schien den Großen zu stützen. Ich dirigierte den Schweber breitseits über die Klappe. »Schmerzen?«, fragte ich anteilnehmend und sah, dass die Fremden einzusteigen versuchten.

»Bringe uns zum Schiff, bitte!«, sagte Ras Tschubai schwach. Ich erkannte ihn beinahe nicht wieder, sein Gesicht war so fahl wie Asche.

»Das ist unmöglich, denn andere Choolks fliegen Patrouille um euer Schiff«, erwiderte ich. »Aber ich habe ein Versteck, in dem ihr euch erholen könnt.«

Ich setzte mich hinter die Steuerung. Der Schweber glitt nach einem kurzen Anlauf über den Rand der Hochfläche. Ich steuerte die Maschine zu meiner Stillekammer und hielt sie so an, dass neben den Türen die Felsplatte war, die zum Eingang führte und wie eine geöffnete Hand vorsprang.

Vorsichtig kletterten Ras Tschubai und dieser Gucky heraus und wankten in den Raum hinein. Ich schloss die Türen des Schwebers und schickte ihn zu einer Parkposition, von der aus ich ihn jederzeit abrufen konnte.

»Du wirst dich in Gefahr bringen«, sagte der Mensch.

»Das weiß ich – aber ich bin in keiner Gefahr mehr, Raumfahrer.«

»Deine Leute wollen uns umbringen, fürchte ich …«

»Das war der Grund, warum ich euch geholt habe«, erwiderte ich leise. Dann aktivierte ich das Depotfeld. Nur die Stillekammern sehr alter Choolks besaßen dieses nontransparente Kraftfeld. Ich wartete, bis sich der Feldschirm aufgebaut hatte, nahm einen weißen Handschuh und streifte ihn über die rechte Hand.

Dann zog ich langsam meinen Kristall aus der Hautvertiefung und legte ihn mitsamt dem Handschuh in das Fach. Das Kraftfeld schloss sich, als ich die leere Hand wieder hervorzog.

Der Pelzige richtete sich auf und flüsterte verblüfft: »Die Schmerzen haben aufgehört, Duun!«

»Ich habe den Kristall neutralisiert«, bekannte ich. »Ein Privileg, das nur ich habe. Aber es wird nicht sehr viel helfen.«

»Sobald wir uns erholt haben, teleportieren wir ins Schiff zurück.«

»Draußen gibt es immer noch die Kraftlinien.«

»Duun – willst du sterben? Willst du wirklich ins Muutklur eingehen?«, fragte Gucky unvermittelt.

Duun dreizehn war überrascht. »Ich muss!«, antwortete er. »Mein Kristall gibt mir das Signal zur Auflösung in reiner Ekstase.«

Ras Tschubai deutete in die Richtung der SOL, die am fernen Horizont bis fast zu den Sternen aufragte. »Wir könnten dich zu retten versuchen«, sagte er. »An Bord unseres Schiffes wärst du abgeschlossen von allen Strahlungen, im Kreis interessanter Raumfahrer anderer Völker …«

»Das wäre möglich?«, fragte Duun nach einer langen Pause des Nachdenkens.

»Möglich, ja. Stimmst du zu?«

»Lasst mich überlegen. Ich bin nutzlos für die Gemeinschaft, ich habe alle meine Aufgaben erledigt …« Das Murmeln seiner leiser werdenden Stimme wurde vom Translator nicht mehr übersetzt.

Die ungeheuerliche Frage hatte meinen Verstand durchzuckt wie ein Blitz. Ich, Duun 13, ein Fremder an Bord des Schiffes, das diese Menschen SOL nannten? Eine Art Mittler oder Beauftragter und lebend anstatt aufgelöst?

Niemals mehr würde ich die silbernen Wüsten sehen, die Sandwirbel und die Ebenen Alwuurks. Ich hatte mich sehr weit vorgewagt, denn das Ablegen eines Kristalls war immer ein Risiko, der Bruch des Treueeids, der über den Kristall mit der Duuhrt bestand. Schwerste Zweifel befielen mich.

Ich hob den Arm und deutete auf den Schwarzhäutigen. »Ras Tschubai«, sagte ich und versuchte, mich klar auszudrücken, dass sein Übersetzer keinen Fehler machen konnte, »du darfst nicht denken, dass ich gegen die Kaiserin opponiere. Ich bin nur ein wenig enttäuscht, dass ich fünf Nachkommen hätte haben können, sie aber nie hatte. Ich wundere mich auch, dass unser Volk niemals wachsen soll. Warum sind zehn Millionen Choolks, davon drei hier auf Alwuurk, genug? Dieses System besteht seit Urzeiten. Es ist so alt, dass Bücher und Sagen nicht einmal wissen, wann alles begonnen hat. Wollen wir das System ändern? Willst du der Kaiserin sagen, was sie zu tun hat, Ras Tschubai? Ich fürchte, ich bin nicht der Richtige dafür. Deshalb lasst mich hier zurück! Ich werde versuchen, euch zu retten, danach gehe ich allein hinauf zum COMP.«

Ich breitete meine Finger in der Geste der Resignation aus. Ich wollte nicht mehr. Es ging nur noch um Stunden, allerhöchstens Tage.

»Was würde geschehen, Duun, wenn eines der ausgesonderten Eier ausgebrütet werden würde?«

Ich selbst hatte mir diese Frage fünfmal gestellt und ebenso oft vergeblich versucht, aus den mir zugänglichen Informationen eine Antwort zu erhalten. »Es erscheint sicher, dass aus einem unbestrahlten Ei ein ganz anderer Typ von Choolk ausschlüpfen würde«, gestand ich zögernd. »Er sähe vielleicht anders aus, er wäre lebhafter, er besäße keine definierte Kaste …«

»Demnach auch keine programmierten Verhaltensformen?«

»So ist es. Er wäre ein natürliches Wesen. Verglichen mit diesem hypothetischen Choolk sind selbst die privilegierten Angehörigen der obersten Kasten nichts anderes als Roboter.«

»Das ist die Antwort, die ich erwartet habe!«, sagte der Pelzige. »Was tun wir also?«

»Seht hinaus«, erwiderte ich. »Unsere Schiffe suchen noch. Sobald ihr euch zeigt, eröffnen sie das Feuer. Aber meinen Schweber werden sie verschonen. Fliegt mit ihm zur SOL zurück.«

»Einverstanden. Und du?«

»Ich werde hier auf den Ruf warten. Es wird schön sein, in der Stillekammer die letzten Stunden meines Lebens in Betrachtung zu verbringen.«

»Wir können dir nicht helfen?«

Hinter dem Schirmfeld strahlte mein Kristall. »Rasch!«, drängte ich. »Der Kristall ruft! Ihr müsst schnell handeln. Alles, was der COMP durch einen der Millionen Kristalle erfährt, kann er ohne Zeitverlust an eine beliebig große Zahl einzelner Choolks weitergeben. Sein Wille erhält dadurch Befehlscharakter.«

Gucky sprang aufgeregt in die Höhe. »Also gut, versuchen wir es!«

Ich rief den Schweber zu mir. Währenddessen wurden die rhythmischen Strahlungsmaxima des Kristalls fordernder. Ich ignorierte sie weiter, weil ich in den letzten Momenten meines Lebens völlig frei sein wollte. Ich war, nachdem ich auch die Bildwand endgültig desaktiviert hatte, für niemand mehr zu erreichen.

Der Schweber hatte schon gleiche Höhe mit dem vorspringenden Felsen. Er berührte mit der Unterkante den Stein.

»Ich bin glücklich, weil es mir gelungen ist, nicht nur zwei Freunde zu finden, sondern auch, weil ich ihnen helfen konnte«, sagte ich nachdenklich.

»Was heißt helfen?«, rief Gucky schrill. »Du hast uns vor der Hinrichtung durch deine feinen Kameraden gerettet! Dass wir leben, verdanken wir dir, Duun! Komm doch mit uns in die SOL!«

Ich antwortete mit Bestimmtheit: »Ich komme mit bis in die Nähe eures Schiffes, aber nicht weiter. Schnell!«

Ich schob beide zur Tür hinaus. Gleichzeitig sah ich, dass sich zwei Raumschiffe genähert hatten und vor der Felswand schwebten. Eine Stimme, die ich sofort erkannte, hallte heran: »Hier ist Pyttcor. Duun dreizehn, die Duuhrt befiehlt, dass du die Fremden herausgeben sollst. Versuche nicht, sie zu retten!«

»Ich bin für alle und jeden ein noch lebendes Tabu«, schrie ich zurück. »Brecht nicht die Gesetze, für die wir leben. Die Fremden sind Raumfahrer und Krieger wie wir! Lasst sie gehen, dann werden sie von unserer Freundschaft berichten! Zieht die Schiffe ab! Ich werde nicht mit ihnen gehen, denn das Muutklur wartet auf mich. Achte die Gesetze, Pyttcor!«

Als Antwort feuerte eines der Schiffe auf den Schweber und vernichtete ihn. Die Trümmer regneten über das stumpf gewordene Silbergras der Wüste ab.

Gucky, der sich ebenso geduckt hatte wie wir, schloss kurz die Augen. Pyttcors Schiff raste heran, gleichzeitig entfernte sich das zweite Schiff von der Felswand. Der Antriebsring wirbelte herum, weil sich die Pol-zu-Pol-Achse beider Schiffe rasend schnell drehte. Dann prallten, etwa fünfzig Wohlklängen über dem Boden und ebenso weit von der Felswand entfernt, beide Schiffe zusammen.

Es gab einen gewaltigen, schmetternden Schlag, ein lang nachhallendes Echo tobte über die Wüste, als die kleinen Raumschiffe ins Trudeln gerieten und nach wenigen Augenblicken aufschlugen. Tief rissen sie den Boden auf.

»Gut gemacht, nicht wahr?«, fragte Gucky, aber dann stöhnte er wieder. Ras und er waren erneut in den Bereich der Kristallstrahlungen geraten.

Der Kleine schleppte sich in die Kammer zurück. Ras Tschubai und ich folgten ihm. Ich drehte mich in der Tür noch einmal um und sah, dass sich zwei weitere Schiffe näherten.

»Oft kann ich meine Kraft nicht mehr einsetzen«, stöhnte Gucky.

Ras blickte ihn lange an. »Wenn es zu gefährlich wird, können wir teleportieren«, sagte er zögernd. »Wir alle drei – aber wohl nur ein Sprung.«

Im isolierten Innern der Stillekammer erholten sie sich ein wenig. Die Schiffe nahmen aus größerer Entfernung den Felsen unter Beschuss. Ich kannte die Waffenwirkung; Felsbrocken wurden herausgebrochen, tiefe Löcher entstanden, Geröll und Staubfahnen spritzten nach allen Seiten.

Voller Verblüffung sah ich, wie die lautlose und gefährliche Waffe des Geistes abermals zuschlug. Der pelzige Kleine würde von jedem anderen ebenso unterschätzt werden wie anfangs von mir. Wenn ich mir vorstellte, was Alwuurk zu erleiden gehabt hätte, wenn es zum Kampf gekommen wäre … Ungläubig starrte ich durch die Wandöffnung hinaus und sah, dass Gucky wieder die angreifenden Schiffe durcheinander wirbelte. Wie sonst sollte das geschehen, wenn nicht durch ihn? Er wirkte in diesem Augenblick überaus konzentriert.

Kurz darauf lagen zwei halb zerstörte Wracks mehr in der Wüste.

Die Stille, die sich nach dem missglückten Angriff ausgebreitet hatte, war trügerisch.

Eine kleine Flotte näherte sich. Die Beobachter in der SOL mussten doch sehen, dass ein Kampf auf Leben und Tod entbrannt war. Ich fragte mich, warum die Menschen nicht eingriffen, und erschrak zugleich über diesen Gedanken.

Gucky kauerte in sich zusammengesunken auf dem Boden der Stillekammer. Als erneut Schiffsgeschütze feuerten, fuhr ein Ruck durch seinen pelzigen Körper. Dinge gingen in ihm vor, von denen ich keine Ahnung hatte; ich würde auch niemals begreifen können, welcher Natur seine Kräfte waren. Ich spürte dennoch Faszination, als ob ich eine geheimnisvolle Sphäre durchstoßen hätte.

Dann geschah etwas, das ich fast schon aus meinen Überlegungen verdrängt hatte. Die Schiffe fuhren ihre Landehilfen aus und setzten in der Wüste auf.

Der Moment des Jahrtausends war da! Es konnte nicht anders sein.

Terror, Not und Angst kamen für Tage über unseren Planeten. Ich ließ mich in meinen Sessel sinken und sagte mit letzter Beherrschung: »Versucht, in euer Schiff zu springen! Niemand wird euch jetzt aufhalten. Aber vergesst nicht, dass es auf Alwuurk mindestens einen Freund gab. Denkt nicht schlecht von uns. Wir sind alle nur Figuren in einem Spiel der Mächtigen. Sagt eurem Perry Rhodan, dass ich versucht habe, zwischen den unbarmherzigen Leibwächtern der Duuhrt und euch zu vermitteln. – Lasst mich nun allein!« Den letzten Satz stieß ich nur noch heftig hervor.

Über den Planeten breitete sich eine Stille und Unbeweglichkeit aus, die ich nie gekannt hatte. Kein Choolk kannte sie. Es war die Ruhe vor dem tosenden Sturm, und sogar die Natur schien den Atem anzuhalten. Obwohl die wandernden Dünen mit ihren singenden Sandkörnern und die schlauchförmigen Winde unabhängig von den Kristallen und der Duuhrt waren, bewegten sie sich nicht. Die Stille war vollkommen.

»Geht!«, keuchte ich, mich kaum noch beherrschend. Die Vorboten ausbrechender Euphorie tobten durch meine Glieder.

Ich sah mit schwindendem Bewusstsein, wie Gucky auf ein Band an seinem Handgelenk einredete. Einen Augenblick danach verschwanden er und Ras Tschubai.

Ich blieb allein zurück. Eine unsichtbare Eiszeit breitete sich über Alwuurk aus. Ich war froh, dass ich in Kürze sterben musste.

Das ausbrechende Chaos, das den Planeten entweder untergehen lassen oder zu neuer Blüte führen konnte, würde zu viel für mich und meine schwindenden Kräfte sein.

Ich wankte hinüber zu dem Kraftfeld, schaltete es ab und führte den Kristall wieder in die Vertiefung meines Körpers ein.

Meine letzten Stunden brachen an.

Langsam ging ich hinaus aus meiner Stillekammer, über die Felsen zu der senkrechten Treppe und versuchte, die Oberfläche des Berges zu erreichen.

Zwischen mir und der Ewigkeit stand nur das Muutklur.

Die erste Teleportation brachte sie zu einem der Choolk-Raumschiffe, die sich in die Dünen gebohrt hatten.

»Spürst du das auch, Ras?«, brachte Gucky stockend hervor. »Eine unheimliche Stille ...« Sein Blick wanderte über den Rumpf des kleinen Kugelraumers. Scheinbar sinnlos drehte sich noch der Energiering hoch über ihm.

»Ich weiß von meinem ersten Gespräch mit Duun, dass sich alle Choolks auf ein Jahrhundertereignis vorbereiten«, erwiderte Ras Tschubai.

»Worauf?«

»Er hat es mir nicht gesagt. Duun ist loyal, aber vor allem ein bemerkenswerter Choolk.«

Ihre Blicke suchten die Silhouette der fernen SOL. Mit einem zweiten Sprung mussten sie ihr Ziel erreichen.

In dem Moment taumelten die ersten Choolks aus den Schiffen. Aber schon nach wenigen Sekunden war deutlich, dass sie nicht angriffen.

»Das Ei des schwarzen Kriegskristalls ist aufgebrochen!«, schrien sie. »Andere Zeiten für Alwuurk! Ein neuer Herrscher ist gekommen!«

Verständnislos schauten sich Ras Tschubai und der Mausbiber an. Zumindest im Augenblick zeigte die Kristallstrahlung nicht mehr die geringsten Wirkungen auf ihr Nervensystem.

»Das Ei ist zerbrochen!« Ein anderer Choolk hastete nahe an ihnen vorbei, ohne sie zu bemerken. »Der schwarze Kristall hat die Eischale aufgebrochen! Der neue Herrscher wird uns zu erstaunlichen Taten führen.«

Der Choolk starrte in die Richtung des riesigen, steil aufsteigenden Tafelbergs und lief durch den Sand weiter. Sein Ziel war undeutlich; vermutlich das Tal des Lebens.

»Gibt es noch einen Grund, Ras, der uns davon abhält, in die SOL springen?«, drängte Gucky.

Tschubai nickte knapp. »Ich will wissen, was hier wirklich vorgeht!«

»Ich versuche, in ihre Gedanken einzudringen. Aber ich empfange nur ein totales Chaos. Tausende von Begriffsfetzen ... nichts damit anzufangen.«

Sie wagten den nächsten Sprung. Auch am Rand des Raumhafens herrschte Chaos. Sogar in der Nähe des COMPS irrten die Choolks umher wie verlorene Schafe.

Tschubai stutzte. »Wie verrückt sie auch durcheinander laufen, es sieht aus, als bewegten sich alle nach Norden.«

»Was die Strahlungen dieser dreimal verdammten Kristalle betrifft«, Gucky fuchtelte mit seinen Ärmchen, »die ist wenigstens schon verschwunden.«

»Ich fühle mich zwar immer noch hundsmiserabel«, tief atmete Ras Tschubai durch, »aber wenigstens sind alle Schmerzen weg.«

»Richtig, Großer!«, rief der Ilt. »Und bevor sich das ändert, verschwinden wir lieber.« Er teleportierte.

Tschubai drehte sich noch einmal langsam um sich selbst und nahm auf seine Weise Abschied von der Wüste und von Duun dreizehn, dem sterbenden Choolk, der jetzt wohl auf seinem allerletzten Weg war.

Dann folgte er dem Mausbiber.

Duun 13 war nur noch einhundert Schritte von dem Moment entfernt, an dem er in den COMP oder in das Muutklur eingehen würde. Ruhig und gelassen ging er über das Hochplateau.

Ein Wohlgefühl, das unvorstellbar war und jede Zelle seines Körpers erfüllte, breitete sich wie eine ungekannte Mischung aus Hitze und Kälte in ihm aus. Er sah zu, während er vorwärts schritt, wie sich sein Kristall aus dem Körper löste und davonschwebte.

Duun vergaß buchstäblich alles, was Vergangenheit war. Er fühlte voll reiner Freude, wie sich Atom um Atom, Molekül nach Molekül, Zellverband auf Zellverband auflöste und in das Muutklur einging. Er war der im Ei Erhobene, und alles, was nach der Vereinigung kam, würde er von einer höheren Warte aus betrachten.

»Ich bin glücklich, weil ich frei geworden bin!«, flüsterte er mit letzter Kraft.

Sein bewusstes Ende stand bevor. Gleich würde er in Form von Partikeln und energetischen Einheiten im System der Duuhrt schweben oder durch die lichtjahrelangen Kristalladern reisen. Es gab für ihn dann keine Einschränkungen mehr.

Duun 13 löste sich vollends auf. Die Kristalle des COMPS zogen die Minikristalle seines aufgelösten Körpers an.

Er starb.

Und er war endlich frei.

Sein Bewusstsein zersplitterte in Milliarden Fragmente, und ihm lagen die Galaxien zu Füßen …

23.

Aufzeichnung Galto Quohlfahrt

»Gewisse Grenzen dürfen wir trotz allem nicht überschreiten«, sagte Perry Rhodan bedeutungsvoll. Ich erkannte, was er mit dieser Betonung ausdrücken wollte. »Das augenblickliche Durcheinander hängt mit dem Ausschlüpfen eines Choolks unter dem Einfluss eines schwarzen Kristalls zusammen«, fuhr er fort. »Wir wissen, dass dieser Choolk der neue Anführer sein wird.«

»Sie haben Recht, Sir«, entgegnete ich. »Dieser Puukar ist für uns jedoch eine absolut unbekannte Größe. Wir können nicht vorhersehen, wie er reagieren wird. Zudem ist er sicherlich noch keine Persönlichkeit und könnte weit über das Ziel hinausschießen.«

»Genau das sollte auf beiden Seiten nicht geschehen!«

Ich hielt seinem Blick stand und war für einen kurzen Moment versucht zu fragen, weshalb er mich für diesen Erkundungseinsatz ausgewählt hatte. Aber dann sagte ich mir, dass er natürlich seine besten Leute schickte, und da Gucky und Ras Tschubai draußen »Federn gelassen hatten«, um es mal so auszudrücken, war seine Wahl auf einen Roboterspezialisten gefallen.

Auf zwei eigentlich.

Joan Connerford traf ich erst im Hangar wieder. Ich hatte die Robotologin und Kosmopsychologin erst vor wenigen Stunden kennen gelernt, eben im Zusammenhang mit diesem Einsatz auf Alwuurk. Ihr schmales und blasses Gesicht mit den viel zu eng stehenden übergroßen Augen spukte mir seitdem durch den Sinn, ebenso ihre lange schmale Nase und der farblose Mund. Im ersten Moment hatte ich Joan für einen Mann gehalten, und noch jetzt war ich versucht, in ihr bestenfalls ein Zwitterwesen zu sehen. Sie war nicht nur dünn, sondern dürr, gut zwei Meter groß, aber kaum schwerer als fünfzig Kilogramm. Dazu ihr schütteres mausgraues Haar. Ich hätte nicht gewusst, wo ich sie anfassen sollte, ohne sie zu zerbrechen.

Aber sie machte mir Konkurrenz. Joan Connerford stand inmitten einer Schar von Posbis vor der Space-Jet und redete auf sie ein. Nie hatte ich Prilly, Insekten-Sue und sogar Medo-Migg so aufmerksam gesehen.

Der Start war Routine. Vielleicht auch deshalb, weil die Choolks nach wie vor nicht auf uns achteten. Wir hätten ihre Welt umkrempeln können, ohne momentan Folgen befürchten zu müssen. Allerdings konnte sich das ebenso schlagartig wieder ändern. Weder Gucky noch

Ras Tschubai hatten abzuschätzen vermocht, wie lange dieser Zustand anhalten würde.

Deshalb dachte ich nicht daran, mich lange im Raumhafenbezirk von Kalwuug aufzuhalten, sondern flog ziemlich genau nach Norden. Das war die Richtung, die alle Choolks eingeschlagen hatten, seit hier das Chaos ausgebrochen war.

»Wohin wollen Sie?«, fragte Joan.

»Dorthin, wo die Choolks vielleicht ein wenig angreifbarer sind als in Kalwuug«, antwortete ich.

»Wie meinen Sie das?«

»Der COMP hat dafür gesorgt, dass wir in Kalwuug gelandet sind«, erläuterte ich. »Ich bin davon überzeugt, dass dies nicht das einzige Zentrum des Planeten ist. Außerdem glaube ich, dass die Choolks die SOL nicht gerade dort haben landen lassen, wo es für sie am bedrohlichsten wäre. Im Gegenteil. Begriffen?«

»Allerdings«, sagte die Frau.

Die Space-Jet glitt in einer Höhe von knapp zweihundert Metern über die ausgedehnte Wüstenregion hinweg. Nur gelegentlich lockerten Oasen die Monotonie auf. Doch weit interessanter fand ich die zahlreichen Kristallpflanzen, die seltsame Figuren und Muster auf dem Sand bildeten. Die höchsten von ihnen erreichten etwa zwanzig Meter und hatten einen Durchmesser am Boden von gut dem Fünffachen. Das Sonnenlicht reflektierten sie in unglaublichen Spiegelungen.

Hin und wieder tauchten bizarre Gebäudekomplexe in der Ferne auf. Ich hielt die Space-Jet in großer Entfernung. Als wir einen Vegetationsgürtel erreichten, der sich an der Nordküste eines großen Sees entlangzog, verringerte ich die Geschwindigkeit weiter.

Joan Connerford machte mich auf mehrere scheinbar ziellos umherirrende Choolks aufmerksam. »Sie sind immer noch völlig durcheinander!«

Ich sah ein Schwebefahrzeug gegen einen Baum prallen. Ein Choolk wurde aus dem Fahrzeug geschleudert und und blieb sekundenlang liegen.

Als ich die Space-Jet nahezu stoppte, raffte sich dieser Leibwächter der Kaiserin schon wieder auf und eilte mit komisch anmutenden Bewegungen davon, wobei er mit den Armen wirbelnde Bewegungen ausführte und den Oberkörper immer wieder ruckartig nach vorn neigte.

»Wir werden uns einen von diesen Burschen schnappen!«, verkündete ich und lenkte die Space-Jet von dem nahen Komplex aus Gestängen und Plattformen weg, der wie ein gewaltiger Krake in dem Vegetationsgebiet lag.

»So wenig Aufsehen wie möglich erregen«, erklärte ich, als Joan

Connerford mich fragend anblickte. »Es ist nicht notwendig, dass wir den Choolk direkt aus einem der Nester holen.«

»Wir sollten sie eigentlich in Ruhe lassen«, sagte die Robotologin mitleidig. »Sie haben jetzt genug mit sich selbst zu tun.«

Ich setzte zu einer heftigen Antwort an, schwieg dann aber doch. Es hätte wenig Sinn gehabt, mit ihr zu diskutieren. Sie interessierte mich als Frau nicht unbedingt, und als Begleiterin hatte Rhodan sie ausgewählt. Wahrscheinlich ihrer psychologischen Fähigkeiten wegen, oder hielt er die Choolks für eine Art Roboter?

Ich steuerte eine Felsnadel an, die gut fünfzig Meter hoch aus dem Buschwerk emporragte. Erst als ich schon sehr nahe an das Gebilde herangekommen war, bemerkte ich, dass es keineswegs aus gewachsenem Stein bestand. Fingerlange Insekten arbeiteten daran, das Gebilde weiter auszubauen. Unweit davon lag ein beschädigter Gleiter, und wiederum einige Meter von diesem entfernt stand ein Choolk. Er starrte Löcher in die Luft.

»Den holen wir uns!«, sagte ich entschlossen. Der erwartete Widerspruch meiner Begleiterin blieb aus, deshalb landete ich.

»Sie warten hier, Joan! Können Sie die Jet notfalls auch fliegen?«

»Ich bin ausgebildete Pilotin«, antwortete sie beleidigt.

Ich stöhnte gequält. Schon bei unserer ersten Begegnung hatte ich bemerkt, dass wir nicht zusammenpassten. Zu dieser Frau konnte ich sagen, was ich wollte, es war immer verkehrt. Es gab nur wenige Menschen, die bei mir Aggressionen auslösten – Joan Connerford gehörte dazu.

»Also schön, Sie sind ausgebildete Pilotin. Mehr wollte ich nicht wissen.« Ich schwang mich in den abwärts führenden Antigravschacht.

Als ich die Space-Jet durch die Bodenschleuse verließ, sprach mein Helmempfang an. Joan Connerfords Gesicht erschien vor meinen Augen, und deshalb hätte ich beinahe den Choolk übersehen, der nur noch wenige Meter vor mir stand. Er zeigte aber mit keiner Reaktion, dass er mich bemerkt hatte, von der Space-Jet ganz zu schweigen.

Eine seltsame Welt war das, mit noch seltsameren Bewohnern.

»Ich rate von Gewaltmaßnahmen ab!«, sagte die Kosmopsychologin. »Der Choolk befindet sich in einem kritischen Zustand, der mit dem Ausschlüpfen des neuen Herrschers zusammenhängt. Und direkt oder indirekt mit dem Einfluss dieses schwarzen Kristalls.«

»Das weiß ich. Und? Ich habe nicht vor, den Choolk zu skalpieren«, antwortete ich gereizt.

Trotzdem hatte ich meinen Kombistrahler gezogen. Niemand konnte sagen, wie es wirklich in diesem fremdartigen Wesen aussah. Vielleicht war es absolut friedfertig, vielleicht auch nicht.

»Sie wollen hoffentlich nicht schießen?«, fragte Joan entsetzt. Ihr blasses Gesicht im Projektionsfeld wurde langsam lästig. Zumal mich ihre weit aufgerissenen dunklen Augen zu durchbohren schienen.

»Seien Sie endlich still!«, bat ich.

Der Choolk wandte mir sein kreuzförmiges Sehorgan zu. Dennoch konnte ich nicht feststellen, ob er mich inzwischen wahrnahm oder ob es nur eine zufällige Bewegung war.

»Stecken Sie die Waffe weg!«, drängte Joan. »Sie wissen gar nicht, was Sie damit anrichten können.«

Mir platzte der Kragen, und ich schrie eine Reihe von ziemlich groben Worten zurück. Das hatte zur Folge, dass der Choolk vor mir aufschreckte. Er schnellte sich auf mich zu und trat mir gegen die Beine. Ich stürzte zu Boden.

»Das haben Sie davon, Sie Verrückter!«, rief die Psychologin erregt. »Können Sie nicht vernünftig mit ihm reden? Das ist kein Wilder, sondern ein intelligentes Wesen, das nur vorübergehend unter psychosomatischen Störungen leidet. Die Ursache dafür liegt in der Strahlenausschüttung des schwarzen Kristalls, der …«

»Halten Sie den Mund!«, brüllte ich und schaltete die Verbindung ab. Mir reichte es endgültig. Nur weil dieses Weib mich gestört hatte, war mir das Missgeschick passiert. Ich hob meinen Kombistrahler auf, der mir entfallen war, und schaute suchend um mich.

Der Choolk war verschwunden. Auf dem weichen Boden zeichneten sich seine Spuren jedoch deutlich ab. Ich rannte hinter ihm her, bis Joan Connerford mit der Space-Jet startete. Wie vom Blitz getroffen blieb ich stehen und starrte zu dem Diskus hinüber, der langsam abhob. Ich schaltete den Helm wieder ein.

»Was, zum Teufel, haben Sie vor?«

»Ich werde auf jeden Fall verhindern, dass Sie dem Choolk einen Schock versetzen«, erklärte sie. »Außerdem haben Ihre Posbi-Freunde beobachtet, was Ihnen widerfahren ist. Sie verlangen, dass ich sie zur Hilfeleistung ausschleuse.«

»Sind Sie verrückt geworden?«, brüllte ich. Gleichzeitig beobachtete ich, dass drei Posbis aus der offenen Schleuse herabschwebten. »Sie behindern mich, anstatt mir zu helfen. Ich will den Choolk haben.«

»Ich auch«, antwortete sie ruhig, »aber nach meiner Methode.«

»Moment mal«, sagte ich vor Zorn bebend. »Ich kommandiere die Jet – Sie haben sich meinen Befehlen zu fügen!«

»Ich entsinne mich nicht, davon gehört zu haben, dass Perry Rhodan Ihnen das Kommando übertragen hätte.«

»Das ist doch eindeutig«, stellte ich fest, während ich die erneute

Verfolgung des Choolks aufnahm. Hinter mir hörte ich meine Posbi-Freunde jammern, weil sie fürchteten, dass ich mir bei diesem Sprint durch die Wildnis das Genick brechen würde.

»Wir sind ein Team«, erläuterte Joan Connerford, während sie die Space-Jet über mich hinweggleiten ließ.

»Aber ich entscheide.«

»Warum?«

»Weil ... weil es immer so war.« Etwas anderes fiel mir im Augenblick nicht ein.

Vor mir flüchtete der Choolk. Er bog seinen Körper weit nach hinten, und ich vermutete, dass er nur so gut genug nach oben sehen konnte. Die Space-Jet überholte ihn und landete zweihundert Meter voraus. Ich grinste schräg. Auf den Gedanken, dass der Choolk nun so weiterlaufen würde wie bisher, konnte nur diese Kosmopsychologin kommen.

Ich mobilisierte meine letzten Kräfte für den Endspurt, wobei ich darauf wartete, unvermittelt die Richtung wechseln zu müssen. Der Choolk rannte jedoch genau auf die Space-Jet zu, als habe er sie noch nicht bemerkt.

Ich fluchte.

Am meisten störte mich, dass Joan Connerford Recht behielt. Das wollte ich nicht zulassen. Ich hob den Kombistrahler, blieb keuchend stehen und zielte sorgfältig, nachdem ich auf Paralysewirkung umgeschaltet hatte.

Ich sah, dass Joan Connerford in höchster Eile aus der Jet hervorkam und dem Choolk entgegenlief. Dabei breitete sie ihre dünnen Arme aus und schrie: »Nicht schießen!«

Gleichzeitig löste ich den Paralysestrahler aus. Der Choolk stoppte abrupt, drehte sich noch halb um, kippte dann aber einfach zur Seite und blieb stocksteif liegen.

Als ich ihn erreichte, war meine Begleiterin schon bei ihm. »Sie haben ihn getötet!«, rief sie mir anklagend entgegen. Ihr Gesicht zeigte tiefe Trauer. Ich wandte mich eilig dem Choolk zu, weil ich keine Lust hatte, mich mit dieser Frau zu beschäftigen.

»Wie können Sie eine nutzbringende Kommunikation mit dem Choolk erwarten, wenn Sie ihn vorher über den Haufen schießen?«

»Seien Sie endlich still!«, forderte ich grob. »Hier ist überhaupt nichts geschehen, was ein solches Palaver rechtfertigen würde. Begreifen Sie nicht, dass Sie stören?«

»Er ist tot!«

»Unsinn. Er ist paralysiert, und wo ist da ein Problem?« Ich legte dem Choolk meine Hand auf den Körper. Deutlich konnte ich fühlen, dass sein Adernsystem pulsierte. »Der Bursche ist vielleicht sogar heilfroh, dass er für eine Weile Ruhe hat. Glauben Sie, dass es angenehm für ihn und die anderen ist, wegen der Ausstrahlung des schwarzen Kristalls halb verrückt zu sein?«

»Daran habe ich noch gar nicht gedacht«, gestand sie niedergeschlagen.

»Dann tun Sie das bitte!«, sagte ich heftig. »Und pfuschen Sie mir das nächste Mal nicht wieder ins Handwerk.«

»Ich mache alles falsch«, stellte Joan in bitterer Selbstanklage fest.

»Vollkommen richtig«, bestätigte ich. »Endlich sehen Sie es ein.«

Ich blickte auf. Die Posbis umringten uns. Medo-Migg presste mir seine medizinischen Sensoren an Hals und Kopf. Prilly öffnete ein Spezialfach in ihrem Körper …

»Nichts da!«, rief ich hastig. »Keine Behandlung! Sie würde mich in einen psychisch physischen Konflikt stürzen.«

»Das musst du uns erklären«, sagte Scim-Geierkopf.

»Seht ihr nicht, dass ich genug zu tun habe?«, erwiderte ich entrüstet. »Ich bin vollkommen gesund, also befasst euch gefälligst mit dem Choolk. Ich muss wissen, ob es möglich ist, seine Paralyse abzubauen.«

Scim-Geierkopf untersuchte das fremdartige Wesen zuerst. Dann schloss sich der noch kompetentere Medo-Migg an. »Es ist möglich«, erklärten beide wie aus einem Mund, »aber es wird etwa eine halbe Stunde dauern.«

»Na und?«, fragte ich. »Warum fängt keiner an?«

»Weil der Choolk bei seinem Zusammenbruch ein Warnsignal abgestrahlt hat«, erklärte Scim-Geierkopf. »Du musst damit rechnen, dass hier gleich andere erscheinen, die ihm beistehen wollen. Wahrscheinlich werden Roboter kommen.«

»Warum hast du das nicht eher gesagt?«, fragte ich wütend. Ich bückte mich und nahm den Choolk auf die Arme. Erst jetzt wurde mir voll bewusst, dass die Schwerkraft auf Alwuurk unter dem gewohnten Wert lag. Das bedeutete, dass ich mich müheloser bewegen konnte als an Bord der SOL und dass ich den Paralysierten ohne allzu große Anstrengungen transportieren konnte.

Selbstverständlich protestierten meine Freunde dagegen. Sie wollten mir die Last abnehmen, aber ich lief einfach mit dem Gefangenen los und brachte ihn in die Space-Jet.

Als die ersten Choolk-Roboter auf der Szene erschienen, startete ich bereits. Hinter mir betrat Joan Connerford die Zentrale. »Hoffentlich ist Ihnen klar, dass Sie aus kosmopsychologischer Sicht einen unverzeihlichen Fehler begangen haben«, sagte sie.

»Habe ich das? Wirklich?«, fragte ich ärgerlich. Die Space-Jet sprang über einen Bergrücken hinweg und geriet in ein Tal, das sich bis fast zum Horizont erstreckte. Fantastische Gebilde ragten hier auf; ich hatte nie Pflanzen solcher Art gesehen. Sie sahen aus wie Sonnenschirme, Kraken, Muscheln und Palisaden. Auf einigen von ihnen standen Blüten, die allein schon etliche Quadratmeter maßen.

Die Ortung zeigte mir an, dass alle Pflanzen mit Quarzhüllen versehen waren, sodass sie die aufgenommene Flüssigkeit extrem lange halten konnten. Blaue Farben herrschten vor. Das überraschte mich, denn Alwuurk war die vierte Welt einer großen, hellgelben Sonne und wanderte in einer Entfernung um das Zentralgestirn, in der unter normalen Umständen genügend Licht aufgefangen wurde. Wenn die Pflanzen dennoch blau waren, deutete das darauf hin, dass sie einen ungewöhnlich hohen Energiebedarf hatten.

»Es scheint Sie nicht sonderlich zu interessieren, dass Sie einen groben Fehler gemacht haben«, beharrte Joan.

Ich blickte sie überrascht an, während ich die Space-Jet auf ein von Pflanzen freies Feld hinabsinken ließ. Irgendwie hatte ich eine zornige Bemerkung von ihr erwartet, stattdessen klang ihre Stimme müde. Meine Begleiterin war niedergeschlagen, als sei etwas geschehen, was sich nie mehr wieder gutmachen ließ.

»Heraus mit der Sprache!«, forderte ich. »Was habe ich nun wieder getan?«

»Sie haben den Choolk gedemütigt und zutiefst verletzt. Er befand sich in einem Zustand, in dem er seiner Sinne nicht mehr mächtig war. Aber Sie haben ihm nicht einmal eine Chance gegeben, zu sich selbst zu finden. Vielmehr haben Sie ihn gewaltsam entführt …«

»Ich gestehe meine Schuld ein, Euer Ehren«, erwiderte ich ironisch.

»Sie haben noch nicht einmal darüber nachgedacht, welche Bedeutung der unter dem Einfluss des schwarzen Kristalls ausschlüpfende Choolk für diese Wesen hat«, erklärte sie anklagend. »Außerdem lassen Sie völlig unberücksichtigt, dass von dem schwarzen Kristall eine beträchtliche Macht ausgehen muss. Wir spüren die Auswirkungen nicht oder nur wenig, aber die Choolks leiden darunter. Wie kann man unter diesen Umständen mit der Brutalität eines primitiven Arenakämpfers vorgehen?«

Ich lehnte mich in meinem Sessel zurück und nahm einen Becher Konzentratbrühe von Kröten-Summy entgegen. Während ich verblüfft über das nachdachte, was dieses angeblich weibliche Wesen mir eben an den Kopf geworfen hatte, trank ich den Becher aus.

Im nächsten Moment stand ich senkrecht vor dem Sessel und verkrampfte die Hände um den Hals. Ich hatte das Gefühl, Säure in mich hineingeschüttet zu haben.

»Was war das?«, stieß ich würgend hervor. »Wollt ihr mich umbringen?«

»Du hast deine Gesundheit in sträflicher Weise gefährdet«, behauptete Medo-Migg. »Du hast dich überanstrengt und außerdem ein Intelligenzwesen berührt, von dem wir noch nicht wissen, mit welchen Mikroben es behaftet ist. Daher sahen wir uns veranlasst, dir ein bakterizides und virostatisches Mittel zu geben, das prophylaktisch gegen eine Verseuchung wirkt.«

»Sie sind ein furchtbarer Mensch, Galto Quohlfahrt«, sagte Joan Connerford deprimiert.

»Was ist denn nun schon wieder los?«

»Ich diskutiere mit Ihnen über ein äußerst wichtiges Thema, und Sie benehmen sich wie ein Kind, nur um davon abzulenken, dass Sie Unrecht haben. Oder gehört das zu Ihrer Taktik, weibliche Wesen emotional für Sie zu interessieren?«

Ich räusperte mich, ohne etwas sagen zu können.

»Wenn es so ist«, fuhr sie fort, »dann muss ich Ihnen sagen, dass Sie bei mir nur negative Gefühle hervorrufen.«

»Gott sei Dank«, brachte ich röchelnd hervor. »Gut …« Ein Alarmsignal lenkte meine Aufmerksamkeit wieder auf die Instrumente. Die Space-Jet schwebte dicht über dem Boden, dennoch hatte ich plötzlich alle Hände voll zu tun, sie zu landen.

Sofort danach ließ ich mich im Antigravschacht nach unten sinken und schaute nach dem Choolk, der neben der Bodenschleuse lag. Drei Posbis und zwei Matten-Willys kümmerten sich um ihn. Die beiden Quallenwesen hatten Pseudohände gebildet, mit denen sie unseren Gefangenen massierten. Offenbar brachten sie damit seine Lebensgeister wieder in Schwung. Ein Medikament, das Medo-Migg dem Choolk in die Löcher seiner Mundmembrane gesprüht hatte, tat ein Übriges.

Der Choolk wälzte sich bereits von einer Seite auf die andere.

»Hallo, mein Freund«, sagte ich. »Es tut mir Leid, dass du zufällig in den Strahlenbereich der lähmenden Waffe geraten bist. Ich kam in der Absicht, freundschaftliche Worte mit dir zu wechseln, nicht aber, um dich zu belästigen oder dir Unannehmlichkeiten zu bereiten.«

»Erbärmlicher Lügner!«, empörte sich Joan Connerford hinter mir.

Der Choolk gab Laute von sich, die von meinem Translator nicht übersetzt wurden. Ich klopfte ärgerlich mit den Knöcheln gegen das Gerät.

Joan Connerford schob mich sanft zur Seite. »Der Translator ist in Ordnung«, behauptete sie. »Nur Sie sind es nicht. Der Choolk allerdings auch nicht.«

Ich stöhnte. Dieser Frau gegenüber fühlte ich mich tatsächlich hilflos. Was aber sollte ich wirklich mit ihr anfangen? Nicht einmal reden konnte ich mit ihr, ohne irgendetwas falsch zu machen.

»Okay, Joan«, sagte ich. »Zeigen Sie, was Sie können! Holen Sie aus dem Choolk alles heraus.«

Sie nickte und sprach mit einer eigenartig knarrenden Stimme auf den Fremden ein. Diese Worte hatte ich nie gehört. Der Choolk hob die Hände und legte sie über seinem Sehorgan zusammen. Schließlich antwortete er: »Baguur.«

Joan Connerford blickte mich triumphierend an. »Er heißt Baguur«, erklärte sie. »Warten Sie ab, ich erfahre noch mehr.«

Wieder sprach sie in dem ungewohnten Tonfall auf ihn ein, als sei sie fürchterlich erkältet. Ich hörte nur zu. Vielleicht hatte sie Recht. Warum sollte ich die Ellenbogen gebrauchen, wenn sie es eleganter mit psychologischen Tricks konnte?

»Es ist der Kriegskristall, der uns alle beeinflusst und unsere Sinne lähmt«, erklärte Baguur nach einer Weile ebenso knarrend. »Ein neuer Puukar wird sein Ei verlassen.«

Ich kniete neben Joan Connerford und dem Choolk nieder. Sie legte mir warnend die Hand auf den Arm, um mich von unbedachten Fragen abzuhalten.

»Wir suchen den schwarzen Pruuhl, weil wir ihn verehren«, erklärte ich. »Wir wünschen, ihm und dem Puukar unsere Ergebenheit zu beweisen.«

Sie blickte mich empört an. Offenbar gehörten derart dreiste Lügen nicht zu ihrem kosmopsychologischen Repertoire.

»Der schwarze Pruuhl ist heilig«, erwiderte der Gefangene, nachdem er geraume Weile überlegt hatte. »Kein fremdes Kreuz darf ihn sehen.«

»Das trifft auf Kreuze zu«, entgegnete ich sanft und deutete mit gespreizten Fingern auf meine Augen. »Wie du siehst, ist mein optisches System anders geartet. Duun dreizehn, Chookar und Pyttcor siebzehn haben mir bestätigt, dass wir ihn sehen dürfen, weil wir kein Kreuz haben.«

Die drei erwähnten Choolks gab es tatsächlich; zwei der Namen hatten Gucky und Ras Tschubai in ihrem Bericht genannt. Ich registrierte sofort, dass meine Behauptung wirkte. Es gelang mir, damit Baguurs Bedenken zu zerstreuen. Der Gefangene nannte eine Reihe von Zahlen und Buchstabenkombinationen, mit denen der Translator jedoch nichts anfangen konnte.

»Ich komme sofort wieder«, erklärte ich und eilte davon. Rasch übertrug ich die Daten in den Bordrechner und verlangte eine Entschlüsselung. Nur Augenblicke später erklang die fein modulierte Stimme der Positronik: »Bei dem Kode handelt es sich um eine Ortsangabe auf der Basis alwuurkischer Koordinaten. Mit einer Wahrscheinlichkeit von 98,4 Prozent kann angenommen werden, dass diese Daten den Aufenthaltsort des schwarzen Kristalls bezeichnen.«

»Danke«, sagte ich unwillkürlich, ich war es im Umgang mit Positroniken und mit Bio-Positroniken nicht anders gewohnt. Schnell kehrte ich zu Baguur zurück.

»Ich habe versucht, mehr von ihm zu erfahren«, sagte Joan, »aber er antwortet nicht. Es scheint, dass der Einfluss des schwarzen Pruuhls auf seinen eigenen Kristall stärker geworden ist.«

»Dann soll er seine Ruhe haben«, sagte ich seufzend, zog meinen Kombistrahler, richtete ihn auf den Choolk und drückte ab. Joan Connerford sprang schreiend auf. Sie fiel mir in den Arm, doch es war schon zu spät. Die Paralysestrahlen lähmten den Gefangenen erneut, sodass ich ihm mühelos den Kristall abnehmen konnte.

»Sie sind ein Scheusal!«, rief die Kosmopsychologin. »Und ein Lügner dazu. Verstehen Sie das unter gleichberechtigter Kommunikation?«

»Ihre Kommunikation interessiert mich nicht«, entgegnete ich ungerührt. »Ich weiß, was ich wissen wollte, das genügt mir. Wir sehen uns den schwarzen Kristall an.«

»Sind Sie verrückt geworden?«, fragte sie tonlos.

»Es geht um die kosmische Position des Medaillon-Systems. Wir wollen die Erde wiederfinden, und die Kaiserin von Therm hält uns hin. Sie denkt gar nicht daran, ihre Zusage einzuhalten. Unter diesen Umständen ist es nicht angebracht, besonders rücksichtsvoll vorzugehen.«

»Ich bedauere, dass ich zu Ihrer Begleitung abkommandiert wurde«, erklärte Joan Connerford wütend.

»Baguur stirbt!«

Ich zuckte zusammen und griff prompt nach dem Kristall in meiner Tasche. Starb der Choolk womöglich, weil ich ihm diesen Kristall abgenommen hatte?

»Ich habe keine Zeit, mich um ihn zu kümmern!«, rief ich. »Können Sie das nicht machen oder einer der Posbis?«

»Sie sind schuld«, behauptete Joan aggressiv, »also ist es Ihre Pflicht, ihm zu helfen. Landen Sie, oder was hält Sie davon ab?«

Wir flogen auf eine Kette felsiger Erhebungen zu, die gut zweihundert Meter hoch aufragte. Dahinter musste sich das Gebiet befinden, das von den Mutanten *Tal des Lebens* genannt worden war.

Wortlos setzte die Space-Jet in einer Mulde auf, an deren Rand sich kristalline Gebilde erhoben. Dann ging ich zu dem Choolk.

»Seine Lebensfunktionen werden schwächer«, flüsterte die Kosmopsychologin.

»Das ist nicht ganz richtig«, korrigierte sie Medo-Migg. »Die Lebensfunktionen sind zwar schwächer geworden, bleiben aber inzwischen unverändert, seit seine Körpertemperatur konstant 22,3 Grad Celsius beträgt.«

Die Zahl ließ mich stutzen. Unwillkürlich blickte ich auf die Temperaturanzeige. 22,3 Grad Celsius! Dann betrachtete ich mir den Gefangenen genauer, und mir fiel tatsächlich etwas auf, was ich vorher nicht bemerkt hatte. Das war sein Stummelschwanz. Und dann waren da die vier Gliedmaßen mit den Kugelgelenken. Der Choolk hatte fraglos einige Merkmale eines Reptils. Die Erkenntnis lag nahe, dass wir es mit einem Volk von Kaltblütern zu tun hatten. Warum hatte das eigentlich noch niemand festgestellt?

»Sie meinen, ich hätte den Burschen mit einem Paralysestrahl erledigt, wie?«, fragte ich grinsend.

»Ich zweifle nicht daran«, erwiderte Joan.

»Überlegen Sie doch mal«, sagte ich spöttisch. »Baguur ist Außentemperaturen von über dreißig Grad Celsius gewohnt. Jedenfalls am Tag. Nachts ziehen er und seine Freunde sich vermutlich in die Nester zurück, die voll klimatisiert sein dürften, sodass in ihnen konstante Temperaturen von ebenfalls über dreißig Grad herrschen.«

»Ja – und?«, fragte sie verständnislos.

»Baguur ist ein Kaltblüter. Das bedeutet, dass seine Körpertemperatur hier in der Jet um über zehn Gard abgesunken ist, weil sie sich seiner Umgebung angepasst hat. Seine Muskeln sind weitgehend erstarrt, seine Gedanken laufen langsamer ab als sonst, und während er uns beobachtet, hat er das Gefühl, dass wir uns mit irrsinniger Geschwindigkeit bewegen. Er versteht uns nicht mehr, weil unsere Worte für ihn viel zu schnell aus dem Translator kommen. Das hätten Sie als Kosmopsychologin aber eigentlich erkennen müssen.«

Ich fühlte mich richtig wohl, als Joan Connerford die Augen niederschlug.

»Ich bin nie auf den Gedanken gekommen, dass ein Intelligenzwesen ein Kaltblüter sein könnte«, sagte sie nach einer Weile.

»Das sind die ganz großen Ausnahmen, die sich die Natur hin und wieder leistet«, erwiderte ich von oben herab. »Fragen Sie sich eigentlich nie, was wirklich normal ist?«

Ich lächelte Joan Connerford huldvoll zu und trat rückwärts in den

Antigravschacht. Doch da war nichts, was mich hielt. Ich stürzte zwei Meter in die Tiefe und konnte mich gerade noch leidlich abfangen.

Einige Sekunden lang blieb ich wie betäubt liegen. Über mir erhob sich währenddessen ein erbärmliches Geschrei. Meine Posbi-Freunde schienen zu befürchten, dass ich ums Leben gekommen war.

Matten-Willy Jaoul stürzte sich nach mir in den Schacht hinein, wobei er Pseudobeine ausfuhr und gegen die Wände stemmte. »Galto, lebst du noch?«, schrie er.

Ich raffte mich stöhnend auf. Joan Connerford blickte entsetzt auf mich herab. Neben ihr drängten sich die Posbis um den Zugang zum Schacht.

»Welcher Idiot hat das Antigravfeld abgeschaltet?«, brüllte ich wutbebend.

»Haben Sie sich verletzt?«, fragte die Kosmospsychologin.

Ich legte meine Hände auf den Rand der Öffnung und zog mich hinauf, wobei ich Mühe hatte, den Schmerz in meiner Schulter zu verbergen.

»Wir müssen dich untersuchen!«, schrie Medo-Migg.

»Kümmert euch um den Antigravschacht!«, herrschte ich ihn an. »An mich kommt keiner heran!«

Ich stürmte zur Notleiter und kletterte bis in die Zentrale hoch. Die Kontrollen zeigten an, dass der Antigrav nach wie vor einwandfrei arbeitete, doch Augenblicke später wurde mir klar, dass die Energie irgendwie verschwand. Offenbar befanden wir uns im Bereich eines fremdartigen Störfelds.

»Ich steige aus«, sagte ich. »Sorgen Sie dafür, dass die Temperatur gleichmäßig niedrig bleibt. Ich möchte nicht, dass Baguur vorzeitig wieder aktiv wird.«

Vor der Schleuse blieb ich stehen. Insekten-Sue, Scim-Geierkopf, Kröten-Summy und Medo-Migg stürmten herbei. Mehrere Matten-Willys folgten ihnen.

»Wir werden dich begleiten«, sagte Scim-Geierkopf in einem Tonfall, der keinen Widerspruch duldete.

»Sue und Scim kommen mit«, bestimmte ich. »Außerdem Jaoul. Sonst niemand.«

Ein geharnischter Protest folgte, dem ich mich nur durch Flucht in die Schleuse entziehen konnte. Dabei sorgte ich dafür, dass die beiden Posbis und der Matten-Willy, die ich mitnehmen wollte, auch in die Schleuse gelangten. Dann schloss ich das Schott hinter mir und verriegelte es. Die Meute würden einige Minuten benötigen, den Zugang wieder zu öffnen.

Vorsorglich verzichtete ich auf alle technischen Hilfsmittel, die mir die Space-Jet bot. Da ich damit rechnen musste, dass meine Gegenspieler nicht nur den Antigravschacht ausschalten konnten, stand zu befürchten, dass ich mit einem Gleiter abstürzen würde.

Ich stürmte den Hang hinauf und blieb erst ganz oben stehen. Der Blick reichte weit. Wenn das wirklich das Tal des Lebens war, stellte es alles in den Schatten, was ich je gesehen hatte. Die Hitze ließ die Luft so stark flimmern, dass ich nicht unterscheiden konnte, was real war und was Luftspiegelung.

»Haben Sie etwas gefunden?«, ertönte die Stimme von Joan Connerford.

Ich wirbelte herum. Sie stand zwei Schritte hinter mir auf den Felsen, konnte das Tal aber noch nicht sehen.

»Sie sollten doch an Bord bleiben«, stellte ich fest.

»Davon war nie die Rede«, erwiderte sie und kam zu mir hoch. Staunend blickte sie über das Land.

Ich schätzte, dass das Tal etwa hundert Kilometer breit war, seine Länge war schwer zu bestimmen. Gut vierzig Kilometer voraus erhob sich mitten in wüstenartiger Umgebung ein gewaltiger Komplex.

»Was mögen diese Rillen und Bodenvertiefungen bedeuten?«, fragte die Kosmopsychologin. Sie deutete auf Einschnitte, die sich von allen Seiten deutlich erkennbar bis zur Mitte des Tales zogen.

Ich überlegte kurz, dann hatte ich die Lösung. »Sie sind für die Regulierung der Luftbewegung da. Sehen Sie, dort drüben können Sie verfolgen, wie Staub in Richtung Talzentrum gewirbelt wird.«

»Das würde bedeuten, dass heißer Wind zur Brutstätte geführt wird«, ergänzte sie und nickte mir zu. »Das erscheint logisch.«

Ich räusperte mich. »Vorläufig sind wir allein. Ich sehe jedenfalls weder Choolks noch Roboter. Aber das kann sich schnell ändern. Jemand hat schließlich gegen die Space-Jet agiert.«

»Das kann auch vollrobotisch veranlasst worden sein.«

»Möglich. Dennoch möchte ich nicht, dass Sie hier bleiben, Joan.«

Es war das erste Mal, dass ich sie in freundlichem Ton anredete. Sie reagierte nicht darauf. Aber wenn ich schon nett zu ihr war, so fand ich, dann konnte sie wenigstens ein kleines Lächeln zeigen.

In Anbetracht der Entfernungen wäre es Irrsinn gewesen, zu Fuß zu gehen. Ich musste wohl oder übel auf ein Transportmittel zurückgreifen. Die Space-Jet kam nicht in Betracht, ein Gleiter ebenso wenig. Deshalb entschied ich mich für eine Antigravplattform. Ich kehrte zusammen mit Joan zur Jet zurück und startete einige Minuten später mit der Plattform. Joan begleitete mich nicht, gleichwohl aber Jaoul, Insekten-Sue und Scim-Geierkopf.

Bald bemerkte ich fünf in dem Gelände umherirrende Choolks.

Gleichzeitig meldete sich Joan Connerford. »Bitte lassen Sie die Übertragung grundsätzlich aktiviert«, sagte sie mit müder Stimme. »Ich möchte ständig wissen, wie es um Sie steht.«

»So besorgt um mich?«, fragte ich spöttisch.

»Nein«, antwortete sie ruhig. »Ich möchte nur wissen, wann ich zur SOL zurückkehren kann, ohne mir Vorwürfe machen zu müssen.«

Ich war so schockiert, dass ich keine Worte fand. Verärgert schaltete ich ab und ignorierte alle folgenden Rufzeichen.

Unter mir wucherten kristalline Pflanzen in üppiger Vielfalt. Ich glaubte zu spüren, dass eine eigenartige Strahlung von ihnen ausging. Immerhin fiel es mir zunehmend schwerer, so zügig und folgerichtig wie sonst zu denken. Insekten-Sue, sonst die Schwatzhaftigkeit in Person, schwieg. Unterlag sie dem Einfluss der undefinierbaren Strahlung?

Sooft ich nach vorn schaute, glaubte ich, einen schwarzen Kristall sehen zu können, der langsam in den Himmel wuchs. Doch immer wieder erkannte ich, dass ich mich getäuscht hatte.

Plötzlich sackte die Antigravplatte ab, sie ließ sich nicht mehr in der Luft halten. Da ich mich dicht über dem Boden befand, konnte ich allerdings abspringen, ohne das Flugaggregat meines Kampfanzugs einschalten zu müssen.

Meine Begleiter retteten sich ebenfalls mit einem Sprung. Ich hörte, wie die kristallinen Pflanzen unter ihnen zersplitterten.

Ein eigenartiges Singen klang auf; es hörte sich an wie ein Schrei. Und wenige Meter von uns entfernt wuchs ein längliches, violett schimmerndes Kristallgebilde aus dem Boden. Ich hatte das Gefühl, von einem denkenden Wesen beobachtet zu werden.

Die anhaltenden Rufsignale aus der Space-Jet machten mich zunehmend nervöser. Nach einer Weile nahm ich das Gespräch endlich an. »Lassen Sie mich doch endlich in Ruhe!«, brüllte ich, als vor meinen Augen Joans blasses Gesicht erschien.

»Ich denke gar nicht daran«, erwiderte sie leise. »Wir sind ein Team.«

In meiner Nähe blitzte es auf. Instinktiv warf ich mich zur Seite. Ein Energiestrahl zuckte an mir vorbei.

Als ich auf dem Boden lag und hauchzarte Blätter unter meinen Händen zerbröckelten, erkannte ich, dass der unbekannte Schütze gar nicht auf mich gezielt hatte. Wäre ich sein Ziel gewesen, dann hätte ich viel zu spät reagiert.

Ich sah, dass Insekten-Sues filigrane Antennen verdampft waren.

Hinter einem Kristallgitter kam in dem Moment ein metallisch schimmerndes Geschöpf hervor. Es war höchstens einen Meter groß und hatte eine gewisse Ähnlichkeit mit einem Choolk. Es lief auf zwei stämmigen Beinen, hatte aber vier Arme, von denen drei Waffen trugen. Ein Roboter! Er bewegte sich unsicher, als sei sein Leitsystem beschädigt.

Als ich meinen Strahler auf ihn richtete, wurde er allerdings beängstigend schnell. Seine Waffenarme fuhren hoch. Ich konnte mich nur noch auf den Boden werfen, schon zuckten drei nadelfeine Energiestrahlen über mich hinweg.

Sekundenbruchteile später schoss ich ebenfalls. Der Roboter explodierte.

Ich wollte mich aufrichten, doch es ging nicht mehr. Etwas hielt mich mit unwiderstehlicher Gewalt am Boden.

»Scim!«, keuchte ich. »Hilf mir! Schnell!«

Über mir splitterte ein kristallines Gebilde, aber der Druck minderte sich nicht. Ich schielte an meinem Arm vorbei zur Seite und bemerkte entsetzt, dass haarfeine Ranken aus dem Boden emporstiegen. Sie fesselten mich. Eine exotische Pflanze spann mich ein wie eine Raupe oder ein seltenes Insekt.

»Scim – ich kann kaum noch atmen!«

Die Fäden zogen sich verdammt eng zusammen. Ich glaubte schon, meine Rippen brechen zu hören.

»Die Fäden wachsen zu schnell!«, rief mir der Posbi zu.

Ich schaltete meinen Helm ein. »Hilfe!«, sagte ich mühsam. »Joan, kommen Sie schnell, sonst ist es aus mit mir!«

»Was ist los?«, fragte sie.

»Stellen Sie keine Fragen. Ich befinde mich in Lebensgefahr. Es geht um Sekunden.«

»Wollen Sie mir damit zu verstehen geben, dass ich in einigen Sekunden zur SOL zurückkehren kann, um Perry Rhodan mitzuteilen, dass unsere Mission gescheitert ist?«

Ich schrie auf, erreichte damit aber nur, dass mir die Luft noch schneller aus den Lungen gepresst wurde. Danach konnte ich nur noch gequält flüstern. »Wenn ich das hier überlebe, bringe ich Sie eigenhändig um.«

»Sie sind geradezu unverschämt beleidigend«, antwortete Joan. »Haben Sie etwas dagegen, wenn ich Sie paralysiere?«

»Wenn Sie ... was?« Sterne tanzten vor meinen Augen, dann wurde mein Körper gefühllos. Ich konnte mich nicht mehr bewegen. Nach wenigen Sekunden wälzte mich Scim-Geierkopf auf den Rücken. Behutsam drückte er meine Lider herunter. Hätte er das nicht getan, wären meine Augen ausgedorrt, denn die Sonne schien mir direkt ins Gesicht.

Trotzdem hatte ich noch erkannt, dass Joan Connerford neben mir stand.

»Damit haben Sie wohl nicht gerechnet?«, fragte sie.

Ich hätte ihr gern geantwortet, aber ich konnte nicht. Mich wunderte nur, dass sie sich ohne einen eigenen Kristall so ungehindert in diesem Bereich bewegte, der sichtlich streng bewacht wurde.

»Haben Sie etwas dagegen, wenn ich Ihnen eine Injektion gebe, damit die Paralyse sofort aufgehoben wird?«

Eisiger Schreck durchfuhr mich. Sie musste wenigstens einige Minuten warten. Gab sie mir das Medikament jetzt schon, konnte ich die Lähmung zwar schnell überwinden, würde aber noch Stunden unter unerträglichen Kopf- und Gliederschmerzen leiden.

Joan Connerford hatte kein Erbarmen mit mir. Zweifellos wusste sie, welche Folgen eine allzu frühe Verabreichung des Gegenmittels hatte. Sie setzte die Hochdruckkanüle an meinen Hals, Augenblicke später kehrte das Leben prickelnd in meinen Körper zurück.

Ich hielt es fünf Sekunden lang aus. Dann bäumte ich mich gurgelnd auf und presste meine Hände gegen die Brust. In dem Moment war ich davon überzeugt, dass die Kristallblume mir sämtliche Rippen gebrochen hatte.

»Wie geht es Ihnen?«, fragte Joan.

»Besch... Es geht mir glänzend«, korrigierte ich mich. »Und nun verschwinden Sie wieder.«

»Sie sind ein Grobian. Anstatt mir vor Dankbarkeit die Füße zu küssen, fauchen Sie mich an.«

Zu meinen Füßen lagen Hunderte hauchdünner Kristallfäden. »Sie haben die Blume paralysiert«, stellte ich fest und reagierte schon etwas versöhnlicher. »Alle Achtung. Ich wäre nicht auf den Gedanken gekommen, dass sie darauf ansprechen könnte.«

»Das war das letzte Mittel«, erwiderte Joan. »Hätte ich den Energiestrahler nehmen sollen?«

»Sie hätten mich verbrannt.«

»Natürlich wäre ich vorsichtig gewesen«, sagte sie ironisch. »Ich hätte Ihnen höchstens die Beine weggeschossen.«

»Das hätten Sie getan?«, stammelte ich entsetzt.

»Warum nicht? Es heißt doch, dass Ihre Posbis Sie grundsätzlich wieder zusammenflicken.«

Der Tonfall passte nicht zu ihr. Ich musterte sie, wobei ich meine Augen vorsichtig beschattete. Joan Connerford hatte sich nicht verändert. Sie stand mit hängenden Armen und einem unsäglich traurigen Gesicht vor mir. Ich wusste nicht mehr, was ich von ihr halten sollte.

»Na ja«, sagte ich. »Sie haben Ihre Sache ganz gut gemacht. Ich werde Sie in meinem Bericht lobend erwähnen.«

»Sie haben sich noch nicht einmal bedankt.«

Mein Kopf schmerzte, als ob Siganesen eine wüste Schlägerei darin veranstalteten. Ich war kaum in der Lage, einen Fuß vor den anderen zu setzen, und bei jedem Atemzug hatte ich Mühe, die Schmerzen zu unterdrücken. Was wollte diese Frau eigentlich von mir?

»Wieso?«, fragte ich. »Was soll das?«

»Sie sind ein ausgesprochener Widerling. Oder sind Sie zu anderen Frauen netter?«

»Lassen Sie mich in Ruhe«, entgegnete ich. »Ich will nichts von Ihnen.«

»Davon bin ich noch nicht überzeugt. Sehen Sie sich doch um.«

Die Sonne verdunkelte sich. Ich sah eine schwarze Staubwand auf uns zukommen. Neben mir klickte etwas. Ich begriff, dass Joan Connerford ihren Schutzanzug geschlossen hatte.

Vor dem Start hatte ich meinen Schutzhelm überprüft und ihn nicht wieder in den Nackenwulst eingelegt. Ich war dem heraufziehenden Sandsturm hilflos ausgesetzt.

24.

Tobende Naturgewalten umgaben mich. Joan hatte mich zu früh aus der Paralyse geholt, jetzt schien jedes Staubkörnchen einen Stromstoß durch den Körper zu jagen.

In Gedankenschnelle wuchs ein Sandberg auf, der mir erst bis zu den Knien und schon wenig später bis zur Hüfte reichte.

Die beiden Posbis hatten genug mit sich selbst zu tun. Insekten-Sue wurde zudem durch ihre Verletzung behindert. Und Scim-Geierkopfs dünnen Beine sackten immer wieder weg, kaum dass er sich aus dem Sand befreit hatte.

Joan Connerford klammerte sich mit beiden Händen an einen Felsbrocken. Hätte sie das nicht getan, hätte der Sturm sie vor sich hergetrieben.

Plötzlich schob sich etwas über mich. Wild ruderte ich mit den Armen, um mich von der Last zu befreien, die mich zu erdrücken drohte.

»Ich will dir nur helfen«, sagte Jaoul mit schriller Stimme, die eine verblüffende Ähnlichkeit mit der Joans hatte.

Der Matten-Willy war wirklich der Einzige, der mich retten konnte.

Ich ließ mich sinken, und Jaoul stülpte sich mit einem Teil seines Körpers über mich. Er bildete eine große Blase, die meinen Kopf und meine Schultern umhüllte, und endlich konnte ich wieder frei atmen.

»Wir müssen aufpassen, Jaoul«, sagte ich, »damit wir nicht unter dem Sand begraben werden.«

»Du brauchst dir keine Sorgen zu machen«, erwiderte er. »Der Sturm lässt bereits nach.«

Mit einem geistigen Impuls schaltete ich meinen Helmfunk ein. »Joan?«, rief ich. Sie meldete sich erst nach dem dritten Anruf. »Wie geht es Ihnen?«

»Interessiert Sie das wirklich?«, fragte sie hoffnungsfroh. »Oder erkundigen Sie sich nur, weil Sie höflich sein wollen? Also gut. Ich bin unter einem Berg von Sand begraben und kann kaum noch atmen, weil so viel Sand auf meiner Brust liegt.«

»Du meine Güte, da werden Sie ja noch flacher«, entfuhr es mir.

Ich vernahm ein Knacken. Diesmal hatte Joan Connerford abgeschaltet. Erneut versuchte ich, Verbindung mit ihr aufzunehmen, um mich zu entschuldigen, doch sie reagierte nicht.

Ich versuchte, die Arme zu bewegen. Es war unmöglich. Auch meine Beine waren wie eingemauert. Mit aller Kraft stemmte ich mich gegen den Sand, aber das half ebenso wenig. Zugleich dachte ich an Joan Connerford. Sie war allein. Bei mir war wenigstens noch der Matten-Willy. Wie mochte es ihr ergehen?

»Jaoul«, sagte ich röchelnd. »Hilf mir.«

»Ich bin schon dabei«, erwiderte er. Tatsächlich spürte ich, dass die Last auf meinen Schultern geringer wurde. Kurze Zeit später wurde es hell um mich herum. Der Sand rutschte weg, aber erst als mein Kopf frei war, glitt Jaoul zur Seite.

Ich befand mich am Grund eines gut fünf Meter tiefen Sandtrichters. Nur mein Kopf ragte aus dem Sand hervor. Hoch über mir kauerten Insekten-Sue und Scim-Geierkopf. Jaoul arbeitete sich zu ihnen empor. Zu einer Schlange verformt, gelang es ihm, aus dem Trichter herauszukommen.

»Jaoul«, rief ich, »du kannst mich doch nicht hier unten allein lassen!«

Von allen Seiten rieselte Sand herab. Es war abzusehen, wann ich wieder verschüttet sein würde.

Am Trichterrand erschien jetzt die dürre Gestalt von Joan Connerford. Sie sah so schwach und zerbrechlich aus, dass ich mich wunderte, dass sie sich überhaupt auf den Beinen halten konnte. Seltsamerweise fiel mir gar nicht auf, dass sie schon aus dem Sand heraus war, während ich noch darin steckte.

»Warum schreien Sie so?«, fragte die Kosmopsychologin.

»So was Dämliches können nur Sie sagen«, schrie ich. »Sie sehen doch, was los ist.«

»Haben Sie kein Flugaggregat in Ihrem Schutzanzug, Galto?«

»Doch, natürlich«, stotterte ich. Eigentlich brauchte ich nur einen Finger zu krümmen, um das Gerät einzuschalten. Weil ich mich jedoch völlig auf den Matten-Willy verlassen hatte, war mir dieser Gedanke überhaupt nicht gekommen.

»Glauben Sie, ich hätte nicht längst versucht, das Triebwerk zu aktivieren?«, log ich. »Es funktioniert nicht. Das heißt … jetzt reagiert es wieder!«

Ich gab mich völlig überrascht, als ich aus dem Sand emporschwebte. Ich klopfte demonstrativ einige Male auf meinen Gürtel und fluchte leise vor mich hin. »Sobald man dieses blöde Ding braucht, versagt es. Na ja, immerhin scheint es wieder in Ordnung zu sein.«

Ausgerechnet vor Joan Connerford musste ich mich so blamieren. Dabei war ich darauf vorbereitet gewesen, sie aus dem Sand auszugraben.

Die Landschaft hatte sich grundlegend verändert. Wo vorher Felsrillen gewesen waren, erstreckten sich nun schneeweiße Dünen. An einigen Stellen ragten palisadenähnliche Kristalle auf. Dicht neben meinen Füßen brach eine sternförmige Blume aus dem Sand hervor. Sie wuchs extrem schnell, sog dabei den Sand in sich auf und wandelte ihn in einem unbegreiflichen Prozess in blau schimmernden Quarz um, den sie in ihre Blüten einfügte.

Bald blühte die Wüste ringsum. Ein leichter Wind saugte zudem den Sand ab und trieb ihn auf das Zentrum des Tales zu. Dort verschwand er irgendwo.

»Wir müssen weiter!«, sagte ich.

»Sie wollen mich also mitnehmen«, stellte Joan fest.

»Was bleibt mir anderes übrig? Ich kann Sie nicht allein zurücklassen, Sie wären völlig hilflos.« Das hatte ein Scherz sein sollen, doch ich bemerkte, dass Joan meine Worte ernst nahm. Ihr Gesicht verzog sich in einem Ausdruck abgrundtiefer Trauer und Enttäuschung. Sie hatte vermutlich erwartet, dass ich sie mit Lob überschütten würde.

Meine Hand schloss sich um den Kristall, den ich dem Choolk abgenommen hatte. Als ich mich dem Zentrum des Tales zuwandte, leuchtete er hell auf. Nach einer Drehung zur Seite wurde er wieder matter. Ich hatte es nicht anders erwartet, da ich von Anfang an davon überzeugt gewesen war, dass mir der Kristall den Weg zu den wichtigsten Anlagen im Tal des Lebens zeigen würde.

Wortlos ging ich los. Ich war gerade hundert Meter weit gekommen, als Joan aufschrie. Hastig drehte ich mich um. Etwa fünfzehn Meter entfernt stand sie auf einer Sanddüne und ruderte mit den Armen in der Luft. Hinter ihr kauerten Sue und Scim. Der Matten-Willy versickerte im Sand und tauchte vier Meter vor mir wieder auf.

»Was ist los?«, fragte ich.

»Ich komme nicht weiter«, antwortete Joan verzweifelt und hämmerte mit ihren knochigen Fäusten gegen ein unsichtbares Hindernis. Ich schüttelte den Kopf und ging zu ihr zurück. Nichts hielt mich auf.

»Stellen Sie sich nicht dämlicher an, als Sie sind«, forderte ich sie verärgert auf. »Warum gehen Sie nicht weiter?«

»Ich kann nicht«, erklärte sie niedergeschlagen.

»Ich habe Ihnen ja gleich gesagt, dass Sie in der Jet am besten aufgehoben sind. Was kötern Sie auch hinter mir her?«

»Was meinen Sie damit?«, fragte Joan.

Mir selbst war dieses Wort ein bisschen zu derb. Sie war nicht wie ein Straßenhund hinter mir hergetrottet, sie hatte mich gerettet. Irgendwie musste ich die Frau jetzt in die Arme nehmen.

»Lassen Sie mich los, Sie Wüstling!«, schrie sie schrill.

Ich ließ Joan fallen. Sie stürzte in den Sand und blickte mich entsetzt an.

»Was ist los mit Ihnen?«, fragte ich verstört. »Ich wollte Sie nur einige Meter weit tragen. Ich hoffte, so das Hindernis zu überwinden, das offenbar nur für Sie besteht.«

»Ach so«, flüsterte sie hilflos. »Und ich dachte schon …« Sie erhob sich mühsam und klopfte sich den Sand ab.

»Ach, trauen Sie mir wirklich zu …?« Wie eine Furie ging die Kosmopsychologin in dem Moment auf mich los, erreichte mich aber nicht, weil zwischen uns eine unsichtbare Wand zu sein schien.

»Sie unerträglicher Mensch!«, rief sie. »Sobald Sie wieder in Lebensgefahr sind, werde ich zuschauen, wie Sie umkommen.«

»Ich habe Sie von Anfang an gewarnt«, erwiderte ich gelassen. »Ich habe gesagt, dass ich auf eine Zusammenarbeit keinen Wert lege.«

»Sie haben Recht«, erwiderte Joan deprimiert. »Es ist meine Schuld.«

Ich griff nach ihrem Arm. »Kommen Sie. Wir müssen weiter.« Ich wollte sie zu mir ziehen, aber das ging nicht. Jetzt spürte ich das Unsichtbare auch, das zwischen uns war.

»Was ist mit euch beiden, Sue?«, fragte ich die Posbis.

»Wir kommen ebenfalls nicht weiter«, antwortete Scim. »Nur Jaoul hat es geschafft.«

Endlich begriff ich. Die Posbis und die Kosmopsychologin standen vor einem für mich nicht existierenden Hindernis.

»Es liegt an Ihrem Kristall«, sagte Joan. »Er öffnet Ihnen den Weg.«

»Dann passen Sie gut auf sich auf. Ich bin bald zurück.« Damit wandte ich mich um, gab dem Matten-Willy ein Zeichen und marschierte los. Jaoul blieb nun ständig neben mir. Hin und wieder drehte ich mich um, konnte Joan aber bald nicht mehr sehen. Auf der einen Seite war ich froh darüber, auf der anderen fühlte ich mich seltsam allein.

Ich kam nun rasch voran. Bald konnte ich Einzelheiten des Gebäudekomplexes erkennen, der mich an einen Schaumberg erinnerte, in dem sich Seifenblase über Seifenblase türmte.

Von dem Sandsturm waren keine Spuren geblieben. Es schien, als seien die Sandmassen an einem Hindernis abgeprallt, das den Bau in gut einem Kilometer Entfernung umgab. Hier hatte sich jedoch kein Sandwall gebildet, vielmehr lief die Wüste aus und ging in kristallinen Untergrund über. Ich schritt jetzt über wabenähnliche Gebilde, die sich nahtlos aneinander fügten. Unter meinen Füßen entstanden eigenartige Geräusche.

Etwa fünfhundert Meter vor dem ersten Kuppelteil blieb ich stehen und blickte auf meine Füße. Jaoul schloss zu mir auf. Ich sah deutlich, dass er zitterte. So etwas hatte ich bei ihm noch nie beobachtet.

»Was ist los mit dir?«, fragte ich. »Fürchtest du dich?«

»Ich weiß nicht, warum alles wackelt«, antwortete er mit quäkender Stimme. »Ich fühle mich nicht wohl.«

Das war eine lange Rede für den sonst so schweigsamen Matten-Willy. Ich bückte mich und ließ meine Fingerspitzen über den Boden streifen. Die Kristallwaben fühlten sich so glatt an wie poliert. In ihnen schien etwas zu sein. Da ich es nicht ohne weiteres erkennen konnte, legte ich mich auf den Bauch. In dem Moment brach der Boden unter mir ein. Jaoul und ich stürzten in die Tiefe.

Ich fiel fünf Meter tief und prallte auf den Matten-Willy, der blitzschnell reagiert und ein Polster für mich gebildet hatte. Das war mein Glück, denn auf dem harten Untergrund hätte ich mir sonst sicherlich einiges gebrochen.

Über mir schimmerte ein breiter Spalt in der Wabendecke. Doch im Moment interessierte er mich schon nicht mehr. Ich sah mich in dem engen Raum um, in dem ich mich befand.

Er war nicht größer als etwa vier Quadratmeter und wurde auf allen fünf Seiten von dem gleichen Wabenmaterial begrenzt, durch das ich eingebrochen war. Ich trat mit dem Fuß dagegen, erreichte jedoch nichts.

Schließlich schaltete ich mein Flugaggregat ein und schwebte nach oben. Ich landete auf dem harten Boden – und starrte Joan Connerford wie eine Geistererscheinung an.

»Was, zum Teufel, machen Sie hier?«

»Ich wollte Sie eben retten«, erwiderte sie, »aber Sie haben es ja auch ohne mich geschafft.«

Der Matten-Willy kroch mühelos aus dem Loch heraus.

»Hat Galto sich verletzt?«, fragte Scim-Geierkopf hinter mir.

»Er ist in Ordnung«, behauptete Jaoul.

»Die unsichtbare Barriere ist also verschwunden«, stellte ich fest, »sonst hätten Sie nicht hier sein können. Und Scim auch nicht. Wo ist Sue?«

»Sie ist zur Jet zurückgekehrt«, antwortete Joan. »Sie will ihre Antennen reparieren.«

Ich sah ein, dass es keinen Sinn hatte, die Kosmopsychologin wegzuschicken. Früher oder später hätte ich sie doch wieder am Hals gehabt.

»Übrigens verschwand die Barriere, nachdem ich mir diesen Stein beschafft hatte«, sagte Joan und holte einen matt strahlenden Kristall aus den Falten ihres Schutzanzugs hervor. »Ich habe ihn einem Choolk abgenommen, der halbwegs bewusstlos im Sand lag. Er hat sich nicht dagegen gewehrt.«

Endlich verstand ich. »Gar nicht so dumm«, sagte ich lobend. »Hat Scim auch einen?«

»Nein«, erwiderte die Kosmopsychologin lächelnd. »Das war nicht nötig. Ich habe mich von Scim tragen lassen, und so haben wir beide die Barriere überwunden.«

Es gefiel mir ganz und gar nicht, dass sie überlegter und klüger gehandelt hatte als ich. Wer lässt sich schon gern vor Augen führen, dass er Fehler gemacht hat?

»Also schön«, sagte ich mürrisch. »Gehen wir weiter.«

»Sie protestieren nicht dagegen, dass ich bei Ihnen bin?«

Ich schüttelte nur den Kopf und marschierte los. Dabei legte ich bewusst ein hohes Tempo vor. Joan Connerford hatte trotz ihrer knochigen Beine keine Mühe, mir zu folgen.

Ungehindert erreichten wir die erste Kuppel. Mehrmals knisterte der Boden unter uns, brach aber nicht mehr ein.

»Und nun?«, fragte Joan. »Ich sehe keine Öffnung oder so etwas. Bahnen wir uns mit Gewalt einen Weg?« Sie schlug auf ihren Strahler.

Ich ging an der Kuppelwand entlang. »Vielleicht finden wir einen Eingang«, sagte ich.

Wir waren erst ein Stück weit gekommen, da tippte Joan mich an. »Sehen Sie, Galto!« Sie deutete auf die Ebene hinaus.

Eine Kolonne von schätzungsweise hundert Gleitern näherte sich. Choolks saßen nicht darin, also waren es möglicherweise robotgesteuerte Maschinen. Sie näherten sich einem Teil des Gebäudekomplexes, der ungefähr zweihundert Meter von uns entfernt war.

»Schnell, kommen Sie, Joan!« Ich rannte los, hatte keine Bedenken, mich offen zu zeigen. Tatsächlich reagierte keine der schwebenden Maschinen. Sie verschwanden hinter den kleinen Kuppeln, die noch meine Sicht beschränkten. Aber schließlich konnte ich sehen, dass die Gleiter in einer runden Öffnung verschwanden, die etwa fünfzig Meter über dem Boden lag.

»Auf der Ladefläche der Gleiter liegen Eier!«, machte Joan mich aufmerksam. Sie atmete so ruhig, als hätte sie ihren Antigrav benutzt. Ich dagegen rang keuchend nach Atem.

Die Gleiter brachten tatsächlich Eier. In der Richtung, aus der sie gekommen waren, lag Kalwuug. Und dort wartete auch die SOL.

»Die Eier sollen hier ausgebrütet werden«, bemerkte die Kosmopsychologin. »Kommen Sie schon! Wir müssen da hinein!«

Sie zeigte zu der Öffnung hinauf. Natürlich wollte ich ebenfalls dorthin, aber es wäre mir lieber gewesen, wenn ich diesen Beschluss verkündet hätte und nicht gerade sie. Ich schaltete mein Flugaggregat ein und stieg wortlos auf. Die Öffnung erreichte ich vor Joan, da sie Scim-Geierkopf mitschleppte. Jaoul hatte eine Reihe von Pseudofüßen mit Saugnäpfen ausgebildet und rannte mühelos an der fast senkrechten Wand hinauf.

Niemand hielt uns zurück, als wir uns neben den einfliegenden Gleitern durch die Öffnung schoben. Vor uns öffnete sich ein endlos erscheinender Gang, dessen Wände aus einem leuchtenden, transparenten Material bestanden. Dahinter sah ich riesige Maschinen.

»Das sieht nach Energieerzeugung aus«, bemerkte Joan.

»Vermutlich liegen Sie gar nicht falsch«, erwiderte ich ohne großes Interesse. Ich wendete mich hin und her und beobachtete dabei meinen Kristall. Hielt ich ihn in die Richtung, in der auch die Röhre verlief, leuchtete er am hellsten. Drehte ich mich zur entgegengesetzten Seite, wurde er matt.

»Wir können auf einen Gleiter aufspringen«, schlug Joan vor.

»Das wäre zwar bequem, aber auch riskant«, erwiderte ich. Dabei sah ich ihr an, dass sie mit meiner Entscheidung nicht einverstanden war, aber sie fügte sich. Schon bald sollte sich zeigen, dass ich Recht hatte.

Nach etwa zwei Kilometern näherten wir uns dem Ende des Ganges. Die Gleiter stauten sich vor einer Art Schleuse. Plötzlich entstand vor uns in der Wand ein großes Loch, und fünf Kampfroboter stürzten daraus hervor. Sie glichen in ihrem äußeren Erscheinungsbild den Choolks, verfügten jedoch über zwei zusätzliche, mit Energiestrahlern bestückte Arme.

Wir wichen zurück, bis ich bemerkte, dass der Angriff nicht Joan oder mir galt, sondern Scim-Geierkopf. Da wir beide in der Schusslinie standen, versuchten die Roboter seitlich freies Schussfeld zu bekommen.

»Aufpassen, Joan!«, rief ich. »Sie haben es auf Scim abgesehen!«

Die Kosmopsychologin verstand schnell. Sie schirmte den Posbi ebenfalls mit ihrem Körper ab. Die Kampfroboter konnten nun weder nach links noch nach rechts ausweichen, weil auf der einen Seite die Wand war und auf der anderen Seite die Gleiter vorbeiflogen.

Ich setzte auf Robotpsychologie. »Der mechanisch Denkende mit dem Bioteil ist für mein Lebenssystem unabdingbar notwendig«, sagte ich. »Er stellt keinerlei Gefahr für euch dar.«

»Gar nicht so dumm«, lobte Joan leise. »Aber wahrscheinlich ist für diese Roboter gar nicht wichtig, ob Sie überleben oder nicht. Sie greifen uns nicht an – das bedeutet indes noch lange nicht, dass sie uns im Notfall auch retten würden.«

Die Roboter reagierten überhaupt nicht auf mich. Entweder hatten sie keine Systeme für akustische Reize, oder mein Argument war unwichtig.

»Scim, verschwinde!«, rief ich über die Schulter zurück. »Mach schon!« Der Posbi ruckte endlich herum und flüchtete.

»Hinterher, Jaoul!«, befahl ich. »Sonst schafft er den Abstieg nicht. Du musst ihm helfen.«

Der Matten-Willy folgte Scim-Geierkopf, während die Kampfroboter vergeblich versuchten, an Joan und mir vorbeizukommen. Sie waren wesentlich kleiner als wir und entwickelten keine großen Kräfte, sodass wir sie zurückdrängen konnten.

Es dauerte nicht lange, bis die Maschinen begriffen, dass sie uns nicht überwältigen konnten, ohne uns zu verletzen, dass sie aber auch nicht anders an uns vorbeikamen. Sie wandten sich um und verschwanden wieder in der Öffnung. Wenig später sahen wir sie auf der anderen Seite der transparenten Wand vorbeischweben. Sie bewegten sich mit großer Geschwindigkeit, dennoch glaubte ich nicht, dass sie Scim noch einholen konnten.

Joan und ich rannten weiter bis zu der Schleuse. Als wir diese durchschritten hatten, sah ich, dass wir vom eigentlichen Zentrum im Tal des Lebens noch weit entfernt waren. Wir befanden uns lediglich in einem äußeren Ring, der wohl dazu diente, das Zentrum abzusichern und zu versorgen.

Jenseits der Schleuse lagen flache Kuppelbauten, die ineinander übergingen. Auch das Zentrum erinnerte an einen Schaumberg. Insgesamt erreichten die Kuppeln eine Höhe von etwa zweihundert Metern bei einer

Grundfläche, die ich auf nicht mehr als drei Kilometer Durchmesser schätzte. Der Zentrumsbau hatte also relativ bescheidene Ausmaße.

Die Gleiterkolonne teilte sich auf dem Flug zum Zentrum auf. Die einzelnen Maschinen steuerten verschiedene Eingänge an.

»Sehen Sie doch!« Joan Connerford streckte einen Arm aus. »Dort über den Kuppeln ist ein dunkles Wabern.«

Ich hatte dieses dunkle Etwas fast gleichzeitig mit ihr entdeckt, und ich zweifelte keine Sekunde daran, dass es von dem schwarzen Kristall stammte. »Ich will dorthin!«, stellte ich fest. »Ich will den schwarzen Kristall sehen.«

Joan schüttelte den Kopf. »Sie scheinen völlig vergessen zu haben, wie unser Auftrag lautet«, sagte sie. »Wir sollen Informationen beschaffen und versuchen, mehr über die Kaiserin von Therm herauszufinden, was uns auf lange Sicht zur Erde führen kann.«

»Richtig«, stimmte ich spöttisch zu.

»Wir haben nicht den Auftrag, uns den zukünftigen Herrscher der Choolks anzusehen und uns mit seinem schwarzen Kristall zu befassen. Sie wollen sich dennoch auf ein gefährliches Abenteuer einlassen, mit dem Sie unter Umständen alles aufs Spiel setzen.«

»Zu Fuß kommen wir nicht hin«, stellte ich fest, als hätte ich ihre Beschuldigungen nicht gehört. »Auf meine Anzugaggregate will ich mich hier im Zentrum nicht verlassen. Also bleibt nur noch eine Möglichkeit.«

Neben uns stauten sich fünf Gleiter. Sie verharrten praktisch auf der Stelle. Ich stemmte mich hoch und setzte mich vorsichtig auf die Ladefläche, wobei ich sorgfältig darauf achtete, dass ich keines der Choolk-Eier berührte. Joan blickte mich in ohnmächtigem Zorn an. Sie erkannte, dass sie nur die Alternative hatte, mir augenblicklich zu folgen oder allein zurückzubleiben. Sie sprang hoch und setzte sich neben mich. Ich legte ihr den Arm um die knochigen Schultern. »Damit Sie nicht herunterfallen«, sagte ich grinsend.

Sie stieß mich wütend von sich. »Wenn Sie das noch einmal wagen, schieße ich Ihnen ein Loch in den Bauch.«

Als wir in die Kuppeln einflogen, aus der das schwarze Leuchten aufgestiegen war, wischte uns etwas Unsichtbares vom Gleiter herunter. Wir stürzten zu Boden, während die Maschine weiterflog.

Wir befanden uns in einer Tunnelröhre, die schon nach zwanzig Metern in einen großen Saal einmündete. Von dort ertönte ein eigenartiges Zirpen und Knarren, und eine unerträgliche Hitze schlug uns entgegen.

Ich eilte weiter, ohne von unsichtbaren Energiefeldern aufgehalten zu werden.

Als ich in den Saal sehen konnte, entdeckte ich Hunderte von Choolk-Eiern. Einige waren zerbrochen.

Hoch über mir befanden sich Energietrichter, durch die heiße Luft in den Raum eingeblasen wurde. Genau in der Mitte des Saales erhob sich ein relativ kleines Bauwerk. Es hatte einen halbmondförmigen Grundriss und ein auffallend stark gekrümmtes Dach, auf dem sich drei schimmernde Energietrichter bewegten. Es sah so aus, als würden heiße Luftströme durch sie hindurch in das Gebäude geleitet.

Meine Hand verkrampfte sich um den Kristall. Ich glaubte, eine fast schmerzhafte Strahlung fühlen zu können, die von dem Haus ausging.

Hinter mir stöhnte Joan Connerford auf. »Müssen wir hier bleiben?«, fragte sie stockend. »Bitte, lassen Sie uns zur SOL zurückkehren. Wir wissen doch, was wir wissen wollten.«

»Nichts wissen wir«, erwiderte ich. »Weiter ...«

Die Choolk-Eier lagen in flachen Mulden. Zahlreiche Choolks waren bereits geschlüpft. Sie krochen ziellos über den Boden. Gerieten sie dabei in die Nähe eines an die fünf Meter hoch aufragenden Aggregats, streckte dieses einen seiner sieben Arme aus und hängte dem Choolk einen strahlenden Kristall um. Danach änderte sich das Verhalten der Choolk-Jungen. Sie strebten einem runden Tor im Hintergrund zu. Doch auch unter dem Einfluss des Kristalls wirkten ihre Bewegungen noch ungelenk. Immer wieder knickten die dünnen Beine unter ihnen ein. Es war schwer zu unterscheiden, ob sie noch zu jung waren oder ob sie schon unter dem Einfluss des schwarzen Kristalls standen.

»Wollen Sie nicht endlich Meldung machen?«

»Das hat Zeit«, erwiderte ich. »Perry Rhodan hat sicherlich anderes zu tun, als laufend Berichte von uns entgegenzunehmen.«

Ich ging einfach los. Natürlich hatte die Psychologin Recht. Ich fürchtete jedoch, dass Rhodan sofort Mutanten einsetzen würde, und ich hatte keine Lust, zuzusehen, wie andere die Lorbeeren für das einsammelten, was ich mühsam vorbereitet hatte.

Joan folgte mir. Bevor sie ihren Protest anbringen konnte, stürmten Choolks aus verschiedenen Richtungen auf uns zu. Es waren Erwachsene, und auch sie hatten sichtlich Mühe, ihre Bewegungsabläufe zu koordinieren. Dennoch waren sie gefährlich für uns, denn sie hielten Messer und Energiewaffen in den Händen.

Ich empfing den ersten Choolk mit einem gezielten Faustschlag, traf ihn dicht über dem kreuzförmigen Sehorgan und schleuderte ihn mühelos zu Boden. Regungslos blieb er liegen.

»Sind Sie wahnsinnig?«, rief Joan empört. »Das dürfen Sie nicht tun.«

»Und ob ich das darf.«Mit einer blitzschnellen Links-rechts-Kombination schickte ich zwei weitere Gegner in das Land der Träume, und ich duckte mich, als ein Energiestrahl aufzuckte. »Sagen Sie lieber den Choolks, dass sie nicht auf mich schießen dürfen!«, rief ich Joan zu.

Ich warf zwei weitere Angreifer zurück und entging dabei nur knapp einer Messerklinge. Sie strich millimeternah an meinen Augen vorbei.

Joan Connerford stand plötzlich vor mir. »Halt!«, rief sie, die Arme ausgestreckt. Ihr Translator brüllte die Worte schier hinaus. »Der Träger des schwarzen Kristalls befindet sich in tödlicher Gefahr. Nur wir können ihn retten.«

Der Angriff stockte, als die Choolks die Nachricht geistig verarbeitet hatten. Inzwischen waren mehrere Strahler auf uns gerichtet.

»Wollt ihr euren neuen Herrscher töten?«, fragte die Kosmopsychologin. »Er hat uns gerufen, damit wir ihm helfen können. Seht her, wir tragen die Kristalle, mit deren Hilfe er uns unterrichtet hat.«

Ich wollte Joan schon zur Seite schieben, weil ich nicht an ihren Erfolg glauben konnte, als die Choolks ihre Waffen sinken ließen und sich abwandten. »Alle Achtung«, sagte ich anerkennend. »Das hätte ich nicht erwartet.«

Joan Connerford blickte mich an, und zum ersten Mal, seit ich sie kannte, bemerkte ich keine Anzeichen von Resignation an ihr. »Gehen wir weiter, Galto«, schlug sie vor. Ich nickte ihr freundlich zu.

Nebeneinander schritten wir auf das Bauwerk zu, in dem der Träger des schwarzen Kristalls weilte. Doch bevor wir es erreicht hatten, stürzten wir in die Tiefe. Unwillkürlich versuchte ich, Joan festzuhalten.

Wir landeten etwa fünf Meter tiefer in einer verdammt engen Röhre. Eng aneinander gepresst, konnten wir kaum atmen.

»Lassen Sie mich los, Sie Wüstling!«, ächzte Joan.

Bei dem Sturz hatte ich nach ihr gegriffen. Das hatte nun zur Folge, dass sie in meinen Armen lag und dass meine linke Hand auf ihrem verlängerten Rücken ruhte. Bei Joan schien jedoch keine Polsterung notwendig zu sein, wenn sie sich setzte.

Was ich auch tat, um meine Hand wegzuziehen, es ging nicht. Hinzu kam, dass die Frau meine Absicht missverstand. Sie wusste sich nur dadurch zu wehren, dass sie mir in die Wange biss.

»Sind Sie verrückt geworden?« Ich schrie schmerzerfüllt auf. »Ich kann nichts für diese enge Röhre. Außerdem stecken Sie in einem Schutzanzug. Und wenn Ihnen das noch nicht genügt, dann schwöre ich Ihnen, dass ich ...«

»Seien Sie still!«, schnaubte sie. »Schalten Sie lieber das Flugaggregat an, damit wir hier herauskommen.«

Ich war so wütend wie selten zuvor, zumal ich mir schon ausmalte, was die Posbis mit mir anstellen würden, sobald sie die Bissmale entdeckten. Wahrscheinlich würden sie mir neue Wangen aus Kunststoff anpflanzen.

»Ich kann das Schaltfeld nicht erreichen«, seufzte ich. »Versuchen Sie es!«

Joan bemühte sich ebenso verzweifelt wie vergeblich. »Rufen Sie lieber Rhodan!«, fuhr sie mich schließlich an. »Sie können das ja mit Ihrem komischen Helm.«

»Da tut sich nichts«, erwiderte ich. »Der Helm funktioniert nicht mehr, oder wir sind abgeschirmt.«

Ich blickte nach oben, weil ich glaubte, ein Geräusch zu hören. Dunkelheit senkte sich über mich herab. Immer noch spürte ich die fast schmerzhaft intensive Strahlung, und es schien mir, als fahre etwas Fremdes suchend durch mein Gehirn.

Joan seufzte, dann erschlaffte ihr Körper, und ihr Kopf kippte kraftlos an meine Schulter. Sie hatte das Bewusstsein verloren. Ich kämpfte mit aller mir noch verbliebenen Energie gegen eine beginnende Ohnmacht an. Ich durfte nicht auch noch umkippen, denn dann war alles vorbei.

Ich spürte, dass etwas über meinen Kopf tastete. Unwillkürlich versuchte ich, die Hand zu heben, aber das war ebenso unmöglich wie zuvor. Etwas Weiches glitt über meine Stirn, und dann pendelte ein farbloser Tentakel vor meinen Augen.

»Jaoul«, rief ich. »Recht so. Zieh uns heraus!«

Der Willy antwortete nicht, doch sein Tentakel schob sich unter meine Arme und schnürte sich fest um mich. Ich verkrallte die Hände in Joans Schutzanzug und war für ihre Bewusstlosigkeit dankbar, denn sonst hätte sie wieder alles falsch verstanden.

»Zieh, Jaoul! Zieh doch endlich.«

Der Freund ließ mich nicht im Stich. Kraftvoll zerrte er mich und Joan nach oben. Kurz bevor ich die Öffnung erreichte, gelangte ich mit meiner Hand an den Gürtel. Ich konnte wenigstens den Antigrav einschalten und Jaoul entlasten. Er wich zurück und machte Platz, sodass ich zusammen mit Joan aus der Röhre hervorkommen konnte.

Erst als ich oben war, sah ich, dass es wirklich der Matten-Willy war. »Du bist der Größte, Jaoul«, sagte ich anerkennend. »Ohne dich wären wir ziemlich schlecht dran gewesen..«

Als ich erkannte, dass die Kosmopsychologin ruhig und gleichmäßig atmete, war ich beruhigt. Der Matten-Willy formte eine Mulde, in der Joan zusammengerollt bequem liegen konnte. Dann eilten wir weiter.

Die Ausstrahlung des schwarzen Kristalls wurde deutlicher, und eine unsichtbare Kraft stemmte sich mir entgegen, die mir den Willen zu nehmen drohte. Ich wehrte mich, indem ich mich nur noch auf mein Ziel konzentrierte.

Vor einem runden Schott blieb ich stehen. Meine Hände glitten über das schimmernde Material, bis ich kleine Erhebungen spürte. Als ich fester drückte, ging das Schott auf.

Augenblicke später standen Jaoul und ich einer geheimnisvollen und außerordentlich fremdartigen Maschinerie gegenüber, die den größten Teil des Raumes ausfüllte. Doch ich sah nur den kleinen, stämmigen Choolk, der sich am Rand einer mehrere Meter durchmessenden Mulde bewegte. Er war von anderen Jungchoolks kaum zu unterscheiden, wirkte nur ein wenig kräftiger als diese. Etwa fünfzig Eier waren noch geschlossen, aus ebenso vielen waren schon Choolks ausgeschlüpft. Mir fiel auf, dass sie diesem einen Artgenossen auswichen, und wenn sie es nicht taten, stieß er sie kurzerhand zur Seite.

Aber all das war es nicht, was mich auf ihn aufmerksam machte. Ich sah eigentlich nur den schwarzen Kristall auf seiner Brust. Er war für einen ausgewachsenen Choolk gedacht und hatte daher im Vergleich zu der noch winzigen Gestalt gewaltige Ausmaße. Der heranwachsende neue Herrscher der Choolks war nur etwa fünfzig Zentimeter groß, der Kristall hatte etwa die Dimension einer kräftigen Männerfaust. Von ihm ging die Strahlung aus, die meinen Willen zu lähmen drohte.

»Wo sind wir?«, fragte eine schwache Stimme hinter mir. Joan richtete sich auf dem Matten-Willy auf.

»Beim Träger des schwarzen Kristalls«, antwortete ich. »Jaoul war so freundlich, uns aus der Röhre zu ziehen.«

Die Kosmopsychologin stieg von dem Matten-Willy herab, nachdem sie sich bei ihm bedankt hatte. »Und was nun?«, fragte sie. »Was wollen Sie hier?«

»Ist Ihnen das noch immer nicht aufgegangen?«, entgegnete ich. »Wir werden uns den Kleinen schnappen und ihn zur SOL bringen.«

»Sie sind total verrückt geworden!«, rief Joan. »Das dürfen Sie nicht tun. Das entspricht nicht unserem Auftrag.«

»Als Kosmopsychologin müssten Sie eigentlich wissen, dass wir damit ein Faustpfand in die Hand bekommen, mit dem wir viel erreichen können.«

»Oder auch alles verlieren.«

»Das glaube ich nicht.« Ich ging weiter. Augenblicklich begannen die Jungchoolks zu toben.

»Bleiben Sie von mir weg, Fremder!«, rief der Träger des schwarzen Kristalls. »Niemand darf sich Puukar nähern!«

»Das glaubst du«, sagte ich ungerührt. »Nun, junger Mann, irgendwann musst du deine Kinderstube verlassen, ob du willst oder nicht. Warum also nicht jetzt gleich?«

Draußen erhob sich Lärm, als ob Tausende Choolks aus Leibeskräften brüllten. Mir war sofort klar, dass ich Alarm ausgelöst hatte.

Joan fiel mir in die Arme. »Galto, seien Sie vernünftig! Wir kommen hier niemals mit dem jungen Choolk heraus. Begreifen Sie das denn nicht? Das könnte höchstens ein Teleporter schaffen.«

Ich schüttelte sie ab und stürmte weiter. Rücksichtslos drängte ich einige junge Choolks zur Seite, die mir kaum bis über die Knie reichten. Roboter und erwachsene Choolks stürmten in das Gebäude. Sie waren bewaffnet, aber ich bezweifelte, dass sie schießen würden, denn damit hätten sie auch Puukar gefährdet. Von seinem schwarzen Kristall ging eine Strahlung rasch wachsender Intensität aus. Dieser Kristall leuchtete immer stärker, und ich hatte das Gefühl, durch tiefer werdende Watte zu laufen.

Die Choolks dagegen bewegten sich ungewohnt schnell und zielstrebig. Sie schienen zumindest vorübergehend von dem lähmenden Einfluss befreit zu sein. Ich zog meinen Kombistrahler, justierte ihn auf Paralysewirkung und schoss. Die Choolks brachen zusammen und blieben regungslos liegen. Die Roboter konnte ich damit jedoch nicht beeindrucken. Sie erreichten mich und schlugen mir die Waffe aus der Hand. In dem Moment sah ich ein, dass Joan Recht hatte. *Ich* konnte Puukar nicht entführen!

»Jaoul!«, brüllte ich. »Nimm den Burschen und bring ihn zur Jet! Und vergiss das hier nicht!« Ich warf ihm meinen Kristall zu. Der Willy formte blitzschnell eine Greifhand, fing den Kristall auf und ließ ihn in seinem Körper verschwinden. Dann floss er förmlich zwischen den paralysierten Choolks und den Robotern hindurch.

Der Träger des schwarzen Kristalls erkannte die Gefahr, er war bereits intelligent genug. Augenblicklich wandte er sich zur Flucht, doch Jaoul war schneller. Er bildete ein kräftiges Sprungbein und schnellte sich auf Puukar. Diesem blieb keine Chance, als der Matten-Willy ihn völlig umschloss. Ich sah, dass das schwarze Leuchten den Matten-Willy durchdrang, doch das beeindruckte Jaoul offensichtlich nicht. Er rannte auf vier Pseudofüßen vor einer Meute knarrender Choolks auf die nächste Wand zu, formte Saugnäpfe und kletterte mit ihrer Hilfe senkrecht an der Wand hoch. Die Roboter wagten nicht, auf ihn zu schießen, und die Choolks konnten ihm nicht folgen. Verdutzt beobachteten sie, wie er mit Puukar in seinem Innern an der Decke entlanglief und schließlich verschwand.

Ich konnte mich ohne den Kristall kaum noch bewegen.

»Das ist doch Wahnsinn«, sagte Joan Connerford ärgerlich.

»Hm«, machte ich, weil ich zu einer anderen Äußerung gar nicht fähig war.

»Sie brauchen gar nicht so komisch zu brummen«, fuhr Joan wütend fort, während die Roboter und einige erwachsene Choolks die Verfolgung des Matten-Willys aufnahmen. »Sie haben noch nicht einmal den Versuch gemacht, das Problem anders zu lösen. Wozu bin ich bei diesem Einsatz dabei, wenn Sie nicht zulassen, dass die Erkenntnisse der modernen Kosmopsychologie zum Zuge kommen?«

»Hm«, machte ich erneut.

Meine Antwort reizte Joan bis aufs Blut. Plötzlich sah sie sogar hübsch aus.

»Sie bringen den Matten-Willy in eine tödliche Gefahr, und dann tun Sie überhaupt nichts mehr«, fauchte sie mich an. »Ich finde, dass Sie die verdammte Pflicht haben, ihn zu unterstützen.«

Ich hätte nie gedacht, dass Joan Connerford ein derartiges Temperament entwickeln könnte. Leider war ich nicht in der Lage, ihr ein entsprechendes Kompliment zu machen.

Die Kosmopsychologin ließ mich einfach stehen und eilte zum Ausgang. Dann aber hielt sie inne und kam sogar zurück.

»Was ist los mit Ihnen?«, fragte sie. »Können Sie sich nicht bewegen?«

Sie begriff erst, als ich wütend mit den Augen rollte. Dann drückte sie mir ihren Kristall auf die Brust. Augenblicklich wich die Lähmung von mir, wenngleich ein gewisser geistiger Druck blieb.

»Nett von Ihnen, Joan«, sagte ich freundlich zu ihr. Sie stand plötzlich still wie eine Statue vor mir. »Jetzt sehen Sie richtig hübsch aus«, bemerkte ich.

»Hm, hm«, machte sie.

»Ich bin absolut Ihrer Meinung, Joan.« Ich hob sie mir über die Schulter; sie war leicht wie eine Feder.

Ungehindert verließ ich das zentrale Bruthaus. In der riesigen Halle herrschte ein totales Durcheinander. Hunderte Choolks rannten planlos herum. Roboter schirmten einige Ausgänge ab und ließen andere völlig unbewacht. Noch immer ertönte das nahezu unerträgliche Knarren der Sirene.

Ich marschierte mit Joan auf dem Rücken los. Ich wollte mich nicht auf den Antigrav verlassen, weil ich fürchtete, er könnte mitten im Flug versagen.

25.

Aufzeichnung Joan Connerford vom 7. Februar 3583

Um uns herum schien nichts mehr normal zu sein. Ich bebte vor Zorn. Wie war es nur möglich gewesen, dass ich auf diesen Galto Quohlfahrt hereingefallen war? Ich machte mir bitterste Vorwürfe, weil ich ihm den Kristall übergeben hatte, denn damit hatte ich die Gewalt über mich selbst verloren. Ich konnte hören, fühlen und sehen, was sich tat, aber ich konnte mich nicht bewegen.

Quohlfahrt übertraf sich selbst. Er schleppte mich auf seinem Rücken als Schutzschild mit, um sein jämmerliches Leben zu retten. Damit hatte er die Grenzen dessen überschritten, was ich noch verstehen konnte. Hätte ich ihm die Hände um den Hals legen können, ich hätte ihn vermutlich erwürgt.

Als wir die Innenseite des mittleren Ringes erreichten, schaltete er endlich den Antigrav ein. Dabei neigte er sich etwas nach vorn, sodass ich nach unten sehen konnte. Einige Kampfmaschinen folgten uns. Dann drehte Quohlfahrt sich herum und ich konnte nach oben sehen.

Der Matten-Willy war längst verschwunden. Ich fragte mich, ob er es allein geschafft hatte, zu entkommen. Quohlfahrt dachte offensichtlich nicht daran, sich um den Matten-Willy zu kümmern.

Wir erreichten die Röhre, durch die immer noch Gleiter mit auszubrütenden Eiern einflogen. Quohlfahrt landete neben den Maschinen. Er setzte mich ab – und überraschte mich damit, denn ich hatte nicht mehr erwartet, dass er auf mich Rücksicht nehmen würde.

Ich reagierte instinktiv, als ich die Luft anhielt.

»Wie geht es denn so?«, fragte er. Ich antwortete nicht, denn da spürte ich bereits, wie das Blut in meinen Schläfen hämmerte. Die Atemnot wurde fast unerträglich, trotzdem gab ich nicht auf. Würde dieser Mann wirklich so weit gehen, mich ersticken zu lassen?

Er musterte mich prüfend. »Was ist los mit Ihnen, Joan?« Das Scheusal verstand es, seiner Stimme einen mitfühlenden Ton zu verleihen, doch ich ließ mich nicht täuschen. Ich hielt die Luft immer noch an.

»Um Himmels willen, Joan. Was ist passiert?«

Endlich griff er nach dem Kristall und legte ihn mir auf die Brust. Kaum konnte ich die Hand bewegen, als ich auch schon danach griff und ihn mir unter den Schutzanzug schob.

Die verbrauchte Luft wich explosionsartig aus meinen Lungen. Wild rang ich nach Atem. Hätte Quohlfahrt nur einige Sekunden länger gezögert, hätte ich nicht mehr durchgehalten. Ich richtete mich auf und tippte ihn an. Er verlor augenblicklich das Gleichgewicht.

Ich schaltete seinen Antigrav hoch und regulierte ihn so ein, dass Galto in einem Meter Höhe schwebte. Dann griff ich nach seiner Hand und zog ihn hinter mir her.

»Ich denke nicht daran, den Matten-Willy allein zu lassen«, erklärte ich, während ich den Gang entlangrannte. »Ich werde ihm helfen, obwohl er Ihr Freund ist und nicht meiner.«

Galto Quohlfahrt antwortete nur mit einem Ächzen.

»Versuchen Sie keine Tricks«, mahnte ich ihn. »Darauf falle ich nicht herein. Und glauben Sie nur nicht, dass ich den Kristall herausgebe. Ich bin nämlich davon überzeugt, dass ich unsere Aufgabe besser lösen kann als Sie.«

Meine Zuversicht schwand allerdings rapide, als Kampfroboter aus einem seitlichen Schott stürmten. Bei ihnen waren vier Choolks, die plumpe Kampfanzüge trugen. Sie bewegten sich so zielstrebig und sicher, dass für mich feststand, dass sie die Krise überwunden hatten.

»Bleiben Sie stehen!« wurde ich aufgefordert. »Andernfalls müssen wir Sie töten.«

»Das werden Sie nicht tun, weil Sie genau wissen, dass Sie dann Ihren Puukar nie wieder sehen«, antwortete ich.

»Puukar ist in Sicherheit«, behauptete der Choolk.

Ich wusste, dass er log. In den letzten Tagen hatte ich unzählige Kurzfilme gesehen, in denen Choolks die Hauptrolle gespielt hatten. Die Aufnahmen waren von den Männern der SOL bei jeder nur denkbaren Gelegenheit gemacht worden waren. Aus ihnen hatte ich meine Schlüsse ziehen können. Ich erkannte den eklatanten Widerspruch zwischen den Worten des Choolks und seinen Körperbewegungen.

»Na schön«, erwiderte ich. »Dann erschießen Sie uns. Sie werden als Puukars Mörder in die Geschichte eingehen.«

Er reagierte, wie ich es erwartet hatte. Vor allem zuckten drei winzige Saugrüssel aus seinen Mundöffnungen hervor. Das war ein deutliches Zeichen dafür, dass ich gewonnen hatte.

Entschlossen ging ich auf ihn zu. Zunächst verharrte der Choolk auf der Stelle, dann wandte er sich um, rief seinen Begleitern Befehle zu und hastete mit ihnen davon. Nur die Roboter blieben.

Die Maschinen zu überwinden, war schon schwieriger, da ich nicht annehmen durfte, dass sie nach Moralprinzipien wie die Roboter der SOL programmiert worden waren. In dem Moment wünschte ich, es wäre mir möglich gewesen, Galto Quohlfahrt zu aktivieren. Er war ebenfalls Robotologe, und vor seinem Können hatte ich einigen Respekt. Wie er mit Posbis und Robotern umging, war schon beispielhaft.

Ich ließ Galto los.

»Puukar ist gar nicht entführt worden«, erklärte ich den Robotern. »Alles war nur Täuschung. Das Quallenwesen wusste ebenso wie wir, dass es unmöglich ist, den neuen Herrscher aus dem Brutbereich herauszubringen. Deshalb hat es so getan, als ob es Puukar in sich aufgenommen habe. Tatsächlich befindet er sich noch im Hauptbruthaus!«

Ich zeigte auf das seltsame Bauwerk, aus dem wir geflohen waren. Dabei spürte ich, dass meine Argumente nicht stichhaltig genug waren. Meine Worte waren nicht klar und logisch genug gewesen. Ich hätte noch angeben müssen, warum wir dieses angebliche Täuschungsmanöver inszeniert hatten. Aber das konnte ich nicht.

In dem Sekundenbruchteil, als ich begriff, dass ich verloren hatte, schaltete ich mein Flugaggregat ein und jagte wie eine Rakete in die Höhe. Paralysestrahlen fauchten unter mir vorbei und erfassten Galto Quohlfahrt. Ich konnte es nicht verhindern.

Die Roboter wandten sich mir zu. Blitzartig kam mir der Gedanke, dass sich Ras Tschubai und Gucky irgendwann wieder erholt haben würden. Sie mussten früher oder später in der Lage sein, Galto aus der Klemme zu helfen. Ich konnte es jedenfalls nicht.

Ich jagte dicht unter der Decke durch die Röhre. Das plötzliche Kribbeln, das ich in den Beinen spürte, war ein deutliches Anzeichen dafür, dass die Roboter auf mich schossen. Doch ich war schon zu weit entfernt.

Ich erreichte den Ausgang der Röhre und ließ mich in die Tiefe fallen. Vor den Kuppeln herrschte ein heilloses Durcheinander. Mehrere Gleiter waren abgestürzt. Glücklicherweise waren sie unbeladen gewesen, sodass keine Eier zerstört worden waren.

Von Jaoul und dem Träger des schwarzen Kristalls war nach wie vor nichts mehr zu sehen. Aber das bedeutete nicht viel. In der Hitze flimmerte die Luft so stark, dass über eine Entfernung von mehr als einen Kilometer hinweg ohnehin nichts zu erkennen war.

Roboter und Choolks wurden sofort auf mich aufmerksam. Ein Thermoschuss fauchte an mir vorbei. Ich beschleunigte und entfernte mich mit hoher Geschwindigkeit vom Brutzentrum.

Als ich etwa dreihundert Meter weit gekommen war, setzte mein Flugaggregat zum ersten Mal aus. Ich stürzte mindestens zwanzig Meter weit ab, bevor der Antigrav wieder arbeitete. Danach ließ ich mich bis auf fünf Meter Höhe absinken, aber ich kam nicht mehr weit, dann versagte das Aggregat endgültig.

Ich rutschte über weichen Sand. Mein Vorsprung vor der Meute war denkbar gering.

Nun rannte ich. Schon kurz darauf zeigte sich, dass ich den Choolks und ihren Robotern überlegen war. Sie fielen zurück. Ich hörte nur noch das Heulen des Windes, und unter meinen Füßen knirschte der Sand.

Mein Armbandfunkgerät funktionierte nicht. Mir blieb nur noch die Hoffnung, dass ich von der Space-Jet aus Hilfe rufen konnte. Ich fürchtete, dass die Choolks Gleiter einsetzen würden. Damit hätten sie mich leicht einholen können. Offenbar wurden sie aber durch den schwarzen Kristall immer noch so verwirrt, dass sie nicht daran dachten, Fluggeräte zu verwenden.

Nach eineinhalb Stunden erreichte ich die Berghöhen, hinter denen die Space-Jet stand, und bald darauf sah ich sie. Die Bodenschleuse war offen. Aber erst als ich an Bord war, fühlte mich erleichtert. Bis zuletzt hatte ich befürchtet, von den Choolks noch aus einem Hinterhalt heraus angegriffen zu werden.

Jaoul war tatsächlich schon vor mir eingetroffen. Der Matten-Willy formte einen Mund und lächelte mich freundlich an. In seinem Leib erkannte ich Puukar mit dem schwarzen Pruuhl.

»Du hast es also geschafft«, sagte ich bewundernd. Dann erschrak ich. »Hast du auch daran gedacht, dass Puukar atmen muss?«

»Selbstverständlich«, antwortete das Quallenwesen. »Er ist in Ordnung.«

Ich konnte beobachten, dass der gefangene Choolk wild mit Armen und Beinen um sich schlug, als Jaoul ihm den nötigen Raum dafür bot. Ich war beruhigt.

»Ich muss die SOL verständigen«, sagte ich, prüfte den Antigravschacht und ließ mich nach oben in die Kommandokuppel tragen.

Die SOL meldete sich augenblicklich. Natürlich war eine Meldung längst erwartet worden. Nur Sekunden vergingen, dann blickte ich in das Gesicht von Perry Rhodan. Sofort überfielen mich wieder die Hemmungen, gegen die ich zeit meines Lebens vergeblich angekämpft hatte. Mir war unangenehm, dass ich mit Rhodan verbunden worden war, wo doch ein Offizier genügt hätte, der über das Kommandounternehmen unterrichtet war.

»Wir haben Puukar, den Träger des schwarzen Pruuhls, gefangen«, berichtete ich stockend. Gleichzeitig erkannte ich, dass ich alles falsch gemacht hatte, was ich nur hatte falsch machen können. Ich erwartete eine scharfe Zurechtweisung.

Doch Rhodan lächelte anerkennend. »Fantastisch«, sagte er. »Es ist

Ihnen wirklich gelungen, den Träger des schwarzen Kriegskristalls in die Hände zu bekommen.«

Ich wollte ihm eröffnen, dass dieser Erfolg nicht mir, sondern ausschließlich Galto Quohlfahrt zu verdanken war, aber Rhodan ließ mich nicht zu Wort kommen. »Wo sind Sie?«, erkundigte er sich.

Ich gab ihm die Position durch. »Die Jet macht Probleme«, erklärte ich zudem. »Die Anlagen des Brutzentrums stören die Positronik offenbar. Ich wäre Ihnen dankbar, wenn Sie uns abholen würden.«

»Wir sind gleich bei Ihnen!« Rhodan lächelte mir zu und schaltete ab.

Ein nie gekanntes Glücksgefühl durchströmte mich. Ich hatte nie direkt mit dem Terraner gesprochen; er war mir stets wie jemand vorgekommen, vor dem man sich in Acht nehmen musste. Jetzt war mir klar, dass ich mich grundlegend geirrt hatte. Es gab nur einen Mann, den ich zu fürchten hatte: Galto »Posbi« Quohlfahrt. Ich mochte kaum daran denken, dass ich ihn bei den Choolks zurückgelassen hatte.

Ich schaltete die Beobachtungsschirme ein und erschrak. Ein Heer von Kampfrobotern näherte sich. Schätzungsweise waren es Hunderte, die von drei Seiten aufmarschierten.

Unsicher blickte ich zum Waffenleitstand hinüber. Sollte ich einen Warnschuss abfeuern? Aber damit konnte ich die Roboter sicherlich nicht beeindrucken. Und wenn ich damit drohte, Puukar zu töten oder gar den schwarzen Kristall zu vernichten?

Bevor ich etwas unternehmen konnte, rasten vier Space-Jets heran. Sie landeten. Sekunden später kam ein Mann an Bord. Er handelte so zielbewusst, wie es mir nie möglich gewesen wäre.

Er startete das Triebwerk und startete. Er schien gar nicht an die Möglichkeit zu denken, dass das Triebwerk wieder ausfallen konnte. Tatsächlich gelang es ihm, die Jet bis in eine Höhe von eintausend Metern zu bringen, dann erschütterte ein dumpfer Schlag die Maschine. Das Triebwerk versagte endgültig.

»Keine Sorge«, sagte er. »Die Freunde machen das schon.«

Das Antigravtriebwerk funktionierte noch. Damit verhinderte er den Absturz. Die Piloten der anderen Space-Jets schleppten uns mit Hilfe von Traktorstrahlen ab. Innerhalb weniger Minuten verließen wir den technischen Einflussbereich des Brutzentrums.

Bevor ich mich besinnen konnte, tauchte die SOL vor uns auf. Wir jagten über den riesigen Raumhafen Kalwuug hinweg und flogen in einen Hangar ein.

Endlich befand ich mich wieder in Sicherheit.

»Das war's«, sagte der Pilot und blickte sich suchend um. »Aber wo ist Galto Quohlfahrt?«

Vor der Frage hatte ich mich insgeheim gefürchtet. »Er ist noch im Brutzentrum«, antwortete ich stockend. »Er ist den Robotern in die Hände gefallen, und ich musste ihn zurücklassen.«

Ich war mir dessen bewusst, dass ich mich an eine große Aufgabe herangewagt, aber versagt hatte. Ich fühlte mich, als ob eine Zentnerlast auf meine Schultern drückte.

»Er ist also noch dort? Lebt er noch?«

»Ich hoffe – ja.«

»So. Sie hoffen.« Der Mann ging ohne weitere Worte an mir vorbei und verließ die Space-Jet.

»Miss Connerford«, sagte der Offizier, »kommen Sie bitte nach L-3-b auf Deck 3.«

»Ich komme«, antwortete ich, eilte aus dem Raum und stieg in den aufwärts gepolten Antigravschacht. Minuten später erreichte ich mein Ziel, überzeugt davon, dass ich mich nun würde verantworten müssen.

Doch ich irrte mich. Als sich das Schott zur Seite schob, sah ich drei Energiefeldprojektoren, die eine Art Energiekäfig geschaffen hatten. In diesem befand sich Puukar, den schwarzen Kristall auf seiner Brust. Mit dem Käfig wurde die von dem Pruuhl ausgehende Strahlung weitgehend abgeschirmt.

Perry Rhodan stand neben einem der Feldprojektoren. Er wandte sich zu mir um, als ich eintrat. »Ich gratuliere zu Ihrem Erfolg«, sagte er. »Niemand an Bord hätte erwartet, dass es gelingen könnte, den Kriegskristall und dessen Träger zu entführen.«

»Es war Galto Quohlfahrts Idee«, erwiderte ich zurückhaltend.

»Aber Sie haben ihn an Bord gebracht. Wo ist Galto überhaupt?«

»Ich musste ihn zurücklassen. Eine andere Möglichkeit bestand nicht. Ich musste …«

»Sie brauchen sich nicht zu entschuldigen«, sagte Rhodan. »Ich bin davon überzeugt, dass Sie nur so und nicht anders handeln konnten. Mich interessiert allerdings, was wir tun können, um ihn zurückzuholen.«

Ich zuckte hilflos mit den Schultern. »Am besten wäre es, die Mutanten einzusetzen. Wenn das möglich ist.«

»Ras Tschubai und Gucky haben sich schon recht gut erholt.«

»Das meine ich nicht. Ich rechne damit, dass der COMP wohl aktiv wird und uns erheblich behindert.«

»Sie sind Kosmopsychologin«, stellte Rhodan fest. »Wenn Sie so etwas sagen, dann haben Sie vermutlich Recht.«

»Die Entführung Puukars und des Pruuhls ist ein schwerwiegendes

Ereignis. Der COMP kann nicht länger passiv bleiben. Ich möchte daher sagen, dass er …« Ich wurde abermals unterbrochen. Ein Offizier kam auf uns zu.

»Sir, wir haben soeben eine Nachricht des COMPS empfangen. Der COMP befiehlt unmissverständlich, dass wir den Pruuhl-Träger freigeben und Alwuurk sofort verlassen. Andernfalls droht er mit der totalen Vernichtung der SOL.«

»Dazu wäre er fraglos in der Lage«, kommentierte Rhodan. »Was meinen Sie, Joan, wird der COMP uns angreifen?«

Ich schüttelte den Kopf. »Auf gar keinen Fall. Der COMP wird seine Drohung nicht verwirklichen, weil er bei einem Angriff auf uns auch Puukar und den schwarzen Kristall gefährden würde.«

»Dieser Meinung bin ich ebenfalls«, sagte Rhodan.

»Der schwarze Kristall ist wie ein Heiligtum für die Choolks«, bemerkte ich. »Allerdings hat gerade das Konsequenzen …«

»Das ist mir leider nur zu deutlich bewusst. Was schlagen Sie vor?«

Ich fühlte mich völlig frei. Ich konnte nicht erklären, warum das so war, aber die Nähe dieses Mannes gab mir Kraft, während Quohlfahrt einen eher lähmenden Einfluss auf mich ausgeübt hatte. »Wir müssen das Faustpfand Puukar konsequent nutzen. Ich bin davon überzeugt, dass wir dem COMP und damit der Kaiserin von Therm nur mit Härte und Konsequenz imponieren. Wenn wir die Positionsdaten des Medaillon-Systems haben wollen, müssen wir eine eindeutig klare Haltung beibehalten.«

Rhodan nickte. Über Armbandfunk redete er mit jemandem, allerdings ohne das Holodisplay zu aktivieren. Ich glaubte dennoch erkennen zu können, dass er mit einem der Mutanten sprach.

»Ich werde erneut Space-Jets einsetzen«, sagte er dann. »Bitte, gehen Sie an Bord einer dieser Jets, und führen Sie die Staffel ans Ziel. Fellmer Lloyd wird Sie begleiten. Der Telepath kann Galto Quohlfahrt hoffentlich schnell aufspüren.«

Ich blickte zu dem Energiekäfig hinüber. »Es war sicherlich gut, den Kristall abzuschirmen«, bemerkte ich. »Denken Sie aber bitte daran, dass die Choolks damit erheblich geringeren Strahlen ausgesetzt sind. Wir müssen damit rechnen, dass sie rasch ihre gewohnten Fähigkeiten zurückgewinnen.«

»Ich habe erwartet, dass Sie das sagen würden«, erwiderte er.

Als ich den Hangar erreichte, waren die Space-Jets startbereit. Ein Offizier wartete auf mich und führte mich an Bord eines der Beiboote.

Die Disken starteten, kaum dass die Bodenschleuse hinter uns geschlossen war, und gewannen schnell an Höhe. Als wir in den Antigravschacht zur Kommandokuppel steigen wollten, sackte unsere Maschine urplötzlich ab. Sämtliche Absorber mussten gleichzeitig ausgefallen sein, denn ich wurde gegen eine Wand geschleudert.

Alarm heulte auf, begleitet von einer infernalischen Lärmkulisse.

»Aussteigen!«, brüllte mir mein Begleiter zu. Irgendetwas geschah mit uns, gegen das unsere Technik nicht mehr ankam. Im einen Moment war ich schwerelos, im nächsten wurde ich quer durch den Raum gewirbelt.

Als sich Innen- und Außenschott gleichzeitig öffneten, erkannte ich, dass die Jet in einer trudelnden Bewegung abschmierte. Im nächsten Moment spürte ich den festen Griff des Offiziers an meinen Oberarmen. Er riss mich mit nach draußen.

Wir überschlugen uns, die Wüstenwelt schien plötzlich Kopf zu stehen. Für einen flüchtigen Moment sah ich zwei unserer Space-Jets miteinander kollidieren, dann kam der Boden rasend schnell näher.

Der Offizier beherrschte sein Anzugtriebwerk perfekt. Ich merkte kaum, dass wir aufsetzten. Weit hinter uns bohrte sich eine der Space-Jets in den Wüstenboden und explodierte mit ohrenbetäubendem Lärm. Ein Glutpilz wogte auf.

Mir fiel auf, dass alle vier Jets über Sandgebiet abstürzten, ohne Schaden anzurichten. Choolks kamen näher. Ebenso eine Vielzahl ihrer Kampfroboter.

»Zurück zur SOL?«, fragte ich stockend.

Der Offizier warf mir einen ungläubigen Blick zu. »Was dachten Sie …? Kommen Sie mit Ihrem Tornisteraggregat klar?«

Ohne eine Antwort zu geben, regelte ich mein Flugaggregat hoch. Ich erreichte die SOL vor dem Mann. Mir war klar, dass wir nur knapp mit dem Leben davongekommen waren.

Nach und nach trafen alle Besatzungsmitglieder der Space-Jets ein. Glücklicherweise hatte sich jeder retten können.

»Die Choolks werden zunehmend gefährlicher«, hörte ich jemand sagen. »Es wird nicht mehr lange dauern, bis unsere Chancen auf den Nullpunkt gesunken sind.«

Neben Perry Rhodan betrat ich die Hauptzentrale. Mein Blick fiel sofort auf Gucky, der in einem Kontursessel lag und die Hände hinter dem Kopf verschränkt hielt.

»Sieh da, Joan«, sagte der Ilt. »Du hast dich aber gemausert.«

»Danke, Sir«, erwiderte ich. Gucky grinste breit und zeigte mir seinen Nagezahn so fröhlich, als hätte ich ihm eine Riesenkarotte angeboten.

»Du hast gesehen, was geschehen ist, Kleiner«, sagte Rhodan. »Jetzt kommt es auf dich und Ras an.«

Der Ilt hob lässig grüßend die Hand und teleportierte. Erst jetzt wurde ich mir dessen bewusst, dass außer Gucky noch weitere Persönlichkeiten da waren. Ich sah den Arkoniden Atlan, Mentro Kosum, Icho Tolot, Fellmer Lloyd und Dobrak.

»Das ist Joan Connerford«, stellte Perry Rhodan mich vor. »Sie ist Kosmopsychologin und hat die Situation treffend analysiert.«

Mir war es unangenehm, so im Mittelpunkt des Interesses zu stehen. Das war ich nicht gewohnt. Doch niemand ließ mich spüren, dass ich hier neu war.

Atlan musterte mich prüfend und wollte etwas sagen, als Gucky und Ras Tschubai schreiend zwischen uns materialisierten. Beide Teleporter brachen zusammen und wälzten sich stöhnend über den Boden. Rhodan und Atlan knieten sofort neben ihnen nieder, Medoroboter eilten heran.

»Schon gut«, ächzte der Ilt. »Uns fehlt nichts. Wir wurden nur zurückgeschleudert, als wir versuchten, in das Brutzentrum zu springen und Galto zu befreien.«

»Ich dachte, die Kraft reißt mich auseinander.« Tschubai massierte mit beiden Händen seinen Kopf.

Gucky blickte mich schief an. »Du hast Recht gehabt, Joan«, sagte er. »Die Choolks lassen es nicht zu. Sie waren auf Draht.«

»Du hast in ihren Gedanken herumgeschnüffelt?«, bemerkte Rhodan tadelnd.

»Sie hat nichts dagegen, ehrlich«, behauptete der Ilt.

»Dann waren Sie von Anfang an überzeugt, dass wir Galto so nicht retten können?«, wandte der Terraner sich mir zu. »Warum haben Sie das nicht gesagt?«

»Weil Sie Gucky und Tschubai dennoch losgeschickt hätten.«

Rhodan stutzte, überlegte einige Sekunden und nickte dann. »Ich hätte mir auf jeden Fall Gewissheit verschaffen wollen. Sie sind eine ausgezeichnete Psychologin, Joan.«

»Nur hinsichtlich der Kosmopsychologie«, entgegnete ich zurückhaltend. »Auf dem Gebiet der Humanpsychologie habe ich eine Reihe von Fehlleistungen aufzuweisen.«

Rhodan lachte. »Ich habe das Gefühl, Sie hatten einige Kommunikationsschwierigkeiten mit Galto Quohlfahrt. Machen Sie sich nichts daraus. Das liegt nicht an Ihnen, sondern an ihm.« Er wurde sofort wieder ernst. »Glauben Sie, dass es Sinn hat, mit Puukar zu reden? Oder haben wir es noch mit einem Kind zu tun?«

»Diese Fragen lassen sich nicht so ohne weiteres beantworten«, sagte ich. »Ich kann nur vermuten. Auf jeden Fall möchte ich Ihnen empfehlen, es zu versuchen. Ich bin davon überzeugt, dass der Kristallträger schon über beträchtliche geistige Fähigkeiten verfügt. Vielleicht kommen wir über ihn weiter.«

Wir verließen die Zentrale. Rhodan ging neben mir. Atlan folgte uns.

»Soeben kam eine weitere Botschaft vom COMP!«, meldete ein Funkoffizier. »Der COMP schlägt vor, den Pruuhl-Träger gegen Galto Quohlfahrt auszutauschen.«

»Ist das alles?«

»Das ist alles, Sir. Der COMP hat nichts weiter übermittelt.«

»Dann geben Sie zurück, dass ich Bedenkzeit haben will.«

Wir gingen weiter. Ich dachte, dass Rhodan mehr sagen würde, aber er schwieg. Er wollte offenbar nicht nachgeben und das Faustpfand Puukar behalten.

Wir betraten den Raum, in dem der Träger des schwarzen Kristalls festgesetzt war. Er marschierte in seinem Energiekäfig hin und her. Seine Haltung strotzte vor Selbstbewusstsein. Als er uns bemerkte, blieb er stehen und machte mit den Armen ein Zeichen. Ich war mir nicht völlig klar darüber, was es bedeutete, glaubte jedoch, dass er uns damit zu verstehen geben wollte, dass er sich weit überlegen fühlte.

»Wenn Sie mich sofort freilassen, werde ich mich bemühen, Ihre Handlungsweise zu vergessen!«, rief er knarrend.

»Immerhin«, sagte Perry Rhodan, »er will sich bemühen.«

Puukar umklammerte mit beiden Händen den schwarzen Kristall. »Ich entwickle mich schnell«, eröffnete er uns. »Viel schneller als andere Choolks. Darüber sollten Sie sich klar sein. Es wird nicht mehr lange dauern, bis ich mit dem schwarzen Pruuhl eine perfekte Einheit bilden werde. Dann kann mich nichts und niemand mehr hier an Bord halten.«

Rhodan und ich wechselten einen schnellen Blick. Ich wusste, dass er sich in diesem Moment ebenso wie ich an die erste Begegnung mit einem Choolk erinnerte. Ich hatte allerdings so gut wie keinen Kontakt mit jenem im Ei Erhobenen gehabt. Aus den Aufzeichnungen hatte ich lediglich meine analytische Betrachtung über die Vorfälle entwickelt, und diese Arbeit hatte mir das Abenteuer an der Seite Galto Quohlfahrts eingebracht.

Ich musste daran denken, dass Chookar mühelos durch Wände gegangen war. Es hatte keine Hindernisse für ihn an Bord gegeben, sogar die Mutanten waren machtlos gewesen. Niemand verspürte Sehnsucht nach einer Fortsetzung.

»Er hat Recht«, sagte Rhodan leise. »Ich habe nicht damit gerechnet, dass er so schnell erwachsen werden würde.«

»Das wird er auch nicht«, korrigierte ich ihn. »Ich würde ihn als Halbstarken bezeichnen, und ein solcher wird er noch eine Weile bleiben. Aber das macht ihn vielleicht noch gefährlicher als einen Erwachsenen.«

»Wir müssen schnell zu einer Einigung kommen.«

Puukar zeigte mit ausgestrecktem Arm auf Rhodan. »Sie sind der oberste Befehlsempfänger? Ist das richtig?«

»Oberster Befehlsempfänger? Nun, ich ...«

»Sagen Sie ja«, riet ich rasch, »sonst redet er nicht mehr mit Ihnen.«

»Ja, das ist richtig«, erklärte Perry Rhodan. »Ich trage die Verantwortung für das Schiff.«

»Dann verfügen Sie auch über ein Mindestmaß an Intelligenz«, erkannte der Träger des Kriegskristalls. »Sie sind zumindest in der Lage, zu begreifen, dass Sie mich nicht lange mehr gefangen halten können. Antworten Sie!«

Perry Rhodan verschränkte die Arme vor der Brust. Er durchschaute das Imponiergehabe des Choolks und setzte ihm eine ähnliche Haltung entgegen. »Meine technischen Möglichkeiten sind unbegrenzt«, behauptete er. »Ich könnte die gesamte Leibgarde der Duuhrt hier gefangen halten, wenn ich wollte. Das ist aber nicht mein Ziel. Ich will Informationen. Nichts weiter.«

»Das ist mir egal.« Puukar verlagerte sich Gewicht von einem Bein auf das andere. »Es wird nicht mehr lange dauern, bis ich die angestrebte perfekte Einheit mit dem Pruuhl erreicht habe. Dann wird es sich zeigen, wer von uns Lügen verbreitet hat. Und jetzt verschwindet.«

Der kleine Choolk verhielt sich tatsächlich so, als sei er Herr der Situation. Offenbar wusste er genau, wozu er bald fähig sein würde.

Wir verließen den Raum und blieben draußen auf dem Gang stehen.

»Die Lage wird wirklich kritisch.« Perry Rhodan deutete über die Schulter zurück. »Puukar kann es sich leisten, abzuwarten. Und wir können noch nicht einmal verhindern, dass die Choolks bald in die SOL eindringen und ihn befreien. Seien wir ehrlich: Obwohl wir den neuen Herrscher zurzeit noch in Händen haben, sind wir praktisch machtlos.«

»Was sagen Sie als Kosmopsychologin dazu?«, fragte mich Atlan.

»Mr. Rhodan hat Recht«, antwortete ich. »Wir stehen mit leeren Händen da. Das wissen die Choolks natürlich. Mittlerweile ist wohl auch die Kaiserin von Therm über die Situation informiert. Ich bin davon überzeugt, dass Sie uns beobachten lässt und ebenfalls abwartet.«

»Worauf wartet sie?«, fragte Dobrak, der Kelosker.

»Wie wir uns entscheiden. Wir haben nur zwei Möglichkeiten. Entweder behalten wir Puukar so lange wie möglich an Bord, oder wir geben auf und versuchen zu starten. Vielleicht können wir sogar starten, aber dann werden wir bestimmt nicht erfahren, wo die Erde ist.«

Meine letzten Hemmungen waren restlos verschwunden. Ich fühlte mich wohl im Kreis dieser Menschen, weil sie mich anerkannten und respektierten, ohne wie Galto Quohlfahrt Witze über meine körperlichen Unzulänglichkeiten zu machen.

Joscan Hellmut kam den Korridor entlang. Sein Gesicht wirkte eigenartig starr und leblos auf mich, doch den anderen schien das nicht aufzufallen. Er ging vorbei, ohne uns zu beachten oder ein Wort an uns zu richten.

Perry Rhodan war tief in Gedanken versunken. Er schien Hellmut überhaupt nicht wahrgenommen zu haben.

»Ich frage mich, ob die Kaiserin von Therm unsere Situation wirklich so klar sieht«, sagte Rhodan wenig später. »Weiß sie, dass unser Bluff auf tönernen Füßen steht?«

»Darauf kann ich Ihnen keine klare Antwort geben«, erwiderte ich. »Ich habe kaum Informationen über die Kaiserin von Therm.«

»Was empfehlen Sie?«

Ich zögerte. »Wir müssen auf Alwuurk bleiben. Bis zuletzt müssen wir versuchen, Puukar als Geisel zu behalten und die Choolks nicht an uns heranzulassen. Zudem sollten wir von nun an schweigen. Keine Reaktionen, falls der COMP sich erneut meldet. Keine Gespräche mehr mit dem Gefangenen, aber auch keine weiteren Versuche, Galto Quohlfahrt zu befreien. Sie würden doch scheitern und der Duuhrt verraten, dass wir nichts für Galto tun können.«

Ich wusste, dass Rhodan ebenso wie Atlan der Gedanke nicht behagte, passiv zu bleiben. Beide zogen es vor, aktiv in das Geschehen einzugreifen. Doch das war hier so gut wie unmöglich.

»Danke, Joan«, sagte der Terraner. »Ich werde Ihre Vorschläge prüfen und mit anderen Kosmopsychologen diskutieren – aber ich fürchte, auch die werden mir nichts Besseres sagen können.«

»Sobald Wichtiges geschieht, werden wir Sie in die Zentrale rufen!«, kündigte Atlan an.

Ich neigte den Kopf ein wenig und ging davon. Ich hatte getan, was ich tun konnte, alles Weitere lag jetzt bei der Schiffsführung. Ich hoffte, dass Perry Rhodan sich nach meinen Erkenntnissen richten würde, denn ich war überzeugt davon, dass wir nur dann einen Erfolg erzielen konnten.

Zugleich spürte ich die Last der Verantwortung. Es wäre fatal gewesen, wenn ich mich geirrt hätte.

Wenige Stunden später betrat ich die Hauptzentrale wieder. Nur Rhodan, Atlan, Fellmer Lloyd und mehrere Führungsoffiziere hielten sich momentan hier auf. Ich blickte in besorgte Gesichter. Auf dem großen Panoramaschirm zeichnete sich die Szene auf dem Raumhafen ab. Die Choolks schienen sich mittlerweile fast vollständig erholt zu haben.

»Was macht Puukar?«, fragte ich.

»Er ist bald so weit, dass er ausbrechen kann.« Rhodan schaltete die Wiedergabe um. Ich sah den Raum, in dem der Träger des Kriegskristalls gefangen gehalten wurde. Mir schien, dass Puukar gewachsen war. Rastlos wanderte er in seinem Energiekäfig hin und her.

»Jetzt!«, sagte Atlan.

Puukar drang in das Energiefeld ein, ruderte mit den Armen und wich laut knarrend zurück.

»Es hat nicht mehr viel gefehlt«, stellte der Arkonide fest. »Einen oder zwei Schritte weiter, und er hätte es geschafft. Das ist nur noch eine Frage der Zeit.«

»Und draußen sieht es nicht anders aus«, sagte Rhodan, nachdem die Bildwiedergabe erneut gewechselt hatte. »Wir müssen damit rechnen, dass die Choolks innerhalb der nächsten Stunden ins Schiff eindringen. Entweder bricht Puukar allein aus, oder sie holen ihn heraus. Nicht einmal der Paratronschirm wird sie aufhalten können.«

»Dann wollen Sie also aufgeben?«

Er blickte mich lange an. »Raten Sie mir, auch unter diesen Umständen durchzuhalten?«

»Ja!«

Er lehnte sich seufzend in seinem Sessel zurück und blickte kurz zu Atlan hinüber. Beide schienen sie von meiner klaren Antwort überrascht zu sein.

»Ihre Kollegen sind anderer Ansicht«, eröffnete mir Atlan.

»Sie müssen sich ja nicht nach mir richten«, erwiderte ich gekränkt und wollte mich erheben.

»Bitte«, sagte Perry Rhodan, »seien Sie nicht empfindlich, Joan. Atlan hat festgestellt, dass Ihre Kollegen anderer Meinung sind als Sie. Das bedeutet noch nicht, dass wir uns der einen oder anderen Seite bereits angeschlossen haben.«

»Was veranlasst Sie dazu, uns zur Härte zu raten?«, fragte der Arkonide. »Wir stehen mit leeren Händen da und haben den Choolks nichts entgegenzusetzen.«

»Das wissen *wir*. Aber der COMP weiß es nicht, jedenfalls nicht mit letzter Gewissheit. Er wird unsere Haltung daher nicht als Halsstarrigkeit ansehen, sondern als Standfestigkeit.«

»Das Risiko ist hoch«, bemerkte Fellmer Lloyd.

»Was kann denn schon passieren?«, fragte ich. »Wenn wir kein Glück haben, schickt uns der COMP weg, ohne uns die Koordinaten der Erde zu geben. Das ist alles. Beweisen wir nicht genügend Standfestigkeit, werden wir die Daten auch nicht erhalten.«

Ich wusste nicht, woher ich die Kraft nahm, meine Meinung so nachhaltig zu vertreten. Vielleicht lag es daran, dass Rhodan mich voll akzeptierte.

Atlan schüttelte den Kopf. »Ich bin dafür, dass wir das Gespräch mit den Choolks und dem COMP suchen. Wir müssen zu einem Ausgleich kommen.«

»So sehe ich es ebenfalls.« Rhodan erhob sich.

In diesem Moment meldete sich der COMP. Eine synthetische Stimme hallte aus den Lautsprecherfeldern.

»Aus der Kontaktzentrale sind neue Anordnungen eingetroffen«, teilte der COMP ohne Einleitung mit. »Die Duuhrt ist beeindruckt von Ihrer Standhaftigkeit, Perry Rhodan, und sie ist beeindruckt von dem Widerstand, den Ihre Besatzung der Leibwache, die über höchste Qualifikationen verfügt, geleistet hat. Aus diesem Grund hat die Duuhrt beschlossen, Ihnen die gewünschten Koordinaten zu geben.«

Auf dem Holoschirm erschienen Ziffern und mathematische Symbole. Mir schwindelte. Ich sah alles nur wie durch einen Schleier, und die erregten Worte der Männer neben mir schienen plötzlich aus großer Ferne zu kommen.

Mir wurde bewusst, dass Perry Rhodan vor mir stand. Ich blickte auf. Er sagte etwas, aber ich verstand ihn nicht. Dann lächelte er, nickte mir zu und verließ mit Atlan die Zentrale.

Ich folgte ihnen erst Augenblicke später. Als sich das Schott vor mir öffnete, waren beide bereits verschwunden. Ich eilte zu dem Raum, in dem Puukar gefangen gehalten wurde. Wie ich vermutet hatte, fand ich Rhodan, Atlan und die Mutanten dort. Die Energieschirme waren abgeschaltet.

Der Träger des schwarzen Kriegskristalls stolzierte auf eine Antigravplatte zu, die von einem Offizier gesteuert wurde. Wortlos stieg er hinauf und drehte sich langsam einmal um sich selbst. Ich hatte den Eindruck, dass er jeden von uns eindringlich musterte.

Überraschend trat er dem Offizier am Steuer gegen das Bein. Der Mann reagierte großartig, er tat, als sei nichts vorgefallen. Gelassen lenkte er die Antigravplattform aus dem Raum.

Ich beobachtete dann, wie das Fahrzeug quer über den Außenbereich des Raumhafenbezirks Kalwuug schwebte und neben dem COMP landete. Puukar sprang ab und eilte davon.

Ich wandte mich um.

Überall entwickelte sich plötzlich ein lebhafter Betrieb. Aus einigen Äußerungen entnahm ich, dass die Choolks nun gar anboten, die SOL mit Rohstoffen und anderem Material zu versorgen.

Im Laufe der nächsten Stunden wurde unser Weiterflug vorbereitet.

Ein seltsames Gefühl beschlich mich, als ich an die Erde dachte. Ich hatte diesen Planeten nie direkt gesehen und kannte ihn nur von Filmaufnahmen. Er war etwas Besonderes für mich, weil er die Heimat der Menschen war, aber dennoch konnte ich mir nicht vorstellen, auf der Erde zu leben. Meine Welt war die SOL. In ihr war ich geboren, in ihr hatte sich mein Leben abgespielt. Würde sich nun alles ändern? Musste ich vielleicht in Zukunft auf der Erde heimisch werden?

Ich war so in Gedanken versunken, dass ich um ein Haar mit einem Mann zusammengeprallt wäre, der aus einem Antigravschacht hervorstürmte. »Hoppla!«, sagte er und hielt mich in einer Weise in den Armen fest, dass es mir kalt über den Rücken lief. Es war Joscan Hellmut.

Wir sahen uns einige Sekunden lang an. Ich hatte das Gefühl, den Boden unter den Füßen zu verlieren. Irgendetwas stimmte nicht mit diesem Mann. Was störte mich an ihm? Ich konnte es nicht ergründen. »Lassen Sie mich los!«, protestierte ich heftig und befreite mich hastig aus seinem Griff.

»Warum so böse?«, fragte er freundlich. »Ich wollte nur verhindern, dass Sie stürzen.«

»Das ist nun mal so mit der Dürren«, ertönte eine bekannte Stimme hinter mir. »Jedes Mal, wenn ihr ein Mann auf die Füße tritt, glaubt sie, es sei ein Heiratsantrag oder so etwas Ähnliches.«

Ich fuhr wild herum. Vor mir stand Galto Quohlfahrt. Er schob seinen etwas verrutschten Pickelhelm zurecht und blickte grinsend zu mir auf.

»Wieso sind Sie hier?«, fragte ich überrascht. »Das ist doch unmöglich.«

»Man hat mir einen Tritt gegeben«, erklärte er. »Das war für mich so, als hätte man mich von einer Startrampe aus abgefeuert. Sie sehen, es hat gereicht. Ich bin hier.«

»Die Choolks haben Sie also freigelassen«, stellte ich fest. »Schade. Ich hatte gehofft, sie würden Ihren Kopf behalten.«

Mit meinen boshaften Worten konnte ich ihn nicht erschüttern. Er lachte nur. »Wenn ich gewusst hätte, dass meine Posbis mir einen besseren Kopf verpassen können, als ich ihn jetzt habe, dann hätte ich mich dagegen noch nicht einmal gewehrt. So aber weiß ich, dass ich das absolut Beste auf den Schultern trage. Und so was lässt man sich doch nicht nehmen. Oder?«

Meine Wut verrauchte. Ich begriff, dass er es gar nicht so abfällig meinte, wie sich alles anhörte. Er wollte sich nicht über mich lustig machen, und er nahm mir auch nicht übel, dass ich ihm den Kristall abgenommen und ihn allein gelassen hatte.

»Ich bin froh, dass Sie mit heiler Haut davongekommen sind«, sagte ich und blickte Joscan Hellmut nach, der sich entfernte.

»Ich muss zugeben, dass ich mich auch darüber freue, dass Sie in Ordnung sind«, erwiderte er. »Haben Sie etwas dagegen, dass ich Sie zur nächsten Offiziersmesse führe und so reichlich füttere, dass Sie ein paar Gramm zunehmen?«

»Ich bin mit meiner Figur absolut zufrieden.«

Er schüttelte den Kopf. »Das glaube ich Ihnen nicht. Wie dem aber auch sei, Sie sollten wissen, dass man auf der Erde Frauen bevorzugt, die ein bisschen mehr auf den Rippen haben.«

»Auf der Erde?«, fragte ich in Gedanken versunken. Ich griff nach Quohlfahrts Arm. »Wir fliegen nicht zur Erde. Bestimmt nicht.«

»Moment mal«, sagte er überrascht. »Ich habe doch von Perry Rhodan selbst gehört, dass wir die Koordinanten des Medaillon-System bekommen haben.«

»Das stimmt«, sagte ich. »Der COMP hat uns kosmische Daten gegeben, aber es sind bestimmt nicht die Daten der Erde.«

»Welche dann?«, fragte er verblüfft.

»Ich glaube, dass wir direkt zur Kaiserin von Therm fliegen werden.« Mit beiden Händen fuhr ich mir durch das Haar. »Du meine Güte, fragen Sie mich nicht, weshalb ich darauf komme. Ich könnte Ihnen diese Frage nicht beantworten. Aber ich bin fest davon überzeugt, dass die SOL einen anderen Ort erreichen wird, als viele sich erhoffen.« Ich griff nach Galto Quohlfahrts Hand. »Kommen Sie!«, bat ich ihn. »Wir müssen mit Perry Rhodan darüber reden.«

ENDE

Perry Rhodan-Buch Nr. 93

ABSCHIED VON TERRA

erscheint im Frühjahr 2006

Saturnraumsc

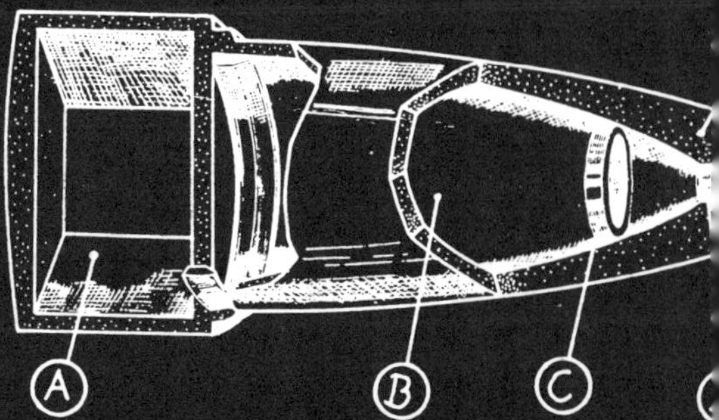

Allgemeines:

Hier handelt es sich um ein 80 Meter durchmessendes Kurier- und Kampfraumschiff der Choolks. Der während des Fluges in Rotation befindliche äquatoriale Energiering wurde in der Abbildung weggelassen, da er optisch wenig ergiebig ist.

Legende:

1. Antigravantrieb und Landeringfeld-Generatoren
2. Laderäume
3. Lastenantigrav und ausfahrbare Bodenschleuse
4. Schwebefeldprojektor
5. Äußere Wandung der Sicherheitskugel
6. Kommandokugel (mittels des Schwebefeldprojektors exakt justiert)
   A. Aufenthaltsraum mit Stillekammern
   B. Kommandozentrale
7. Matrixmeiler
8. Hypernavigationsautomatik
9. Transpotron mit Anlaufenergiereservoir
10. Projektoren für den Aufbau eines Formenergie-Verbindungstunnels

11. S
12. A
13. A
14. S
15. M
16. Ä
17. F
18. Z
19. F